서위(徐渭)와 부정의 예술

이주현 지음

明文堂

머리말

서위(徐渭, 1521~1593)와의 만남은 그의 그림에서 시작되었다. 힘차고 빠른 붓질, 파격적인 구도, 강한 대비를 이루는 농담(濃淡). 그 그림이 분출하는 예술성은 한눈에 마음을 사로잡았다. 필자는 오래전 그의 화집을 살펴보면서 의문을 품었다. 그는 누구인가. 어떤 사람인가. 어떻게 이런 그림을 그리게 되었나.

서위는 중국 명대의 문인이다. 그는 시인이자 문장가였으며 서화가이자 희곡작가였다. 중국 역사상 서위만큼 다방면에 천재성을 보인 문인은 드물다. 하지만 그 명성은 성취에 비해 낮은 편이다. 그는 뛰어난 재능을 가졌으나 불운한 삶을 살았다. 과거에 끝내 급제하지 못했으며 막료에 그쳤다. 정신병을 앓아, 첩을 살해하는 큰 죄를 지었다. 비참한 이력에도 불구하고 그의 작품은 여전히 대단한 위력을 내뿜는다. 그의 불후한 업적은 그 자체로 큰 가치를 지닌다.

필자는 서위를 이해하기 위해 그의 시를 읽기 시작했다. 그의 시 세계를 탐색하는 것은 도전적인 수학(修學)의 여정이었다. 그의 시는 원문만 남아 있고 선행 연구가 거의 없어 시를 해석하는 과정에서 많은 어려움이 있었기 때문이다. 오독에 대한 불안감을 떨칠 수 없었으나 스스로 읽어가는 즐거움이 컸다.

먼저 그림에 쓴 시를 살폈다. 서법에도 일가견이 있는 서위의 글씨를 해독하는 것은 쉽지 않았다. 서투른 안목으로 그림에 자리한 시를 통해 그의 마음을 들여다보았다. 그 투박하고 모자란 결실이 필자의 석사논문이다.

서위에 대한 호기심은 시를 살피는 가운데 점차 사명감으로 바뀌어갔다. 그동안 조명되지 않은 서위 시의 면모를 밝히는 작업이 의미 있는 일이라고 생각했다. 서위 시의 침울함과 기이함은 빼어나고도 아름다웠다. 시를 읽고 나니 희곡작품과 그림에서 풀리지 않던 문제에 대해 나름대로 답을 얻게 되었다. 시를 통해 작가의 마음을 들여다봄으로써 작품 기획과 구상의 의도를 파악하게 된 것이다. 이를 정리하여 <서위 시의 부정성(否定性)과 예술 창작의 원리>라는 제목의 박사논문을 썼고, 다시 수정·보완하여 본서를 내게 되었다.

막상 책으로 출간하려니 곳곳의 미흡한 부분이 거슬려 마음이 편치 않다. 필자의 견해는 서위 작품에 대한 하나의 치우친 해석에 불과하다. 앞으로 더욱 체계적이고 깊이 있는 연구가 이어져야 할 것이다. 그럼에도 용기를 낸 것은 이 글을 발판으로 삼아 더 큰 길로 나아가기 위해서이다.

학문의 길 초입에 서서 머나먼 여정이 펼쳐져 있음을 본다. 중국고전시 연구자로서 보고 싶고 알고 싶은 것이 많다. 또 시대와 장르를 초월하여 다양한 지적 탐험을 꿈꾼다. 이 책의 출간을 다시 기점으로 삼아 성실하고 우직하게 그 길을 걸어갈 것을 다짐한다.

이 책이 출간되기까지 여러분의 도움이 있었다. 필자의 지도교수이신 송용준 선생님께서는 세심한 지도와 배려로 늘 앞길을 열어주셨다. 그 은혜에 깊이 감사드린다. 대학원 시절부터 필자를 따뜻하게 독려해주신 류종목·이영주·이창숙 선생님, 함께 공부해 온 대학원의 동학들, 든든한 지원군인 가족, 졸고를 흔쾌히 받아주신 김동구 사장님과 편집을 맡아주신 이은주님께도 감사의 말씀을 올린다.

2016년 8월
저자 이주현

목 차

머리말 3

일러두기 10

—

『 제1장 서론 11

제1절 연구 목적 … 12

제2절 연구사 검토 … 31

제3절 연구의 전제와 범위 … 44

『 제2장 세계의 분할과 거부 57

제1절 이분법적 분할 … 59

1. 초현실적 세계와 현실 세계 … 59

2. 현실 세계의 양분 … 69

(1) 가진 자와 못 가진 자 … 70 / (2) 과거와 현재 … 77 / (3) 구속된 공간과 그 바깥 … 84

3. 긍정과 부정의 이분법으로의 이행 … 92

제2절 부정적 세계관 … 97

1. 형성 원인 … 98

(1) 사회 현실에 대한 부정의식 … 98 / (2) 자기 현실에 대한 부정의식 … 105

2. 표출 양상 … 111

(1) 긍정과 부정의 병존 … 111 / (2) 부정성의 전면화 … 129

제3절 소결 … 156

『 제3장 자아의 이탈과 결핍 161

제1절 발광 이전 : 관조자에서 경험자로 … 164

1. 자아의 등장 … 164

(1) 외부세계 위주의 시적 전개 … 164 / (2) '나'의 출현과 세계 참여 … 169

2. 소외 … 175

(1) 자존의식의 형성 … 175 / (2) 현실 도피와 좌절 … 179 / (3) 걸출한 자아의 고립 … 194

제2절 발광・입옥 시기 : 세계와의 갈등과 대립 … 200

1. 방황 … 202

(1) 정처 없는 몸 … 202 / (2) 불안한 마음 … 208

2. 억압 … 216

(1) 몸의 구속 … 216 / (2) 자존의식의 퇴색 … 222

제3절 출옥 이후 : 자아의 패배 … 227

1. 단절 … 227

(1) 공허한 자유 … 227 / (2) 희망의 종식 … 235 / (3) 의도적 절연 … 239

2. 결핍 … 244

(1) 불능(不能) … 245 / (2) 불식(不食) … 251 / (3) 금전의 부족 … 257 / (4) 소유물의 손상과 분실 … 265 / (5) 몸의 불구(不具) … 273

제4절 소결 … 279

『 제4장 희곡과 회화에 대한 적용 287

제1절 희곡 : 부정성의 역설적 폭로 … 289

1. ≪사성원(四聲猿)≫의 일체성과 구조 … 289

(1) 대제목 '사성원'의 함의 … 290 / (2) 소제목에 나타난 ≪사성원≫의 구조 … 295

2. 주인공에 대한 자아 투영 … 299

(1) 고오(高傲)한 인물 … 299 / (2) 출중한 여성 … 307

3. 부정적 현실과 긍정적 비현실의 세계 분할 … 314

4. 단원(團圓)의 역설 … 321

(1) 초현실적 세계에서의 이상 실현 … 322

(2) 여성의 남성적 성공과 여성으로의 회귀 … 326

제2절 회화 : 부정성의 시각적 발현 … 335

1. 창작 태도의 부정성 … 335

(1) 기존 문인화의 엄숙성 제거 … 336 / (2) '유희'를 통한 자율성 획득 … 346

2. 필법과 형상의 부정성 … 358

(1) 대충 그리는 것의 의미 … 358 / (2) 형상의 해체 … 368

3. 함의의 부정성 … 379

(1) 냉소와 조롱 … 379 / (2) 결핍의 이입 … 387

제3절 소결 … 397

『 제5장 결 론 407

- 참고문헌 … 415
- 서위 시 찾아보기 … 426

● 일러두기

1. 본문은 한글 표기를 원칙으로 하고 필요한 경우 괄호를 사용하여 원문을 병기한다. 원문은 독음을 한글로 옮긴 경우 ( ) 안에, 번역한 경우 [ ] 안에 제시한다.
2. 각주의 서지사항은 해당 문헌의 표기를 따른다. 단, 각주의 문장에서는 본문과 마찬가지로 괄호를 사용하여 원문을 병기한다.
2. 문학작품의 제목은 < >로, 회화작품의 제목은 [ ]로 표기한다.
3. 인용문의 원문은 고대한어로 쓰인 글은 본문에서 번역문 뒤의 [ ] 안에, 현대의 언어로 쓰인 글은 주석에 제시한다. 단, 희곡작품의 원문은 번역문 다음에 줄을 바꾸어 제시한다.
4. 한자는 정체자(正體字)로 표기한다. 원문이 간체자로 되어 있을 경우에도 정체자로 바꾸어 표기한다.
5. 외국의 인명과 지명을 한글로 표기시 중국은 한자의 한글 독음으로, 일본・영미 등은 고유어의 발음으로 표기한다. 단, 각주에 번역서의 서지사항을 기재할 경우 해당 책의 표기를 따른다.

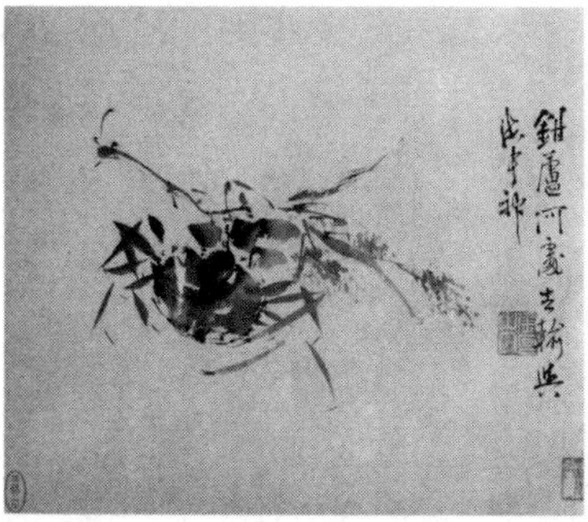

제1장

—

서 론

『 제1절 연구 목적

전통시기 중국의 문인들은 다양한 방식으로 예술을 향유하고 있었다. 예술을, 미적(美的) 소통을 위해 인간의 감정을 지각할 수 있도록 표현하는 것이라고 넓게 정의한다면[1] 당(唐)·송대(宋代)를 거치며 양식이 확립된 그들의 시(詩)·서(書)·화(畵)뿐만 아니라 원(元)·명(明)·청대(淸代)에 나타난 그들의 희곡(戱曲)·소설(小說) 등도 예술작품으로 간주할 수 있다.[2] 원대 이래로 문인 계층이 확대되면서[3] 명·청대 문인들은 가장 고상한 예술 형식이자 문인의 전유물로 인식되어 온 시·서·화에서부터 통속적인 것으로 여겨져 온 희곡·소설에 이르기까지 여러 종류의 예술작품을 창작하였다.[4] 고대(古代)

---

1) "예술은 (…) 표현 형식—본연의 인간 감정을 시각, 청각, 또는 상상력을 통해서 지각할 수 있게 하는 형식을 창조하는 것을 목적으로 하는 기술이다." 수잔 K. 랭거 지음, 박용숙 옮김, ≪예술이란 무엇인가≫, 130쪽. '예술(藝術)'이라는 한자어는 본래 자유 학예〔liberal arts〕의 번역어로서 일본으로부터 유입된 것으로 "예정된 특정 목적에 얽매이지 않고, (…) 현상(現狀)을 초월하려는 정신의 모험성에 뿌리를 두며, 미적인 커뮤니케이션을 지향하는 활동이다."라고 정의할 수 있으며, 문학·음악·조형 미술·연극·무용 등의 총칭으로 여겨지고 있다. 사사키 겡이치 지음, 민주식 옮김, ≪미학사전≫, 64~64쪽 참조 및 인용.

2) 중국미학사(中國美學史) 서술에 있어서 예술의 각 영역과 그에 관한 이론은 미학의 구성요소로 인식되고 있다. 이때 예술은 시, 서, 화, 희곡, 소설, 음악, 무용, 건축, 정원 등을 포괄한다. 장파 지음, 백승도 옮김, ≪장파교수의 중국미학사—살펴보다 맛보다 깨닫다≫, 5~6쪽.

3) 문인 계층의 확대란 구체적으로 문학적 중간층의 형성을 이른다. 문학적 중간층에 대해서는 서경호, ≪중국문학의 발생과 그 변화의 궤적≫, 83쪽 참조.

4) 경우에 따라서 그것들은 기존의 것을 재구성하거나 변형했다는 점에서 완전히 독창적인 창조(創造)라고 보기 어려운 측면이 있다. 하지만 그것이 설령 진부하고 서툴다 하더라도 창작품으로서의 예술작품임은 분명하다. 그것들이 '창작'된다고 하는 것은 하나의 가상(혹은 환영)을 만드는 행위로서 제품의 생산과 구별된다는 점

의 문인들로부터 전해진 예술 형식을 계승하면서도 새로운 형식을 개척하였던 것이다.

명・청대 예술에 있어 서위(徐渭, 1521~1593)는 매우 중요한 위치를 차지한다. 그 까닭은 우선 그가 특정 영역에 국한하지 않고 다양한 형식의 작품을 남겨서 어느 방면을 논할 때에도 그를 빼놓을 수 없다는 데 있다. 게다가 그의 작품은 동시대의 다른 작품들과 구별되는 혁신적 성격을 지니고 있었기 때문에 그 이후에 나타난 예술 작품에 큰 영향을 끼쳤다. 그래서 그 시기 예술에 나타난 변화의 기점(起點)에 서위가 있었다고 해도 과언이 아니다.

먼저 서위의 시는 공안파(公安派)의 핵심 인물인 원굉도(袁宏道, 1568~1610)에 의해 당대(當代) 최고라고 평가받았다.[5] 원굉도는 전후칠자(前後七子)에 반대하여 "오직 성령을 펴내고 격식에 얽매이지 않는다〔獨抒性靈, 不拘格套〕."[6]라고 주장한 바 있다. 원굉도에게 있어서 서위의 문집을 살핀 경험은 그의 문학과 사상에 큰 영향을 주었다.[7] 원굉도가 서위 시를 높이 평가한 이유는 그가 자기만의 시를 쓰고 있다는 데 있었다. 어느 누구의 시를 모방하거나 답습하지 않고 자신의 시를 썼다는 점에서 원굉도는 서위 시를 새롭고 이상적인 것으로 여겼다.[8] 그 이후 서위의 시는 공안파 문인들뿐만 아니라 명

에서이다. 창작의 개념은 수잔 K. 랭거 지음, 박용숙 옮김, 앞의 책, 38~56쪽 참조.

5) 원굉도는 "서문장은 오늘날의 이백・두보다〔徐文長今之李杜也〕."(<孫司李>), "(서위는) 우리 조대 제일의 시인이다〔我朝第一詩人〕."(<吳敦之>)라 하였다. 袁宏道 著 ; 錢伯城 箋校, ≪袁宏道集箋校≫, 746쪽, 506쪽.

6) <敍小修詩>, 위의 책, 187쪽.

7) 서위에 대한 원굉도의 평가에 관해서는 우재호, <袁宏道詩歌硏究>, 48~54쪽. 원굉도에 대한 서위의 영향은 졸고(2015), <칭송과 동경, 그리고 새 방향의 모색 — 원굉도(袁宏道)의 서위(徐渭) 시 수용에 관한 고찰>, 105~132쪽에서 기존 연구의 문제를 밝히고 새로이 정리하였다.

8) "저는 최근에 서위라는 시인을 한 명 알게 되었습니다. 그의 시는 낡은 격식을 완전히 뒤엎고 손과 눈에서 직접 나온 것입니다. 이하(李賀)의 기이함을 지니면서도 언어가 창달하고, 두보(杜甫)의 뼈를 빼앗으면서도 그 피부는 벗겨냈으며, 소식(蘇軾)의 변설을 끼고 있으면서도 그 기운은 뛰어넘었습니다. 칠자를 막론하고 하경명

말부터 청대에 이르기까지 많은 문인들에게 읽히게 되었다.

시뿐만 아니라 그의 희곡작품도 형식적·내용적 측면에서 혁신적인 작품으로 인정받는다. 그의 작품 ≪사성원(四聲猿)≫은 네 편의 비정형(非定型) 잡극(雜劇)으로 구성되어 있어[9] 기존 잡극의 형식에 변형을 가했다는 점,[10] 총 네 편 중 두 편에서 남장여성이 주인공으로 등장한다는 점에서 파격적이었다. 그가 남긴 회화작품 역시 새로운 기법과 강렬한 감정 표현을 통해 명말에서 청대에 이르는 개성주의 회화에 대해 선구적 역할을 하였다.[11] 서예작품 또한 회화작품과 상통하는 특성으로 인해 그 풍격이 많은 문인들에 의해 계승되었다.[12] 이처럼 서위의 예술작품은 그 혁신성으로 인해 후대의 창작자들에게 큰 영향을 끼쳤고, 그의 작품을 계기로 이후의 예술에는

(何景明)·이몽양(李夢陽)도 낮은 곳에 놓일 것입니다. 선생님께서 전에 그의 시를 보신 적이 있는지 모르겠습니다.〔宏于近代得一詩人曰徐渭, 其詩盡翻窠臼, 自出手眼. 有長吉之奇, 而暢其語, 奪工部之骨, 而脫其膚, 挾子瞻之辨, 而逸其氣. 無論七子, 卽何李當在下風. 不知師曾見其詩否.〕" 袁宏道 著 ; 錢伯城 箋校, <馮侍郎座主>, ≪袁宏道集箋校≫, 769~770쪽.

9) ≪광고사어양삼농(狂鼓史漁陽三弄)≫(이하 ≪광고사≫), ≪옥선사취향일몽(玉禪師翠鄉一夢)≫(이하 ≪옥선사≫), ≪자목란체부종군(雌木蘭替父從軍)≫(이하 ≪자목란≫), ≪여장원사황득봉(女狀元辭凰得鳳)≫(이하 ≪여장원≫)이다.

10) 서위의 ≪사성원≫은 원대(元代)에 수립된 잡극의 정형화된 형식을 탈피했다는 점에서 중요한 작품으로 인식되어 왔다. 그 혁신성은 대체로 ≪광고사≫는 1절(折), ≪옥선사≫와 ≪자목란≫은 각각 2절, ≪여장원≫은 5척(齣)으로 구성되어 있다는 체재상의 변화와 ≪옥선사≫는 남북합투(南北合套)로, ≪여장원≫은 남곡(南曲)으로 이루어져 있다는 음악상의 변화에 있다. 이 작품이 명대 희곡사에서 차지하는 위상에 대해서는 김학주, ≪중국문학사≫, 433~436쪽 참조. 또한 "서위의 극작품은 명대 잡극의 전변을 대표한다〔徐渭的劇作代表了明代雜劇的轉變〕."(趙景深, ≪戲劇筆談≫, 46쪽)라고 칭해지고 있다.

11) 명말에 나타난 개성주의 회화의 개념에 대해서는 백윤수, <석도 예술사상과 양명학적 배경에 관한 연구>, 115~144쪽 참조. 서위의 회화가 추동한 중국회화사의 변화에 관해서는 徐建融, <徐渭與中國畵史的隆萬之變>, 124~174쪽 ; 졸고(2010), <徐渭 自畵自題詩 硏究>, 32~33쪽 참조.

12) 서위의 서예작품의 위상과 후대에 끼친 영향은 林榮森 著, ≪徐渭書法藝術之硏究≫, 314~323쪽 참조.

이전과는 다른 흐름이 나타났다.

이렇게 여러 방면에서 크게 두각을 나타낸 예술가는 중국 역사상 매우 드물다. 전통시기 중국의 문인들은 시와 친밀한 관계를 유지하였고 그와 더불어 서・화에 대해서도 어느 정도 소양이 있어야 한다고 생각했다. 시서화일률(詩書畵一律) 관념이 형성된 이후로 그들에게 삼절(三絶)이라는 칭호를 얻는 것은 영광스러운 일이었다. 그러나 역대로 세 방면 모두에서 괄목할 만한 성취를 보인 인물은 쉽사리 꼽기 어렵다. 대개는 훌륭한 시를 남긴 이들이 글씨를 그런대로 잘 썼다든가 글씨와 그림에서 높은 경지에 이른 문인이 시를 일반적인 수준으로 지은 정도였다. 설령 시・서・화 모두에 착수했더라도 뛰어난 재능은 어느 한쪽으로 기울고 나머지는 소양 차원에 그치기 마련이었다.

여러 방면에 뛰어났다고 알려져 있음에도 작품이 남아 있지 않아 실상을 파악하기 어려운 경우도 있다. 예를 들어 송대 소식(蘇軾, 1037~1101)은 시・서・화뿐만 아니라 사(詞)에 있어서 새로운 경지를 열어 예술의 각 영역에서 막대한 지위를 점하고 있다. 그러나 회화작품의 경우 현재 그가 그렸다고 확정할 수 있는 작품이 부재한 실정이다.[13] 이 때문에 그림에 대해 논의한 그의 여러 글을 통해 얼마나 그림에 조예가 깊었는지 짐작할 수는 있어도 그가 창작한 작품을 직접 확인할 수는 없다.

작품의 보존도가 비교적 높은 후대로 옮겨가더라도 사정은 크게 달라지지 않는다. 원대 이래로 많은 희곡・소설작품이 등장하였는데, 그 작자인 문인들은 소양으로서 시를 짓고 서・화를 접했을 뿐

13) 현재까지 [고목괴석도(枯木怪石圖)]〔일본(日本) 에이세이분고(永青文庫) 소장〕와 [소상죽석도(瀟湘竹石圖)](중국 개인 소장) 두 작품이 소식의 작품으로 전칭(傳稱)되고 있으며 소식의 관지(款識)가 있는 작품은 전해지지 않고 있다. 소식 회화의 유전 양상에 대해서는 佳音, <蘇軾畵作孤本≪瀟湘竹石圖≫的歷史傳奇>, 85쪽 참조.

이지 그것들에서 두각을 나타내지는 못했다. 명·청대에 서위만큼 예술의 다방면에서 주목받는 인물은 없다고 해도 무방할 정도이다.

특정 영역에서 두각을 나타낸 인물의 작품에 대해서는 그것이 해당 영역의 역사적 맥락에서 어떤 역할을 하였는지, 동시대 혹은 전·후의 작품들과 비교하여 어떤 특이점을 지니는지 등에 관해 연구할 수 있을 것이다. 이와 같은 연구는 중국 예술 각 영역의 역사 즉 시사(詩史), 희곡사(戲曲史), 회화사(繪畫史) 등을 정립하는 데 기여할 수 있다. 또한 이러한 연구 성과가 집적되어 갈수록 중국고전시, 중국고전극, 중국회화 등 예술 형식 각각의 본질에 근접해 가게 될 것이다.

서위의 예술작품을 연구하는 데 있어서도 이 방식은 유효하다. 실제로 희곡사와 회화사에서 서위 작품이 차지하는 위치에 대해서는 여러 연구를 통해 어느 정도 논의가 개진된 것으로 판단된다. 그동안 서위의 언어예술작품 중에서 가장 크게 주목을 받은 것이 희곡작품이었을 뿐만 아니라[14] 명대 문인의 희곡 전반에 대해 관심도가 높았기 때문에 희곡사에서 서위의 역할에 관해서는 일찍부터 여러 논의가 있었다. 서위의 회화작품도 명말부터 청대에 이르는 이른바 개성주의 회화의 선구로 인식되는 등 그 회화사적 위치에 대해 어느 정도 논의가 이루어졌다.

그러나 예술작품 각각을 심층적으로 이해하기 위해서는 더욱 깊이 있는 논의가 필요하다. 우선 서위 시 연구는 상당히 미진한 실정이다. 이는 원대 이래의 시에 대한 연구가 이전 시대, 혹은 동시대의 다른 영역과 비교하여 상대적으로 덜 이루어졌다는 데서 원인을 찾을 수 있다. 원대 이래의 시는 당·송대의 시와 비교해 볼 때 그다지 큰 주목을 받지 못해 왔다. 서위의 시가 다른 예술작품에 비해

---

14) "서위는 (…) 명대의 가장 유명한 북극(北劇, 잡극을 말함—인용자)을 쓴 것으로 가장 잘 알려져 있을 것이다〔Xu Wei (…) was perhaps best known for having written the most famous northern plays of the Ming〕." Kang-i Sun Chang · Stephen Owen, *The Cambridge History of Chinese Literature* Volume Ⅱ, 95쪽.

연구자들의 관심을 끌지 못한 것도 명대 시에 대한 관심도가 낮은 데서 기인한다고 생각된다.

중요한 것은 개별적으로 충분히 심도 있게 연구되었다고 확언하기 어려운 것이 비단 시뿐만이 아니라는 점이다. 설령 서위의 희곡과 회화작품이 각 영역의 역사적 흐름에서 어떤 역할을 하였는지를 규명하기 위해 다양한 시도가 있었다고 하더라도, 그것들이 서위의 작품 자체를 이해하는 데 있어 도움을 준다고 단언할 수 없다. 수많은 학자들이 희곡과 회화를 작품 내적으로 연구하였으나 그 내용은 하나의 관점으로 수렴되지 않고 있다.

바꾸어 말하면 제 학자의 논의가 분분하여 구심점이 없는 상태이다. 하나의 작품을 다양한 관점에서 살펴본다는 것은 그 텍스트가 풍부한 해석의 여지를 지녔다는 것을 의미하며, 때로는 그렇게 하는 것이 발전적인 방향으로 나아가기 위한 원동력이 되기도 한다. 하지만 서위 예술작품 연구에 다양한 관점이 나타나는 것은 긍정적으로만 바라볼 현상은 아닌 듯하다. 타당한 근거를 갖추지 못한 채 제각각의 추측만 산재해 있기 때문이다. 그 이유는 무엇일까.

생각건대 서위 예술작품에 대한 논의가 정리되지 못한 원인은 연구 범위의 편협함, 더욱 구체적으로는 시 연구의 약세에 있다. 통합적인 관점 없이 각 장르에 해당하는 예술작품만을 연구 대상으로 삼는 것은 작자 서위가 각각의 작품을 통해 무엇을 이야기하고자 했는지를, 즉 작자의 생각과 의도를 온건히 이해할 수 있는 방식은 아니라고 여겨진다. 특히 서위의 예술작품 중에서 주로 연구되고 있는 희곡과 회화는 작품 자체만 들여다보아서는 작자의 생각을 읽어내기 어렵다.

왜냐하면 형상으로 이루어진 회화작품은 특성상 본래 구체적인 의미를 나타내지 못하며, 희곡작품 역시 언어로 이루어져 있다 해도 작자가 허구에 가까운 인물들을 내세워 그들에게 발생하는 사건을 전개해 나간 것으로 작자의 주관적 진술은 발견되지 않기 때문이다. 희곡과 회화의 형식적 특성상 작품만으로는 작자가 어떻게 그 작품을 창작하게 되었는지 파악하기 어렵다.

바로 이 지점에서 서위 시 연구의 필요성이 제기된다. 기존의 서위 예술작품 연구에 나타나는 엇갈린 해석들을 바로잡고 작품에 숨어 있는 의미를 발견하기 위해서는 서위의 시를 우선적으로 살펴보아야 한다. 그동안 연구자들이 상대적으로 소홀하게 여겼던 시에 오히려 다른 예술작품을 이해할 수 있는 열쇠가 있다고 보는 것이다. 그 근거는 시라는 예술 형식의 특성에 있다.

중국고전시의 창작 과정은 대체로 언지(言志)와 연정(緣情)이라 일컬어져 왔다. 말하고〔言〕 따르는〔緣〕 행위와 그 대상인 지(志), 정(情)의 구체적인 의미에 대해서는 역대로 다양한 논의가 있었다. 논자의 사상적 입장이나 문학적 태도에 따라 언지가 연정을 포괄하는 상위 개념으로 여겨지기도 하고 두 개념이 동등한 것으로 여겨지기도 한다.[15)]

대개는 상대되는 개념으로서 전자는 유가사상에 입각하여 정치·사회적 현실에 대한 시인의 뜻을 표명하는 것을, 후자는 개인의 섬세한 감정을 드러내는 것을 가리킨다.[16)] 또 언지의 '지'를 도덕적 의지와 이상으로 보는지, 개인의 자발적인 감정으로 보는지에 따라 시에 대한 관점이 달라지기도 한다.[17)]

함의의 여러 갈래에도 불구하고 분명한 점은 논자들이 '지'와 '정'을 작자(시인)의 것으로 여겨왔다는 점이다. "시는 '지'가 간 것이다. 마음에 있으면 '지'고, 말로 내뱉으면 시이다〔詩者, 志之所之也. 在心爲志,

---

15) 裴斐, <言志與緣情>, ≪詩緣情辨≫, 4~5쪽.

16) 심경호, ≪한시의 세계≫, 103~104쪽.

17) 도학적 관점〔the didactic view〕과 개성주의적 관점〔the individualist view〕을 말한다. James J. Y. Liu, *The Art of Chinese Poetry*, 70~76쪽 ; 유약우(劉若愚) 저, 이장우 역, ≪중국시학≫, 128~139쪽.

發言爲詩〕."(≪모시(毛詩)·대서(大序)≫)라는 문장은, '지'는 작자에 내재한 마음〔心〕이라는 공간에 있는데, 이것이 말로 옮겨져 나온 것이 시라고 말하고 있다. 또 유협(劉勰, 465~520)이 "시는 지니는 것으로, 사람의 정과 성을 지니는 것이다〔詩者, 持也, 持人情性〕."라고 하며, "사람은 일곱 가지 정을 부여받아 사물에 반응하면 느끼게 되는데, 사물을 느껴서 '지'를 읊으면 저절로 그렇게 되지 않는 것이 없다〔人稟七情, 應物斯感, 感物吟志, 莫非自然〕."(≪문심조룡(文心雕龍)·명시(明詩)≫)라고 한 것 역시 작자의 '지'와 '정'이 시에 담겨 있음을 말한 것이다.

'지'와 '정'을 작자에게 귀속되는 것으로 보면 시는 주관의 소산이 된다. 외재한 사물의 객관적 진실보다는 주관적 진실에 무게를 두어, 그 사물 자체가 어떠한지보다는 그것에 대해 작자에 내재한 의식과 감정이 어떻게 반응하는지를 중요하게 여기는 것이다. 이 점은 시와 부(賦)를 구분하는 고대의 논의에서 더욱 명확하게 드러난다.

육기(陸機)는 <문부(文賦)>에서 "시는 정(情)을 따라서 화려하고 섬약하며, 부는 사물을 본떠서 조리 있고 분명하다〔詩緣情而綺靡, 賦體物而瀏亮〕."라고 했다. 이에 대해 이선(李善)은 "시는 뜻을 말하는 것이기에 감정을 따른다고 하였고, 부는 일을 늘어놓기에 사물을 본뜬다고 하였다〔詩以言志, 故曰緣情, 賦以陳事, 故曰體物〕."(≪문선주(文選註)≫ 권17)라고 부연했다. 이 언술에서 '지'와 '정'은 작자에 내재한 것인 반면 '사(事)'와 '물(物)'은 외재한 것이므로 시는 주관성을, 부는 객관성을 담보로 한다고 대별할 수 있다.

따라서 부에서는 찾아보기 어려운 작자의 심리상태가 시에서는 적극적으로 드러나게 된다. 육기는 <문부>에서 부 이하로 글〔文〕의 종류인 비(碑), 뇌(誄), 명(銘), 잠(箴), 송(頌), 논(論), 주(奏), 설(說)을 열거하고 있는데, 이것들 역시 주관에 의존하는 것보다는 객관적인 태도를 요구한다는 점에서 시와는 구별되는 형식이라고 볼 수 있다.

이러한 구분은 물론 대체적인 경향에 의거한 것으로 절대적일 수 없다. ≪시경(詩經)≫으로부터 수많은 세월을 거쳐 시의 내용과 형식은 다양해졌다. 그래서 지금 시점에서 중국고전시를 작자의 주관적 의지와 감정을 표현한 것이라고만 정의한다면 편협하고 모호하여 적절하다고 볼 수 없다. 먼저 주관적 진술이라는 측면은 척독(尺牘)과 같은 자유로운 산문 유형의 등장으로 더 이상 시에 국한되는 특성이라고 보기 어렵다. 이러한 글은 평측, 압운, 글자수 등 시의 형식적 제약을 받지 않기 때문에 시보다 주관적 진술에 더 적합하다는 의견이 제기될 수 있다.

게다가 시에 있어서는 기사(紀事)를 위주로 하여 어느 정도 객관성을 필요로 하는 시 유형이 나타나기도 하였다.[18] 더 나아가서는 글을 쓴다는 것 자체가 시와 산문을 막론하고 작자의 주관적 진실을 기술할 수밖에 없으며, 완전히 객관적인 기술은 애초에 존재하지 않는다는 극단적인 입장이 있을 수도 있다.

중요한 점은 시의 주관성이 구체적으로 의미하는 바가 무엇이냐는 점이다. 주관성은 '언지'와 '연정'이 지시하는 것처럼 우선 작자의 의지와 감정을 표출하는 데서 발생한다. 그러나 중국고전시가 단순히 의지와 감정 표출의 수단이었던 것은 아니다. 시를 작자의 심리상태를 언어로 표현한 것이라고 말한다면 시의 여러 특성 중 한 측면을 이야기한 것에 불과하다. 이것을 내적인 것이라고 한다면 그 반대편에 있는 외적인 것에 대해서도 살펴볼 여지가 생긴다. 이에 대해 유약우(劉若愚, 1926~1986)의 견해를 참조하자.

---

18) 그러나 역사적 사건을 기록한 시에 있어서도 객관성이 유지되었다고 보기 어렵다. 중국에서는 서구적 의미의 서사시(敍事詩)가 구축되지 않았다. 시사(詩史) 즉 시대적 사건을 진술하여 민족의 고난과 역경, 비애와 희망을 표현한 시가 서사성을 지닌다고 여겨지기도 하지만 이 역시 시소(詩騷) 전통의 견제로 인해 자연스럽게 서정으로 기울게 되었다. 시사의 개념과 특성에 대해서는 천핑위안 저, 이종민 역, <시사(詩史)를 말한다— 중국시가의 서사기능을 겸하여 논함>, ≪중국소설의 근대적 전환≫, 400~433쪽 참조.

> 우리가 경계(境界)를 삶의 외적 측면과 내적 측면의 총합으로서, 전자는 자연의 사물과 풍경뿐만 아니라 사건과 행동을 포함하고 후자는 감정뿐만 아니라 생각, 기억, 느낌, 환상을 포함한다고 다시 정의하면 더욱 만족스러울 것이다. 바꾸어 말해서 시에 있어서 경계는 시인의 외부 환경의 반영인 동시에 그의 모든 의식의 표현이다.[19)]

이는 왕국유(王國維, 1877~1927)가 정(情)과 경(景)의 융합으로서 경계에 대해 논의한 것을 구체화한 것이다. 이에 따르면 '언지'와 '연정'은 내적 측면의 표현에 해당한다. 앞서 인용한 유협의 말처럼 감정이 촉발되는 계기는 사물에 대한 반응, 다시 말해 외부의 무언가에 의한 자극일지라도, '지'와 '정'은 여전히 이 인용문에서 말하는 '후자'를 가리킨다. 따라서 '언지'와 '연정'은 작시(作詩) 과정의 한 측면만을 이야기한 것이 된다.

그렇다면 이 글에서 말하는 삶의 외적 측면, 즉 시인의 외부 환경을 반영한다는 것은 무엇인가. 시가 사물, 사건 등을 기술하는 것이라면 앞서 '일을 늘어놓는다[陳事]'라든가 '사물을 본뜬다[體物]'라든가 하는 부에 대한 정의와 일치하는 것이 아닌가.

이 물음에 대해서는 쉽게 대답할 수 없다. 앞에서도 언급했듯 시는 어떤 것, 부는 어떤 것이라고 대별한다고 하더라도 서로 다른 쪽의 특성을 전혀 지니지 않는다고 말할 수 없기 때문이다. 시의 특성과 부의 특성을 세밀하게 구분하기 위해서는 별도의 논의가 필요할 것이다.

다만 이 글에서 분명히 해두어야 할 점은 외적 측면과 내적 측면

---

19) "It would be more satisfactory, therefore, if we re-defined 'world' as a synthesis of the external and the internal aspects of life, the former including not only natural objects and scenes but events and action, the latter including not only emotion but thought, memory, sensation, fantasy. In other words, a 'world' in poetry is at once a reflection of the poet's external environment and an expression of his total consciousness." James J. Y. Liu, 앞의 책, 96쪽 ; 유약우(劉若愚) 저, 이장우 역, 앞의 책, 167~168쪽 참조 및 재번역.

의 '총합〔a synthesis〕'으로서 시가 존재한다는 점, 바꾸어 말하면 어느 한 쪽이 결여되어서는 안 된다는 점이다. 총합은 또한 어느 한 쪽의 결여되지 않음 혹은 한 쪽에 다른 한 쪽을 더함에 그치지 않고 그것들 간의 유기적인 결합을 의미해야 한다.[20] 다시 말해 내적 측면을 가리키는 의식과 외적 측면을 가리키는 환경은 개별적으로 활동하는 것이 아니어서 시인의 환경은 그의 의식에, 시인의 의식은 그의 환경에 영향을 받는다는 것이다. 시인의 의식이 주변 환경의 다양한 모습에 의해 다양한 형태로 생성되는 동시에 그 환경도 의식을 거쳐 재탄생된다.

따라서 시에서 외부 세계를 묘사하는 것은 단순히 나열하고〔陳〕 본뜨는〔體〕 것이 아니라 시인에 의해 지각되고 체험된 외부 세계를 반영하는 것이다. 그러므로 시의 주관성은 시인의 의식을 표현함으로써 생성될 뿐만 아니라 외부 세계를 묘사하는 과정에서도 생성된다.

유약우는 이어서 단일방향의 술어인 반영〔reflection〕과 표현〔expression〕을 포괄할 수 있는 전(全) 방위적인 술어를 제시한다. 바로 탐색〔exploration〕이다. 그리고 그는 시가 내부 세계와 외부 세계를 탐색하는 것이면서 그 도구인 언어를 탐색하는 것이기도 하다고 설파한다.

> 우리는 시가 단순히 다른 세계를, 그것이 고정되어 있었던 것처럼 '묘사'하지 않고 그것을 '탐색'한다는 점을 강조해야 한다. (…) 시인은 자기 시의 내용으로서 하나의 경험을 취하여 하나의 형식에 쏟아 붓는 것이 아니라, 그것이 감정이든 생각이든 사건이든 간에 어떤 경험에 촉발되고, 그가 적당한 단어, 적당한 운율, 그리고 연속적인 형상들을 찾는 동안 원래의 경험은 새로운 어떤 것―시로 변형된다. (…) 시는 외부 세계와 내부 세계의 탐색일 뿐만 아니라 그것이 씌어진 언어의 탐색이기도 하다.[21]

---

20) '총합'에 이와 같은 의미를 부여한 것은 그것의 원어인 'synthesis'의 본의에 착안한 데서 기인한다. 이 단어는 다양한 개체의, 개체성이 유지되는 집합(集合)〔gathering〕보다는 원형을 알아볼 수 없게 뒤섞인 혼합(混合)〔mixture〕을 나타내어 화학적·생물학적 합성을 의미하기도 한다.

이 견해에 따르면 중국고전시의 작자들은 세계와 언어를 탐색하는 과정을 거쳐 자신의 시가 그 자체의 세계를 구현하도록 하였다. 이때 탐색의 과정은 내적 세계와 외적 세계에 있어서도, 언어에 있어서도 주관적이다. 시인의 주관은 내적으로 촉발된 감정, 생각, 느낌, 환상 및 외적인 것에 대한 인식, 체험에 개입하기 때문이다. 또한 적당한 단어와 운율을 고르고 형상을 배열하는 것도 시인의 선택에 달려 있다.

다시 말해 탐색의 주체가 시인의 지각과 의식이므로 탐색의 전 과정이 주관적이라 말한 것이다. 이와 같은 관점에 입각하면 시를 살펴보는 것은 작자가 외적 세계, 내적 세계, 그리고 언어를 어떻게 탐색하였는지 관찰하는 것이며, 이는 곧 작자의 정신 활동의 경향성을 관찰하는 것이라고 말할 수 있다.

시에 대한 이러한 관점은 서위 시를 살펴보는 데 있어서 특히 유용하다고 생각한다. 왜냐하면 서위 스스로가 시 창작에 있어 주관성을 강조했기 때문이다. 서위는 전대(前代)의 우수한 전통을 회복하려는 당시 전후칠자의 시론에 맞서면서 시를 주체적으로 장악할 것을 주장하였다.

> 사람 중에 배워서 새의 말을 하는 자가 있다면, 그 소리는 새일지라도 본성은 사람이다. 새 중에 배워서 사람의 말을 하는 것이 있다면 그 소리는 사람일지라도 본성은 새이다. 이것을 사람과 새를 판정하는 저울로 쓸 수 있

---

21) "We must stress that poetry does not merely *describe* different worlds, as if they were static, but *explores* them. (···) A poet does not take an experience as the 'content' of his poem and pour it into a 'form'; he is prompted by some experience, be it an emotion, a thought, or an event, to write, and while he is searching for the right words, the right pattern of sounds and sequence of images, the original experience is transformed into something new—the poem. (···) poetry is not only an exploration of external and internal worlds but also an exploration of the language in which it is written." James J. Y. Liu, 앞의 책, 96쪽 ; 유약우(劉若愚) 저, 이장우 역, 앞의 책, 168쪽 참조 및 재번역.

을 것이다! 지금 시를 짓는 자들이 이것과 무엇이 다르겠는가. 자기가 스스로 얻은 것에서 꺼내지 않고 그저 남이 일찍이 말한 것을 훔치고는, 어떤 편은 무슨 체인데 어떤 편은 그렇지 않고 어떤 구는 누구와 비슷한데 어떤 구는 그렇지 않다고 하니, 이는 비록 지극히 공교하고 비슷하다고 할지라도, 새가 사람의 말을 하는 꼴을 벗어나지 못하게 된다〔人有學爲鳥言者, 其音則鳥也, 而性則人也. 鳥有學爲人言者, 其音則人也, 而性則鳥也. 此可以定人與鳥之衡哉. 今之爲詩者, 何以異於是. 不出於己之所自得, 而徒竊於人之所嘗言, 曰, 某篇是某體, 某篇則否, 某句似某人, 某句則否, 此雖極工逼肖, 而已不免於鳥之爲人言矣〕.[22]

사람이 아무리 새의 말을 흉내 낼 수 있어도 그의 본성〔性〕까지 새일 수는 없으며, 새가 아무리 사람의 말을 따라 할 수 있어도 그 본성이 사람으로 바뀌지는 않는다. 그렇듯 시를 짓는 데 있어서도 다른 사람이 이미 말한 것을 쓴다면 제 본성에 맞지 않는 것을 훔쳐오는 꼴이 된다. 시 창작에서 중시되어야 할 것은 자기가 스스로 얻은 것〔己之所自得〕이지, 남이 일찍이 말한 것〔人之所嘗言〕이 아니다. 그렇다면 스스로 얻어야 하는 것은 과연 무엇인가. 이어지는 글에서 답을 찾을 수 있다.

내 친구 자숙의 시는 그렇지 않다. 그의 정은 진실하면서도 솔직하여 말에 난해한 곳이 없고 그의 정은 널리 퍼져서 말에 구속됨이 없다. 그 정에 기쁨이 많고 걱정이 적어서 비록 말이 고통스럽더라도 그 정을 해소할 수 있으며, 높은 것을 좋아하고 낮은 것을 부끄러워하여 말이 수수하더라도 실제로는 풍부하다. 그러니 이른바 자기가 스스로 얻은 것에서 꺼내고, 남이 일찍이 말한 것을 훔치지 않는 자일 것이다. 그가 스스로 얻은 바에 나아감으로써 그가 스스로 읊은 바를 논하고, 그의 작은 결점을 바로잡으면서 지극히 순수한 말로 요약하니, 이것이 내가 자숙에게 공헌한 바이다. 만약 어떤 편이 어떤 체와 비슷하지 않고, 어떤 구가 어떤 사람과 비슷하지 않다고 했다면, 이 어찌 자숙을 아는 것이겠는가〔若吾友子肅之詩則不然. 其情坦以直,

22) <葉子肅詩序>, ≪徐渭集≫, 519쪽.

故語無晦，其情散以博，故語無拘，其情多喜而少憂，故語雖苦而能遣其情，好高而恥下，故語雖儉而實豐．蓋所謂出於己之所自得，而不竊於人之所嘗言者也．就其所自得，以論其所自鳴，規其微疵而約於至純，此則渭之所獻於子肅者也．若曰某篇不似某體，某句不似某人，是烏知子肅者哉〕.[23]

서위가 이 글에서 섭자숙(葉子肅)의 시를 평하면서 가장 문제 삼고 있는 것은 정(情)과 말〔語〕이다. 이때 말의 성격은 정의 성격에 의해 결정된다고 보고 있다는 점에 주목해야 한다. 정이 어떠한 결과로 말이 어떠해진다고 보았으므로, 말보다는 정을 우선시했다고 볼 수 있다. 서위는 섭자숙의 시에서 정과 말이 긴밀하게 연관되어 있음을 관찰한 뒤에, 바로 그가 자득(自得)한 데서 꺼내어 시를 짓는 사람이라고 단언한다.

그리고 "그가 스스로 얻은 바에 나아감으로써, 그가 스스로 읊은 바를 논했다〔就其所自得, 以論其所自鳴〕"라는 구절에서 서위가 말하는 자득한 것이 무엇인지 짐작할 수 있다. 이는 서위가 자신이 섭자숙의 시를 평한 방식을 스스로 밝힌 것이다. 바로 정이 어떠하므로 말이 어떠하다는 식으로 논증한 것을 가리키고 있다. 섭자숙의 정이 어떠한지 헤아린 뒤에 말에 대해 논하고 있으니 자득한 바가 정을, 자명(自鳴)한 바가 말을 지시하고 있음을 알 수 있다.

이밖에도 서위는 시 창작에 대해 "마음을 따라서 종횡으로 가는〔師心橫從〕"[24] 것, "거친 본성에 맡겨 온 세상을 거만하게 흘겨보는〔至任野性, 傲睨一世〕"[25] 것이라고 말했다. 그는 이 구절들을 통해 어느 누구의 것이 아닌 자기 자신의 마음, 수양의 과정 없이 있는 그대로의 본성이 이끄는 대로 따라가는 것이 시 창작임을 주장하고 있다.

이 구절들은 위의 인용문에서 정을 직접 얻어야〔自得〕 한다고 말

---

23) <葉子肅詩序>, ≪徐渭集≫, 519~520쪽.

24) <書田生詩文後>, ≪徐渭集≫, 976쪽.

25) <呂山人詩序>, ≪徐渭集≫, 901쪽.

한 것과 일맥상통한다. 심(心)은 심리적 활동이 일어나는 몸 안의 한 공간을, 야성(野性)은 인위적으로 길들이지 않은 본성을 가리키는 등 심, 야성, 정(情)의 구체적인 의미에는 상이한 점이 있을 것이다. 하지만 얻고〔得〕 따르며〔師〕 맡기는〔任〕 행위가 수반되어 모두 내부 세계에 대한 탐색을 의미한다는 점에 대해서는 논란의 여지가 적다고 본다.

서위의 시론(詩論)에서 눈여겨 볼 점은 내부 세계에 대한 탐색에 크게 중점을 두고 있다는 점이다. 앞서 살펴본 유약우의 시론에서 내부 세계와 외부 세계, 그리고 언어가 탐색의 대상으로서 동등한 지위를 점하고 있었다면, 서위의 그것에서는 내부 세계가 독보적인 지위를 점하고 있다.

우선 서위가 말하는 심, 정, 성 등의 내적인 것은 앞서 보았듯 언어를 결정짓는다. 또한 거친 본성에 맡기는 것〔任野性〕이 온 세상을 거만하게 흘겨보는 것〔傲睨一世〕에 선행하는 데서 짐작할 수 있듯이, 외부 세계를 반영하는 일도 내적인 것에 충실할 때에 가능하다고 보았다. 예컨대 서위는 내부 세계의 활동을 이렇게 인식하였다.

> 여기에 한 사물이 있어 거리낌도 없고 막힘도 없으며, 작은 데 있어도 미세해지지 않고 큰 데 있어도 빠지지 않습니다. 와도 시작된 곳을 알지 못하고, 가도 좇는 바를 알지 못하니, 얻은 자는 이루고 잃은 자는 패하지만, 얻어도 잡히지 않고 잃어도 벗어나지 않으며, 방촌 사이에 있으면서 천지의 곳곳을 두루 다닙니다. 영혼이라고 이르지 말지어니 이것은 참된 나여서 알아채면 변하고 옮겨가니, 그 실체가 어디에 머물겠습니까? 그 실체는 지니지 않은 것이 없으나 알아채도 따라서 나가버리니, 알아챈다고 멀어지지는 않지만 알아채도 다가가지지 않습니다. 만물을 세우는 터이고 고금을 거두는 강역으로, 잃을 때는 쉬이 잃지만 얻을 때도 쉬이 얻습니다〔爰有一物, 無罣無礙, 在小匪細, 在大匪泥, 來不知始, 往不知馳, 得之者成, 失之者敗, 得亦無攜, 失亦不脫, 在方寸間, 周天地所. 勿謂靈覺, 是爲眞我, 覺有變遷, 其體安處? 體無不含, 覺亦從出, 覺固不離, 覺亦不卽. 立萬物基, 收古今域, 失亦易失, 得亦易得〕.[26]

이 글에서 서위는 한 사물〔一物〕에 대해 말하고 있다. 이것은 방촌(方寸)의 작은 공간에 있으면서도 주변의 어떤 장애물에도 영향을 받지 않고 온 세상을 돌아다닐 수 있다. 실체를 알 수 있을 듯하지만 끝내 완전히 장악하기는 어려운 이 초월적 존재는 영혼〔靈覺〕이라기보다는 참된 나〔眞我〕라고 불러야 마땅하다.

이 글로 미루어 볼 때 서위가 '진아(眞我)'라고 부르는 것은 내심(內心), 즉 내부 세계에 거하는 존재로서 거대한 시·공간의 외부 세계를 아우르는 힘을 지니고 있다. 외부 세계를 가리키는 만물(萬物)과 고금(古今)은 이 힘에 의해 내부 세계로 들어온다. 다시 말해 외부 세계는 '진아'라는 초월적 주체에 의해 내부 세계로 받아들여진다.

따라서 서위에게 있어 내부 세계를 탐색하는 일은 내부 세계에 세워지고〔立〕 거두어진〔收〕 외부 세계를 탐색하는 일이기도 하다. 이렇듯 시인의 내부 세계는 주체적으로 외부 세계를 수용하는 능력을 지녔으므로, 시를 지을 때 내부 세계를 탐색하는 것은 시인의 감정, 생각, 상상 등을 살펴보는 것일 뿐만 아니라, 시인의 의식에 반영된 주변의 사물, 환경, 사건 등을 살펴보는 것이기도 하다.

서위가 작시 과정에서 '마음을 따라 종횡으로 가야 하고', '자기가 스스로 얻은 것에서 꺼내야 한다는' 등 시인이 자신의 내부 세계를 있는 그대로 따라가야 한다고 한 것은, 본연의 심리상태를 솔직하게 드러내는 것을 의미하며, 동시에 외부 세계를 인식된 대로 묘사하는 것을 가리킨다. 바로 시를 통해 시인의 정신 활동의 경향성을 관찰할 수 있다는 주장의 인식적 근거를 제공하고 있는 것이다. 하지만 서위는 시인이 자신의 인식, 지각 등 모든 앎을 '지배하여' 시로 써낸다는 점을 확신하지는 않았던 듯하다. 서위는 자기가 스스로 얻은 데서 꺼내야 한다고 말하였지만, 한편으로는 위의 인용문에 나타난 것처럼 '진아'의 실체를 온전히 파악하기는 어렵다고 하였다. 내부

26) <涉江賦>, ≪徐渭集≫, 36쪽.

세계가 시인의 것임은 자명하지만, 그것이 시로 드러나는 과정에서 시인이 그것을 완전히 장악할 수 있는 것은 아니라는 뜻이다.

서위는 또한 시를 지을 때 “정해진 바 없이 그 마땅한 바를 따라서 가야〔無定立也, 隨其所宜而適也〕”[27] 한다고 말했으니, 능동적으로 자신이 알고 있는 것을 시로 써낸다기보다는 내부 세계의 움직임에 충실하다 보면, 자연스럽게 시가 이루어진다고 보았음을 알 수 있다. 인간의 마음속에는 실체를 알 수 없는 초월적 존재가 있어서 내부 세계와 외부 세계가 그것에 의해 자연스럽게 형성되므로, 시인은 그것이 움직이는 대로 따라감으로써 시를 써낼 수 있는 것이다. 그 초월적 존재를 ‘진아’라고 한 데서, 다시 말해 ‘나〔我〕’라는 일인칭 대명사를 붙인 데서, 서위가 그것을 개별성을 지닌 존재로 파악했음을 볼 수 있다.

서위의 글을 종합해보면 시 창작은 시인이 자신의 의식과 지각을 지배한 결과로, 즉 정신 활동에 대해 전지전능한 결과로 이루어지는 것이 아니라, 실체를 명확히 알 수 없는 초월적 힘에 내맡김으로써 이루어진다. 그렇기에 의식의 영역뿐만 아니라 무의식의 영역까지도 포함할 수 있게 되는 것이다. 시는 장악된 정신의 소산이 아니라 장악되지 못하는 정신의 소산이다. 그런데 시가 읊어지는 과정에서 활동하는 정신은 다른 사람의 정신이 아니라 ‘나’라는 개별자의 정신이므로 시 역시 결과적으로 작자의 개성을 지니게 된다. 달리 말하자면 시는 개별성을 지닌 초월적 존재에 맡겨지기 때문에 시인의 개성을 담지하게 된다.

따라서 서위의 시를 두고 원굉도가 “그의 시는 낡은 격식을 완전히 뒤집어버리고, 손과 눈에서 직접 나왔다〔其詩盡翻窠臼, 自出手眼〕.”[28]

27) <論中五>, ≪徐渭集≫, 492쪽.

28) 袁宏道 著 ; 錢伯城 箋校, <馮侍郎座主>, 앞의 책 卷23. ‘自出手眼’에 대해 “스스로 손(작시의 기량)과 눈(평가의 감식안)을 내었다.”(원굉도, ≪역주 원중랑집≫ 5275쪽)는 해석이 있고, “자신의 ‘자아’를 보여주고”(이기면, ≪원굉도 문학사상≫, 226쪽) 있다는 의역이 있다.

라고 한 것은 서위의 시가 그의 개성을 잘 구현하고 있다는 점을 가리킴과 동시에, 그것이 자신의 의식과 무의식을 아우르는 정신 활동의 소산임을 지시하고 있다고 해석할 수 있다.

그리하여 이 책은 시를 작자의 개인적 정신 활동의 경향성을 가장 효과적으로 살펴볼 수 있는 예술 형식으로 간주하고, 서위의 여러 예술작품을 타당하게 이해하기 위해서는 시를 우선적으로 연구해야 한다고 본다. 서위가 그때그때 자신이 보고 듣고 만진 것, 그에 의해 생각하고 느끼고 상상된 것은 다른 어떤 예술작품보다도 시에 담겨 있다.

그는 10대 후반부터 73세로 죽기 전까지 전 생애에 걸쳐 꾸준히 시를 창작하였으므로, 시를 통해서 그의 정신이 어떻게 활동하였는지를 관찰하고, 그 양상이 어떻게 변화하는지를 파악할 수 있다. 이 과정은 시 이외의 예술작품을 이해하기 위한 발판이 될 것이다. 즉 시에는 서위가 인식하고 표현하는 경향, 지각하고 사유하는 습관이 드러나 있으므로 시에서 이것들을 파악하여 다른 예술작품에 적용해 볼 수 있다. 그리하면 서위가 예술작품을 창작할 때 의식적으로 어떻게 구상하였는지 혹은 그가 스스로는 인지하지 못한 어떤 무의식적 습관이 반영되었는지 알 수 있을 것이다. 바꾸어 말하면 이 책은 서위와 같이 다양한 형식의 예술 작품을 남긴 예술가의 경우에 시 연구를 통해 예술 창작의 원리를 밝힐 수 있을 것이라는 신념에서 출발하고 있다.

본서는 서위의 예술작품이 어떤 원리로 구현되는지 밝히기 위해, 특히 서위 시의 부정성(否定性)에 주목하였다. 이때 부정성이란 부정적인 성질을 이른다. 시의 부정적인 성질은 시에서 많은 것들이 부정적으로 인식되어 나타난 결과로 형성된 것이다.

이 책에서 부정성은 서위 시의 내재적 특성으로서, 서위 시에서 세계와 자아가 서술되는 방식을 다각도로 분석함으로써 귀납적으로 얻어진 특성이다. 구체적으로 말해서 서위 시의 부정성은 서위 시에 나타난 세계와 자아를 분석 대상으로 삼아 밝혀낸 특성, 다시 말해 세계가 분할되고 거부되는 특성 및 자아가 이탈되고 결핍되는 특성을 종합하여 명명한 바이다.

그리고 이와 같이 다양한 하위 개념을 가진 부정성은 단순히 시에 국한되는 특징이 아니다. 서위 시의 부정성을 밝히는 작업은 희곡, 회화 등 다른 예술작품을 일관되게 해석할 수 있는 길을 열어준다. 본서는 시 연구를 통해 부정성이 나타나는 경로를 따라가 본 뒤에, 그 결과를 다른 예술작품에 적용해 봄으로써 서위의 예술작품을 총체적으로 이해하고자 한다.

제2절 연구사 검토

연구의 구체적인 범위를 밝히기에 앞서 서위의 예술작품에 관한 연구사를 상세히 검토할 필요가 있다. 기존 연구의 괄목할 만한 성과를 살펴보는 한편, 보완되어야 할 점을 짚어봄으로써 이 연구의 필요성이 드러날 것이다.

서위의 생애로부터 시작하여 그의 이론과 작품에 이르기까지 그에 관한 연구, 이른바 '서위 연구'의 자취는 중국학자 부경(付瓊, 1967~)에 의해 정리된 바 있다. 그는 <서위연구백년술평(徐渭研究百年述評)>[29]이라는 제목의 글에서 1912년부터 2004년까지, 중국과 대만에서 발표된 연구 성과를 일별하고 그 한계를 지적하였다. 그에 따르면 이 시기의 서위 연구는 크게 그의 생애와 행적에 관한 연구, 희곡작품인 ≪사성원(四聲猿)≫ 연구, 문학을 포함한 예술론으로서 본색론(本色論)과 진아론(眞我論) 연구, 서화(書畵) 연구 등으로 대별되며 시와 산문에 관한 연구는 상대적으로 매우 취약하다. 이 소절에서는 부경의 정리를 바탕으로 하여 대략 2004년 이후 중국·대만의 연구 성과와 그밖에 한국·미국 등지의 주요 연구 성과를 살펴볼 것이다.

먼저 서위 예술작품의 연구 경향을 요약하는 한편, 어떤 한계가 있는지 지적하려 한다. 그런 뒤에 이 연구와 직접적인 관련이 있는 연구를 일별하면서 새롭게 대두되는 논점을 짚어볼 것이다.

부경이 정리한 대로 서위의 예술작품 중에서 그동안 연구자들에게 가장 주목을 받은 것은 희곡과 회화였다. 그의 희곡작품은 주로

29) 付瓊, <徐渭研究百年述評>, ≪徐渭散文研究≫, 251~269쪽. 이 글은 학술지 ≪예술백가(藝術百家)≫(2004年 1期)에 처음으로 게재된 것임을 밝혀 둔다.

중국고전문학 전공자 중에서 희곡전공자들에 의해 연구되었고, 회화작품은 인문학에 속하는 미술사학이나 미학에서,[30] 조형예술 중 회화 전공에서 연구의 대상이 되어 왔다. 서위 연구에서 희곡·회화작품을 주요 대상으로 삼는 경향은 현재까지 지속되고 있다.

희곡작품의 경우 우선 해당 작품인 ≪사성원≫에 대해 이미 약 30년 전에 교주(校注)가 이루어졌고,[31] 최근에는 영문으로 완역되었다.[32] ≪사성원≫은 교주와 번역을 바탕으로 작품의 내재적 요소를 연구의 대상으로 삼아 등장인물, 사건의 전개과정 등의 내용적 측면과 극의 체재, 곡패(曲牌) 운용 등의 형식적 측면을 분석하는 방향으로 연구되었다.[33] 그리고 외재적 요소로서 원전(原典)과의 연관성, 전·후의 다른 잡극 작품과의 영향관계, 판본의 종류와 특징 등 역시 연구의 과제가 되었다.[34] 일부 연구는 ≪사성원≫ 전체를 연구

30) 인문대학에 속하면서 미술에 관한 역사, 관념 등을 다루는 미술사학, 미학 등의 학문은, 중국의 경우 미술학(美術學), 예술학(藝術學), 미학(美學) 등으로 불리고 있다.

31) (明) 徐渭 著, 周中明 校注, ≪(古代戲曲叢書)四聲猿·歌代嘯(附)≫(上海: 上海古籍出版社, 1984).

32) Shiamin Kwa(2012), *Strange Eventful Histories: Identity, Performance, and Xu Wei's Four Cries of a Gibbon*, 117~239쪽에 수록.

33) 대략 1970년대부터 중국에서 ≪사성원≫에 대한 작품 내적 연구가 활발하게 이루어지기 시작하였다(20세기 후반의 연구 성과에 관해서는 付瓊, 앞의 논문, 254~255쪽을 참조). 그 영향으로 국내에서도 연구 성과가 나타났다〔권응상, <徐渭의 ≪四聲猿≫ 硏究>(서울대학교 석사학위논문, 1988) ; 권응상, ≪서위 희곡 연구≫ (서울: 연극과인간, 2000)〕. 21세기에 들어서도 꾸준히 연구되고 있어 최근까지도 ≪사성원≫ 연구가 명맥을 이어오고 있음을 실감하게 한다〔Shiamin Kwa (2008), "Songs of Ourselves: Xu Wei's(1521-1593) *Four Cries of a Gibbon(Sisheng yuan)*"(Ph. D. Dissertation at Harvard University, 2008. 이 논문은 Shiamin Kwa (2012), 앞의 책으로 출간되었음〕 ; 李莉, <徐渭≪四聲猿≫論>(北京師範大學, 碩士學位論文, 2010)〕.

34) 원전과의 비교 연구는 羅桂珍, <試析≪四聲猿≫之本事流變與再創作>(≪湛江師範學院學報≫ 第28卷 第5期, 2007年 10月), ≪사성원≫의 후대에 대한 영향을 논의한 연구는 陳剛, <徐渭及其≪四聲猿≫的地位和影響述論>(≪固原師專學報≫ 第24卷 第24期, 2003年 3月) ; 杜桂萍, <論清代雜劇對徐渭≪四聲猿≫的接受>(≪文學評論≫, 2007年 第3期), ≪사성원≫의 여러 판본을 분석한 연구는 임미주,

대상으로 삼지 않고 그것에 귀속되어 있는 네 편의 극본 중 한 편을 선택하였다.[35] 혹은 본색론 등 서위의 희곡이론을 연구하면서 이론의 창작 실제로서 ≪사성원≫을 연관 지어 논의하였다.[36]

이렇게 여러 방향으로 연구한 결과 중국희곡사에서 서위가 차지하는 위치는 어느 정도 정립되었다고 볼 수 있다. 그러나 창작 동기, 극의 구조, 주제 등에 대해서는 여전히 다양한 해석이 존재하여 그 어느 쪽이 타당하다고 확정할 수 없는 상태이다. ≪사성원≫과 관련해서 가장 논란을 빚고 있는 연구 영역은 작자 서위의 창작 동기와 관련된 작품 해석으로서, 그 종류로는 역대의 설을 정리한 연구와,[37] 역대의 설을 바탕으로 새로운 설을 제기한 연구가 있다.[38]

<明淸戲曲選集中的≪四聲猿≫辨析－以≪盛明雜劇≫, ≪古今名劇合選≫, ≪暖紅室匯刻傳奇≫爲主>(≪中國語文學誌≫ 제37집, 2011) 등이 있으며, 여러 요소를 병행한 연구로 栗鵬, <徐渭≪四聲猿≫本事考辨及對後世劇作的影響>(≪雲南藝術學院學報≫, 2010年 1月)이 있다.

35) 권응상, <≪狂鼓史≫의 "有爲"攷>(≪中國文學≫ 제38집, 2002) ; 黃秀軍, <明代女性意識與女性題材文學－以≪雌木蘭≫, ≪女狀元≫, ≪牡丹亭≫爲中心>(北京師範大學 碩士學位論文, 2004) ; 張洪橋, <借其異跡, 吐我奇氣─徐渭≪四聲猿≫中的女扮男裝現象透視>(華中科技大學 碩士學位論文, 2005) ; 孫鄂南, <徐渭≪狂鼓史漁陽三弄≫雜劇硏究>(臺灣玄奘大學 碩士學位論文, 2012) ; 崔丹, <≪女狀元辭凰得鳳≫─黃崇嘏才情展示與其悲劇意蘊>(≪青春歲月≫, 2013年 3月) ; 徐振貴, <悔恨"落入圈繢"的斷腸哀鳴─徐渭≪翠鄕夢≫探微>(≪戲曲硏究≫ 第81輯, 2010年 2月)가 있다.

36) 조미연, <徐渭的曲論與劇作之硏究>(南京大學 博士學位論文, 2001) ; 張彦芸, <"本色"論與 ≪四聲猿≫─淺談徐渭的戲曲理論與戲曲創作>(≪牡丹江敎育學院學報≫, 2007年 第6期) ; 陳虎東, <徐渭及≪四聲猿≫"本色"硏究>(江西財經大學 碩士學位論文, 2009) 등이 있다.

37) 조미연, <釋≪四聲猿≫>(≪中國學論叢≫ 제16집, 2003) 등 수많은 ≪사성원≫ 관련 연구에서 여전히 이전의 주요 설〔대표적으로 張新建, ≪徐渭論稿≫(北京: 文化藝術出版社, 1990)의 논지〕을 그대로 받아들이고 있다.

38) 王輩, <戲中戲的寓意─徐渭≪四聲猿≫別解>(≪徐州師範大學學報≫ 第31卷 第5期, 2005年 9月) ; 張進德, <徐渭≪四聲猿≫爲"自吊"之作>(≪河南大學學報≫ 第50卷 第3期, 2010年 5月) ; 林國淸, <試論悲喜劇傑作─≪四聲猿≫>(≪福建論壇·人文社會科學版≫, 2010年 第12期) 등이 비교적 참신하고 설득력 있는 관점을 제시하였다. 이들의 논점과 이에 대한 본서의 입장은 제4장에서 밝히기

서위의 회화작품을 연구하는 데 있어서 가장 많이 논의된 것은 그것의 풍격(風格)이다. 서위는 이른바 만명(晩明) 낭만사조(浪漫思潮)의 핵심인물로서 그 광기(狂氣)를 예술로 승화했다고 알려져 있다.39) 그래서 회화 연구자들은 서위의 회화작품에 그의 성격과 심리상태가 어떻게 반영되어 있는지를 논의해왔다.40) 하지만 그들의 글에서는 서위가 자신의 울분과 격정을 붓으로 표출하였으므로 그 작품의 풍격에 대해 기이하다〔奇〕는 평가가 적합하다는 범박한 결론만이 반복되고 있다. 문인화의 사의(寫意) 전통에서 서위의 작품이 어떤 위치를 차지하는지, 다시 말해 서위가 사의를 극도로 구현하여 대사의화(大寫意畵)를 수립하였음을 밝히는 연구도 상당수 있다.41)

로 한다.

39) 장파 지음, 백승도 옮김, 앞의 책, 698~709쪽(제6부 제3장 광기의 두 형태) 참조.

40) 최근 50년간의 서위 회화 연구는 "문헌기초연구(文獻基礎硏究)," "풍격종합연구(風格綜合硏究)," "인격심리연구(人格心理硏究)" 세 가지로 분류된 바 있다(劉洋, <徐渭繪畵硏究50年綜述>, 236~237쪽). 그러나 기실 두 번째 항목과 세 번째 항목은 분명하게 나누어지지 않는다고 판단된다. 왜냐하면 대부분의 연구자들이 서위 회화 풍격의 형성 원인을 그의 성격과 심리상태에서 찾고 있기 때문이다. 관련 연구는 다음과 같다. 정종미, <徐青藤과 그 藝術>(서울대학교 석사학위논문, 1984) ; 손미선, <徐渭의 繪畵 硏究>(숙명여자대학교 석사학위논문, 1994) ; 李敬仕, <個性人格的凸現—論徐渭繪畵的特色>(≪新美術≫, 2000. 1) ; 구본아, <徐渭(徐青藤)의 繪畵 硏究>(홍익대학교 석사학위논문, 2001) ; 呂琦, <被迫的天才—徐渭繪畵藝術硏究>(四川美術學院 碩士學位論文, 2004) ; 馮保榮, <戴著鐐銬的舞蹈—解讀徐渭>(≪聊城大學學報≫, 2006年 第5期) ; 方姝, <徐渭花鳥畵風格成因硏究>(上海師範大學 碩士學位論文, 2009) ; 신은숙, <徐渭 大寫意畵의 陽明心學的 狂態美學 硏究>(성균관대학교 박사학위논문, 2010) ; 何平, <徐渭藝術風格硏究>(東南大學 博士學位論文, 2011) ; 任軍偉, <舍形悅影—徐渭畵學的一個重心>(≪美術硏究≫, 2011年 1月) ; 吳蕙君, <徐渭花鳥畵藝術自主性硏究>(臺灣: 國立成功大學 碩士學位論文, 2011).

41) 吳科玉, <徐渭藝術觀念及創作實踐硏究>(廈門大學 碩士學位論文, 2007) ; 劉溽, <穿行於人生與藝術創造的維度—徐渭繪畵藝術探析>(廣西師範大學 碩士學位論文, 2007) ; 馬嵐, <試論徐渭的大寫意畵風>(河北師範大學 碩士學位論文, 2008) ; 趙善君, 陳卓, <縱橫超逸, 氣韻非凡—談徐渭繪畵的"意境"與"語境">(≪山花≫, 2009年 10月) ; 胡璉, <從徐渭的潑墨寫意中體驗藝術創作的情態自由>(南京師範大學 碩士學位論文, 2010) ; 龔吉雯, <徐渭寫意精神與當代意筆花鳥畵發展的得與失>(雲南大

서위의 회화를 사의의 관점에서 논한 경우에도 대사의화의 형성 원인으로 작자의 인생역정과 성격·심리상태가 주로 거론되고 화풍의 기이함이 결론으로 제시되는 등 일정한 논의에서 벗어나지 못하고 있다. 서·화, 더 나아가서는 시·서·화의 일체성을 주장하는 연구 역시 각 예술 형식이 동일한 풍격을 지니며, 그것은 작자의 울분과 격정에서 기인한다는 결론을 되풀이하는 데 그쳤다.[42]

최근의 서위 회화 연구에서 주목할 점은 다른 화가와의 비교 연구이다. 그것들은 서위를 서구 화가와 비교하거나[43] 동시대·후대의 중국 화가와 비교하고 있다.[44] 특히 네덜란드의 화가 고흐(Gogh, 1853~1890)와의 비교 연구가 수차례 행해졌는데 두 사람은 정신병을 앓아 자학하는 등 광기어린 생애를 보냈고 세상이 자신을 알아주지 않아 분노했다는 공통점이 있어 여러 연구자들의 주의를 끌었다.[45]

學 碩士學位論文, 2011) ; 歐陽愛武, <試論徐渭繪畵的價値取向>(湖南師範大學 碩士學位論文, 2012) ; 張耀龍, <徐渭的大寫意風格>(西北師範大學 碩士學位論文, 2012).

42) 劉燕, <徐渭書法與繪畵風格的相關性>(中央美術學院 碩士學位論文, 2007) ; 孫珂, <惟將搏擊應凉風—試論徐渭的詩書畵一體性>(山東師範大學 碩士學位論文, 2009) ; 王東民, <“書畵同體”觀念與徐渭大軸書法的繪畵性表現>(浙江大學 碩士學位論文, 2012).

43) 들라크루아(Delacroix, 1798~1863)와의 비교 연구로 伍魏·許少玲, <人性的激情與渴望—德拉克洛瓦和徐渭的浪漫主義藝術比較>(≪藝術敎育≫, 2013年 4月)가 있고, 뭉크(Edvard Munch, 1863~1944)와의 비교 연구로 齊薇, <徐渭蒙克之比較>(青島大學 碩士學位論文, 2012)가 있다.

44) 팔대산인(八大山人, 1626~1705)과의 비교 연구로 彭哲, <徐渭與八大花鳥畵比較與研究>(南京師範大學 碩士學位論文, 2011)가 있고, 석도(石濤, 1642~1707)와의 비교 연구로 成國良, <“本色”與“我自用我法”的比較—徐渭, 石濤的繪畵創作思想比較>(聊城大學 碩士學位論文, 2007)가 있으며, 孟曉蕾, <董其昌, 徐渭藝術思想共性研究>(≪美與時代(下)≫, 2011年 11月)와 같이 동기창(董其昌, 1555~1636)과 비교한 연구도 드물게 있다.

45) 曾穎, <≪墨葡萄≫與≪向日葵≫—徐渭與凡·高繪畵藝術比較研究>(河南大學 碩士學位論文, 2004) ; 仇國梁, <凡高與徐渭—兩位瘋癲藝術家之比較>(南京師範大學 碩士學位論文, 2005) ; 喬永輝, <生命的悲歌, 藝術的絶唱—徐渭, 凡·高創作心態的比較>(山東師範大學 碩士學位論文, 2006) ; 馬秀明, <徐渭與凡高的比較研究>

서위의 시와 산문은 20세기 후반까지는 상대적으로 관심을 적게 받았다. 약 60수의 시와 약 20편의 산문을 현대중국어로 번역한 선역본(選譯本)46)이 나오기도 했다. 하지만 서위의 시만 보더라도 약 2150수가 남아 있으니 이 선역본에 실린 편수는 서위의 작품 전체에서는 지극히 소수에 불과하다. 그런데도 주석과 번역 작업은 여기에서 더 진척되지 못하였다. 주석과 번역 작업이 활발하게 이루어지지 않은 것은 기본적으로 서위 작품의 일차적 해석 즉 내용을 파악하는 것이 어렵다는 데서 기인한다. 해독의 어려움이 서위의 시와 산문에 대한 접근성을 낮추어 온 것이다.

그리하여 서위의 시와 산문은 문학이라는 큰 틀 안에서 간단하게 소개되는 정도에 그쳤다. 21세기에 들어서면서 학위논문이 작성되어 서위의 시 혹은 산문 각각의 특징에 대해 비교적 상세하게 서술되기 시작하였다.47) 그러나 여전히 작품을 전반적으로 살폈다고 보기는 어려우며, 일관된 관점을 가지고 세밀한 분석과 논의를 폈다고 말하기에도 아직 현저하게 부족하다고 여겨진다.

그 중 시에 대한 논문을 살펴보면 우선 서위의 시 전체를 증답시(贈答詩), 영물시(詠物詩), 제화시(題畫詩) 등 중국고전시의 일반적인 제

(≪襄樊學院學報≫ 第30卷 第9期, 2009年 9月) ; 邱春林, ≪聖徒與狂俠—凡·高, 徐渭比較硏究≫(上海: 中西書局, 2010) ; 秦芹, <筆墨與筆觸—以徐渭與文森特·凡·高的繪畫藝術之比較爲例>(湖北美術學院 碩士學位論文, 2010) 등 비교 연구 중 편수가 가장 많다.

46) 傅杰, ≪徐渭詩文選譯≫(成都: 巴蜀書社, 1994).

47) 시 연구로는 付瓊, <命運悲歌與人生戀歌—徐渭詩歌的雙重解讀>(曲阜師範大學 碩士學位論文, 2001) ; 張平, <迮世文章今猶在, 一腔畸憤幾人知—徐渭詩歌論>(蘇州大學 碩士學位論文, 2004) ; 蔡丹, <徐文長詩歌創作硏究>(陝西師範大學 碩士學位論文, 2009) ; 張淼, <徐渭詩歌硏究>(復旦大學 博士學位論文, 2008)가 있고, 산문 연구로는 付瓊, <徐渭散文的特色及其在文學史上的地位>(復旦大學 博士學位論文, 2004)[付瓊, ≪徐渭散文硏究≫(上海: 上海古籍出版社, 2007)로 출간] ; 李子良, <徐渭小品的審美取向和創作姿態>(東北師範大學 碩士學位論文, 2007)가 있다. 시·산문 연구를 병행한 논문으로는 李利軍, <徐渭詩文硏究>(西北師範大學 碩士學位論文, 2005)가 있다.

재로 분류한 것이 눈에 띈다.48) 이와 같은 분류는 서위 시의 대체적 경향을 훑어보는 데 있어서는 도움이 된다. 그러나 같은 시기 다른 시인에 적용해도 비슷한 결과가 나올 가능성이 높아 서위 시의 특징을 파악할 수 있는 분류법이라고 보기는 어렵다. 또한 여러 연구에서 서위의 시론, 혹은 사상적 배경을 서술한 뒤에 서위 시의 내용, 제재, 형식 등을 제시하였다.

그런데 이때 인용한 시는 대부분 역대로 서위 시를 소개하면서 자주 예시되어 온 대표작들에 국한되어 있다. 지금까지 중국에서 나온 서위 시 관련 학위논문은 인용한 시의 편수도 적은데다가 중국에서 나온 논문의 특성상 번역을 병기하지 않고 작품의 형식이나 분위기 등을 개략적으로 서술했기 때문에 이를 통해 서위 시를 심층적으로 이해하기 어렵다는 단점이 있다. 오히려 서위 시 전체를 연구의 대상으로 삼지 않고 일부 특징적인 시를 소개한 소논문에 다소 취할 점이 있다고 하겠다.49)

서위의 예술 전반에 관해 종합적으로 논의했다고 할 만한 것은 그의 예술론에 관한 연구에서 볼 수 있다. 주로 '미학사상(美學思想)'이라는 표제하에 예술에 대한 서위의 관점을 정리한 일련의 연구에서 시, 희곡, 회화, 서예작품을 관통하는 서위의 예술론을 엿볼 수 있다.50) 예술작품을 어떠한 태도로 창작할 것인가, 예술작품 창작과

48) 장평(張平)(2004)은 증답시, 영물시, 제화시, 취주시(醉酒詩)로, 장묘(張淼)(2008)는 증답시, 기유시(紀遊詩), 제화시로 분류하였다.

49) 예컨대 서위 시에서 일상생활에 대한 묘사가 자주 등장한다는 점, 오감(五感)과 같은 본능이 긍정되고 희노애락의 감정 표현이 직접적으로 드러난다는 점을 들어 서위 시의 세속화 경향을 지적한 논문이 있다. 羅朝蓉, <應時而生的詩歌世俗化—淺議徐渭詩歌的世俗內容>(≪江南大學學報≫ 第3卷 第2期, 2005年 4月) ; 汪沛, <俗與趣—徐渭詩歌的新視域>(≪殷都學刊≫, 2007年 3月).

50) 최근의 연구로 王雲, <徐渭與明代中後期的個性解放思潮>(≪學術界≫, 2007年 6月) ; 王鳳雪, <徐渭的美學思想研究>(山東師範大學 碩士學位論文, 2011) ; 辛立松, <論徐渭狂性美學>(南京師範大學 碩士學位論文, 2011) ; 傅合遠, <論徐渭的藝術美學取向>(≪山東大學學報≫, 2012年 第4期) 등이 있다.

감상에 있어 중요한 점과 그렇지 않은 점은 무엇인가 등등에 대한 답으로서 예술에 대한 서위의 입장을 포착하여 정리한 것이다. 그러나 그 내용은 서위 연구사를 통틀어 다음의 세 가지를 넘어서지 못하고 있다. 바로 정(情)을 중시했다는 점, 본색(本色)을 강조하여 속되고 추한 면까지도 허용했다는 점, 기이하고 광적인 경향의 심미관을 지녔다는 점이다.[51)]

이는 물론 서위가 직접 언급한 서위 예술의 기본개념으로서 예술사적으로 중요한 의의를 지닌다. 하지만 이것들은 서위의 작품을 해석하는 데 있어서는 어떤 구체적인 설명도 제시해줄 수 없다. 실제로 예술작품을 움직이는 힘은 작자의 말에서 얻어지는 것이 아닐 수 있기 때문이다. 작품의 작자가 아닌 해석자로서 연구자의 역할은 작자에 의해 형언되지 않은 작품의 본질을 꿰뚫어보고, 작자가 깨닫지 못한 창작의 원리를 밝히는 것이라 생각한다.

희곡과 회화 연구에 대한 편중, 시 연구의 약세, 종합적 논의의 부족 등을 상기해 보건대 서위 연구의 미진한 면은 적지 않다. 따라서 부경이 그의 논문의 마지막 부분에서 기존 연구 성과를 바탕으로 제기한 서위 연구의 문제점은 현 시점에서도 해결되지 않았다고 볼 수 있다. 그 내용은 이렇다.

1. 시(詩)・문(文)에 대한 연구가 정체되어 있다.
2. 문학(시・문・잡극)연구와 예술(서・화)연구 성과가 서로 흡수하고 거울삼지 못하고 있다.
3. 수준 낮은 연구가 중복되고 있는 상황이 비교적 심각하다.[52)]

---

51) 일례로 부합원(傅合遠)(2012)은 "정을 근본으로 하는 표현 의식〔以情爲本的表現意識〕," "'본색'・'자기에게서 나온다'는 개성 창조 이론〔"本色", "出于己"的個性創造理論〕," "독특하고 자유로운 심미적 경계〔奇偉狂逸的審美境界〕" 세 가지를 들었다. 이밖에 다른 연구에서 각각을 좀더 구체화시키는 경우는 있어도 이 틀을 완전히 벗어나는 새로운 요소를 제시한 것은 거의 찾아볼 수 없다.

52) "其一, 詩文研究滯後." ; "其二, 文學(詩文雜劇)研究與藝術(書畫)研究的成果未能相互

그리고 특히 두 번째 문제에 대해서 다음과 같이 부연하였다.

> 서위는 시·문·서·화·극 다섯 가지 방면에서 모두 큰 성취를 거둔 통재(通才)로, 일반적인 연구 대상과 구별된다. 게다가 그의 예술적 특징과 미학사상은 각종 예술 부문에서 일관성이 있다. 따라서 서위 연구자들은 다른 예술 부문의 연구 성과를 거울삼고 흡수할 필요가 있다.[53]

이에 의거하면 연구 대상으로서 서위의 특별함은 예술의 여러 방면에서 모두 큰 성취를 거두었다는 데 있다. 또한 서위의 예술작품은 각 형식별로 상이한 특징을 지니기보다는 일맥상통하는 경향이 있다. 예술의 형식이 다른 것일 뿐 기저의 본질은 동일하다는 뜻이다. 따라서 서위 연구는 각 예술 방면의 연구 성과를 종합하여 그의 예술작품 전반에 대한 통합적인 관점에서 전개되어야 한다.

위 인용문에서 언급된 '예술적 특징과 미학사상'이란 앞서 제기한 세 가지를 가리키는 것으로 판단된다. 다시 말해서 서위의 예술작품에 나타나는 일관성은 개인적 감정의 솔직한 표현, 독특하고 자유분방한 성격 등을 의미한다고 여겨진다. 그러나 위의 글은 서위의 예술작품에 일관성이 있을 것이라는 추측에 지나지 않는다. 일관성의 구체적인 내용, 즉 일관성이 어떻게 나타나는지에 대해서는 앞서 언급했듯이 지금까지도 충분히 논의되었다고 볼 수 없다.

2004년 이후로 시·서·화의 일체성을 주장하는 논문이 나오기도 했지만, 여전히 '본색'이라는 표제 아래에서 논의가 이루어지고 있어서, 작자의 격정을 표출했다는 결론에서 벗어나지 못하였다.[54] 본색론과 관계없이 회화작품 내에서 제화시와 그림 간의 상관관계를

吸收借鑒." ; "其三, 低水平重複研究的情況比較嚴重." 付瓊, 앞의 논문, 269쪽.

53) "徐渭作爲一個在詩文書畫劇五個方面都取得了很大成就的通才, 有別于一般的研究對象, 加之其藝術特色及美學思想在各種藝術門類中有其一貫性, 因而徐渭研究者有必要借鑒和吸收其不同藝術門類的研究成果." 위의 논문, 269쪽.

54) 孫珂, 앞의 논문.

살펴본 논문도 있지만, 그것을 바탕으로 서위의 예술세계를 관통하는 힘을 발견하기에는 부족한 점이 많다.55) 여러 방면의 연구 성과가 여전히 위 인용문의 표현대로 '서로 흡수하고 거울삼지 못하고' 있는 것이다.

본서에서는 이와 같은 기존 연구의 한계를 극복하려는 노력의 일환으로 서위의 예술작품을 움직이는 힘을 발견하고 창작의 원리를 밝히고자 한다. 이 책은 서위 시에 나타나는 부정성에 주목하여 부정성이 고착되는 양상을 연대순으로 기술하고 그것이 희곡과 회화 작품에서는 어떻게 드러나는지 규명할 것이다.

이 연구에서 중요한 점은 세계와 자아 두 방향에서 서위 시를 고찰한다는 점인데, 저쪽의 세계에 대해 부정성이 구축되는 양상뿐만 아니라, 이쪽의 자아에 대해 부정성이 발현되는 모습을 살펴볼 것이다. 이어지는 소절에서 상술하겠지만 이때 자아는 인식의 대상으로서 자기 자신이다. 서위의 예술세계에서 자아는 큰 비중을 차지하므로 중요하게 다루어질 필요가 있다.

기존 연구 중에도 서위가 예술작품에서 자기 자신을 어떻게 드러냈는지에 주목한 것이 있다. 그런데 이렇게 예술작품에서 자기 자신을 드러낸다고 할 때에는 두 가지 의미가 있다는 점에 유의해야 한다. 대부분은 작자가 예술작품을 창작할 때 자신의 내적 체험 및 감정을 밖으로 표출하는 것을 뜻한다.56) 예컨대 미술사학에서는 서위의 회화 창작이 일종의 자기표현으로 그 작품에서 대범하고 강렬한 필치가 나타나는 것은 작자가 격분한 감정을 그대로 표출한 데서 기인한다고 본다.

라이어(Ryor)의 박사학위논문 <시장에 걸려 있는 영롱한 구슬[明

55) 졸고(2010), 앞의 논문.

56) 따라서 이 경우 자기 자신을 드러낸다는 것은 예술론에서 예술활동을 일종의 감정표출로 보는 입장을 가리키는 것이다. 논장 편집부 엮음, ≪미학사전≫, 341~342쪽 참조.

珠〕 ―서위 회화에서의 자기표현과 상품화〔Bright Pearls Hanging in the Market Place: Self-Expression and Commodification in the Painting of Xu Wei〕>57)는 서위의 생애를 기술하고 서위의 회화작품이 누구를 위해 제작되었는지, 상업적 예술시장에서 어떻게 거래되었는지, 어떤 특징을 지니는지 규명한 것이다. 그의 논문은 다분히 자기표현적인〔self-expressive〕 서위의 작품이 그 독특함으로 인해 당시 강남(江南) 지역의 예술시장에서 희소가치를 지니게 되어 큰 인기를 누릴 수 있었다는 결론에 도달하고 있다.58) 따라서 이때 자기표현은 작자가 내적인 것을 표출하여 그 개성이 드러나게 되는 것을 의미한다.

다른 한편으로 자기 자신을 드러낸다는 것은 작자가 스스로 인식하고 있는 자기 자신 즉 '나'를 드러내는 것으로 그 방식으로는 '나'에 대해 기술하는 자기묘사, 작품에 등장하는 인물이나 사물에 '나'를 이입하는 자기투영 등이 있을 수 있다. 이와 같은 방식으로 자기 자신을 드러내는 것은 문학에서 '자전(自傳)'이라고 일컬어진다. 자전이란 자신을 객체화하여 보는 눈을 갖추고, 서정의 주체를 관조의 대상으로 삼고, '또 다른 자신'을 내부에 갖추어서 자기라는 인간의 변화를 묘사하는 것이다.59)

서위의 자기묘사를 지적한 연구로는 장묘(張淼)의 박사학위논문 <서위시가연구(徐渭詩歌研究)>60)가 있다. 장묘는 제3장 제2절 "자아의 현현(顯現)〔自我的呈現〕"에서 세 편의 시를 인용하여 서위가 시에서 자신의 형상을 드러냈다는 점을 지적하였다.61) 이밖에도 허약릉(許若

57) Kathleen M. Ryor, "Bright Pearls Hanging in the Market Place: Self-Expression and Commodification in the Painting of Xu Wei"(Ph. D. Dissertation at New York University, 1998).

58) 위의 논문, 281~282쪽.

59) 가와이 코오조오, ≪중국의 자전문학≫, 242쪽. 서위 글에 나타나는 자전적 성격에 대해서는 최형섭, <중국 소설을 통해 본 '개인'에 대한 인식의 변화―'四大奇書'부터 ≪紅樓夢≫까지의 변화를 중심으로>, 56~60쪽 참조.

60) 張淼, <徐渭詩歌研究>(復旦大學 博士學位論文, 2008).

61) 장묘(2008)의 논문은 자기묘사를 서위 시의 특성으로 꼽았다는 점에서는 의의가

菱)의 석사논문 <이경과 예경—서위 시문 속의 질병과 자아〔異境/藝境: 徐渭詩文中的疾病與自我〕>62)에도 서위의 자전에 관해 논의한 부분이 있고,63) 장소리(張小李)는 그의 석사논문 <서위의 자아관 및 문학사상에 대한 그 영향을 논함〔論徐渭的自我觀及對其文學思想的影響〕>64)에서 '자아관'이라는 포괄적인 개념에 관해 서술하였다.65)

졸고 <서위(徐渭) 시의 눈〔雪〕과 시세계의 변모>66)는 서위가 시세계를 구축해가면서 자기 자신을 어떻게 세계와 관계 맺게 하는지 살펴본 논문이다. 서위 시에 자주 등장하는 눈에 착안하여, 눈에 대한 시적 언술이 발광(發狂)·입옥(入獄)시기를 기점으로 어떻게 변화하는지 관찰하였다. 눈이 내리는 세계가 긍정적 세계에서 부정적 세계로 변모하는 과정에서 수반되는 자아의 입장 변화를 밝혔는데, 이 부분에서 서위의 자아 인식을 엿볼 수 있었다.

서위는 시를 통해 자기 자신의 외모, 행동, 상태 등을 드러내는 한편 회화작품을 통해서는 그려진 제재에 자기 자신을 투영하였다. 옌(Yen)이 박사학위논문 <서위의 잡화(雜畫)—장르 연구〔Xu Wei's Zahua:

있지만 단순한 소개에 그쳤고, 그 다양한 면면과 변화의 양상을 포착하는 데 이르지는 못했다.

62) 許若菱, <異境/藝境: 徐渭詩文中的疾病與自我>(臺灣: 國立暨南國際大學 碩士學位論文, 2011).

63) 서위의 시·문에 나타난 "자기 자신에 관한 서술〔自我書寫〕" 및 "질병과 치료〔疾病與治療〕"를 분석하고 서위가 정신병으로 인해 진입하게 된 "기이한 경계〔異境〕"가 "예술 경계〔藝境〕"로 발전함을 주장하였다. 다양한 서위의 시와 산문을 인용 및 해설하고 있어 많은 정보를 담고 있으나 각 장과 소절이 유기적으로 연결되어 있지 않고, 인용한 서구 이론이 적절하지 않은 경우가 많아 논지가 명확하게 드러나지 않는다는 단점이 있다.

64) 張小李, <論徐渭的自我觀及對其文學思想的影響>(首都師範大學 碩士學位論文, 2006).

65) 그는 서위의 자아관을 "자아의 성정과 자아의 개성〔自我性情與自我個性〕," "자기 해침과 자기 학대〔自殘與自虐〕," "자아의 재주와 자아의 명예〔自我才氣與自我聲譽〕," "자아 의식과 자아 가치〔自我意識與自我價值〕" 네 가지로 나누었는데, 서술의 층위가 각기 다르고 논거가 불충분하다는 한계가 있다.

66) 졸고, <서위(徐渭) 시의 눈〔雪〕과 시세계의 변모>(≪中國文學≫ 제70집, 2012.2).

A Study of Genres]>67)에서 여러 사물을 한 화면에 그리는 서위의 '잡화'가 일종의 자화상임을 주장한 것이 바로 그림의 제재에 대한 자기투영을 가리킨다. 옌은 그의 논문 제5장 제1절 "자화상으로서 서위의 잡화[Xu Wei's Zahua as Self-Portraiture]"에서 서위가 다양한 제재에 자신의 성격을 다각도로 투영한 점을 지적하고, "명대 화가들의 작품 중에서 서위의 '잡화'는 인간 성격의 가장 복잡함을 보여주는 유일한 자화상일 것이다."68)라고 평가하였다.

이처럼 서위의 예술작품 연구에 있어서 자기, 자아는 비중을 둘 만한 주제이다. 하지만 기존 연구는 다만 서위의 시와 회화에서 간혹 모습을 드러내는 자아의 중요성을 제기하였을 뿐 그에 관해 다각도로 분석하지는 않았다. 본서에서는 서위의 시를 통해 그가 자신의 내적·외적 면모를 스스로 어떻게 인식하였는지에 대해 상세히 살펴볼 것이다. 서위의 시 전체를 연구 대상으로 삼아 시간적 순서에 따라 자아의 형상이 어떻게 변화하는지 고찰하고, 그 양상이 서위의 다른 예술작품을 이해하는 토대가 된다는 점을 밝힐 것이다.

한편 서위의 예술작품을 총체적으로 이해하기 위해서는 자아 외에 그것을 둘러싸고 있는 세계에 관해서도 살펴보아야 한다. 서위 시에 나타난 세계와 자아를 관찰하면서 그것들이 어떻게 관계 맺고 있는지 탐색함으로써 서위 시를 심층적으로 분석할 수 있을 것이다. 그리고 그 특성이 서위의 희곡과 회화에도 반영되어 있음을 밝힌 뒤에 그것이 서위의 예술을 움직이는 원리임을 주장할 것이다.

67) Shou-chih Issac Yen, "Xu Wei's *Zahua*: A Study of Genres"(Ph. D. Dissertation at Yale University, 2004).

68) "Among Ming painters' accounts, Xu Wei's *zahua* is perhaps the only self-portraiture to show the full complexity of one's personality." 위의 논문, 294쪽 인용.

『 제3절 연구의 전제와 범위

이 책은 서위 시의 부정성을 파악하는 데 있어서 자아(自我)와 세계(世界)를 분석 대상으로 삼는다. 분석에 앞서 자아와 세계가 지칭하는 바가 무엇인지 구체적으로 밝힐 필요가 있다. 이 절에서는 문학비평에서 자아와 세계라는 용어가 어떻게 사용되고 있는지 살펴보고, 그것을 서위 시에서 사용할 목적으로 다시 정의할 것이다. 그 과정에서 이 용어의 적합성과 새로운 정의의 필요성이 대두될 것이다.

문학비평용어로서 자아와 세계는 우리나라에서 약 40년 전에 제기된 바 있다. 조동일은 물아일체(物我一體), 신세모순(身世矛盾), 불여세합(不與世合) 등의 어구가 자아와 상대방의 대립을 담지하고 있다는 점에 착안하여, 사고행위의 주체로서 '자아'를, 대상(상대방)을 지칭하는 포괄적인 용어로 '세계'를 고안하였다.[69] 그리고 실제 삶(작품 외부)이 그러한 것과 마찬가지로 문학작품(작품 내부)도 자아와 세계의 대립으로 이루어져 있다고 보아, 서정(抒情)·교술(敎述)·서사(敍事)·희곡(戲曲)을 각기 작품외적 세계의 개입이 없는 세계의 자아화, 작품외적 세계의 개입으로 이루어지는 자아의 세계화, 작품외적 자아의 개입으로 이루어지는 자아와 세계의 대결, 작품외적 자아의 개입이 없는 자아와 세계의 대결이라고 설명하였다.[70]

이러한 정의는 애초에 문학의 세부 장르를 구분하는 데 있어 발생하는 불분명함을 해결하기 위한 것으로서 각 장르의 특성과 장르간의 상이점을 이해하는 데 도움을 줄 수 있다. 그러나 실제로 작품

69) 조동일, <自我와 世界의 小說的 對決에 관한 試論>(≪東西文化≫ 제7집, 1974), 16~18쪽.

70) 위의 논문, 29쪽.

분석에 이를 적용할 경우에는 개별 작품의 특성을 파악하기 어렵다는 단점이 있다. 장르 내에서 각각의 작품을 변별하지 못하고 단지 각 장르에 해당하는 자아와 세계의 관계를 확인하는 것에 그칠 우려가 있다는 것이다. 많은 작품에 적용하여 이것을 세계, 저것을 자아로 규정할 수 있지만, 이러한 이분법적 규정으로 인해 그 너머에 있는 것들을 놓칠 가능성도 있다.

자아와 세계의 이분법이 안고 있는 도식성에 대한 우려에도 불구하고 이 글에서는 이 이분법을 사용하고자 한다. 왜냐하면 서위의 예술작품을 이해하는 데 있어서 이 이분법이 유용하다고 여겨지기 때문이다. 그러나 본서에서 지칭하는 자아와 세계는 앞선 용어와 기표는 같지만 지시하려는 기의는 결코 같지 않다. 동일한 단어를 사용하는 이유는 다만 그 한자어가 지니고 있는 본래의 의미에 있다. 그렇다면 그 뜻은 어떻게 다른가.

이 책에서 자아라고 부르는 것은 작자에 의해 자기 자신이라고 생각된 것이다. 만일 위에서 인용한 글의 표현을 빌려 작자를 작품외적 자아라고 하고, 작품 안의 화자, 주인공 등의 중심인물을 작품내적 자아라고 한다면, 이 글의 자아는 작품외적 자아와 동일시된 작품내적 자아를 일컫는다고 말할 수 있다. 시에서 자아가 발견된다고 한다면 이것은 주로 '나'라고 지칭되는 작자의 자기 자신이 형상화되어 있는 것을 가리킨다.

앞선 논의에서 서정문학, 다시 말해 시를 정의할 때 '세계의 자아화'라고 한 것은 시적 대상을 완전히 발화자의 것으로 변화시키는 것을 말한다. 이는 개별 발화로서 모든 발화상의 강제들로부터 자유롭고 자체 내에서 완결된 표현을 나타내준다는 서정적 발화의 특징을 이야기하고 있다.[71] 즉 '자아화'의 자아는 작자에 의해 내세워진

71) 서정적 발화의 특징과 더불어 서정시의 정의에 대해서는 디이터 람핑 지음, 장영태 옮김, ≪서정시: 이론과 역사—현대 독일시를 중심으로≫, 98~113쪽 참조.

시의 발화자를 가리킨다.

반면 이 글의 자아는 작자가 자기 자신과 동일시한 존재로서 반드시 시의 발화자를 가리키는 것은 아니다. 작품에서 '나'라고 지칭된 것뿐만 아니라 작자가 자기 자신과 동일시한 것을 자아라고 간주하고 있으므로, 자아는 작품 안에서 작자의 자기 자신이 이입된 무언가를 가리키기도 한다. 시에서 자아는 발화자로서 '나'로 등장하기도 하지만 사물에 투영되어 나타나기도 하는 것이다. 희곡작품에도 작자가 자신과 동일시한 인물이 있을 수 있으며, 이 경우 그 인물에 작자의 자아가 투영되어 있다고 말할 수 있다. 작자가 의식한 자기 자신을 가리키기에 '나 자신'을 의미하는 '자아'라는 한자어를 사용하는 것이 가장 적절하다고 판단했다.

그런데 시에 나타나는 '나'라는 발화자가 작자의 자아와 일치한다고 말할 수 있는가. 적어도 서위 시의 경우에는 그렇다고 볼 수 있다. 일반적으로 중국고전시에서는 가행체시나 악부체시 같은 특수한 경우를 제외하고는 대부분 시 속의 '나'와 현실 속의 '나'가 일치되어 있다.[72] 물론 중국고전시 중에서도 화자가 작자에 의해 의도적으로 내세워진 경우가 더러 있다. 하지만 그런 경우에는 대부분 작자의 의도가 분명하게 드러나 있으므로 예외적인 것으로 보는 편이 옳다고 생각된다.[73]

서위의 시 중에도 이와 같이 작자가 의도적으로 특정 인물을 화자로 내세운 경우, 시를 구성하는 방식으로서 대화체가 선택된 경우

72) 중당시기 문인들은 시와 산문에서 '나'라는, 어느 누구도 아닌 자기 자신을 등장시키기 시작했고, 이는 자전문학의 태동으로 이어졌다. 시의 발화자로서 유형적 자아가 아닌 '나'라는 개체적 자아를 내세우기 시작한 것도 개인의식의 발흥과 관련이 있다고 여겨진다. 자전시(自傳詩)의 선구자로는 두보(杜甫)를 꼽을 수 있다. 가와이 코오조오, 앞의 책, 231~252쪽 참고.

73) 일례로 문인(남성)이 지은 악부시에서 여성 화자가 내세워진 경우를 들 수 있다. 서용준, <李白詩의 화자에 대한 연구—장편 서정시를 중심으로>, 101~102쪽 참조.

가 있을 수 있지만 일반적인 것은 아니다. 따라서 서위 시에서 아(我), 여(余), 오(吾) 등의 일인칭 대명사가 등장하면 작자 서위가 다른 누군가가 아니라 자기 자신이라고 여겨지는 존재를 등장시킨 것이라고 보아야 한다.

서위 시를 비롯한 중국고전시의 이와 같은 특징은 급진적인 현대시에서 탈인간화의 과정을 거쳐 경험적 자아로부터 시적 주체를 분리하여 '인공적 자아'를 탄생시킨 것과는 차이가 있다.[74] 서위의 시에는 특히 시인이 자기 자신을 형상화하는 경향이 강하게 나타난다. 서위가 자기 자신을 어떻게 보고 있는가 하는 것은 더 나아가서 서위의 예술작품을 이해하는 데 있어 매우 중요하다.

'나'라고 일컬어지는 시의 발화자를 작자의 자아와 동일선상에 놓는다는 점에서 이 글은 시를 시인의 표현적 발화로 보는 입장에 서 있다.[75] 따라서 시에서 발화자로서 '나'가 나타나는 경우 이는 정서를 표현하는 시인 자신이라는 뜻을 가진 서정적 자아[lyric self]라는 용어를 제한적으로 사용할 수 있다.[76] 하지만 서정적 자아와 개념이 다른 시적 자아[poetic self][77], 시적 화자[speaker], 퍼소나(persona)[78]

---

74) '급진적인'이라는 수식어를 붙인 것은 현대시라고 불리는 시에서도 시의 발화자를 작가의 인격으로 해석할 수 있는 작품이 여전히 존재하기 때문이다. 후고 프리드리히는 랭보의 시가 보들레르의 ≪악의 꽃≫과 다른 점을 탈인간화로 설명하고 있다. 후고 프리드리히 지음, 장희창 옮김, ≪현대시의 구조—보들레르에서 20세기 중반까지≫, 114~115쪽 참고.

75) 그런 의미에서 이때의 시는 서정시(抒情詩)이다. 서정시의 개념이 안고 있는 여러 문제점에도 불구하고 이 글은 기본적으로 다음의 정의를 취한다고 볼 수 있다. "전통적 서정시 이론의 근본적인 전제는 서정시란 본질적으로 '자기 발언'이라는 관념이다. 이것으로 두 가지 사실이 의미되는데, 그 하나는 서정시가 본질적으로 개인적 발화라는 것, 즉 시인의 발화라는 것이고, 다른 하나는 서정시란 주관적 혹은 더 정확하게 말하자면 표현적 발화, 그것도 원칙적으로 시인의 표현적 발화라는 점이다." 디이터 람핑 지음, 장영태 옮김, 앞의 책, 98쪽.

76) 서정적 자아에 관한 정의는 함부르크(Hamberger)와 슈타이거(Stieger)의 그것을 참조한다. 이를 비롯하여 서정적 자아라는 용어의 유래와 함의에 대해서는 윤지영, <시 연구를 위한 시적 주체(들)의 개념 고찰>, 144~150쪽 참조.

등의 비평용어는 이 글에서는 적절하지 않다. 이 글에서는 시의 발화자를 지칭할 때 서정적 자아를 비롯하여 시의 작자로서의 서위를 직접 가리키는 단어를 사용할 것이다.

다만 이 글에서 자아라고 지칭되는 것들은 엄격히 말한다면 몇 가지 갈래로 나누어질 수 있다는 점을 밝혀 두어야 할 것이다. 문학작품에서 서술자이든 서술 대상이든 작자와 유사성을 갖는 존재는 한 작품 안에서도 여러 형태로 나타날 수 있다. 실제로 시에 나타나는 자아를 실재적 자아, 잠재적 자아, 예술적 자아 세 가지로 구별한 사례가 있다.[79] 이때 실재적 자아는 작품에서 '나'로 명시된 것을, 잠재적 자아는 '나'가 아닌 타인으로 나타나지만 또 다른 '나'라고 여겨지는 것을, 예술적 자아는 이 두 자아를 관찰하는 화자를 가리킨다. 다른 연구에서는 소설작품에 이를 적용함으로써 반성하는 자아와 반성되는 자아를 분별해낼 수 있었다.[80]

서위 시에서도 작자 서위와 유사성이 농후한 사물 또는 인물이 곳곳에 나타나므로 이를 잠재적 자아로 보고, '나', 화자 등과 구분

---

77) 시적 자아는 스피처(Spitzer)가 중세시대 문학에서 개별성과 독자성이 없는 인류 보편적 체험의 전달자로 사용한 경우(위의 논문, 149쪽)와 횔덜린(Hölderlin)이 "소재에 의해 못박힌 문학적·창작적 개성"(장영태 저, ≪횔덜린—생애와 문학·사상≫, 291쪽)을 지칭하며 사용한 경우가 있다. 어느 쪽도 서정적 자아의 개념과는 차이가 있다.

78) 시적 화자와 퍼소나는 주로 이미지와 상징, 역설과 비유 등 일상적 언어가 어떻게 시적 언어로 전환되는지 밝히기 위해, 다시 말해 시의 미학성을 규명하기 위한 연구에서 시인을 고립시키기 위해 사용하는 개념이다. 시적 화자와 퍼소나의 개념과 역할에 대해서는 윤지영, 앞의 논문, 150~157쪽 참조.

79) 김현은 김지하의 시 <무화과>에 대한 비평에서 자아의 분열을 제기하면서 이 시에 등장하는 '나'와 '친구', 그리고 그 바깥에 있는 화자를 각각 실재적 자아, 잠재적 자아, 예술적 자아로 명명한 바 있다. 김현, <욕망의 뿌리로 내려가기(2)—속꽃 핀 열매의 꿈>, ≪전체에 대한 통찰≫, 330쪽.

80) "김현의 말투를 <광인일기>에 적용한다면, 고통에만 빠져 있지 않기 위해 자아는 분열하여, 한 자아는 반성하고 다른 한 자아는 반성되며 또 다른 한 자아는(뒤에 숨은 채) 그 반성을 예술로 만든다, 라고 말할 수 있겠다." 전형준, <김지하와 왕멍을 통한 <광인일기> 다시 읽기>, 113쪽.

하여 살펴볼 수 있으리라 짐작된다. 이처럼 자아를 구별하여 파악하는 관점은 서위 시 분석에 있어서도 유용할 수 있다고 여겨지며, 이를 통해 서위 시에 나타난 자아의 분열 양상을 밝히는 것은 상당히 의미 있는 작업이 될 것이다.

그러나 설사 서위 시에서 자아의 분열을 목격함으로써 근대성을 발견할 수 있다 하더라도 이 작업은 추후의 과제로 남겨 다른 지면을 통해 행해지기를 기대하자. 본서에서 자아를 분석의 대상으로 삼는 취지는 자아의 분열 양상을 살펴보려는 데 있는 것이 아니라, 오히려 서위가 자기 자신과 세계 간의 관계를 어떻게 파악하였는지를 관찰하고, 자아와 세계를 형상화하는 데 있어 작용하는 힘을 발견하려는 데 있다. 이에 따라 자아가 위치해 있는 세계가 논의의 다른 한 측면이 된다.

이 글에서 세계는 자아를 둘러싼 시·공간을 가리킨다. 그 시·공간에는 다양한 인간과 사물이 존재하므로 작품 안에서 세계는 자아를 제외한 모든 것이라고 말할 수 있다. 인간이 삶에서 시·공간과 그 안의 존재들 가운데 살아가고 있다고 인식하듯, 작품 속의 자아 역시 세계 안의 존재로 나타난다. 또한 작품 안에서 세계는 자아와 화합할 수도 있고 대립할 수도 있다. 이 책에서 세계라는 용어를 사용하는 것도 자아의 경우와 마찬가지로 이 한자어의 본의를 중시하기 때문이다. 세계는 시간을 나타내는 '세(世)'자와, 공간을 나타내는 '계(界)'자로 구성되어 있다.

이렇게 볼 때 자아와 세계는 각각 정신 활동의 주체와 객체를 의미하는 것이 아니라 모두 정신 활동의 대상을 가리킴에 유의하자. 작품에 묘사된 세계가 정신 활동의 대상이라는 점에 대해서는 이견의 여지가 없어 보이나, 자아 역시 그렇다고 한다면 논란이 있을 수 있다. 그러나 정신분석의 가르침에 따라 자아, 즉 한 인간이 '나'라고 부르는 것은 더 이상 사고행위의 주체일 수 없게 되었다. 라캉

(Lacan, 1901~1981)은 L도식을 통해 주체〔sujet〕와 자아〔moi〕를 구별하였다. 이때 오인(誤認)의 산물인 자아는 진정한 주체와는 다른 허구적인 것이다.

> 주체는 거울단계를 거치면서 나와 너라는 상호 주체성의 구조에서 가시화되는 주체성을 획득한다. 이 가시화된 주체성을 자아 혹은 에고라 부를 수 있다. 자아는 (…) 본질상 상상계에 속하는 것으로 진정한 주체에 대해 타자적인 성격을 갖는다.[81]

자아는 가시화된 주체성으로서 쉽게 말하면 자기 자신으로 생각되어 '나'라고 칭해지는 것이다. 자아는 사유의 진정한 주체가 아니라 주체인 것처럼 여겨지는 것이므로 진정한 주체에 대해서는 타자이며, 인식의 주체가 아니라 대상이 된다.

> 우리는 자신을 다른 사람인 것처럼 바라보며 관찰할 수 있다. '자기 의식의 신비로움'은 에고(나는 이를 '자기'라는 용어와 비슷한 용어로 사용했다)의 본성으로서, 내향 투사되고 내면화된, 주체의 객관적 이미지라 할 수 있다. 따라서 에고는 일종의 대상이다. 의식은 타인을 바라보듯 자신을 바라본다.[82]

따라서 자아는 시에서 발화자로 나타나든 대상으로 나타나든 간에 인식되거나 사유된 것이다. '나'라는 자기 자신의 대상성은 목적어의 자리에서뿐만 아니라 주어의 자리에서도 변하지 않는다. 대상으로서 의식의 환영인 자아를 분석하는 것이 연구의 목표 중 하나이므로 본서는 라캉의 이론에서 중시되는 '진정한 주체'에 관심을 두지 않고 있다고 말할 수 있다.

더불어 이 글에서 말하는 자아는 절대적 자아 혹은 초월적 자아

---

81) 김석, ≪에크리—라캉으로 이끄는 마법의 문자들≫, 152쪽.
82) 브루스 핑크 지음, 맹정현 옮김, ≪라캉과 정신의학≫, 151쪽.

를 의미하지 않는다. 따라서 인식의 대상이 되지 않으면서 주관을 장악하고 있는 존재 바로 서위가 말한 '진아(眞我)'는 이 글에서 말하는 자아가 아니다. 작자의 초월성 역시 이 글의 관심사에서 벗어난다. 예컨대 다음 글에서 도출하고 있는 순수 작가, 즉 작품 속에 보이는 작가의 형상을 창조한 작가는 이 글의 논의 대상이 아니다.

> 이른바 작가의 형상이란 작품의 다른 형상들과는 물론 구별되는 독특한 유형의 형상이지만, 그러나 이것은 형상이고, 따라서 그를 창조한 자신의 작가를 갖는다. 이야기 속에 나로 등장하는 화자의 형상, 자전적 작품(자서전, 고백록, 일기, 회상록 등)에서 주인공의 형상, 자전적 주인공, 서정적 주인공 등등. 이 모든 것들은 (묘사의 독특한 대상으로서) 인간-작가에 대한 자신의 관계에 의해 가늠되고 규정되지만, 자신의 작가, 즉 순수한 묘사 원칙의 담지자를 가지는 묘사된 형상이다. 여기서 우리는 부분적으로 묘사되고 보여지며 작품 속에 그 일부로 들어오는 작가와 구별되는, 순수 작가에 대해 말할 수 있다.[83]

본서의 논의 대상은 순수 작가가 아니라 오히려 다른 형상들과 구별되는 작가의 형상이다. 자아를 분석 대상으로 삼는 이유는 시에 나타나는 시인 자신의 형상, 희곡작품에서 작자와 동일시된 주인공의 모습에 대해 살펴보려는 데 있다.

현대시의 출현에 따라 지금 시점의 시 연구는 시인의 자아에 대해서보다는 그것을 넘어서는 진정한 주체에 대해서 더욱 큰 관심을 가지고 있다.[84] 그럼에도 불구하고 이 글에서 시인의 자아를 분석 대상으로 삼는 까닭은 무엇인가. 앞에서도 언급했듯이 서위의 예술작품을 이해하는 데 있어서 서위에게 자기 자신이 어떻게 인식되고

83) 미하일 바흐친 지음, 김희숙·박종소 옮김, <언어학, 어문학 그리고 다른 인문학에서 텍스트의 문제>, ≪말의 미학≫, 410쪽.

84) "유능한 주체는 경험적 자아가 아니다. 다른 힘들, 아래로부터 올라오는 초개인적인 성격의, 그러나 강제적인 조작력을 가진 힘들이 자아의 자리로 들어선다." 후고 프리드리히 지음, 장희창 옮김, 앞의 책, 104쪽.

있는지는 매우 중요하다. 서위가 자기 자신을 어떻게 인식하고 형상화하는지 파악하면 서위 예술작품에 나타나는 다양한 양상을 일관되게 설명할 수 있게 되기 때문이다.

예를 들어 중국고전극의 특성상 필연적으로 단원(團圓), 즉 행복한 결말을 맞이하는 희곡작품의 주인공들이 어째서 '사성원'이라는 제목처럼 슬프게 우는 한 마리의 원숭이가 되는지 설명하기 위해서는, 시에 나타나는 서위의 자아와 연관 지어 보아야 한다. 또한 회화작품에 쓰러진 대나무, 물에 빠진 매화 등등 기이한 형상들이 나타나는 이유를 밝히기 위해서는, 자아가 어떻게 인식되고 있는지 살펴보아야 한다.

자아가 어떻게 묘사되고 있는지 연대순으로 살피는 것과 마찬가지로, 세계가 형상화되는 과정을 살피는 것 역시 서위의 예술을 이해하기 위한 근간이 된다. 시를 통해 세계를 묘사하는 경향을 관찰하는 것은 곧 서위가 세계를 인식하는 방식을 파악하는 것이다. 서위의 세계관을 고찰함으로써 희곡작품의 시·공간적 구조와 그것이 의미하는 바를 일관성 있게 설명할 수 있을 것이다. 회화작품에 대해서는 그 표현적 특징이 단순히 작자 서위의 자유분방한 기질에서 기인한 것이라는 기존의 기술에서 한걸음 더 나아가, 서위가 그러한 기법으로 그림을 그린 필연적인 이유에 관해 구체적으로 논의할 수 있다.

이처럼 이 책은 서위 시에서 세계와 자아가 형상화되는 과정에서 나타나는 특성을 '부정성(否定性)'이라 총칭하고, 그것이 다른 예술작품에도 일관되게 나타나고 있음을 밝힌다. 시를 비롯하여 예술작품을 대상으로 한 기존 연구에서 '부정성'이라는 한자어의 용례는 대체로 두 갈래로 나뉜다. 하나는 '부정적인 성격'이라는 직선적인 의미로 사용한 경우이고,[85] 다른 하나는 서구 언어에 대한 번역어로서

85) 안수진, <모더니즘詩의 否定性 形成 研究—朴寅煥과 金洙暎을 中心으로>(서울대

사용한 경우이다. '부정성'을 부각시킨 기존의 예술작품 연구는 전자보다는 후자, 즉 서구 철학에서 부정(否定)과 관련된 다양한 개념을 가져와 예술작품 분석에 적용하는 방식을 취한 것이 많다.[86]

하지만 본서에서 서위 시의 부정성은 기존의 개념을 검증하는 과정을 거쳐 확정된 것이 아니다. 이 글에서의 부정성은 앞서 언급했듯이 서위 시에서 세계와 자아가 서술되는 방식을 다각도로 분석함으로써 귀납적으로 얻어진 특성이다. 바로 세계가 분할되고 거부되며 자아가 이탈되고 결핍되는 특성을 종합적으로 명명한 것이다. 따라서 이 글에서 서위 시의 성격으로서 제시한 부정성은 서위 시에서 관찰되는 네 가지 경향을 포괄하는 상위 개념이라고 볼 수 있다. 이렇게 서위 시에서 여러 하위 성격을 통해 발현되는 부정성은 그의 다른 예술작품에서도 일관되게 나타난다.

서위는 전 생애에 걸쳐 꾸준히 시를 창작하였고, 시에 그때그때

학교 석사학위논문, 1997) ; 최은성, <기형도 시의 부정성 연구>(조선대학교 석사학위논문, 2006) ; 이현석, <손창섭 소설에서 나타나는 부정성의 의미 변화에 관하여>(≪한국문학논총≫ 제50집, 2008.12).

86) 번역어로서 '부정성' 개념을 사용한 경우 헤겔(Hegel)의 현상학과 논리학의 핵심 개념인 "부정성〔Nagativität〕"(헤겔의 부정성 개념에 대해서는 김재철, <헤겔의 부정성 개념에 대한 하이데거의 해석>, 231~252쪽 참조), 이를 비판적으로 수용한 아도르노(Adorno) 예술론에서의 "부정성〔Nagativität〕"(아도르노의 부정성 개념에 대해서는 정현철, <아도르노의 미학적인 이론에 있어서의 부정성 개념>, 196~211쪽 참조) 및 크리스테바(Kristeva)의 제3단계의 거부로서의 시적 부정성("시적 부정성은 제3단계의 거부이다〔La négativité poétique est un rejet au troisième degré〕." 줄리아 크리스테바 지음, 김인환 옮김, ≪시적 언어의 혁명≫, 192쪽 ; Julia Kristeva, La révolution du langage poétique, 150쪽)을 도입하였다. 헤겔을 원용한 연구로는 최정우, <바타이유의 '유물론'과 문학적 전복—≪마담 에드와르다≫를 통해 본 부정성과 변증법의 의미>(서울대학교 석사학위논문, 2009), 아도르노를 원용한 연구로는 박윤우, <1950년대 한국 모더니즘 시 연구—否定性의 형태화 양상을 중심으로>(서울대학교 박사학위논문, 1998), 크리스테바를 원용한 연구로는 김란희, <한국 민중시의 언어적 실천 연구—1970·80년대 민중시에 나타난 '부정성'의 의미화 양상을 중심으로>(서강대학교 박사학위논문, 2011) 등이 있다.

자신이 보고 느낀 것을 담았으므로 서위의 정신 활동을 파악하는 데 있어서는, 그의 시가 특정 시기에 창작된 다른 예술작품보다 훨씬 더 풍부한 자료를 제공한다고 볼 수 있다. 이 책은 중화서국본(中華書局本) ≪서위집(徐渭集)≫[87] 중 ≪서문장삼집(徐文長三集)≫, ≪서문장일고(徐文長逸稿)≫, <보편(補編)>[88]에 수록된 약 2150여 수의 시를 연구 대상으로 삼아 세계와 자아가 나타나는 양상을 살펴본다. 다만 ≪서위집≫은 서위의 시를 편년(編年)하지 않고 시체(詩體)별로 수록하고 있어, 몇몇 연보(年譜)를 바탕으로 창작 시기가 비교적 명확한 작품을 주로 인용할 것이다.[89]

시를 분석한 결과를 바탕으로 서위의 다른 예술작품을 고찰하는 데 있어서는 희곡작품인 ≪사성원≫과 현전하는 회화작품이 구체적인 고찰 대상이 될 것이다. ≪사성원≫의 경우 ≪서문장삼집≫의 부각본(附刻本)을 저본으로 한 중화서국본 ≪서위집≫의 그것과, 주중명(周中明)의 교주(校注)본을 대조하여 살핀다.[90] 회화작품은 ≪서위서화집(徐渭書畫集)≫과 ≪서위정품화집(徐渭精品畫集)≫의 작품을 주요 연

---

87) (明) 徐渭 撰, ≪徐渭集≫(北京: 中華書局, 2003). 이 문집이 저본으로 삼고 있는 ≪서문장삼집(徐文長三集)≫, ≪서문장일고(徐文長逸稿)≫, ≪서문장일초(徐文長佚草)≫ 등의 판각 시기와 유전에 관해서는 ≪徐渭集≫, 3~4쪽 참조. 서위 문집의 다양한 판본에 대한 설명과 현재의 소장 현황에 대해서는 권응상, <徐渭 文學論 研究>, 83~88쪽 참조.

88) <보편>은 누락된 작품을 모아 수록한 부분으로 ≪성명백가시(盛明百家詩)≫, ≪일지당고(一枝堂稿)≫ 등과 서・화의 제기(題記)에서 옮긴 것이다. ≪徐渭集≫, 4쪽. ≪성명백가시≫와 ≪일지당고≫에 대해서는 권응상, 앞의 책, 83~84쪽 참조.

89) 서위 시의 창작 시기를 파악하기 위해 참조한 연보는 다음과 같다. 徐渭 撰, <畸譜>, ≪徐渭集≫, 1325~1335쪽 ; 徐朔方, ≪晚明曲家年譜≫ 第2卷, 35~196쪽 ; 邱寶惠, '徐渭年譜暨作品繫年', <徐渭文藝理論—氣的觀點>, 147~217쪽 ; 盛鴻郎, <徐文長先生年譜>, 101~ 185쪽. 본문에서 인용한 시의 창작 시기는 제가의 설을 수합・수정한 구보혜의 정리본과, 가장 최근에 작성된 성홍랑의 연보를 주로 참조하고 서로 다른 것을 비교하여 규정하였다.

90) 徐渭 著, 周中明 校注, 앞의 책. ≪사성원≫의 판본에 대해서는 ≪徐渭集≫, 4쪽 참조.

구 대상으로 삼는다.[91)]

이 글의 본론은 세계에 관한 논의로부터 시작한다. 서위 시를 편년하여 나열해보면 경계가 분명하지는 않지만 초기에는 자아에 대한 서술보다 세계에 대한 서술이 위주임이 확인되기 때문이다. 자아에 대한 언술이 큰 비중을 가지는 것은 상대적으로 늦은 시기이므로 세계가 서술되는 경향을 먼저 살펴보기로 한다. 따라서 제2장에서는 세계를 묘사하는 과정에서 부정성이 어떻게 형성되고, 어떤 양상으로 나타나는지를 고찰한다.

서위의 초기 시에서 두드러지는 시・공간의 분할에 주목하고 이 이분법적 분할이 점차 어느 한쪽을 부정적으로 묘사하는 방향으로 변화해가는 것을 입증한다. 이렇게 대두된 부정성은 점차 확대되어 서위의 세계관을 부정적 세계관으로 명명할 수 있게 되는 데 이를 것이다. 그 원인으로 두 층위의 부정의식을 제기할 것인데, 하나는 자기 자신의 삶과는 거리가 먼 사회적・정치적 현실에 관한 부정의식이고, 다른 하나는 삶에서 직접 맞닥뜨리는 시・공간에 대한 부정의식이다.

다음으로 서위 시에서 세계에 대한 거부를 핵심으로 하는 부정적 세계관이 나타나는 양상을 살펴본다. 이쪽 세계의 부정성을 강조하기 위해 저쪽 세계의 긍정성과 대비한 경우와 부정성을 전면화한 경우로 나누어 부정적 세계관의 표출 양상을 다각도로 조명한다. 일련의 논의를 통해 세계에 대해 분할과 거부의 힘이 작용하는 과정을 관찰한다.

제3장에서는 세계의 반대편에 있는 자아를 서술하는 경향을 살펴본다. 그러기 위해 작자 서위의 생애에 나타난 처지 변화에 준거하

---

91) (明) 徐渭 繪, ≪徐渭書畫集≫(北京: 北京工藝美術出版社, 2005) ; 徐渭 繪, ≪徐渭精品畫集≫(天津: 天津人民美術出版社, 2002). 현전하는 서위의 서화작품은 徐渭繪, ≪徐渭集書畫全集≫(套裝共2冊)(天津: 天津人民美術出版社, 2014)으로 정리되었다.

여 시에서 자아가 나타나는 양상을 세 시기로 나누어 고찰한다. 세계를 묘사하는 과정에서 분할에서 거부로 변화하는 데 있어 경계가 모호했던 것과 달리, 자아를 형상화하는 과정에서는 작자 서위의 처지 변화가 경계를 설정하는 유용한 기준이 되기 때문이다.

서위의 처지 변화에 따라 시에서 자아가 세계와 관계 맺는 모습 또한 달라지는데, 이 글에서는 자아의 입장에서 각 시기를 자아가 관조자에서 경험자로 변화하고, 세계와 갈등을 겪고 대립하며, 그 결과 자아가 패배하는 과정으로 규정한다. 각 시기별로 소외, 방황, 억압, 단절 등 자아가 세계로부터 이탈해가는 과정과 결핍의 양상을 통해 시의 부정성이 점차 강해짐을 확인할 것이다.

제4장에서는 제2~3장에서 서위 시의 세계와 자아를 고찰하여 확인한 분할과 거부, 이탈과 결핍의 힘이 다른 예술작품을 어떻게 움직이고 있는지 살펴본다. 먼저 희곡작품 ≪사성원≫의 주인공에 작자 서위가 자아를 어떻게 투영하였는지 분석하고, 주인공을 중심으로 세계가 어떻게 분할되어 있으며, 그것이 의미하는 바가 무엇인지 논의한다. 이를 통해 서위의 희곡작품에서는 부정성이 역설적으로 폭로되고 있음을 밝힌다.

다음으로 회화작품을 고찰함으로써 부정성이 시각적으로 발현되는 양상을 살펴본다. 창작 태도, 필법과 형상, 그림에 함축된 의미 등 회화 창작의 여러 요소에서 부정성을 발견할 것이다. 시에서 세계와 자아를 표현하는 과정에서 나타난 분할과 거부, 이탈과 결핍의 힘이 희곡과 회화에서도 일관되게 나타남을 확인함으로써, 그것이 서위 예술 창작의 원리임을 주장할 수 있을 것이다.

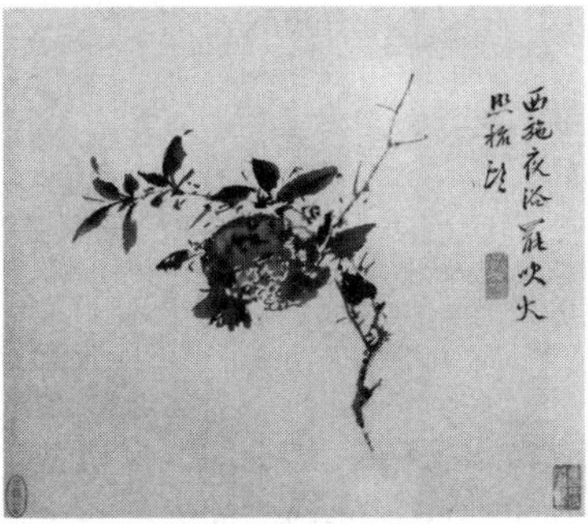

제 2 장

—

세계의 분할과 거부

서위 시의 부정성은 세계를 묘사하는 과정에서 형성되기 시작한다. 본 장에서는 서위 시를 시간적 순서로 고찰하면서 세계가 그려지는 방식에 있어 두드러지는 특징을 살펴본다. 세계를 표현하는 과정에서 부정성이 고착되는 경로를 살펴보기 위해 그 전조(前兆)로 나타나는 세계의 이분법적 분할에 주목한다. 그리고 세계를 양분(兩分)하는 습관이 대비를 목적으로 한 분할에 그치지 않고 긍정 대 부정의 이분법으로 발전함을 관찰한다. 특히 그 이분법이 긍정보다는 부정을 강조하기 위한 것임을 입증하고 이를 바탕으로 서위가 끊임없이 거부를 표명하는 부정적 세계관을 가졌음을 주장할 것이다. 그러기 위해 우선 서위의 시를 통해 그가 지녔던 부정의식의 면면과 그것이 표출되는 양상을 살펴본다. 그 과정에서 서위가 세계를 묘사하는 데 있어 아름다움을 지양하고 바람직하지 않은 부분을 드러내거나, 실현될 수 없는 상황 혹은 존재하지 않는 상황을 지속적으로 제시하여 부정성을 부각시켰음을 볼 것이다.

『 제1절 이분법적 분할

서위 시에서 세계를 바라보는 시선은 둘로 나뉘어 있다. 그는 한 편의 시 안에서 이쪽과 저쪽을 나누어 양쪽의 상이함을 이야기한다. 세계를 양분하는 양상은 크게 두 가지로 나타난다. 하나는 초현실적인 세계를 현실 세계와 구분하는 것이고, 다른 하나는 현실 세계를 양분하는 것이다. 전자의 경우 현실 세계보다는 초현실적 세계가 강조되어 그 특별함이 드러나고, 후자의 경우 양쪽이 극명하게 대비된다는 특징이 있다.

1. 초현실적 세계와 현실 세계

초현실적 세계란 현실을 넘어선 세계, 즉 현실에서는 일어날 수 없을 법한 일들이 일어나는 환상적인 세계이다. 이와 대립되는 개념으로 현실 세계는 인간이 살고 있으며 인간에 의해 사건이 발생하는 인간세계이다. 서위 시에서는 초월적인 존재인 신(神)이 모든 것을 주재하는 세계가 상정됨과 동시에 그곳의 일을 알지 못하는 인간들의 세계가 상정된다.

세계가 초현실적 세계와 현실 세계로 양분되는 서위 시의 경향을 살펴보기 위해 먼저 <천목산(天目山) 3수(三首)>를 고찰할 필요가 있다. 만력 3년(1575), 서위가 55세 때 지었다고 알려진 이 시에서는 세계가 여러 층위로 나뉘어 있다. 특히 매 수에서 이쪽 세계와 저쪽 세계의 연결과 분리가 일어나고 있어 세계가 양분되는 경향을 극명히 확인할 수 있다. 서위는 "제1수는 기와 관음에 관한 것, 제2·3수는 오래된 삼나무로 큰 것은 여덟 아름에 이른다〔一瓦觀音, 二三古杉, 大者至八抱〕."라고 자주(自註)를 달아 각 편이 무엇을 주제로 삼고 있는지 명시하였다. 먼저 제1수를 살펴보자.

<天目山三首(一)>[92] **천목산 3수(제1수)**

鐵羅漢已燒成塵,	철로 된 나한은 이미 불타서 재가 되었는데
瓦鑄觀音又一新.	기와로 주조한 관음이 또한 새롭구나.
見說前村披木葉,	듣자니 앞마을에서는 나뭇잎을 걸치고 있어서
青裙夜降紫姑神.	푸른 치마 입고 밤에 내려온 자고신이라 한다네.

자주에서 기와 관음에 관해 썼다고 하였으니 제2구의 "관음(觀音)"은 이 산에 실제로 존재하는 관음상일 것이다. 제3~4구에서는 천목산 앞에 있는 마을에서는 관음상을 뒤덮은 나뭇잎이 푸른 치마를 입은 것처럼 보여 "자고신(紫姑神)"이라고 여긴다고 말했다. 관음상이 있는 실제 공간이 초현실적인 세계로 나아가는 것은 바로 제4구의 자고신에 의해서이다. "앞마을〔前村〕"과 같은 현실적인 세계에서 천목산의 관음을 자고신이라는 초현실적 존재로 인식하고 있기 때문이다. 초현실적 존재는 삼나무에 대해 쓴 제2수에서도 계속해서 등장한다.

<天目山三首(二)>[93] **천목산 3수(제2수)**

赭鐵青銅凌紫煙,	붉은 철과 푸른 동 자줏빛 구름을 범했는데
能爲人語向人間.	인간세상을 향해 사람의 말을 할 수 있네.
二千年事說不盡,	2천 년의 일을 다 이야기하지 못하여
夜夜青溪勞往還.	밤마다 푸른 시내에서 수고로이 왔다 갔다 하네.

92) ≪徐渭集≫, 353쪽.

93) ≪徐渭集≫, 354쪽.

제1구의 "붉은 철〔赭鐵〕"은 삼나무의 줄기와 가지를, "푸른 동〔青銅〕"은 잎을 가리킨다. 높이 솟은 이 나무는 사람처럼 말을 할 수 있는 능력을 가졌다. 하지만 이곳 천목산에 서 있은 시간이 지나치게 오래이다 보니 그동안 있었던 일을 모두 이야기하기는 어렵다. 이 나무는 말을 할 수 있을 뿐만 아니라 움직일 수도 있다. 오래된 삼나무가 말을 하고 푸른 시냇가를 왔다 갔다 한다는 것은 굵고 높게 뻗은 나무들이 모여 바람이 부는 것과 같은 날씨 변화에 소리를 내며 움직이는 것을 의인화한 것이라 여겨진다.

시인은 이렇듯 삼나무의 소리와 움직임을 포착하여 이 나무를 기나긴 세월 동안의 일을 다 알고서 말하고 움직이는 전지전능한 존재로 승격하였다. 주목할 점은 "자줏빛 구름을 범한〔凌紫煙〕" 이 나무가 "인간세상을 향해〔向人間〕" 말을 한다는 것이다. 이 지점에서 삼나무는 초현실적인 세계와 현실 세계를 이어주는 역할을 하게 된다. 시인이 선택한 자줏빛 구름은 아래 구절의 인간세상과 대조적으로 신비로운 분위기를 띠고 있다. 삼나무는 신선들과 같은 탈속한 존재가 접할 수 있을 만한 서운(瑞雲)을 접하고 있으면서도 세속적인 인간세상을 가까이하고 있는 것이다.[94)]

이때의 인간세상은 바로 제1수의 앞마을과 같은 현실적인 세계이다. 앞서 살펴본 제1수에서 자고신을 매개로 초현실적 세계가 펼쳐진 것과 마찬가지로 이 시에서 신과 같은 능력을 가진 삼나무는 현실 세계의 저편에 초현실적 세계가 존재한다는 상상을 가능하게 한다.

제3수에서도 마찬가지로 세계가 나누어지는 것을 볼 수 있다.

---

94) 적송자(赤松子)는 "큰 기러기에 멍에를 씌우고 자줏빛 구름을 탄다〔駕鴻乘紫煙〕"〔(晉) 郭璞, <遊仙詩>(三), 《文選》〕고 알려져 있다.

<天目山三首(三)>[95] **천목산 3수(제3수)**

斷壁孤杉四十圍,	깎아 지르는 절벽에 사십 아름의 외로운 삼나무
不關雨雪陰霏霏.	펄펄 뒤덮는 비와 눈에도 상관치 않는다.
柯南一國癡螻蟻,	줄기 남쪽 어떤 나라의 어리석은 땅강아지와 개미는
長怪曾無白日飛.	태양이 날아오른 적 없는 것을 늘 이상하게 여긴다.

시인은 천목산에 있는 삼나무를 통해 이쪽 세계와 저쪽 세계의 상이함을 말하였다. 제1~2구에서는 눈·비가 아무리 많이 내려도 끄떡 없이 절벽에 서 있는 삼나무를 묘사하였다. 사십 아름이라고 한 것을 보면 이 나무가 얼마나 거대한지 짐작할 수 있다. 따라서 눈·비가 하늘을 어둑하게 뒤덮을 정도로 펄펄 내려도 이 나무와는 관계가 없는 것이다. 제3~4구에서는 괴안국(槐安國) 이야기[96]를 끌어와 삼나무의 줄기 남쪽에 위치한 작은 나라의 상황을 이야기하였다. 땅강아지나 개미들의 나라에서 태양이 보이지 않는 것을 이상하게 여기는 것은 이 삼나무가 눈·비가 펄펄 내리는 것과 관계가 없기 때문이다. 이 나라는 거대한 삼나무의 줄기 남쪽에 있어 눈·비가 내리는 바깥세상의 상황을 제대로 알지 못한다. 눈·비의 영향을 받지 않으므로 어째서 태양이 뜨지 않는지 의심할 뿐이다.

자고신으로 불리는 기와 관음상, 서기(瑞氣)를 띤 자줏빛 구름에 닿는 삼나무, 눈·비가 심하게 내리는 세상과는 관계없는 거대한 삼나무. 서위는 앞서 인용한 세 편의 시에서 이것들을 이쪽 세계와 저쪽 세계를 연결하거나 분리하는 매개로 삼았다. 이쪽은 인간의 눈과 귀로 보고 들을 수 있는 현실적 세계이고, 저쪽은 인간이 직접 경험할 수 없어 상상을 통해서만 이야기할 수 있는 초현실적 세계이다.

위에서 살펴본 세 수의 칠언절구에서는 두 세계의 존재 자체만이 엿보일 뿐 두 세계 간의 뚜렷한 분할, 다시 말해 단절이 부각되는

95) ≪徐渭集≫, 354쪽.

96) <南柯太守傳>, (宋) 曾慥 編, ≪類說≫ 卷28 참조.

이분법적 분할이 선명하게 나타나지는 않는다. 세계의 분할이 분명하게 드러나는 것은 좀더 편폭이 긴 시에서이다.

가정(嘉靖) 38년(1559)에 쓴 다음 시를 보자. 이때 서위의 나이는 39세였다. 도관(道觀)에서 파도를 바라보며 상상한 바를 서술했다.

	<三茅觀觀潮>[97]	**삼모관에서 조수를 바라보며**
1	黃旛繡字金鈴重,	글자를 수놓은 누런 깃발에 금방울 묵직한데
2	仙人夜語騎靑鳳,	신선은 밤에 이야기하며 푸른 봉새를 탄다.
3	寶樹攢攢搖綠枝,	보배로운 나무는 무리지어 녹색 가지를 흔들고
4	海門數點潮頭動.	바다 입구에서는 파도 꼭대기 몇 점이 움직인다.
5	海神罷舞迴腰窄,	바다신이 가는 허리 돌리는 춤을 멈추니
6	天地有身存不得,	천지가 제 몸을 가졌어도 보존할 수 없네.
7	誰將練帶括秋空,	누가 하얀 허리띠로 가을 하늘을 묶는가,
8	誰將古概量春雪.	누가 옛 평미레로 봄눈을 헤아리는가.
9	黑鰲載地幾萬年,	검은 자라가 등에 땅을 진 지 몇 만 년인가.
10	晝夜一身神血乾,	밤낮으로 온몸에서는 신비한 피가 마른다.
11	升沉不守瞬息事,	떠오르고 가라앉기를 지키지 않은 것 순식간인데
12	人間白浪今如此.	인간세상의 하얀 파도가 지금 이와 같구나.
13	白日高高慘不光,	높디높은 태양은 참담하게도 빛나지 않고
14	冷虹隨日縈城隍,	차가운 무지개가 태양을 따라 성벽과 해자를 에워쌌으니
15	城中那得知城外,	성 안에서 어찌 성 밖의 일을 알겠는가?
16	却疑寒色來何方.	차가운 기색이 어디에서 오는지 의심할 뿐.
17	鹿園草長文殊死,	녹야원에는 풀이 자라고 문수보살은 죽었으니
18	獅子隨人吼祇樹,	사자는 사람을 따라 기타(祇陀)의 원림에서 울부짖는다.
19	吳山石頭坐秋風,	오산의 돌덩이에는 마침 가을바람 불어오고
20	帶着高冠拂雲霧.	높은 모자를 쓰고 있으니 구름과 안개 스친다.

97) ≪徐渭集≫, 113쪽.

이 시에서 세계는 초현실적 세계와 현실 세계로 나뉘어 있다. "신선〔仙人〕"(제2구)이 날아다니고 "바다의 신〔海神〕"(제5구)이 허리를 돌리면서 춤을 추며[98] "검은 자라〔黑鰲〕"(제9구)가 땅을 싣고 오르락내리락하는 시·공간은, 신비롭고 환상적인 초현실적 세계이다. 반면, 나뭇가지가 흔들리는 모습(제3구), 멀리서 파도의 꼭대기가 움직이는 모습(제4구)은 시인이 바라보고 있는 현실 세계의 일면이다. 또한 제6구의 "천지(天地)"는 사람이 살고 있는 현실 세계를 가리키고, 제7구와 제8구의 "가을하늘〔秋空〕"과 "봄눈〔春雪〕" 역시 현실 세계에서 사람의 눈에 의해 포착되는 것들이다.

이처럼 이 시에서 시인은 초현실적 세계와 현실 세계를 교차시키고 있다. 여기에서 중요한 점은 시인이 현실 세계의 존재물들을 누가 어떻게 움직이게 하는지를 강조하고 있으며 그 해답을 바로 초현실적 세계에서 찾고 있다는 점, 다시 말해 현실 세계의 현상을 설명하기 위해 초현실적 세계를 끌어들이고 있다는 점이다. 제6구에서는 초월적 존재인 바다신이 허리를 돌리는 행위에 의해, 현실 세계인 천지가 제 몸을 보존하지 못함을 이야기하였다. 그 결과 하얀 허리띠로 가을하늘을 묶는 듯이 파도가 거세게 일고(제7구), 봄눈을 재어보면서 평미레질하듯이 물보라가 끼얹어진다(제8구).

이렇게 현실 세계에서 큰 파도가 치는 원인은 제9~12구에서 분명히 드러난다. "신혈(神血)"이 마르도록 등에 땅을 짊어지고 있던 자라들이 아주 잠시 오르고 내림을 지키지 않았을 뿐인데[99] "인간세상〔人間〕"에는 큰 파도가 일게 된 것이다. 시인이 위치한 "오산(吳山)"의 삼모관에서는[100] 파도가 크게 이는 모습이 보여서 시인으로 하

---

98) 제5구의 "회요(迴腰)"는 일차적으로는 허리를 돌리는 춤동작을 가리키나 무곡(舞曲)의 명칭이기도 하다.

99) 자라 혹은 바다거북이 신선들이 사는 산을 이고 있다는 이야기는 ≪열자(列子)·탕문(湯問)≫에 수록되어 있다. 열어구 지음, 김영식 옮김, ≪열자≫, 138~139쪽 참조.

100) 삼모관은 절강(浙江)의 오산(吳山)에 있다.

여금 초현실적 세계를 상상하게 하지만, 성 안에서는 태양이 빛을 잃고(제13구) 무지개가 차갑게 드리워서(제14구) 시인이 여기에서 보고 상상한 것들에 대해서는 알 수가 없다. “녹야원[鹿園]”은 석가모니(釋迦牟尼)가 처음 설법(說法)한 곳으로, 녹야원에 풀이 자라는 것은 더 이상 설법하는 이가 없어 사람들이 드나들지 않는 것을 말한다. 지혜를 관장하는 문수보살은 푸른 사자[靑獅]를 타고 다녔다고 알려져 있는데, 그가 죽었으니 사자는 본래의 주인을 잃고서 사람을 따라 사찰에서 울부짖을 뿐이다.101)

시인의 입장에서 녹야원과 문수보살은 신선, 바다신, 검은 자라와 마찬가지로 초현실적인 것이다. 마지막으로 높은 곳에서 가을바람을 맞고 있는 모습은 시인이 오산을 유람하면서 느낀 상쾌한 기분을 대변해주고 있다. “구름과 안개를 스친다[拂雲霧]”는 표현은 하늘에 닿을 듯이 높이 올라와 있다는 사실을 나타냄과 동시에 인간세상보다 높은 차원에 있는 세계에 근접해 있다는 인상을 주어 현실 세계와 초현실적 세계를 교차하며 전개했던 시상을 마무리하기에 적합하다고 여겨진다.

이처럼 이 시는 현실 세계에 나타나는 변화가 초현실적 세계의 사건에 의한 것이라는 상상에 기초하고 있다. 시의 공간은 고차원의 세계가 상정됨으로써 둘로 나뉘게 되었다. 고차원의 세계가 저차원의 세계에 영향을 미쳐 둘 사이의 유대가 있는 듯하나 그 영향은 오로지 일방적인 것이고, 저차원의 세계에서는 고차원의 세계에 대해 알지 못하도록 설정하고 있어 둘 사이의 단절이 드러나고 있다.

이렇게 신의 세상인 초현실적 세계와 인간의 세상인 현실 세계를 구분하여 서술하는 것은 서위 시의 한 경향이다. 눈[雪]을 노래한 다음 연작시에서도 이 점은 분명히 발견된다.102)

---

101) 삼모관과 마찬가지로 오산(吳山)에 위치한 보성사(寶成寺)에 문수기사상(文殊騎獅像)이 있다. 서위가 이 시에서 문수보살과 사자를 운운한 것은 당시 오산을 유람하며 이 조형물을 본 경험에서 비롯한 것으로 추정된다.

<甚雪(一)>[103] **많은 눈(제1수)**

今夕是何夕?	오늘 밤은 어떠한 밤인가?
遙看最上頭.	멀리 가장 높은 곳을 바라보니
雨花千佛座,	수천 개 불상에 꽃이 내려와 앉고
飛蓋百神遊.	온갖 신들은 수레 끌고 돌아다니네.
御氣行旬日,	바람을 몰며 열흘 동안 다니고
騎龍覽九州,	용을 타고 구주를 유람하네.
歸來問姑射,	돌아와서 고야산의 신선에게 묻네,
息駕借居樓.	수레를 멈추러 거처를 빌린다고.

<甚雪(二)>[104] **많은 눈(제2수)**

周穆觴王母,	주나라 목왕은 서왕모와 술 마시고
淮南訪八公,	회남왕은 여덟 공들을 방문했지.
羣山圍玉樹,	여러 산은 옥수로 둘러졌는데
羽騎駐瑤宮.	우림군은 요궁에 머무르네.
瞬息三千界,	순식간에 삼천대천세계를
遊觀一萬重,	일만 번 유람하였네.
下方多肉食,	아래 세상에는 고기 먹는 자가 많으니
安得御淸風.	어찌 맑은 바람을 몰 수 있겠는가?

"바람을 몰고〔御氣〕" "용을 타며〔騎龍〕"(제1수) "순식간에〔瞬息〕" "일만 번을 유람할〔遊觀一萬重〕" 수 있는 세계는 인간들의 현실적인 세계인 "하방(下方)"(제2수)과는 대별되는 초현실적인 세계이다. 앞의 시에

102) 제1수와 그 밖의 작품을 통해 '눈'이라는 소재가 서위의 전기시(前期詩)에서 환상세계와 연결된다는 점을 다른 지면에서 이미 밝힌 바 있고〔졸고(2012), 앞의 논문, 108~110쪽〕, 제2수에서 "삼천대천세계〔三千界〕"와 대별되는 "아래 세상〔下方〕"을 설정하여 두 세계간의 차이를 이야기하였다는 점도 언급하였다(위의 논문, 113~114쪽). 이 절에서는 우선 두 세계의 '구분'에 주목하도록 한다.

103) ≪徐渭集≫, 203~204쪽.

104) ≪徐渭集≫, 204쪽.

서 살펴본 바와 같이 시인은 신(神)적인 존재가 머무는 곳과 속된 인간이 머무는 곳을 나누어 서술하고 있다. 전자에서는 현실적인 시·공간을 초월하여 무엇이든 마음대로 할 수 있지만 후자에서는 그럴 수 없다. 제2수 말구(末句)의 "맑은 바람을 모는〔御淸風〕" 행위는 초월적 세계의 존재만이 할 수 있는 것으로서 부귀를 추구하는 속세인의 "고기를 먹는〔肉食〕" 행위와 양 극단을 이룬다. 이처럼 이 연작시에서 두 세계는 명확히 구분되고 있다.

이상에서 인용한 시에 나타나는 초현실적인 세계의 특징은 도(道)·불교(佛教)적 색채를 강하게 띤다는 것이다. 그리고 서위는 도교와 불교 사이의 경계를 무너뜨리고 두 요소를 뒤섞어 놓았다. <삼모관에서 조수를 바라보며〔三茅觀觀潮〕> 시에서는 도관을 공간적 배경으로 삼아 시 앞부분에 "신선〔仙人〕"(제2구)이 등장하면서도 뒷부분에서는 푸른 사자를 타고 다녔다고 전해지는 "문수보살〔文殊〕"(제17구)이 나온다.

<많은 눈〔甚雪〕> 두 수에서 역시 제1수의 "천불(千佛)," 제2수의 "삼천대천세계〔三千界〕"처럼 불교적 용어가 나오다가도 "고야산의 신선〔姑射〕," "서왕모〔王母〕," "팔공(八公)"과 같은 도교적 인물이 출현한다. 서위 시 속의 초현실적 세계는 이렇게 도교와 불교의 고사에 나오는 인물과 장소를 재구성하는 방식으로 창출되었다.

서위는 특히 산수(山水)와 같은 자연물과 눈·바람 같은 기상현상을 접할 때 그것의 초월적인 힘을 강조하였다. 그리하여 다양한 종류의 신, 전설 속의 인물 등 초월적 존재를 등장시킴으로써 그들이 가진 막강한 힘에 대해 이야기한다. 초월적 존재가 초능력을 발휘하여 신비로운 일이 일어나는 세계는 범인(凡人)이 쉽게 이해하거나 다가갈 수 없는 곳이다. 인간들이 알지 못하기 때문에 그곳은 인간들의 세상과 더욱 단절된다.

인간이 이해하지 못하는 초월적 세계는 다음 시에 나타난다. 36세 때인 가정 35년(1556)에 지은 시이다. 서위는 이 해에 복건성(福建省)과 강서성(江西省)에 걸쳐 있는 무이산(武夷山)을 유람하면서 많은 시를 남겼는데 다음 작품은 그 중 하나이다.

＜泛舟九曲＞[105] **구곡에서 배를 띄우다**

1	老玉亂青冥,	오래된 옥이 검푸른 바다에서 어지러우니
2	皇天夜遺蛻,	하늘신이 밤에 허물을 남긴 것이다.
3	餘骨散九州,	나머지 뼈는 구주로 흩어졌으나
4	頭顱此焉寄.	머리뼈는 이곳에다가 기탁했다.
5	人視萬劫餘,	사람이 보기에는 만겁이 넘는 시간도
6	天意一夕計,	하늘의 뜻은 하룻밤으로 헤아린다.
7	遊艇沸滄波,	용솟음치는 푸른 파도에서 배로 나아가니
8	髣髴熱營衛.	격동하는 군영을 방불케 한다.
9	亭午入數折,	정오에 몇 굽이 꺾이는 곳으로 들어가
10	沖然元氣閉,	겸허하게 정신을 닫으니
11	縣峰昇羽人,	걸려 있는 봉우리를 비선(飛仙)이 오르고
12	毛竹倚仙娣.	모죽에는 선녀가 기대어 있다.
13	辟彼齒牙蠹,	비유컨대 저 치아에 사는 벌레처럼
14	生死齦齶內,	생사가 울퉁불퉁한 잇몸 가운데 있다.
15	世人不解奇,	세상 사람들은 기이함을 이해하지 못하고
16	但識世間事,	단지 세간의 일만 알 따름이어서
17	示之帝所遺,	천신(天神)이 남긴 것을 보여주어도
18	惟以溪山睇.	오직 시내와 산으로 볼 뿐이다.

제목의 "구곡(九曲)"은 무이산에 있는 구곡계(九曲溪)를 지칭한다. 제1~4구에서는 위왕자건(魏王子騫)의 머리뼈가 무이산에 안치되었다는 이야기를 바탕으로 이곳의 신령스러움을 말하였다.[106] 제5~6구를

105) ≪徐渭集≫, 64쪽.

106) 서위는 같은 시기 <무이산의 도사가 나에게 위왕자건의 머리뼈를 보여주었는데

통해서는 인간세계와 천상세계 간의 차이를 알 수 있다. 인간세계에서는 매우 긴 시간도 천상세계에서는 아주 짧은 시간에 불과하다는 말은 제15구 이하의 내용을 이끌어내기 위한 전언(前言)이다. 제7구 이하로는 구곡계를 유람하면서 느낀 바를 서술하였는데, 바로 제11~12구에 시인이 구곡계에서 연상한 초현실적 세계의 모습이 나타나 있다. 제13~14구에서 보듯 시인은 배를 타고 구불구불한 골짜기를 지나가면서, 울퉁불퉁한 잇몸을 기어 다니는 벌레처럼 인간도 변화무쌍한 인생길에 놓여 있다는 통찰을 얻었다.

그런데 제15~18구에서 말하듯 "세상 사람들[世人]"은 초월적 존재가 남긴 "기이함[奇]"을 이해하지 못한다. 구곡계 유람을 통해 서위가 바라본 초현실적인 세계는 이처럼 현실 세계에 살고 있는 보통 사람들은 알 수 없는 세계이다.

2. 현실 세계의 양분

초현실적 세계는 앞서 살펴보았듯 대체로 신비로운 자연경관과 연관되어 나타난다. 바꾸어 말하면 서위 시에서 산수자연을 주제로 삼은 경우 외에 초현실적 세계가 구축되는 예는 매우 드물다. 그러나 초현실적 세계와 현실 세계의 양분 외에도 세계를 둘로 나누어 보는 습관은 여전히 다른 형태로 관찰된다. 바로 현실적인 세계를 양분하는 것이다. 초현실적 세계와 현실 세계를 구분하여 서술하도록 시인의 구상을 촉발시키는 대상은 자연경관으로 한정되어 있는 것과 달리, 현실 세계를 둘로 나누는 계기는 다양하다. 이 글에서는 세계를 가진 자의 그것과 못 가진 자의 그것으로 나눈 경우, 과거와

상서로운 기운이 보였다[武夷道士示予魏王子騫蛻首見紫氣]>(≪徐渭集≫, 65쪽)라는 제목의 시를 지었다. 이 시에서 서위는 무이산에서 어떤 도사가 보관해 둔 위왕자건의 머리뼈를 본 경험을 서술했다. 이 시는 제3장에서 살펴본다.

현재로 나눈 경우, 구속된 공간과 그 바깥으로 나눈 경우 등 세 가지 유형을 살펴본다.

(1) 가진 자와 못 가진 자

서위가 가정 30년(1551) 31세에 썼다고 전해지는 <이마행(二馬行)>은 두 종류의 말에 대해 읊은 것이다. 제목의 이(二)자가 상기시키듯 이 시에서 시인은 양 극단을 이루는 어느 하나와 다른 하나를 대비하는 방식으로 자신의 뜻을 전달하고 있다. 시인이 표제로 삼은 두 마리의 말을 통해 이 작품에서 세계는 부귀한 자의 세계와 그렇지 않은 자의 세계로 양분된다. 내용상 두 단락으로 선명하게 구분하여 전반부는 부귀한 집안에서 잘 길러진 말에 대해, 후반부는 접전지역에 내팽겨진 말에 대해 서술했다. 먼저 전반부를 살펴보자.

<二馬行>[107]	**이마행**
誰家兩奴騎兩驄,	어느 집 두 노복이 두 총마(驄馬)를 타고 있나?
誰是主人云姓宗,	누가 바로 성이 '종'이라는 주인인가?
朝來暮去夾街樹,	양쪽에 가로수 늘어선 길을 아침저녁으로 오가니
經過煙霧如游龍.	마치 용이 움직이는 것처럼 안개 속을 지나간다.
問馬何由得如此,	말이 어떻게 이럴 수 있느냐고 물으니
淮安大荳淸泉水,	회안의 대두와 맑은 샘물 덕택이라네.
胸排兩嶽橫難羈,	가슴으로는 양악을 밀칠 듯하니 멋대로 하여 길들이기 어렵고
尾撒圓毬驕欲死.	꼬리는 둥근 공을 흔드는 듯하니 죽도록 교만하다.
陽春三月楊柳飛,	양춘 3월에 버들개지가 날리는데
騎者何人看者稀,	말에 탄 사람 누구인지 보는 사람이 적다.
梅花銀釘革帶肥,	매화무늬 은못 박힌 가죽혁대는 윤이 나고
京城高帽細褶衣,	경성의 높은 모자에 섬세한 승마복 입었다.

107) ≪徐渭集≫, 123~124쪽.

13 馬厭豢養人有威,	말은 배불리 먹여 잘 길러지고 사람도 위세가 있으니
14 出入顧盻生光輝.	들고 남에 주위를 둘러보며 빛을 발한다.

이 단락에서는 부잣집에서 정성스럽게 기른 말을 묘사하였다. 제6구에서 보듯 좋은 음식을 먹고 자라서 제7~8구의 내용처럼 기세가 등등하다. 그뿐만 아니라 제11구에서처럼 화려한 장식을 하고 있으니 "빛을 발하는〔生光輝〕" 것은 당연하다.

반면, 후반부는 변경지역에서 고생하는 말에 대해 서술했다. 전반부와 비교해보면 두 말의 차이가 확연히 드러난다.

15 去年防秋古北口,	지난해 고북구에서 가을 방비할 때에는
16 勁風吹馬馬逆走,	거센 바람 불어오니 말은 거스르며 달렸다.
17 對壘終宵不解鞍,	대치 상황에서 밤새도록 안장을 풀지 않고
18 食粟連朝不盈斗.	먹은 곡물은 며칠 동안 한 말을 채우지 못했다.
19 將軍見虜飽掠歸,	장군은 적들이 실컷 노략질하고 돌아가는 것을 보고
20 據鞍作勢呼賊走,	말안장에 걸터앉아 허세 부리며 달아나는 적들에 소리치지만
21 士卒久矣知此意,	사졸들은 오래 전부터 이 뜻을 알고 있었으니
22 打馬追奔僅得彀.	말을 때리며 쫓아가는 것 겨우 화살 사정거리일 뿐이다.
23 天寒馬毛腹無矢,	날씨 추워 말은 허둥대는데 뱃속에는 똥이 없고
24 饑腸雷雷鳴數里,	주린 창자는 몇 리 가는 길에 꼬르륵꼬르륵 울린다.
25 不知此處踏香泥,	알지 못하는구나, 이곳에서 꽃길을 밟으며
26 一路春風坐羅綺.	길 가득 봄바람 부는데 비단옷 입은 사람 말 타고 가는 것을.

"지난해〔去年〕"인 가정 29년(1550)은 몽고의 알탄〔俺答〕 칸이 경술지변(庚戌之變)108)을 일으킨 때이다. 알탄은 8월 14일 고북구(古北口)를

침략하였는데, 이때 평로대장군(平虜大將軍) 구란(仇鸞, ?~1552)이 통솔하던 명나라의 병사들은 접전 즉시 무너지고 말았다. 구란은 엄숭(嚴嵩, 1480~1567) 부자에게 뇌물을 바쳐 그들과 결탁함으로써 권력을 얻은 인물로, 군대를 돌보는 일에는 관심이 없었다. 제19구의 "장군(將軍)"은 바로 구란을 가리킨다고 판단된다. 서위는 이 부분을 통해 제대로 보살핌을 받지 못해 피폐해진 군마(軍馬)를 묘사함으로써 권력자들의 횡포를 폭로하고 있다.

전반부의 말이 고작 부귀한 주인을 태우고 거니는 일을 하면서도 호화롭게 생활하여 기세가 등등한 것과 달리, 후반부에 서술된 접경지역의 말은 나라를 지킨다는 막중한 책임을 지고 있음에도 불구하고 굶주리며 고생하고 있다. 이처럼 이 시에서 세계는 권력과 부를 가진 자가 속한 곳과, 그들에 의해 핍박받는 자가 속한 곳으로 나뉘어 있다.

권력을 가졌다면 그것이 백성에게 이익이 되는 방향으로 작용해야 할 터인데 서위가 보기에 당시의 권력자들은 그렇지 못했다. 엄숭 등의 환관 일당이 황제의 환심을 사는 데 성공하여 정권을 거머쥐고 부정부패를 일삼았기 때문이다. 조정의 혼란은 국세의 약화로 이어져 당시 북방 변경과 동·남쪽 해상에는 이민족들이 끊임없이 침입하였다. 하지만 관리들은 속수무책이었다. 전술(戰術)에 뛰어났던 서위는 이러한 상황을 타개하기 위해 항왜(抗倭)전투에 참가하고, 전술에 관해 상서(上書)하는 등 적극적인 모습을 보였다.109) 이에 특히 이 시기 시에는 권력과 부를 가진 자들의 무능한 모습과 이 때문에

108) 경술지변에 대해서는 谷應泰 編, ≪明史紀事本末≫ 卷59의 '경술지변(庚戌之變)' 조를 참조.

109) 항왜전투에서의 활약에 대해서는 張新建, ≪徐渭論稿≫, 24~28쪽과 이 책의 내용을 정리하여 기술한 권응상(1999), ≪徐渭의 삶과 詩文論≫, 66~69쪽 참조. 서위가 당시 쓴 서로는 <擬上府書>(≪徐渭集≫, 461~463쪽), <擬上督府書>(≪徐渭集≫, 463~466쪽) 등이 있고, <陶宅戰歸序>(≪徐渭集≫, 529~530쪽)에는 당시 서위가 본 전장(戰場)의 실상이 기록되어 있다.

고생하는 백성들의 실상이 서술되어 있다. <이마행>에서는 사람 대신 말을 묘사함으로써 권력자의 횡포를 비교적 우회적으로 표현하였다.

이와 달리 다음 시에서는 관리와 병사들이 대립한 상황을 직접 노정하여 왜구(倭寇)가 침입했을 당시의 실상을 드러냈다. <해상곡(海上曲)>은 총 다섯 수로 이루어진 연작시인데 이 절에서는 두 수만 인용한다.

<海上曲五首(三)>[110] **해상곡 5수(제3수)**

暇日棄籌策,	한가한 날 대책 모의를 제쳐두더니
卒卒相束手,	다급해하기만 하고 속수무책이다.
四疆險何限,	사방 변경에 험난함 어찌 그치겠는가마는
但阻孤城守.	단지 성 하나에만 의지하여 지킨다.
曠野獨匪民,	광활한 들판에는 홀로 백성 아닌 사람
棄之如棄草,	버려진 풀처럼 버려져 있고,
城市有一夫,	도시에 사내가 있어도
誰不如木偶.	누군들 나무인형 같지 않겠는가?
長立睥睨間,	오랫동안 성가퀴에 서 있다 보니
盡日不得溲,	하루 종일 소변도 못 보았다.
朝餐雪沒脛,	아침에 정강이 눈 속에 묻힌 채로 식사하고
夜臥風吹肘.	밤에는 팔꿈치에 바람 부는 채로 잠을 자는데
彼亦何人斯,	저들은 또 뭐하는 사람인가?
炙肉方進酒.	고기를 구우면서 술 마시고 있구나.

110) ≪徐渭集≫, 60쪽. 이 시는 30대 중반에 지은 것으로 추정된다. 이 시의 편년에 대해서는 제설이 분분하다. 서위가 33세 때인 가정 32년(1553)에 지었다는 설은 張新建, 앞의 책, 25~26쪽; 邱寶惠, 앞의 논문, 155쪽. 35세 때인 가정 34년(1555)에 지었다는 설은 駱玉明, ≪縱放悲歌—明江南才士詩≫, 152쪽. 38세 때인 가정 37년(1558) 봄에 지었다는 설은 盛鴻郎, 앞의 논문, 125쪽.

제1~4구에서는 소임을 다하지 않는 관리들의 모습을 묘사하였다. 이들은 한가한 때에는 방비할 대책을 모의하지 않다가 일이 닥치자 당황하여 허둥지둥하고 있다. 사방에 험난한 곳이 많은데도 이들은 성 하나를 지키는 데만 급급할 뿐이다. 제5~12구는 왜구의 침략에 무방비 상태로 노출되어 있는 농민과, 쉼 없이 왜구를 방비하고 있는 병졸에 대해 서술했다.[111] 성 밖의 들판에 있는 사람들은 사람으로 취급받지 못하고 버려져 있고, 성 안에 있는 병졸들은 옴짝달싹 못하고 있다. 제9~12구에 묘사된 병졸들의 모습은 지나치게 피폐하다. 그러나 이들과 달리 제13~14구에서 보듯 배불리 먹고 편안히 지내는 자들이 있다. 그들은 바로 병졸을 부리는 관리들이다. 이들에 대해서 시인은 제5수를 통해 부연하였다.

<海上曲五首(五)>[112] **해상곡 5수(제5수)**

肉食者誠鄙,	고기 먹는 자들 진실로 비루하고
鄙夫亦何多?	이런 비루한 이들 또 얼마나 많은가.
百人守一轍,	수많은 사람이 하나의 길을 고수하니
賤子嗟柰何.	미천한 나는, 아아! 어찌할 것인가.
積骸枯野草,	쌓인 해골이 들풀처럼 말라가는데
徵發傾陵阿.	징발된 이들로 구릉이 기울어진다.
涓涓不可塞,	철철 흘러 막을 수 없으니
誰爲回其波?	누가 그 파도를 되돌리겠는가.
(…)	

111) "비민(匪民)"이란 마소처럼 부림을 당하여 사람 취급을 받지 못한다는 뜻으로, ≪시경(詩經)·소아(小雅)≫ 중 <어느 풀인들 시들지 않겠는가〔何草不黃〕> 편에 "어느 풀인들 마르지 않겠는가, 어떤 사람인들 병들지 않겠는가! 슬프게도 이 원정 나온 사내는 홀로 백성이 아니로다〔何草不玄, 何人不矜, 哀我征夫, 獨爲匪民〕."라고 한 데서 유래하였다. 서위의 이 시 제6구에서 "버려진 풀 같다〔如棄草〕"하여 '풀'에 비유한 것도 ≪시경≫ 이 편의 뜻과 관련이 있다.

112) ≪徐渭集≫, 60쪽.

제3수 제14구의 “고기를 구우면서 술 마시는〔炙肉方進酒〕” 관리가 제5수에서는 “고기 먹는 자〔肉食者〕”로 표현되었다.[113] 비루한 관리들이 수없이 많은 한편, 전쟁에 징발되어 죽어가는 백성들도 수없이 많다. 이 시에서도 세계는 어떤 고생도 하지 않고 풍족하게 지내는 관리들과, 온갖 고생을 다 하며 힘들어하는 백성들로 나뉘어 있다. 지배자와 피지배자의 구분 외에 부자(富者)와 빈자(貧者)의 구분 역시 가진 자와 못 가진 자로 세계를 양분하는 성향에 귀속된다. 앞서 살펴본 작품에서 관리와 백성 간의 차이를 이야기하였다면 <눈을 희롱하다〔謔雪〕> 시에서는 부잣집과 가난한 집을 분별하여 서술하였다.[114] 내용의 흐름에 따라 세 단락으로 나누어 살펴본다.

<謔雪>[115] **눈을 희롱하다**

一笠黃茅, 小草屋也. 巖巖一甕虀, 瘠儒也.

누런 띠풀로 엮은 삿갓 하나라는 것은 작은 초가집이다. 빼빼한 단지 속 짠지는 비쩍 마른 선비이다.

1	梅花一夜窗中見,	한밤중에 매화가 창 속에 보이는데
2	昨冬少雪春無霰.	지난겨울 눈이 조금 내리더니 봄에는 싸라기눈도 오지 않네.
3	寒來借景苦無多,	추워지면 빌릴 경치 정말 많지 않으니
4	窗小只須三百片.	작은 창으로 그저 3백 조각의 눈을 기다린다.
5	每擧枯杯對此花,	매번 마른 술잔을 들고 이 꽃을 대하니
6	只愁落盡是風沙.	그저 모래바람에 다 떨어질까 걱정한다.
7	誰知滕六雖無賴,	누가 알았겠는가, 등륙이 비록 무뢰해도

113) “고기를 먹는 자는 진실로 비루하다〔肉食者誠鄙〕”는 제1구의 말은 “고기 먹는 자들은 비루하여 원대한 계획을 세우지 못한다〔肉食者鄙, 未能遠謀〕.”(≪左傳·莊公十年≫)는 문장에서 나온 것으로, 높은 지위에 있고 후한 봉록을 받는 사람들은 안목이 짧다는 뜻이다.

114) 이 시에 나타난 세계의 분리에 관해서는 다른 지면을 할애하여 논의한 바 있음을 밝혀 둔다. 졸고(2012), 앞의 논문, 120~122쪽 참조.

115) ≪徐渭集≫, 137쪽.

8	亦遣殘綃縞樹叉.	남은 생사(生絲) 보내어 하얗게 나무를 얽을 것을.

창밖의 경치를 바라보며 눈이 내릴 것을 기대하다가, 결국 눈이 내리는 장면을 보았다. 이 단락에 나타난 '눈'은 아직까지는 초봄의 경치를 아름답게 만들어 주는 무차별적인 눈이다.

9	一行分向朱門屋,	한 무더기가 나뉘어 부귀한 집 지붕으로 향하니
10	誤落寒酥點羊肉.	찬 연유가 잘못 떨어져 양고기에 점점이 맺힌다.
11	錦屛不使凍胭脂,	비단 병풍은 연지를 얼게 하지 않았는데
12	飛絮落鹽絃上撲.	버들개지 날리고 소금 떨어져 악기 줄 위에 부딪친다.
13	四條觔急冷鵾雞,	사지 근육이 찬 곤계 가락을 빠르게 연주하고
14	一二時中肉作圍.	하나둘 때에 맞추어 풍만한 여인들이 둘러선다.

이 단락에서는 풍요로운 부잣집에 눈이 내리는 모습을 묘사했다. 부잣집으로 향한 눈은 "차가운 연유〔寒酥〕," "버들개지〔絮〕," "소금〔鹽〕"이 되어 떨어진다. 앞서 살펴본 <해상곡>에서 관리들을 지칭하여 "고기를 먹는 자들〔肉食者〕"라고 한 것과 마찬가지로 이 시에서도 고기〔肉〕는 가진 자를 나타내는 상징적인 물체이다. "주문(朱門)" 즉 부잣집 안에 "양고기〔羊肉〕"가 놓여 있는데다가, 풍악이 울려 퍼지고 여인들에 의해 육진(肉陣)이 이루어진 것으로 미루어 볼 때 이 곳은 부족함이라고는 조금도 없는 행락(行樂)의 공간이다. 그러나 이 시에 묘사된 세계에는 이런 호화로운 곳만 있는 것은 아니다. 마지막 단락을 보자.

15	豈無一笠黃茅裏,	어찌 없겠는가? 누런 띠풀로 엮은 한 삿갓 안에
16	僵殺巖巖一甕虀.	빼빼하게 말라비틀어진 단지 속 짠지 같은 사람.
17	初起青蘋本亦同,	애초에 청빈에서 생길 때는 원래 같아도
18	大王畢竟是雄風.	대왕에게는 끝내 강한 숫바람이 불기 마련.

19 總令受者自分別, 설령 받는 사람이 스스로 분별했다 하더라도
20 難道青天秉至公. 푸른 하늘이 지극한 공정함을 주재한다고 말하기 어렵다.

제15~16구에서 시인은 다른 한 극단에 대해 이야기하였다. 이 단락에 묘사된 이는 앞 단락에서 고기를 먹고 음악을 연주하는 여유가 있기는커녕 굶주린 채 오직 띠풀로 엮은 삿갓, 즉 자주에서 밝힌 대로 몸이 겨우 들어갈 만한 작은 초가집에 의지한 채 눈을 피하고 있다. 제17~20구는 바람이 대왕에게 부는 "숫바람[雄風]"과 서민에게 부는 암파람[雌風]으로 나뉘듯 눈도 부귀한 자에게 내리는 것과, 수척한 유생에게 내리는 눈이 다르다는 말이다.116)

서위 시에 묘사된 세계에는 이처럼 오직 양 극단이 존재한다. 아주 좋은 쪽과 아주 나쁜 쪽, 아주 호사스러운 쪽과 아주 가난한 쪽 등으로 나뉘는 것이다. 이 가운데 양쪽 중 어느 쪽에도 속하지 않는, 다시 말해 아주 호사스럽지도 아주 가난하지도 않은, 적당히 살 만한 세계는 존재하지 않는다. 이렇게 이분법적으로 세계를 분할하는 습관은 제2절에서 살펴볼 부정적 세계관을 배태하고 있다.

(2) 과거와 현재

과거와 현재를 대비하는 수법은 중국고전시에서 흔히 찾아볼 수 있다. 이때 과거와 현재는 주로 자기 생애에 있어서의 예전과 지금을 가리키거나, 자기 생전에 일어났던 역사적 과거와 자신이 살고 있는 현재를 가리킨다. 전통시기 중국의 시인들은 자신의 젊었던 과거와 늙어버린 현재를 대비하여 세월의 야속함을 드러내기도 하고, 좋았던 시절을 회상하며 현재의 신세를 한탄하기도 했다. 또한 역사나 전설에 기록된 과거의 이야기를 현재 자신의 상황과 비교하여

116) 자세한 설명은 졸고(2012), 앞의 논문, 122쪽.

양자의 장·단점을 밝히기도 했다.

서위 역시 이와 같은 시간적 대비 수법을 자주 활용했다. 서위 시에서 과거와 현재의 대비는 세계를 둘로 나누는 방식 중 하나로 분류할 수 있다. 현재와 대비되는 과거로는 우선 그리운 시절, 특히 꿈이 많고 행복했던 자신의 젊은 시절을 들 수 있다.

다음 시는 33세 때인 가정 32년(1553)에 지은 것으로 정실(正室) 부인 반사(潘似)를 추억하는 시이다. 서위는 반사가 요절한 뒤로 평생 동안 그를 그리워하고 사모했다. 총 7수인데 그 중 네 수만 살펴본다.

< 嘉靖辛丑之夏, 婦翁潘公卽陽江官舍, 將令予合婚, 其鄉劉寺丞公代爲之媒, 先以三絶見遺. 後六年而細子棄帷, 又三年聞劉公亦謝世. 癸丑冬, 徙書室, 檢舊札見之, 不勝悽惋, 因賦七絶(一) >[117]

가정 신축년(1541) 여름, 장인어른인 반공이 양강의 관사로 나아가면서 장차 나를 혼인시키려 하심에, 그 고을 유사승공이 대신해서 중매를 섰고 먼저 절구 세 편을 나에게 보내왔다. 6년이 지난 뒤에 어린 자식(반사를 가리킴-인용자)이 죽었는데, 또 3년 만에 유공 역시 세상을 떠났다는 말을 들었다. 계축년 겨울, 서실을 옮기면서 옛 서찰을 살피다가 그것을 보고는 슬픔을 이기지 못해 절구 일곱 수를 쓴다(제1수)

十年前與一相逢,	10년 전에 처음 만났는데
光景猶疑在夢中.	그 광경이 오히려 꿈속 일인 듯하다.
記得當時官舍裏,	기억하건대 당시의 관사 안에는
熏風已過荔枝紅.	온화한 바람이 이미 불어와 여지가 붉어졌었지.

제1수는 10년 전 반사를 처음 만났을 때를 떠올리며 쓴 것이다. 관사 안에서 붉게 여지가 익은 것은 과거의 상황이다. 따스한 바람

117) ≪徐渭集≫, 341쪽.

은 그들이 만난 계절이 실제로 따뜻한 때였기 때문에 등장한 것이지만 그날의 행복한 감정으로 인해 시인의 기억 속에서 재구성된 배경일 수도 있다고 본다. 이 점은 아래에 인용한 제7수 중 현재의 날씨를 이야기하는 데서 더욱 명확히 드러난다.

<嘉靖辛丑之夏(…)(五)>[118] **가정 신축년 여름(…)(제5수)**

掩映雙鬟繡扇新, 두 쪽찐 머리를 가리는 수놓은 부채 새로우니
當時相見各青春. 당시에 만났을 때는 각기 청춘이었지.
傍人細語親聽得, 옆사람이 속삭이는 말 친히 들어보니
道是神仙會裏人. 신선 모임 속의 사람이라고 말하더군.

제5수는 전체가 과거의 상황으로 구성되어 있다. 제1구는 반사를 처음 본 순간을 회상한 것이다. 청춘이었던 그들은 마치 신선의 모임에 속한 이들처럼 고결하고 아름다웠다. 시인은 제1수에서 반사를 처음으로 만난 것이 "꿈속[夢中]"의 일이라고 한 데 이어, 이 시에서는 신선을 등장시킴으로써 과거의 그 장면이 신비한 분위기를 내포하고 있음을 강조하였다.

<嘉靖辛丑之夏(…)(七)>[119] **가정 신축년 여름(…)(제7수)**

篋裏殘花色尚明, 상자 속에 남겨진 꽃은 빛깔 여전히 밝지만
分明世事隔前生. 분명히도 세상일은 전생과는 떨어져 있구나.
坐來不覺西窗暗, 앉아 있자니 어느새 서쪽 창문이 어둑해져
飛盡寒梅雪未晴. 이른 봄의 매화 다 날리고 눈은 아직 개지 않았네.

상자 안의 꽃은 반사와 함께했던 과거의 호시절을 회상하게 해준다는 점에서 과거와 현재를 연결해주는 매개체이다. 그러나 꽃의 빛

118) ≪徐渭集≫, 341쪽.
119) ≪徐渭集≫, 342쪽.

깔이 지금까지도 여전히 밝은 것과는 달리 그 상자를 사용하던 사람은 더 이상 곁에 있지 않으므로 과거와 현재는 분명히 단절되어 있다.

제2구의 "세상일〔世事〕"은 서위가 살고 있는 현재 세상에서 일어나는 일이고 "전생(前生)"은 반사의 입장에서 죽기 전의 생애를 말한다. 제1수에서 10년 전 과거에 따뜻한 바람이 불었던 것과는 달리 현재의 날씨는 춥다. 날이 어둑해지면서 매화가 떨어지고 눈이 오는 제3~4구의 배경에는 시인의 상심(傷心)이 반영되어 있다.[120)]

시간을 분할하는 데 있어 서위는 자기 생전의 먼 과거와 자신이 속해 있는 현재를 대비시키기도 했다. 가정 43년(1564), 44세 때 지은 다음 시에 이 점이 드러나 있다.[121)]

<入燕三首(一)>[122)] 연경에 들어가다 3수(제1수)

1 董生抱利器, 동소남(董邵南)은 예리한 무기를 품고
2 鬱鬱走燕趙. 답답한 심정으로 연·조로 갔었지.

---

120) 서위는 다른 시에서도 눈〔雪〕을 들어 아내를 그리워하는 심정을 표현하였다. <아내가 죽은 지 10년이 되었는데, 그 집안에 조카가 남아 있어 숙모가 입던 옷을 막 돌려주었다. 노주의 붉은 적삼에는 목덜미에 땀자국이 아직 선명하여, 나는 그 때문에 눈물 몇 줄기를 흘렸다. 그날 밤에 하늘에서 큰눈이 내렸다〔內子亡十年, 其家以甥在, 稍還母所服, 潞州紅衫, 頸汗尙泚, 余爲泣數行下, 時夜天大雨雪〕>(≪徐渭集≫, 342쪽) 시에 "황금색 작은 끈 있는 붉은 적삼 따스하니, 소매 접힌 곳에는 여전히 상 들던 흔적 남아 있네. 상자를 여니 두 줄기 눈물 나도 모르게 흘러내리고, 뜰 가득 눈이 쌓이고 등불 하나 어둡네〔黃金小紐茜衫溫, 袖摺猶存擧案痕. 開匣不知雙淚下, 滿庭積雪一燈昏〕."라고 하였다.

121) 당시 서위는 예부상서(禮部尙書) 이춘방(李春芳, 1511~1585)의 부름을 받아 입경하여 문서를 관장하였다. 서위는 처음에는 수도에서 자신의 재주를 펼칠 수 있을 거라고 생각했으나 이춘방은 주상에게 올릴 가공송덕(歌功頌德)하는 내용의 무료한 글을 쓰게 할 뿐이었다. 이춘방은 서위에게 잡다한 업무를 맡기고 그의 행동을 제한했다. 서위가 초빙 받은 일자리를 사양하는 상서를 올려도 이춘방은 허락하지 않았다. 그러나 서위는 단연코 뿌리치며 떠났다. <연경에 들어가다〔入燕〕> 시는 떠나기 전에 지은 것이다. 傅杰, 앞의 책, 44쪽.

122) ≪徐渭集≫, 70쪽.

3	賤子亦何能,	미천한 나는 또 무슨 능력이 있기에
4	飄然來遠道.	표연히 먼 길을 왔던가.
5	行止本無常,	가고 멈춤이 본래 일정하지 않았으니
6	譬彼雲中鳥.	저 구름 속의 새에게 비유하면
7	朝飮西園池,	아침에는 서쪽 정원의 연못에서 마시고
8	暮宿北林杪.	저녁에는 북쪽 숲의 나뭇가지에서 자는 격이네.
9	感事復懷人,	일에 느꺼워 다시 먼 옛날의 사람을 회상하니
10	生年苦不早.	태어난 때가 진정 이르지 않구나.
11	欲弔望諸君,	망제군을 조문하려고 해도
12	跡陳知者少.	흔적이 오래되어 아는 사람이 적다.
13	垂首默無言,	머리를 떨어뜨리고 묵묵히 말이 없는데
14	春風秀芳草.	봄바람은 향기로운 풀을 무성하게 한다.

이 시에서 서위는 자신의 현재 상황을 먼 옛날 동소남(董邵南)의 고사와 비교하였다. 동소남은 당대(唐代) 인물이며 한유(韓愈, 768~824)가 <동소남을 전송하는 글〔送董邵南序〕>[123]에서 그가 연(燕)·조(趙) 지역으로 가게 된 일에 대해 상세하게 서술한 바 있다. 제1~2구는 한유의 이 글에서 "예리한 무기를 지닌 채 답답한 마음으로 이 지방에 가다〔懷抱利器, 鬱鬱適茲土〕."라고 한 것을 바꾸어 쓴 것이다. "예리한 무기〔利器〕"는 뛰어난 재능을 비유한다. 제3~4구에서 서위는 동소남과 자기 자신을 비교하였다. 무슨 재능이 있는지는 모르겠지만 동소남이 그랬던 것처럼 자신도 먼 길을 떠나 연경(燕京)으로 왔다. 제5~8구에서는 자신의 현재 상태에 관해 서술하였다. 정처 없이 왔다 갔다 하는 모습은 조석(朝夕)으로 다른 곳에서 머무는 새와 같다.

제9구 이하는 일찍 태어나지 못해 과거의 인물처럼 할 수 없어 낙담한 심정을 표현하였다. 한유가 동소남에게 요청했던 것처럼 자신도 망제군의 묘를 찾아 조문하고 싶지만 그럴 수 없어 고개를 떨

123) 오수형 편역, ≪당송팔대가의 산문세계≫, 114~115쪽 참조.

어뜨릴 뿐이다. 서위는 이 시에서 자신의 현재 상황을 먼 과거와 비교하여 후자가 전자에 비해 더 나았고, 이에 따라 전자는 상대적으로 좋지 않다고 말하고 있다.

제2수에서는 더 구체적으로 과거와 현재를 나누어 서술하였다. 제1수에서 당대(唐代)의 인물을 끌어와 과거의 상황을 말하였다면, 제2수에서는 그보다 더 먼 과거에 대해 이야기하였다.

<入燕三首(二)>[124] 연경에 들어가다 3수(제2수)

荊卿本豪士,	형가(荊軻)는 본래 호걸이었고
漸離亦高流.	고점리(高漸離) 역시 고상한 부류로다.
舞陽雖少小,	진무양(秦舞陽)은 어린 나이에도 불구하고
殺人如芟苗.	어린 싹을 베듯 사람을 죽였다.
眇然三匹夫,	아득한 시대의 세 필부는
挾燕與秦仇.	연나라를 낀 채 진나라와 원수졌지.
悲歌酒後發,	슬픈 노래 술 마신 뒤에 불렀으니
涕下不能收.	흐르는 눈물을 거둘 수 없었다.
猛氣驚俗膽,	맹렬한 기세는 세속의 간담을 놀라게 하고
奇節招世尤.	특별한 절조는 세상의 으뜸인물을 초치하게 했다.
見者都駭顧,	보는 사람이 모두 놀라 돌아보았으니
那能諒其由?	어찌 그 이유를 믿을 수 있었겠는가?
我生千載後,	천 년 뒤에 태어난 나는
緬玆如有投.	이를 생각하며 몸을 던지듯 했지.
時違動自妄,	시대와 어긋나 걸핏하면 멋대로 굴다가
忽作燕京遊.	문득 연경으로 나들이 오게 되었다.
短褐入沽肆,	짧은 베옷 입고 술파는 가게로 들어가
酒至思若抽.	술이 이르니 생각을 뽑아내는 듯.
念彼屠與販,	저 백정과 행상인을 생각하네,
零落歸山丘.	죽어서 무덤으로 돌아간 그들을.

124) ≪徐渭集≫, 70쪽.

21 皇皇盛明世, 휘황찬란하게 창성한 시대여서
22 六轡控九州. 여섯 개 고삐 달린 수레로 구주를 다스리니
23 匕首蝕野土, 비수는 거친 땅에서 상해가고
24 廣道鳴華輈. 큰 길에서는 화려한 수레가 소리를 냈었지.
25 寸規不可越, 사소한 규칙도 벗어날 수 없었으니
26 安用軻之儔? 어찌 형가의 짝으로 쓰겠는가?
27 我思遠及之, 나의 생각이 먼 곳까지 미치니
28 曠若林與鶩, 멀리 떨어진 것이 숲과 무수리 같구나.
29 鳳鳥不可得, 봉황은 얻을 수 없으니
30 蒼鷹以爲求. 푸른 매로 구한 셈 치는 수밖에.

이 시에서 시인은 현재 자신의 처지를 전국시대(戰國時代)를 살았던 형가의 처지와 비교하고 있다. 대비를 선명하게 나타내기 위해 과거(제1~12구)에서 현재(제13~20구)로 옮겨간 뒤, 다시 과거(제21~26구)를 언급하다가 현재(제27~30구)를 이야기하며 끝을 맺는 전개 방식을 취하였다.

서위는 이 시에서 머나먼 과거로서 연(燕)나라에 충성했던 형가·고점리·진무양의 이야기를 끌어왔다. 형가는 진(秦)나라 왕에 대한 복수를 계획한 연나라의 태자 단(丹)에 의해 초치되어 자객이 된 인물이다. 축(筑)을 잘 연주했던 고점리는 형가와 주막에서 함께 술에 취하고는 했고, 진무양은 형가가 진나라로 갈 때 조수로서 따라갔었다.[125] 그들이 연나라에서 그랬던 것처럼 시인 자신도 연경에 와서 술을 마시다보니 생각이 그들에 미치게 되었다.

형가는 진나라 왕을 암살하는 데 실패하고 죽임을 당하는 비극적 결말을 맞이했다. 그리하여 서부인(徐夫人)의 "비수(匕首)"는 쓰이지 못하고 부패해 갈 수밖에 없는 것이다. 반면 진나라는 그 후 통일왕조로서 중원을 다스리게 된다. 서위가 보기에 고점리와 진무양은 형

125) 자세한 내용은 司馬遷 撰, <列傳第二十六刺客>, ≪史記≫ 卷86 참조.

가의 짝이 될 만한 그릇이 못 되었다. 하지만 세월이 많이 흐른 지금, 그들처럼 연경에서 술을 마시고 있는 자신은, 적어도 형가라는 걸출한 인물을 만날 수 있었던 두 사람과 달리 아예 그러한 인물과 인연조차 맺지 못하고 있다. 이 시에서 서위는 비슷한 점을 계기로 먼 과거의 이야기를 가져오면서도 다른 점을 찾아내어 현재 자신의 상황과는 거리를 두고 있다.

앞서 언급했듯 과거와 현재의 대비는 중국고전시의 흔한 수법이다. 그런데 서위 시에서는 관조자의 입장에서 두 시간 축을 대비하는 것이 아니라는 점에 유의해야 한다. 그는 대부분의 경우 자기 자신이 맞닥뜨린 현재, 즉 스스로 어려움을 겪고 있는 현재의 상황을 그보다 나았던 과거 어느 시점의 상황과 비교하는 방식으로 대비의 수법을 사용하고 있다. 이러한 대비는 긍정 대 부정의 이분법적 대비로 나아가 현재의 부정성을 강조하는 방향으로 고착된다.

(3) 구속된 공간과 그 바깥

이른바 입신양명(立身揚名)은 문인에게 있어서는 시대를 불문하고 삶의 목표였다고 말할 수 있다. 그러나 한편으로 그것은 스스로에게 막중한 책임을 부과하는 일이기도 하다. 서위 역시 본인의 재능을 자부하여 그것을 나라와 사회에 널리 펼치길 희망하였지만 연이어 과거에 실패했기 때문에 그 꿈을 이룰 수 없었다. 과거에 급제하지 못한 것은 그에게 상실감을 안겨주었지만, 한편으로 그는 어디에도 얽매여 있지 않아 비교적 자유롭게 생활할 수 있었다.

따라서 서위가 38세부터 42세까지 호종헌(胡宗憲, 1512~1565)의 막부에서 막료로 활동한 것은 자신을 인정해주는 인물을 만나 생계를 꾸릴 수 있었다는 점에서는 좋은 일이었지만, 자유는 그만큼 감축될 수밖에 없었다.

서위는 끊임없이 과거시험을 보았으나 끝내 급제하지 못했다. 그렇다보니 그의 일생에서 가장 득의했던 시기는 실상 호종헌의 막료로서 문재(文才)를 펼친 때였다. 그는 호종헌의 막료보다 더 높은 위치에 있었던 적이 없었다. 서위는 당초 호종헌의 초청을 거절하기도 했었지만, 막상 그의 막부에 들어가서 크게 신임을 얻고부터는 그에게 의지하였고, 특히 물질적으로 큰 도움을 받았다.[126] 그러나 서위는 막부에서의 삶을 최선으로 여기지는 않았다. 또 한편으로는 그 삶으로 인해 구속되었다고 느끼기도 했다. 다음 시에 이 점이 잘 드러나 있다.

＜白鷳＞[127] **흰 솔개**

少保公所遺. 소보공이 준 것이다.

片雪簇寒衣, 조각 눈이 모여 겨울옷 이루고
玄絲繡一圍, 검은 실은 둘러가며 수놓아졌네.
都緣惜文采, 다 문채를 아껴준 까닭으로
長得侍光輝. 오래도록 빛이 나게 길러졌네.
提賜朱籠窄, 끌고 가서 붉은색 좁은 새장 하사하니
羈棲碧漢違, 갇힌 채 머물러 있어 푸른 하늘과는 어긋났네.
短簷側目處, 짧은 처마 너머로 곁눈질하여
天際看鴻飛. 하늘가에서 날아가는 기러기를 보네.

서위는 호종헌이 준 흰 솔개를 보고 자기 자신의 처지와 같다고 느껴 이 시를 지었다. 흰 솔개는 눈처럼 하얀 깃털이 몸 전체를 감싸고 있으면서 검은색 깃털이 마치 가는 선으로 원을 그리듯 무늬를 이루고 있다. 이 새는 그 아름다움 덕분에 보살핌을 받을 수 있었다.

---

126) 호종헌은 서위에게 집을 마련해주는 등 경제적으로 큰 도움을 주었을 뿐만 아니라 서위가 상처(喪妻)한 것을 염려하여 계실을 소개해주었다. 張新建, 앞의 책, 37~38쪽과 44쪽 참조.

127) ≪徐渭集≫, 179쪽.

그러나 붉은 새장에 갇혀 있게 되어 푸른 하늘을 날아다닐 수는 없게 되었다. 눈을 돌려 하늘 높이 나는 기러기를 바라보는 행위는 그곳에 대한 지향을 나타낸다. 이에 따라 시 속의 공간은 솔개가 갇혀 있는 새장 안과 그 밖의 넓은 하늘로 양분된다.

이와 같은 흰 솔개의 상황은 당시 서위 자신의 상황과 맞닿아 있었다.[128] '문채'는 서위에게 있어서는 글을 짓는 재주이다. 서위는 그 재주 덕분에 호종헌의 막부로 초청받아 막료가 되었다. 호종헌의 보살핌 아래 생계를 꾸릴 수 있게 된 것이다. 그러나 한편으로 막부는 새장과 같이 막힌 공간이기도 하여 바깥에 있는 더 넓은 세상을 동경의 눈길로 바라보게 만들었다. 서위가 새장 안에 갇혀 있는 새에 자신을 투영함으로써 자신을 구속하는 이 공간과, 자유를 누릴 수 있는 저 공간을 구분한 것은 막부 생활에 만족하지 못했기 때문이었다.

자신이 속한 공간을 고립되고 막힌 공간으로 인식하고 그 바깥을 지향하는 경향은, 그가 실제로 감옥에 갇혔을 때 쓴 시에서 더욱 분명히 볼 수 있다. 서위는 가정 45년(1566) 겨울, 46세의 나이로 부인 장씨를 살해하고 하옥된다. 수감된 기간은 융경(隆慶) 6년(1572) 52세 때까지 6년 여 동안이다. 먼저 수감된 이듬해인 융경 원년(1567)에 쓴 <만옥산방가(萬玉山房歌)>를 보자.

이 시는 장원변(張元忭, 1538~1588)이 융진당(融眞堂)을 지은 기념으로 써 준 것이다.

---

128) 여러 기존 연구에서 이 시를 서위가 흰 솔개에 빗대어 자기 자신의 처지를 표현한 작품으로 보고 있다. 낙옥명(駱玉明)의 견해가 대표적이다. 錢仲聯 等 撰, ≪元明清詩鑒賞辭典—遼・金・元・明≫, 593~595쪽.

<萬玉山房歌>[129] 만옥산방가

1	萬玉山房誰搆此,	만옥산방을 누가 여기에 지었나?
2	青衿大雅張公子,	푸른 옷깃의 두루마기 입은 뛰어난 수재 장공자로다.
3	樓臺無數入雲烟,	무수히 많은 누대는 구름 속으로 들어가고
4	猿鶴有時宿窗几.	원숭이와 학이 때때로 창과 책상에 머문다.
5	昔我登之醉幾場,	예전에 내가 올라가서 몇 번 취한 적이 있는데
6	此基未築芳草長,	여기에 토대는 아직 지어지지 않고 방초만 자라 있었지.
7	築基已就萬玉蒼,	토대를 쌓아 푸른 만 개 옥 이미 이루어져
8	我今負劍遊四方.	나는 지금 칼을 차고 사방을 돌아다닌다.
9	江雲引雨能相待,	강가의 구름이 비를 이끌어도 능히 대할 만한데
10	海月笑人不擧觴,	바다에 뜬 달은 술잔 들지 않는 사람을 비웃는다.
11	夜來變起青天黃,	밤새 변화가 일어나 푸른 하늘 누레지더니
12	風吹黑雲歸圜牆.	바람이 검은 구름을 불어 감옥으로 돌아오게 했다.
13	籠鷄絡馬意不悅,	갇힌 닭, 묶인 말 신세여서 마음이 즐겁지 않고
14	刻木削瓜頭暫卬,	조각한 나무・깎은 오이 같은 옥리를 잠시 고개 들어 바라본다.
15	白榻一曲鼓瀟湘,	칠 안한 탑상에서 <소상>한 곡을 두드리며 연주하니
16	流聲泛羽夏飛霜.	그 악곡 거침없이 퍼져 여름에도 서리가 날릴 듯하다.
17	曲終廻腸正欲斷,	곡이 끝나니 뒤틀린 창자 끊어지려 하는데
18	公子却遺三丈絹,	공자는 도리어 삼 장 크기의 견을 보내고
19	兼之尺書敍草堂,	초당에 대해 쓴 짧은 글을 겸하여
20	令我雙眼見山畔.	나의 두 눈이 산 가장자리를 보게 한다.
21	憶昔荷開鏡堤上,	생각건대 옛날에 호수 제방 위에 연꽃이 피었을 땐

129) ≪徐渭集≫, 128쪽.

22 我與公子未生長,	나와 공자가 태어나 자라기도 전이었지.
23 蓮女西施媚別人,	연꽃 여인 서시는 다른 사람을 미혹시켰으니
24 白苧淸歌對誰唱?	맑은 노래 <백저>를 누굴 향해 불렀던가?
25 秖今搆室臥龍巓,	그저 지금 용이 누워 있는 산에 집을 지으니
26 鏡湖西去水連天,	맑은 호수 서쪽으로 흘러 물이 하늘과 이어진다.
27 山頭草樹倒梢影,	산꼭대기의 풀과 나무는 그림자 거꾸로 드리우고
28 鏡裏荷花亦復姸.	호수 속의 연꽃 또한 예쁘다.
29 公子二十年始妙,	공자는 스무 살로 묘년이 되어
30 致身直上靑雲道,	출사하고자 곧장 청운의 길에 올랐지.
31 只今回首已十春,	지금 돌이켜 보면 이미 열 번의 봄이 지났으니
32 杏花攀來苦不早.	살구꽃 부여잡은 것 정말로 이르지 않았다.
33 雲浮沉, 何量校,	구름의 뜨고 가라앉음, 어찌 헤아리겠는가?
34 海水漚, 迹如掃,	바다 위의 거품, 흔적은 쓸어버린 듯.
35 融眞堂上秋籟繁,	융진당에는 가을의 소리 번다하니
36 試問何物吹萬竅?	묻건대 무엇이 만 개 구멍을 부는가?
37 學部使者內山老,	학부의 사자인 내산 노인은
38 公子之翁才思好,	공자의 부친으로 재능이 뛰어나니
39 兩人讀書各萬卷,	두 사람이 읽은 책은 각기 만 권으로
40 字總無形腹應飽.	글자는 모두 형체 없이 뱃속에 가득하리.
41 前月遺我酒一石,	지난달 나에게 술 한 섬을 주었는데
42 老髡無賴蛟一吸,	늙은 까까머리 무뢰배가 교룡처럼 한번에 들이켰네.
43 執法已去御史過,	집행관도 떠나고 어사도 지나가고 나니
44 只少金釵墮狼籍.	낭자하게 떨어져 있던 금비녀만 적어졌다.
45 道門糟丘各提兵,	길 입구의 술지게미 더미 각기 병사를 거느리니
46 年來我自別通靈,	근래에 나에게는 절로 소식 빨리 전해졌다.
47 題詩若少靑春物,	시를 씀에 푸른 봄의 사물이 적은 듯했는데
48 枉敎堂上名融眞.	당 이름을 융진이라 하였다고 굽히어 가르쳐 주셨구나.

이 시는 장원변이 지은 융진당이 있는 만옥산방과 서위가 속한

감옥을 번갈아 서술하는 구조로 되어 있다. 제1~12구는 만옥산방을 소개하며 자신이 구속되기 이전에 본 모습을 토대로 그곳의 현재 경치를 상상하였다. 제13~20구에서는 시선을 감옥 안으로 옮겨와 자기 자신의 현재 모습과 장원변이 감옥을 방문하여 시를 부탁하는 상황을 묘사하였다. 제21구~40구는 다시 만옥산방으로 가서 그 지역의 유래와 경치를 서술하면서 그곳에 집을 지은 장원변과, 그의 아버지 장천복(張天復, 1513~1573)에 대해 아울러 칭송하였다. 제41구 이하로는 또 다시 자신이 속한 감옥 안의 상황을 이야기하며 시를 마무리하였다. 만옥산방에서 감옥으로, 다시 만옥산방에서 감옥으로 이어지도록 시상을 전개함으로써 세계는 시인 자신이 구속되어 있는 공간과 그 바깥으로 나뉘게 되었다.

만옥산방으로 구체화된 바깥세상에는 수많은 누대가 끝없이 이어져 있는 것이 보이고, 원숭이와 학이 밝은 창과 깨끗한 책상에 머문다(제3~4구).[130] 그리고 그곳은 월(越) 서시(西施)가 채련(采蓮)하던 곳으로 남녀의 사랑노래인 <백저가(白苧歌)>가 울려 퍼졌었다(제21~24구). 지금도 호수가 하늘과 이어진 것처럼 보일 정도로 드넓게 펼쳐져 있고, 그 맑은 물에는 온갖 초목과 아름다운 연꽃이 비친다(제25~28구). 게다가 그곳에는 학식과 덕망을 두루 갖춘 장씨 부자가 있다(제29~40구).

반면, 시인이 이 시를 짓고 있는 감옥에는 장씨 부자와 같은 훌륭한 인물은커녕 목석같은 옥리만 서있고(제14구), <백저가>가 아니라 구슬픈 <소상곡(瀟湘曲)>이 시인의 입에서 토해진다(제15~16구). 물이 하늘에 맞닿을 정도로 경치가 탁 트인 데다가 "푸른 봄의 사물〔青春物〕"(제47구)이 아름다움을 자아내어 사람의 마음을 시원하게

130) 원숭이와 학은 자연에서 자유롭게 생활하는 동물로 은일지사(隱逸之士)를 나타내기도 한다. 따라서 이들이 창과 책상에 머문다는 것은 이곳에 거리낌 없이 드나들 수 있음을 의미한다. 바로 예전에 시인 자신이 올라가 술을 마셨다는 것을(제5구) 비유적으로 표현한 것이다.

해줄 법한 그곳과 달리, 이곳은 자신을 "가두고〔籠〕" "묶어서〔絡〕" 마음을 즐겁지 않게 하고(제13구), 심지어 애간장이 끊어지게 만드는 곳이다(제17구). 이와 같이 서위는 이 시를 통해 세계를 자신이 갇혀 있는 감옥과 그 바깥으로 나누고, 이 두 세계의 상이함을 보여주었다.

융경 5년(1571)에 쓴 다음 시는 감옥 바깥에 있는 친구와 함께 있을 수 없어서 느끼는 아쉬움을 표현한 것이다. 수신자는 갈혼(葛焜, ?~?)이다. 이 시에서도 감옥은 단절된 공간으로, 그 바깥은 자유롭게 이동할 수 있는 공간으로 간주된다.

＜答和公旦二首(一)＞[131] **공단에게 화운하여 답하다 2수(제1수)**

1 高垣沼我軀, 　　높은 담이 나를 빠뜨려 핍박하고
2 棘刺長如荻, 　　가시나무는 억새처럼 자라네.
3 松柏年十寸, 　　소나무와 측백나무는 한 해에 10촌씩 자라
4 至今長五尺. 　　지금은 5척이 되었지.
5 一朝鎚籠藩, 　　하루아침에 망치질하여 새장 지어지니
6 小鷃決蓬翟, 　　작은 봉새가 풀무더기 헤치고 들어왔는데
7 忽逢東來鴻, 　　문득 만난 동쪽에서 온 큰 기러기가
8 相煦以雙翼. 　　두 날개로 따뜻하게 감싸주었네.
9 逝焉渺長江, 　　아득히 긴 강을 따라 떠나갔으니
10 別子當幾日, 　　자네와 헤어진 지 며칠이 되었던가.
11 不能偕我飛, 　　나와 함께 날 수 없으니
12 一顧一悲嚦. 　　돌아볼 때마다 슬프게 울겠구려.

높은 담이 둘러 있으니 그 안에 있는 '나'는 마치 늪에 빠져 있는 것 같다. 게다가 가시나무까지 빠르게 자라 바깥세상과 이곳을 더욱 단절시킨다. 한 해에 10촌씩 자라는 송백이 5척이 되었으니 이곳에

131) 《徐渭集》, 77쪽.

온 지 5년이 되었음을 알 수 있다. 처음 감옥에 들어왔던 때를 생각해보면 "새장〔籠藩〕"에 들어온 "작은 봉새〔小鸝〕"와 같았다. 그런 '나'를 "큰 기러기〔鴻〕" 같은 상대방이 따뜻하게 지내도록 해주었었다.

그러나 그는 이곳 밖의 "긴 강〔長江〕"을 따라서 멀리 떠나가 버린 뒤 아직까지 '나'와 다시 만나지 못했다. '나'가 새장에 갇혀 있지 않다면 그곳에서 함께 날 수 있을 텐데 그럴 수 없으니 상대방은 슬프게 울며 '나'가 있는 이곳을 돌아볼 것이다. 제1~8구에서 묘사한 감옥과 제9구 이하에 나타난 상대방이 있는 바깥세상으로 공간이 분할된 것을 볼 수 있다.

자신이 현재 처한 공간에 대립되는 공간으로서 드넓고 광활한 바깥세상을 설정하는 것은 그곳에 대한 지향에서 기인한다. 인간은 일반적으로 갇혀 있다고 인식하게 되면 그곳을 벗어나고 싶어 하기 마련이다. 따라서 바깥 공간에 대한 지향과 갈망은 옥중(獄中)에서 쓴 시에서 흔히 볼 수 있을 것이라고 생각된다.[132] 다만 서위 시에서 자기 자신이 구속되어 있는 감옥과 그 바깥으로 공간이 분할되는 것이 중요한 까닭은 그 분할이 긍정 대 부정의 이분법의 한 양상으로 나타난다는 데 있다.

다시 말해서 바깥세상에 대해 서술하는 것은 단순히 그곳을 지향하기 때문이라기보다는 감옥이라는 공간을 부정적으로 인식하기 때문이다. 이곳의 부정성을 강조하기 위해서 저곳의 긍정성을 제기하였다는 것이다.

132) 구속된 이유는 서위와 다르지만 일제시기 나라를 잃은 상황에서 감금된 한국 지식인들의 시에서도 감옥을 폐쇄적인 공간으로 인식하고 벽 너머의 드넓은 세계를 지향하는 모습이 발견된다. 차민기, <한국 근대 옥중시와 공간 인식>, 384~392쪽 참조.

3. 긍정과 부정의 이분법으로의 이행

앞서 언급한 바 있듯 이 절에서 다루고 있는, 대상을 양분하는 습관은 작시법(作詩法) 중 '대비'의 수법과 관련이 있다. 대비는 서로 다른 두 사물, 혹은 하나의 사물의 두 가지 측면을 나란히 놓고 비교하여 둘 사이의 대립을 분명하게 드러내는 수법이다. 대비를 잘 운용하면 두 사물의 차이를 분명하게 보임으로써 독자에게 깊은 인상을 줄 수 있다.[133] 서위가 시에서 세계를 둘로 나누는 것도 기본적으로는 대비의 수법을 사용하여 양쪽의 차이점을 분명히 드러내기 위함이다. 그렇지만 이 글에서 세계를 분할하는 서위의 습관을 중요하게 다루는 것은, 단순히 대비의 활용이 서위 시의 특징임을 주장하기 위해서가 아니다.

경계가 분명하지는 않지만 서위 시에서 세계는 가치 판단이 개입되지 않은 대비적 분할에서, 긍정의 대상과 부정의 대상으로 양분되는 방향으로 변화해간다. 살펴보건대 비교적 젊을 때, 대체로 하옥되기 이전까지는 세계가 분할되더라도 시인이 어느 쪽을 옳다고 생각하고, 어느 쪽을 그르다고 생각하는지 일률적으로 관찰되지는 않는다. 예를 들어 본 장 제1절 제1소절에서 인용한 <삼모관에서 조수를 보다[三茅觀觀潮]>(39세)에서 세계는 초월적 세계와 인간세계로 분할되지만, 시인은 어느 한 쪽을 눈에 띄게 긍정 또는 부정하지 않는다. 다만 인간의 한계에 관한 언술에 의해 부정성이 제기된다는 점에 주목할 필요가 있다.

인간의 한계를 드러냄으로써 부정성이 제기되는 것은 초현실적 세계와 현실 세계가 함께 나타나는 시 중 가장 이른 작품에서 관찰할 수 있다. 아래의 시는 가정 28년(1549) 서위가 29세 때 지은 것으로 알려져 있다.[134]

---

133) 이치수, <陸游 詞의 對比 修辭法>, 27쪽.

<與林玉兩上人登會稽最高山, 山出秦望上, 率可五六里, 玉公早有來歸之意, 因賦以止之>135)

임씨와 옥씨 두 스님과 함께 회계에서 가장 높은 산에 올랐다. 이 산은 진망산 위로 대략 5~6리는 더 나와 보였는데, 옥공이 일찍이 귀의하려는 뜻이 있어서 시를 써서 만류하다

1	玆山一何爲,	이 산은 홀로 무엇을 하는가?
2	仰首摩青雲,	머리를 들어 푸른 구름을 어루만지는구나.
3	遠去氣色古,	예스러운 기색이 멀리까지 퍼지니
4	混沌儻未分.	혼돈상태에서 아직 나누어지지 않은 것일 테지.
5	引眄涉陝洛,	눈길을 이끌어 협현과 낙양을 건너려 해도
6	毋乃隔夕曛,	석양 너머에 있는 것을 어찌할꼬?
7	中有舊社址,	그 가운데 옛 사당의 터가 있어서
8	尙見數偶羣.	여전히 수많은 목각인형들이 보인다.
9	短草覆井水,	짧은 풀이 우물물을 덮고
10	遠松貯氛氳,	멀리 있는 소나무에 자욱한 안개 쌓여 있다.
11	薄雲在其下,	엷은 구름이 그 아래에 있으면서
12	猶冪高頂墳,	오히려 산꼭대기의 무덤을 덮고 있다.
13	玄釋諒能居,	노장과 부처는 진실로 거할 수 있으나
14	人世未可云.	인간세상에서는 아직 그럴 수 없다.
15	念子覺無上,	그댈 생각하면 더 높은 곳 없음을 깨닫노니
16	夙昔斷羶葷,	예전에 고기 음식을 끊었었지.
17	焉能繫不食?	어찌 경작할 수 없는 땅에 매일 수 있겠는가?
18	焉得不耕耘?	어찌 밭을 갈고 김매지 않을 수 있겠는가?
19	況玆値秋陽,	하물며 이렇게 가을 햇볕을 만났는데도
20	寒氣慘不昕,	한기가 혹독하여 새벽이 오지 않을 것 같음에랴!
21	未可來居斯,	여기에 와서 사는 것 아직은 좋지 않다고
22	語子以慇懃.	간절한 마음으로 그대에게 말하네.

134) 邱寶惠, 앞의 논문, 153쪽.

135) ≪徐渭集≫, 55쪽.

제목에서 밝혔듯 이 시에는 회계에서 가장 높은 산에 귀의하려는 옥공(玉公)을 만류하는 뜻이 담겨 있다. "푸른 구름[靑雲]"에 닿을 정도로 높아 신비로운 기운을 뿜어내는 이 산은, 제13 · 14구의 언술처럼 "노장과 부처[玄釋]" 같은 초월적인 존재는 살 수 있는 반면, 인간은 살지 못하는 곳이다. 옥공은 고기를 먹지 않는 등 자신의 몸을 잘 수양하여 초월적인 존재가 되고자 노력하기는 했어도, 전혀 먹지 않고 살 수는 없으니 이 산에서 지내려면 농사를 지어야 하며 추위도 견뎌야 한다.

서위는 이처럼 옥공에 대해 서술하면서 "혼돈 상태에서 아직 나누어지지 않은[混沌儻未分]" 초현실적인 세계는 인간이 살 수 없는 곳이라고 언명하였다. 시인은 아직까지는 초현실적 세계를 좋은 곳, 아름다운 곳 등 긍정적으로 인식하는 모습을 보여주지는 않고 있지만, 인간의 "가하지 않음[未可]"(제14구)을 드러내어 인간을 상대적으로 낮은 차원의 존재로 상정하였다.

이러한 언술은 <심설> 제2수의 마지막 두 구절과 <구곡에서 배를 띄우다>의 마지막 네 구절에서 제기된 인간세계의 한계와 연결된다. 이들 시에 따르면 인간은 초월적 세계에 속한 존재가 할 수 있는 일을 할 수 없을 뿐만 아니라 이해할 수조차 없다. 인간세계에 대한 부정적인 시선이 분명하게 드러나 보이지는 않지만, 적어도 초월적 세계와 비교할 때 인간세계를 하위에 두고 있음에는 이견의 여지가 없다. 이 점은 어떤 의미를 지니는가.

서위가 바라보는 인간들의 세계는 부조리가 만연한 곳이다. 지금 현실 세계의 인간들은 초월적 세계를 볼 수 있는 혜안을 지니기는 커녕 어리석기 짝이 없는 속물들에 불과할 뿐이다. 가진 자와 못 가진 자로 양분된 세계는 인간세계의 일면으로서, 이렇게 인간세계의 이면을 들여다보면 양 극단만이 존재하여 공평하지 않은 상황이 지속적으로 전개된다. 따라서 인간세계보다 고차원적인 세계를 상정하여 그곳에 속한 존재의 우월성을 드러내는 것은 암묵적으로 현실 세계의 부정성을 제기하는 것이다. 초현실적 세계와 현실 세계의 이분법적 분할에는 후자에 대한 부정의식이 내포되어 있다고 여겨진다.

내포되어 있던 부정성이 표면으로 드러나는 때는 현실 세계가 '나'의 등장으로 인해 구체화되는 순간이다. 이 절 제2소절에서 살펴본 현실 세계 분할의 세 가지 양상은 다시 두 종류로 나눌 수 있다. 하나는 세계가 일방적으로 대상화된 경우, 다른 하나는 시인이 두 세계 중 어느 한 쪽에 귀속되어 있는 경우이다. 가진 자와 못 가진 자로 양분되는 세계에서는 시인의 위치가 결정되어 있지 않다. 반면 과거와 현재를 양분하는 경우와, 구속된 공간과 그 바깥으로 구분하는 경우에서는 '나[我]'의 위치가 구분의 기준이 된다는 공통점이 발견된다.

이 중에서 초월적인 세계의 반대편에 있는 인간세계는 시인이 살고 있는 현실 세계 가운데서 시인의 관조에 의해 대상화된 세계만을 포함한다. 다시 말해 초현실적인 세계와 대립되는 인간세계는 '나'가 개입되어 있지 않은 세계이다. '나'가 세계에 침투되는 순간, 세계는 다른 차원을 갖게 된다.

가진 자의 세계와 못 가진 자의 세계를 대비적으로 묘사한 작품을 살펴보면, 시인이 양쪽 중 어느 쪽도 긍정적으로 보고 있지 않다는 것을 알 수 있다. <이마행>, <해상곡> 두 편에는 권력과 부를 가진 자의 세계와 그렇지 못한 자의 세계가 나타나는데, 시인은 호화로운 생활을 누리는 전자의 상황과, 심하게 고생하는 후자의 상황 중 어느 한쪽이 옳거나 좋다고 여기지 않는다. 이들 작품보다 나중에 지어졌다고 추정되는 <눈을 희롱하다> 시에서도 마찬가지이다. 부유한 집의 상황과 말라비틀어진 유생의 상황은 둘 다 긍정할 수 없는 것이다.

세계를 이분법적으로 분할하는 데 있어 긍정 혹은 부정이라는 가치판단의 개입은 '나'의 등장과 동시에 일어난다. 즉 시인 자신이 두 세계 중 어디에 속하느냐에 따라 긍정적으로 인식되는 세계와 부정적으로 인식되는 세계가 달라진다. 초현실적 세계와 현실 세계를 비교하면서, 전자를 우위에 두고 후자를 부정적으로 서술하는 경향은 점차 전자를 포함한 이상적인 세계를 긍정하고, 자신이 속해 있는 현실적인 인간세계를 부정하는 방향으로 변화한다.

또한, 가진 자와 못 가진 자의 구분에 있어서도 '나'가 후자의 자리에 놓이게 되면 못 가진 자의 세계는 강하게 부정성을 지니게 된다. 현실 세계에서 '나'의 실패가 잦아질수록, 세계를 자신이 속한 곳과 그렇지 않은 곳으로 나눔에 있어서 자연스레 전자를 옳지 못한 곳, 낙후된 곳, 악한 곳 등으로 묘사하게 되는 것이다.

『 제2절 부정적 세계관

'부정적(否定的)'이라는 말은 '그렇지 아니하다고 단정하거나 옳지 아니하다고 반대하는', '바람직하지 못한'이라는 사전적인 뜻을 가지며, '긍정적(肯定的)'이라는 말의 반대말이다. 따라서 부정적 세계관은 관찰 대상으로서의 세계를 옳지 않다고 반대하거나 바람직하지 않다고 보는 것을 의미한다. 이 글에서 논의하는 서위의 부정적 세계관은 세계를 싫어하고 사물을 어둡고 부정적으로 본다는 점에서 염세적(厭世的) 세계관이라고도 표현할 수 있다. 또한 자신의 인생을 어둡게 보아 슬퍼한다는 점에서 비관적(悲觀的) 인식을, 모든 희망을 끊어버린다는 점에서 절망적(絶望的) 인식을 포함한다고 볼 수 있다.

서위의 부정적 세계관은 그 구체적인 내용이 염세적이든 비관적이든 절망적이든 모두 세계를 거부하는 기질에서 비롯된 것이다. 세계를 적극적인 태도로 받아들여 화합하기보다는, 그것을 소극적인 태도로 뒤틀어보고 밀어내려는 성향. 세계의 긍정적 측면을 발견하고 그것을 옹호하기보다는 그것의 부정적 측면을 문제 삼고 그것에 항거하려는 성향. 세계의 존재 자체에 감사하기보다는 부재하거나 결여된 것들을 들추어내는 성향. 이러한 성향에는 차단하고 물리치는 '거부'의 힘이 작용하고 있다.

분할에 이어 거부는 서위 시의 부정성을 야기하는 핵심적인 힘이다. 이 절에서는 앞 절에서 본, 세계를 이분법적으로 분할하는 경향이 세계에 대한 무조건적인 거부에 의한 부정적 세계관으로 발전하는 과정을 살필 것이다. 그러기 위해 먼저 부정적 세계관이 형성되는 데 있어 단초를 마련했다고 판단되는 두 가지 부정의식을 살펴볼 것이다. 서위의 부정적 세계관이 그가 일찍부터 목도한 당시 사회상(社會相)에 대한 부정의식과 회재불우(懷才不遇)한 자기 자신에게 닥친 현실에 대한 부정의식에 의해 구축되었다고 판단되기 때문이다. 그런 뒤에 세계를 부정적으로 바라보는 성향이 시에서 어떻게 나타나는지 고찰할 것이다.

1. 형성 원인

(1) 사회 현실에 대한 부정의식

서위가 살았던 16세기 명나라는 정치적으로 불안한 시기였다. 북방 변경 지역에서는 알탄[俺答]이 1530년 무렵부터 10여 년 간 침입해오다가 1550년 경술지변(庚戌之變)을 일으켜 북경까지 진격해왔고, 서위의 고향인 절강(浙江) 소흥(紹興)을 비롯한 강남(江南) 지역에서는 왜구(倭寇)가 자주 침입하여 약탈을 일삼았다. 한편 조정에서는 가정제(嘉靖帝, 재위: 1521~1566)가 도교(道教)에 심취하여 정사를 제대로 돌보지 않아 환관 엄숭(嚴嵩) 일당이 정권을 잡고 부정부패하였다.

사회 참여 의식이 강했던 젊은 시절의 서위는 30~40대에 외적의 침략과 전장(戰場)의 상황에 관한 시를 다수 창작했다. 앞서 살펴본 <이마행(二馬行)>(31세), <해상곡(海上曲)>(33세) 등도 이에 포함된다. 이 두 편의 시를 통해 보았듯 서위는 가진 자와 못 가진 자를 대비하였는데, 그렇게 세계를 양분한 목적은 당시의 부당한 사회상을 폭로하려는 데 있다. 즉 이와 같은 작품을 창작한 것은 서위가 당시 사회상에 대해 가졌던 부정의식에서 기인한다.[136] 이 밖의 여러 시에서 포착되는 사회 현실에 대한 부정의식은 부정적 세계관을

136) 이른바 변새시(邊塞詩)를 통해 변경 지역 백성들의 생활고와 관리들의 부조리를 폭로하는 것이 명대 산인(山人) 시의 특징으로 간주되기도 한다. 張德建, ≪明代山人文學硏究≫, 203~219쪽.

형성하는 주된 요인 중 하나이다.

이제 30대의 서위가 가지고 있던 부정의식이 어떠했는가를 살펴보자. 다음 시는 서위가 가정 29년(1550), 30세 때 쓴 <금일가(今日歌) 2수(二首)> 중 제2수이다. 경술(庚戌)년인 이 해에는 알탄이 지휘하는 몽고족이 북경에 침입하였다. 서위는 이 시에서 몽고족이 침입한 당시 조정이 어떻게 대응했는지에 대해 서술하고, 그에 따른 감개와 참여의식을 내비쳤다.

<今日歌二首(二)>[137] **금일가 2수(제2수)**

套中大酋號俺答,	굽이진 곳의 외족 수령은 이름이 알탄인데
夜獵時時索靴靸,	밤에 사냥할 때에도 항상 신발을 가려내지.
親驅教馬五萬羣,	훈련시킨 5만 마리 말을 친히 몰아
不寇榆林向東踏.	유림을 도적질하지 않고 동쪽을 향해 갔다.
三衛京師之左肘,	조정의 왼팔인 금위군을
酋也過之一麾手,	수령은 지나가면서 손 흔들어 휩쓸어버리고
却令直下古北口,	다시 고북구로 바로 내려가도록 명령하니
累朝賞賜亦何有?	역대로 하사하던 재물이 또 어찌 있겠는가?
分兵各出數百騎,	병사를 나누어 각기 수백 기병을 내어
嗚鼓燒城似兒戲,	애들 놀이처럼 북을 울리며 성을 불사른다.
何意天子閱軍場,	생각이나 했겠는가, 천자가 군장을 검열하며
眼看胡奴旋舞技.	호인 노예들의 돌며 춤추는 기예를 볼 줄을.
密雲順義良亦苦,	밀운과 순의 지역 진실로 괴로워하니
馬上紅顔抱雙股,	말 위의 젊은이는 두 다리를 감싸고 있다.
擄生殺死不可數,	포로로 잡고 죽이는 것 셀 수도 없는데
將軍箚壘空成堵.	장군은 진영에 주둔한 채 공연히 담장만 이루었다.
來時不撲去不禽,	적군이 와도 치지 않고 떠나도 잡지 않거늘
何用養士多如林,	무엇하러 숲처럼 많이 인재를 배양하는가?
却令御史募敢死,	도리어 어사에게 죽음 각오할 사람 모집하게 해

137) ≪徐渭集≫, 121~122쪽.

20	一人匹馬四十金.	말 한 필에 한 사람이 타고 40금을 주게 하네.
21	傳聞勅符卽日下,	전해 듣건대 칙명이 당일로 내려왔다는데
22	斯言未可知眞假,	이 말이 진짜인지 가짜인지 모르겠구나.
23	假令眞有募士者,	가령 진실로 사병을 모집하는 자가 있다면
24	吾亦領銀乘匹馬.	나 또한 은을 받고 한 필 말에 오르리라.
25	年年抱書不曾舍,	해마다 책을 안고서 버린 적이 없고
26	夜夜看書燭成炧,	밤마다 책을 보니 촛불에선 불똥이 생겼다.
27	治生作産建瓴瀉.	생계 꾸리는 것이 동이의 물 엎어 쏟는 듯하니
28	何以將之供母寡?	어떻게 홀로 되신 모친을 공양하겠는가?
29	丈夫本是將軍者,	장부는 본래 군대를 거느려야 하는 법이니
30	今欲從軍聊亦且.	지금 군대를 따르려는 것은 잠시 뿐이리.
31	聊亦且, 誠孟浪,	잠시 뿐이라니 진실로 경망스럽도다!
32	請看信陵君,	보게나, 신릉군이
33	下令於境上,	변경에서 명을 내렸던 것을.
34	當時歸養免從軍,	당시에는 돌아가 봉양하려고 종군을 피했는데
35	今日從軍翻是養.	오늘날엔 종군이 오히려 봉양이 되었구나.

이 시는 세 단락으로 나뉜다. 첫 단락인 제1~10구는 알탄이 북방의 국경을 뚫고 수도의 동북쪽에 있는 군사요지인 고북구를 거쳐 성으로 쳐들어오는 장면을 묘사하였다. 제11~22구에서는 이민족의 침입에 대처하는 조정의 모습을 서술하였다. 제23구 이하는 '나' 자신의 포부와 의지에 관한 서술이다.

첫 번째 단락은 외적(外敵)인 알탄의 침입 과정에 대해 쓴 것임에도 그들을 비난하거나 나무라는 부정적인 묘사는 찾기 어렵다. 시인이 옳지 않다고 여기는 상황은 오히려 두 번째 단락에 서술된 조정의 안일함과 무능함이다. "천자(天子)"는 군사를 돌보는 일은 제쳐둔 채 춤 구경이나 하고 있고, "장군(將軍)"은 군대를 주둔시켜 놓고도 적이 오든지 가든지 신경 쓰지 않는다고 말한 데서 조정과 관련된 제반 상황을 부정적으로 보고 있음을 알 수 있다. 또한 "어사(御史)"

로 하여금 말과 포상금을 주고 목숨 걸고 싸울 사람을 구하게 했다는데, 이것이 "진짜인지 가짜인지 알 수가 없다[未可知眞假]"며 강한 불신을 표현했다.

세 번째 단락은 '나'의 종군(從軍)에 대한 의지(제23~24구)와, 밤낮으로 책만 들여다보고 있는 문인이 겪는 생활난(生活難)(제25~28구), 나중에 큰 인물이 되겠다는 포부(제29~30구), 옛날 전국시대 때 신릉군(信陵君)은 부모 봉양을 위해 종군을 그만두라 했었는데, 지금은 오히려 반대가 된 것에 대한 감개(제31~35구)로 이루어져 있다.

여기에서 주목할 점은 '나'가 아직은 관조자의 입장을 취하고 있다는 것이다. 생계를 꾸려나가기 어려운 가운데 포상금을 준다고 하니 종군할 생각이 들었다는 말은, 이미 수많은 군사들을 거느리고 있는 상부 관료들이 현재 상태에서 '적극적으로 외적의 침입을 대처하려 하지 않는다는 사실을 부각시킨다. 그러면서 동시에 '나'가 이 사건에 대해 분개하고 있기는 하지만, 그 사건에 직접적으로 영향을 받는 사람은 아니라는 것을 알려준다.

서위 시에 나타난 세계에서 무능한 조정, 즉 권력을 가진 자의 대척점에는 못 가진 자가 서 있다. 이민족의 침략에도 속수무책인 관리들과 무능한 조정에 대립되는 것은 자기 자신이 아니라 고생하는 병사들이다. 서위는 30대 초반인 아직까지는 자기 자신을 못 가진 자의 편에 두지 않았다. 젊었을 때만 해도 서위는 그 세계로부터 '나'를 제외시킨 것이다. 앞의 세 번째 단락에서 보았듯 그 세계에 뛰어들어 좀더 나은 세계를 만들기 위해 노력하고자 하는 의지는 있었으나, 부조리한 세계에 의해 직접적으로 아픔을 겪고 고된 일을 하는 것이 아직은 서위 자신은 아니었다는 뜻이다. 그렇지만 후반기로 갈수록 관조적 입장은 사라지고, '나'는 세계와 직접 대립하게 된다. 이 점은 제3장에서 상세히 논의한다.

사회 현실에 대한 부정의식이 드러난 시를 좀더 살펴보자. <해상

곡> 5수는 앞서 언급했듯 왜구가 침입한 상황을 시로 읊은 것이다. 그 중 제1수와 제2수에도 군사를 통솔하는 관리들의 방만한 모습이 여실히 드러난다.

<海上曲五首(一)>[138] 해상곡 5수(제1수)

1	雪隱城月高,	눈이 녹고 성에는 달 높이 뜨니
2	使君梯樓坐,	사군은 누대에 올라가 앉았다.
3	縣綆訊諜士,	두레박줄을 걸어 첩사에게 물으며
4	但自苦城破.	단지 성이 부서진 것만 괴로워한다.
5	問賊一何多?	묻노니 적군은 어찌 그리 많은가.
6	數百餘七箇,	수백 명인 부대가 일곱 개이네.
7	長矛三十六,	긴 창은 서른여섯 개뿐이고
8	虛弓七無笴,	빈 활은 화살대 없는 것 일곱 개이며
9	腰刀八無餘,	허리에 찬 칼은 여덟 개로 더는 없으니
10	徒手相右左,	빈손으로 서로를 보호하며
11	轉戰路千里,	전쟁으로 떠돈 길 천리인데
12	百涉一無舸.	배 한 척 없이 수백 번 강을 건넜다.
13	發卒三千人,	파견한 병졸은 3천 명이고
14	將吏密如果,	이끄는 관리는 과실처럼 빽빽하지만
15	賊來如無人,	적이 와도 마치 아무도 없는 것처럼
16	卒至使君下.	병졸들은 사군 아래로 모여든다.

이 성의 책임자인 "사군(使君)"은 달이 높이 뜬 밤 누대에 올라가 앉아 있으면서 줄을 내려 성이 공격당해 파괴된 것에 대해서만 관심을 갖는다. 그렇지만 실제로 적군의 수는 그리 많지도 않고, 무기는 숫자도 적을 뿐더러 상태도 좋지 않다. 그들은 좋은 무기도, 배 한 척도 없이 천리를 떠돌고 수많은 강을 건넜다.

---

138) ≪徐渭集≫, 59쪽.

반면 이 성의 상황은 어떠한가? 병졸도 많고 관리도 많지만 막상 적이 들이닥치자 마치 아무도 없는 것처럼 모두 숨어버린다. 적을 물리치고 성을 잘 지키는 데는 관심이 없는 것이다. 사군이 다른 것은 신경 쓰지 않는다는 사실을 알려주는 "다만〔但〕"이라는 글자와, 병졸과 관리가 많은데도 "아무도 없는 것처럼〔如無人〕" 행동한다는 언술에서 시인이 이 상황을 부정적으로 바라보고 있음을 알 수 있다.

외적이 나라를 침략하는 것 자체가 참을 수 없는 일이기도 했겠지만, 서위가 더욱 분개했던 것은 바로 조정과 관리들이 대처하는 방법이었다. 다음 시에서는 이와 같은 시국(時局)에 영웅적 인물이 부재하다고 말하고 있다. 당시 서위는 호종헌의 막료로 대필(代筆) 업무를 맡고 있었다.

< 白牝蛟二首(一) >[139] **하얀 암컷 교룡 2수(제1수)**

招寶山東行若干里, 洋也, 白牝蛟宮之. 相傳是千年物, 遂名其所蛟門. 而向所詒海酋汪直之倭商住岑港者, 自春抵夏, 屢進剿屢阻於雨, 人言蛟之祟也. 幕中醜罵蛟, 俄而雨如注.

초보산에서 동쪽으로 몇 리를 가면 바다인데, 하얀 암컷 교룡이 서식하고 있다. 천년이 된 영물이라고 전해져왔고 결국 그곳을 '교문'이라고 명명하였다. 그런데 해적 두목 왕직의 왜국 상인으로 잠항에 사는 사람에게 주어지게 되었다. 봄부터 여름까지 진군하여 토벌할 때마다 매번 비에 막혔으니, 사람들은 교룡의 저주라고 하였다. 막중에서 교룡을 미워하고 욕하면 갑자기 비가 쏟아지듯 왔다.

寶山門外白蛟宮,	보산의 입구 바깥에 흰 교룡의 궁전이 있는데
獨處千年不嫁雄,	홀로 천년을 거처하며 수컷에게 시집가지 않았지.
頓頓渦涎垂燕子,	격렬한 소용돌이 속에서도 제비처럼 날렵하고
殷殷霹靂懶蜈蚣.	우르릉 내리치는 벼락 속에서도 지네처럼 느긋하다.
風權近屬誰家掌,	풍권이 근래에 누구의 손바닥에 들어갔기에
日本頻由爾路通,	일본인들이 자주 너의 길로 통해 오는가?

139) ≪徐渭集≫, 257쪽.

一語稍嗔酬惡雨，　　한마디로 조금 꾸짖어도 폭우로 보복하는데
量無周處在軍中.　　헤아려보아도 군중에는 주처가 없구나.

왜적을 토벌하려고 할 때 흰 교룡이 내리는 저주로 인해 매번 날씨가 궂어 진격하지 못했다고 보았다. 이 교룡이 서식한다고 알려진 곳을 통해 왜적이 드나들고, 싸우려 할 때마다 비가 오며 조금만 욕을 해도 비가 내리니, 교룡을 죽이지 않으면 안 될 일이다. 마지막 구절의 "주처(周處)"는 물에 들어간 지 3일 만에 교룡을 죽이고 나왔다는 전설적인 인물이다.140) "군중(軍中)"에 "주처가 없다〔無周處〕"는 것은 교룡을 죽일 방법이 없다는 사실을 말해줄 뿐만 아니라, 왜적의 잦은 침입을 막을 만한 영웅적 인물이 없음을 가리킨다.

호종헌은 왜구의 소굴이었던 잠항(岑港, 절강浙江 정해현定海縣 서북쪽에 위치)을 여러 차례 공격하였으나 번번이 실패하였다. 서위가 호종헌의 휘하에 있으면서 주처와 같은 인물이 없다고 한 것은, 호종헌의 무능함을 이야기하기 위함은 아니었을 것이다. 다만 계속되는 실패를 딛고 사건을 해결할 누군가가 있어야만 한다는 뜻이다.

세상을 보는 곱지 않은 시선이 부정적 세계관을 형성시킨 요인 중 하나임은 분명하다. 그러나 부조리한 사회상에 대한 일방적인 비판은 오히려 일시적으로 나타난다. 사회 현실의 심각함을 느끼고 나서 서위는 스스로 어떻게든 공을 세우려고 하였다. 하지만 그 꿈은 끝내 실현되지 못했다. 부패한 사회에 대한 분노에서 시작된 사회 현실에 대한 부정의식은, 자아의 실패가 잦아질수록 그 강도가 점차 약해지고, 서위의 관심은 자아의 불안한 현실로 기울게 된다. 핍박받는 사회적 약자가 단순히 긍휼히 여길 대상이 아니라, 자기 자신으로 치환되면서 세계와의 갈등과 그로 인한 좌절은 더욱 심해진다.

---

140) ≪晉書·列傳≫ 第28 ; ≪世說新語·自新≫.

(2) 자기 현실에 대한 부정의식

서위의 일생은 기인(奇人), 광인(狂人) 등의 칭호에 걸맞게 파란만장했다. 집안의 몰락, 연이은 과거 낙방, 첫 번째 부인 반사(潘似)의 죽음, 부호에게 당한 재산 몰수, 자신이 막료로 일했던 막부의 수장 호종헌의 체포와 사형, 정신병을 앓던 상태에서 저지른 살인, 그로 인한 감옥살이 등 그의 일생에 바람 잘 날이 없었다. 서위는 이러한 자신의 처지를 비관하여 <자위묘지명(自爲墓誌銘)>141)을 쓰기도 하며 수차례 자살을 시도하였으나 죽지는 않았다.

서위처럼 굴곡 많은 인생역정에서 불행을 의식하지 않고 달관하는 모습을 보여주기란 쉬운 일은 아닐 것이다. 여러 번의 자살 시도에도 불구하고 죽지 않았던 점으로 미루어 볼 때, 자신의 불운에 대해 있는 힘껏 분개하기는 했어도 그에게 진정 죽고 싶은 마음이 있었는지에 관해서는 그랬다고 답하기 어렵다. 생각건대 그는 오히려 현실과 맞부딪치고 싸워서 이기고자 하는 의지가 강했으나, 그 싸움에서 번번이 패배하여 좌절하였다. 그런 상황에서 서위는 자신을 제약하고 압박하는 현실을 곱게 바라볼 수 없었을 것이다.

자신을 재주는 있지만 때를 만나지 못한, 이른바 회재불우(懷才不遇)한 인물로 인식하는 경향이 강해지면서 그의 시에서는 세계보다는 자기 자신이 중요해진다. 앞 소절에서 잠시 언급했듯이 시 속에서 자아가 차지하는 비중이 점점 커짐에 따라 인식되는 세계도 자아와 가깝고, 자아에게 직접 영향을 미치는 세계로 옮겨가게 된다. 그리고 그 세계는 부정적으로 형상화된다.

30세 때 지은 <금일가 2수>의 제1수에는 생활고에 시달리다 못해 집안에 있던 칼을 내다 파는 장면이 그려져 있다. 이 시에서 '나'가 맞닥뜨린 세계는 팔고자 하지만 팔지 못하는 상황과, 배가 고파서 견디기 어려운 상황으로 압축된다.

---

141) ≪徐渭集≫, 638~640쪽.

<今日歌二首(一)>[142] **금일가 2수(제1수)**

1	琉球佩刀光照水,	유리공 박힌 허리에 찬 칼은 강물을 비추고
2	三年不磨繡花紫,	3년이 지났어도 자줏빛 수놓은 꽃은 없어지지 않았네.
3	換錢解向市中懸,	돈으로 바꾸려고 풀어서 저자에 걸어 놓으니
4	我貴彼賤無人市.	나는 귀해도 저들은 천히 여겨 아무도 사지 않는다.
5	家愉此刀頗直錢,	집안에서는 이 칼을 좋아하여 자못 값을 매겼지만
6	易錢不得愁欲死,	돈으로 바꾸지 못하니 근심스러워 죽겠네.
7	客問此刀値幾何,	이 칼이 얼마 가치이냐고 객이 물으면
8	廣州五葛飛輕雨,	가벼운 비에도 하늘거리는 광주 갈포(葛布) 다섯 필이지만
9	乃今求市不較量,	이제는 팔고자 하여 가격을 따지지 않으니
10	但輸三葛錢亦止.	다만 갈포 세 필만 주면 돈은 그거면 되오.
11	千人十往九不顧,	수많은 사람 중에 열 명 지나가면 아홉은 돌아보지 않아
12	向刀長立折雙趾,	칼을 향해 오래 서 있으니 두 발이 끊어질 듯.
13	一日不食良已飢,	하루 동안 먹지 못해도 정말 배가 고픈데
14	兩日不食將何以.	이틀 동안 먹지 못하면 어떻게 되겠는가?
15	却走異縣告長官,	오히려 다른 현으로 가서 관리에게 고하면
16	往日停車儻知己,	지난날 수레를 멈추었던 지기일지도 모르지.
17	平生自有孟嘗心,	평생토록 스스로 맹상군의 마음 지녔었는데
18	今日翻思門下士.	오늘은 도리어 맹상군의 식객이 부럽다.

서위의 집안에 있던 검은, 장식도 화려하고 쓸 만하지만 지금은 생계를 꾸리기 어려워 그것을 팔아서라도 돈을 구할 수밖에 없다. 집안에서는 귀한 물건으로 여기는 이 칼을 지금 돈으로 바꾸려 하나 "그러지 못하여〔不得〕"(제6구) 매우 근심스럽다. 사람들이 모여들지 않는 등 잘 팔리지 않아 심지어 검의 값을 싸게 매겨 보기도 한다.

---

142) ≪徐渭集≫, 121쪽.

그런데도 끝내 팔리지 않으니 팔릴 때까지 기다리며 서 있는 몸만 축난다. 오늘 하루도 내내 굶었는데 내일도 굶게 되면 "앞으로 어떻게 될지 모르겠다〔將何以〕."(제14구) 자신을 알아줄 사람을 만나기 위해 다른 현으로 갈 것을 생각해 보기도 한다.

마지막 두 구절에서는 맹상군이 되고자 하였지만, 지금은 오히려 그의 식객이 되어 좋은 대우를 받으며 끼니를 해결하고 싶은 생각이 든다고 하였다. 검을 팔지 '못하는' 상황의 반대편에는 잘 팔리는 상황이 있다. 검이 팔리고 나면 더 이상 굶지 않고 끼니를 때울 수 있다. 무엇인가를 해야 하는데, 하고 싶은데 할 수 없다는 것은 그 반대의 상황에 대한 부정태이다. 이처럼 시인의 현실에서는 지향하는 바가 좌절되고 있다.

이 시에서 서위가 시장에서 팔고자 하는 검을 자신의 재능을 비유하는 것으로 읽을 수 있다. 값싸게 팔려고 내놓아도 팔리지 않는 검은 곧 맹상군은커녕 그의 식객이 되려고 해도 그러지 못하는 자기 자신과 같은 것이다. 따라서 이 시는 자신의 현실을 부정하고, 현실과 상반되는 상황에 대한 갈망을 표현했다는 점에서 자기 현실에 대한 서위의 부정의식을 보여준다고 하겠다.

<연경에 들어가다〔入燕〕 3수(三首)> 중 제3수에서도 서위는 자신이 맞닥뜨린 현실을 부정적으로 바라보고 있다. 현재 있는 곳인 연경(燕京)은 북쪽에, 자신의 고향 소흥(紹興)은 남쪽 월(越) 지역에 있으므로, 자신을 북쪽에 있는 "월조(越鳥)"라고 표현한 점에 유의하자.

<入燕三首(三)>[143] **연경에 들어가다 3수(제3수)**

1	大鵬奮南徙,	날개를 떨쳐 남쪽으로 날아가는 큰 붕새가
2	豈爲北海籠?	어찌 북쪽 바다에 갇혀 있겠는가?
3	越鳥不逾南,	월 땅의 새 남쪽으로 넘어가지 않으니

143) ≪徐渭集≫, 70쪽.

4	見與胡馬同.	보기에 오랑캐의 말과 똑같구나.
5	自愧無垂雲,	드리운 구름 같은 큰 날개 없어 부끄럽도다!
6	搏彼滄溟風,	저 큰 바다의 바람을 탈 수 있을 텐데.
7	猶能勝鸜鵒,	그래도 구욕새보다는 나을 수 있으니
8	與濟相始終.	구욕새는 제수(濟水)와 일생을 같이한다네.
9	上林多喬枝,	제왕의 숲에는 교목이 많아서
10	萬羽亦足容,	만 마리의 새도 족히 수용할 수 있지만
11	匝樹繞不栖,	둘러 선 나무를 빙빙 돌 뿐 머물지 않고
12	翻附南飛鴻.	도리어 남쪽으로 날아가는 기러기에 의지한다.
13	春冬遞遷謝,	봄과 겨울은 번갈아 오고 가니
14	倏忽兩月中,	두 달 사이에 순식간에 지나가 버렸네.
15	臥席不得煖,	눕는 자리에서 따뜻함을 얻지 못하니
16	來往何憧憧.	왔다 갔다 함이 얼마나 끝이 없는가.

"그 날개가 하늘에 드리운 구름 같다〔其翼若垂天之雲〕."(≪장자(莊子)·소요유(逍遙遊)≫)라고 칭해질 만큼 큰 새인 "대붕(大鵬)"은 북쪽 바다에 갇혀 있지 않고 멀리 남쪽으로 날아갈 수 있다. 대붕에게 큰 바다의 바람을 타고 날 수 있는 구름 같은 날개가 있는 반면, "월조(越鳥)"는 그런 큰 날개를 가지지 못하여 부끄럽다. 비록 대붕보다는 못하지만 "구욕새〔鸜鵒〕"보다는 낫다고 자위해본다. 구욕새는 북방에만 머물고 "제수(濟水)" 아래 남쪽으로는 날아가지 않는 새이다.144) 월 지역을 벗어나 북방에 있는 연경까지 왔으니 적어도 구욕새 신세는 면한 것이다. "상림(上林)"에는 높은 나무가 많아 숲을 이루니 "만 마리의 새〔萬羽〕"도 수용할 만큼 크지만, 월조는 머물지 않고 남쪽으로 가는 기러기를 따르려 한다. "두 달〔兩月〕" 동안 이곳을 빙빙 돌았는데도 따뜻하게 누울 자리를 "얻지 못하고〔不得〕" 떠나는 신세가 되었다.

144) 구욕새는 "제수를 건너지 않는다〔不過濟〕"(≪淮南子·原道訓≫)고 전해진다.

이 시는 "큰 날개가 없음〔無垂雲〕," "깃들지 않음〔不栖〕," "따뜻함을 얻지 못함〔不得煖〕" 등 부정어로 점철되어 있다. 서위는 자신을 둘러싼 현실이 '아님'과 '없음'으로 가득하다고 보는 것이다. 이곳 연경에 머물면서 따뜻하게 누울 자리를 갖지 못하고 그렇다고 대붕처럼 큰 날개가 있어서 훨훨 날아가지도 못한다. 대붕이라면 연경 같은 작은 지역을 단번에 벗어나 더 높이, 더 멀리 날아갈 수 있을 텐데 말이다. 모두 지금의 '나'로서는, 지금 자기 자신에게 닥친 현실에서는 할 수 없는 일인 것이다.

같은 해에 쓴 <빈중에게 부치다〔寄彬仲〕>[145] 시에서는 좀더 직접적으로 "검술을 배웠으나 공이 없고 글도 이루지 못하니, 사람의 수명으로는 황하가 맑아지길 기다리기 어렵구려〔學劍無功書不成, 難將人壽俟河淸〕."라고 하였다. 첫 구절은 공을 세우는 것과 글을 쓰는 것 모두 해야 할 일이지만 현재 상태에서는 실현하지 못했다는 뜻이고, 다음 구절은 누런빛을 띠는 탁한 황하가 맑아지도록 세상이 크게 변하기를 기대하기 어렵다는 뜻이다. 이는 시인의 일생동안 세상이 크게 바뀌어 재능을 다 펼칠 수 있는 날은 오지 않을 것이라는 부정적 진술이다.

다음으로 살펴볼 시는 제목에서부터 부정어를 썼다. <그림을 곡식으로 바꾸려 했으나 그러지 못하여〔畵易粟不得〕>라는 시로, 이 시 역시 44세 때 지은 것으로 알려져 있다. 앞서 본 <금일가> 제1수의 '검' 대신 이번에는 '그림'을 팔지 못했다. 팔지 못한 상황은 같지만 맹상군 운운하던 포부가 없어진 점이 다르다.

---

145) ≪徐渭集≫, 232쪽.

<畵易粟不得>[146]

그림을 곡식으로 바꾸려 했으나 그러지 못하여

1	吾家兩名畵,	우리 집안에서는 두 폭 명화를
2	寶玩長相隨,	아끼고 완상하며 오래도록 함께했다.
3	一朝苦無食,	하루아침에 먹을 것 없어짐에 괴로워
4	持以酬糠粃.	가지고 가서 겨와 쭉정이로 바꾼다.
5	名筆匪不珍,	명필이 진귀하지 않은 것 아니지만
6	苦饑亦難支,	너무 배고파서 또한 지탱하기 어렵다.
7	一身猶可謀,	내 몸 하나는 오히려 꾸릴 만하지만
8	八口將何爲?	여덟 식구는 앞으로 어찌할 것인가?
9	古昔稱壯士,	옛날에 장사라 불리던 사람은
10	換馬將蛾眉,	미녀를 데려가 말과 바꾸었으니
11	拯急等救焚,	불에서 구제하듯 위급함을 해결한 것인데
12	安得顧所私?	어찌 사사로운 일을 돌볼 수 있었겠는가?
13	疇知猗氏富,	누가 알았으랴, 의씨 같은 부자도
14	今亦無贏資,	지금은 남은 재물이 없을 줄은.
15	致書向予道,	편지를 보내 나에게 말하는데
16	恧焉多愴悽.	부끄러워하며 적잖이 슬퍼하는구나.
17	今日非昔日,	"지금은 예전과 같지 않은데
18	安得收珍奇,	어찌 진기한 물건을 거두겠습니까?"
19	顧予諒斯言,	도리어 나는 이 말을 믿으니
20	盛衰誠有時.	성함과 쇠함은 진실로 때가 있는 법.
21	取酒聊自慰,	술을 가져다가 그런대로 스스로를 위로하며
22	兼以驅愁悲.	겸하여 그것으로 시름과 슬픔을 내몬다.
23	展畵向素壁,	하얀 벽에다가 그림을 펼쳐놓고
24	玩之以忘飢.	완상하면서 배고픔을 잊는다.

'나'의 집에는 당장 "먹을 것이 없다[無食]." 식구를 먹여 살리려면

146) ≪徐渭集≫, 73쪽.

쌀보다 훨씬 못한 "겨와 쭉정이〔糠粃〕"라도 얻어야 한다. 그렇다보니 위급한 상황에서 자신이 아끼던 미녀를 버리고 말로 바꾼 "장사(壯士)"인 후위(後魏)의 조창(曹彰)처럼 귀한 그림을 아끼는 사사로운 감정 따위는 신경 쓸 겨를이 없다. 하지만 '나'가 그림을 사주길 기대했던 부자는 예전처럼 재물이 많지 않다며 거절의 뜻을 전한다. 지금은 옛날과 다르다는 부자의 말을 믿는다고 하니 달관의 경지에 오른 듯하지만, 제21~24구의 언술은 달관자의 것으로 받아들이기는 어렵다고 본다. 왜냐하면 "슬픔을 내몰〔驅愁悲〕"려고 하는 것은 이미 마음이 슬픔으로 가득 차있다는 것을, "배고픔을 잊는다〔忘飢〕"는 것은 지금은 온통 배고픔을 생각하고 있다는 것을 반증하기 때문이다.

자기 현실에 대한 부정의식은 사회에 대한 부정의식과 함께 부정적 세계관을 형성하는 근본적인 원인이 된다. 처음에는 작았던 흠집이 점차 커져 큰 구멍이 되는 것처럼, 세계를 부정적으로 바라보는 서위의 시선도 작은 일부분에서 전체로 확장되어 간다.

2. 표출 양상

시 속에서 서위의 부정적 세계관이 표출되는 방식은 크게 두 가지로 나눌 수 있다. 첫째는 세계를 양분하여 한쪽을 긍정적으로 바라보고, 이와 대비하여 다른 한쪽을 부정적으로 바라보는 것이다. 둘째는 부정성을 전면화하여 한 편의 시 안에서 일관되게 부정적인 시선을 유지하는 것이다.

(1) 긍정과 부정의 병존

① 이상적 세계와의 대비를 통한 현실 부정

앞에서 초현실적 세계를 인간세계와 대비함으로써 전자의 우월함을 드러내는 일련의 시를 살펴본 바 있다. 이때 신이 주재하는 초월적인 세계는 인간세계의 무능함과 비교되는 방식으로 우월성을 획득하였다. 서위의 시에서 초현실적인 환상세계는 주로 자연의 경관이나 현상과 관계가 있었고, 그 세계와 대립되는 인간들의 세계를 상정하여 그들 간의 차이점을 언급하였다. 차이점은 바로 전자에서 벌어지는 일을 후자에서는 알지 못한다는 것이었다.

다음 시를 통해 이 점을 다시 짚어보겠다. <눈(雪)> 시는 가정 37년(1558) 서위가 38세 때 지은 것으로 추정된다.

	<雪>147)	눈
1	暮天寶色珊瑚紫,	저물녘 하늘은 보랏빛 산호처럼 아름다운 색,
2	海氣結雲雲不蕊,	바다 기운이 이룬 구름은 모여 있지 않다.
3	瑤闕重關金鎖寒,	궁궐의 겹겹 문에는 황금 자물쇠 차갑고
4	枕席無歡帝妃死.	침석에는 기쁨이 없으니 황비가 죽어서라네.
5	百神走馬散曹吏,	여러 신령들이 말을 달리니 아전들 흩어지고
6	馬蹄踏空神各視,	말발굽으로 하늘을 밟으며 신령들이 각기 바라본다.
7	天孫纖手裁素羅,	천손이 고운 손으로 하얀 깁을 마름질하여
8	繐帳橫施九萬里.	설핀 베 장막을 9만리에 가로로 펼친다.
9	鮫人絲色光海波,	교인의 하얀 깁의 빛깔은 바다의 파도에 빛나는데
10	海犀輪織一萬馱,	바닷물소가 1만 수레에 교초(鮫綃)를 실어 나른다.
11	神人買賻不足用,	신선은 부의 면포를 사도 쓰기에 충분하지 않으니
12	長鬢散縞呼諸娥.	크게 쪽찐 머리에 명주를 흩뿌리며 여러 미녀를 불러서이네.
13	世人不解天上苦,	세상 사람들은 천상의 수고를 알지 못하고
14	羅帳錦箏圍日暮,	비단 장막에 화려한 쟁을 가지고 해 저물녘 둘러 모였네.
15	換取貂襴拂玉鞍,	담비와 난포로 바꾸어 입고 옥안장 털고는
16	起向山南射黃兎.	산 남쪽을 향해 일어나 누런 토끼를 쏜다.

147) ≪徐渭集≫, 117쪽.

눈이 내리는 것은 "천손(天孫)"이 섬섬옥수로 하얀 깁을 마름질해 만든 베 장막을 온 세상에 펼쳐 놓는 것이다. "교인(鮫人)"과 "신인(神人)"도 초월적 세계의 존재로서 인간세상에 눈을 뿌리는 데 큰 역할을 한다. 이 모든 것들은 "천상(天上)"에서 일어나는 일이다. 그러나 "세상 사람들[世人]"은 그들의 수고를 전혀 이해하지 못한다. 인간들이 "이해하지 못함[不解]"으로써 천상세계는 우월성을 얻는다.

주목할 점은 이 시에 '나'가 등장하지 않는다는 것이다. 시인은 이 모든 세계를 관조하고 있다. 인간세계에서는 이해할 수 없는 일을 하고 있으므로 초월적 세계에 우월성이 부여되었지만, 이 시 안에서는 어느 한쪽을 긍정 혹은 부정한다고 단정 짓기 어렵다. 그런데 '눈[雪]'과 연결되어 있던 환상적인 세계는 입옥시기 이후의 시에서는 더 이상 찾아볼 수 없다.[148] 서위 시 전체를 보더라도 입옥 전에 비해 입옥 후에 초월적 존재와, 그들에 의해 이루어지는 초현실적 세계는 확실히 적게 나타난다.

서위는 나이가 들수록 다양한 사건을 겪으면서 자신을 둘러싼 현실을 점차 강하게 인식하게 되었던 것 같다. '점차'라는 말은 상당히 모호한 표현이어서 논하는 문장에서는 적절치 않을 수 있지만 오히려 무 자르듯 시기를 규정하는 것은 더욱 옳지 않다고 판단된다. 왜냐하면 이와 같은 변화는 시인이 의도를 가진다고 해서 마음대로 일으킬 수 있는 것이 아니라 자기도 모르는 사이에 그렇게 되는 것이기 때문이다.

초기 시에서도 '나'는 나타날 수 있으며, 후기 시에서도 '나'를 제외한 대상만을 읊은 예를 볼 수 있다. 다만 나이가 어릴수록 시에 자아를 개입시키지 않고 관조하는 경향이 강하고, 나이가 들수록 '나'에 관해 많이 읊고 '나'를 시적 대상에 투영시키는 경향이 강하다는 것이다. 부정성이 부각되어 서위의 세계관이라고 말할 수 있을

148) 이 점에 대해서는 졸고(2012), 앞의 논문, 108~118쪽에서 주장한 바 있다.

정도가 되는 이유도 '나'가 점점 강하게 개입되는 것과 관계가 있다고 본다. 바로 이 지점에서 자기 자신에 관한 서위의 인식 변화를 별도로 살펴볼 필요성이 제기된다.

'나'의 개입에 따라 서위 시에 나타나는 인간세계는 '나'가 관조하는 곳이 아닌, '속해 있는' 곳이 된다. 그리고 그 반대편에 있는 세계는 이상적인 세계로 나타난다. 이상적인 세계란 시인이 지향하는 세계를 의미한다. 앞서 살펴본 초현실적 세계는 현실적 세계보다 높은 차원에 있는 세계로 설정되어 있을 뿐, 시인이 적극적으로 지향하는 곳이라고 보기에는 단서가 충분하지 않았다. 그런 점에서 초현실적 세계는 이상적 세계와 일치한다고 볼 수는 없다.

이상적 세계는 시인에 의해 지향되는 세계이므로 긍정적으로 묘사된다. 주목할 점은 자신이 속한 현실적인 세계를 이상적 세계와 대비하여 부정적으로 바라보고 있다는 것이다.

대략 가정 44년(1565), 정신병을 앓던 해에 지었을 거라고 추정되는[149] <모기 소리〔蚊聲〕> 시에 이 점이 드러나 있다. 서위는 이 시와 함께 <닭 울음소리〔雞聲〕>, <개구리 울음소리〔蛙聲〕>, <파리 소리〔蠅聲〕>[150] 등 '소리'에 주목한 일련의 시를 연달아 지었다.

<蚊聲>[151] 모기 소리

蚊雷, 見中山靖王傳. 栩栩, 夢爲蝶也, 出莊子, 以喻人當寢而被蚊陣攪其夢也. 蚊陣, 聲形俱絶類蝗陣.

'문뢰'라는 말은 <중산정왕전>에 보인다. '훨훨 날다〔栩栩〕'라는 구절은 꿈에 나비가 된 것으로 ≪장자≫에서 나왔는데, 이로써 사람이 잠을 자다가 모기떼에 의해 꿈을 깬 것을 비유하였다. 모기떼는 소리와 모습이 모두 메뚜기 떼와 매우 비슷하다.

---

149) 盛鴻郎, 앞의 논문, 140쪽.
150) ≪徐渭集≫, 293~294쪽.
151) ≪徐渭集≫, 294쪽.

露筋秋草糜閨秀, 근골이 드러난 가을 풀은 규수의 마음을
문드러지게 하고
撼帳春雷竊帝權, 휘장을 움직이게 하는 봄 우레는
천제의 권위를 훔친다.
栩栩一番爲蝶夜, 훨훨 날며 한 차례 나비가 된 밤에
薨薨萬翅蔽蝗天. 윙윙 만 개의 날개가 메뚜기처럼 덮은 하늘.
羣呼不怕聞蝙蝠, 무리지어 외쳐대며 박쥐가 들을까 겁내지 않고
稍咽時應中燎烟, 잠시 오열하며 때때로 화톳불 연기 속으로 뛰어든다.
世上好鳴鳴不得, 세상에서는 울고 싶어도 울 수가 없으니
幾行仗馬玉堦前. 의장대 말만 몇 줄로 옥계단 앞에 서 있구나.

서위가 자주에서 밝혔듯 제2구의 "우레〔雷〕"는 수많은 모기들이 한데 모여 윙윙거리는 것을 비유한다. 그들의 우레 같은 큰 소리는 "천제의 권위를 훔칠〔竊帝權〕" 수 있을 정도이다. 평소 자신들을 잡아먹는 박쥐가 듣는 것도 두려워하지 않고 "무리지어 외쳐대고〔羣呼〕" 있으며, 죽음을 무릅쓰며 화톳불 속으로 뛰어드는 것도 마다하지 않을 정도로 용감하다.152) 마지막 두 구절을 통해 시인이 모기들의 행위를 이상적인 것으로 간주했음을 알 수 있다. 천제(天帝)의 권위에 맞서 실컷 외쳐대고 죽음도 불사하는 모기들과 달리, 시인이 속한 "세상(世上)"에서는 "울 수가 없고〔鳴不得〕," "장마(仗馬)"가 우두커니 서 있을 뿐이다.

'장마'는 본래 황제의 의장대에서 쓰는 말을 뜻하는데, 후에 봉급을 향유하면서 감히 한마디도 하지 못하는 관리들을 비유하게 되었다. 이 시에서도 봉급 축내는 관리들을 가리킨다. 그들은 혹시나 황

152) 제6구에서 모기가 화톳불의 연기 속으로 뛰어드는 모습은 바슐라르가 제기한 엠페도클레스 콤플렉스를 떠올리게 한다. 불에 뛰어듦으로써 맞이하는 죽음은 모든 것을 얻기 위해 모든 것을 버리는 과정이자, 완전한 파멸을 위해 거듭나는 행위라는 점에서 위대하다. 가스통 바슐라르 지음, 김병욱 옮김, ≪불의 정신분석≫, 42~48쪽 ; 이지훈, ≪예술과 연금술—바슐라르에 관한 깊고 느린 몽상≫, 128~130쪽 참조.

제에게 미움을 사서 관직을 박탈당할까 두려워 아무 말도 하지 않는 것일 터이다. 우는 행위가 부정되는 이 세상. 서위는 이 세상이 잘못되었다고 여기고, 목소리 높여 바른 말을 할 수 있는 세계가 옳다고 생각하였다.

자신이 지향하는 세계에 속하지 못한 채, 하고 싶은 것을 할 수 없는 세계에 속해 있는 데서 느끼는 괴로움은 서위 시 곳곳에 표현되어 있다. 다음 시는 만력 3년(1575), 서위의 나이 55세 때 읊은 시이다. 제목이 알려주듯 연자기(燕子磯)에 있는 관음각(觀音閣)을 유람하고서 지은 것이다.

<燕子磯觀音閣>153) **연자기의 관음각**

1	青山如美人,	푸른 산은 미인과 같고
2	樓觀卽奩妝,	누관은 곧 화장 상자이니,
3	若無一片鏡,	만일 한 조각 거울이 없다면
4	妙麗苦不昌.	아름다움은 창성하지 못했을 터.
5	茲石一何幸,	이 돌은 얼마나 운이 좋은가!
6	値此江中央,	이 강물 가운데 서 있으니.
7	上乘巨搆支,	위로 거대한 구조물을 태운 채 지탱하고
8	下集帆與檣.	아래로는 돛과 돛대가 모여든다.
9	朱碧得水鮮,	붉은빛과 푸른빛은 물을 얻어 선명하고
10	鳧雁拂波光,	물오리와 기러기는 파도를 스치며 반짝인다.
11	煙霧不見海,	안개 자욱해 바다는 보이지 않지만
12	神去萬里長.	정신은 만리 멀리로 뻗어나간다.
13	我與三友俱,	나는 세 친구와 함께 있고
14	兼以僮仆雙,	겸하여 두 동복을 데리고 있다.
15	日西買市飯,	해가 서쪽으로 지자 장터에서 밥을 사먹고
16	半道謝驢韁.	중도에서 고삐 맨 나귀를 떠나보낸다.
17	五口將十足,	다섯 입이 열 개 발을 이끄는데

153) 《徐渭集》, 95쪽.

18 蹶然餒且僵, 굶주려 쓰러지듯이 비틀거린다.
19 百錢成一遊, 백전으로 한번 유람이 이루어지니
20 安得甘旨嘗. 어떻게 맛있는 음식을 맛보겠는가?
21 歸來乏燈燭, 돌아와서는 등불이 부족하고
22 微雨沾我裳, 보슬비가 내 옷을 적신다.
23 沽酒不成醉, 사온 술로는 취하지도 못하고
24 頹然倒方牀, 네모난 침상에 고꾸라진다.
25 猶夢立閣中, 여전히 꿈꾸네, 누각에 서서
26 遙觀大魚翔. 멀리 날아오르는 큰 물고기 보는 것을.

이 시는 관음각에서 본 광경을 묘사한 부분과, 유람을 마친 뒤의 현실의 모습을 서술한 부분으로 나뉜다. 제1~12구는 관음각에 서서 강의 한가운데 있는 연자기와 그 주변의 풍경을 바라본 것이다. 시인은 푸른 산, 누대, 강물이 한데 어우러져 아름다운 풍경을 만들고 있으니, 강의 중심에 자리하여 이 모든 광경을 마주하는 연자기가 운이 좋다고 여긴다. 강물이 스치며 연자기의 색을 선명하게 해주고 새들도 깃털이 물에 젖어 반짝인다. 강물을 바라보노라니 그 흐름을 따라 보이지 않는 바다까지 이어져 있을 것만 같다.

그런데 "나[我]"로 시작되는 제13구로 넘어가는 순간 분위기는 180도 전환된다. 유람이 끝나자 본래 자신이 속한 현실로 돌아온 것이다. '나'의 일행은 돈을 내고 나귀를 빌려 연자기에 다녀왔는데, 유람에 돈이 많이 들다보니 제대로 먹지 못하고, 중도에 나귀도 돌려보내니 배가 고파 비틀거리며 돌아왔다. 등불은 희미하고 비도 새어 옷이 젖는다. 충분히 취할 만큼 술을 사지 못해 부족한 채로 침상에 눕는다. 이것이 바로 '나'의 현실인 것이다.

그러나 '나'가 지향하는 곳은 낮에 유람했던 그곳이다. 큰 물고기가 힘차게 날아오르는 장면을 꿈꾼다는 말은 그곳에 대한 지향과 갈망을 여실히 보여준다. 현실의 바람직하지 않은 모습을 이상적인 세계의 풍광과 대비하는 방식으로 전자를 부정하였다.

② 과거와의 대비를 통한 현재 부정

본 장 제1절에서 세계를 과거와 현재로 나누는 서위의 습관에 관해 논의한바 있다. 앞에서 예로 든 시를 살펴보면 과거의 상황을 그리워하거나, 과거의 상황이 현재 자신의 상황보다 낫다고 에둘러 말하고 있다. 예를 들어, <연경에 들어가다〔入燕〕 3수(三首)> 중 제1수의 제11~12구에서 "망제군을 조문하려고 해도, 흔적이 오래되어 아는 사람이 적다〔欲弔望諸君, 跡陳知者少〕."라고 한 것은 옛날 한유와 동소남이 살았던 당대(唐代)와는 달리 지금은 망제군을 조문할 수 없다는 뜻이다. 또한 제2수의 제29~30구에서 "봉황은 얻을 수 없으니, 푸른 매로 구한 셈 치는 수밖에〔鳳鳥不可得, 蒼鷹以爲求〕."라고 하였으니, 현재 자신의 상황에서는 봉황을 얻고 싶어도 그럴 수 없다는 부정성이 내포되어 있다.

그런데 그보다 더 나이가 들어서 쓴 시에서 점점 과거를 긍정하고 현재를 부정하는 성향이 뚜렷이 나타나는 것을 볼 수 있다. <연경에 들어가다> 시를 44세 때 지었으니, 대략 50대 이후의 시에서 과거와 현재가 대비되는 경우를 말한다. 주로 나이가 든 현재의 시점에서 자신이 어릴 때 경험했던 일을 떠올리며, 그때가 바람직하다고 여기고 현재는 좋지 않다고 생각한다. 서위가 현재 자신의 처지를 과거 자신의 상황과 비교하는 방식으로 현재의 고난과 역경을 표현하는 것은, 서위 시 도처에서 발견된다.

<성묘〔上冢〕>는 서위의 나이 65세 때인 만력 13년(1585)에 부친 서총(徐鏓)과 숙부 서자(徐鎡)의 묘를 살피고, 숙부의 자손들 즉 조카네 집에 들러 느낀 바를 쓴 시이다.

<上冢>[154)] 성묘

吾叔邵武公,	나의 숙부이신 소무공은
當年與我翁,	그때 우리 아버지와 함께하셨지.
雙陪閩蜀守,	둘 다 민 땅과 촉 땅의 태수와 짝이 되어
竹馬走兒童.	죽마는 아이들을 달리게 했네.
歸來知幾日,	돌아오신 지 며칠이 되었던가,
相繼歸窀穸,	서로 이어서 무덤으로 돌아가셨네.
黃泥閉雪髭,	누런 흙이 하얀 콧수염을 덮어버렸으니
欲會那可得.	만나고 싶어도 어찌 그럴 수 있겠는가?
叔家城北居,	숙부의 자택은 성 북쪽에 있었는데
高棟亦彫題,	높은 용마루에 조각된 편액이 있었지.
邀賓夕駐馬,	초청된 빈객들은 저녁까지 말을 머물러 두었고
爲母日烹雞.	노모를 위해 날마다 닭을 삶았었네.
一朝桑海換,	하루아침에 상전벽해 되어서
不能保子孫,	자손들을 보호할 수 없게 되었다.
負薪冢上道,	무덤가의 길에서 땔나무를 지고
養鴨水邊村.	물가의 마을에서 오리를 기른다.
我今六十五,	나는 지금 예순다섯 살인데
仍高破角巾,	여전히 해져버린 각진 두건을 높이 쓰고
年年上爺冢,	해마다 아버지 무덤을 돌보고
每每到孫家.	그때마다 조카 손자의 집에 들른다.
孫家留我坐,	조카 손자의 집에서는 나에게 자리를 마련해 주고
孫婦辦湯茶,	조카 손자의 처는 탕차를 준비한다.
以我上冢牲,	내가 무덤에 올렸던 희생 고기를 가져다
啖孫且滿引.	손자를 먹이고 술을 가득 부어 마신다.
遶籬黃蝶飛,	울타리를 에돌며 노랑나비가 날고
抽籬高碧笋,	울타리 사이로 높고 푸른 죽순 자랐네.
起視檐西東,	일어나 처마의 동쪽과 서쪽을 바라보니
分簷住蜜蜂.	처마 양 옆으로 나뉘어 꿀벌이 살고 있다.

154) ≪徐渭集≫, 100~101쪽.

29 問蜂窠幾許, 벌에게 집이 몇 개냐고 물으니
30 四十還有餘, 마흔 채하고도 더 있다고 한다.
31 窠窠如不敗, 벌집마다 부서진 것이 없다면
32 勝我十畝租. 세 들어 경작하는 나의 열 무 땅보다 낫구나.

이 시는 부친과 숙부에 대해 회상한 제1~12구와, 서위를 포함한 그들의 자손들이 사는 현재를 서술한 제13~32구 두 부분으로 나눌 수 있다. 서위가 기억하고 있는 숙부의 집은 제9~12구에 묘사되어 있다. 부친과 마찬가지로 숙부도 관직을 역임하였으니 살림이 넉넉하여 큰 집에 늘 손님이 드나들었고, 매일 닭을 삶아 모친을 봉양할 수 있었다. 그러나 하루아침에 상황은 완전히 바뀌어 자손들은 더 이상 풍족하게 살 수 없게 되었다.

서위 자신은 65세나 되었는데도 여전히 가난한 포의(布衣)의 모습을 하고 있다. 성묘를 마치고 숙부의 집에 들러 성묘할 때 썼던 희생 고기를 나누어주는 장면을 묘사한 것을 보면, 예전과 달리 고기를 쉽게 먹지 못하게 되었음을 알 수 있다. 제25~26구에서는 울타리 근처의 풍경을 묘사하여 한가로운 정취를 자아내는 듯하지만, 서위는 그 정취를 이어가지 못하고 이내 벌집으로 시선을 옮긴다.

처마 양 옆을 차지하고 있는 벌집을 보니 그 수가 엄청 많아 보인다. 자신의 신세가 꿀벌만도 못하다고 여기는 것은, 현재의 상황에 만족하지 못한다는 것을 의미한다. 과거 관직이 있었던 부친과 숙부의 시절과, 현재 가난하여 제 집조차 없는 자신의 처지를 대비하여 현재 상태를 부정적으로 바라보고 있다.

다음은 연일(連日) 눈이 내리는 와중에 새해를 맞이한 데 대한 감회를 읊은 칠언배율이다. 제목에서 "옛날을 생각하였다(憶舊)"고 밝히고 있다.

<連雪後迎春憶舊十二韻>[155]

연이어 눈이 내린 뒤 봄을 맞이하며 옛날을 생각하다 12운

1	土牛一夕添神采,	하룻밤 사이 토우에 신기와 풍채 더해지는데
2	雨霰連朝妬客鞋,	며칠 동안 싸락눈 내려 객의 신발 질투하네.
3	邀隊本期相跳躑,	맞이하고 모여 본래 서로 도약하길 기약했으나
4	踏遊不暢只擠排.	걷고 다니기가 상쾌하지 않아 그저 밀어냈다.
5	冰牢北斗璿璣澁,	북두성이 얼어 단단해져 옥구슬 껄끄럽고
6	凍滑東郊仗引乖,	동교는 미끄러워 지팡이 끄는 일 어그러졌다.
7	老病似蟲吟蓽竇,	늙고 병들어 벌레처럼 사립문 있는 작은 방에서 읊조리며
8	少年如夢憶蓮簰.	꿈같은 젊은 시절 연 속에서 뗏목 타던 일을 회상하네.
9	飛香塞巷堪經宿,	날리는 향기 골목길을 메워 하룻밤 묵을 만했고
10	立帽平簷別墁街,	모자는 처마와 나란히 세워 돌 깐 길을 떠났지.
11	奪綵連毬追寶馬,	연이은 공이 광채를 다투며 보마를 좇고
12	爭梅帶雪上金釵.	눈 맞은 매화를 다투어 금비녀에 올렸지.
13	花房醉客槌朱鷺,	화방의 취객은 <주로곡>을 두드리고
14	水店壚姬饌紫鮭,	주점의 술파는 여인은 자줏빛 생선요리 차렸네.
15	小市溫淘槐盡葉,	저자에서는 온도 만드느라 홰나무 잎을 다 쓰고
16	貴筵餅餌韭初荄.	귀한 연회의 과자는 막 난 부추로 만들었네.
17	蕭條邑里難如昨,	쓸쓸한 마을은 예전 모습 같기 어려우니
18	想象風光未必皆,	떠올려 본 풍광이 반드시 똑같지는 않겠지.
19	是處從今趺盡草,	이곳은 이제부터 밟는 곳마다 모두 풀이고
20	中央偏我立如柴.	중앙에 나 홀로 사립문처럼 서 있네.
21	一隅掩鼻眞成笑,	한 모퉁이에서 코 가리니 참으로 웃음거리 되는데
22	七字瞞心戲作俳,	양심을 속이고 일곱 자를 장난삼아 늘어놓네.
23	青帝祗今何處去,	청제는 지금 어디로 갔는가!
24	勾芒一似不曾來.	구망신과 마찬가지로 일찍이 오지도 않았지.

155) ≪徐渭集≫, 325쪽.

제1~8구에서는 봄이 되었으나 눈 때문에 길이 얼어붙어 밖에 나가지 않고 시를 짓는 현재 자신의 모습을 묘사하였다. "토우(土牛)"는 겨울의 찬 기운을 제거하여 봄의 경작을 원활하게 해준다고 믿어지는 물건이다. 겨울에서 봄으로 넘어가는 시점에서 여럿이서 모이기로 했었지만 길바닥에 눈이 얼어 걸어 다니기가 어렵다. 약속했던 모임도 마다하고 작고 낡은 방에 들어앉아 시를 짓고 있으니 마치 작은 벌레가 울고 있는 것 같다. 그리고 시인은 젊은 시절의 이맘때를 떠올린다.

제9~16구는 자신이 살고 있는 이 동네의 옛날 모습을 회상한 것이다. 젊은 시절 노닐면서 보았던 이곳의 풍경은 화려하고 풍족했다. 사람들은 놀이를 즐기고 아름답게 꾸몄고, 주점에서는 실컷 먹고 마셨으며, 작은 저자에서든 귀한 연회에서든 맛있는 음식을 먹었다.

제17구 이하로 변해버린 현재 마을의 모습과 자신의 초라한 행색을 다시 언급하고 이에 대한 감개를 드러냈다. 마을의 화려한 모습은 온데간데없이 쓸쓸해져 풀만 밟힐 뿐이다. 그 풀 가운데 사립문처럼 초라하게 서 있다는 말에서 고독감이 느껴진다.

마지막 두 구절에서 "청제(青帝)"는 봄을 관장하는 신이고, "구망(勾芒)"은 수목(樹木)을 관장하는 신이다. 이 부분은 날짜로는 봄이 되었는데도 눈이 내려 나갈 수 없으니 아직 봄이 오지 않은 것이나 마찬가지임을 말하는 것이나, 동시에 좋은 나날을 상징하는 봄이 아직 '나'에게 오지 않아 늘 초라한 모습을 하고 있다는 뜻을 내포하고 있다. 두 번째 단락과 나머지 두 단락의 서술이 극명한 대비를 이루는 가운데, 시인이 전자를 좋은 기억으로써 떠올리고 있다는 사실을 알아차릴 수 있다.

과거의 좋은 상태가 현재에 이르러 아주 나빠지는 극명한 변화는 이와 같이 서위 시에서 많이 나타난다. 지금까지 살펴본 작품들이 모두 세밀한 묘사를 통해 그 점을 설명하였다면, 다음 악부시(樂府

詩)는 대비적인 비유를 다양하게 나열하여 과거와 현재의 차이를 이야기하고, 현재의 부정적인 면을 드러냈다.

<六昔>156)	**여섯 가지 예전**
昔朋友, 雉與鷸,	지난날 친구는 꿩과 교조였는데
不得已, 今爲梟.	어쩔 수 없이 지금은 올빼미가 되었네.
昔骨肉, 鵞與鴨,	지난날 골육은 거위와 오리였는데
不得已, 今爲鶻.	어쩔 수 없이 지금은 송골매가 되었네.
昔宗親, 鵲與鶉,	지난날 종친은 까치와 메추라기였는데
不得已, 今爲鸇.	어쩔 수 없이 지금은 새매가 되었네.
昔官府, 騶與虞,	지난날 관리는 추와 우였는데
不得已, 今爲虎.	어쩔 수 없이 지금은 호랑이가 되었네.
昔乳煦, 汗血駒,	지난날 젖먹이고 따뜻하게 키운 한혈마가
不得已, 今於菟.	어쩔 수 없이 지금은 오토가 되었네.
昔黔蒼, 萬夫英,	지난날 백성은 만인이 꽃이었는데
今視之, 蠅所生.	지금은 보아하니 파리가 자라는 곳이네.

이 시는 대비의 수법을 반복하여 자신의 생각을 표현한 작품이다. 먼저 "昔□□, □與□, 不得已, 今爲□"의 형식을 네 번 반복한 뒤 후반부에서 조금 변화를 주었다. 비슷한 동물을 "□與□"라고 나열하여, 그 앞에 나온 "昔□□"의 누군가와 잘 어울릴 수 있었던 과거의 상황을 비유했다. "교조〔鷸〕"는 "꿩〔雉〕"의 일종이고, "거위〔鵞〕"와 "오리〔鴨〕"도 비슷한 부류이며, "까치〔鵲〕"와 "메추라기〔鶉〕"도 대적할 만한 새들이 아니다.

그러나 지금은 새들을 공격하는 "올빼미〔梟〕," "송골매〔鶻〕," "새매〔鸇〕"로 변해버렸다. 더 이상 친구도, 가족도, 친척도 모두 믿을 수 없어진 것이다. "추와 우〔騶與虞〕"라고 한 것은 생물을 먹지 않는다는

156) ≪徐渭集≫, 52~53쪽.

동물인 추우(騶虞)를 가리킬 수도 있고, 천자(天子)의 짐승을 관리하는 관원인 추인(騶人)과 우인(虞人)으로 볼 수도 있다.[157]

어느 쪽으로 해석하든 그것은 다른 동물을 '잡아먹는' "호랑이〔虎〕"와는 달리 보호해 주는 역할을 하는 존재이다. 백성을 보호해 주었던 관리가 이제는 그들을 잡아먹는 존재로 변한 것이다. 예전에 정성껏 키웠던 준마(駿馬)도 어느새 주인을 위협할 수 있는 "오토(於菟)"가 되어 있다. 백성은 본래 만인의 꽃으로 귀중하게 여겨져 왔다.

하지만 그러한 인식마저도 변하여 지금은 파리가 그곳에서 나서 자랄 만한 아주 더러운 존재로 인식되고 있다. 서로 잡아먹고 착취하는 인간사회의 면면을 과거와 현재의 대비를 통해 드러낸 시이다. 서로가 조화롭게 지냈던 과거의 긍정적 상황과 극명하게 대조함으로써, 현재 상황에 대한 부정적인 시각을 보여주고 있는 작품이다.

③ 바깥세상에 대한 지향과 현실 부정

서위가 세계를 분할하는 과정에서 자신이 속한 공간을 구속된 공간으로 인식하고, 그 바깥의 넓은 세계를 설정하여 그곳을 지향하는 모습을 이미 살펴본 바 있다. 그러한 면모는 특히 감옥에서 쓴 시에서 분명히 나타났다.

---

157) 추우(騶虞)는 ≪시경(詩經)·국풍(國風)·소남(召南)≫에 "저 싱싱한 갈대밭에 한 대 쏘는데 다섯 마리 암퇘지, 아아 몰이꾼이여〔彼茁者葭, 壹發五豝, 于嗟乎騶虞〕!"(번역은 김학주, ≪詩經≫, 66쪽 참고)라고 한 데서 나온다. 모전(毛傳)에서는 "추우는 의로운 동물이다. 하얀 호랑이로 검은 무늬가 있으며 생물을 먹지 않는다. 지극히 믿을 만한 덕이 있으면 그에 응한다〔騶虞, 義獸也. 白虎, 黑文, 不食生物, 有至信之德則應之〕."라며 추우를 상서로운 동물로 보았다. 삼가시(三家詩)에서는 모두 천자의 조수(鳥獸)를 관리하는 관원이라고 여겼다. 일설에는 추인(騶人)과 우인(虞人)의 병칭이라고 하였다(【騶虞】, ≪漢語大詞典≫2.0版 참조). 이 시에서는 다른 동물을 잡아먹는 "호랑이〔虎〕"와 대비되는 동물로서 '추우'를 썼을 가능성이 있다고 판단된다. 그러나 "추와 우〔騶與虞〕"라고 두 글자를 나누어 쓰고 있으므로 '추인'과 '우인'을 지칭했을 가능성도 동시에 존재한다.

그런데 서위는 단순히 감옥 바깥을 지향하는 것이 아니라, 자신이 속한 감옥이라는 공간을 거부하고 부정적인 곳으로 여긴다. 이제 양분된 세계 중 지향하는 곳 반대편에 있는 세계, 즉 감옥 안에 있는 '나'를 둘러싼 현실을 어떻게 부정적으로 바라보았는지 고찰할 차례이다.

앞서 살펴보았듯이 서위는 자신이 속한 세계에 대한 부정의식을 수감되기 이전부터 가지고 있었다. 그는 젊은 시절부터 불행을 많이 겪었을 뿐만 아니라, 자신이 도모하는 일과 추구하는 이상이 실현되지 못하여 좌절한 나머지 정신병을 얻었다. 바꾸어 말하면 정신병에 시달려 살인을 저지른 때는, 마침 자신을 둘러싼 현실에 대한 부정적 감정이 극에 달해 있을 때였다. 자기 현실에 대한 부정의식은 6년 여 간의 감옥생활 중에 더욱 심화된 것으로 추정된다. 또한 감옥에서의 경험은 그 이후 서위의 세계관이 부정적으로 고착되는 데에 큰 영향을 미쳤다고 생각된다.

아래 시는 융경 원년(1567)에 하옥된 지 약 3년 뒤에 지어진 것으로 보인다. 서위의 나이 50세 때인 융경 4년(1570) 겨울, 소흥지부(紹興知府)였던 잠용빈(岑用賓)이 황제를 알현하기 위해 입경(入京)하게 되어서 막숙명(莫叔明)을 보내어 죄수를 면회하게 했다.[158] 이때 서위는 막숙명을 만났고, 얼마 뒤에 이 시를 그에게 부친 것으로 판단된다. 감옥에서 나가고 싶다는 뜻을 피력하였다.

<寄莫叔明>[159] **막숙명에게 부치다**

時予尙繫，而莫乃府公岑令其入訪.

당시 나는 여전히 감옥에 있었는데, 막씨는 부공 잠씨[잠용빈(岑用賓)]가 들여보내어 방문하도록 했었다.

1 十年不得見， 10년 간 보지 못했는데

158) 盛鴻郎, 앞의 논문, 150쪽.

159) ≪徐渭集≫, 77쪽.

2 一日雲就泥. 하루는 구름이 진흙에 다가왔구나.
3 我與鼠爭食, 나는 쥐와 먹을 것을 놓고 싸우고 있어
4 盡日長苦饑. 하루 종일 항상 배가 고팠지.
5 因君割囚粟, 그대가 죄수에게 곡식을 나눠준 덕에
6 握把換菽虀, 한 움큼 쥐어 콩가루로 바꾸고
7 飮水濕枯吻, 물을 마셔 마른 입술을 적시며
8 坐以談崄崎. 앉아서 험난함을 이야기했네.
9 遶柵響繩鐵, 울짱을 에두르며 쇠사슬 소리 울리면
10 聽者知爲誰, 듣는 사람은 누구인지 아나니
11 似言好儒紳, 좋은 관리라고 일컬어지는 듯해도
12 亦解相睨窺. 눈 흘겨 볼 줄만 안다.
13 有時端不動, 어느 때는 도무지 움직이지 않으니
14 兀哉木所爲, 우뚝 서는 것 나무가 하는 일이로다.
15 都萌求福心, 오로지 복을 구하는 마음이 싹터서
16 欲作居士題. 거사를 위해 시를 쓰고 싶은 것이네.
17 覽此相躑躅, 이를 살펴보며 발을 동동 구르다가
18 頹焉日以西, 해가 서쪽으로 기울어졌지.
19 安得秦時人, 어떡하면 진나라 때 사람처럼
20 化作大鳥飛? 큰 새로 변하여 날아갈 수 있을까?
21 別君鎖昏黑, 그대와 이별하고 어둠에 갇힌 채
22 不寐聞天鷄. 잠 이루지 못하고 하늘의 닭 울음소리 들었네.

제1~8구는 상대방이 '나'를 방문했을 때의 상황으로, '나'의 처절한 모습을 드러냈다. 제2구의 "구름이 진흙에 다가왔다〔雲就泥〕"는 말은 멀리 떨어져 있던 상대방과 '나'가 만나게 되었다는 뜻으로 구름을 막숙명에, 진흙을 서위 자신에 비유한 것이다. 제8구의 "험난함〔崄崎〕"이란 먹을 것이 없어 배고픈 것 등 감옥생활의 어려움을 말한다. 제9~14구에서는 감옥을 방문하는 관리들에 대해 말하였다. 다른 관리들은 으레 나무처럼 서서 눈만 흘길 뿐 아무것도 하지 않는다.

이에 대해 말함으로써 앞 단락에서 막숙명이 곡식을 나누어주고 자신과 이야기를 나눈 일이 부각되었다.

제15구 이하에서는 이곳 감옥에서 내보내 줄 것을 완곡하게 부탁하였다. "큰 새로 변하여 날아가는(化作大鳥飛)" 것은 이 감옥에서 빠져나가는 방법이다. 하지만 그러지 못하고 있으니 "잠들지 못하고(不寐)" 뜬 눈으로 밤을 지새운다. "쥐와 먹을 것을 다투다(與鼠爭食)," (제3구) "항상 배가 고프다(長苦饑)," (제4구) "험난함(崄崎)," (제8구) "어둠에 갇히다(鎖昏黑)" (제21구) 등의 표현에서 감옥에 갇혀 있는 상황을 부정적으로 인식하였음을 알 수 있고, 큰 새가 되어 날아가고 싶다는 말에 바깥세상에 대한 지향이 나타나 있다.

융경 6년(1572)에 쓴 <균석편(筠石篇)>에서도 바깥세상에 대한 지향을 통해 감옥의 부정성을 강조하는 언술을 찾아볼 수 있다. 이 시는 '균석공(筠石公)'이라고 불렸던 갈개(葛炌)에게 써준 것으로 추정된다.

<筠石篇>[160)	**균석편**
1 片石揷寒塘,	돌 한 조각이 차가운 연못에 박혀 있고
2 泠泠箭竹黃,	노란 전죽은 맑고 깨끗하다.
3 誰提數寸管,	누가 몇 치 길이의 피리를 들고
4 坐到一秋長.	온 가을 내내 앉아 있는가?
5 我亦耽清致,	나 또한 청아한 정취를 즐기고
6 傳聞今幾霜,	지금 서리가 몇 번 내렸다고 전해 들었는데
7 翻飛乏羽翼,	날아가려 해도 날개가 없으니
8 那得到君旁?	어떻게 그대 곁으로 가겠는가?
9 想見莓苔綠,	푸른 이끼를 보고 싶지만
10 坐令毛髮蒼,	그저 머리카락만 희끗해질 뿐.
11 疊膝嘉肺中,	가석(嘉石)과 폐석(肺石) 가운데 무릎을 꿇고서
12 望斷雲根觴.	구름 피어나는 무늬의 술잔을 한껏 바라본다.

160) ≪徐渭集≫, 78~79쪽.

13 令我操題處,	나를 붓 잡고 쓰게 하는 곳에는
14 青棘披孤牆,	푸른 가시나무가 외로운 담장에 걸쳐져 있네.
15 日影淡無色,	햇빛은 열어 색이 없어서
16 十月梅早芳.	10월인데 매화가 일찍 향기롭네.
17 欲折以寄遠,	꺾어다가 멀리 부치고 싶어도
18 無此長臂攘,	긴 팔을 뻗어 올릴 수 없구나.
19 料理竹下人,	대나무 아래 있는 사람을 생각해보면
20 應少寒枝香.	아마도 찬 가지의 향기는 결여했으리.

제1~4구는 이 시의 수신자에 대해 묘사하였다. '균석(筠石)'이라는 그의 칭호를 이용하여 바위(제1구)와 대나무(제2구)로써 그가 있는 곳의 풍광을 표현하였다. 제5구 이하는 '나'에 대해 서술한 것이다. 자신도 상대방처럼 청아한 정취를 좋아하는데다가 서리가 내려 그 정취가 더욱 강해졌겠지만, 날개가 없는 지금 상태로는 그곳으로 갈 수 없다. 그쪽은 푸른 이끼가 깔려 있겠지만 '나'는 자신의 머리카락이 희끗한 것만 볼 뿐이다. 제11구의 "가폐(嘉肺)"는 훌륭한 무늬로써 죄를 뉘우치게 하는 가석(嘉石)과, 의지할 곳 없는 사람들이 억울함을 호소하게 하기 위해 설치한 폐석(肺石)을 말한다. 그 가운데 무릎을 꿇고 앉아 있는 것은 죄인인 시인 자신이다.

또한 자신이 지금 시를 쓰고 있는 이곳은 가시나무 둘러진 담장에 막혀 있다. 매화가 일찍 피었다는 좋은 점이 있으나 손이 닿지 않으니 멀리 부칠 수도 없다. 시인은 "그대 곁〔君旁〕"이라는 바깥세상을 지향하고 있지만, 현실적 제약으로 인해 손조차 뻗을 수 없어 상상만 하고 있는 것이다. 마지막 두 구를 통해 시인은 상대방이 자신과 달리 일찍 핀 매화를 아직 보지 못했을 것이라며 은근히 스스로를 위로하고 있지만, 바깥세상을 지향하는 마음을 떨쳐버린 것은 아니다. 감옥은 여전히 시인 자신을 피폐하게 만들고, 상대방과 만나서 술잔을 기울이지 못하도록 가로막는 부정적인 공간이다.

(2) 부정성의 전면화

① 아름다움 지양과 부정적 묘사

시에 나타난 세계에는 시인의 관점이 반영되어 있다. 똑같은 사물을 보고도 어떤 시인은 긍정적인 측면을 드러내고, 어떤 사람은 부정적인 측면을 드러낸다. 예를 들어 폭포를 볼 때 상쾌하여 마음이 탁 트인다고 느끼는 경우가 있는가 하면, 그것이 자신을 내리칠 것 같아 두렵다고 생각하는 경우도 있을 것이다. 이렇게 상반된 반응을 보이는 것은 심리상태가 각자 다르기 때문이다. 굴곡이 심한 인생역정에서 세계에 대해 부정적 의식을 갖게 된 서위는, 시를 통해 어둡고 침울하고 기이한 세계를 보여준다.

밝고 기분 좋고 아름다운 세계보다, 어둡고 우울하고 아름답지 않은 세계를 묘사하는 서위의 습관은 젊은 시절부터 형성되었다고 판단된다. '나'에 대한 서술보다 외부세계에 대한 묘사가 더 큰 비중을 차지하는 20~30대의 시를 살펴보면, 세계를 곱고 예쁘게 묘사하기보다는 사실적이기만 해서 특별한 감흥이 없는 표현을 선호했고, 때로는 괴이하여 흉측하게 느껴질 수도 있는 구절도 서슴지 않고 배치했다.

예를 들어, 29세 때 쓴 <진망산은 동남쪽 아래로 굽이졌는데, 자철색 봉우리가 있어 꽃술처럼 뒤섞여 서 있다. 사인들은 '웅아돌'이라고 부르나, 나는 일찍이 '화예봉'이라고 이름 붙여주었다〔秦望山東南下折, 有峰紫鐵色, 錯豎似花蕊, 士人呼雄鵝突, 余贈名花蕊峰〕>161) 시에서는 봉우리의 모습을 "구불구불한 것이 마치 이가 고르지 않은 듯, 입술을 벌려 괴로운 바를 하소연하는 듯〔宛如齒齟齬, 張吻訟所苦〕."(제7~8구)이라고 묘사하였다. 이는 고르지 않게 이어져 있는 봉우리의 모습이 마

---

161) 《徐渭集》, 56쪽.

치 치아를 드러내놓고 무엇인가 말하려는 것 같다는 뜻이다. 게다가 말하려는 것이 "괴로운 바(所苦)"이니 서위는 이 봉우리를 이를 드러낸 채 찡그리고 있다고 본 것이다.

그렇다고 해서 서위가 일반적으로 보기에도 추한 사물들만을 시의 대상으로 삼은 것은 아니다. 오히려 대체로 사람들이 아름답다고 여기는 자연물을 주제로 읊은 시가 많다. 하지만 서위는 그것을 곱고 예쁘게만 묘사하지는 않는다. 대상의 아름다움을 드러내는 것처럼 보이는 작품도 있지만, 몇 구절 이어지지 못하고 이내 아름다움이 반감되는 시어가 등장하곤 한다. 다시 말해 서위는 시에서 전적으로 아름다운 측면만을 드러내지는 못하는 경향이 있었다. 가정 38년(1559), 39세 때 지은 아래의 오언율시를 예로 들어 보겠다.

<與姚山人, 劉衛僉, 沈嘉則, 吳道官三茅觀眺雪>[162)]

요산인, 유위첨, 심가칙, 오도관과 삼모관에서 눈을 보다

高會雜黃冠,	성대한 모임에 도사가 섞여
琳宮夜坐闌,	밤에 선궁의 난간에 앉았네.
梅芳成蕊易,	매화는 향기로워 쉬이 꽃술 이루지만
雪謝作花難.	눈이 시들게 하여 꽃을 피우기 어렵네.
簷月沈杯暖,	처마의 달이 잔에 가라앉아 따뜻하고
江峯入座寒,	강가의 봉우리가 자리에 들어 차갑다.
莫鴉驚炬火,	저녁 까마귀가 횃불에 놀라
飛去破煙嵐.	산에 낀 안개를 가르며 날아가네.

도관(道觀)에서 지인들과 모여 눈을 보고 쓴 시이다. 함련의 출구(出句)에서 향기로운 매화가 꽃봉오리를 이루었다고 말하여 곧 매화가 필 것 같은 상상을 하게 하지만, 대구(對句)에서 이내 눈이 그 봉우리를 시들게 하여 꽃을 피우지 못한다고 하였다. 경련에서는 처마

162) ≪徐渭集≫, 176쪽.

위로 뜬 달이 술잔에 담긴 따뜻한 술에 비치어 들고, 봉우리의 그림자도 눈 내려 차가운 자리에 들어오는 장면을 묘사했다. 이는 자연물인 "달〔月〕"과 "봉우리〔峯〕"가, 사람과 관계를 맺고 있는 "잔〔杯〕"과 "자리〔座〕"에 들어옴으로써 물아(物我)의 융화를 보여주는 운치 있는 표현이다.

그런데 "까마귀〔鴉〕"가 사람들이 피운 횃불에 놀라 저 멀리 빠르게 날아간다는 미련의 내용은 느릿함을 유지하던 절주가 후다닥 마무리되는 느낌을 준다는 점에서 함련의 운치를 반감시킨다. 까마귀는 본래 눈이 올 때 부산스럽게 움직인다고 알려져 있는데다가[163] 횃불에 놀라는 모습까지 더해져 산만한 분위기를 조성하기 때문이다.

서위는 시를 구성하는 데 있어 아름다움을 즉각적으로 반감시키는 방식을 취하기도 했지만 애초부터 시의 주된 대상을 아름답게 묘사하지 않기도 했다. 긍정적 혹은 부정적 묘사 방식 중 어느 한쪽으로 치우치지 않고 사실적 비유나 묘사로 일관하는 것이다. 지극히 사실적인 묘사는 아름다운 부분을 부각시키지 않음과 동시에, 추한 부분도 제거하지 않는다는 점에서 부정적인 서술과 맞닿아 있다. 서위 시는 세계의 아름다운 측면만을 강조하지 않는 경향이 있을 뿐더러 괴이한 면모도 삭제되지 않은 채 그대로 남아 있는 경우가 많다.

35세 때인 가정 34년(1555)에 쓴 <감산개가(龕山凱歌)>는 칠언절구 9수로 이루어진 연작시로 왜적과의 전투에서 승리한 것을 칭송한 작품이다. 전체적으로 치열했던 전쟁의 결과를 사실적으로 묘사하였다. 그 중 제4수와 제7수를 살펴보자.

---

163) 송(宋) 범성대(范成大)의 <눈이 오려 한다〔欲雪〕> 시에 "까마귀가 누런 구름 속에서 요란하게 춤추더니, 누대 위에서 날리는 꽃이 벌써 사람에게 뱉어진다〔烏鴉撩亂舞黃雲, 樓上飛花已唾人〕."(范成大 撰, ≪石湖詩集≫ 卷2)라고 하였고, 근대 작가 왕서언(王西彦)의 ≪옛 성의 우울함〔古城的憂鬱〕· 재화(災禍)≫에는 "구름이 두껍고 까마귀가 홰나무 위에서 푸드덕거리니 눈발이 날리려는 모양이다〔雲很厚, 寒鴉在槐樹上打撲, 仿佛要飛雪的模樣〕."(【寒鴉】, ≪漢語大詞典≫2.0版)라는 구절이 보인다.

<龕山凱歌(四)>[164] **감산개가(제4수)**

短劍隨鎗暮合圍,	단검이 창을 좇아 저녁에 사방을 포위하니
寒風吹血着人飛.	찬바람이 피를 불어 날려 사람 몸에 붙네.
朝來道上看歸騎,	아침이 되어 길에서 돌아오는 기병들을 보니
一片紅冰冷鐵衣.	붉은 얼음 조각이 갑옷 위에서 차갑구나.

무기를 대치하여 싸운 결과 붉은 피가 바람에 날려 사람 몸에 붙게 되었다. 싸움을 끝내고 돌아온 병사들의 갑옷 위에는 그 피가 떨어지지 않고 언 채로 엉겨 붙어 있다. 피를 갑옷에 묻히고 돌아왔으니 상대편인 왜적은 죽고 명(明)의 기병은 승리하여 살아 돌아왔다는 사실을 유추할 수 있다.

<龕山凱歌(七)>[165] **감산개가(제7수)**

無首有身祗自猜,	머리는 없고 몸만 남았으니 그저 추측할 뿐,
左啼魂魄右啼骸.	왼쪽에서는 혼백이, 오른쪽에서는 해골이 울 것이라고.
憑將老譯傳番語,	늙은 통역사에게 번어로 전해주길 부탁하네.
此地他生敢再來.	다른 생에 이 땅에 감히 다시 오겠느냐고.

전투에서 패배하여 죽은 왜적들에 관해 쓴 시이다. 이 시를 통해 시인은 감산의 전투에서 아군이 매우 압도적으로 승리해서 적군이 다시는 쳐들어오지 못할 것이라는 뜻을 전하고 있다. 그런데 이와 같은 뜻을 강조하기 위해 취한 방식은 다소 섬뜩하다. 적군의 죽은 병사들은 목이 잘려나가서 머리는 없고 몸만 남았다. 시인은 머리는 없고 몸만 남아 있는 시체로부터 울고 있는 혼백과 해골을 떠올려 다시 침입할 엄두를 내지 말라는 경고를 전하노라고 선언한다.

적군의 처참한 모습을 부각시킨 뒤에(제1~2구) 이렇게 처참한 꼴

164) ≪徐渭集≫, 340쪽.

165) ≪徐渭集≫, 340쪽.

로 죽음을 맞이하였으므로, 다시 태어난다 하더라도 오지 못할 거라고 단언하고 있다(제3~4구). 제4수에서 핏방울이 바람에 날려 갑옷 위에 얼어붙어 있다고 묘사한 것과 마찬가지로, 이 시에서도 머리가 잘린 적군의 처참한 모습을 떠올리게 하는 등 가감 없는 사실적인 표현을 사용하여 섬뜩함을 야기하였다.

아래 시는 54세 때인 만력 2년(1574)에 서위가 소흥 근처에 있는 오설(五洩)을 유람하면서, 그곳에 있는 일흔두 개 봉우리를 둘러 본 뒤에 어느 사찰에 당도하여 쓴 것이다.

＜七十二峰歸來書寺壁＞166)

일흔두 개 봉우리에서 돌아와 사찰 벽에 쓰다

五條掛練玉龍奔,	다섯 줄기로 걸린 흰 명주 옥룡이 달리는 듯하고
七十二峰鬼斧痕.	일흔두 개 봉우리에는 귀신이 도끼 찍은 흔적이 있네.
墮水墮驢都不恨,	물에 떨어지고 나귀에서 떨어져도 모두 한스럽지 않으니
古來一死博河豚.	예로부터 하나뿐인 목숨을 복어에 내걸었지.

제1구에서는 흰빛의 명주와 용을 가지고 폭포를 묘사하였고, 제2구에서는 오설에 있는 일흔두 개의 봉우리가 험난함을 이야기하였다. 폭포를 "옥룡(玉龍)"에 비유하는 것은 특기할 사항이 아니나, 그것이 "빠르게 달린다〔奔〕"고 말한 것은 제2구의 전조(前兆)가 된다는 점에서 주목할 필요가 있다. 제2구에 등장하는 "귀신의 도끼 흔적〔鬼斧痕〕"은 마치 귀신이 도끼로 찍어 놓은 듯 일흔두 개의 봉우리의 지세가 험난함을 암시한다. 따라서 거세게 떨어지는 폭포를 들어 시를 시작한 것은 제2구를 비롯한 이하의 구절에서 유람하는 길이 거칠다는 것을 이야기하기 위한 것으로 볼 수 있다.

166) ≪徐渭集≫, 380쪽.

이 곳을 유람하면서 행여 거센 폭포로 인해 물에 떨어지고, 도끼로 찍은 듯할 정도로 험난한 지형으로 인해 나귀에서 고꾸라지더라도 한스럽게 여기지 않는 것은 일흔두 개 봉우리를 돌아다니는 것이 매우 가치 있는 일이기 때문이다. 소동파(蘇東坡)는 복어를 두고 설령 죽는다 하더라도 먹어볼 만한 음식이라고 칭송했다 하니[167] 그만큼 좋은 경험을 하기 위해서는 어떤 위험도 감수할 자세를 지녀야 한다.

이렇듯 이 시는 오설의 봉우리들이 지세의 험난함을 무릅쓰고 오를 만하다는 점을 강조하고 있다. 그런데 시인은 그러기 위하여 오설의 아름다운 광경을 칭송하거나 유람으로 상쾌해진 기분을 드러내는 것이 아니라, 귀신이 도끼로 찍은 흔적 같다는 오싹한 비유, 추락하는 위험을 감수하는, 다시 말해 죽음도 불사한다는 극단적인 표현을 사용하고 있다.

어둡고 과격하고 섬뜩한 상상을 큰 감정의 기복 없이 무던하게 서술하는 경향은 후기로 갈수록 점점 강하게 나타난다. 밝고 아름답게 묘사하는 경우가 전혀 없는 것은 아니지만, 그보다는 위협적이고 무섭게 묘사한 구절이 더 많이 눈에 띈다.

만력 4년(1576), 56세의 나이로 북방지역인 상곡(上谷)에 갔을 때 그 지역의 풍광을 보고 쓴 <상곡가(上谷歌) 9수(九首)>에도 이 점은 잘 드러나 있다. 이 연작시에는 경물 묘사가 많은데 사물을 기괴하게 묘사한 것이 대부분이고, 긍정적인 언술은 찾아보기가 어렵다. 그 중 제2수를 예로 든다.

---

167) (宋) 孫奕 撰, <西施乳舌>, ≪示兒編≫ 卷17 참조.

<上谷歌九首(二)>[168] 상곡가 9수(제2수)

居庸卵石一何多?	거용관에는 자갈이 얼마나 많은지
大者如象小如鵝.	큰 것은 코끼리 같고 작은 것은 거위 같다.
千堆萬疊無他事,	수없이 쌓이고 포개어져 다른 일 없이
東擲西拋只蹶騾.	동쪽 서쪽으로 던져져 노새를 넘어뜨릴 뿐이다.

이 시는 "노새〔騾〕"를 공격하는 자갈에 대해 읊었다. 노새는 주로 사람을 태우고 길을 가는 동물이므로 노새가 엎어지면 그 위에 탄 사람도 다치기 십상이다. 자갈이 "동쪽으로 서쪽으로 던져진다〔東擲西拋〕"는 말은 사방에서 떨어져 전혀 예측할 수 없다는 뜻이다. 이 시에서 겹겹이 쌓인 크고 작은 돌은 위협적인 존재로 인식되고 있으며 코끼리 같고 거위 같다고 함으로써 동물이 던져진다는 기괴한 상상을 하게 한다.

이 외에도 제5수에서 "수자리서는 성보는 1년 내내 안개처럼 누런 먼지 내뿜는다〔戍堡終年霧噀黃〕."(제4구)며 어둡고 답답하게 가려진 경치를 묘사했고, 제8수에서 "무수한 노란색 군용 깃발이 지나가는 객을 꾸짖는다〔無數黃旗呵過客〕."(제3구)라고 하여 무수히 늘어선 깃발이 주는 위압감을 표현하였다.

이와 같은 부정적 언술들은 비교적 편폭이 긴 고체나 배율에서 더욱 분명히 드러난다. 편폭이 길어짐에 따라 묘사도 구체적이고 다면적으로 발전하여 사물에 대한 시인의 인식을 세밀하게 들여다보는 데 도움을 준다. 만력 3년(1575), 55세 때 지은 다음 시는 들풀을 제거하여 모기의 근거지를 없앤 일을 서술하였다. 시의 소재가 된 사건 자체가 이미 긍정적으로 서술하기 어려운 측면을 갖고 있을뿐더러, 모기와 시인 사이에 대결구도가 형성되어 부정성이 더욱 강조되고 있다.

---

168) ≪徐渭集≫, 359쪽.

	<刈圃>[169)]	**밭을 매다**
1	草孼始一寸,	잡초가 처음에는 한 치 크기이더니
2	及壯丈有餘,	한 장 남짓만큼 성장했네.
3	豈直藪卽帶,	어찌 그저 늪만 두르고 있겠는가?
4	兼以館蚊胥.	겸하여 모기들이 묵고 있구나.
5	夜熱不可寐,	밤에 더워서 잠들지 못해도
6	寧止不露居,	편안히 여기며 밖에서 거처하지 않으니
7	竊恐値此輩,	몰래 걱정해서이지, 이들 무리를 만나서
8	股髀遭其咀.	넓적다리가 물림을 당할까봐.
9	就中擬厥罪,	그 중에서 그들의 죄를 따져보면
10	蚊也尤其渠,	모기가 특히 그 중에 수령이니
11	其他不出境,	다른 것들은 경계를 벗어나지 않는데
12	惟此遠追趨.	오직 이것만이 멀리까지 쫓아 달린다.
13	穿幃眇紈廛,	휘장 너머로 하얀 모기채를 살펴보니
14	打撲不勝劬,	치고 때리는 수고로움을 이기지 못한다.
15	更番以迭進,	번갈아 교대하며 계속해서 진격하는데
16	安得盡屠誅.	어떡하면 깡그리 없애겠는가?
17	聚響苦不震,	소리가 모여도 진동하지는 않고
18	萬鷇啾嬰雛,	수만 마리 새 새끼가 웅얼거리는 듯.
19	工者攪夢寐,	잘하는 것은 잠잘 때의 꿈을 어지럽혀서
20	一夕百起呼.	하룻밤에 백번 일어나 소리치게 하는 것이지.
21	蚊孼固莫逋,	모기 새끼는 달아나지 않을 터이니
22	草實主其逭,	풀이 실제로 그들의 은신을 주재하고 있구나.
23	呼童問腰鎌,	동복을 불러 허리에 차는 낫 있냐고 물으니
24	不用安所須,	(지금은) 쓰지 않는데 어디에 필요하신가요?
25	薙此忽如掃,	이 풀을 깎아 홀연히 쓸어버린 듯하니
26	一翅不得儲.	날개 한쪽도 비축하지 못하게 되었다.
27	譬彼塞垣莽,	비유하자면 저 변경지대의 풀무더기가
28	往往伏戎胡,	자주 오랑캐를 숨겨주었는데,

169) ≪徐渭集≫, 85쪽.

29 打冰燒其荒,　　얼음을 깨고 들풀을 불살라서
30 窟穴空妖狐.　　땅굴에서 요사스러운 여우를 몰아낸 것이지.
31 莫謂野人賤,　　말하지 마시게, 촌사람이 비천하여
32 刈圃非雄圖.　　밭을 매는 것은 웅대한 계획이 아니라고.

훌쩍 자라버린 잡초는 늪을 둘러가며 나 있어 모기들의 안식처가 되었다. 이곳에 모기들이 진을 치고 있으니 잔뜩 물릴까봐 겁이 나서 더워도 밖에 있지 못한다. 또한 모기들은 집 근처까지 날아와 늘 "치고 때려야〔打撲〕" 한다. 계속해서 날아와 사람을 괴롭게 하니 "깡그리 죽이지〔屠誅〕" 않을 수 없다. "꿈을 어지럽혀〔攪夢〕" "백번 일어나 소리치게〔百起呼〕" 만드는 등 모기들의 괴롭힘은 끝이 없다. 그래서 낫을 가져오게 하여 풀을 모두 베어버림으로써 모기가 숨을 곳이 없게 만들었다. 인용한 표현은 시인이 모기를 얼마나 없애고 싶었는지 보여줌으로써 세계를 부정적으로 바라보고 있음을 알게 해준다.

시체, 파리, 모기 같은 떠올리기만 해도 눈살이 찌푸려지는 사물이 출현하고, 해치고 괴롭히고 공격하고 막히고 가려지는 일들이 일어나는 서위 시의 세계에서 아름다움은 추구되는 바가 아니다. 앞서 보았듯 그는 오히려 부정적인 단어를 동반하여 세계를 묘사하는 경향이 있었다.

칠언배율인 다음 시는 서위의 나이 63세 때인 만력 11년(1583)에 지은 작품이다. 배율의 특성상 대장(對仗)을 나열해야 하므로 온갖 비유가 사용되기 마련이다. 이 시는 마지막 두 구절을 제외한 전체가 대장으로 이루어져 있다. 따뜻한 남쪽 지역에 눈이 내리는 이상기후를 주제로 삼았다.

<數年來, 南雪甚於北, 癸未復爾, 人戲謂南北之氣互相換, 似賈人帶之往來, 理或然歟? 邊塞不易雨, 而今每潦, 十九韻>[170]

몇 년 동안 남쪽에 눈이 북쪽보다 심하게 내렸다. 계미년에 다시 그러했다. 사람들은 재미삼아 남북의 기운이 서로 바뀌는 것이 마치 상인이 그것을 가지고 왕래한 것 같다고 말하니 이치가 그럴지도 모른다. 변새에는 쉬이 비가 내리지 않는데, 지금은 항상 큰 비가 내린다 19운

1	陰陽北去隨南客,	음양이 북쪽을 떠나 남쪽으로 가는 객을 따르니
2	雨雪南來自北天,	눈과 비가 북쪽 하늘로부터 남쪽으로 왔네.
3	雨爛胡弓知幾歲,	비가 오랑캐 활을 문드러지게 한 것 몇 년인가
4	雪高越瓦已三年.	눈이 기와보다 높이 쌓인 것 이미 3년이네.
5	偶然盡海迷遼鶴,	우연히 바다를 다해 요동의 학을 길 잃게 했지만
6	不是登橋聽杜鵑,	다리에 올라 두견새 소리 듣는 것은 아니라네.
7	吠犬從今無一處,	짖는 개는 지금부터 아무 데도 없고
8	喘牛必問有諸賢.	더위에 헐떡거리던 소는 반드시 여러 현인이 있는지 묻겠지.
9	明明日向彤雰暗,	밝던 태양은 붉은 안개 속에서 어둡고
10	杳杳璣籠紫霧懸,	아득히 구슬(북두의 제3성)은 보랏빛 안개에 갇혀 걸려 있네.
11	羲氏輪膏埋壁屑,[171]	희화의 기름 바른 수레(태양)는 옥 부스러기에 묻히고
12	滕公河水瀉銀錢.	등륙(滕六)은 강물에서 은전을 쏟아낸다.
13	銛鋒揷戟包難見,	창에 꽂힌 첨예한 칼끝 감싸여 보기 어렵고
14	深穽穿泉粉愈塡,	샘물이 솟던 깊은 구멍은 하얀 분가루로 점점 메워지네.

170) ≪徐渭集≫, 322~323쪽. 제목에는 19운으로 되어 있으나 시는 실제로 총 40구로 20운이다. 애초에 제목이 잘못되었거나, 나중에 한 연(聯)을 추가해놓고 제목을 고치지 않았을 가능성이 있다.

171) "벽(壁)"자는 '벽(璧)'의 오기(誤記)로 판단된다. '벽(璧)'으로 보면 '벽소(璧屑)'가 '옥소(玉屑)'와 마찬가지로 옥 부스러기를 의미하여 눈을 비유하는 말이 될 수 있다. 바로 아래 구절의 "은전(銀錢)" 역시 눈을 지칭하므로 이 구절에서도 '옥 부스러기'로써 눈을 비유하였다고 보는 것이 타당하다.

15 萬里蕭條昏井邑, 만리 쓸쓸하여 마을은 어둡고
16 千家淩奪失園田. 천가가 침탈당해 뜰과 밭을 잃었네.
17 疑花宿誤羣歸羽, 꽃인줄 잘못 머무는 돌아온 깃털 무리,
18 折竹眞摧幾個圓, 대나무를 휘어지게 하여 진정 꺾어버리는 몇 개의 둥근 눈 더미.
19 鼻醋釃寒先慣吸, 숨 쉬기 익숙해지기도 전에 코끝 시리게 하는 혹독한 추위
20 羹鹽調劑未堪煎. 국이 끓기도 전에 간을 맞추려는 듯 쏟아지는 소금.
21 傾危作兎當山頂, 위태롭게 기운 토끼 되어 산꼭대기에 있고
22 搏控成獅向日邊, 붙잡는 사자가 되어 태양 가에 있네.
23 借皎肥身灰象飽, 흰빛을 빌려 몸을 살찌운 배부른 회색 코끼리,
24 吹柔害物素貓拳, 부드럽게 불어 사물을 해치는 하얀 주먹 고양이.
25 綿針絮刺俱叢棘, 면 침과 솜 가시 가시나무 숲에 갖추어 놓고
26 玉瓣銀筒假淤蓮, 옥 꽃잎과 은 대롱은 진흙 속 연에 빌려주었네.
27 陽德盡閉閶闔上, 양기(陽氣)는 하늘 문 위에서 모두 막혔고
28 陰威直到祝融顚. 짙은 음기(陰氣)만 축융봉 꼭대기에 곧장 이른다.
29 華亭羽翼漫天久, 화정의 깃털과 날개는 오래도록 하늘에 흩어지고
30 上蔡鷹盧獵野偏, 상채의 사냥매와 사냥개는 남쪽 들판에서 사냥한다.
31 伍員江長潮正怒, 긴 강에 오자서 있으니 파도가 마침 노하고
32 三閭沙白骨新捐. 흰 모래사장에서 굴원은 뼈를 새로이 버렸네.
33 稀如尸蟲穿雲去, 시체벌레처럼 성글게 구름 뚫고 가버리고
34 細似繩蠅點壁旋, 줄지은 파리처럼 미세하게 점점이 벽을 돈다.
35 急舞魚鱗明匽跋, 급히 춤추는 물고기 비늘은 뛰어올라 밝고
36 繁遮蝗陣暗霄騫. 황충의 진영이 어지러이 가리니 높은 하늘은 어둡다.
37 袁安臥苦僵猶得, 고통스레 누워있던 원안은 누워서도 얻었으나
38 解縉尸埋醉可憐, 시체가 매장된 해진은 취해서 불쌍했다네.
39 萬事豈俱埋得盡, 만사를 어찌 모두 묻을 수 있겠는가?
40 有時終露髑髏冤. 언젠가는 원한 품은 시체를 드러내는 법이지.

제5구부터 눈이 내리는 모습과 그때의 주변 경치에 대한 서술이 본격적으로 시작된다. 온갖 비유를 동원하여 눈이 떨어지는 모습과 눈에 뒤덮인 사물을 표현했고, 눈이 오면서 발생하는 하늘과 세상의 변화를 다방면으로 서술하였다. 그런데 그 면면을 살펴보면 어둡고 침울하며 기이하다는 인상을 줄 뿐, 밝고 아름답다는 느낌은 받지 못한다.

"어둡다〔暗〕,"(제9구) "갇히다〔籠〕,"(제10구) "쓸쓸하다〔蕭條〕," "어둡다〔昏〕,"(제15구) "침탈하다〔凌奪〕," "잃다〔失〕,"(제16구) "꺾다〔摧〕,"(제18구) "혹독한 추위〔釅寒〕,"(제19구) "사물을 해치다〔害物〕,"(제24구) "모두 막히다〔盡閉〕,"(제27구) "노하다〔怒〕,"(제31구) "시체벌레〔尸蟲〕,"(제33구) "줄지은 파리〔繩蠅〕,"(제34구) "황충의 진영이 어지러이 가리다〔繁遮蝗陣〕"(제36구) 등의 표현은 없애고, 가로막고, 괴롭히는 일을 주로 하는 서술어와 단어라는 점에서 바람직하지 않게 느껴진다.

제37~38구에서는 눈과 관련 있는 두 인물을 들어 상반된 운명을 이야기하였다. 원안(袁安, ?~92)은 남에게 폐를 끼칠까봐 남들이 눈을 쓸고 걸식(乞食)하는데도 집에서 가만히 있었던 사람으로 후에 높은 벼슬에 올랐다. 반면 해진(解縉, 1369~1415)은 황제의 미움을 사서, 옥에 가두어 취하게 한 뒤 눈 속에 묻는 잔인한 방식으로 죽임을 당한 인물이다.

그리고 서위는 마지막 두 구절을 통해 세상을 다 덮을 수 있는 눈이 빽빽이 오더라도 모든 것을 끝까지 가릴 수 없다고 말한다. 해진의 "원한 품은 시체〔髑髏冤〕"가 언젠가는 드러날 것이듯, 세상의 잘못된 일을 영원히 덮어둘 수는 없다는 것이다. 이처럼 서위는 이 시에서 마지막까지 침울하고 부정적인 언술로 일관하였다.

② 반면(反面)의 부각

서위 시에서 세계의 밝고 아름다운 측면이 부각되지 않고 침울하고 섬뜩하고 기괴한 측면이 강조되는 것을 확인했다. 사물을 묘사하는 데 있어서 긍정성보다는 부정성을 드러내다 보니 그에 수반되는 감정 역시 기쁨, 즐거움 등의 긍정적 감정보다는 슬픔, 노여움, 괴로움, 두려움 등의 부정적 감정인 경우가 많다. 역대로 중국의 수많은 문인들이 긍정적인 상징성을 부여하여 쉽사리 바꾸어 생각하기 어려운 이미지조차도 서위 시에서는 그 긍정성을 유지하기 어렵다.

예컨대 눈 속의 대나무〔雪竹〕는 본래 중국 문인들이 대나무에 "추위를 무릅쓰는 뜻〔冒寒之意〕"[172]을 부여하여 굳은 절조를 표명하는 데 사용했던 이미지인데,[173] 서위 시에서는 그 뜻이 제거되고 오히려 대나무의 약한 모습이 부각되어 있다. 다음 시를 보자.

<雪竹(一)>[174]	**눈 속의 대나무(제1수)**
山中雪厚沒人腰,	산속에 눈 두터워 사람 허리 빠뜨리고
城瓦猶堆尺五高.	성 기와에는 1척 5촌이나 높이 쌓였네.
壓損青蛇三百萬,	푸른 뱀 3백만 마리를 눌러 훼손시키니
起烘冰兎掃雙梢.	횃불 들고 하얀 토끼를 두 나뭇가지에서 없애야지.

이 시에서 "푸른 뱀 3백만 마리〔青蛇三百萬〕"는 대나무를, "하얀 토끼〔冰兎〕"는 그 위에 쌓인 눈을 가리킨다. 이렇게 보면 제3~4구는 대나무가 눈에 눌려 훼손되고 있으니 그 눈을 치워야 한다는 뜻이다. 대나무가 손상되지 않도록 눈을 제거해주어야 한다는 언술은 이 시

---

172) (元) 夏文彦 撰, ≪圖繪寶鑒≫ 卷3.

173) 이와 같은 뜻이 잘 드러난 시로는 다음과 같은 것이 있다. "군자의 꿋꿋한 지조, 강인하여 스스로를 지탱할 수 있지. 백이(伯夷)와 숙제(叔齊)는 굶어서 죽으려 했고, 장순(張巡)과 허원(許遠)은 지키다가 위태로웠었지. 큰 절조는 굽힐 수 없고 진심은 끝내 옮겨가지 않네. 사람 마음과 사물의 이치는 항상 추울 때라야 알 수 있네〔君子亭亭操, 剛强能自持. 夷齊餓欲死, 巡遠守方危. 大節不可屈, 眞心終莫移. 人心與物理, 每向歲寒知〕." (宋) 于石 撰, <雪竹>, ≪紫巖詩選≫ 卷35.

174) ≪徐渭集≫, 390쪽.

속의 대나무가 눈 속에서 꿋꿋하게 추위를 견디어내지 못하고 있다는 것을 암시한다.

바람을 맞는 대나무〔風竹〕를 읊은 시에서는 대나무가 약하다는 점을 더욱 직접적으로 이야기하였다.

<風竹(二)>[175] **바람 속의 대나무(제2수)**

只堪擬作釣竿橫,	그저 가로 놓인 낚싯대나 되려 할 뿐이지
豈有干雲拂霧情.	어찌 구름에 들어가고 안개 스칠 뜻이 있겠는가.
寄語風霜休更忘,	바람과 서리에게 말을 부치나니 다시 잊지 말게나.
只今已自瘦伶仃.	지금도 이미 빼빼 말라비틀어졌다는 것을.

이 시의 대나무는 가로 놓인 낚싯대가 되는 것, 다시 말해 흔한 물건이 되어 낮은 곳에 처하는 것만 생각할 수 있을 뿐, 구름과 안개에 닿을 정도로 하늘 높이 솟을 마음은 없다. 높이 자랄 마음이 없다는 것은 큰 이상과 포부, 그리고 그것들이 주는 자존감 같은 것은 감히 지니고 있지 않다는 것이다.

시인이 바람과 서리에게 대나무가 이미 비쩍 말랐다는 사실을 각인시키는 것은 대나무가 약해서 부러져버릴지도 모르니 더 이상 괴롭히지 말라는 뜻을 전달하는 것과 다르지 않다. 시인은 대나무에게서 떳떳한 풍모를 보기보다는 나약한 모습을 떠올리고 있다.

대나무를 제재로 삼은 다른 시에서도 대나무의 긍정적 측면이 아닌 부정적 측면이 부각되고 있는 것을 볼 수 있다. 다음은 빗속의 대나무를 읊은 시이다.

---

175) ≪徐渭集≫, 845쪽.

<雨竹>176)　　　**빗속의 대나무**

小露垂梢雨壓竿,　　작은 이슬 가지에 드리우고 비가 장대를 누르니
眞成滴淚不曾乾.　　진실로 눈물방울 되어 마른 적 없네.
問渠何事能哀甚,　　무슨 일로 그토록 슬픈지 그에게 물으니
屈殺蛙泥筍一攢.　　움푹 파인 진흙에 모여 있던 죽순 다 굽어버렸다네.

시인은 비를 맞아 대나무에 물이 맺혀 떨어지는 것을 대나무가 눈물을 흘리는 것으로 간주했다. 대나무가 눈물을 흘리는 이유는 죽순이 곧게 자라지 못하고 다 굽어버렸다는 데 있다. 대나무가 비를 맞아 더욱 청신(淸新)한 자태를 드러낸다든가, 비바람이 몰아치는데도 끄떡없이 서 있다든가 하는 긍정적인 측면은 시인의 관심사가 아니다. 시인은 도리어 비를 맞고 있는 대나무에서 눈물을 발견해내고 슬픔을 부상시키고 있다. 모두가 긍정성을 칭송해 마지않는 사물에서조차 부정성을 이끌어내고 있는 것이다.

이상을 통해 서위는 정면(正面)보다는 반면(反面)을 포착하는 습관을 가진 시인이었다고 말할 수 있다. 사물을 비틀어보고, 바람직하지 않은 측면을 부각시킨다는 점에서, 시의 대상을 우스꽝스럽게 묘사하는 것도 반면을 응시하는 습관에서 비롯된 것으로 보인다. 아래 시는 왕세정(王世貞, 1526~1590)이 태복경(太僕卿)이 되었을 때 그의 집 뜰에서 조각한 그림을 희화화한 것이다.

<九馬圉人圖二圉醉瀕墮>177)
[구마어인도]의 두 마부가 취해서 떨어질 듯하여

王元美爲太僕卿時刻穆王八駿圖, 形如蝘蜓.
왕세정이 태복경이 되었을 때 [목왕팔준도]를 조각했는데, 모양이 도마뱀붙이 같다.

176) ≪徐渭集≫, 846쪽.
177) ≪徐渭集≫, 155쪽.

穆王八駿西馳去,	목왕의 여덟 준마가 서쪽으로 달려갈 때
造父把轡爲之御,	조보가 말고삐를 잡고 그를 위해 몰았지.
此時八駿誰傳形,	오늘날 팔준마의 모습 누가 전하는가?
太倉老王太僕卿.	태창의 왕씨 태복경이네.
刻石嵌在卿之庭,	태복경의 뜰에서 돌을 조각하고 상감했는데
馬瘦尾尖了無肉,	말은 비쩍 마르고 꼬리 뾰족하여 전혀 살이 없고,
頸長筋綻抽蘭莖,	목은 길고 힘줄 드러나 난초 줄기 뽑아낸 듯하다.
儼如蝘蜓緣壁騰,	엄연히 벽에 의지하여 뛰는 도마뱀붙이이지만
謂之爲龍特無鱗.	용이라 부르려 해도 도리어 비늘이 없네.
此圖之馬乃九匹,	이 그림 속의 말은 아홉 필로,
却比八駿多其一,	팔준마와 비교하면 한 마리가 더 많고,
骨聳肉匀亦奇物,	뼈는 솟고 살은 균등하니 기이한 물건이로다.
老眼寧知畵者誰,	노안이라 그린 이가 누군지 어찌 알겠는가마는
摩挲却是孟頫筆.	깎고 다듬은 것이 바로 조맹부의 필치이네.
牧夫九人二人醉,	마부 아홉 사람 중에 두 사람은 취했는데
醒者扶之醉不墜.	깬 사람이 부축하여 취했어도 떨어지지 않네.
河南山東牧馬兒,	하남과 산동에서 말을 기르는 사내들이
汗酒胡葱醉似泥.	소주에 골파를 먹고 흐물흐물하게 취했네.
此時儻墮無扶持,	이때 붙들어주는 사람 없어 떨어져버렸다면
馬且失矣太僕笞.	말 잃고서 태복경에게 볼기를 맞았겠지.

서위가 자주에서 밝혔듯 왕세정의 집에서 새겨진 그림은 [목왕팔준도]이다. 하지만 서위가 보기에 그것은 신비로운 느낌을 자아내는 목왕의 여덟 마리 준마가 아니라 하인과 다름없는 마부가 타고 있는 아홉 마리 말에 지나지 않는다.

제목에서 '목왕팔준도'라고 하지 않고 "구마어인도(九馬圉人圖)"라고 한 데에 이미 조롱의 뜻이 담겨 있다. 말 중에서도 훌륭한 말을 일컫는 준(駿)자 대신 일반적인 말을 가리키는 마(馬)자를 쓴 점, 목왕처럼 신화 속의 신성한 인물 대신 하찮게 여겨지는 마부를 내세운 점에서 격하(格下)의 의도를 볼 수 있다. 이에 더하여 여덟 마리가 아니라 아홉 마리라고 한 것은 왕세정이 소유한 그림이 목왕의 팔준마는 애당초 될 수 없다는 점을 넌지시 일러주고 있다.

이러한 관점은 시 본문에서도 견지되고 있다. 제6~9구에서는 말의 모습이 볼품없고 초라하여 준마답지 않다는 점을 드러냈다. 제15~20구에서는 술에 취해 쓰러질 듯한 두 명의 마부에 대해 서술했다. 그들은 부축을 받지 않고는 말 위에 제대로 앉아 있을 수 없다고 여겨질 정도로 자세가 흐트러져 있다. 시인은 그들이 소주(燒酒)와 골파를 먹고 잔뜩 취한 것이라고 추측하면서 말을 기르는 일에 태만함을 암시하였다.

그리고 자칫하면 말을 잃어버리고 주인 왕세정에게 혼쭐이 날 거라고 익살맞게 말하여 그림의 위엄을 떨어뜨리고 있다. 서위는 준마답지 않은 말의 모습과, 술에 취한 듯한 마부의 모습을 들어 왕세정 소장 [목왕팔준도]의 반면을 폭로하였다.

서위는 역사적 사건을 평가하는 데 있어서도 기존의 설을 그대로 수용하기보다는 그것을 비틀어 자기 나름의 방식으로 해석하는 경향이 있었다. 그는 기존의 역사적 평가에 대해 끊임없이 반론을 전개하였는데, 특히 인물이나 사건이 지니는 부정성을 제기하는 방식을 취했다.

예를 들어 서위는 표모사(漂母祠)를 방문하여 다음과 같은 시를 남겼다. 표모사는 빨래를 하다가 한신(韓信)을 보고 그에게 밥을 먹인 여인을 기리기 위해 만든 사당을 이른다.

<漂母非能知人, 特一時能施於人耳, 觀其對信數語可見, 而古今論者胥失之. 予過其祠, 感而賦此>178)

빨래하던 여인은 사람을 알아볼 줄 알았던 것이 아니라 그저 한때 남에게 베풀 수 있었던 것뿐이다. 한신에게 한 말 몇 마디를 보면 알 수 있는데도 고금의 논자들은 모두 그것을 놓쳤다. 내가 그녀의 사당에 들러 느낀 것이 있어 시를 짓는다

男兒偃餓淮陰上,	한 사내가 회음 가에서 굶은 채 누워 있으니
老嫠一飯來相餉,	나이 든 과부가 밥 한 그릇으로 그를 먹였지.
自言祗是哀王孫,	왕손을 안타깝게 여겼을 뿐이라 스스로 말했으니
誰云便識逢亭長.	정장이었던 유방을 만날 줄 알아보았다고 누가 말하는가?
秦項山河一手提,	진나라 항우의 산천을 한손으로 제압하고서
付將隆準作湯池,	코가 높은 유방에게 주어 탕지를 만들게 했지.
稱孤南面魂無主,	칭왕(稱王)하여 남면했으나 혼백에게 아무도 제를 올리지 않으면서
萬古爭誇漂母祠.	오랜 세월 다투어 표모의 사당만 자랑하는구나.

서위는 이 시를 통해 빨래하던 여인이 한신이 천하의 인재라는 것을 알아보고 그에게 밥을 먹인 것이 아님을 주장하고 있다. 그 여인은 굶은 사내를 안타깝게 여겨 밥을 준 것일 뿐 그의 능력을 알아볼 혜안을 지녔던 것은 아니므로 사당을 세워 넋을 기릴 정도로 칭송할 일이 못 된다는 것이다. 서위가 제5~6구에서 한신의 업적을 언급한 것은 빨래하던 여인의 덕을 지나치게 칭송하는 데 반대하기 위함이다.

한신은 왕에 봉해질 정도로 공적이 큰 인물임에도 그의 제사를 주관하는 이가 없는 반면, 어쩌다 인정을 베푼 것에 불과한 그 여인은 사당을 세워 주었으니 앞뒤가 맞지 않는다. 빨래하던 여인을 기

---

178) ≪徐渭集≫, 136쪽.

리기 위해 만든 사당에서 그를 칭송하는 사람들의 행위가 지니는 부정적인 측면을 드러냈으므로, 이 시 역시 반면을 부각시키는 경향을 입증해준다고 할 수 있다.

어떤 사물이나 사건에서 정면보다 반면을 포착해내는 성향은 아래 시에서 단적으로 드러난다. 세상의 이치에 대한 서위의 생각을 읽을 수 있는 작품이다.

<騶虞>[179]	**추우**
騶虞生猛虎,	추우는 맹호를 낳았고
鳳凰産梟鷙.	봉황은 맹금을 낳았지.
二聖有朱均,	두 성인에게 단주(丹朱)와 상균(商均) 있었으니
太虛亦眚彗.	태허도 재앙으로 가려지기 마련이지.
纖纖妙膚理,	곱디고운 아름다운 살결에도
盎然長疣贅.	그득그득 사마귀가 자라나고
梗楠固鴻材,	산느릅나무와 녹나무는 진실로 큰 재목이지만
鍾斛癭其際.	셀 수 없이 그 틈에서 혹이 나며
橘柚匪不甘,	귤과 유자가 달지 않은 것은 아니지만
豪蝟匝芒刺.	큰 고슴도치처럼 가시가 둘러져 있네.
美惡一何殊,	좋음과 나쁨은 아주 다르지만
胎孕乃非二.	잉태될 때부터 둘인 것은 아니지.
越雞伏鵠卵,	월 땅의 닭이 고니 알을 품어도
變之苦無計,	변화시킬 계책이 전혀 없는데
果蠃秉何神,	나나니벌은 어떤 신묘함을 지녔기에
蜎蠋乃能似.	배추벌레를 그와 같게 할 수 있는 건가.

전설 속의 추우와 봉황은 본래 선한 동물이지만 맹수와 맹금 같은 사나운 동물이 이것들에서 비롯하고, 요(堯)와 순(舜)은 성인이지

179) ≪徐渭集≫, 110쪽.

만 둘 다 행실이 바르지 못한 아들을 두었다.180) 그러므로 태허도 재앙으로 가려지는 법이라고 한 것이다. 이어지는 제5~10구에서는 사물의 정면과 반면을 동시에 제시하였다. 고운 살결에도 사마귀가 자라고 좋은 재목에도 혹이 나며, 열매가 달아서 맛있는 귤과 유자에는 가시가 돋아 있다.

이처럼 "좋음〔美〕"과 "나쁨〔惡〕"은 동전의 양면처럼 어디에서나 함께 존재한다. 월 땅의 닭이 고니의 알을 품는다고 해서 고니가 닭이 되지 않듯이, 긍정적 측면과 부정적 측면이 항상 공존하는 것은 불변의 이치이다. 나나니벌이 배추벌레를 길러서 동종으로 변하게 하는 것과 같은 일은 신묘한 능력을 지녀야만 할 수 있으니, 불가능에 가깝다고 할 수 있다.181)

서위가 이 시에서 강조점을 두고 있는 것은 정면보다는 반면 쪽이라고 생각된다. 왜냐하면 정면과 반면의 공존을 예증하는 제1~10구의 언술에 있어서 반면이 뒤에 제시되고 있기 때문이다. 좋은 점만 있는 것 같아도 반드시 나쁜 점이 있다는 언술과, 나쁜 점만 있는 것 같아도 반드시 좋은 점이 있다는 언술은 언뜻 보면 순서만 바꾸어 놓은 듯하지만 그 의미에는 차이가 있다. 전자는 나쁜 점을 절실하게 깨닫게 만드는 반면 후자는 좋은 점을 깨닫게 만든다는 것이다. 서위는 전자의 서술 방식을 택하여 독자에게 바람직하지 못한 쪽을 각인시키고자 한 것으로 보인다.

---

180) "단주와 상균〔朱均〕"은 각기 요와 순의 아들인데 행실이 바르지 못하여 제위를 물려받지 못했다. 그리하여 요는 순에게, 순은 우(禹)에게 제위를 물려주었다. (漢) 司馬遷 撰, ≪史記 · 五帝本紀≫ 卷1 참조.

181) "나나니벌〔果蠃〕"은 "배추벌레〔螟蛉〕"를 길러서 나나니벌로 변하게 만들 수 있다고 알려져 있다. 이선(李善)은 유령(劉伶)의 <주덕송(酒德頌)>의 주석에서 이궤(李軌)를 인용하여 "'과라'는 봉충이다. (…) 봉충은 새끼가 없어 배추벌레를 데려다 가리며 숨기고 깊숙이 두고 기르며 '나와 비슷해져라'라고 빈다. 오래 지나면 변하여 봉충이 된다〔蜾蠃, 蜂蟲也 (…) 蜂蟲無子, 取桑蟲蔽而殪之, 幽而養之, 祝曰 : 類我. 久則化而成蜂蟲矣〕."〔(梁) 蕭統 編, (唐) 李善 註, ≪文選註≫ 卷47〕라 하였다.

③ 부정어의 다용(多用)

서위 시에서 부정성이 나타나는 유형으로는 긍정성이 제거된 부정적 묘사, 반면을 부각시키는 방식의 서술 외에도 부정어의 잦은 사용을 들 수 있다. 부정어를 자주 사용할수록 언술이 지니는 부정성은 강해진다. 한자에서 부정어는 '불(不)', '비(非)', '미(未)', '막(莫)' '무(無)' 등을 가리킨다. 이 글자들은 바로 뒤에 나오는 서술어를 부정하여 무언가를 하지 않는다는, 혹은 할 수 없다는 언술을 만들어 내거나, 명사의 부재(不在) 즉 있지 아니함을 나타낸다.

서위 시의 부정성은 그가 자주 쓴 어둡고 막히고 섬뜩한 비유와 묘사에서 기인하는 것일 뿐만 아니라, 잦은 부정어의 사용에서 초래된 것이기도 하다. 서위는 부정어를 사용하여 무엇인가가 부재하거나 결핍된 상태를 보여주고, 무언가를 하지 않거나 할 수 없는 상황을 제시한다. 또는 부정어를 직접 사용하지 않고서도 비정상적으로 수량이 적음을 나타내어 없는 것과 마찬가지인 국면을 만든다. 그리고 의문사를 사용하여 실현할 수 있을지 없을지 판단하기 어렵게 만듦으로써 불투명한 상황을 연출하기도 한다.

예를 들어 아래 시는 앞서 살펴보았던 작품들처럼 정면에 대해 이야기하다가 반면을 제시하는 방식으로 구성되어 있는데, 그 반면으로 '없음'을 문제 삼았다. 서위가 연경에 있을 때 연경의 여러 사물을 관찰하고 지은 연작시 중 한 수이다.

<燕京五月歌四首(三)>[182] **연경오월가 4수(제3수)**

荸薺菱藕賤如柴,	올방개 냉이 마름 연뿌리는 땔나무처럼 싸고
竿蔗年來漸亦栽.	사탕수수도 요즘에 점차 재배된다.
百貨百珍俱得到,	온갖 진귀한 물건 모두 얻을 수 있어도
却無一箇荔枝來.	여지 한 개는 도리어 없구나.

182) ≪徐渭集≫, 357쪽.

제1~2구는 연경의 물자가 풍부함을 이야기하였다. 시작부터 각기 다른 식물을 가리키는 네 글자를 빽빽하게 나열하여 가득 차 있는 느낌을 자아내도록 한데다가, 그 값이 매우 싸다고 함으로써 양이 많다는 것을 알렸다. 이곳에서는 올방개, 냉이, 마름, 연뿌리가 흔할 뿐만 아니라 사탕수수도 재배되고 있으니 물자의 풍부함이 배가(倍加)된다.

그러나 제3~4구에서 시인은 이내 반면을 부각시킨다. 앞 구절에서 이야기한 것처럼 연경에서는 많은 것들을 얻을 수 있지만 없는 것이 있다는 것이다. 이곳에 없는 것은 바로 기후가 따뜻한 남방에서 자라는 여지이다. 여지는 이 시 전반부에 나열된 식물들과는 달리 열매가 달고 맛있는 식물이다. 여지의 등장에 따라 그 앞에 나열된 식물들은 상대적으로 귀하지 않다고 여겨지게 된다. 부정어 '무(無)'를 사용하여 사물의 부재를 드러내고 그럼으로써 부정적인 측면을 제시하였다.

서위의 나이 55세 때인 만력 3년(1575)에 지은 다음 시에서는 포도를 손질한 사건을 읊었다. 이 시에서 서위는 포도가 결핍된 상태를 다각도로 표현하였다.

<理葡萄>[183)	**포도를 손질하다**
1 去冬雪作殃,	지난겨울엔 눈이 재앙을 만들어
2 無物不凍死,	얼어 죽지 않은 것이 없다.
3 橘柚斷衢州,	귤나무 유자나무는 구주에서 끊어지고
4 松柏亦多瘇.	소나무 측백나무 역시 대부분 병들었다.
5 園有月支藤,	정원에 있는 포도는
6 盤屈四五咫,	네다섯 지 길이로 구불구불한데
7 結實苦不多,	결실이 진정 많지 않아

183) ≪徐渭集≫, 84~85쪽.

一斛有餘委.	한 곡 남짓 늘어져 있다.
迨其堪落時,	떨어질 때가 다 되니
丸丸挂瑠水,	알알이 옥환이 걸린 물인 듯.
一日十挈竿,	하루에 열 번 장대를 들고
與鳥爭啖舐.	새와 먹기를 다툰다.
將以饋鄰翁,	이웃집 노인에게 가져다주려고 해도
竊恐哂微細,	약소하다고 비웃을까 걱정이고
欲以付果坊,	과일 가게에 주려고 해도
不足一飡費.	한 끼 식비에 쓰기도 부족하리니
幽之瓶盎間,	단지 안에다가 절여 두면
漿潰敗其脆.	즙이 빠져나와 아삭거리는 맛이 없어지지만
渴夜艱茶湯,	목이 타는 밤 찻물 구하기 어려울 때
暫可灌消肺.	잠시나마 메마른 폐에 물을 구할 수 있겠지.
比者理舊須,	최근에 오래된 가지를 정리하니
應手落枯瘁,	손을 따라 시든 것들이 떨어졌었지.
及至更提攜,	다시 돌볼 때가 되어서는
僵梗忽斷碎.	빳빳한 줄기가 갑자기 끊어지고 부서졌네.
如人兩手足,	마치 사람에게 두 손과 두 발이 있으나
而痿其一臂,	한쪽 팔이 마비된 것과 같구나.
支幹既以孤,	지탱하는 줄기가 이미 홀로 남았는데
收穫焉可倍,	수확이 어찌 배가 될 수 있겠는가?
夏景苦桑楡,	여름 햇살이 뽕나무와 느릅나무를 괴롭히는데
聊以障西墜.	그럭저럭 이로써 지는 해의 빛을 가로막네.

강조한 부분은 포도의 부족과, 앞으로도 개선되지 않을 상황을 나타내고 있다. 제2구는 포도를 포함한 모든 것이 얼어 죽었음, 다시 말해 모든 것이 죽어서 없는 상태가 되었음을 말한다. 자신이 키우는 포도는 제7구에서 말한 것처럼 열매가 많이 열리지 않아서, 제13~16구에 보이듯 이웃에게 주기에도 너무 적어 주지 않느니만 못하고, 과일 가게에 넘기기도 부끄러울 만큼 부족하다.

제20구까지 넝쿨의 열매가 적은 것에 대해 말하였다면 제21구 이하로는 넝쿨의 가지와 줄기가 적어진 것에 대해 이야기하였다. 포도넝쿨을 손질하다보니 시들어 떨어지는 것이 많아 가지와 줄기가 자꾸 없어지고 있다. 결국 지탱할 줄기가 홀로 남게 됨에 따라 수확도 더 늘어날 수 없게 되었다. 줄기가 끊어진 것은, 지난겨울에 눈이 심하게 내려서 이미 열매가 적었는데, 이제는 눈이 많이 오는 것과 같은 재앙이 없다 하더라도 줄기 자체가 적어 당최 열매가 많이 열릴 수가 없음을 시사한다.

따라서 포도넝쿨이 "뽕나무와 느릅나무[桑楡]"를 위해 지는 해의 볕을 막아준다는 제29~30구의 말은 나이가 든 자기 자신을 위로하고 보호해준다는 의미를 지니면서도, 본래 열매를 얻게 해주는 과실나무임에도 불구하고 지금은 오히려 햇살을 차단해주는 것 이외에는 아무것도 할 수 없다는 점을 상기시킨다.

이렇게 부정어가 사용된 구절들을 자세히 들여다보면 중요한 점이 발견된다. 바로 그것이 대부분 시인 자신의 상태에 대한 부정형이라는 것이다. 서위의 시에는 여러 가지 사물의 부재와 다양한 행위의 불가능함이 끊임없이 문제시되는데, 이때 가지지 못한 주체, 할 수 없는 주체가 시인 자신이 되는 것이다.

만력 4년(1576) 정월 28일에 쓴 <28일에 눈이 내리다[廿八日雪]> 시를 통해 시인이 자신의 가지지 못함과 할 수 없음을 어떻게 표명하고 있는지 살펴보자. 총 28구 중 전반 12구만 인용한다.

	<廿八日雪>[184]	**28일에 눈이 내리다**
	時綿被被盜.	당시 솜이불을 도둑맞았다.
1	生平見雪顚不歇,	평소 눈을 보매 큰 즐거움 그치지 않았는데
2	今來見雪愁欲絶,	지금 눈을 보니 근심이 매우 심하네.
3	昨朝被失一池綿,	어제 아침 테두리 장식 있는 솜이불을 잃어
4	連夜足拳三尺鐵.	밤새도록 3척 철처럼 발가락 오므렸네.
5	楊柳未葉花已飛,	버드나무는 잎도 나지 않았는데 버들개지는 이미 날리고
6	造化弄水成氷絲,	조화신이 물을 희롱하여 고치실을 만들었네.
7	此物何人不快意,	이 사물을 보고 어떤 사람이 즐겁지 않겠는가!
8	其奈無貂作客兒.	어쩔 수 없이 담비 옷 없는 객아가 되었구나.
9	太學一生索我句,	태학의 한 유생이 내게 시구를 요구하며
10	飛書置酒雞鳴處,	닭 우는 곳에서 술 차려놨다고 급한 서신 보냈네.
	(云雞鳴山上.)	(계명산 위임을 말한 것이다.)
11	天寒地滑鞭者愁,	추운 날씨 길 미끄러워 채찍질하는 이 근심하니
12	寧知得去不得去.	갈 수 있을지 없을지 어찌 알리오?
	(…)	

제목 아래의 자주에서도 밝혔듯이 시인은 당시 이불을 "잃어버렸다[失]." 그는 이불이 없어서 밤새도록 오들오들 떨었다. "담비 옷이 없어서[無貂]" 눈을 보아도 자신은 "즐겁지가 않다[不快意]." 누군가가 자신을 초대하여 계명산에서 술을 마시자고 하였지만 길이 미끄러워 나귀를 타고 갈 수 있을지 없을지도 불투명하다.

이처럼 세계의 없음과 하지 못하는 상태는 갈수록 시인 자신의 문제와 직결된다. 바꾸어 말하면 바라보는 대상으로서 외부세계의 모자라고 결핍되며 하지 않는 상태가 점차 자아에게 부족하고, 자아가 할 수 없는 상황으로 바뀌어간다. 아래에 인용한 시에서도 이 점을 엿볼 수 있다. 이 칠언고시는 서위가 앞의 시와 같은 해에 남경

184) ≪徐渭集≫, 143~144쪽.

(南京)에서 객거할 때 쓴 작품이다. 무엇인가를 하지 못하는 상황과, 무엇인가가 아주 적거나 부재한 상태에 유의하며 읽어보자.

<穀日大雪口號二首(一)>[185)]

좋은 시절에 큰눈이 내려 되는 대로 짓다 2수(제1수)

穀日之雪一何大,	호시절에 눈이 얼마나 크게 내렸나,
一尺一半自昨夜.	어젯밤부터 1척하고도 반 척이 내렸네.
望中飛絮已迷天,	바라보매 나는 버들개지 이미 하늘에 가득하니,
安得猶窺鳳城瓦.	어찌 여전히 경성의 기와를 볼 수 있겠는가?
橫街十丈滑如油,	가로 놓인 10장 길은 기름처럼 미끄러워
短驢難踏轉生愁.	작은 나귀 길 밟기 어려워 오히려 걱정이 생기네.
江邊總有梅花發,	강변에 설령 매화가 피어 있어도
詩客應無一個遊.	노니는 시객은 한 명도 없으리.

제3~4구는 "날아다니는 버들개지〔飛絮〕" 같은 눈송이가 하늘에 가득하여 경성의 기와를 볼 수 '없다'는 뜻이다. 제5~6구에서도 눈 때문에 길이 얼어붙어 나귀를 타고 나갈 수 '없다'고 서술하였다. 또한 마지막 두 구절에서는 밖에서 돌아다니기 어려운 상황이니 매화가 피어 경치가 아름답다 하더라도 시객은 한 명도 '없을' 거라고 말하였다. 시 전체가 하고자 했던 일이 좌절되고, 있어야 할 것이 없는 상황으로 점철되어 있다.

어떤 일이 이루어지지 않거나, 무엇인가가 없는 상황은 50대 이후의 시 즉 출옥 이후의 시에서 반복적으로 나타난다. 출옥 직후 "나는 6년 동안 갇혀 있다가 이제서 나왔으니, 보검이 뛰어올라 풍성이 서늘해졌네〔我繫六年今始出, 寶劍一躍豐城寒〕."[186)]라며 자기(紫氣)가 서린

185) ≪徐渭集≫, 146~147쪽.

186) <섣달그믐에 밤새도록 오경장의 집에서 술 마시다. 당시 오랫동안 감옥에 있다가 막 나왔다〔除夕通宵飮吳景長宅, 時久繫初出〕>, ≪徐渭集≫, 723쪽.

보검이 용을 솟구쳐 오르게 하듯 자신이 세상을 놀라게 할 거라는 포부를 갖기도 하였으나, 현실의 벽은 너무 높아 뜻대로 능력을 펼치기는 여전히 어려웠다. 세계와의 대결에서 번번이 실패하고 끝내 만족할 만큼 득의하지 못한 것이 '할 수 없고' '부족한' 상황을 초래하는 원인 중 하나라고 판단된다. 이러한 상황에 자주 맞닥뜨리는 만큼, 시인과 세상 사이에는 무형의 장벽이 존재하고 있었고, 시인은 그것을 허물지 못하였다.

이와 같이 세계를 무엇인가가 실현되지 않는 공간으로 간주하는 성향은 부정적 세계관의 한 양상이다. 그런데 이런 상황이 반복적으로 나타나면서 자기 자신에 대해서도 영향을 미치게 된다. 서위 시에서 세계 안의 존재로서 자아가 할 수 없거나 소유하지 못한 상황은 갈수록 많아진다. 그리고 외부세계가 자신을 가로막음으로 인한 '불능'과, 사물을 소유하지 못함으로 인한 '결핍'은 자기 신체의 불능과 결핍으로 이어진다.

이렇게 서위의 부정적 시선은 세계에서 멈추지 않고 자기 자신에게로 향한다. 다시 말해 자기 자신은 온전한데 세계가 일방적으로 자신을 제지하여 세계만을 부정적으로 바라보는 것이 아니라, 세계를 부정적으로 바라봄과 동시에 자기 자신도 부정적으로 인식하는 방향으로 나아간다. 그리고 그 과정의 끝에서 자존(自尊)의식이 무너지고 감정이 극단으로 치닫는 서위의 자아를 관찰할 수 있다.

제3절 소결

본 장에서는 서위 시에서 세계가 어떤 방식으로 형상화되어 있는지 살펴보았다. 대략 30대부터 50대 초반까지의 시에서 시·공간이 둘로 나뉘는 것을 다양한 형태로 관찰하였다. 먼저 도·불교의 고사에서 유래한 신적 존재들에 의해 초현실적 세계가 구축되는 경우에는 반드시 그보다 저차원의 현실 세계가 상정되어 있음을 확인하였다.

서위는 초월적인 힘에 의해 거대한 자연이 움직이는 고차원의 세계와, 그보다 낮은 차원에 있어서 환상적인 사건이 펼쳐지는 고차원의 세계를 전혀 이해할 수 없는 인간들의 세계로 시·공간을 분할하였다. 저차원의 세계에서는 고차원의 세계에 대해 알지 못하도록 설정함으로써 두 세계 간의 단절을 야기하였다.

세계를 양분하는 경향은 현실 세계에 있어서는 다양한 양상으로 드러났다. 서위는 대비의 수법을 활용하여 이쪽 세계와 저쪽 세계의 간극을 극명하게 나타냈다. 부귀하고 권력을 가진 자들이 호화로운 생활을 누리고 있다면, 그 반대편에는 가난하고 신분이 낮은 자들이 참혹한 삶을 살고 있었다.

이처럼 서위 시에서는 중심인물이나 사물의 처지에 따라 세계가 양 극단으로 나뉘었다. 또한 공간을 공유하는 경우에는 시간적 차이가, 시간을 공유하는 경우에는 공간적 차이가 부각되었다. 서위는 당시 자신의 처지를 가깝게는 더 젊은 시절 자신의 처지와, 멀게는 자기 생전의 역사 속 인물의 처지와 비교하였다. 이렇게 현재의 상황을 과거의상황과 비교해보면 항상 누군가가 부재하거나 무엇인가가 없어져 있었다. 공간의 상이함은 서위가 구속감을 강하게 느낄 때 두드러졌다. 시에서 갇혀 있는 '나'가 지향하는 바깥세상은 경관이 광활하게 펼쳐져 있어, 좁은데다 사방이 막혀 있는 감옥과는 큰 차이가 있었다.

서위 시에서 세계를 분할하는 것은 결국 부정적으로 여겨지는 세계를 폭로하기 위한 것으로, 부정적 세계관을 형성하는 발판이 되었다. 서위 시에 나타나는 세계의 이분법적 분할은 두 세계의 상이함을 강조하기 위한, 바로 두 세계를 대비하기 위한 장치였다. 대비는 이쪽은 저쪽을, 저쪽은 이쪽을 부각시켜 주도록 서술하여 양쪽의 차이를 드러내는 것이다. 바꾸어 말하면 대비에 가치판단이 반드시 개입되는 것은 아니다.

그런데 서위 시에 보이는 분할은 가치판단이 반영되지 않은 대비적 분할에서 점차 지향과 지양, 긍정과 부정 등 시인의 가치판단이 적극적으로 드러나는 분할로 바뀌어갔다. 더 나아가서는 어느 한 쪽의 부정적인 측면을 강조할 목적으로 다른 한 쪽의 긍정적인 측면을 서술하는 경향을 보였다. 이와 같은 변화에는 '나' 즉 시인 자신의 등장이 중요한 역할을 하였다. 서위가 자기 자신의 모습을 시에 드러냄에 따라 세계는 그가 속해 있는 시·공간과 그렇지 않은 시·공간으로 나뉘게 되었고, 전자의 부정적 측면이 강조되기 시작했다.

서위의 부정적 세계관은 당시 사회상에 대한 부정의식과 자신의 처지에 대한 부정의식에 의해 구축된 것이었다. 부조리한 사회 현실에 대한 분노, 자신의 재능을 써주지 않는 세상에 대한 불만, 자신의 가난한 처지에 대한 근심. 이와 같이 서위의 부정의식은 당시에 그가 직접 목도하고 겪은 거의 모든 사건을 대상으로 삼고 있었다. 이렇게 염세적이고 비관적이며 절망적인 서위의 인식은 그 주변의 세계를 거부하는 성향이 반영되어 나타난 것이었다. 거부의 정신에 의해 시에는 당시 그의 입장에서 현(現) 시점, 현 공간의 부정성이 다양한 방식으로 폭로되었다.

거부하는 힘에 의해 형성된 부정적 세계관은 크게 두 가지 방식으로 표출되었다. 하나는 긍정적인 세계와 부정적인 세계를 병렬하여 후자의 부정성을 강조하는 것이고, 다른 하나는 세계의 부정적인 모습을 전면화하여 부정적 시각으로 일관하는 것이었다. 첫 번째 경우는 세계를 양분하는 습관에 부정적 인식이 강하게 반영된 경우였다. 앞서 초현실적 세계와 현실 세계를 구분하는 데 있어서는 시인의 가치판단이 분명히 드러나지 않았던 반면, 시에 자아가 개입되면서부터는 초현실적 세계 대신 자아로부터 멀리 떨어져 있다는 점에서 비현실적인 이상 세계가 상정되어 자아와 가까운 현실 세계의 부정성을 강조하였다.

과거와 현재로의 분할 역시 자아가 맞닥뜨린 현실의 부정성을 적극적으로 드러내는 방향으로 발전하였다. 감옥에서 바깥세상의 모습과 감옥 안의 모습을 비교하여 후자에 대한 부정적 시선을 드러내는 것도 분할의 한 양상인 데서 한걸음 더 나아가 거부를 표명하는 방식으로 볼 수 있었다.

부정적인 서술로 일관하는 경향 역시 세 가지 유형으로 살펴보았다. 서위는 사물이나 사건을 묘사할 때 밝고 아름다운 측면보다 어둡고 추한 측면을 부각시켰다. 사실적으로 묘사하는 것은 미화하는 과정을 거치지 않을 뿐만 아니라, 추한 부분을 제거하지 않는다는 점에서 부정적인 묘사에 해당되었다. 섬뜩함을 자아내는 사물을 그대로 노출하고, 서로 싸우고 죽이는 사건을 가감 없이 서술하는 등 세계를 묘사하는 데 있어 서위는 미화를 지양하였다. 또한 서위는 역대로 긍정적인 방향으로 상징하는 바가 고정된 사물에 대해서는 그 상징적 의미에서 벗어나고자 하였는데, 그러기 위해 반대되는 측면을 서술하는 방법을 사용하였다. 서위는 사물이나 사건에서 초라하고 나약한 면모뿐만 아니라 더럽고 지저분하며 우스꽝스럽고 기괴한 점을 들추어내어 부정적인 관점을 견지하였다. 이를 통해 서위가 사물이나 사건의 정면보다는 반면을 드러내는 성향을 가졌음을 알 수 있었다.

마지막으로 부정어를 사용하여 사물의 부재와 사건의 실현 불가능함을 자주 드러내는 것을, 부정성을 전면화하는 서위 시의 특징으로 꼽을 수 있었다. 없음과 하지 않음을 의미하는 부정어를 직접적으로 사용하는 것뿐만 아니라 수량이 극도로 적음, 있던 것이 없어짐을 나타냄으로써 부정적인 상황을 연출하였다. 실현 불가능함을 암시하는 반문(反問)의 표현, 실현이 어려움을 상기시키는 표현을 통해 부정어를 직접 사용한 것과 동일한 효과를 얻기도 했다. 이와 같이 없음과 하지 않음을 반복적으로 제기하는 것은 곧 시인 자신의 가지지 못함과 할 수 없음으로 이어졌다. 다시 말해 부정어를 자주 사용하는 것은 세계의 결핍함과 불가함을 문제 삼음으로써 세계를 거부하는 성향을 드러내는 것이면서, 자아의 결핍된 상태를 나타내어 자아에 대한 부정적 인식을 보여주는 것이었다.

이렇듯 분할(分割)에서 거부(拒否)로 이어지는 일련의 과정은 서위가 세계를 탐색하는 도정이었다. 시·공간을 둘로 나누고 가르는 성향은 그것을 그르다고 하며 물리치는 성향으로 발전하였다. 이에 따라 서위 시는 점차 강하게 부정성을 띠게 되었다. 세계에 대한 서위의 부정적인 시각이 반영되어 온갖 부정적인 가치들이 시에 포진하게 된 것이다.

제 3 장

—

자아의 이탈과 결핍

제2장에서는 서위 시에서 세계가 어떻게 그려지고 있는지를 살펴보았다. 본 장에서는 서위가 시에서 세계의 반대편에 있는 '나' 자신을 어떻게 드러내었는지를 고찰한다. 이 과정에서 서위의 경우 자아에 대한 인식이 시기에 따라 변화하고, 그 변화가 부정적 세계관의 고착과 연관이 있다는 점이 드러날 것이다.

시에 드러난 서위의 자아는 자신이 속한 세계로부터 끊임없이 벗어나려 한다는 점에서 이탈의 속성을 가진다. 자찬연보(自撰年譜)의 제목이 서위 스스로 자아의 이탈을 인식했음을 보여준다. 그가 사망한 해인 1593년에 작성한 <기보(畸譜)>[187]는 일생 동안의 주요 사건을 나이별로 기록한 연보이다. 서위가 이 연보의 제목에 '기(畸)' 자를 쓴 것은 단순히 기이하다[奇]는 뜻으로 쓴 것은 아니리라 생각한다. 그는 오히려 '뙈기밭'이라는 이 글자의 본래 의미를 선명하게 염두에 두었을 것이다.[188]

다시 말해서 서위는 자기 자신을 '뙈기밭'이라는 말로써 구획하였다. 그 구획은 타인과 '나' 사이, 더 나아가서는 '나' 이외의 모든 것

---

187) ≪徐渭集≫, 1325~1335쪽.

188) '기(畸)'자에 대해서는 "논을 구획할 때 남는 논이라는 뜻이다. 지형은 강의 흐름이나 지형의 굴곡을 따라 굴절되므로 정전을 나누려면 반드시 남는 부분이 생긴다. 이것이 바로 '畸'이다."(다카하시 치하야 지음, 김순희 옮김, ≪에도의 여행자들≫, 69쪽)라는 풀이가 있다. 선행 연구에서는 이를 인용하여 서위에 대해 "'畸'야말로 자신의 생을 요약한 평어라고 할 수 있다."(신주리, <16~17세기 江南의 周邊部 文人 硏究—陳繼儒와 李漁의 상업적 글쓰기를 중심으로>, 66쪽)라고 평하였다.

과 '나' 사이에 그어진 경계선이었다. 자신의 삶을 뙈기밭과 같이 이탈된 삶으로 인식하였기에 이 글자를 쓴 것이고, 이탈하였기 때문에 그 삶은 기이하다고 여겨지게 되었다.189) 이탈하는 경향은 자아를 소외시키고 고립시킨다는 점에서 부정적이다.

서위 시에서 자아에 가해지는 부정적인 힘은 세계와의 갈등과 대립을 초래하는 이탈의 성질을 지니던 데서, 더욱 그 강도가 높은 파괴의 성질을 지니는 방향으로 나아간다. 본 장에서는 자아에 대한 서술에 작용하는 이탈의 힘이 점차 강도 높게 발전해감을 살펴보고, 만년의 시에 나타난 자아가 불가능함과 부족함으로 점철된 극단적 결핍을 경험하였음을 확인한다.

189) 서위에 대해 기이하다는 평을 한 예에는 다음과 같은 문장이 있다. "내가 이르노니, 서문장은 어느 면에서도 기이하지 않음이 없었던 사람이다. 어느 면에서도 기이하지 않음이 없었으므로 불운하지 않음이 없었던 것이로다! 슬픈지고〔余謂文長無之而不奇者也. 無之而不奇, 斯無之而不奇也哉, 悲夫〕!" 맨 마지막 기(奇)자의 해석은 "마지막 '기'자는 음이 '기'다〔下奇字音機〕"라는 주석에 의거하였다. <徐文長傳>, ≪徐渭集≫, 1344쪽. "徐渭는 역대로 드문 기인이다. 행동이 기이하고, 운명이 기이하고, 시가 기이하고, 문장이 기이하고, 그림이 기이하고, 글씨가 기이한데, 사곡은 더욱 기이하다〔徐山陰, 曠代奇人也. 行奇, 遇奇, 詩奇, 文奇, 畫奇, 書奇, 而詞曲爲尤奇〕." 磊砢居居士 跋, <四聲猿原跋>, ≪徐渭集≫, 1359쪽.

『 제1절 발광 이전 : 관조자에서 경험자로

본 장에서는 세 시기로 구분하여 서위가 시에서 자기 자신을 어떻게 표현하였는지 살펴본다. 가장 먼저 고찰할 대상은 가정 41년(1562) 서위가 호종헌의 막부에 있을 때까지의 시이다. 그리고 이 시기를 대체로 정신병이 발생하기 이전으로 본다.[190]

73세로 생을 마감한 서위의 일생에서 40여 년을 첫 번째 시기로 구분하는 것은 다소 길다고 생각될 수 있다. 하지만 자아에 대한 서술의 변화 과정을 살피는 데 있어서는 긴 세월이라 볼 수 없다. 왜냐하면 편년(編年)할 수 있는 서위 시 중 가장 이른 것이 이미 10대 후반의 작품이고,[191] '나'에 대한 서술은 20대의 작품에서도 드물게 보이기 때문이다. '나'가 시의 수면 위로 떠올라 본격적으로 서술의 대상이 되는 것은 대략 30대 이후의 시에서이다.

따라서 20대부터 40대 초반까지의 시를 통해 자아가 등장하고, 일련의 이미지가 형성되는 과정을 밝힐 수 있을 것이다.

1. 자아의 등장

(1) 외부세계 위주의 시적 전개

자기 자신의 존재를 적극적으로 드러내는 40~50대 이후의 시에서

190) 막부에서 나온 직후를 발광 시기로 보는 이유는 본 장 제2절에서 상술하기로 한다.
191) 서위의 연보에서 시를 지었다는 기록은 18세 때인 가정 17년에 처음 등장하기도 하고(盛鴻郎, 앞의 논문, 107쪽), 22세 때인 가정 21년에 처음 등장하기도 한다(邱寶惠, 앞의 논문, 150쪽).

와는 달리, 20대의 시에서는 '나'가 매우 드물게 등장한다. '나'의 등장이란 '아(我)', '오(吾)', '여(余)', '여(予)' 등 1인칭 대명사가 직접 출현하여 자기 자신에 대해 언급하는 것뿐만 아니라, 외부세계가 아닌 자기 자신의 심리적·신체적 상태를 나타내는 모든 언술을 포함한다. 상대적으로 '나'가 등장하지 않는다는 것은 시인이 외부세계의 사물, 인물, 사건 등에 대해서만 언급할 뿐 자기 자신의 형상을 드러내지 않는다는 것이다. 다음의 오언율시를 예로 들 수 있다. 가정 23년(1544), 서위가 24세 때 지은 시이다.

<桃花堤上看美人走馬>192)

도화제 위에서 미인이 말 타고 가는 모습을 보다

和青霞君　　청하 군의 시에 화운함

一鏡圍湖水,　　거울 하나가 호수를 감싼 듯하고
千峰遶梵宮　　천 개 봉우리는 범궁(사찰)을 에워쌌다.
大娘迴劍器,　　큰아가씨는 검무를 추고
小伎落驚鴻.　　어린 무녀는 놀란 기러기 내려앉듯 자태가 아름답다.
影深穿柳日,　　햇빛이 버들을 비추니 그림자 짙고
蹄響帶花風,　　꽃잎 흩날리는 바람 맞으며 말발굽 소리 울린다.
望斷梨腮粉,　　끝까지 바라보네, 배꽃같이 하얀 얼굴의 여인이
紅塵一道中.　　붉은 먼지 일으키며 길을 달리는 것을.

제목에서 밝힌 대로 이것은 말을 타고 달리는 미인을 보고 쓴 시이다. 수련은 미인을 둘러싸고 있는 주변 경치를 서술한 것으로, 호수가 있고 수많은 봉우리가 바라다 보이는 가운데 사찰이 있었음을 알 수 있다. 함련에서는 미인들이 검무를 추는 모습을, 경련에서는 달리는 말이 주변의 경물인 버들·꽃과 어우러진 아름다운 모습을 묘사했다.

192) ≪徐渭集≫, 169쪽.

미련에서 "끝까지 바라본다[望斷]"는 행위를 통해 주체인 시인 자신의 존재를 암시하고 있지만, 이하로는 계속해서 바라보는 행위의 대상인 미인에 관한 묘사로 일관하고 있다. 시 전체에서 시인 자신은 적극적으로 드러나 있지 않다.

이처럼 서위가 20대에 남긴 주요 작품을 일람해보면 시의 소재와 대상이 외부세계에 치중해 있다는 점이 관찰된다. 24세 때 쓴 <서북(西北) 3수(三首)>[193]는 서북지역의 여인이 마치 사내인 양 말을 타고 돌아다니는 모습을 읊었고, <봄날 송나라 때 여러 능에 들러[春日過宋諸陵] 3수(三首)>[194]에서는 제왕의 무덤이 쓸쓸해진 현재의 모습을 읊었다.

25세 때 쓴 칠언절구 연작시인 <무림관에 있을 때 서인경과 동숙한 것을 계기로 드리다[武林館中與徐仁卿同宿, 因贈] 5수(五首)>[195], 26세 때 원말명초의 영웅적 인물에 대해 쓴 <장사성(張士誠)>[196] 등을 남겼는데, 대부분 시의 대상이 된 인물에 대해 서술하였고, 자기 자신에 대한 서술은 찾아보기 어렵다.

이 시기의 시는 대부분 인상적인 경물이나 교류하는 인물을 제재로 삼고 있다. 자연의 경치나 쉽게 보지 못하는 특별한 광경이 전자에 해당하고, 증시(贈詩)·송시(送詩)의 대상이 되는 다양한 인물들이 후자에 해당한다. 이들 작품에서 '나'는 서술의 대상이 되지 않는다. 예를 들어 아래 인용한 칠언율시는 광대의 묘기를 보고 쓴 것으로, 서위는 여기에서 눈으로 본 것에 대해 말했을 뿐 자아의 상태나 심경에 관해서는 언급하지 않았다. 27세 때인 가정 26년(1547)에 쓴 것이다.

193) 《徐渭集》, 168쪽.
194) 《徐渭集》, 169~170쪽.
195) 《徐渭集》, 346~347쪽.
196) 《徐渭集》, 93~94쪽.

<往年觀伎走解, 意當是北産, 故綴四律, 首章用北語. 今年復來, 知是金陵上元人, 又攜一少伎, 同坐鏟上, 分鐙放體空中, 名曰童子拜觀音, 乃昔年所無者>[197)]

지난해에 광대가 말 위에서 묘기 부리는 것을 보았는데, 마땅히 북쪽의 산물일 것이라 생각하여 율시 네 수를 짓고 수장에 북쪽의 언어를 썼다. 올해에 또 왔는데 알고 보니 금릉 상원 사람이 또 어린 광대 한 명을 데려온 것이었다. 함께 작두 위에 앉아 등자를 나누어 디디고 공중에서 몸을 마음껏 놓아버리니, 동자가 관음에게 절하는 것이라고 명명하였다. 예전에는 없던 것이다

人似明珠馬似盤,	사람은 영롱한 구슬 같고 말은 쟁반 같아서
超騰隱現不離鞍,	높이 뛰어올라 사라졌다 나타났다 하며 안장을 떠나지 않네.
各彎鐙底羅鞋窄,	각기 등자 밑을 당기는데 비단 신이 좁고
都在空中妝翠寒.	모두 공중에 있다 보니 화장한 눈썹이 서늘하다.
合掌幾回投地去,	합장한 채로 몇 번이나 땅으로 고꾸라지듯 내려가니
同心雙蝶隔花攢,	같은 마음인 한 쌍 나비가 꽃을 사이에 두고 모이는 듯.
莫嫌歲歲頻來往,	해마다 자주 왕래하는 것을 꺼리지 마시게,
家住金陵自不難.	금릉에 살고 있어 어렵지 않을 터이니.

이 시의 제목이 말해주듯 시인은 작년에 보았던 광대들이 다시 온 것을 보고 그때처럼 또 시를 짓게 되었다. 이번에는 그 중에서 특히 어린 광대의 묘기에 초점을 맞추었다. 수련, 함련, 경련 모두 광대의 묘기를 묘사하였다. 이 광대는 마치 쟁반 위에서 구슬이 구르는 것같이 말안장 위에서 작은 발을 자유자재로 움직이고 있다. 경련의 출구는 제목에서 말한 관음에게 절하는 모습을 묘사한 것이고, 대구는 두 사람이 함께 묘기를 부리는 모습을 비유한 것이다.

197) ≪徐渭集≫, 234쪽.

미련에서 시인은 광대들에게 자주 와서 묘기를 보여 달라고 권유하였다.

위의 시를 분석하면서 '나'가 등장하지 않는다는 점에 주목한 것에 대해, 시인의 창작 의도가 애초에 신기한 광경을 읊는 데 있어서 '나'를 등장시킬 여지가 없었던 것이 아니냐는 반문이 제기될지도 모른다. 그렇지만 만일 시인이 자기 자신에 대한 의식이 강하다면 어떤 대상을 읊더라도 '나'를 끌어들일 수 있다. 실제로 이 시기의 시를 살펴보면 '나'를 등장시킬 수 있을 법한 시에서조차 '나'의 존재는 확연히 나타나지 않고 모호하다. 예컨대 오언고시인 <다음날 새벽 광효사에서 쉬다[來晨憩廣孝寺]> 시는 "쉬다[憩]"라는 시인의 행위를 제목에서 드러내어 '나'의 모습을 전면에 내세울 거라고 추측하게 하지만 실상은 그렇지 않다. 29세 때의 작품이다.

<來晨憩廣孝寺>198) **다음날 새벽 광효사에서 쉬다**

可憐荒宇在,	기쁘게도 외딴 절이 있어
於焉恣游賞.	그리하여 마음껏 노닐고 감상했다.
古砌伏野草,	옛 섬돌은 들풀 속에 엎드려 있고
唯餘聖賢像.	오직 성현의 형상만 남아 있다.
巨碣指高樹,	큰 비석은 높은 나무를 가리키고
御墨浮天上,	황제의 묵적은 하늘 위에 떠 있다.
昔人不在斯,	옛사람들은 여기에 있지 않은데
悠然引遐想.	아득히 옛날 생각에 이끌린다.
曙入鳥初散,	새벽이 되자 새들은 막 흩어지고
道寒露獨瀼,	길은 차가워 이슬이 유독 넘치는데도
回睇高山岑,	높은 산봉우리를 돌아보며
翻然策筇杖.	도리어 대지팡이를 짚었다.

198) 《徐渭集》, 55쪽.

제2구의 "마음껏 노닐고 감상하다[恣游賞]", 제11구의 "돌아보다[回睇]", 제12구의 "대지팡이를 짚다[策筇杖]"는 모두 시인 자신의 행위를 표현한 것이다. 그런데 이와 같은 동작이 중국고전시에 나타나는 것은 매우 일반적이어서 이를 통해 개별적이고 유다른 시인의 자아를 확인하기는 쉽지 않다. 상세히 말하자면 '보다'를 기본 의미로 삼는 앞의 두 동사는 보는 대상에 초점이 맞추어지도록 유도하는 것으로서, 관심의 초점이 행위의 주체가 아니라 대상으로 향하게 하는 방향성을 지닌다. 또한 지팡이를 짚는 행위는 새벽에 산길을 헤쳐 나가겠다는 의지를 보여주는 것인데, 역시 행위의 주체인 시인의 특성을 드러내기에는 부족하다고 생각된다.

자아를 노출하지 않고 외부세계를 위주로 언술을 전개하는 것은 아마도 자기 자신의 형상에 대해 아직 정립한 바가 없는 데서 기인한 것일 터이다. 다시 말해 '나'는 누구인가에 대한 답이 아직 확고하지 않기 때문에 생각이 '나'에게까지 미치지 못하는 것이다. 반대로 자아가 확립되어 갈수록 '나는 어떠하다'는 서술은 자주 등장하기 마련이어서, 외부세계의 존재 중 어떠한 것에 대해 읊더라도 '나'와 연결하게 된다.

(2) '나'의 출현과 세계 참여

앞에서 논의한 바와 같이 20대 시절의 서위는 '나'보다는 세계에 관심을 두었다. 그는 세계의 면면을 적극적으로 받아들이고 있었으며, 자아에 대한 인식은 아직 확고하지 않았다. 이렇듯 서위의 20대는 분명 외부세계를 받아들이기 바쁜 시기였다. 그러나 동시에 비중이 작고 모호하고 간헐적이더라도 자아의 형상이 출현하는 시기이기도 하다. 마치 새싹이 움트듯 서위는 시에서 자아의 모습을 조금씩 내비쳤다. 그리고 그 모습은 나이가 들면서 점차 뚜렷하게 드러난다. 먼저 서위의 자아가 그의 시에서 어떻게 드러나기 시작하는지 살펴볼 필요가 있다.

창작 시기를 추정할 수 있는 그의 시 중에서 자기 자신에 관한 언술이 발견되는 가장 이른 작품으로 <지중가(池中歌)>를 들 수 있다. 이 칠언고시에는 자신의 문재(文才)를 드날리겠다는 포부가 담겨 있다. 가정 20년(1541), 21세 때 지은 것으로 추정된다.[199]

<池中歌>[200]	**지중가**
池中有物長三尺,	연못 속에 있는 물건은 길이가 3척인데
赤梢裊裊時能立,	붉은 끝은 흔들거리다가도 때로는 설 수 있지.
直須雨後一聲雷,	응당 비 온 뒤에는 우레가 칠 것이니
伊闕雖高難磕額.	이궐이 높아도 이마를 부딪치기는 어려울 터.
某生今年年二十,	어떤 이는 올해에 나이가 스물인데
讀書下筆萬鈞力,	책을 읽고 글 쓰는 데에 만 균의 힘이 있도다.
明秋硏水盛波濤,	내년 가을 벼룻물이 성대하게 일렁일 것이니
定知不作寒鱗蟄.	추위에 칩거하는 교룡이 되지 않을 것을 반드시 알겠네.

"연못 속에 있는〔池中〕" "3척 길이〔長三尺〕"인 물체는 큰 잉어를 가리키는 것으로 여겨진다. 제2구의 "붉은 끝〔赤梢〕"은 잉어의 붉은 꼬리지느러미를 지칭한다. 꼬리지느러미를 흔들거리며 움직이다가도 꿋꿋이 설 수 있는 이 커다란 잉어는 한 번 뛰어오르면, 높은 것으로 유명한 "이궐〔伊闕〕"에도 이마를 부딪치지 않고 뛰어넘을 수 있다.

전반 네 구절은 잉어의 등용문(登龍門) 이야기를 차용한 것으로 곧

199) 이 시를 21세 때 지은 것이라고 보는 근거는 제5구에 있다. "어떤 이〔某生〕"가 서위 자신을 지칭한다고 보고 "올해 나이가 스물〔今年年二十〕"이라고 하였다는 것이다. 성홍랑(盛鴻郎)은 이 시 후반 네 구절을 두고 "후년에 참가할 제2차 향시에 대해 자신감이 충만하다〔對後年參加第二次鄉試充滿信心〕."라고 하며 이 시를 가정 21년에 편재했다(盛鴻郎, 앞의 논문, 109쪽).

200) ≪徐渭集≫, 141쪽.

장 제5구의 “어떤 이[某生]”의 상황으로 흡수된다. 이 인물은 글을 쓰는 데 있어 높은 문을 힘차게 뛰어넘는 잉어처럼 매우 큰 힘을 가지고 있다. 따라서 추시(秋試)에서 벼룻물에 파도가 치듯 힘차게 붓을 휘둘러 글을 써 내려가면, 반드시 명성을 드날릴 것임에 틀림없으므로 “숨어사는 교룡[鱗蟄]”은 되지 않을 것이다.

서위는 25세 때 도사(道士) 장오(蔣鏊)에 관한 오언절구 연작시 <장부구공시(蔣扶溝公詩) 6수(六首)>[201]를 지었다. 이 중 제6수에서 자아를 어떻게 인식했는지 엿볼 수 있다. 제1~5수에서는 모두 장오의 방술(方術)을 신비롭게 묘사하거나 장오에게 사사받은 자신의 형 서회(徐淮, 1492~1545)와의 관계와, 형의 죽음에 대해 서술하였다. 그리고 제6수[202] 제1~4구에 ‘나’에 대한 언술이 보인다.

總余燕雀姿, 설령 내가 제비와 참새의 자태이더라도
而懷鴻鵠謀, 큰기러기와 고니의 술책을 품고 있어서
所志貴振刷, 뜻하는 바가 진작하기를 귀하게 여기니
焉能守隅丘? 어찌 구석진 언덕을 지킬 수 있겠소?
(…)

“나[余]”는 새에 비유하자면 아직 제비와 참새처럼 몸집이 작다. 하지만 마음속에 품고 있는 뜻은 큰기러기와 고니 같은 큰 새들의 것이어서 스스로 떨쳐 일어나기를 바라고 있다. 그러므로 구석진 언덕에 머물러 있을 수는 없다. 바로 자신이 갖고 있는 웅대한 포부를 실현하기 위해서는 더 넓은 세상으로 나가야 한다는 뜻이다. 같은 시기의 시와 비교했을 때 ‘나’를 가장 직접적이고 분명하게 드러낸 구절이다.

그렇지만 이밖에 20대에 쓴 시에서 자기 자신에게 초점을 맞추어

201) ≪徐渭集≫, 79~80쪽.
202) ≪徐渭集≫, 81~82쪽.

포부나 의지를 밝힌 작품은 거의 찾기 어렵고, ‘나’는 간접적으로 등장하고 있음을 볼 수 있다.

아래 시는 서위의 나이 27세 때인 가정 26년(1547)에 고향인 산음(山陰, 지금의 절강浙江 소흥紹興)의 현령(縣令) 주준민(周俊民)에 대해 쓴, 오언배율 <주산음께서 천자를 뵙고 현으로 돌아오시어〔周山陰覲而歸縣〕>[203]의 일부분이다. 앞부분에는 주준민의 업적, 명성, 학식, 인품 등에 관해 서술하였고, 제29~32구에서 자기 자신을 드러냈다. 해당 구절만 인용한다.

(…)
校藝俄矜短,　　기예를 헤아리심에 금세 짧은 것을 긍휼히 여기시고
憐才或許奇,　　재주를 아끼시는 것은 아마도 기이해서이겠지요.
君乎每提耳,　　그대께서 귀를 당기실 때마다
某也敢揚眉.　　저는 감히 눈을 들어 바라보았지요.
(…)

“짧음〔短〕”과 “기이함〔奇〕”은 서위의 “기예〔藝〕”와 “재주〔才〕”의 현재 상태를 나타내는 말이다. 앞의 두 구절은 주준민이 자신의 단점과 특이점을 너그러이 보아주었다는 뜻이다. 그렇게 ‘나’의 귀를 잡아당겨 정성스럽게 교도(敎導)하시니 ‘나’ 역시 그와 눈을 맞추며 따를 수 있었다. 이 부분에서 상대방에 대해 자신을 낮추어 가리키는 글자로서 “나〔某〕”가 직접 등장하고 있다.

그렇지만 이 언술은 ‘나’에 초점을 맞춘 것이 아니라 상대방의 관계를 이야기하면서 자신을 낮춤으로써 상대방의 훌륭함을 부각시킨 것으로 보는 편이 옳다. 바꾸어 말해서 이때의 ‘나’의 등장은 시인이 자신의 존재를 직접적으로 드러내기 위한 것이 아니라 다른 주제를 돋보이게 하기 위한 것이다.

203) 《徐渭集》, 308~309쪽.

그 외에도 '나'를 뜻하는 1인칭대명사가 쓰인 구절을 살펴보면, 29세 때 쓴 <진망산에 오르다〔登秦望山〕>[204] 시의 마지막 두 구절에서 "훌륭하도다! 이렇게 유람하니, 내 고을 역시 아름답구나〔佳哉是觀游, 吾鄕亦信美〕."라고 한 것이나, 28세 때 쓴 <남강 통판으로 가는 주산음공을 전송하다〔送周山陰公判南康〕>[205] 시의 미련에서 "이번에 가시면 끊겼던 학문을 일으키실 것을 아나니, 미리 우리들을 위해 관을 털어주십시오〔此去懸知興絶學, 預爲吾道一彈冠〕."라고 하는 등 소유격으로 사용하였음을 볼 수 있다.

또한 27세 때 지은 <북상하는 내형 반씨 다섯째를 전송하며〔送內兄潘五北上〕>[206] 시의 제1~2구인 "지난해 8월에는 내가 과거를 보러 갔으니, 둘째 여동생이 유막을 열고 다섯째 오빠를 전송하였지요〔去年八月吾入科, 二妹開帷送五哥〕."와 같이 '나'의 등장이 큰 의미를 갖지 못하는 경우도 있다.

20대 시절 자아에 관해 비교적 소극적으로 서술했던 것과 달리, 30대로 들어서면서는 보다 적극적으로 자신의 존재를 드러내는 것을 볼 수 있다. 그동안 시 속에서 분명하게 보이지 않던 자아가 점점 자주 출현하여 세계에 임하기 시작한 것이다. 30세에 지은 시 중 제2장에서 인용했던 <금일가(今日歌)> 제1수를 다시 보자.

제4구의 "나는 귀히 여기는데 저들은 천히 여겨 아무도 사지 않는〔我貴彼賤無人市〕" 상황이 표상하듯, 이 시는 칼을 팔기 위해 서 있는 자아와, 그 칼을 아무도 사지 않는 세계의 대립을 보여준다. 그리고 그 과정에서 자아의 육체적 · 심리적 상태가 분명히 나타난다. 아래에 인용한 제11~14구에서는 세계에 받아들여지지 않아 고난을 겪는 자아의 모습이 묘사되어 있다.

---

204) 《徐渭集》, 55~56쪽.

205) 《徐渭集》, 230쪽.

206) 《徐渭集》, 721쪽.

(…)

千人十往九不顧,	수많은 사람 중에 열 명 지나가면 아홉은 돌아보지 않아
向刀長立折雙趾,	칼을 대하고 오래 서 있으니 두 발이 끊어질 듯.
一日不食良已飢,	하루 동안 먹지 못해도 정말 배가 고픈데
兩日不食將何以.	이틀 동안 먹지 못하면 어떻게 되겠는가?

(…)

이는 자아가 세계에 참여하여 맞서고 있는 장면이다. 서 있어서 두 발이 끊어지도록 아픈 것, 하루 종일 굶어서 배가 고픈 것 모두 외부세계가 아닌 시인 자신의 상태를 나타낸다. 이어서 제17~18구에서는 "평생토록 스스로 맹상군의 마음 지녔었는데, 오늘은 도리어 맹상군의 식객이 부럽구나[平生自有孟嘗心, 今日翻思門下士]."라며 자신의 심리 상태를 표현했다.

<금일가> 제2수 중 제25~26구의 "해마다 책을 안고서 버린 적이 없고, 밤마다 책을 보니 촛불에선 불똥이 생겼다[年年抱書不曾舍, 夜夜看書燭成炧]."라는 표현도 자기 자신에 관한 것이다. 제2장에서 이 시를 인용하면서 시인이 아직까지는 관조자의 입장을 취하고 있다고 설명하였다. 그런데 이러한 관조자의 모습은 점점 세계를 적극적으로 경험하고 그에 맞서는 쪽으로 변화해간다. 서위 시에서 자아는 30대에 들어서면서부터 본격적으로 모습을 드러내기 시작하여, 처음에는 세계를 관조하다가 점차 관조하는 모습과 경험하는 모습이 섞여 나타나고, 30대 후반, 그리고 40대로 넘어가면 전면에 나서서 세계와 대결한다.

2. 소외

(1) 자존의식의 형성

20~30대에 쓴 시에서 서위는 스스로 훌륭한 능력을 가져서 범인(凡人)과는 구별된다고 여기며 그에 걸맞은 큰 포부를 가지고 있었다. 우선 앞서 인용한 시 중에서 이러한 자존(自尊)의식을 보여주는 구절을 찾아보자. "벼룻물에 성대한 파도가 일렁인다[硏水盛波濤]"207)는 비유는 글을 씀으로써 세상에 큰 영향을 끼치겠다는 포부를 담고 있다.

서위의 자존의식은 자신이 남들과 다른 특별한 점을 가지고 있다는 인식에서 비롯된다. 일례로 존경하는 어른이 "재주를 아끼시는 것은 아마도 기이해서이겠지요[憐才或許奇]."208)는 언술은 문맥상 자신을 낮추는 표현이지만, 이면에는 '나'의 "재주[才]"에 대한 "기이하다[奇]"는 인식이 있다. 즉 스스로 자기 재능을 특별하다고 여긴 것이다.

아래 시에서는 당대(當代)의 관료 당순지(唐順之, 1507~1560)가 자신의 문장을 본 데 대한 감회를 읊었다. 제목 아래에 있는 자주의 내용으로 볼 때 당시 서위는 그의 두 스승인 계본(季本, 1485~1563)과 왕기(王畿, 1498~1583)가 소흥에서 당순지 일행을 맞이하여 대접하는 와중에 뒤늦게 부름을 받고 그 모임에 합류한 듯하다. 시는 후반부인 제13구 이하부터 마지막 구까지 인용한다.

207) <지중가(池中歌)>, 제7구 중 제3~7자.

208) <주산음께서 천자를 뵙고 현으로 돌아오시어[周山陰覲而歸縣]>, 제30구 중 제4~5자.

<壬子武進唐先生過會稽，論文舟中，復偕諸公送至柯亭而別，賦此>209)

임자년(1552), 무진의 당선생이 회계에 들러 배 안에서 문장을 논하고, 다시 여러 공들과 함께 가정까지 전송한 뒤 헤어질 때 이 시를 읊다

時荊川公有用世意，故來觀海於明，射於越圃，而萬總兵鹿園謝御史狷齋徐郎中龍川諸公與之偕西也，彭山龍溪兩老師爲之地主．荊公爲兩師言，自宗師薛公所見渭文，因招渭，渭過從之始也．

당시 형천공(당순지)께서는 세상에 쓰이고 싶은 뜻이 있어서 명주에서 바다를 살피시고 월주의 사냥터에서 활을 쏘셨는데, 총병 만녹원〔만표(萬表, 1498~1556)〕, 어사 사견재〔사유(謝瑜, 1499~1567)〕, 낭중 서용천〔서학시(徐學詩, 1517~1567)〕 등 여러 공이 그와 함께 서쪽으로 왔다. 이때 팽산(계본)・용계(왕기) 두 스승께서 본토인으로서 그들을 맞이하셨다. 형공께서 두 스승께 종사 설공〔설응기(薛應旗, 1500~1575)〕으로부터 나의 글을 보셨다고 말씀하시고, 인하여 나를 초대하시니 내가 그와 처음으로 교제하게 되었다.

(…)

忽然弢白羽， 문득 흰 깃털 화살을 거두시고
招此文士遊， 문사들이 노니는 이곳에 초대하셨다.
轉棹不可止， 노를 돌려 멈출 수가 없었으니
忽到津西頭． 홀연 서쪽의 나루에 이르렀다.
柯亭鎖烟霧， 가정은 안개 속에 가두어져
異響杳不流， 다른 음향은 아득히 전해오지 않는데
獨有賞音士， 유독 음을 알아주는 문사가 있어
芳聲垂千秋． 향기로운 명성을 천추에 드리운다.

서위는 문사들이 유람하는 곳으로 초대를 받아 곧장 그들이 있는 곳으로 나아갔다. 소흥의 서남쪽에 위치한 제17구의 "가정(柯亭)"은 당순지 일행을 전별하는 장소이면서, 동시에 비천하고 속된 자들 없

209) ≪徐渭集≫, 66쪽.

이 고아한 문사들끼리 모여 있는 곳을 나타내는 것으로 보인다. “안개 속에 가두어져 있다〔鎖烟霧〕”는 말은 가정의 지형적 특성을 이야기하는 것이지만 그 공간이 가진 폐쇄성 또한 단적으로 드러나고 있기 때문이다. 폐쇄되어 있기 때문에 “다른 음향〔異響〕”은 전혀 들리지 않는다. 음향이 다르다는 것은 주장하는 바가 달라 뜻이 맞지 않는 것을 의미할 것이다. 그것은 또한 서위의 글을 암묵적으로 가리키는 것으로 보인다.

본래 이곳은 다른 소리가 들릴 수 없는 곳이지만 당순지와 같이 “소리를 알아주는 문사〔賞音士〕”가 있어서 “향기로운 명성〔芳聲〕”을 널리 퍼뜨릴 수 있게 되었다. 정리하자면 이 시를 통해 서위가 당순지와 배 위에서 문장을 논하게 된 것을 기뻐하였으며, 당순지가 자신의 문재(文才)를 알아주어 한층 고무되어 있었다는 것을 알 수 있다.

서위는 자신이 남들과 다르고 우월하다고 생각하였다. 그리하여 자신의 생각이 항상 옳다고 자부했다. 그리하여 세상이 자신의 뜻을 받아들이지 않을 때에도 자존의식을 굽히지 않고 자신이 아니라 세상이 틀렸다고 생각했다. 또한 세상이 틀렸고 잘못되었기 때문에 세상과 다른 생각을 갖고 있는 자신이 옳다고 여겼다.

<해상곡(海上曲) 5수>는 제2장에서 살펴본 몇 수에서 보았듯, 서위가 왜적의 침입과 아군(我軍)의 적절치 못한 대처에 관해 읊은 작품이다. 그런데 이중에 자신에 대해 읊은 시가 있어 주목된다. 당시 왜적과 대항했던 장군은 서위가 직접 전술을 세워서 상서하였음에도 불구하고 그의 계책을 채택하지 않았다. 그리고 결국 아군은 왜적과의 전투에서 크게 패하고 말았다. 아래에 인용한 제4수는 이때 느낀 점을 피력한 것이다.

<海上曲五首(四)>[210] **해상곡 5수(제4수)**

1 昔人悲話言, 옛날 사람들은 일리 있는 말을 슬퍼하여
2 與言擧不解, 말해 주어도 모두 알아듣지 못했지만
3 劉季本天授, 유방(劉邦)은 본래 하늘이 내려준 인물이어서
4 草野適相邂. 초야를 가다가도 만날 수 있었지.
5 以知聽言難, 간언 듣는 일이 어려움을 알았기 때문에
6 所係成與敗, 성공과 실패를 그 간언에 걸었네.
7 擧世棄五穀, 온 세상이 오곡을 버리고
8 而獨嗜稊稗, 유독 피만 좋아하네.
9 我欲借箸籌, 내가 젓가락과 산가지를 빌릴 때
10 前車以爲戒. 앞서 간 수레를 교훈으로 삼으리.

유방이 초야를 가다가도 만날 수 있었던 것은 간언을 할 줄 아는 장량〔張良〕이다. 장량은 "패공은 아마도 하늘이 내려준 사람인가보다〔沛公殆天授〕"[211]라고 생각하였기에 제3구가 있는 것이며, 제5~6구의 내용처럼 유방은 장량의 계책을 매번 받아들였다. 지금도 세상은 비유컨대 질 좋은 오곡을 버리고 질이 나쁜 피만 좋아하는 꼴이어서, 사람들은 "일리 있는 말〔話言〕"을 알아듣지 못한 채 별 도움이 안 되는 말만 듣는다.

제9구의 "젓가락과 산가지를 빌린다〔借箸籌〕"는 말은 다른 사람을 위해 계책을 세운다는 뜻으로 장량이 했던 일이다. 제10구의 "앞서 간 수레〔前車〕"는 시의 맥락상 장량의 행동을 가리킨다. 이 두 구절에는 하늘이 내려준 것 같은 큰 인물을 만나면 분명 자신의 계책을 받아들일 것이라는 소망이 담겨 있다. 이 시를 통해 피력한 뜻은 아래의 글에 더욱 명확하게 서술되어 있다.

---

210) ≪徐渭集≫, 60쪽.
211) <留侯世家第二十五>, ≪史記≫ 卷55.

아아! 세상은 유독 좋은 말이 없음을 걱정할 뿐이지만, 간혹 말이 있어도 쓸 줄 모르고, 간혹 쓸 수 있더라도 그 말의 옳고 그름을 살피지 않는다. 대체로 말을 잘하는 사람은 아래에 있고, 살펴보고도 쓰지 못하는 자가 위에 있어서 위에 있는 자는 빈자리만 채우고 있고, 아래에 있는 자는 실권이 없다. 이것은 왜냐하면 해가 가려졌기 때문이다〔嗟夫, 世獨憂無善言耳, 然或有言而不能用, 或能用而不察言之是非, 大抵能言者多在下, 不能察而用者多在上, 在上者冒虛位, 在下者無實權, 此事之所以日蔽也〕.[212)]

이는 기본적으로 일반론이지만 자신의 말을 윗사람들이 듣지 않는 데 대한 개탄이기도 하다. 서위가 보기에 현재 높은 관직을 차지한 사람들은 자리만 채울 뿐 능력이 없으며, 자신과 같이 말을 잘하는 사람은 실권이 없어 그 말이 쓰이지 못한다. "해가 가려졌다〔日蔽〕"에는 '구름에 의해서'라는 말이 생략되어 있다.[213)] 즉 간사한 무리들이 밝은 군주를 가리고 있다는 뜻으로, 당시 환관들이 정권을 장악하고 황제의 판단을 흐리게 하던 상황을 가리킨다고 볼 수 있다.

결국 서위의 입장에서 자신의 말이 지금 세상에서 받아들여지지 않는 이유는 자신의 말과 세상이 받아들이는 말이 다르다는 데 있다. 만일 두 말의 옳고 그름을 따진다면 옳은 것은 자신의 말이다. 자기 말에 대한 확신에서 형성된 자존의식을 이 시와 글에서 읽어낼 수 있다.

(2) 현실 도피와 좌절

높은 자존의식을 지니고 있었던 30대 때의 시에는 세계에 참여하려는 의지가 보이기도 하지만, 아울러 현실을 도피하려는 성향이 나타나기도 한다. 서위가 현실에서 벗어나려 했던 이유는, 아마도 현

212) <陶宅戰歸序>, ≪徐渭集≫, 529쪽.

213) "해와 달이 밝게 비추려 하나 뜬 구름이 가린다〔日月欲明, 浮雲蔽之〕."(≪文子・上德≫)라는 문장이 있는데, 이는 간사한 무리가 밝은 군주를 가리는 것을 비유하는 말로 쓰인다.

실에서 아무도 자기 자신을 알아주지 않는 상황이 계속되었던 데에 있을 것이다. 높은 자존의식을 가질 정도로 자신이 뛰어남에도 불구하고 세계가 받아들여주지 않자, 서위는 현실 세계가 아닌 자신과 소통할 수 있는 다른 세계를 체험하였다. 그러나 시 속의 '나'는 끝내 그 세계와도 완전히 화합하지 못하는 모습을 보여준다.

① 초월적 존재와의 만남

제2장에서 서위 시에는 인간이 이해하지 못하는 초월적 세계가 상정되어 있음을 논하였다. 세계에 관한 서술을 살펴본 제2장에서는 30대의 서위가 세계를 초현실적 세계와 현실 세계로 나누는 경향이 있었다고 논하면서, 전자는 자연현상과 관련이 있고 신(神)적 존재가 주재하는 곳으로, 후자는 전자를 이해할 수 없는 인간들의 세계로 나타난다고 주장하였다. 이때 시인은 전자를 긍정하고 후자를 부정하는 경향을 보였다.

초월적이고 비현실적인 세계의 한 차원으로서 신들의 화려하고 신비로운 세계는 시인이 체험하는 대상이 아니라 관조하는 대상이었다. 이러한 세계 구분에서는 '나'가 표면적으로 모습을 드러내지 않았던 반면, 40대 후반에서 50대에 이르는 시기에 초현실적 세계가 현실 속의 이상적 세계로 변모하면서 '나'는 그 세계와 대립하게 되었다.

그런데 30대의 시에는 현실 세계에 없는 존재가 등장한다는 점에서 초월적 세계의 범주에 속하면서도, 시인의 '나'가 직접 등장하여 적극적으로 체험한다는 점에서 신들의 세계와는 다른 차원에 있는, 요괴나 야차(夜叉) 같은 귀신들의 세계가 있다. 신(神)이 주재하는 초월적인 세계에서는 그와 대립한 존재로서 '나'가 출현하지 않는 것과 달리, 귀신[鬼]은 '나'가 속하는 세계로 침투하여 '나'와 대면한다.

서위 시에서 '나'는 20대에 들어서 세계에 참여하기 시작했고, 30

대부터는 ‘나’에 관한 다양한 서술이 나타나지만 현실 세계에 있는 ‘나’는 세계와 쉽게 화합하지 못하는 모습을 보여준다. 그 대신 ‘나’는 귀신과는 직접 대화를 나누는 등 정답게 지낸다. 가정 29년(1550), 30세 때 지은 다음 시를 그 예로 들 수 있다.

<狐粉>[214]	**분 바른 여우**
狐妖幻黛粉,	여우 요괴가 변하여 눈썹 그리고 분 바르면
窈窕美佳人,	아리따운 미인이 되지.
慕予且宜笑,	나를 사모하여 웃는 모습 예쁘니
情好緣相親.	사이가 좋아서 따르며 친애하네.
物與人異調,	“귀신과 사람은 음조가 서로 다르니
孰識僞與眞,	누가 가짜와 진짜를 알아보겠어요?”
答子以慇懃,	다정한 마음으로 그대에게 답하네,
靡曲匪好音.	부미한 곡조는 좋은 소리가 아니라고.
魅也一朝敗,	귀신이 하루아침에 사라지고 나니
情歇音則存,	정은 멈추어도 소리는 남아 있다.
我欲灰茲音,	내가 이 소리를 태워버리려 한다면
匪乏煬與薪,	불과 땔나무가 부족한 것은 아니지만
譬以寶貽魅,	비유컨대 귀신에게 보물을 주려 해도
寶旣不我存,	보물이 이미 나에게 남아있지 않은 꼴이 되니
何由奪而燼?	무엇 때문에 없애고 태워버리겠는가?
存此貽魅曲,	귀신에게 줄 이 곡을 남겨서
以不磨魅愆.	귀신의 잘못을 마멸시키지 않겠다.

“나[予]”는 “여우 요괴[狐妖]”를 만났다. 여우 요괴는 여우가 변해서 여자가 된 “귀신[魅]”으로,[215] 엄격히 말하면 현실 세계의 존재가

214) ≪徐渭集≫, 83쪽.

215) “여우는 50세가 되면 여인으로 변신하고, 백 세가 되면 미녀가 되거나 신무가 되어 천리 밖의 일을 알 수 있게 된다. 홀리기를 잘하여 사람이 미혹되어 지혜

아니다. 그 귀신이 제3~4구에서처럼 '나'를 사모하여 웃고 서로 친애하므로 제5~8구의 문답이 있게 되었다. 제9구부터는 아침이 되어 귀신이 사라지고 난 뒤의 감회를 썼다. 귀신과의 만남을 통해 남은 것은 바로 이 시이다. '나'는 "귀신의 잘못〔魅愆〕"을 기록해 두는 것이 이 시를 태워버리지 않고 남기는 이유라고 말한다.

후반부의 언술로 인해 귀신이 '나'를 찾아와 유혹하고 즐거운 시간을 함께 보낸 전반부의 내용이 무색해진 측면이 없지 않다. 그러나 이 시기뿐만 아니라 이후 만년에조차 시에서 주체가 이처럼 누군가와 사모하고 친애하도록 유쾌하게 교감하는 예는 발견하기 쉽지 않다. 그런 점에서 이 시에서 서위가 부조리한 현실 세계에서 벗어나 요괴라는 비현실적 존재와의 만남에 적극 참여하고 있다는 인상을 지우기 어렵다.

서위는 고대 중국의 다른 문인들이 그랬듯 실재하는 주변 인물들과 교유하면서 지은 시를 다수 남겼다. 하지만 이들 작품에서는 상대방을 높여주는 언사는 있어도 '나'가 등장하여 그들과 감정을 교류하는 모습은 찾기가 쉽지 않다. 그는 실제 삶에서 사람들과 감정을 나누는 데 어려움을 겪었던 것으로 보이며, 이는 시 속에 묘사된 현실 세계에 반영되어 있다. 이와 같은 견지에서 귀신과의 교감은 현실 도피적 성격을 지닌다.

위 시의 내용에는 귀신과의 만남이 이루어진 공간적 배경이 구체적으로 제시되지 않았다. 그런데 대체로 서위 시에서 귀신이 등장할

를 잃게 한다. 천 세가 되면 하늘과 통하여 천호가 된다〔狐五十歲, 能變化爲婦人, 百歲爲美女, 爲神巫, 能知千里外事. 善蠱魅, 使人迷惑失智. 千歲卽與天通, 爲天狐〕." (晋) 郭璞 撰, (淸) 茆泮林 輯, ≪玄中記≫. 예로부터 중국에서는 영묘하고 불가사의한 동물인 여우가 인간으로 변신해 인간을 미혹한다는 전설이 있었다. 이 전설은 간혹 환각을 수반하는 정신병 증상과 함께 기록되어 있기도 하다. 이에 관해서는 동물 빙의 측면에서 중국과 일본의 여우 요괴 전설을 정리한 오다 스스무 지음, 권택술·김장호 감수, 김은주 옮김, ≪동양의 광기를 찾아서≫, 191~193쪽 참고.

때의 배경은 숲이나 산, 강과 폭포 같은 자연이다. 서위는 거대한 자연이 가져다주는 음침하고 압도적인 기운을 온몸으로 체험하는 와중에 귀신을 만난다. 가정 35년(1556), 복건(福建)의 무이산(武夷山) 일대를 유람하면서[216] 지은 일련의 시에는 특히 귀신이 자주 등장한다.

이 여정에서 쓴 작품에 초월적 존재가 자주 등장하는 이유는 다소 편벽한 복건지역이 신비롭고 기이한 분위기를 지니고 있다는 데서 찾을 수 있을 것이다. 이때 지은 시에는 여행길의 험난함이 다양한 각도에서 묘사되어 있다.

예를 들어 "홀연 들어가니 앞이 막혀 있어 의아했는데, 갑자기 돌아들어 뒤가 험한 것에 놀란다〔乍入訝前遮, 俄回驚後阻〕."라거나 "물을 따라감에 있어 노를 멈추지 않고, 산으로 통하는 것은 반드시 기이한 길이리〔遵水無停橈, 通山必奇路〕."[217]라며 험난한 지형과 거센 물살에 대해 이야기하였다. 그리고 "한밤중에 수택에 의탁하니, 나그네의 수심을 억제할 수 없는〔中夜依水澤, 羈愁不可控〕" 가운데 "적막한 들판에 희미하게 퉁소소리 들리고, 홑이불에 추위가 심함을 느낀다〔寂野聞籟微, 單衾覺寒重〕."[218]라고 하는 등 다소 불안한 심리상태가 엿보이는 것은 아마도 여정의 어려움에서 기인한 것인 듯하다.

그런데 길의 험난함에 대한 시적 언술은 초월적 존재와의 만남에 대한 언술로 머지않아 치환된다. 서위는 이 여정에서 귀신, 신선, (죽은) 도사 등의 비현실적 존재를 접한 경험을 시로 써냈다. 다음 오언고시를 일례로 들 수 있다.

---

216) 邱寶惠, 앞의 논문, 157쪽.

217) <칠리탄(七里灘)> 제5~6구 ; 제9~10구, ≪徐渭集≫, 62쪽.

218) <장차 난계에 이르려고 밤에 사포에서 묵다〔將至蘭溪夜宿沙浦〕> 제1~2구 ; 제5~6구, ≪徐渭集≫, 62쪽.

< 夜宿丘園, 喬木蔽天, 大者幾十抱, 復有修藤數十尋, 縣絡溪渚 >[219]

밤에 구원에서 묵는데 교목이 하늘을 가리니 큰 것은 거의 열 아름이었다. 또 수십 심의 긴 등나무가 시냇가에 엉겨 있었다

1	老樹拿空雲,	오래된 나무는 하늘의 구름을 들어올리고
2	長藤網溪翠,	긴 등나무는 푸른빛으로 시내에 그물을 쳤네.
3	碧火冷枯根,	푸른 도깨비불은 마른 뿌리에서 서늘하고
4	前山友精祟.	앞산은 정령과 친구하네.
5	或爲道士服,	어떤 이가 도사복을 입고
6	月明對人語,	달 밝을 때 사람에게 말하네.
7	幸勿相猜嫌,	“싫어하지 마시길 바랍니다.
8	夜來談客旅.	밤에 여행객들과 이야기하는 것을.”

큰 나무들은 마치 하늘을 들어 올리듯 높이 솟아 있고, 긴 등나무가 시냇가에 그물 치듯 걸려 있다. “푸른 불〔碧火〕”은 ‘귀화(鬼火)’라고도 불리는 도깨비불을 가리킨다. 나무와 넝쿨, 그리고 도깨비불이 가져다주는 스산한 기운에 “정령〔精祟〕”까지 가세하여 불안감을 준다. 그런데 앞산에 있는 정령이 도사의 옷차림을 하고 사람에게 다가와 자신들을 꺼리지 말라고 말하는 후반 네 구절에서 음침했던 분위기는 전환을 맞이한다.[220]

왜냐하면 이 시에서 정령은 사람을 해치지 않고 오히려 대화를

219) ≪徐渭集≫, 63쪽.

220) 낙옥명(駱玉明)은 제5구에 나오는 도사복을 입은 이가 실제로는 서위가 여행중에 만난 도사일 수도 있으나, 시를 구성하는 데 있어서는 의도적으로 귀신인 것처럼 표현하였다고 보았다. 그리고 여기에는 불안정하고 공포를 띤 서위의 심정이 반영되어 있다고 해석했다. 또한 이와 같이 ‘귀기(鬼氣)’를 띤 서위 시의 면모는 중당(中唐)의 이하(李賀), 맹교(孟郊)로 소급된다고 보았다. 駱玉明, 앞의 책, 156~157쪽. 이러한 견해는 타당하다고 여겨지지만 이 시에서 주체의 불안이나 공포의 감정은 직접적으로 드러나 있지 않다는 점, 정령이 도사복을 입고 말을 건네어 인간처럼 그려진다는 점은 귀신을 단지 두려운 존재로 여기지는 않았다는 가능성을 열어준다.

나누려 하기 때문이다. 제6구의 "사람에게 말한다[對人語]"에서 '사람'은 시인 자신으로 치환될 수 있다. 정령과의 만남은 여행객으로서 이곳을 지나고 있는 시인의 체험이다. 따라서 밤에 여행객과 이야기한다는 정령의 말은, 시인과 정령의 대화 가능성을 열어 놓는다. 서위는 이처럼 초월적 존재와의 만남을 적극적으로 수용하려는 의지를 보여준다.

서위가 복건지역을 유람했던 가정 35년 초는, 그가 이미 여러 차례 향시(鄕試)에서 낙방한데다가 가정 34년(1555)에 다섯 번째 향시에서마저 떨어져 더욱 낙담해 있을 때였다. 또한 항왜전투에 참여하여 적극적으로 전술을 개진하였으나 받아들여지지 않아 개인적으로 실망스러워 했다.[221] 서위는 후에 몇 번의 거절 끝에 가정 37년(1558)에 호종헌의 막부로 들어가 막료생활이라는 새로운 국면을 맞이하게 되지만, 그 직전인 가정 35년까지는 정신적으로 불안한 상태였다. 그러던 중 이곳을 여행함으로써 서위는 자신을 받아들여주지 않는 현실과 불투명한 미래에 대한 불안감에서 잠시나마 벗어나고자 했던 듯하다.

따라서 이 시기 시에서 시 속의 '나'가 귀신과 같은 초현실적 존재를 접하는 것을 시인의 불안한 심리상태가 은연중에 표출된 결과라고 보기보다는, 답답한 현실에서 벗어나기 위해 초월적 세계에 자발적으로 참여하려는 의지의 소산이라고 해석하는 편이 옳다고 생각한다. 서위는 적극적으로 자신과 소통할 수 있는 존재를 찾아 나섰고, 그것이 현실적 세계에서 이루어지지 않자 초현실적 세계를 선택했다는 것이다.

---

221) 이때의 심정은 앞서 인용한 <도택전귀서(陶宅戰歸序)>에 잘 드러나 있다. 서위는 가정 32년(1553)부터 항왜전투에 참여하였는데, 가정 34년(1555)에는 항주(杭州)에서 향시를 보느라 오성기가 참여한 도택전(陶宅戰)에는 참전하지 못하고, 전투가 끝난 뒤에 이 글을 써서 오성기의 활약을 칭송하였다. 이 글에는 앞서 보았듯 일리 있는 말이 잘 받아들여지지 않는다는 생각도 담겨 있어 당시 서위의 심정을 짐작케 한다.

그래서 이곳을 여행하면서 지은 시에는 "걸려 있는 봉우리를 비선(飛仙)이 오르고, 모죽에는 선녀가 기대어 있다〔縣峰昇羽人, 毛竹倚仙娣〕."222)라거나 "맑은 빛은 귀신을 헤매게 하고, 차가운 달무리는 두꺼비를 울게 한다〔淸光迷魍魎, 冷暈嘔蝦蟆〕."223)라고 하는 등 현실 세계에서는 보이지 않는 초현실적 존재가 왕왕 등장한다. "수중의 괴물도 감히 보지 못하니, 깊은 못 속에 금빛 눈자위를 숨기고 있다〔水怪不敢窺, 深潭閉金眶〕."224)라고 하였으니 신선이나 귀신뿐만 아니라 괴물의 존재도 감지하고 있었음을 알 수 있다. 때로는 "다시 난새를 타고 신선을 접할 생각이니, 봄바람이 살쩍에 불고 비가 오는 때이겠지〔更擬乘鸞接仙侶, 春風吹鬢雨來時〕."225)라며 초월적 세계에 참여하려는 의지를 보이기도 한다.

복건 유람을 통해 서위가 접하게 되는 초월적 세계는, 앞서 인용한 시에서도 보았듯 정령이 등장하는 기이한 세계이자, 신선이나 도사가 출현하는 도교적 세계이다. 특히 도교의 성지(聖地)라고 할 수 있는 무이산에서 서위는 도사들을 직접 만나고 이들을 통해 기이한 일을 체험한다.

<武夷道士示予魏王子騫蛻首見紫氣>226)

무이산의 도사가 나에게 위왕자건의 해골바가지를 보여주었는데 상서로운 기운이 보였다

1 不死者已去, 죽지 않은 자는 이미 떠났고

222) <구곡에서 배를 띄우다〔泛舟九曲〕> 제11~12구, ≪徐渭集≫, 64쪽.

223) <16일 밤에 섭방에서 머물며 달을 완상하다〔十六夜宿葉坊玩月〕> 함련, ≪徐渭集≫, 173쪽.

224) <밤에 통도교에서 묵다〔夜宿通都橋〕> 제15~16구, ≪徐渭集≫, 64쪽.

225) <무이의 오곡에 배를 정박한 채 자양정사를 알현하고서, 대은병에서 쉬다가 다시 선인장에 들러 그 꼭대기의 천유관에서 멀리 바라보다〔泊舟武夷之五曲, 謁紫陽精舍, 憩大隱屏, 復過仙人掌, 抵其顚天游觀中遠眺〕> 미련, ≪徐渭集≫, 217쪽.

226) ≪徐渭集≫, 65쪽.

2	死者留人間,	죽은 자는 인간 세상에 남았다.
3	骨骸自何夕,	해골은 어느 날 밤부터
4	飛置山之顚.	날아서 산꼭대기에 안치되었나.
5	取視始伊誰,	이를 취하여 처음 본 사람은 누구인가?
6	縣綆月屢牽,	밧줄 걸어 한 달 동안 줄곧 끌어당겼지.
7	而不如餘魄,	다른 혼백들과는 같지 않아서
8	安臥攢青蓮.	푸른 연이 모여 있는 곳에 편안히 누워 있네.
9	道士苦斯役,	도사는 수고롭게 이 일을 하여
10	留函閣高椽,	누각 안의 높은 서까래에 상자를 남겨 두었다.
11	過客好奇異,	지나가는 객이 기이한 것을 좋아하여
12	啓閱請自便.	자기가 편한 대로 열어보길 청한다.
13	茲物眞仙靈,	이 물건은 진정 신령스러워서
14	磊磊黃琅堅,	쌓여 있는 누런 옥이 견고하다.
15	高頂泥丸宮,	높은 꼭대기에 있던 이환궁(해골)에서는
16	紫氣猶一弦.	상서로운 기운이 아직도 한 가닥 뻗어 나온다.
17	晦明準天時,	어두움과 밝음은 하늘의 기후를 본받으니
18	白黑互糾纏,	백색과 흑색이 서로 얽혀 있다.
19	胡爲黃冠流,	무엇 하러 도사들은
20	示人禍福先?	사람에게 화와 복을 먼저 보여주는가?
21	爲予而變易,	나를 위해 변하게 된다면
22	無乃勞子騫,	설혹 자건을 수고롭게 하는 건 아닐는지.
23	玉蘊山色輝,	옥이 쌓여 있어 산색은 빛나니
24	斯理良自然.	이 이치가 진실로 자연스럽구나.

서위는 위왕자건(魏王子騫)의 것이라고 전해지는 머리뼈227)를 직접

227) 위왕자건에 대해서는 위(魏)나라 왕자(王子)라는 설과, 위나라 때 사람 중에 성이 왕(王)이고 이름이 자건(子騫)인 사람을 가리킨다는 설이 있다. (淸) 董天工 撰, ≪武夷山志≫ 卷18(仙・秦), 姜亞沙 等 編, ≪中國名山志≫, 4쪽 참조. 이 시 제22구에서 '자건'이라고 한 것을 보면 서위는 두 가지 설 중 후자를 취한 것으로 보인다.

보았다고 이야기하고 있다. 제1~10구에서는 무이산에서 신선이 되어 날아간 위왕자건의 유골이 도사의 손에 의해 안치된 일을 말하고,228) 제11구 이하로는 "지나가는 객〔過客〕"으로서 서위가 그 머리뼈를 직접 보고 느낀 바를 서술했다.

이 시에서도 주체는 관조자의 입장을 고수하지 않고 "나〔予〕"로 드러나고 있다. 서위가 육안으로 본 것이 실제로 어떤 광경이었는지는 알 수 없지만, 위왕자건의 해골을 상서로운 물건으로 여기고 더욱 신비로운 일을 '직접' 체험하길 바랐음은 분명해 보인다.

② 화합의 결과적 실패

서위는 현실에서 벗어나기 위해 초월적 존재와 만나고, 초월적 세계를 체험하기를 자발적으로 선택하였다. 그래서 복건지역을 유람하면서 지은 작품에서는 대부분 초월적 존재가 등장하는 경이로운 자연을 기이하게 묘사하면서도 그것을 밀어내지 않고 받아들이려는 서위의 의지가 돋보인다.

그러나 그 만남과 체험이 계속해서 성공적으로 이루어진 것은 아니다. 동일한 시기에 쓴 칠언율시 <15일 밤 건녕 통도교에 도착하여 달을 완상하다〔十五夜抵建寧通都橋玩月〕>229) 중 경련과 미련을 살펴보자.

---

228) 제1~10구의 내용과 관련하여 다음을 참조할 만하다. 명(明) 번헌과(樊獻科)의 기록에 따르면, 위왕자건의 "유해가 대왕봉 승진동 안에 있어서 유람하는 이들이 대부분 보기를 좋아했다. 도사는 자주 산꼭대기를 오르는 데 지쳐서 그 머리뼈를 궤에 보관하여 상암의 치우친 건물에 두었고 '시태'라고 일렀다. 색이 붉은빛인 것을 길하다고 여겼다. 그리하여 보기를 좋아하는 자들이 더욱 그만둘 수 없었다〔遺蛻在大王峯昇眞洞中, 來遊者多好觀之. 道士苦於數躡巓崖, 乃櫝其顱骨置常庵偏舍, 且謂視蛻, 色紅光爲吉. 於是好觀者益不能已〕." (明) 樊獻科, <藏仙脫說>, 위의 책 卷8(溪南·仙舘巖), 위의 책, 542쪽 인용.

229) ≪徐渭集≫, 780쪽.

(…)

坐當林樹看烏遶,	앉아서 숲을 대하고서 빙빙 도는 까마귀를 보다가
望入銀河與木連.	나무와 이어진 은하수로 들어가는 것을 바라본다.
久欲乘槎問天上,	오랫동안 뗏목을 타고 천상에서 묻고자 하였으나
幾回津路渺無邊.	몇 굽이 돌아드는 나룻길은 끝없이 아득하구나.

시인은 까마귀가 숲을 돌며 날다가 저 멀리 하늘가로 날아가는 모습을 바라보며 생각이 은하수에 미쳤다. 미련 출구는 뗏목을 타고 바다와 통해 있는 은하수로 가서 견우와 직녀 등을 보고는 그곳이 어딘지를 물었다는 고사를[230] 원용하여 천상으로 가고 싶다는 뜻을 밝혔다. 그러나 그곳으로 가는 "나룻길〔津路〕"이 "아득하여〔渺〕" 엄두가 나지 않는다. 가지 못했다는 말을 직접적으로 하지 않았지만 물길이 끝없이 아득하다는 마지막 구의 언술에서 시인의 뜻이 결과적으로 꺾이고 말았다는 것을 알 수 있다.

그뿐만 아니라 서위는 시에 구축된 초월적 세계에 완전히 몰입하지 못하는 모습을 보여주기도 한다. 이 여행에서 서위는 대부분 현실적 세계의 일을 떠올리지 않고 초월적 세계에 몰입하여 그 안에서 신비한 체험을 하였다. 자아가 초월적 세계에 발을 들임으로써 도망쳐 나온 "세간(世間)"은, 다음에서와 같이 자신이 체험한 초월적 세계의 특별함을 과시하기 위해 등장한다. <구곡에서 배를 띄우다> 시 중 제15~18구를 다시 인용한다.

(…)

世人不解奇,	세상 사람들은 기이함을 이해하지 못하고
但識世間事,	단지 세간의 일만 알 따름이어서
示之帝所遺,	천신(天神)이 남긴 것을 보여주어도
惟以溪山睇.	오직 시내와 산으로 볼 뿐이다.

(…)

230) (晉) 張華 撰, 《博物志》 卷10.

이는 자신을 받아들여주지 않는 현실 세계 인간들의 우매함을 드러내는 구절이다. 이처럼 전반적으로 이 여행에서 서위는 현실 세계에서 벗어나 새로운 세계에 참여하는 경향을 보였다. 그런데 반대로 물살에 휘말리는 경험을 바탕으로 현실 세계와 화합하지 못했던 자신의 모습을 떠올린 시가 있어 주목된다. 아래의 시는 복건에서 배를 타고 가다가 읍담탄(湆澹灘)이라 불리는 거센 여울을 만나 느낀 바를 읊은 것인데, 의식이 초월적 세계에서 현실 세계로 옮겨가는 점에 유의해서 살펴보자.

<湆澹灘>[231]	**읍담탄**
1 黑鰲穴地出,	검은 자라가 웅덩이에서 나와서
2 噀沫從天下,	물거품을 뿜으며 천하를 횡행하니
3 春雪跌深潭,	봄눈은 깊은 못으로 넘어지고
4 驚雷迸鐵罅.	갑작스런 우레가 철 틈에서 튀어나온다.
5 回思身所經,	몸이 지나온 곳을 돌이켜 생각하니
6 險怪幾日夜.	험괴한 것이 며칠이나 지속되었던가.
7 老石萬片焦,	오래된 바위 만 조각은 그을렸고
8 飛湍千里射,	빠른 여울은 천리에 쏘는 듯.
9 藥叉窺綠淵,	야차가 녹색 연못을 엿보니
10 人命輕一詫.	사람 목숨 가벼움에 놀란다.
11 或似鼓太冶,	간혹 불을 일으켜 너무 제련하는 듯하니
12 青銅沸將瀉,	푸른 구리가 끓어서 쏟아질 것 같다.
13 女媧撒餘礫,	여왜가 남은 돌멩이를 뿌린 것이니
14 頑查攪不化.	단단한 돌은 어지러이 뒤섞여 조화롭지 않다.
15 念彼旣憮然,	저것을 생각하다 이미 깜짝 놀랐는데
16 値玆殊可訝.	여기에 이르니 특히 놀랄 만하다.
17 短槳起沈舟,	짧은 상앗대로 빠진 배를 일으키자니
18 凸字振深窊,	'철'자로 깊은 웅덩이를 비튼다.

231) ≪徐渭集≫, 64쪽.

(閩溪舟檠, 形如凸字.) (민계의 상앗대는 그 모양이 '철'자 같다.)

19 因之誤絲髮, 그 때문에 어쩌다가 머리는 하얗게 세었고
20 長與世人謝. 오래도록 세상 사람들과 작별하였다.
21 浪怒一何愚, 헛되이 화를 내니 얼마나 어리석으냐마는
22 終古不得罷, 예로부터 그만두지 못했다.
23 有時搏陰飇, 때때로 음랭한 폭풍에 부딪치니
24 寒色慘失夏. 차가운 기색 참담하게도 여름을 잃었다.
25 借言呂梁叟, 핑계를 대자면 여량의 노인은
26 何時咨閒暇, 언제 여유로움을 꾀했던가.
27 余雖愧達人, 나는 비록 달인에게는 부끄럽더라도
28 笑對成一嚇. 웃으며 마주한 채 껄껄 웃으리.

이 시는 네 단락으로 나눌 수 있다. 바로 제1~4구, 제5~14구, 제15~24구, 제25~28구이다. 먼저 제1~4구는 빠르고 거세게 흐르는 읍담탄의 모습을 검은 자라가 뿜는 거품에 비유하였다. 제5~14구는 이 여울에 도달하기 직전까지의 상황을 묘사한 것이다. 이번 여행에서 험하고 기이한 자연을 계속하여 맞닥뜨렸는데, 검은색 바위들과 쏜살같은 급류에서는 사람을 해친다는 사나운 귀신인 "야차[藥叉]"가 마치 자신을 엿보는 것 같았다. 어떤 때는 푸른 구리를 끓여 쏟아내듯 물이 튀어 올랐으며, "여왜(女媧)"가 하늘을 메우고 남은 돌멩이를 던진 듯 어지럽게 돌이 뒤섞여 있다. 야차와 여왜로 인해 초월적 세계가 열렸으며 이하로도 이 세계가 계속해서 전개될 것 같아 보인다.

그러나 다음 단락에서 시상이 전환된다. 제15~24구에서는 이 여울에서 깊은 웅덩이에 빠진 배를 꺼내려는 자신의 행동으로부터 자신의 세상살이를 연상해냈다. 지나온 곳을 생각하니 놀랄 만한데 읍담탄에 이르니 더욱 의아하다. 서위는 이때 웅덩이에서 배를 꺼내려는 모습이 마치 자신이 적응하지 못하는 현실에서 벗어나려고 노력하는 모습과 같다고 여겨졌던 모양이다. 벗어나려고 발버둥 치다보니

의도치 않게 머리가 세었고, 세상 사람들과는 항상 떨어져 있었다.

툭하면 화를 내는 것은 어리석은 일이지만 종래로 그만두지 못했으며, 폭풍에 부딪치고 따뜻함 없이 차가움만 유지하고 있었다. 여울에서 연상한 자신의 모습은 세계를 편안하게 여기지 못하고 이곳저곳 충돌하는 분노에 찬 모습이었다.

이에 대해 제25~28구에서 여량의 노인만큼 달인의 경지에 오르지는 못하더라도 현실을 웃으며 감내하겠다는 의지를 피력하였다. "여량수〔呂梁叟〕"는 ≪장자≫에 나오는 인물로, 물을 운명으로 받아들여서 극도로 거센 물에서도 아무렇지도 않게 헤엄칠 수 있었던 사람이다. 이 단락을 통해 '나'는 자신이 적대했던 거친 세상에서 여유롭고 편안하게 융화되지는 못할지라도 적어도 화를 내지 않고 웃어넘기겠다는 뜻을 내비치고 있다.

이처럼 읍담탄을 보고 자신의 세상살이를 생각하는 것은 초월적 세계에 완전히 동화되지 못하고, 현실 세계의 일을 생각하고 있었다는 것을 의미한다. 초월적 세계로 나아가고자 했던 서위는, 한편으로는 초월적 세계로 완전히 도피하지 못하고 현실 세계를 잘 헤쳐나갈 방안을 강구했던 것이다. 또한, 30대에 쓴 작품 대부분에서 거대한 자연을 경이롭다고 여기고 수용하는 자세를 보여준 반면, 경이를 넘어서 공포를 느꼈다고 판단되는 작품이 있어 주목된다.

아래 시는 앞서 살펴본 <병진년 8월 17일 소보시사 계장사공과 감산의 전쟁터를 둘러보고, 마침내 산등성이에 올라 산을 등지고 조수를 바라보다〔丙辰八月十七日, 與肖甫侍師季長沙公, 閱龕山戰地, 遂登岡背觀潮〕>[232] 시를 쓴 바로 다음날, 다시 조수를 보며 지은 것이다. 기이한 광경을 적극적으로 마주하고자 하는 마음이 강했던 전날의 시와는 달리 아래 시에서는 경이로움이 공포로 바뀌는 것을 볼 수 있다.

---

232) ≪徐渭集≫, 65쪽.

<十八日再觀潮於党山>[233]

18일에 당산에서 다시 조수를 보다

1	秋水自生幻,	가을 물이 절로 환생하였으니
2	海若安措手,	해약이 어찌 손을 댔겠는가?
3	驚雷砑雪獅,	갑작스런 우레가 하얀 사자를 누르니
4	萬首敢先後.	만 마리가 감히 선후를 다툰다.
5	山窺本避濡,	산에서 엿보며 본래는 젖음을 피하였는데
6	俄驚足下吼,	갑자기 놀라서 보니 발 아래에서 울부짖고 있다.
7	老壁拍波塵,	오래된 절벽에 파도가 부딪쳐 먼지가 되었다가
8	千仞落衣袖.	천 길 아래로 옷소매를 떨어뜨린다.
9	望窮不見外,	아무리 바라보아도 다른 것은 보이지 않고
10	瀲灩明滅久,	오래도록 출렁거리며 나타났다 사라졌다 한다.
11	人天儼未消,	인간세상이 엄연히 아직 사라지지 않았는데
12	刦火燒宇宙.	겁화가 우주를 태워버리나 보다.
13	往昔每一凭,	예전에는 매번 기대 설 때마다
14	恐怖經旬晝,	두려움이 열흘을 경과했으니
15	那知迫視怪,	어찌 알았겠는가? 괴이한 것을 가까이 가서 보면
16	其怖應不朽.	그 두려움은 응당 없어지지 않는다는 것을.
17	豈惟我恐怖,	어찌 오직 나만이 두려워하겠는가?
18	天地亦應有,	세상에 반드시 또 있을 것이다.
19	景往目旣遷,	빛이 가버리니 시선이 이미 옮겨져
20	恐怖亦却走.	공포 역시 달아나 버렸다.

가을의 바닷물이 바다의 신 "해약(海若)"의 도움을 받지 않고도 저절로 환생하여 마치 수많은 하얀 사자가 힘차게 달려오는 것 같다. 절벽에 부딪치며 사라졌다 나타났다 반복하니, 마치 인간세계를 태워서 파멸시킨다는 "겁화(刦火)"가 우주를 태워 없애버리는 듯하다. 제13구 이하는 괴이한 광경에서 촉발되는 두려움에 대한 서술이다.

233) ≪徐渭集≫, 65쪽.

바로 전날 지은 시에서 쉽게 볼 수 없는 기이한 광경을 보는 일을 긍정적으로 생각한 것과 달리, 이 시에서는 "공포(恐怖)"를 느낀다고 하였다. 그리고 그 공포를 느끼는 사람이 천지 중에 '나' 혼자만 있는 것도 아니라고 말한다.

시선을 다른 곳으로 돌리게 되면서 공포는 결국 사라졌지만, 자아가 세상의 일반적인 사람들과 같이 기이한 광경에 두려움을 느낀다는 점은 분명하게 드러났다. 자신은 현실 세계에 사는 사람들과 다르게 초월적 세계를 경험할 수 있어서 사람들이 일반적으로 피하려고만 하는 대상인 귀신과 같은 초월적 존재와도 소통할 수 있다는, 자기 자신에 대한 특별한 인식을 이 시에서는 찾아볼 수 없다. 이로써 초월적 세계, 그리고 그곳에 속한 존재와의 화합은 결국 실패로 돌아가게 된다.

(3) 걸출한 자아의 고립

서위는 가정 35년(1556) 2월 중순에 복건지역 여행을 마무리하고 소흥으로 돌아간다.[234] 그는 여행할 때 순창에서 수집한 남희(南戲) 관련 자료를 가지고 ≪남사서록(南詞敍錄)≫을 저술하였다. 그리고 같은 해 8월에 스승 계본을 모시고 소흥과 인접한 소산(蕭山)에 있는 감산(龕山)[235]의 전쟁터를 살펴보았다. 복건에서 고향으로 돌아온 뒤에 서위는 감산의 전쟁터를 살펴본 것 외에는 크게 소흥을 벗어나지 않았다. 복건에서 돌아온 뒤부터 38세 때인 가정 37년(1558)에 본격적으로 호종헌의 막부로 들어가기 전까지 서위는, 줄곧 자기 자신이 세상으로부터 소외되었다고 생각했다.

다음은 <정빈이 일본 칼을 증정해주어 노래로써 답하다〔正賓以日

---

234) 서위는 돌아가는 길에 <2월 13일 순창으로부터 월 땅으로 돌아가다가 다시 연평에 들러 검담에서 묵다〔二月十三日自順昌返越, 復過延平, 宿劍潭〕>(≪徐渭集≫, 217~218쪽)라는 시를 지었다.

235) 지금의 절강성(浙江省) 소산현(蕭山縣) 북쪽의 전당강(錢塘江) 가에 있다.

本刀見贈, 歌以答之]＞236) 시의 제27~30구와 제34~37구로, 자아에 대한 서위의 인식을 엿볼 수 있다. 인용하지 않은 앞부분에서 서위는 일본 칼을 받게 된 경로에 대해 서술하였는데, 여정빈(呂正賓)237)이 왜적과 싸워 동향(桐鄉)을 수복한 일과, 그가 그때 취한 일본 칼을 자신에게 준 일을 열거했다.

(…)	
方蟬道人窮莫比,	방선도인은 곤궁하기가 비할 데 없어
挂壁穿之蒯緱耳.	칼자루를 새끼줄로 감아 벽에 걸어 두었다.
人言寶刀投烈士,	보검은 열사에게 보내진다고 사람들은 말하는데
呂君何不持之向燕市?	여군은 어찌 가지고 연경으로 향하지 않는가?
(…)	
却以投余據何理,	오히려 나에게 주니 무슨 이치에 의거한 것인가?
雄心如君莫可擬,	그대와 같은 웅대한 마음 헤아릴 수 없구나.
用以投予良有以,	이것을 나에게 준 것은 참으로 이유가 있을 터라
夜夜酣歌感知己.	밤마다 흥을 다해 노래하며 지기의 마음을 느낀다네.

"방선도인(方蟬道人)"은 서위의 자호(自號)이다. 여정빈이 준 일본 칼은 세상에 흔하지 않은 보물이지만, 자신은 너무 빈곤하여 풍환(馮驩)이 그랬던 것처럼 칼을 보관해둘 물건 없이 새끼줄로 묶어 놓을 뿐이다.238) "궁(窮)"자는 풍환의 고사에 의거하여 일차적으로 경제적인 빈곤을 가리킨다. 그런데 이어지는 내용을 살펴보면 뜻을 이루지 못해 좌절한 상태를 아울러 가리키는 것으로 여겨진다.239) 왜

236) ≪徐渭集≫, 126쪽.

237) 이름은 광오(光午)이다.

238) "풍선생은 매우 가난하여 검이 하나 있어도 그것마저 새끼줄로 자루를 감아 놓았다[馮先生甚貧, 猶有一劍耳, 又蒯緱]." <孟嘗君列傳>, ≪史記≫ 卷15.

239) '뜻을 이루다'라는 뜻의 '달(達)'의 상대어로 뜻을 이루지 못함을 가리킨다. 【窮1】, ≪漢語大詞典≫2.0版.

냐하면 본래 좋은 칼은 장대한 뜻을 품은 "열사(烈士)"가 지녀야 마땅한데, 여정빈이 연경으로 가지고 가지 않고 '나'에게 주었다는 말에는, 실의(失意)하고 보잘것없는 '나'에게 주어 이상하다는 뜻이 내포되어 있기 때문이다.

서위는 친구가 칼을 준 덕분에 그를 생각하며 노래할 수 있게 되었다는 긍정적인 언술로 시를 마무리하였다. 하지만 이 말은 거꾸로 친구를 생각하는 계기가 되는 것 외에는 칼을 달리 쓸 데가 없다는 뜻이기도 하다. 세상에서 칼을 쓸 수 없다는 것은 자신이 세상을 위해 어떤 일도 하지 못한다는 것을 의미하며, 더 나아가서는 세상이 자신에게 칼을 쓸 기회를 주지 않는 것과 연결된다. 당시 서위는 세상에서 자신의 뜻을 펼치지 못한데다가 몸도 좋지 않고 매우 빈곤했다. 자신을 "병든 몸〔病身〕"[240]이라고 칭한 것을 보면 객관적 신체 상태가 어떠했든 스스로 육체적으로 힘들다고 느꼈음을 알 수 있다.

또한 <집을 보수하다〔補屋〕>[241] 시에서 "세 들어 산 지 벌써 6년, 기와에 구멍 나고 서까래에 틈이 벌어져서〔僦居已六年, 瓦豁綻椽縫〕"(제1~2구) "상자 속의 옷에는 곰팡이가 피고, 문드러진 책은 들추어도 움직이지 않아〔菌耳花篋衣, 爛書揭不動〕"(제11~12구) "기와를 사는 데 백 전을 쓰니, 이미 호주머니 탈탈 털었음을 깨달았다〔買瓦費百錢, 已覺倒囊籠〕."(제19~20구)라고 한 데서 당시 서위가 매우 빈곤하여 생활고에 시달리고 있었음을 알 수 있다. 이 모든 요소가 합쳐져 세상과 마음 편하게 소통할 수 있는 가능성은 더욱 낮아지게 되었다.

서위는 38세가 되던 해 정월부터 호종헌의 막부에 참여한다. 그 전에도 서위는 호종헌을 위해 대신 글을 쓰기도 했었다.[242] 그러나

240) <주방헌 군께 부치다〔寄朱君邦憲〕>, ≪徐渭集≫, 235쪽.

241) ≪徐渭集≫, 84쪽.

242) 가정 36년(1557) 정월에는 <代胡總督謝新命督撫表>(≪徐渭集≫, 430쪽)를, 9월에는 <代督府祭趙尙書文>(≪徐渭集≫, 655쪽)을, 11월에는 <代擒王直等降敕獎

막부에 들어오라는 제안에 흔쾌히 응하지 않고 몇 차례 거절한 점으로 미루어 볼 때 그가 처음부터 만족스럽게 막부에 임한 것은 아닌 듯하다. 그래도 막부에 참여할 때 호종헌의 신임으로 어느 정도 자존감은 지킬 수 있었을 것이다.

하지만 서위가 진정으로 원하던 것은 더 큰 세상으로 나아가는 것이었다. 그것은 서위에 대한 호종헌의 신임과 물질적 보상과는 다른 차원의 이야기이다. 호종헌은 서위의 재능을 높이 샀을 뿐만 아니라, 대필에 대한 대가로 경제적인 지원을 아끼지 않아 서위와 그의 가족의 형편은 그나마 나아질 수 있었다. 호종헌에 대해 고마운 마음이 컸지만 여전히 스스로에 대해 만족스럽지 못한 상태였다.

이 시기의 작품을 살펴보면 서위는 자신이 대필하는 막료에 그치지 않고, 더 큰 세상으로 나아갈 수 있는 훌륭한 자질과 재능을 가지고 있다고 믿고 있다. 예를 들어 41세 때인 가정 40년(1561)에 쓴 <즉석에서 손상사에게 드리다[卽席贈孫相士]>243) 시에서는 "다시 닭들 속에 섞여 있는 학 친구를 바라보네[再窺鶴侶混雞羣]"(제4구)라고 하였다. 서위는 스스로를 학이라고 말한 것에 대해 "나는 당시에 여전히 여위었으므로, 나를 닭들 속의 학이라고 불렀다[余時尙癯, 呼余爲雞羣鶴也]."라고 주를 달아 몸이 여위어서 그렇게 썼다고 핑계를 댔다.

그럼에도 '닭들 속의 학'이라는 표현은 여전히 '군계일학(群鷄一鶴)'을 연상시킨다. 이 비유는 단순히 혼자만 비쩍 마른 외적인 모습만을 이야기한 것이 아니라, 자신이 눈에 띄게 출중한 사람임을 암시하는 것으로 여겨진다. 자주가 없다면 오히려 후자의 뜻으로 생각할 가능성이 높다. 이 구절에서 "바라보는[窺]" 주체는 시의 수신자인데, 수신자가 자신이 군계일학임을 바라본다고 하면 자기 스스로를 너무 높여 예를 잃은 표현이 될 수 있다고 판단하여 나중에 자주를

勵謝表>(≪徐渭集≫, 431쪽) 등을 지었다.

243) ≪徐渭集≫, 230쪽.

붙인 것이 아닌가 한다.

가정 40년에도 서위는 가을 향시를 보기 위해, 강서(江西)로 가고 있던 호종헌의 총독부에서 잠시 나와 시험을 치렀으나 끝내 낙방하고 만다. 아래의 시는 이듬해인 가정 41년(1562) 정월에 쓴 것으로, 당시 서위는 호종헌과 합류하기 위해 강서로 가던 중 안휘성(安徽省) 휴녕(休寧)에서 잠시 쉬었다. 고향을 생각하며 자신의 신세를 한탄한 작품이다.

＜元夕休寧道中遙憶鄉里＞244)

정월 15일 밤에 휴녕의 길에서 멀리 고향을 생각하다

陌上雙雙結袂頻,	길 위에서 쌍쌍이 자주 소매를 연잇고
翩如飛燕蹴輕塵,	훨훨 나는 제비 가벼운 먼지를 찬다.
一年樂事花流水,	한 해의 즐거운 일은 꽃잎이 물 따라 흐르는 것인데
幾夜他鄉月照人.	며칠 밤 타향에 있으니 달은 사람을 비추네.
驛路酒家留去馬,	역로의 주점에서는 떠나는 말을 붙들고
溪橋梅色弄新春,	시내 위 다리에서는 매화 빛이 새봄을 희롱하네.
相隨惟有孤龍劍,	나를 따르는 것은 오직 용검 하나인데
會向囊中笑客貧.	주머니 안에서 가난한 객을 비웃고 있겠지.

제비가 짝지어 훨훨 날고, 꽃잎이 흩날려 물 따라 흐르는 봄이 되었다. 봄의 아름다운 경치는 사람을 즐겁게 하지만 타향에 있는 '나'는 고향이 그립다. 아름다운 경치를 뒤로 하고 떠나려고 보니 '나'를 따르는 것은 "용검(龍劍)" 하나뿐이다. 여기에서 용검은 자신의 문재(文才)에 대한 비유적 표현이다. 쓸 만한 검을 가지고 있으나 주머니 밖으로 꺼내어 쓰지 못하고 있으므로 그 검이 마치 자신을 비웃는 듯하다. 재능이 뛰어나다는 것은 스스로도 인정하는 바이지만 세상이 그것을 쓸 기회를 주지 않아 자신은 가난한 객으로 소외되

244) ≪徐渭集≫, 235~236쪽.

어 있는 것이다.

앞 장에서 구속된 공간과 그 밖으로 세계를 분할하는 경향에 대해 살펴보면서 <흰 솔개〔白鷴〕> 시를 인용한 바 있다. 이 시 역시 42세 때 쓴 것으로, 새장에 갇힌 흰 솔개를 통해 고립되어 있는 자신을 표현한 것이다. 이 시에서 푸른 하늘로 날아가지 못하고 갇혀 있는 흰 솔개의 상황은 걸출한 재능을 가졌으나, 막부라는 곳에 고립되어 더 큰 세상에서 날개를 펴지 못하는 자신의 상황과 일치하였다. 서위는 같은 대상으로 칠언고시 <백한시(白鷴詩)>[245] 한 편을 더 지었는데 전반 4구절은 다음과 같다.

閩南煙雨迷青嶂,	민 땅 남쪽에는 안개비 자욱하여 푸른 산 보이지 않는데
孤雌挾子飛天上,	외로운 암컷이 새끼 데리고 하늘 위를 난다.
却憶羈雄不得歸,	문득 생각하네, 묶인 수컷 돌아오지 못하고
兩槳深籠鏡波漾.	배 안의 깊은 새장에는 호수의 파도가 넘실댈 것을.
(…)	

"묶인 수컷〔羈雄〕"이 짝을 잃은 암컷과 새끼들이 있는 하늘 위로 날아가지 못하고 깊은 새장에 갇혀 있는 모습을 묘사하였다. 게다가 새장이 배 안에 있으니 주변에 파도가 넘실대어 더욱 위험한 상황이다. 두 편의 시에 나타난, 흰 솔개 같은 멋진 무늬를 가진 새가 혼자 따로 떨어져 고립되어 있는 모습은 당시 서위의 상태를 대변해주고 있다.

245) ≪徐渭集≫, 137쪽.

『 제2절 발광 · 입옥 시기 : 세계와의 갈등과 대립

이 절에서는 가정 42년(1563)부터 융경(隆慶) 6년(1572)까지의 시를 다룬다. 서위의 나이 42세 때인 가정 41년(1562), 호종헌이 체포되면서 그의 막부는 해산되었다. 서위는 이듬해에 고향 소흥에 마련해 둔 "수자당으로 거처를 옮겼다[移居酬字堂]"246)고 하였으니 43세 때부터는 막부로부터 완전히 자유로운 몸이 된 셈이다. 하지만 호종헌의 정치적 입장이 불안해짐에 따라 서위 역시 육체적 · 정신적으로 방황하게 된다. 바로 이 점이 이 글에서 막부 해산 직후부터를 발광 시기로 보는 이유이다.

어떤 병의 경우에도 발병의 시작과 끝은 단정하기 어려울 것이다. 서위에게 언제 처음으로 정신병 증세가 나타났는지에 대해서 역시 정확한 판단을 내리기 어렵다. 다만 대체로 호종헌의 막부가 해산된 이후에 서위 자신도 인지할 정도로 뚜렷한 증상이 나타난 것으로 추정된다.

서위는 자신이 가정 44년(1565), 45세 때 "정신병을 앓았다[病易]"고 기록하면서 아울러 "못으로 그 귀를 찔렀는데, 겨울에 조금 나아졌다[丁剚其耳, 冬稍瘳]"247)고 썼다. 이 시기 서위의 정신 상태는 자살을 시도한 것과 매우 밀접한 관련이 있다. 서위는 귀를 찌른 일을 다음과 같이 회상하였다.

나는 세상일에 격발되어 미치는 병이 심해져서 마치 귀신 들린 사람 같았다. 세 치 정도 되는 못을 벽기둥에서 뽑아 왼쪽 귓구멍을 꿰뚫고는 땅에 고꾸

246) <畸譜>, ≪徐渭集≫, 1329쪽.
247) 모두 위의 글.

라졌다. 귓구멍 속으로 완전히 빠질 정도로 못을 쳤으나 아픈 줄도 몰랐다〔予有激於時事，病瘈甚，若有鬼神憑之者，走拔壁柱釘可三寸許，貫左耳竅中，顚於地，撞釘沒耳竅，而不知痛〕.[248]

이와 같은 진술에서 보듯 서위는 이 시기 정신착란 상태로 자해하였다. 이 글만 보면 애초에 서위에게 자살하려는 의도는 없었고, 제 정신이 아닐 때 자기도 모르게 미친 짓을 한 것처럼 여길 수 있으나 반드시 그랬던 것은 아니다. 서위는 못을 귓구멍에 찔러 넣은 바로 그 해에 <자위묘지명(自爲墓誌銘)>을 썼다. 여기에서 서위는 자신이 자살을 시도하는 이유로 호종헌의 막부로 들어갔던 일을 꼽았다.

어느 날 소보 호공에 의해 막부로 초청받아 문장을 전담 잡혔는데 몇 차례 갔다가도 몇 차례 사양했으며, 붓을 던지고 문을 나섰다. 편지를 써서 초청하는데도 일어나지 않고 누워 있자, 사람들은 다투어 어리석다 하고 위태롭다고 여겼으나 그 자신은 매우 편안하게 생각했다. 그 후에 공이 더욱 자신을 굽혀 포의와 마찬가지로 행동하니, 대강 두 임기 동안 머물렀다. 수백으로 셀 정도의 금을 주고 생선을 먹으며 방에 거하니, 사람들은 다투어 영화롭고 편안하다고 여겼으나 그 자신은 심히 위태롭다고 여겼다. 이때가 되어 문득 스스로 죽기로 했다. 사람들은 서위가 문사이고 고결함을 지켰으니 죽지 않아도 된다고 말하는데, 옛 문사들 중에 막부에 들어가 고결함을 지켰음에도 죽은 이들이 많다는 것을 모르는 것이다. 그리하여 서위는 스스로 죽었으니 다른 사람이 죽인 것과 비교하여 어떠한가〔一旦爲少保胡公羅致幕府，典文章，數赴而數辭，投筆出門．使折簡以招，臥不起，人爭愚而危之，而己深以爲安．其後公愈折節，等布衣，留者蓋兩期，贈金以數百計，食魚而居廬，人爭榮而安之，而己深以爲危．至是，忽自覓死．人謂渭文士，且操潔，可無死．不知古文士以入幕操潔而死者衆矣，乃渭則自死，孰與人死之〕.[249]

---

248) <海上生華氏序>, ≪徐渭集≫, 555쪽.

249) <自爲墓誌銘>, ≪徐渭集≫, 639쪽. 서위는 이 글의 후반부에서 을축(乙丑)년에 죽었다고 하였으니, 바로 가정 44년(1565)이다.

이 글에서 서위는 호종헌의 막부로 들어가면서 남들이 보기에는 의식주를 해결하고 편안한 생활을 하게 되었으나, 스스로는 윤택한 생활을 하는 것을 오히려 위태롭게 여겼다고 말한다. 나아가 자신이 자살하는 것은 결국 막부에 들어갔던 일 때문이라고 이야기한다. 호종헌이 엄숭의 일당으로 몰려 체포된 일은 서위에게 이처럼 큰 충격을 가져다주었다.250)

그러므로 이 글에서는 막부 해산 직후부터 계실(繼室) 장씨(張氏)를 살해하고 하옥된 47세〔융경 원년(1567)〕를 거쳐 출옥한 날인 52세〔융경 6년(1572)〕 섣달그믐까지를 발광·입옥 시기로 규정한다. 이 시기의 시에서 서위는 세계와 화해하지 못하고 대립하는 모습을 보여준다.

1. 방황

(1) 정처 없는 몸

호종헌의 하옥과 동시에 막부가 해산되어 서위는 고향으로 돌아

---

250) 서위가 자살을 시도한 원인으로, 호종헌의 막부에 있으면서 적을 많이 두어 원한을 샀다는 점을 드는 견해가 오래 전부터 있어 왔다. 호종헌이 건재할 때는 앞에서 감히 말하지 못했던 그들이 호종헌이 몰락하자 자신에게 책임을 추궁할까봐 두려워했다는 것이다. 이러한 구설(舊說)에 관한 정리와, 호종헌의 죽음이 서위의 정신착란에 결정적 영향을 미쳤다는 견해는 張新建, 앞의 책, 41~42쪽을 참조. 그러나 서위가 호종헌이 옥사(獄死)한 사실을 알게 된 것은 가정 45년(1566)의 일로 호종헌이 실제로 죽은 다음해의 일이었으며(盛鴻郎, 앞의 논문, 138쪽), 서위가 정신병이 심해지고 자살을 시도한 것은 가정 44년의 일이므로 호종헌의 죽음 자체보다는 정치적 몰락과 막부 해산에서 원인을 찾는 편이 옳다고 생각한다. 한편, 장여림(張汝霖)은 서위가 미친 상태에서 쓴 <[설압매죽도]에 쓰다〔題雪壓梅竹圖〕>(≪徐渭集≫, 856쪽)를 인용하며 "그 개탄하고 격분하는 뜻이 축을 두드리는 것보다 슬프고 벌건 숯덩이를 삼키는 것보다 괴로운데, 사람들은 화가 미칠 것을 근심하다가 미쳤다고 하니 제대로 알지 못한 것이다〔其感慨激烈之意, 悲於擊筑, 痛於吞炭, 而人徒云慮禍故狂, 知之政未盡也〕."(張汝霖, <刻徐文長佚書序>, ≪徐渭集≫, 1348쪽)라고 함으로써 세간의 설을 일축했다.

왔다. 그런데 이응고 이춘방(李春芳, 1511~1585)이 서위를 막료로 초빙하길 원하여 몇 차례 북경(北京)에 들르게 된다. 북경과 소흥을 왔다 갔다 했지만 이렇다 할 소득은 없었고 오히려 자신을 이용하려던 이춘방에게 모욕을 당할 뿐이었다. 이러한 실제 상황은 당시에 쓴 시에 그대로 담겨 있다.

서위는 자신을 기탁할 곳 없는 새〔鳥〕에 이입한다. 제2장에서 인용한 바와 같이 서위는 <입연(入燕)> 시 제3수에서 자신을 "월 땅의 새〔越鳥〕"로 표현했다. 이 새는 제15~16구에서 "눕는 자리에서 따뜻함을 얻지 못하니, 왔다 갔다 함이 얼마나 끝이 없는가〔臥席不得煖, 來往何憧憧〕."라고 한 것과 같이 북쪽으로 먼 거리를 날아와 편안히 몸을 누일 곳을 찾지 못하고 끝내 돌아가야 하는 신세로 묘사된다.

'새'는 먼 거리를 쉽게 이동할 수 있는 동물로 흔히 자유로움을 상징한다.[251] 그러나 서위의 시에서 새가 나타나는 경우를 살펴보면 대부분 부러움의 대상으로서 자기 자신과 대비되는 존재로 나타나기보다는, 좋지 않은 상황에 처한 자기 자신의 투영체로 나타난다. 앞 소절에서 관찰한 '흰 솔개〔白鷴〕'같이 새장 안에 갇혀 있거나, 이후에 고찰할 감옥에서 쓴 시에서는 '떨어진 새〔落羽〕'처럼 날개를 다치는 등 비정상적인 모습으로 묘사된다. 이 시기 시에서 역시 어느 한 곳에 정착하지 못하고 방황하는 자기 자신을 상징한다는 점에서, 새는 자유와는 거리가 먼 존재이자 자신의 부정적 상황의 투영물이다.

호종헌의 막부에서 나온 직후에 서위는 이와 같이 온갖 이미지를 동원하여 방황하는 자신의 모습을 표현했다. 이 시기 시에 등장하는 새는 자신의 정처 없는 당시 상태를 표현하는 수단이 된다. 아래 시는 북경에서 만났던 동향 출신의 관리 제대수(諸大綬, 1523~1573)와 도대림(陶大臨, 1526~1574)에게, 고향으로 돌아가는 길에 쓴 시이다.

---

251) 새는 인간과 달리 신속하게 먼 거리를 날아갈 수 있다는 특성 때문에 시대와 지역을 초월하여 시에서 자유와 여유의 상징이 되어왔다.

서위는 가정 42년(1563) 겨울에 북경에 갔다가 이듬해 중춘(仲春)에 고향으로 돌아왔고, 같은 해 가을에 다시 북경으로 갔다. 다시 가기 전 귀향길에 지었다.

<徐州道中寄諸陶兩翰君>[252)]

서주의 길에서 제·도 두 한림학사께 부치다

敝裘短策去翩翩,	해어진 가죽옷에 짧은 지팡이 짚고 훨훨 떠나갔으니
昨奉離觴似隔年.	지난날 이별주를 받든 것이 지난해인 듯합니다.
目送浮雲悲遠道,	눈으로 뜬구름을 보내며 길이 멀다 슬퍼하시고
心隨飛鳥向遙天.	마음은 나는 새를 따라 먼 하늘로 향하셨죠.
河流繞岸紛成渡,	물가 감싸며 강물 흐르니 어지러이 나루터 이루었고
馬驟將塵踏作烟.	먼지 이끌며 말 달리니 밟을 때마다 연기 생기네요.
客裏自甘如此景,	객의 신세로는 이런 경치 스스로 달게 여기나
不堪持贈玉堂仙.	감히 옥당의 신선께 가져다 드리지는 못하겠습니다.

제1구의 “해어진 가죽옷과 짧은 지팡이(敝裘短策)”는 가난하고 별 볼 일 없는 자기 자신의 차림새를 말한다. 북경, 즉 이 시의 수신자인 두 한림학사가 있는 곳을 떠나면서 함께 이별주를 든 것이 며칠 전인데 마치 해를 넘긴 듯 그때가 아득하게 느껴진다. 함련은 이별할 당시 두 학사가 먼 길을 떠나는 자신을 걱정해준 마음을 이야기한 것이다. “눈(目)”과 “마음(心)”은 두 학사의 것이고, “뜬 구름(浮雲)”과 “나는 새(飛鳥)”는 떠나는 자기 자신을 가리킨다. 경련에서는 현재 자신이 가는 길을 묘사했다. 경련에 묘사된 분연한 강의 모습, 먼지로 뒤덮인 길의 상황은 미련에 보이듯 나그네인 시인 자신에게는 그런대로 괜찮은 것이다. 그러나 “옥당의 신선(玉堂仙)”[253)]처럼 고

252) ≪徐渭集≫, 818쪽.

253) 옥당선(玉堂仙)은 한림학사의 아호(雅號)이기도 하다. 【玉堂仙】, ≪漢語大詞典≫ 2.0版 참조.

결한 두 한림학사에게는 어울리지 않는 경치이다. 시인은 이 시를 통해 두 학사와 자신 사이의 물리적 거리뿐만 아니라, 고귀한 두 학사와 비천한 자신 사이의 심리적 거리 또한 아울러 드러내고 있다.

역시 새를 끌어와 자신의 오갈 데 없는 처지를 말한 시로, 아래의 작품에서는 새 보다도 못한 상황에 처해 있는 시의 수신자에 대해 말하면서, 아울러 자기 자신도 같은 처지라고 말하였다.

＜送劉君二首(一)＞[254] **유군을 전송하다 2수(제1수)**

南雁正北歸,	남쪽의 기러기 마침 북쪽으로 돌아가는데
君今復南去.	그대는 지금 다시 남쪽으로 떠나는군요.
羽族如避炎,	새들도 더위를 피하는 듯한데,
君胡故觸暑?	그대는 어찌 일부러 더위를 무릅쓰려 하나요?
嗟哉失路人,	아아! 길을 잃은 사람은
安所避辛苦?	어디에서 고생을 피할 수 있을까요?
而我亦同之,	나 역시 이와 같기에
臨歧淚如雨.	갈림길에서 비 오듯 눈물 흘립니다.

기러기는 비록 사시사철 한 곳을 정해 놓고 사는 것은 아니지만 계절에 따라 머물 곳을 옮겨서 더위와 추위를 피한다. 하지만 지금 남쪽으로 떠나는 유군과 '나'는 정해진 길조차도 없이 방황하고 있다. '나' 역시 상대방과 마찬가지로 "길을 잃고〔失路〕" "고생하는〔辛苦〕" 처지라는 점에 감정이 북받치니 정처 없이 떠도는 상황을 스스로 개탄하고 있음을 알 수 있다.

가정 43년 가을, 북경에 다시 간 것은 이춘방이 서위에게 다시 막부로 들어오라고 겁을 주어, 그에게 받았던 초빙료를 모두 돌려주기 위해서였다.[255] 그렇다보니 서위의 입장에서 북경에 다시 가는 것이

---

254) ≪徐渭集≫, 99쪽.

255) "이춘방이 나더러 다시 들어오라고 으름장을 놓았다. 초빙료를 모두 돌려주었으

유쾌한 일이었을 리 없다. 다시 북경에 갔을 때 쓴 다음 시를 보자.

<再至燕, 諸陶兩翰君索草書述懷卷端>256)

다시 연에 이르렀는데, 제·도 두 문사가 초서를 써 달라고 하여 두루마리 끝에다가 술회하다

越南燕北客中身,	남쪽 월 땅과 북쪽 연 땅, 객지에 있는 몸
北去南來祗一春,	남과 북을 왔다 갔다 하니 그저 1년 사이이네.
(一年中來往京師.)	(1년 안에 경사를 내왕했다.)
樽酒又酣今夜月,	한 동이 술은 달 뜬 오늘 밤에도 달지만
布衣如怯去年塵.	베옷은 마치 지난해의 먼지를 겁내는 듯.
旣將細論酬詞客,	이미 상세히 논의하여 사객에게 답하고는
別取高歌混市人,	따로 소리 높여 노래하며 저자 사람과 뒤섞이네.
却怪舍傍楊柳樹,	도리어 괴이한 것은 집 옆에 있는 버드나무가
故飄黃葉仍含嚬.	여전히 누런 잎 날리며 거듭 찌푸리는 것이네.

함련에 주목해보자. 두 한림학사와 다시 만나 함께 마시는 술, 더 나아가서 밤에 달빛 아래에서 마시는 술은 늘 달콤하다. 그러나 베옷은 이곳의 먼지를 겁내고 있다. "베옷[布衣]"은 시인 자신의 옷으로서 결국에는 시인 자신을 가리킨다.

당시 서위는 호종헌이 화를 당한 뒤 의지할 곳을 잃었고, 그 후에도 등용의 기회를 얻지 못했다. 그의 정신병은 정처 없이 돌아다니던 와중에 기미가 보였고, 가정 44년(1565)에는 극도로 심해져 있었

나 받지 않아 고생했다. 받은 초빙료는 은자(銀子)는 양(兩)으로 세어 모두 60량이었고, 이씨의 문하인인 항주 사씨에게서 나왔다. 나는 으름장을 놓았다는 것을 듣고서야 그것을 가지고 사씨에게 납입하였는데 사씨가 받지 않았다. 그래서 이것을 가지고 이씨에게 돌려보냈으나 이씨도 받지 않았다. 따라서 고생했다고 하는 것이다[李聲怖我復入. 盡歸其聘, 不內以苦之. 蓋聘之銀爲兩, 滿六十, 出李之門人抗查氏. 予始聞怖, 持以內查, 查不內, 故持以此歸李, 李復不內, 故曰苦之]." <畸譜>, ≪徐渭集≫, 1329쪽.

256) ≪徐渭集≫, 226쪽.

다. 다음 시에는 정신병이 심했을 때를 회상한 장면이 담겨 있다. 가정 45년(1566), 46세 때 지은 작품으로, 지난해 자신의 모습을 떠올렸다. 정신착란 상태에서 서위가 겪었던 몸과 마음의 방황이 동시에 드러나 있다.

＜喜馬君世培至＞[257] **마세배가 이른 것을 기뻐하며**

仲夏天氣熱,	날씨가 무더운 한여름
戒裝遠行遊,	행장을 꾸려 멀리 여행을 갈 때
訪我未及門,	나를 방문하려는데 문에 이르지도 않아서
遇子橋東頭.	그대를 다리 동쪽에서 만났지.
時我病始作,	당시 나는 병이 막 생겨서
狂走無時休,	멈추는 때 없이 미친 듯이 달렸지.
吾子一見之,	그대께서는 그 모습을 보자마자
握手相綢繆.	손을 잡고 다정하게 대했네.
却云始作病,	도리어 말했지, 병이 시작되었을 때는
未可藥餌投,	약을 투여해서는 아직 안 된다고.
欲以好言語,	좋은 말을 해주어
令我奇痾瘳.	내 기이한 병을 낫게 하려 했네.
從此一爲別,	이로부터 이별하고 나서
歸來歲將周,	돌아오니 1년이 다 되려고 하네.
死則長已矣,	죽으면 길이 끝나버렸을 터인데
生如爲君留.	살아 있으니 그대로 인해 남은 것이네.

제12구까지 지난해 여름의 일을 회상하였고, 마지막 네 구절에서 지금 마세배를 만난 것을 말하였다. 제1~4구에 따르면 지난해 여름, 마세배는 먼 길을 떠나기 전에 서위에게 인사하기 위해 집을 방문하려 했으나 문에 당도하기도 전에 서위를 다리 동쪽에서 만났다.

---

257) ≪徐渭集≫, 73~74쪽.

왜냐하면 제5~6구에서 말했듯 서위는 당시 정신착란 상태로 집 밖을 돌아다니고 있었기 때문이다.

마세배는 이런 서위의 모습을 보고 손을 꼭 잡아주며 위로와 걱정을 아끼지 않았다. 서위는 그 후로 병이 호전되어 1년이 지난 지금 자신이 죽지 않고 마세배를 다시 만날 수 있는 것이 모두 마세배 덕분이라고 말하고 있다. 서위가 회상한 지난해 자신의 모습, 특히 "멈추는 때 없이 미친 듯이 달렸던〔狂走無時休〕"은 당시 자신의 모습은 육체적 방황과 정신적 방황을 아울러 보여준다. 이제 이 시기 서위의 심리 상태를 자세히 살펴볼 차례이다.

(2) 불안한 마음

오갈 데 없는 실제 상황은 몸의 정처 없음을 표현하는 데 영향을 미칠 뿐만 아니라 불투명한 미래에 대한 심리적 불안을 나타내는 데에도 기여한다. 당시 서위는 극도의 불안감에 휩싸여 있었다. 그 불안감은 이상과 현실 사이의 오랜 괴리에서 오는 것이었다.

서위의 한탄, 특히 걸출한 인물이라는 자부심이 강했으나 끝내 나라의 부름을 받지 못한 데서 기인한 상실감은 그의 시에서 지속적으로 나타난다. 다만 그 양상은 시기별로 조금씩 차이를 보인다. 이 시기 서위의 심리 상태는 시대를 잘못 만난 것에 대한 개탄에서 더욱 부정적인 방향으로 한걸음 더 나아간다. 미래에 대한 불안, 자기 생명에 대한 위기의식 등이 신세 한탄에 더해지는 것이다. 이에 따라 이때의 시에서는 세계와, 자아가 이입된 사물 사이의 대립이 좀 더 두드러진다.

먼저 회재불우(懷才不遇)에 대한 심정을 표현한 작품을 살펴보자. 가정 43년 북경에 있을 때 지은 시이다.

<寄彬仲>[258] 빈중에게 부치다

學劍無功書不成,	검술을 배웠으나 공적은 없고 글도 이루지 못하니
難將人壽俟河淸.	사람 수명으로는 황하가 맑아지길 기다리기 어렵구려.
風雲似海蛟龍困,	바다 같은 풍운은 교룡을 피곤하게 하고
歲月如流髀肉生.	흘러가는 세월에 허벅지 살만 생겨나네.
萬戶千門瞻壯麗,	수많은 집 웅장하고 화려함만 우러러보다가
三秋一日見心情.	아홉 달 만에 하루 사람 마음을 보네.
平原食客多雲霧,	평원군에겐 식객이 자욱한 안개처럼 많았으니
未必於中識姓名.	그 중에서 반드시 성명을 알 필요는 없었으리.

수련에서는 문무(文武)를 모두 갖추었으나 때를 만나지 못했음을 이야기하였다. 황하의 물이 맑아진다는 것은 애초에 거의 불가능한 일일뿐더러, 기껏해야 백 년을 사는 인간의 일생에서는 절대로 일어날 수 없는 일이다. 함련의 "풍운(風雲)"은 자신을 괴롭히는 장애물을, "교룡(蛟龍)"은 자기 자신을 가리킨다. 능력을 펼칠 기회가 없어 제대로 움직이지 않으니 가는 세월에 허벅지에 살만 생기는 것이다. 도성의 높고 화려한 집들은 그저 우러러볼 수밖에 없는, 시인과는 전혀 상관없는 경물이다. 또한 수천에 달했던 평원군의 식객들처럼 수많은 객들 사이에 있는 시인은 매우 보잘것없는 존재이다. 북경에서 보고 겪은 일은 이처럼 서위에게 상실감을 가져다주었다.

서위가 겪었던 심리적 고통이 정신착란의 직접적 원인이 되었다고 단정할 수는 없지만, 적어도 그의 착란 증세가 방황으로 인해 불안해하던 와중에 발현되었음은 분명하다.[259] 또한 정신병은 그에게 불안감을 가중시켜 수차례의 자살 시도로 이어지게 만든다. 목숨을

---

258) ≪徐渭集≫, 232쪽.

259) 서위는 북경을 오가는 사이에 "나는 풍병에 걸려 반쪽 얼굴뼈가 아팠고, 7일 동안 콧물이 줄줄 흘렀다〔予被風, 半面骨痛, 鼻黃涕注七日〕."(≪徐渭集≫, 234쪽)라며 뇌풍(腦風) 증세를 보였다. 당시 심한 두통에 시달리고 있었던 것으로 짐작되는데, 곧이어 나타난 정신병과 연관이 있을 가능성이 크다고 판단된다.

끊으려는 의지를 초래할 정도로 불안했던 심리상태는 혹독한 날씨를 견디지 못하는 대나무〔竹〕에 반영되어 있다. 줄기를 부러뜨리고 잎을 없애버리는 눈과 바람은 자신을 무겁게 짓누르는 불안감과 위기의식의 표상이다.

아래 시는 장여림(張汝霖)이 "미친 채로 눈에 눌린 매화와 대나무를 그리고서 이렇게 썼다〔狂中畵雪壓梅竹, 而題云〕"260)라고 설명한 바 있는 작품이다.

<題雪壓梅竹圖>261) **[설압매죽도]에 쓰다**

雲間老檜與天齊,	구름 사이의 노송나무 하늘과 가지런하니
騰六寒威一手提.	등륙의 차가운 위력 한손으로 들어 올렸네.
折竹折梅因底事?	대나무와 매화 부러지니 무슨 일 때문인가?
不留一葉與山溪.	이파리 하나도 산천에 남겨두지 않았구나.

이 시에 묘사된 노송나무는 하늘과 대등한 위치에 있을 정도로 막강한 힘을 가지고 있다. 그래서 눈의 신 등륙(騰六)이 지니고 있는, 추위를 널리 퍼지게 할 수 있는 위력도 한 손에 거느릴 수 있게 된 것이다. 노송나무의 전횡으로 인해 매화와 대나무는 부러져 이파리 하나도 남지 않게 되었다.

이 작품에서 "운간(雲間)"은 중의적으로 쓰였다. 표면적으로는 '구름 사이'라는 뜻으로 노송나무가 높은 것을 의미한다. 그런데 한편으로는 지명으로서 송강(松江)의 다른 이름이다. 따라서 노송나무는 송강부(松江府) 화정현(華亭縣) 출신인 서계(徐階, 1494~1574)262)를 비

260) 張汝霖, 앞의 글, ≪徐渭集≫, 1348쪽.

261) ≪徐渭集≫, 856쪽.

262) 서계는 가정제(嘉靖帝)와 모의하여 당시 전횡했던 환관 엄숭(嚴嵩, 1480~1565)을 실각시킨 인물이다. 호종헌은 엄숭의 무리인 조문화(趙文華)와 소통하고 있었는데, 서계가 내각의 정치적 실권을 거머쥐게 됨에 따라 엄숭의 일당으로 간주되어 옥에 갇히고 결국 옥에서 죽고 만다. 이때 호종헌은 "엄숭과 결당하고 간기·

유하고 있다. 이 노송나무의 위력을 견디지 못하고 부러진 매화와 대나무는 각기 호가 매림(梅林)이었던 호종헌을, 일생을 포의(布衣)로 살았던 서위를 가리킨다.[263]

매화와 대나무가 노송나무에 의해 피해를 입는다는 상상은 다음 시에서도 나타난다. 다음 시 역시 위에서 살펴본 바에 따라 서계와 호종헌, 그리고 서위의 관계를 적용해보면 시인의 의도를 좀더 명확하게 파악할 수 있다.

<雪竹(二)>[264]	**눈 속의 대나무(제2수)**
萬丈雲間老檜萋,	만 장 높이 구름 사이로 오래된 노송나무 무성하니
下藏鷹犬在塘西.	그 아래 매와 개를 숨겨둔 채 연못 서쪽에 있네.
快心獵盡梅林雀,	매화나무 숲 참새를 만족스레 다 잡고 나니
野竹空空雪一枝.	대나무는 아무것도 없이 눈 속에 한 줄기 나왔네.

무성한 노송나무 숲 아래에는 "매와 개[鷹犬]"가 숨겨져 있다. 매와 개는 사냥하는 데 쓰는 동물이다. 이것들이 매화나무 숲에 사는 참새를 다 잡아버렸다. 그리고 남은 것은 눈 쌓인 대나무 한 줄기뿐이다. 높고 무성할 뿐만 아니라 사냥매와 사냥개를 가진 노송나무, 그와는 반대로 참새라는 나약한 새가 깃든 매화나무, 그리고 매화나무의 참새마저 없어져버린 뒤 아무것도 지니지 않은 채 줄기를 뻗은 대나무는 여기에서도 각기 서계, 호종헌, 서위를 연상시킨다.[265]

살펴본 바와 같이 이들 작품은 당시 호종헌과 서위가 처한 난국을 비유적으로 표현하고 있다. 이 두 수의 공통점은 매화와 대나무

탐음한 10대 죄[党嚴崇及奸欺貪淫十大罪]"를 받았다. 張新建, 앞의 책, 39쪽 참조.

263) 이 시에 대한 상세한 분석은 졸고(2012), 앞의 논문, 100~102쪽. 또한 서위가 자기 자신을 대나무에 투영한 양상은 졸고(2010), 앞의 논문, 64~68쪽.

264) ≪徐渭集≫, 844쪽.

265) 이 시는 [설죽도(雪竹圖)](徐渭 繪, ≪徐渭書畵集≫ 上卷, 45쪽)에 쓰여 있다. 이 그림에 대한 설명은 졸고(2010), 앞의 논문, 67~68쪽.

가 위기에 직면했다는 것이다. 다음 시에는 노송나무가 등장하지는 않지만 매화와 대나무가 위험에 처했다는 점은 앞의 두 수와 일치한다.

<雪竹>266) **눈 속의 대나무**

雪壓烟迷月又蹉, 눈이 누르고 구름이 가리며 달이 또 기울어
前村昏黑水增波. 앞마을은 어둑하고 물의 파도가 거세졌네.
梅花也自難張主, 매화도 스스로를 가누기 어려운데
數尺寒梢奈爾何. 몇 척의 찬 가지여, 너를 어찌할 것인가.

제1~2구에는 여러 가지 난관이 나타나 있다. 눈이 세상을 누르는 듯이 내리고, 구름이 자욱하며, 달은 기울어 떨어졌으니, 자연스레 앞마을에 어둠이 가득하다. 세상이 어둠에 휩싸였을 뿐만 아니라 물에는 파도가 더해져 총체적인 난국에 처하였다. 제3~4구는 이와 같은 상황에서는 매화조차도 주체적으로 움직이기 어려우니 대나무 또한 견디기 힘들 것이라는 뜻이다. "찬 가지〔寒梢〕"는 대나무를 가리킨다. 매화"도〔也〕" 몸을 가누기 어려운데 "너를 어찌할 것인가〔奈爾何〕"라는 말은 이 난국에서 대나무가 맞이한 시련이 매화가 맞이한 그것보다 더 심할 것이라고 추측하게 한다.

비슷한 시기에 창작되었다고 추정되는 일련의 시에서 대나무는 꾸준히 위기에 빠진 존재로 나타난다. 서위는 눈 쌓인 대나무, 비를 맞은 대나무, 바람에 흔들리는 대나무 등 여러 상황에 있는 대나무를 상상했다. 그리고 그 대나무들에 모두 위기의 상황을 견디어내지 못하고 쓰러지고 부러져 있다는 공통의 특징을 부여했다. 몇 수 더 살펴보자.

266) ≪徐渭集≫, 844쪽.

<風竹>267)	**바람 속의 대나무**
五竿細篠似荷蒿,	다섯 줄기 가는 조릿대 연과 쑥갓 같은데
數點青苔草面封.	몇 점의 푸른 이끼 풀 위를 감쌌네.
莫怪枝枝半無葉,	가지마다 반쯤 잎이 없는 것 이상하지 않으니
昨宵風雨折長松.	지난밤에 비바람이 큰 소나무를 꺾었었지.

이 시에서는 비바람이 장송을 꺾어버릴 정도로 세찼으니, 대나무 가지마다 잎이 성근 것쯤은 이상하지 않다고 말하였다.

<雪竹(三)>268)	**눈 속의 대나무(제3수)**
畫成雪竹太蕭騷,	그려낸 눈 속 대나무 너무도 드문드문 처량하니
掩節埋淸折好梢.	마디와 맑은 잎 가려지고 덮이며 가지 끝은 꺾여서라네.
獨有一般差似我,	나와 좀 비슷한 점이 오직 한 가지 있다면
積高千丈恨難消.	천 장 높이로 쌓인 한을 없애기 어렵다는 점이네.

대나무가 눈을 맞아 잎도 떨어지고 가지도 부러졌다. 이렇게 눈 속에 깊이 파묻힌 대나무가 '나'와 비슷한 점은 이 눈처럼 쌓인 한을 없애버릴 수 없다는 점이다.

이와 같이 온갖 어려움을 맞닥뜨린 대나무는 서위가 당시 난관에 봉착하여 불안해하고 있던 자기 자신을 형상화한 것이다. 이는 걸출한 인재로서 등용되지 못한 것으로 인한 슬픔보다 훨씬 극심한 심적 고통이다. 당시 서위가 스스로 위태함을 얼마나 크게 직감하였는지 알 수 있다. 위기의식이 초래한 불안감은 자살을 시도하는 데 이르게 한다. 서위는 이때 자해로 인하여 사망하지는 않았지만 죽음의 문턱까지 갔었다는 사실은 여러 기록에 나타나 있다. 다음은 가정

267) ≪徐渭集≫, 845쪽.
268) ≪徐渭集≫, 844쪽.

44년(1565) 45세 때 여러 번 자살을 시도한 이후에 쓴 시이다. 전반 여섯 구만 인용한다.

＜感九詩＞[269)]

여러 번 죽을 고비를 넘기고 느낀 바 있어서

負痾知幾時,	병을 앓은 것이 얼마나 오랜 시간이던가.
朔雪接炎伏,	눈 오는 겨울에서 삼복더위 여름으로 이어졌지.
親交悲訣詞,	친구는 영별의 글에 슬퍼하고
匠氏已斤木.	목공은 벌써 나무를 베어 놓았었네.
(時已成棺.)	(당시 이미 관을 만들었다.)
九死輒九生,	수차례 죽었다가도 번번이 살아났지,
絲斷復絲續,	실이 끊어졌다가도 다시 이어지는 것처럼.
(…)	

제1구의 "병[痾]"은 정신병을 말한다. 정신병에 시달려 수차례 죽으려고 했지만 결국 죽지 않았다. 친구가 슬퍼한 것은 자신이 전한 사별의 말 때문이고, 목공이 나무를 베어 놓은 것은 관을 만들기 위해서였다는 내용 역시 당시 진심으로 죽으려고 했다는 점을 상기시켜준다. 여러 차례 자살을 시도했으나 그럼에도 죽지 않고 살아 있게 되었다.

서위의 정신병은 이 해 겨울에서 이듬해 초반까지는 다소 진정되었다. 이때 서위는 몸을 추스르고 새로이 글도 지어보려 했다.[270)]

---

269) ≪徐渭集≫, 74쪽.

270) 잠시 병이 호전된 상태를 보여주는 시가 있어 인용해둔다. "작은 동산에 매화와 버들의 빛이 가득하니, 바다 근처라 태양을 맞이함에 쉬이 새로움을 얻는다. 아름다운 명절로 이미 바뀌었으니 금년의 날이고, 작은 병 있던 작년의 몸은 그립지 않다. 봉황이 울어 오동나무를 이끄니 진정 평안한 세상이라,(당시에 주사 해공의 상소가 있었다) 여자는 시집가고 남자는 혼인하는데 점차 노인이 되네. 여전히 예전의 마음 남아 있어 없애지 못하니, 오히려 푸른 봄을 대하고서 다시 붓을 들었다(병이 든 후 과거시험 공부와 산문 짓기를 그만두려고 하였으나 그

그러나 그도 오래가지 못하고 정신병이 재발하여 착란 상태에서 계실 장씨를 죽인다. 아래 시는 장씨를 죽인 죄로 옥에 갇혔을 때 살해 당시를 회상하며 쓴 것이라는 점에서 주목된다.

<次韻答少顚師>271) 차운하여 소전사에게 답하다

鯫生莫訝垂憐少,	천박한 인간을 가련히 여기는 사람 적음에 의아하지 않으니
李白猶言欲殺多,	이백도 외려 그를 죽이고 싶어 하는 이가 많았다지.
顧爾難將佛力救,	그때를 돌아보면 불법의 힘으로도 구제하기 어려우니
已拚身向鬼門過.	이미 몸이 귀신 문을 지나가도록 내버려 두었었네.
他年夜雨還思不,	훗날 밤에 비 내리면 다시 생각할 테지만
此日風波奈若何?	이 시절의 바람과 파도를 어찌 하겠는가?
悟後思仇成一笑,	깨달은 뒤에 짝을 생각하니 웃음만 나와
借君如意鼓盆歌.	그대의 여의를 빌려 동이 두드리며 노래한다.

시의 뜻은 이렇다. 옛날에 미친 척 지냈던 이백도 그를 죽이고 싶어 하는 사람이 많았는데272) "천박하고 비루한 인간〔鯫生〕"인 자신 같은 사람이야 어떻겠는가? 장씨를 죽음에 이르게 했을 때를 생각해보면 "귀문(鬼門)"을 지나간 것처럼 스스로를 제어할 수 없었다. "정신이 돌아온 뒤에〔悟後〕" "부인〔仇〕"을 생각해보니 스스로도 그런 일을 벌였다는 데 어이가 없어 외려 웃음이 나왔었다. 그래서 이제

럴 수 없었다)〔小園梅柳色津津, 海國迎陽易得新. 令節已更今歲日, 微痾莫戀去年身. 鳳鳴梧引眞平世(時有海主事公之疏), 女嫁男婚漸老人. 尙有舊心消不得, 偏題彩筆對青春(病後欲絶筆於擧業, 幷諸散文, 而不能也)〕." <병인년 첫날〔丙寅元日〕>, ≪徐渭集≫, 236~237쪽.

271) ≪徐渭集≫, 227~228쪽.

272) 두보(杜甫)의 시 <보지 못해〔不見〕>에 "이백을 못 본 지 오래인데, 미친 척 지낸다니 진정 슬프구나. 세상사람 모두가 죽이고 싶어 해도 내 마음은 유독 인재를 가련히 여긴다〔不見李生久, 佯狂眞可哀. 世人皆欲殺, 吾意獨憐才〕."라 하였다. (唐) 杜甫 撰, (淸) 仇兆鰲 注, ≪杜詩詳注≫ 卷10.

야 동이를 두드리며 부인을 위한 만가(挽歌)를 불러본다.

불안감에 시달렸던 서위는 큰 병을 얻고, 그 병으로 큰 죄를 저질러 일생에서 가장 큰 파국을 맞이하게 된다. 막부에서 나오기 전보다 그 후에 심리적 긴장이 고조되고, 감옥에 들어가서는 위축된 상태를 보여준다. 이 시기 즉 막부 해산 직후부터 감옥에 갇혀 있는 때까지의 심리적인 방황과 억압은 만년의 예술 창작에 큰 영향을 미친다.

2. 억압

(1) 몸의 구속

서위가 느낀 억압과 구속은 수감되기 이전부터 그의 시에 보인다. 그는 호종헌의 막부에 있을 때부터 종종 자신을 갇힌 새에 비유하였다.[273] 갇힌 새 형상은 수감된 이후의 시에서 더욱 자주 눈에 띈다. 갇혀 있는 자신의 모습은 정신병 증세가 있던 40대 중반부터 심리적인 압박으로 인해 시에 출현하기 시작하여, 수감된 이후부터는 실제 상황과 완전히 일치되면서 더욱 구체적이고 다양한 모습을 갖게 된다.

서위는 감옥에 있을 때 사물에 빗대어 구속된 자기 자신의 상태를 표현했다. 자신을 붕어, 용, 새 등으로 비유하였고 그 중에서도 자유롭게 날 수 있는 새를 등장시켜 감옥을 나가고픈 마음을 드러냈다. 다음 시는 융경 5년(1571), 51세 때 지은 것으로 앞의 시와 마찬가지로 감옥에서 나가기를 갈망하는 시이다.

---

273) 42세(1562) 때에는 <흰 솔개〔白鷴〕> 시로써 자신을 갇혀 있는 솔개에 투영했고, 46세 때에는 "나는 비록 살고 있지만 갇혀 있는 새와 같은데, 그대는 이미 탈속하여 허물 벗은 매미(신선)가 되었구려〔我雖活在如籠鳥, 子已瀟然作蛻蟬〕." (<옥선생을 위한 만사〔玉師挽章〕> 중 경련, ≪徐渭集≫, 272쪽)라고 하였다.

<和葛景文>[274] 갈경문에게 화답하다

十丈高垣地, 열 장 높이의 높다란 담이 쌓인 곳
團團遶棘柴, 둥글둥글 가시나무로 둘러싸였다.
青天縣鮒涸, 푸른 하늘에 물 마른 붕어가 걸려 있고
黑洞鎖龍乖. 검은 동굴에 사악한 용이 갇혀 있다.
(…)
每剖遺魚素, 남겨준 흰 물고기를 가를 때마다
翻思去鳥偕, 도리어 떠난 새와 함께할 것을 생각한다.
眞成秋落羽, 진정 가을에 깃털이 쇠해 떨어져
欲插上沖骸. 몸에 꽂으려고 하는 격이다.

시인은 감옥을 높은 담에 가시나무가 둘러 있어 빠져나가기 힘든 곳으로 인식한다. 그리고 그 안에 갇혀 있는 자기 자신을 물이 없는 푸른 하늘에 걸려 있어서 살 수 없는 붕어(제3구),[275] 검은 동굴 안에 갇힌 용(제4구)에 비유했다. 바깥세상으로 나가고 싶은 절박한 마음은 후반 네 구절에 나타나 있다.

"떠난 새〔去鳥〕"는 감옥에 들렀다가 떠난 갈경문을 가리킨다. 그가 남기고 간 음식을 먹을 때마다 그와 함께 이곳을 떠나고 싶은 마음이 든다. 그러나 자신은 깃털이 떨어진 새처럼 나가려고 발버둥 쳐도 그럴 수 없는 신세이다.

자기 자신을 위태로운 존재로 여기다 보니 자신을 둘러싼 모든 것들이 마치 자신을 위협하는 것같이 느껴진다. 그래서 감옥에 갇힌 자기 자신이 높은 담 아래로 떨어져 있다고 여겨질 때 서위는 이렇게 말한다.

---

274) ≪徐渭集≫, 308쪽.

275) <방헌이 죽다〔邦憲死〕>(≪徐渭集≫, 242쪽) 시에서도 "검은 밧줄 앞에 있는 물 마른 물고기 눈물이 다했다〔淚盡枯魚黑索前〕"라며 자기 자신을 "고어(枯魚)" 즉 물속이 아닌 바깥에 있어서 몸이 말라버려 위태로운 물고기에 비유했다.

高垣沼我驅,	높은 담이 나를 빠뜨려 내몰고,
棘刺長如荻.276)	가시나무는 억새처럼 자랍니다.
(…)	

"소(沼)"자는 본래 연못 혹은 늪을 가리키며 일반적으로 명사로 쓰이지만, 이 구절에서는 활자(活字)로 쓰인 것으로 판단된다. "아(我)"를 "소(沼)"한다는 것은 '나'를 마치 늪 안으로 빠지듯 안쪽으로 들여보내어 빠져나오지 못하게끔 한다는 뜻으로 읽힌다. 바로 뒤의 "구(驅)"자는 '핍박하다, 내몰다'라는 의미를 가지고 있다. 따라서 이 구절은 "높은 담[高垣]" 아래의 작은 공간으로 '나'가 깊숙이 빠져 들어가 있는 모습을 상상하게 한다. 게다가 가시나무까지 빠른 속도로 자라나고 있으니 이 국면을 타개할 수 있는 가능성이 훨씬 줄어든 셈이다.

구속된 상태에서 서위가 느끼는 억압감은 눈[雪]을 묘사할 때에도 뚜렷이 드러난다. 다음 연작시는 감옥에서 눈이 내리는 것을 보고 쓴 것이다.[277] 먼저 제1수를 보자.

<雪二首(一)>[278] **눈 2수(제1수)**

在縶	감옥에서
夜雪一何花,	밤에 내린 눈 얼마나 꽃 같은지
曉樹千條綴.	새벽 나무의 천 개 가지를 장식했다.
定有瀟然人,	마침 초탈한 모습을 한 사람
獨臥紛如內.	홀로 누우니 어지러운 마음속.

---

276) <공단에게 화운하여 답하다[答和公旦]> 2수 중 제1수 제1~2구, ≪徐渭集≫, 77쪽.

277) ≪서문장일고(徐文長逸稿)≫에는 연작시로 묶여 있지만 실제로 연이어 쓴 것인지, 애초에 서위에게 하나의 제목 아래 묶으려는 의도가 있었는지는 시의 내용만으로는 단정할 수 없다.

278) ≪徐渭集≫, 712쪽.

圜瓦白壓予,　　감옥의 기와는 흰색으로 나를 누르고
鼠穴綿與毳.　　쥐구멍에는 솜털이 쌓여 있다.

제1~2구에서 밤새 눈이 내려 나뭇가지에 쌓인 것이 마치 꽃이 핀 것 같다고 이야기하였다. 이 두 구절만 보면 이하로도 눈 내린 경치의 아름다움이 전개될 것 같지만 실제로는 그렇지 않다. "소연(蕭然)"은 세속을 벗어나 얽매이지 않는 모습, 깊숙하고 고요한 모습 등을 나타내므로 제3구는 겉으로 보기에는 초연한 사람이 있다는 뜻이다.

그런데 이어지는 구절에서 그의 "내면[內]"에 관해 말한 것은 "분여(紛如)" 곧 어지러움이다. 서위는 제3구에서 "인(人)"자를 써서 자기 자신을 우선 대상화한 뒤 제5구에서 다시 "여(予)"자로 주체화하고 있다. 제5~6구는 그의 마음이 분연(紛然)한 이유를 말하고 있는 듯하다. 바로 감옥 기와에 쌓인 하얀 눈이 자신을 누르고, 쥐구멍 같은 이곳에 솜털 같은 눈이 가득 쌓여 있다는 것이다. 눈이 초래하는 억압감은 제2수에 더욱 구체적으로 묘사되어 있다.

(二)[279]　　**(제2수)**

屋腐隙西椽,　　지붕 썩어 서쪽 서까래에 틈 벌어졌는데
密雪夜如織,　　빽빽한 눈이 밤에 베를 짜듯 오네.
朝窺牀簟頭,　　아침에 대나무 돗자리 주위를 보니
白糝高一尺.　　흰 쌀알 같은 눈이 한 자 높이로 쌓였네.
側身不敢搖,　　몸을 기울여도 털어낼 수 없어서
寒籠戢僵翼,　　추운 새장 속에서 뻣뻣한 날개 움츠리고 있네.
伴侶同苦辛,　　반려자도 함께 고생하고 있으니
何從乞漿食.　　어디에서 미음을 구걸하겠는가.

279) ≪徐渭集≫, 712쪽.

틈이 벌어진 지붕 아래에서 잠을 자는데, 눈이 그 틈 사이로 들어와 잠자리 주위에 높이 쌓였다. 그 안에서 움직이지 못하고 있으니 마치 겨울에 새장 안에 있는 새가 날개를 움츠리고 있는 꼴이다.[280]

이로써 이 시기 서위의 불안하고 긴장된 심리상태가 감옥이라는 공간 자체뿐만 아니라 다른 시적 대상을 통해서도 발현되었음을 알 수 있다. 제2장에서도 고찰한 바와 같이 당시 서위는 자신을 둘러싼 현실의 모든 것을 부정적으로 인식하였고, 특히 그 현실의 공간이 자기 자신을 압박하고 옥죄어온다고 생각했다. 구속된 채로 억압받고 있다고 느꼈던 서위는 자연스레 이 현실에서 하루빨리 벗어나길 희망한다. 아래 시는 정황상 자신을 후원해 주었던 호종헌의 죽음을 의식하고 쓴 것으로 추정되는데, 아무도 자신을 꺼내주지 못하는 현실에 절망하는 모습을 엿볼 수 있다.

<背樹>[281]	**등 뒤의 나무**
背樹零宵露,	등 뒤의 나무에 밤이슬이 떨어지니
羈魂斷曉鋪,	묶인 이의 심정은 새벽 침상에서 끊어지네.
正當愁畫地,	마침 감옥에 있는 것이 근심스러우니
誰遣放啼烏?	누가 우는 까마귀를 놓아주겠는가?
拭淚身仍縶,	눈물을 닦아도 몸은 여전히 매어 있으니
酬恩計轉迂,	은혜에 보답할 계책 어그러졌네.
應勞垂老魄,	응당 늙은 영혼을 수고롭게 하여
結草向冥途.	결초보은(結草報恩)하러 지옥으로 향하리.

등 뒤에 굳건히 서 있는 나무 같은 존재가 어려움을 당하니 감옥에 있는 몸으로 더 애가 끊어지는 것이다. 까마귀처럼 울어보지만

280) 눈이 초래하는 억압감과 관련하여 이 시에 대해 분석한 것은 졸고(2012), 앞의 논문, 106~107쪽.

281) ≪徐渭集≫, 182쪽.

아무도 감옥에 있는 자신을 꺼내줄 사람이 없다. 몸이 묶여 있으니 지금은 등 뒤의 나무에게 은혜를 갚을 방법이 없어, 결초보은의 고사에서처럼 망혼(亡魂)으로서 풀을 묶어서라도 은혜를 갚겠다고 말하고 있다. 시인의 감정이 고조됨과 동시에 시선은 감옥 밖으로 향한다. 밖에 있는 사람을 그리워하거나 밖에 있는 장소에서 자유를 누리고 싶어서이다.

<景文至其舅劉所, 過圜中二首(二)>[282)]

경문이 그 삼촌 유씨 댁에 이르렀다가 감옥에 들르다 2수(제2수)

禪寺將圜土,	사찰이 감옥 옆에 있으니
誰能辨寂譁?	누가 고요함과 시끄러움을 분별할 수 있겠는가?
每看飛去鳥,	날아가는 새를 항상 보았는데
定歇梵林花.	사찰의 꽃에서 멈추어 쉬네.
隸飯朝分鼠,	죄인의 밥은 아침에 쥐에게 나누어주고
兒書夜雜蛙,	아이의 편지는 밤에 개구리소리와 뒤섞인다.
懷人不可見,	그리운 사람을 볼 수 없으니
腸斷一輪車.	수레 한 대에도 애간장이 끊어진다.

실제로 서위가 있던 감옥 옆에 절이 있었던 모양이다. 세계가 감옥과 감옥 바깥에 있는 사찰로 나뉘어 있는데, 시인은 감옥을 "시끄러운〔譁〕" 곳으로, 사찰을 "고요한〔寂〕" 곳으로 보고 있다. 함련에 묘사되어 있듯 사찰의 모습은 정적(靜的)인 반면, 경련에 묘사된 감옥 안은 시끌벅적하다. 쥐와 같이 살다시피 하여 주어지는 밥도 함께 먹는 것과 다름없고, 자식의 편지에는 보채는 말이 있어 개구리가 우는 것처럼 소란스런 소리가 들리는 듯하기 때문이다. 감옥 바깥을 지나가는 수레소리만 들어도 그리운 사람이 왔는지 싶어서 애간장이 끊어진다. 마지막 두 구절을 통해 시인의 지향점이 바깥에 있음

282) ≪徐渭集≫, 200쪽.

을 알 수 있다.

산에 사는 갈백강(葛百岡)이라는 이에 대해 쓴 <장자산거(長者山居)>[283] 시 제17~20구에서도 바깥세상을 지향하고 자유를 꿈꾸는 모습을 볼 수 있다.

(…)
念子處其中, 생각건대 그 가운데 있는 자네는
翩若羲農身, 복희씨·신농씨의 몸으로 훨훨 날 텐데
嗟彼南冠者, 아아, 저 남관을 쓴 사람은
何時愜登臨. 어느 때에나 마음 편히 산수를 유람하려나?

"남관자(南冠者)"는 죄수인 자기 자신을 지칭한다. 산속에 있으면서 상대방은 자유를 누리겠지만, 지금 갇혀 있는 자신은 언제쯤 등산임수(登山臨水) 즉 산에 오르고 강물을 내려다 볼 수 있을지 알 수 없다고 말했다. 이렇듯 서위는 감옥에 있는 신세를 달관하지 못하고 끊임없이 그곳을 벗어나고 싶어 했다. 부정적인 현실이 가져다주는 억압감과 불안의식이 그를 무겁게 짓누르고 있었기 때문이다.

(2) 자존의식의 퇴색

자신이 옳고 세상이 그르다고 언명할 정도로 높았던 서위의 자존의식은 암울한 현실이 계속되면서 점차 흔들리기 시작한다. 그는 시를 통해 자신은 무너지지 않고 묵묵히 자신의 갈 길을 가고 있다고 스스로를 위로하는 등 긍정적인 의지를 보이기도 하지만, 이내 자신의 재능을 펼치고 싶은 생각이 수그러들었음을 알린다. 이 시기에는 그동안 확고했던 자존의식이 유지와 상실을 반복하며 조금씩 퇴색되다가, 출옥 이후에는 완전히 상실되는 데 이른다.

---

283) ≪徐渭集≫, 74~75쪽.

서위는 수감되기 이전부터 한(漢)의 위백양(魏伯陽)이 쓴 ≪참동계(參同契)≫에 주석을 다는 작업을 하고 있었다. 49세 때인 융경 3년(1569)에 옥중에서 완성하였는데, 이때 쓴 <양생에 관한 책이 완성되어 그 일과 꿈에 대해 기록하다(養生書成紀事與夢)>284) 시에서는 감옥에 있음에도 불구하고 묵묵히 자신의 갈 길을 가겠다는 의지를 보여준다. 경련과 미련만 인용한다.

(…)
中郎贖命慳修史, 중랑은 목숨 속바쳐 역사서 편찬은 어그러졌지만
叔夜濱刑且養生, 숙야는 형벌에 임박해서도 양생하였네.
見說漁翁憑一葉, 듣자하니 어부는 일엽편주에 의지하여
波掀浪穩付前程. 파도가 높이 치든 잔잔하든 앞길로 나아간다네.

"중랑(中郎)"은 채옹(蔡邕)을, "숙야(叔夜)"는 혜강(嵇康)을 가리킨다. 채옹은 한(漢)의 역사를 기록하려고 하다가 죽임을 당하여 그렇게 하지 못했다. 그러나 양생(養生)의 기술을 연마했던 혜강은 형장(刑場)에서도 무덤덤하게 <광릉산(廣陵散)>을 연주했다고 한다. 서위는 어부가 일엽편주로 나아간다는 말을 통해 자신도 양생에 관한 책에 주석을 달았으니, 혜강이 그랬듯 묵묵히 자기 갈 길만 가겠다는 뜻을 드러내었다.

파도가 거세든 잔잔하든 앞으로 나아가는 것. 이것이 감옥에 갇힌 서위가 자신에게 희망할 수 있는 것의 전부였다. 지금과 같은 상황에서 가장 크게 바랄 수 있는 일은 이렇게 삶에 대한 끈을 놓지 않는 것이었다. 다음 시에도 배(舟)가 등장한다.

284) ≪徐渭集≫, 273~274쪽.

<五十生辰, 吳景長攜諸子弟餉予圜中>285)

50세 생일에 오경장이 여러 자제를 이끌고 감옥에 있는 나를 대접하다

回頭四十九年差,	49년을 돌이켜보면 잘못되었으니
兀兀將身伴肺嘉.	고독하게 몸은 폐가석과 짝하고 있네.
(石名, 太古以石爲獄.)	(돌 이름. 태곳적에는 돌로 감옥을 만들었다.)
齒數眞慚虛犬馬,	이빨 개수는 부질없이 개와 말의 것임에 부끄러운데
枝幹猶記渾龍蛇.	줄기에 붙은 가지는 오히려 온통 용과 뱀이었던 것만 기억하네.
縱令百歲能餘幾,	설령 백세이더라도 기회는 남아 있을 수 있으니
況復孤舟未有涯.	하물며 외로운 배 아직 끝이 없음에랴!
多謝諸君留醉久,	감사하게도 여러 군이 오래도록 취하게 해주니
棘牆新月上梅花.	가시나무 엮은 담장의 새 달 매화 위에 올랐네.

융경 4년(1570) 2월, 서위는 50세가 되었다. 그동안 그릇된 삶을 살아 감옥에 갇히게 되었다. 시인은 자신이 이룬 것 하나 없이 부질없이 나이만 먹었다는 생각을 "견마(犬馬)"의 이빨이라고 자신을 낮춤으로써 드러내었다. 그런데 "줄기에 붙어 있는 가지〔枝幹〕"같이 가까운 이들은 자신을 "용사(龍蛇)"처럼 걸출한 인물로만 기억한다. 50세가 아니라 100세가 되었더라도 아직 모든 게 끝난 것은 아니므로 아직 끝이 보이지도 않는 배와 같은 경우는 말할 것도 없다. 이 말을 통해 서위는 자신이 지금은 비록 감옥에 있으나 아직 모든 것을 포기하고 절망하기에는 이르다는 뜻을 내비치고 있다.

이 시기 서위는 이처럼 완전히 절망에 빠지지 않고 긍정적인 의지를 표명했다. 그러나 이러한 의지는 더 젊은 시절에 드러냈던 방약무인(傍若無人)의 강한 자존의식과는 큰 차이가 있다. 자기 자신을 매우 훌륭한 인물이라고 여겼던 데서 한 걸음 물러서서, 자신이 여

285) ≪徐渭集≫, 805쪽.

전히 걸출하지는 않더라도 모두 포기해버리기는 이르다는 쪽으로 옮겨온 것이다.

자존의식이 퇴색해가는 와중에 서위는 자신의 처지를 심하게 비관하는 극단적인 방향으로 나아가기도 한다. 예를 들어 다음 시에서 서위는 쉽게 얻을 수 없는 음식을 빼앗긴 일을 계기로, 자신이 누가 언제 먹어치울지 모를 상 위의 음식 같다고 여기면서 슬픔을 감추지 못한다.

＜几上篇＞286) **궤상편**

呂師翁餉以彘肩，爲人所攫．時翁攝縣，余在縶，賦呈．

여사옹이 돼지 허벅지고기를 가져다주었는데 남에게 빼앗기고 말았다. 당시 옹은 현을 다스리고 있었고, 나는 옥에 갇혀 있어 시를 드렸다.

鼎肉聞臺使，	익힌 고기에 대해서는 미친한 심부름꾼을 들어보았고
生魚屬校人，	살아 있는 물고기는 연못 관리인에게 의탁했었지.
味珍宜染指，	맛있는 음식은 마땅히 손가락에 묻혀야 하니
意到卽沾脣．	생각이 나자 곧바로 입술이 촉촉해진다.
黄霸知烏攫，	황패는 까마귀가 낚아챈 것을 알았고
張湯掘鼠詢，	장탕은 쥐를 끝까지 찾아내 심문했지.
自憐如几上，	상 위에 놓인 것 같아 스스로를 불쌍히 여기는데
念此益酸辛．	이를 떠올리니 더욱 코가 시큰거린다.

제1구와 제2구는 각기 목공(繆公)이 하인을 보내 자사(子思)에게 삶은 고기를 준 이야기, 정(鄭) 자산(子産)이 물고기를 선물 받아 연못 관리인에게 기르도록 하였다는 이야기를 원용한 것이다.287) 고사에서 "미친한 심부름꾼[臺使]"은 자사에게 고기를 가져다주는 역할을 한 인물이고, "연못 관리인[校人]"은 자산에게 위탁받은 물고기를 중

286) ≪徐渭集≫, 753쪽.
287) 두 이야기의 출전은 모두 ≪맹자(孟子)·만장(萬章)≫이다.

간에서 먹어치우고는 자산에게 놓아주었다고 거짓말을 한 인물이다.

자주와 함께 수련을 읽어보면, 현령이었던 여사옹이 서위가 있는 감옥으로 고기를 전달하도록 하인을 보내었는데, 그 고기를 누군가 가로채어 먹어버렸을 것이라고 짐작할 수 있다. 하지만 고사에서 고기를 사양했던 자사, 물고기를 먹지 않고 기르려 했던 자산과는 달리, 서위는 자신이 손에 기름을 묻혀가며 맛있게 먹을 것을 생각하고 고기를 떠올리자마자 군침이 흐른다고 말하고 있다.

그러나 까마귀가 아전의 고기를 낚아채갔다는 것을 알고 있었던 황패, 고기를 가져간 쥐를 끝까지 찾아내어 심문했던 장탕과는 달리, 자신은 빼앗긴 고기를 찾을 방법이 없다. "상 위에 놓인 것〔如几上〕" 같다는 말은 상 위에 놓인 고기같이 아무에게나 유린당하기 쉽다는 뜻이다. 감옥에 갇혀 있는 죄수인 것도 서글픈데, 먹을 것까지 빼앗기니 이토록 가련한 자기 신세에 감정이 복받친다. 자신이 차려 놓여진 먹잇감 같다는 말에서 패기 넘치는 자존감은 찾아보기 어렵다.

『 제3절　출옥 이후 : 자아의 패배

이 절은 서위가 가석방된 만력(萬曆) 원년(1573)부터 73세의 나이로 생을 마감하는 만력 21년(1593)까지의 시를 다룬다. 신종(神宗)의 즉위와 함께 만력으로 연호가 바뀌고 대사면령이 내려졌다. 이때 서위도 장원변(張元忭)의 도움으로 가석방되어 언제든 외출이 가능해지게 되었다. 이 해 53세가 된 서위는 이때부터 감옥을 벗어날 수 있었고, 만력 3년(1575)에는 석방이 비준되어 완전히 자유의 몸이 된다.[288)]

이후로 죽을 때까지의 시를 살펴보면 자기 자신에 관한 언술은 앞선 시기에서보다 큰 비중을 차지한다. 주목할 점은 세계를 향해 있던 부정적 시선이 발광·입옥 시기를 거치면서 조금씩 '나'로 옮아온 뒤, 이 시기에는 완전히 '나'로 향한다는 것이다. 이제 서위는 세계의 없음이나 되지 않음을 문제 삼는 것이 아니라, '나'의 가지지 못함이나 할 수 없음을 문제 삼는다.

1. 단절

(1) 공허한 자유

감옥에서 절망적인 나날을 보냈던 서위는 가석방 직후 드디어 간절히 꿈꾸었던 자유를 만끽하게 된다. 이 시기에 유독 자주 등장하는 보검(寶劍)은, 뇌환(雷煥)이 상서로운 보랏빛 기운을 보고 풍성(豐

288) <畸譜>, ≪徐渭集≫, 1329~1330쪽.

城)의 한 감옥에서 파냈다는 고사[289]와 맞물려 출중한 재능을 지닌 채 감옥에 갇혀 있었던 서위 자신을 상징한다. 그리하여 자신의 출옥은 보검이 세상으로 나오는 것과 같다. 이러한 상상은 뇌환의 고사에서 보검이 용으로 변하여 솟구쳐 오르는 장면까지 은연중에 흡수하여, 구속에서 벗어나 자유롭게 자신의 뜻을 펼치리라는 서위의 장대한 뜻을 내포하고 있다. 다음은 서위가 만력 원년(1573) 가석방되어 감옥을 나오자마자 지은 시이다.

<除夕通宵飮吳景長宅, 時久繫初出>[290]

선달그믐에 밤새도록 오경장의 집에서 술 마시다. 당시 오랫동안 감옥에 있다가 막 나왔다

吳家兄弟解留客,	오씨 형제는 객을 초대할 줄 알아서
鎭江窩筍櫻桃乾.	진강의 와순과 마른 앵두를 차렸네.
飮我金杯三百斛,	금 술잔에 3백 곡 술을 나에게 대접하니
五更漏轉猶未殘.	5경의 시간이 한 바퀴 돌았는데도 없어지지 않네.
我繫六年今始出,	내가 6년 동안 갇혀 있다가 이제서 나왔으니
寶劍一躍豐城寒.	보검이 뛰어올라 풍성이 서늘해졌네.
登樓忽見梅花發,	누대에 오르니 문득 활짝 핀 매화가 보이고
時有春意來珊珊.	때때로 봄기운이 반짝반짝 빛나네.
醉餘皓首衝泥滑,	술기운에 흰머리 노인 진흙 밟다 미끄러질까봐
欲跨白馬呼銀鞍.	백마를 타려고 은빛 안장을 부른다.

제1~4구에서 밤새도록 술을 즐기는 모습은, 감옥 안에서 쥐들과 먹을 것을 나누어 먹어야 할 정도로 부족하고 긴장했던 상황과는 반대로 풍족하고 편안하다. 마치 용천(龍泉)·태아(太阿)검이 감옥 지하 깊숙한 곳에서 세상 밖으로 나오듯 자신도 감옥을 벗어났는데,

289) 《晉書》 卷36.
290) 《徐渭集》, 723쪽.

마침 한 해를 시작하는 봄이 되어 영롱한 봄기운을 내비친다. 시인은 취기가 남아있는 채로 질척거리는 길을 무릅쓰고 가다가 미끄러질까봐, 은빛 안장을 두른 백마를 타려고 한다.

이 시의 마지막 두 구절은 두보 시의 "흰 머리 노인이 진흙길 무릅쓰길 겁낼까 헛되이 의심하겠지만, 실제로는 험한 길을 함께할 은빛 안장이 없어서이네〔虛疑皓首衝泥怯, 實少銀鞍傍險行〕."291)라는 구절을 원용한 것이다. 두보는 이 구절을 통해 상대방이 은빛 안장을 두른 말을 보내주지 않아 약속을 지키지 못한 것이지, 늙어서 진흙길을 가길 겁내는 것이 아니라고 말하였다.

서위는 두보에게서 "흰머리〔皓首〕," "진흙을 무릅쓰다〔衝泥〕," "은안장〔銀鞍〕"을 빌려 오씨 형제가 자신을 넉넉하게 대접하였다는 뜻을 전하고 있다. 진흙길에 미끄러지는 것이 염려될 정도로 술을 취하도록 마셨고, 가는 길까지 좋은 안장이 씌워진 말을 타고 갈 터이니 매우 좋은 대접을 받은 것이다.

이처럼 술을 마음껏 마시고 여유롭게 행동하는 모습은 만물을 소생시키는 봄기운을 언급한 데서 느껴지는 희망, 보검이 세상에 나왔다는 말에 담긴 자부심에 더해져 시인이 그토록 바라던 자유를 만끽하고 있으며, 앞으로 펼쳐질 삶에 대해 기대감을 갖고 있음을 보여준다.

서위가 출옥 직후에 품었던 자유로운 삶에 대한 의지는 시 작품이 긍정적인 분위기를 띠는 데 도움을 준 듯하다. 같은 해 향로봉(香爐峯)에서 우거하면서 지은 아래의 시는 서위의 변화된 심리상태를 십분 보여주고 있다.

---

291) <최평사의 아우가 마중 나올 것을 약속했는데 이르지 않아, 응당 늙은이가 비에 길이 질척거리는 것을 보고 나오길 겁내어 좋은 기약을 어긴다고 생각할까봐 붓을 놀려 장난삼아 편지를 쓰다〔崔評事弟許相迎不到, 應慮老夫見泥雨怯出必愆佳期, 走筆戱簡〕>, 杜甫 撰, 仇兆鰲 注, 앞의 책 卷18.

<寓香爐峯下, 註郭子竟, 淸明夕二客攜筍茗來, 擬登>[292)]

향로봉 아래에 우거하면서 곽자의 책에 주석 다는 일을 마쳤는데, 청명절 저녁에 두 객이 죽순과 차를 들고 와서 올라갈 것을 계획하다

閒來註罷景純經,	한가할 때 경순의 경전에 주석 달기를 마치니
客舍樵居烟霧生,	나무꾼이 사는 객사에 안개가 생기네.
流水細分牀畔響,	은은하게 흐르는 물소리 침대 가에서 울리고
羣峯尖與筆端迎.	뾰족한 여러 봉우리는 붓 끝과 함께 맞이하네.
春城筍茗來雙客,	봄 성에서 죽순과 차 가지고 두 손님이 와서
夜火淸明坐二更,	밤 등불 켠 청명절에 2경까지 앉아 있네.
却喜香爐峯靄盡,	도리어 기쁜 것은 향로봉에 안개가 걷혔으니
明朝不用雨中登.	내일 아침 빗속에 올라갈 필요 없는 것이네.

이 시에서는 감옥에서 쓴 시에 나타났던 긴장감이나 억압감은 더 이상 찾아볼 수 없다. 시인은 자신을 둘러싼 자연환경과 자신을 찾아온 두 손님을, 자신과의 이원적인 대립 없이 담담하게 받아들이고 있다. 또한 미련에서 향로봉에 안개가 걷혀 비를 맞지 않아도 된다고 한 것은 내일 벌어질 현실적 상황을 그대로 보여주는 것이지만, 아울러 맑게 갠 하늘처럼 어떤 어려움도 없는 자신의 미래를 암시하는 것이기도 하다고 생각된다.

바로 다음날 쓴 시에서도 "그저 대나무를 보느라 배고픔을 참고 지나가다가, 오히려 직접 돈을 주고 술에 취하여 돌아왔다〔祇緣看竹忍飢過, 翻自擲錢買醉回〕."[293)]라는 등 긍정적인 방향으로 처지가 변화한 것을 읊은 예는 출옥 직후의 시에 더러 보인다.

---

292) ≪徐渭集≫, 252쪽.

293) <다음날 운문을 유람할 때 계교점의 꽃 핀 배나무 아래에서 취하도록 술을 사 마셨다. 운문에는 큰 나무가 있는데 전하기로는 반고 때부터 있었다고 한다〔次日遊雲門, 買醉溪橋店梨花樹下, 雲門有大樹, 相傳樹自盤古〕> 함련, ≪徐渭集≫, 252쪽.

역시 풍성의 보검 고사를 원용한 시로 다음을 보자. 이 시는 만력 원년(1573) 악주부판(鄂州府判)으로 부임하기 위해 소흥을 떠나는 갈혼(葛焜)을 전송하면서 쓴 칠언율시이다.294) 전반 네 구절은 송별하는 상황에, 후반 네 구절은 자기 자신에 초점을 맞추어 서술하였는데 여기에서는 후반부에 좀더 주목해보자.

<送葛韜仲>295)	**갈도중을 전송하다**
時予初解繫.	당시 나는 막 풀려났다.
杏花楊柳夾扶疏,	살구꽃과 버들가지 양쪽 물가에 무성한데
送客澄江煮白魚,	객을 전송하려고 맑은 강에서 흰 물고기를 익히네.
紫豔葡萄千日酒,	고운 자줏빛의 포도는 천일주가 되었고
白藤花匣萬言書.	흰 꽃 등나무로 만든 화갑에는 상소문 들어 있지.
豐城劍出應雙躍,	풍성의 검이 나오니 응당 두 자루가 뛰어올랐는데
罍觀緣多且獨居,	술집과의 인연이 많아 잠시 홀로 살고 있네.
待爾他年拂衣日,	자네가 훗날 옷깃 떨치며 돌아올 때에
看予渡海跨青驢.	푸른 나귀를 타고 바다를 건너는 나를 보겠지.

경련은 자신이 감옥에서 막 세상 밖으로 나온 보검이지만 아직은 실컷 술을 마시며 혼자 지내고 있다는 뜻이다. 미련은 상대방이 옷에 붙은 세상의 먼지를 털어버리고 고향으로 돌아올 때 즈음에, 아마도 자신은 신선처럼 나귀를 타고 바다를 건너고 있을 거라는 말이다.296) 이를 통해 서위가 감옥에서 벗어난 뒤에 마음껏 취하는 기

294) 盛鴻郎, 앞의 논문, 153쪽.

295) ≪徐渭集≫, 223쪽.

296) 제8구는 민간 전설 속의 신선 장과로(張果老)를 염두에 두고 쓴 것이 아닌가 한다. 장과로를 비롯한 팔선(八仙)은 각기 다른 방법으로 바다를 건넜는데, 이때 장과로는 종이로 된 나귀를 탔다고 한다. 장과로가 흰 나귀〔白驢〕를 타고 다녔다는 이야기는 여러 문헌에 보인다. 그런데 서위의 이 시에서는 "푸른 나귀〔青驢〕"라고 하였으니 장과로의 전설과 완전히 일치하는 것은 아님을 알 수 있다. 다만 이와 같은 민간 전설을 염두에 두고서 신선처럼 바다를 건너는 자유로운

뿐과, 신선에 버금가는 정신적 자유를 얻었다는 점을 알 수 있다.

서위가 자유를 얻은 점은 분명하지만 그 자유는 도리어 공허한 것이었다. 감추어져 있던 보검이 세상 밖으로 나오듯 자신이 구속에서 벗어나는 것, 마음껏 술도 마시고 가고 싶은 곳에 갈 수 있는 것, 안개가 걷히듯 장애물이 없어진 미래를 상상해 보는 것. 모두 감옥 안에서 꿈꾸었던 일이지만 여기에는 목적이 결여되어 있을 수밖에 없었다. 아마도 당시 서위는 이미 나이가 많기도 했고, 정신이 여전히 온전치 않은데다가 살인이라는 중죄를 저질러 더 이상 과거 급제에 대한 열망을 이어나가기 어려웠을 것이다. 그렇다보니 무엇을 이루겠다는 구체적인 바람 없이 자유만 얻었을 뿐이었다. 그리하여 서위는 자신이 다른 사람들과 매우 동떨어져 있다고 느끼게 된다. 특히 관직을 맡고 있는 지인에게 쓴 시에 이 점이 분명히 드러나 있다.

아래 시는 서위가 천목산(天目山)을 여행하기 직전에 장원변에게 이별을 고하며 쓴 것이다. 장원변은 서위가 석방되는 데 가장 큰 힘을 써주었던 인물로 당시 한림원수찬(翰林院修撰)이었다.

<十四日飲張子藎太史宅, 留別>297)

14일에 장자진 태사의 집에서 술 마시고 이별할 때 남기다

久繫初出, 明日游天目諸山.

오랫동안 갇혀 있다가 막 나왔다. 다음날 천목의 여러 산을 유람했다.

斗酒那能話不延,	한 말 술에 어찌 말을 끌지 않을 수 있겠는가?
此行無事不堪憐.	이 떠남에 가엾지 않은 일이 없네.
弓藏夜夜思彎日,	활은 숨겨둔 채 밤마다 당길 날을 생각하고
劍出時時憶掘年.	검은 꺼내어 때때로 발굴했던 날을 떠올리네.

존재가 되리라는 뜻으로 이 구절을 써냈다고 추측해본다. 장과로에 대해서는 浦江清 撰, <八仙考>, ≪浦江清文錄≫, 42~43쪽 참조.

297) ≪徐渭集≫, 805쪽.

老淚高梧雙欲墮,	늙은이의 눈물과 높은 오동나무 잎은 둘 다 떨어지려 하고
孤心缺月兩難圓.	외로운 마음과 이지러진 달 둘 다 둥그레지기 어렵겠지.
明朝總使淸光滿,	내일 아침 설령 맑은 빛이 가득하다 하더라도
其奈扁舟隔海天.	작은 배 타고 바다와 하늘로 떨어져야 함은 어쩔 수 없구나.

이 시의 내용은 두 갈래로 나뉜다. 하나는 여행을 떠나면서 장원변과의 헤어짐을 아쉬워하는 것이고, 다른 하나는 서위 자신의 신세를 한탄하는 것이다. 사실 서위의 떠남은 단순히 스스로 여행을 하기 위한 것이었다. 이 여행에 강제성은 전혀 없었을 뿐더러 좋지 않은 일로 인해 가게 된 것도 아니었다. 그럼에도 불구하고 서위가 장원변에게 남기는 이 시에서 "늙은이의 눈물〔老淚〕"이나 "외로운 마음〔孤心〕" 같은 처량한 시어를 쓰고, 미련에서 그와 멀리 떨어지는 상황을 그토록 애달파 한 것은 어째서일까.

수련에서 말한, 가련하여 말을 잇지 않을 수 없는 일들은 이 시의 함련·경련·미련에 나타나 있는 자기 자신에 대한 것이다. 먼저 활과 검은 자신의 재능을 상징한다. 활은 보관만 해둘 뿐 쓰지 못하고 있어 당겨볼 날을 기다리고 있다. 검을 발굴한 날을 기억한다는 것은 용천·태아검을 풍성 감옥에서 파냈듯이 자신이 감옥에서 세상 밖으로 나온 때를 생각한다는 것이며, 여기에는 그 검을 파낼 때 세상에서 쓸 것을 기대했었으나 실제로는 그렇게 하지 못했다는 뜻이 내포되어 있다. 눈물이 떨어지고 마음이 둥글지 못한 것은, 서위 자신이 아직 두 무기를 쓰지 못한 채 홀로 여행을 떠나는 데서 오는 것이다.

반면 장원변은 세상에서 활과 검을 잘 쓰고 있으므로 그에 대해 서위가 느끼는 심리적 거리는 매우 멀 수밖에 없다. 미련은 장원변과의 이별에 대한 아쉬움의 표현이자 그와의 심리적 거리, 즉 나라의 부름을 받아 사회에 속해 있는 장원변과, 그렇지 못하고 사회에서 동떨어져 있는 자기 자신 사이의 거리를 드러낸 것이다.[298]

이에 비추어 보면 "공물을 바치러 입경한〔以貢入京〕" 갈혼에게 쓴 시에서 "두 땅이 하늘가에 있어 먼 곳 향해 축원하나, 물은 아득히 멀고 산은 끝없이 이어져 있으니 어찌 들을꼬〔天涯兩地遙相祝, 水遠山長那得聞〕."[299]라고 한 것도 북경과 소흥 사이의 물리적 거리만을 나타낸 것이 아니라, 황제를 알현하는 갈혼과 그럴 수 없는 자신 사이의 심리적 거리를 나타낸 것으로 볼 수 있다.

결국 서위가 출옥 이후에 누린 자유는 "죄인을 솥에 삶는 화택에서 7년을 살다가, 잠시나마 배 띄움에 겨드랑이가 시원한〔鑊湯火宅住七年, 乍來臨泛涼生腋〕"[300] 것, "늘그막에 예의가 없어졌으니, 지게미 언덕을 베고 자기 딱 좋은〔衰年無禮數, 正好枕丘糟〕"[301] 것에 지나지 않았다. 다시 말해 답답하게 자기 자신을 구속했던 감옥에서 벗어나 탁 트인 세상에 나왔을 때 느끼는 순간적인 상쾌함이나 마음대로 먹고 자고 돌아다닐 수 있는 신체적인 구속 없음에 불과했다. 그 자유는 서위에게 얼마 동안은 기쁨과 즐거움을 가져다줄 수 있었다. 그러나 오래지 않아 서위는 재기(再起)의 어려움을 절감하고 의도적으로 자

---

298) 미련에 대해서 다음과 같은 해석이 존재한다. "마지막 연의 두 구절은 쌍관이다. 이미 달이 둥글 때 헤어지는 것을 가리켜 친구를 그리워하는 정서를 표현했을 뿐만 아니라, 설령 세상의 형편이 청명할지라도 자기 자신은 이미 세상 밖의 사람이라서 적극적으로 참여할 수 없다는 것을 암시적으로 나타내어 앞길과 사회에 대한 절망감을 깊이 드러내었다〔末聯兩句雙關 : 既指月滿人別, 表達了懷戀友人的情緒 ; 又暗喩縱使世道清明, 自己也已成世外之人, 難以有所作爲, 深深透露出對前途對社會的絶望感〕." 傅杰, 앞의 책, 33~34쪽.

299) <흰 구름 보며 멀리서 축하하다－도중을 위해 읊다〔白雲遙祝爲韜仲賦〕> 미련, ≪徐渭集≫, 763쪽. "당시 도중이 공물을 바치러 경성에 들어갔는데 5월 며칠에 그의 어머니 생신을 맞이하였기에 배에 탄 채로 축하하다〔時仲以貢入京, 五月某日, 値其母生辰, 祝於舟中〕."라는 자주가 있다.

300) <석굴을 유람하다 2수〔遊石宕二首〕>(제2수) 제7~8구, ≪徐渭集≫, 142쪽.

301) <을해년 첫날 눈이 와서 매화관에서 술 마시다 3수〔乙亥元日雪, 酌梅花館三首〕> 중 제1수, 미련, ≪徐渭集≫, 195~196쪽.

신을 구속하는 데 이른다. 세상과 소통을 차단함으로써 스스로 갇힌 듯이 지내게 되는 것이다.

(2) 희망의 종식

서위는 감옥에 있을 때 자유를 갈망했고, 자유를 얻으면 모든 일이 잘 풀릴 거라고 기대했었다. 그러나 그러한 희망은 금세 자취를 감추어버린다. 갇혀 있을 때에는 대부분의 시에 석방의 염원이 담겨 있을 정도로 오로지 자유만을 꿈꾸었으나, 막상 나와서는 세간의 감시를 의식할 수밖에 없었다. 예컨대 "나는 이제 막 그물을 가른 터라, 두 날개는 여전히 탄환 근처에 있다〔我今破網未番然, 兩翅猶在彈丸邊〕."302) 라고 한 것은 새가 그물을 찢고 나오듯이, 자신도 감옥에서 나왔지만 여전히 탄환 같은 감시와 위기가 자신의 주변을 맴돌고 있다는 뜻이다. 비슷한 구절이 있는 다음 시에는 출옥했음에도 여전히 긴장하고 있는 시인 자신과, 전송하는 대상 사이의 거리가 감지된다.

<送人>303)	**누군가를 전송하며**
一尺短槍榆,	한 자의 거리 짧은데 느릅나무에 부딪히니
一寸小斥鷃.	한 치 크기의 작은 메추라기이네.
破網不得飛,	그물이 찢어져도 날아갈 수 없어서

302) <모씨의 어머니에게 축수하고자 백세 훤화라는 주제를 얻어〔賦得百歲萱花爲某母壽〕> 제13~14구, ≪徐渭集≫, 130~131쪽. 이 시는 구체적인 편년에는 차이가 있지만 출옥한 뒤인 만력 연간에 지었다는 점에는 제설에 이견이 없다. 성홍랑(盛鴻郎)은 만력 5년(1577) 아래 두었고(盛鴻郎, 앞의 논문, 167쪽), 낙옥명(駱玉明)은 만력 원년(1573)으로 보았다(邱寶惠, 앞의 논문, 189쪽).

303) ≪徐渭集≫, 98쪽. 성홍랑은 이 시를 감옥에 있을 때인 융경 원년(1567)에 소명봉(蕭鳴鳳)에게 쓴 것으로 간주했다(盛鴻郎, 앞의 논문, 146쪽). 그러나 제2~3구에서 그물을 가르고도 여전히 탄환 근처에 있다고 한 것을 보면 앞의 시와 같은 시기 즉 출옥 이후에 썼다고 보는 편이 옳아 보인다. 이 구절을 근거로 이 시의 창작 시기를 만력 원년(1573)으로 보는 설도 있음을 밝혀 둔다(邱寶惠, 앞의 논문, 188쪽).

鳴弦尙驚彈.	활시위가 울리니 여전히 탄환에 놀란다.
仰看鸞鶴姿,	난새와 학의 자태를 올려다보니
橫天渺江漢.	하늘을 가로질러 장강・한수로 아득하네.
十叫不一回,	열 번 부르짖어도 한번 돌아보지 않으니
孤鳴淚如霰.	외로이 울며 싸라기눈 같은 눈물 흘린다.

제1~2구는 작은 새는 짧은 거리를 날 수밖에 없다는 뜻이다.[304) 한 자 정도의 짧은 거리밖에 날지 못하고 느릅나무에 부딪히는 "메추라기〔斥鷃〕"는, 서위가 스스로와 동일시한 존재이다. 이 새가 그물을 찢고도 날아가지 못하는 것은 탄환을 쏘는 소리가 가까이서 들려오기 때문이다. 자신은 꼼짝하지 못하는 상황에서 난새와 학의 자태를 지닌 상대방은 이미 머나먼 하늘로 날아가고 있다. "난새와 학〔鸞鶴〕"이 줄곧 날아가기만 하고 불러도 대답이 없으니, 메추라기는 혼자서 우짖으며 눈물을 흘릴 뿐이다. 이처럼 출옥 직후에도 서위는 자유롭게 훨훨 날 수 있는 새처럼 되지는 못하였다. 이에 따라 그는 긍정적인 미래에 대한 희망을 유지할 겨를이 없었다.

금방이라도 탄환을 맞을 것 같은 위태로운 상황에 처해 있다 보니 세상에서 써 주지 않는 자신의 재능은 묵혀둘 수밖에 없었다. 창창한 앞날에 대한 기대가 사그라지는 원인은 결국 살인을 저지른 죄인이라는 낙인과 함께, 아무도 자신의 재능을 써주지 않는다는 데 있었던 것이다. 그래서 <'조각달에 가을 돛'라는 주제를 얻어 북쪽으로 가는 풍숙계를 전송하다〔賦得片月秋帆送馮叔系北行〕>[305) 시의 제24~27구에서는 이미 나이가 많이 들어 아무 희망이 없음을 이야기하였다.

---

304) 이 구절의 "느릅나무에 부딪힌다〔槍楡〕"라는 말과 "메추라기〔斥鷃〕"는 ≪장자(莊子)・소요유(逍遙遊)≫에서 차용한 것이다.

305) ≪徐渭集≫, 720쪽.

(…)

迴溪疋練有時休,	굽이치는 시내와 흰 명주 같은 폭포도 그칠 때가 있으니
二十功名正黑頭.	스무 살의 공명은 딱 젊을 때의 일.
你今有術可干祿,	당신에겐 지금 술수가 있어 봉록을 구할 수 있지만
我已無相堪封侯.	내게는 이미 직위 내려주도록 도와줄 사람 없구려.

(…)

시냇물과 폭포수가 멈추듯, 사람의 공명도 젊을 때에나 세울 수 있는 것이다. 지금 상대방은 봉록을 구할 수 있지만 '나' 자신에게는 "도와줄 사람이 없다〔無相〕." 자신을 도와줄 사람이 없으므로 재능도 묵혀둘 수밖에 없다. 이렇게 재능을 버려두고 있는 상황은 다음과 같이 비유적으로 표현된다.

<葡萄(一)>[306]	**포도(제1수)**
半生落魄已成翁,	반생 동안 보잘것없이 이미 늙은이 되어
獨立書齋嘯晚風.	홀로 서재에 서서 저녁 바람 맞으며 크게 소리친다.
筆底明珠無處賣,	붓 끝의 영롱한 구슬은 팔 곳이 없어
閒抛閒擲野藤中.	아무렇게나 들판의 넝쿨에 던져두었다.

"영롱한 구슬〔明珠〕"은 포도알을 가리킴과 동시에 자기 자신의 재능을 비유한다. 그것을 팔지 못해 아무렇게나 던져져 있다는 것은 아무도 자신의 재능을 써주지 않아 버려져 있다는 뜻이다.

그런데 실제로 그에게 아무 일거리도 생기지 않았던 것은 아니다. 56세 때인 만력 4년(1576)에 서위는 오태(吳兌, 1525~1596)의 막부로 초청받아 북방의 변경지역인 선화(宣化)로 간다. 병법(兵法)을 잘 안다는 이유로 초청을 받았기에 서위가 희망에 차 있을 거라고 추측

306) ≪徐渭集≫, 400~401쪽.

되지만 실상은 그렇지 않았다. 막부를 전전하는 것을 서위는 등용이라고 여기지 않았던 것이다. 선화를 향해 가면서, 그리고 약 8개월 동안 선화에 머물면서 지은 시에서 '나'는 여전히 부질없이 세월을 보내고 있다.

<上谷歌九首(一)>307) **상곡가 9수(제1수)**

少年曾負請纓雄,	젊은 시절 적군 토벌 자진한 사내라 자부했건만
轉眼青袍萬事空.	순식간에 푸른 두루마기 입으니 만사 부질없구나.
今日獨餘霜鬢在,	오늘날엔 유독 서리 맞은 살쩍만 남아
一肩輿坐度居庸.	가마 한 대에 앉아서 거용관을 넘는다.

서위는 젊은 시절 항왜 전투에 참가할 정도로 기개가 높았다. 그러나 지금은 신분이 낮은 사람들이 입는 "청포(青袍)"를 입고 있으니 이전의 강개함은 온데간데없고 모든 일이 공허하게 느껴진다. 그래서 북쪽 변경지대를 방비하는 요충지인 선화로 가면서도 이전의 기개는 이미 사라져버렸다. 그 대신 희끗한 살쩍이 어깨를 뒤덮은 초라한 겉모습만이 남아 있다. 선화에 도착해서도 서위의 무기력한 상태는 지속된다. 다음 시를 살펴보자.

<宣府客寺冬十六夕坐月>308)

선부에서 절에 머무는 겨울 16일 밤에 달 아래에 앉아서

上谷正苦酒價高,	상곡은 술값이 비싸서 마침 괴로운데
遼東又斷販來貂.	요동에서는 판매해오던 담비옷이 또 끊겼네.
冰花遇水連朝結,	성에꽃은 물을 만나 아침까지 맺히니
榆葉愁霜一夜凋.	느릅나무 잎 밤새 시들까봐 서리를 걱정하네.

307) ≪徐渭集≫, 359쪽.

308) ≪徐渭集≫, 300쪽.

客襖不勝狐貉重,	객의 두루마기는 무거운 여우와 담비를 이기지 못하고
胡裝驚見駱駝高.	높은 낙타 위의 호인의 복장을 놀라 바라본다.
東廂隙月衝寒入,	동쪽 곁채에선 틈 사이로 달빛이 추위 뚫고 들어오니
似爲羈人伴寂寥.	쓸쓸한 나그네를 위해 짝해주려는 것 같구나.

술값이 비싸서 사 마시지 못하고 있던 차에 담비옷도 입을 수 없으니 추위를 절감하게 되었다. 나뭇잎이 서리에 시드는 것처럼, 자기 자신도 얇은 두루마기로는 추위를 견디지 못할까봐 걱정이다. 그나마 달빛이 이렇게 추운 객지에 있는 자신을 비추어주고 있다. 그러나 달빛이 짝이 되었다는 말은 역설적으로 달빛 이외에는 이곳에서 마음에 맞는 것이 아무것도 없음을 의미한다. 물가(物價)에 놀라고, 추위에 놀라고, 호인(胡人)에 놀라, 익숙한 것은 달빛 하나뿐인 것이다.

이 시기 서위의 심리상태는 "온갖 일에 무심하여 모두 포기해버렸다(百事無心總棄抛)."309)라는 시구로 대변할 수 있다. 현실의 높은 벽에 부딪혀 모든 희망을 버리고 어떤 일에도 무관심했던 것이다. 젊은 시절 사회의 부조리에 대해 목소리를 높여 이야기했었지만, 50대가 되어서는 그렇게 세상과 맞서는 일이 부질없게 느껴졌다. 그리고 그의 관심은 자기 자신의 결핍된 상태로 완전히 쏠리게 된다. 이제 그가 어떻게 세상과의 소통의 끈을 놓았는지 살펴볼 필요가 있다.

(3) 의도적 절연

발광 이전 시기의 '소외'가 수동적인 것이라면 이 시기의 '단절'은 능동적인 것이다. 젊은 시절 서위는 세계 참여에 대해 강한 의지를 가지고 있었으나 쉽게 화합하지 못하고 소외되고 고립되었다. 그러

---

309) <포도(葡萄)>(제3수) 제2구, ≪徐渭集≫, 401쪽.

나 출옥 이후의 시에서는 시간이 흐르면 흐를수록 참여하려는 의지가 사라지고, 의도적으로 두문불출함으로써 세계와 접촉하려 하지 않는다.

세상일에 나서지 않고 무관심한 듯한 당시 서위의 모습은 다음 시에 형상화되어 있다. 인용할 부분은 선화로 가는 길에 북경에 들렀을 때 이여송(李如松, 1549~1598)[310]을 만나서 써준 시의 마지막 네 구절이다.

<寫竹贈李長公歌>[311] **대나무를 그려 이장공에게 드리는 노래**

(…)

山人聽罷公子言,	산인은 공자의 말을 다 듣고 나서
一虱攻腰手漫捫.	이 한 마리가 허리를 공격하여 손으로 마구 잡네.
欲答一言無可答,	한마디 대답을 하고 싶지만 대답할 말이 없어
只寫寒梢卷贈君.	그저 찬 나뭇가지 그려다가 말아서 그대에게 줄 뿐.

이 네 구절 이전까지 서위는 이여송의 입을 빌리는 형식으로 무인 집안으로서 온 가족이 전장에 나가 싸워 많은 식구를 희생하였으나, 그 큰 공을 인정받지 못한 사연을 장대하게 서술하였다. 그런데 시를 마무리하면서 "산인(山人)"인 자기 자신으로 관점을 옮기고서는 도리어 이여송 이야기의 진지함을 누그러뜨렸다. "이[虱]"를 잡는 행동은 마치 옆에 아무도 없는 것처럼 거리낌 없는 모습을 나타내는데, 이렇게 자기 자신을 희화화함으로써 앞선 시적 진술의 무거움을 반감시키고 있다. 이와 같은 행동을 묘사한 배경은 바로 다음 구절에서 드러난다.

310) 이여송과의 만남과 그에게 받은 물질적 도움에 대해서는 Kathleen M. Ryor (2004), "Regulating the *Qi* and the *Xin*: Xu Wei(1521-1593) and his Military Patrons," 27~29쪽 참조.

311) ≪徐渭集≫, 134쪽.

산인인 시인, 즉 세상과 거리를 두고 있는 서위로서는 이여송의 한탄에 대해 무어라 해줄 말이 없었던 것이다. 그럴 듯한 말로 위로를 해줄 수도, 해결책을 제시할 수도 없어 멋쩍음에 도리어 괴상한 행동을 하게 된 것일 터이다. 이여송의 억울함을 이해하지만 이에 개탄하여 정치적 현실을 비판하지 않고 오히려 자신은 그런 세상일과는 동떨어져 있음을 나타내고 있다.

막부에서 초대하여 선화로 갔을 때 쓴 시에서도 간혹 소극적인 모습을 보여 주목된다. "세상의 무슨 일이 피할 만하지 않겠는가〔世間何事非堪避〕"312)라고 한 데서 당시 서위가 정치, 사회 등 세상 돌아가는 일을 오히려 피하고 있었음을 알 수 있다. 실제로 이 시기 그는 연회에 가는 것을 피하고는 했다. 다음은 연회에 참석해 달라는 초대에 응하지 않고 막부에서 술을 마시며 지은 오언율시이다.

<十五夕酌于幕中, 不赴雷總公之專邀>313)

15일 저녁 막중에서 술을 마시며 뇌총공의 초청에 나아가지 않다

高會不能酬,	큰 자리에 응수하지 못하는 것은
非關避賞秋.	가을 경치 완상하길 피해서가 아니라오.
野人藿食慣,	야인은 거친 밥이 익숙하고
海鳥太牢愁.	바다 새는 태뢰에 걱정하지요.
天鏡榆梢挂,	하늘 거울이 느릅나무 가지 끝에 걸리니
營刁柳外流,	군영의 바라는 버드나무 밖까지 울려 퍼지네요.
嫦娥不可見,	항아가 보이지 않으니
凭斷庾公樓.	유공의 누대에 기대어 있겠군요.

312) <선부에 우거할 때 중양절에 두 고향사람 양씨·혜씨와 북산사에서 모였는데, 전날 밤에 바람이 매우 세차고, 비가 내리다가 눈이 되니 땅이 비옥하지 않아 산이 모두 헐벗어서 결구에 따로 행한 바가 있다〔宣府, 九日同楊惠兩鄉人集北山寺, 而昨夕風烈甚, 雨卽成雪, 壤不膏, 故山悉赭, 結句別有所爲〕> 제7구, ≪徐渭集≫, 767~768쪽.

313) ≪徐渭集≫, 185~186쪽.

성대한 연회에 나아가지 못하는 것은 가을 경치를 감상하기 싫어서가 아니라 자신의 분수에 맞지 않아서라고 피력하였다. 야인은 본래 진수성찬보다 콩이 섞인 거친 밥이 익숙하고, 바다 새에게 소·양·돼지를 희생물로 바쳐 성대하게 대접하는 것은 새의 입장에서는 근심을 야기할 뿐이다.[314] 막부에서 술을 마시고 있으니 해가 저물어, 저녁이 되면 으레 치는 바라 소리가 널리 퍼진다. 달 속에 항아가 보이지 않는 것은 진(晉)나라 때 무창(武昌)의 총독이었던 유량(庾亮)의 누대에 기대어 있어서이다.[315] 즉, 뇌총공을 유량에 비유하여 그의 연회에 흥취가 그득할 것임을 말하였다.

주목할 점은 서위 스스로 야인(野人)인 자신은 화려한 연회와는 어울리지 않는다고 생각하여 초대에 응하지 않았다는 것이다. 자신을 낮추고 상대방을 높이는 방식으로 겸손함을 보였으나 이와 같은 언술은 결국 소통의 어려움을 전하는 것이다.

이 시기에 지었다고 판단되는 아래 시에서 서위는 만남을 거절한 데 대해 해명하고 있다. 서위가 만나지 않았다고 밝힌 인물은 당시 산음(山陰), 곧 서위의 고향 소홍의 현령으로 부임한 유상지(劉尙志)이다.[316]

이 시를 보낸 것을 계기로 서위는 결국에는 유상지와 교제하게 되었다. 그러나 적어도 이 시는 역으로 당시 서위가 얼마나 다른 사람과의 접촉을 꺼렸는지를 증명하는 간접적인 예가 된다.

314) ≪장자(莊子)·지락(至樂)≫에 보인다.

315) 유공루(庾公樓)에 대해서는 (宋) 陸游 撰, ≪入蜀記≫ 卷4 참조.

316) 유상지는 만력 4년(1576)부터 만력 14년(1586)까지 이곳 현령으로 재임하였다. 이 시의 창작 시점은 만력 5년 선화에서 돌아온 직후라는 서삭방(徐朔方)의 견해가 가장 유력하다. 邱寶惠, 앞의 논문, 200쪽 참조.

< 山陰景孟劉侯乘輿過訪, 閉門不見, 乃題詩素紈致謝 >317)

산음의 군후 유경맹이 수레를 타고 방문했는데, 문을 닫고 만나지 않았다. 이에 하얀 명주에 시를 써서 사죄를 표하다

傳呼擁道使君來,	길을 가로막고 사군이 오셨음을 소리쳐 알렸으나
寂寂柴門久不開.	적막한 사립문은 오랫동안 열리지 않았지요.
不是疎狂甘慢客,	제멋대로여서 손님 업신여기길 좋아하는 것이 아니라
恐因車馬亂蒼苔.	수레와 말이 이끼로 더럽혀질까 걱정해서였답니다.

기실 "제멋대로〔疎狂〕"라는 말은 서위의 평소 태도를 여실히 반영하고 있다. 곧 "귀인들과 사귀기를 꺼려 오만한 듯했고, 여러 사람과 있을 때 부끄러워하지도 않고 웃통을 벗고 희롱하는 듯하여 사람들이 다들 병폐로 여겼다〔憚貴交似傲, 與衆處不浼袒裼似玩, 人多病之〕."318) 라고 말한 바와 일치한다. 이러한 그의 성격에 비추어보면 현령을 문전박대할 때의 심리상태는 말구(末句)대로 귀인(貴人)의 수레와 말이 어지럽혀질까 걱정한 것이 아니라, 오히려 자신은 타지 못하는 큰 수레가 자신의 영역으로 들어오는 것을 꺼린 것이라 생각한다.

서위는 시 아래에 "군후는 시를 보고 매우 기뻐하여 일상복 차림으로 걸어서 왔다〔侯觀詩悅甚, 卽便服途步往〕."라고 기록했는데, 이렇게 높은 신분을 겉으로 드러내지 않는 것이 바로 서위가 원한 바였을 것이다. 이를 통해 서위가 특히 의도적으로 차단했던 것은 자기 자신과 반대되는 것들이었음을 알 수 있다. 그는 힘없는 포의(布衣)와는 다른 권세가, 가난한 사람에게는 어울리지 않는 부귀함, 소박함과 반대되는 화려함을 철저히 밀쳐내었다.

힘없고 가난하기 때문에 세상일〔世事〕에 관여할 수 없어 서위는 스스로를 세상과 차단하는 데 이른다. "신세가 바다의 파도에 내맡겨진 배와 꼭 같아서, 문을 닫고 몇 개월을 머리도 빗지 않았다〔身世

317) ≪徐渭集≫, 873쪽.
318) <自爲墓誌銘>, ≪徐渭集≫, 638쪽.

渾如拍海舟, 關門累月不梳頭〕”319)는 말은 두문불출의 이유를 암시한다. “박해주(拍海舟)”는 직역하면 ‘바다를 치는 배’인데, 바다를 ‘치는’ 것은 거센 파도로 출렁대는 바다 위에 놓여 있는 데서 기인한다. 그래서 이 연(聯)은 자기 신세가 이토록 위태로우므로 위기로부터 자기 자신을 지키기 위해 밖으로 나가지도, 손님을 들이지도 않고 홀로 지낸다는 뜻이다.

또 “근래에 게으르고 병들어 날마다 문을 걸어놓으니, 세상일이 털과 같다면 까까머리와 동등하다〔近來懶病日關門, 世事如毛等一髡〕.”320)라는 말은 문 밖의 일에 대한 무관심을 드러낸 것이다. 세상일을 털에 비유한다면 머리를 다 깎아버린 것과 마찬가지로 아무것도 남지 않았다, 즉 아무것도 알지 못한다는 의미이다.

시에서 자기 자신에 대한 언술의 비중이 점점 더 커지는 점으로 미루어 보아, 서위가 나이가 들수록 자신이 보고 듣고 느끼는 대상보다 자기 자신에 더 집중했음을 알 수 있다. 서위는 자기 자신의 상태에 집중하게 되었고, 그러면서 자신에게 결핍된 것들을 인식하기 시작한다. 그리고 많은 것들이 결핍되어 초라한 자신을 발견함과 동시에, 설령 적극적으로 세계에 참여하고자 하는 의지가 있다 하더라도 그럴 수 없다는 사실을 깨닫게 된다.

2. 결핍

제2장에서 부정어를 자주 사용하는 서위 시의 경향을 살펴보면서 하지 않음과 없음을 이야기하는 것이 곧 자아의 결핍으로 연결된다는 점을 언급하였다. 본 절에서는 이 논점을 이어받아 시인 자신의

319) <국화를 그리다〔畵菊〕> 2수 중 제1수 제1~2구, ≪徐渭集≫, 396쪽.

320) <모란을 그려 회시를 보러 가는 조카 무를 전송하다〔作牡丹送從子武會試〕> 제1~2구, ≪徐渭集≫, 850~851쪽.

가지지 못함과 할 수 없음을 다각도로 살펴본다. 이 시기 시에서 서위는 세계의 없음과 되지 않음을 끊임없이 문제 삼는 동시에, 자기 자신에게 부족하고 할 수 없는 것을 제기한다. 먼저 이 시기 시에서는 하고 싶어도 할 수 없는 상황이 반복적으로 나타난다.

(1) 불능(不能)

발광 이전 시기에 나타난 특출한 자아의 고립, 앞 절에서 논의한 의도적 절연, 그리고 이 절에서 다루는 자아의 불능 상태 사이에는 보이지 않는 벽이 자아를 세계로부터 차단하고 있다는 공통점이 있다. 따라서 이 글에서 이것들에 각기 다른 층위를 부여하는 데 대해 논란이 있을 수 있다. 그러나 이 세 가지는 자아의 입장에서는 각기 다른 것이다.

그 차이는 바로 자존의식의 강약에서 비롯된다. 발광 이전의 고립은 강한 자존의식에 의한 것이었다. 자존의식의 강한 정도는 시에서 자신을 흰 솔개 같은 귀한 새로 비유한 것과, 타인과 자신의 차이를 분명히 드러낸 데서 짐작할 수 있다. 의도적으로 세계와 절연할 때에도 "아무렇게나 넝쿨에 던져두기는〔閒拋閒擲野藤中〕" 했지만 적어도 "영롱한 구슬〔明珠〕"이라고 자부했었다.

다시 말해 비록 그 진가를 발휘하지 못하고 버려져 있지만 그것이 충분히 훌륭한 것이라고 생각하였다. 물론 초대를 거절하는 시에서는 야인(野人)에게 어울리지 않는다며 표면상으로 자신을 낮추었다. 하지만 두문불출하고 어디에도 관심을 두지 않았던 이면에는 뛰어난 정도에 비해 어디에서도 쓰이지 못하고 초라하게 사는 자신의 모습을 내보이고 싶지 않다는 의지가 있었을 것이라 생각한다.

반면, '할 수 없음'이 반복되는 상태에 이르면 자존의식은 거의 자취를 감춘다. 서위 시에서 줄곧 팽팽한 대립을 이루었던 자아와 세계의 관계는 점차 자아의 패배로 인해 평행선을 유지할 수 없게 된다. 그리고 이 과정에서 자존의식이 상실되어 지독한 결핍을 노래하는 60~70대의 시가 탄생하게 되는 것이다. 할 수 없음을 깨달음과 동시에 무력함을 자각하는 것은, 결핍의 여러 단계에서 가장 처음 단계에 해당한다고 볼 수 있다. 바꾸어 말하면 바로 이 자각으로부터 자기 자신의 비참함이 극대화해가는 과정이 시작된다.

만력 5년(1577), 57세 때 서위는 북경에서 직접 본 여러 가지 경물을 주제로 창작한 칠언절구 연작시를 창작하였다. <연경가(燕京歌) 7수>와 <연경오월가(燕京五月歌) 4수>로, 이들 작품은 '할 수 없는[不能]' 상황으로 점철되어 있어 주목된다. 이 중 몇몇 작품을 살펴보자.

< 燕京歌(四) >[321] **연경가(제4수)**

蕭后梳粧別起樓,	소후가 머리 빗고 화장하느라 따로 세운 누대에는
太湖石在水空流.	태호석은 남아 있고 물은 공연히 흐르네.
而今樓瓦飄零盡,	지금 누대의 기와는 쓸쓸히 사라져버렸으니
只乞中官看石頭.	그저 궁중 관리에게 애걸하여 돌멩이를 볼 뿐이네.

이 시에서 "소후(蕭后)"는 요(遼)의 소태후(蕭太后), 바로 소작(蕭綽, 953~1009)을 가리킨다. 서위가 연경을 유람하며 본 것은 당시에 소태후의 소장루(梳粧樓)라고 전해지고 있던 광한전(廣寒殿)이다.[322] 광

321) ≪徐渭集≫, 356쪽.

322) 광한전은 서위가 이 시를 쓸 당시에는 세간에서 요나라 소태후의 누대라고 알려져 있었다. 이 시의 내용을 보면 서위 역시 그렇게 믿고 있었음이 분명하다. 그러나 이 설에 대해 장거정(張居正, 1525~1582)은 잘못된 것이라고 다음과 같이 밝힌 바 있다. "황성의 북원에 있는 광한전은 기와와 벽돌은 이미 부서졌고 서까래는 아직 남아 있는데, 요나라 소후의 수장루라고 전해진다. (…) 만력 7년 5월 4일에 갑자기 저절로 무너졌고 그 들보 위에는 금전 120문이 있었으니 귀신을 쫓는 물건일 것이다. 상제께서 4문을 나에게 하사하시니 그 글에 '지원통보'라고 하였다. 생각건대 '지원'은 원 세조의 기년이므로 광한전은 원 세조 때 창건한 것이지 요나라 때의 건물이 아니다[皇城北苑中有廣寒殿, 瓦甓已壞, 榱桷猶

한전이 위치한 경화도(瓊華島)에는 태호석이 쌓여 있다.[323] 소후의 누대가 지어질 당시에도 이곳에 있었을 태호석은 지금도 남아 있으나 누대의 기와는 “쓸쓸히 사라져버려〔飄零盡〕” 남아 있지 않다. 누대가 잘 보전되어 있지 않으므로 시인의 입장에서 그곳에서 구경할 만한 것은 태호석뿐이다. 하지만 한낱 “돌멩이〔石頭〕”에 지나지 않는 태호석조차도 관리에게 부탁해야만 볼 수 있다. 마음대로 할 수 없는 상황은 아래에서도 계속된다.

<燕京歌(六)>[324] **연경가(제6수)**

千里馬來自西南,	서남쪽에서 온 천리마
夷館朝廷鎖鑰嚴.	조정의 외국인 관사에 삼엄하게 가두었네.
幾回欲看無由看,	몇 번이나 보고자 했으나 볼 기회가 없어
墻外聽嘶出屋檐.	담장 밖에서 처마로 새어나오는 히힝 소리나 듣고 있네.

시인은 천리를 달리는 준마를 보고 싶었으나 그러지 못했다. “몇 번이나 보려고 했을〔幾回欲看〕” 정도로 보고 싶은 마음이 간절했으나 끝내 실패하여 담장 밖에서 말이 우는 소리나 들을 뿐이다. “자물쇠와 쇠사슬〔鎖鑰〕”이 천리마를 가두었는데 “담장〔墻〕”까지 둘러 있으니 시인이 소통하고 싶은 대상과 완전히 차단되어 있음을 알 수 있다.

存, 相傳以爲遼蕭后梳妝樓. (…) 至萬曆七年五月四日, 忽自傾圮, 其梁上有金錢百二十文, 蓋鎭物也. 上以四文賜余, 其文曰, 至元通寶. 案至元乃元世祖紀年, 則殿創於元世祖時, 非遼時物矣〕.” (明) 張居正 撰, ≪張太岳先生文集≫ 卷18.

323) 현재 북경의 경화도는 두 곳으로 파악되는데 둘 다 광한전이 있어 서위가 이 시의 대상으로 삼은 수장루가 어느 쪽인지 단정하기 어렵다. 다만 장거정이 수장루라고 불리는 광한전은 원나라 세조 때 축조된 것이라고 보고 있으므로 현재 북해공원(北海公園)에 있는 광한전일 가능성이 높다. 경화도에 대한 상세한 설명과 이곳에 태호석을 쌓은 배경에 대해서는 李文輝, <北京有兩個瓊華島>, 93~100쪽 참조.

324) ≪徐渭集≫, 356쪽.

볼 수 없는 상황은 제7수에서도 계속된다.

<燕京歌(七)>[325] **연경가(제7수)**

貢來獅子看曾眞,	공물로 온 사자 이미 실물을 보았는데
養在西城十四春.	서쪽 성에서 기른 지 14년이네.
更欲乞看云不可,	다시 보여 달라고 해도 안 된다고 하여
昨朝攫碎茱園人.	어제 아침 정원사를 붙들고 귀찮게 했지.

서위는 공물로 조정에 바쳐진 사자를 14년 전 북경에 왔을 때 보았던 모양이다. 그런데 그것을 다시 보고 싶었으나 "안 된다〔不可〕" 고 거절당하고 말았다. 제4구의 "확(攫)"은 붙잡는다, 움켜쥔다는 뜻이고 "쇄(碎)"는 잘게 부순다는 뜻이다. 하지만 "정원사〔茱園人〕"를 움켜쥐고 잘게 부술 리는 없으니 이 구절에서 '쇄'자는 부순다는 뜻에서 파생된 번잡하다 혹은 (말소리 등이) 재잘재잘 수다스럽다는 의미로 풀어야 할 것이다. 따라서 이 구절은 제3구의 내용과 연관 지어, 정원사를 붙들고서 사자를 보여 달라고 조잘댔다는 뜻으로 읽힌다.

이 시에서 시인은 끊임없이 보고 싶어 하였으나 이후에도 다시 보게 되었다는 내용은 없고, <연경가>는 이 시로써 종결되었다. 무엇인가를 할 수 없는 상황은 이처럼 끝내 해결되지 못하였다.

연작시 <연경가>에서 시인이 볼 수 없는 것은 천리마, 사자 등과 같이 진귀한 것이다. 이것들을 볼 수 없다는 말은, 앞에서 본 변방에서 적을 방비하는 나라의 중대사를 이야기한 데 대해 "한마디 대답을 하고 싶지만 대답할 말이 없고〔欲答一言無可答〕", 장군이 주최하는 "큰 모임에 응수하지 못한다〔高會不能酬〕"는 구절을 떠올리게 한다. 다시 말해 서위는 자신과 비교하여 물질적으로 혹은 신분상으로 높은 차원에 있는 것과 일관되게 차단되어 있다. 귀중한 물건, 화려

325) ≪徐渭集≫, 356쪽.

한 자리, 나라의 중대사는 시인 자신과는 거리가 멀다. 이 시기에 나타나는 능동적 혹은 수동적 단절은 세계와 자기 자신의 관계를 이원적으로 파악한 데서 기인한다.

할 수 없는 것은 사람에 대해서도 마찬가지이다. 아래 시는 포기(蒲圻)의 현령을 지낸 장가정(章嘉禎)을 전송하는 오언고시이다. 제3~4구에 주목해보자.

<送章蒲圻之官>[326] **관직에 나아가는 장포기를 전송하다**

傾蓋語日斜,	수레덮개 나란히 하여 날 저물도록 말하니
肉風吹兩竅.	고기 냄새가 바람에 실려 두 콧구멍으로 들어오네.
惜哉越雞翰,	아쉬워라! 월 땅 닭의 날개로는
遇鵠不能抱.	고니를 만나도 안을 수 없으니.
眷言激奬私,	돌아보며 사사로이 격려하다
忽駕就遠道.	갑자기 말 달려 먼 길로 나아가네.
尙矣漆園心,	오래되었구나, 칠원의 마음으로
爲吏不敢傲.	관리가 되어도 감히 멋대로 하지 못하는 것이.

서위는 앞서 자신을 월조(越鳥)에 비유했던 것과 마찬가지로, 자신이 월 지역 출신임을 감안하여 자기 자신을 “월계(越雞)”에 비유하고, 상대방을 “고니〔鵠〕”에 비유하였다. 월계의 날개로 고니를 안을 수 없다는 것은 능력이 모자라 자신이 큰 인물을 품어줄 수 없음을 말하는 것이다.[327]

---

326) ≪徐渭集≫, 91쪽.

327) 이 표현은 ≪장자(莊子)·경상초(庚桑楚)≫에서 “월나라 닭은 고니의 알을 품을 수가 없으나, 노나라의 닭은 잘 품을 수가 있다. 월나라의 닭과 노나라의 닭이 그 덕성이 같지 않은 것이 아닌데, 할 수 있음과 할 수 없음이 있는 것은 그 재능에 진실로 크고 작음이 있어서이다〔越雞不能伏鵠卵, 雞固能矣. 雞之與雞, 其德非不同也, 有能有不能者, 其才固有巨小也〕.”〔번역은 장자 지음, 김창환 옮김, ≪장자≫(잡편), 30~31쪽 인용〕라고 한 것을 원용한 것이다.

이처럼 교유의 수단이 된 작품, 바로 수신자가 분명한 시에서 상대방에 대해 할 수 없음을 말하는 것은 기본적으로 상대방을 높이고 자신을 낮추는 겸손의 표현이다. 그러나 서위의 시에서 이와 같은 언술은 자기 자신을 세계로부터 떼어놓는 시인의 습관에서 나온 것이기도 하다. 특히 이 시기 서위는 능력의 부족과 같은 정신적 결핍과 의식주의 부족, 소유물의 부족과 같은 물질적 결핍을 이야기함으로써 세계와 자신의 차이를 선명하게 드러내고 있다.

따라서 서위 시에 나타나는 시인의 할 수 없음은 거꾸로 자기 자신이 아닌 다른 누군가는 할 수 있다는 점을 담지하고 있다. 아래 시에 나타난 할 수 없음도 자신이 남들과 다른 데서 기인한다고 여겨진다. 영상(潁上)의 지현(知縣) 욱언(郁言)에게 대나무를 그려주면서 쓴 칠언절구이다.

<寫竹壽郁潁上>[328] **대나무를 그려 욱영상을 축수하다**

潁上今年五十逢,	영상이 올해에 50을 맞이하였는데
野人爲壽不堪供.	야인은 축수하는 데 있어서 바칠 수가 없네.
生移數葉淇園綠,	기원의 푸른빛 잎을 몇 개 옮겨다
但顧君爲衛武公.	그저 그대를 위무공으로 보는 수밖에.

이 시는 그림을 선물하면서 상대방을 그림의 뜻과 연결 짓기 위해 지은 것이다. 그런데 시인은 여기에서도 자신을 야인(野人)으로 내몰아 축수를 받는 상대방뿐만 아니라 그에게 선물을 주는 다른 사람들과 자신 사이에 경계선을 긋고 있다. "위수(爲壽)"는 술을 올리거나 선물을 전하여 장수를 축원하는 것을 말한다. 그런데 자신은 그럴 듯한 선물을 줄 수 없으니 대나무를 그려서 욱언을 위무공에 비유하여 그의 풍모와 덕성을 칭송할 수밖에 없다.

---

328) ≪徐渭集≫, 393쪽.

하지 않을 때보다는 할 수 없을 때 인간은 비참해진다. 서위 시에서도 할 수 없는 모든 상황은 자기 처지에 대한 비관으로 이어진다. 서위 시의 할 수 없음은 가고 싶은데 갈 수 없고, 보고 싶은데 볼 수 없으며, 먹고 싶은데 먹지 못하는 것으로 나타난다. 이처럼 자신의 결핍된 상태에 집중하게 되면서 만년의 시는 갖가지 부족한 것들로 채워지며, 서위는 이를 통해 자신의 애통한 감정을 직접적으로 노출하게 된다.

(2) 불식(不食)

서위는 젊은 시절부터 끊임없이 배고픔을 이야기해왔다. 수감되기 이전부터 "하루 동안 먹지 못해도 정말 배가 고픈데, 이틀 동안 먹지 못하면 어떻게 되겠는가〔一日不食良已飢, 兩日不食將何以〕."329)라고 하는가 하면, "하얀 벽에다가 그림을 펼쳐놓고, 완상하면서 배고픔을 잊는다〔展畵向素壁, 玩之以忘飢〕."330)라고 읊기도 했다. 감옥에서도 고기를 빼앗겨 "코가 시큰거렸고〔酸辛〕"331) "어디에서 미음을 구걸하겠는가〔何從乞漿食〕."332)라며 먹지 못할까봐 걱정하기도 했다.

출옥 이후의 시에서도 먹지 못함을 제기하는 것은 서위가 자신의 상태를 드러내는 방식 중 하나이다. 그런데 이때의 먹지 못함은 먹지 '않음'과 뒤섞여 나타난다는 점에 유의해야 한다. 이를 설명하기 위해 먼저 다음 시를 살펴보자. 만력 4년(1576) 선화에 있을 때 지은 아래 시는, 선화의 진영에서 어사(御使)를 대접하기 위해 잡은 야생 돼지를 보고 쓴 작품이다.

329) <금일가 2수(今日歌二首)>(제1수).

330) <그림을 곡식으로 바꾸지 못하다〔畵易粟不得〕>.

331) <궤상편(几上篇)>.

332) <눈 2수〔雪二首〕>(제2수).

<野豕>[333] 야생 돼지

誰獵野豨歸, 누가 야생 돼지를 사냥하여 돌아가는가?
鶥胡此日磾. 독수리 화살 쏘는 호인 일제로구나.
轅生老難刺, 원고생(轅固生)은 늙어서 찌르기 어려웠고
公子立能啼. 공자 팽생(彭生)은 서서 능히 울부짖었다.
所貴膏彌脆, 귀한 것은 기름져서 더욱 바삭거리는 것이니
何由噬免臍. 어찌 씹음에 배꼽을 피하겠는가?
野人渾絶粒, 야인은 온통 곡식을 끊고서
一丈長青藜. 한 장짜리 긴 명아주 지팡이로다.

수련에서는 이곳에서 야생 돼지를 사냥해 온 사람이 한(漢) 조정의 신임을 받던 흉노의 태자 김일제(金日磾)처럼 명(明)의 장군이 된 호인(胡人)임을 말하였다.[334] 함련은 각기 노자(老子)를 비하했다가 두태후(竇太后)의 미움을 사서 돼지 잡는 일을 하게 된 원고생의 고사, 제(齊) 양공(襄公)에게 원한을 품고 죽어서 커다란 돼지의 모습으로 나타난 공자 팽생의 고사를 원용하여 손쉽게 도살하기가 힘들 정도로 큼직하고 힘이 센 돼지를 잡아왔음을 이야기하였다.

경련은 돼지고기는 기름기가 있어 바삭거리는 것이 맛있으니 먹지 않을 수 없다는 뜻이다. '배꼽을 씹는다〔噬臍〕'는 말은 본래 스스로 할 수 없는 일을 비유하여 후회해도 소용없다는 뜻을 갖고 있다. 다만 이 시에서는 기름기가 많아 맛있는 배 부위를 지칭하는 쪽에 가깝다고 여겨진다. 미련은 자주에서 밝힌 바와 같이 "나는 지금 곡식과 채소조차도 끊었는데, 하물며 돼지고기이겠는가〔余今穀菜且斷矣, 況豕葷乎〕!"라고 한 것이다. 바로, 곡식과 채소도 먹지 않는 마당에 어찌 돼지고기를 먹겠느냐고 말하고 있다.

---

333) ≪徐渭集≫, 732쪽.

334) 자주에 "선진에서 한 어사에게 술을 대접하고자 진영의 참장군인 옛 포로 마공영으로 하여금 사냥하도록 하였으므로, 장난삼아 일제에 비유하였다〔宣鎭將觴一御史, 令營參故虜馬孔英獵得之, 故戱以日磾比〕."라고 하였다.

제8구에는 서술어를 배치하지 않고 명사형으로 구성하였다. 이 지팡이는 야인이 짚고 다니는 지팡이를 지시할 수도 있지만 앞 구절의 '온통 곡식을 끊었다'는 말과 연결 지어 볼 때 사람 키만한 지팡이처럼 빼빼 마른 야인의 모습을 비유한 것으로 보인다.

위의 시 제7구에 나오는 "곡식을 끊는〔絶粒〕" 것은 기실 도가(道家)에서 말하는 양생술의 일종이다. 서위의 다른 시에 "장자방(張子房)은 오곡을 먹지 않으며 죽지 않길 기원했다〔子房辟穀祈不死〕."335)라는 구절이 보이는 점으로 미루어 볼 때 위의 시에서 곡식과 채소를 먹지 않았다는 것이 양생술과 관련이 있으리라고 추측해 볼 수 있다. 그렇다면 이 시의 먹지 않음은 의도적인 것이 된다. 돼지고기가 아무리 맛있다 하더라도 자신은 먹지 않겠다고 말하고 있다는 것이다.

그러나 이 돼지고기는 어사를 위해 잡은 것으로 애당초 서위 자신에게 주어진 것이 아니라는 점, 경련에서 돼지고기의 좋은 맛을 이야기하고 있다는 점은 미련의 언술이 먹지 '못하는' 데 대한 자기 합리화가 아닌가 하고 추측하게 한다. 분명한 것은 앞서 자아의 할 수 없음에 대해 관찰한 바와 같이, 이 시 역시 미련의 언술로 인해 시의 내용이 이원화되어 큼직하고 맛있게 생긴 돼지고기와, 그것을 먹지 못하는 야인으로 나뉜다는 점이다. 이와 같은 대비의 효과는 야인의 초라한 모습을 강조하는 것이다.

서위가 양생의 일환으로 곡식을 먹지 않은 것인지, 다시 말해 곡식을 끊은 것이 의도적인 것이었는지에 대해서는 지금으로서는 단정하기 어렵다. 서위가 도교의 양생술을 터득하여 곡식을 끊어도 사는 데 지장이 없었다는 추측이 서위 사망 직후에 나오기도 했지만336) 실제로 그랬다고 확신할 수는 없다고 본다. 서위 자신의 기록

335) <네 명의 장씨에 대한 노래—장육장이 70세를 맞이하여〔四張歌張六丈七十〕>, ≪徐渭集≫, 155~156쪽.

336) 장여림(張汝霖)은 "한 사람도 만나려 하지 않았고 곡식을 끊은 것이 10년이 넘었으며, 개 한 마리를 데리고 살았다. 사람들은 오만하게 세상을 가지고 놀며, 마

에서 명확히 드러나는 것은, 배가 고프지 않는 것이 정신병이 심할 때의 증상이라는 점이다.337)

보지 못한 지가 어느새 3년이 되었구려. 친구들이 점점 죽으니 일의 변화가 끝이 없어 마치 베와 비단이 염색장이의 손에 있어 푸르고 붉고 검고 희게 손바닥 뒤집으면 바뀌는 것 같소. 나는 어제 병에 걸려 거의 죽을 뻔했는데 병중에 다시 이상한 경계가 많았소. 먹지 않은 것이 50일이었는데도 배고프지도 목마르지도 않았다오. 또 지독한 삼복더위를 만났소. 지기에게 말하려는데 고개를 돌려도 아무도 없으니 어쩌면 좋소〔不見者忽已三歲, 親舊漸凋落, 事變百出, 如布帛在染匠手, 青紅皂白, 反掌而更. 卽如渭者, 昨一病幾死, 病中復多異境, 不食者五旬, 而不飢不渴, 又值三伏酷炎中也. 欲與知己言, 回頭無人, 奈何〕!338)

서위는 이 글에서 환각 증세가 있었던 50일 동안 배고픔을 느끼지 않았다고 진술하였다. 이에 비추어 볼 때 서위 스스로 61세 때 "헛것이 보여 다시 혼란스럽더니 다시 정신병에 걸려 곡식을 먹지 않았다〔諸祟兆復紛, 復病易, 不穀食〕"339)라고 한 데서 '먹지 않았다'라고 한 것 역시 먹고 싶은 생각이 들지 않은 데서 기인했다고 보아야 할 것이다. 하지만 정신병이 호전되어 정상적인 생활이 가능할 때에

음대로 살고 성질부리는 것이 이와 같았다고 하나, 스스로 달리 얻은 것이 있었는지도 모르니 세속의 견해로 헤아리기는 어렵다. 그는 ≪참동계≫에 주를 달아 뜻을 드러내었으니, 끝내 말하지 않았지만 여기에 깊이 들어간 바가 있었던 듯하다. 그렇지 않고서 음낭을 때리고 귀를 찌르고도 끝내 죽지 않고, 10년 간 곡식을 끊고도 장대함이 평소와 같았겠는가〔不肯見一人, 絶粒者十年許, 挾一犬與居. 人謂偃蹇玩世, 狂奴故態如此, 而不知自別有得, 難以世諦測也. 其註參同契, 逗露意指, 而終不談, 若此中有深入焉. 不然, 椎囊錐耳, 寧不死, 而十年絶粒, 且偉碩如常哉〕?"(張汝霖, <刻徐文長佚書序>, ≪徐渭集≫, 1349쪽)라고 하였으나 이 기록이 실제와 부합한다고 단정할 수 없다.

337) 이를 '염식증(厭食症)'이라 칭하여 정신질환의 증상으로 본 연구는 許若菱, 앞의 논문, 118~119쪽.

338) <與季子微>, ≪徐渭集≫, 481쪽.

339) <畸譜>, ≪徐渭集≫, 1330쪽.

도 먹고 싶은 생각이 들지 않았다고 보는 것은 무리가 있다고 여겨진다.

중요한 것은 정신병이 심할 때이든 호전되어 정상적일 때이든, 서위의 만년 시에서는 먹을 것과, 자신이 그것에 다가가지 못함이 끊임없이 문제시되었다는 점이다. 또한 먹지 않았든, 먹지 못했든 간에 음식과 떨어진 거리가 멀다는 사실 자체가 자기 처지의 비참함을 야기한다는 점에 주목해야 한다.

<畫菊(二)>[340]　　**국화를 그리다(제2수)**

經旬不食似蠶眠,	열흘 지나도록 먹지 않아 잠자는 누에 같았는데
更有何心問歲年.	더욱이 무슨 마음이 있어 때를 묻겠는가!
忽報街頭糕五色,	문득 길거리에서 다섯 빛깔 떡을 알려오니
西風重九菊花天.	서풍 부는 중양절 국화의 날이로구나.

이 시는 서위의 나이 58세 때인 만력 6년(1578)에 지은 것으로 추정된다. 제1구에서 누에가 고치를 벗기 전에 먹지도, 움직이지도 않고 잠을 자는 것과 같이, 자신도 먹지도 않고, 집에 숨은 듯 살고 있다고 말하였다. 그래서 지금이 어느 때인지도 알지 못하고 있었다. 시인은 오색 떡을 계기로 중양절을 떠올렸다. 국화주, 수유(茱萸), 등고(登高) 등 중양절의 다른 풍속도 많이 있을 터인데 시인은 떡을 인식한 것이다. 이는 분명 제1구의 "불식(不食)"과 관계가 있어 보인다. 바꾸어 말하면 현재 먹지 않고 있던 상태여서 예쁘고 맛있는 명절 떡이 더욱 크게 인식된 것이다. 이 시 역시 먹지 못한 채 칩거하는 자기 자신과 풍성한 명절을 맞이한 바깥세상으로 나뉜다.

이렇듯 서위 시에서 결핍에 시달리는 이쪽의 반대편에는 충족을 넘어서 풍성이 주어진 저쪽이 자리하고 있다. 그리고 '나'의 결핍은

340) ≪徐渭集≫, 396쪽.

이렇게 항상 풍족함에 반대되어 나타남으로써 더욱 부정성을 띠게 된다. 게〔蟹〕를 읊은 아래 시에서 이 점이 더욱 구체적으로 드러난다.

< 蟹六首(六) >[341] **게 6수(제6수)**

秋成穀滿車,	추수하여 곡식이 수레에 가득한데
選雋入豪家.	살진 것 추려 부잣집에 들여보낸다.
鎖櫃投池養,	상자를 잠근 채 연못에 빠뜨려 기르고
開春入俎誇.	봄에 열어 도마에 놓으니 크구나.
昔人餐擬蠣,	옛날 사람들은 굴 비슷한 것을 반찬으로 삼았지만
今我食無蝦.	지금 나는 새우도 없이 밥을 먹는다.
持餉於陵去,	가져다가 오릉의 사람에게 먹이면
甘之必未哇.	달게 여기고 뱉지도 않을 터이다.

이 시에서 '이쪽'은 새우도 없이 식사하는 "나〔我〕"(제6구)이고, '저쪽'은 수레 가득한 곡식을 가진 데다 살진 게까지 먹는 "부잣집〔豪家〕"(제2구)이다. 옛날 사람들은 큰 게를 먹는 부잣집보다는 못하지만 적어도 굴 같은 것을 먹었다.[342] 그런데 나는 그보다 더 작은 새우마저도 먹지 못하고 있다. 마지막 두 구절은, 게는 맛이 아주 훌륭하여 아무리 오릉(於陵)의 진중자(陳仲子)에게 선물하여도 달게 먹지 뱉어내지 않을 거라는 뜻이다.[343] 이는 자신도 달게 먹고 싶다는 뜻을 내비치는 것에 다름 아니다.

먹지 못한 상태에서 먹고 싶음을 말한 것은 아래의 시에서 더욱 직접적이다.

---

341) ≪徐渭集≫, 210쪽.

342) "굴은 조개류이고 팽활과 비슷한데 조금 크다. 바다에서 나며 지금 백성들이 먹는다〔蠣, 蚌屬, 似螊, 微大, 出海中, 今民食之〕." (漢) 許愼 撰, ≪說文解字≫ 卷13上.

343) 진중자는 자신이 먹은 거위가 형이 선물 받은 것이었다는 사실을 알고서 토해냈다는 인물이다. ≪맹자(孟子)·등문공하(滕文公下)≫에 보인다.

<杏花>344)	**살구꽃**
摶泥作餠紿兒童,	진흙 둥글게 빚어 과자라고 아이를 속이다가
轉覺肌雷腹裏攻.	오히려 우레 같은 꼬르륵 소리 뱃속 울림을 깨닫네.
我畵杏花渾未了,	나는 살구꽃 그리는 일 끝내지도 않고서
流涎忽憶海東紅.	침 흘리며 문득 해동홍을 생각하네.

어린아이를 놀리려고 진흙을 과자처럼 보이도록 둥글게 빚었는데, 도리어 꼬르륵거리는 소리가 자신의 뱃속을 울린다. 그리하여 살구꽃을 그리다가 살구 중 최상품인 해동홍을345) 머릿속에 떠올리며 침이 입 안 가득 고인 것이다.

이렇게 "침을 흘리는〔流涎〕" 처절함은 바로 시인 자신이 "해가 기울도록 먹지 않아 온통 말라비틀어진〔日仄不餐渾瘦盡〕"346) 데서 오는 것이다. 지팡이처럼 비쩍 마른 모습, 누에고치처럼 꼼짝 못하고 있는 모습, 침을 흘리며 먹을 것을 생각하는 모습은 모두 먹지 못함으로 인한 처량한 모습이다.

(3) 금전의 부족

금전의 부족함을 말하는 것 역시 만년의 서위가 결핍을 드러내는 방법 중 하나였다. 이 시기 서위가 자기 자신에 관해 발화할 때 돈이 없다고 하는 것은 사람답게 살지 못함을 나타내는 것이다. 돈이 없으면 필요한 것을 사지 못해 늘 부족한 상태로 지낼 수밖에 없기

---

344) ≪徐渭集≫, 1300쪽.

345) 해동홍은 살구의 한 종류이다. 서위는 <살구〔杏〕>(≪徐渭集≫, 188~189쪽) 시에서 "살구에는 해동홍이 있는데, 온갖 품종 중에 가장 진귀하다. 색깔로 먼저 시장을 압도하니, 큰 열매를 바구니에 넣고 싶다〔杏有海東紅, 珍高百品中. 色來先壓市, 子大欲沈籠〕."라고 읊은 바 있다.

346) <대보름에 제군을 답방하면서 124세 노인 말청하를 찾아갔다가 잘못하여 문지기에게 욕을 먹다〔燈夕答訪諸君, 因尋百卄四歲老人末青霞, 誤而爲仕閽所罵〕> 제7구, ≪徐渭集≫, 768쪽.

때문이다. 그래서 금전이 없음은 금전으로 살 수 있는 무엇인가를 가지지 못하거나 할 수 없다는 말을 으레 수반한다. 금전의 결핍이 초래하는 '불능'의 상황은 대략 두 갈래로 나뉜다. 첫째는 술을 살 수 없는 것이고, 둘째는 집안을 제대로 돌보지 못하는 것이다.

서위 시에서 금전은 술과 연관되는 경우가 많다. 만력 10년(1582), 62세 때 쓴 <오립 영단에 대한 노래—저주(滁州)로 돌아가는 섭군을 전송하다〔五粒靈丹行送聶君歸滁〕>[347] 시 중에서 제13~16구를 살펴보자.

(…)

嗟予走訪歐大夫,	아아, 내가 가서 구대부를 방문했을 때는
腰間索莫一錢無,	허리춤에 돈 한 푼 없이 삭막했었지.
相逢一語傾百斝,	만나서 이야기 나누며 백 잔 술을 기울이는데
直取銀罌向予瀉.	곧장 은빛 술병을 가져다가 나에게 쏟아 주었지.

(…)

시 전체의 맥락상 시인은 이 부분에서 과거의 한때를 이야기하고 있다. "삭막(索莫)"은 매우 궁핍한 모습을 형용한다. 이 네 구절은 구대부가 돈 한 푼 없이 방문한 시인 자신을 술을 실컷 마시도록 대접해주었다는 뜻이다.

주머니에 한 푼도 없는 것과 술을 마시는 것은 무슨 상관이 있는가. 돈은 술을 사는 문제와 직결된다. 서위 시에서 돈이 없음을 직접적으로 이야기하는 경우 가장 자주 문제 삼는 것은 술을 살 수 없음이다. 서위는 '술이 없다'라고 말하기보다는 '술을 살 돈이 없다'라고 말한다. 결국 서위에게 돈이 없음은 곧 술이 없음이었다. 술을 살 수 없다는 말에 내포된 의미를 파악하기 위해서는, 먼저 술을 마시는 것이 서위에게 어떤 의미가 있는지 살펴보아야 한다.

---

347) ≪徐渭集≫, 133쪽.

고대 중국의 문인들은 술에 다양한 의미를 부여해왔다. 중국 고전 시에서 술은 암담한 사회적 현실과 불우한 개인적 처지로 인한 번민과 울분에서 벗어나게 해준다는 상징적 의미를 가지고 있다.[348] 서위도 "술을 가져다가 그런대로 스스로를 위로하며, 겸하여 그것으로 시름과 슬픔을 내몬다〔取酒聊自慰, 兼以驅愁悲〕."[349]라고 하였으니 그가 술에 집착한 이유 역시 기본적으로는 회재불우(懷才不遇)의 한스러운 감정을 씻어버리려는 데 있다. 술을 매개로 부정적인 현실에서 잠시 벗어나려고 했던 것이다. 만력 14년(1586)인 66세 때 쓴 다음 시에서 서위가 개인적인 근심을 털어버리기 위해 술을 찾는 것을 볼 수 있다. 당시 그는 소유한 집이 없어 세 들어 살고 있었다.

<雪中移居二首(一)>[350] **눈 속에서 이사하다 2수(제1수)**

十度移家四十年,	40년 동안 열 번 이사하였는데
今來移迫莫冬天.	지금은 늦겨울에 이사가 급해지네.
破書一束苦濕雪,	찢어진 책 한 묶음 눈에 젖어 괴롭고
折足雙鐺愁斷煙.	두 솥은 발이 잘렸으니 연기가 끊어질까 걱정이네.
羅雀是門都解冷,	참새 그물 친 것 같던 문도 모두 냉기가 누그러지고
啼鶯換谷不成遷.	우는 꾀꼬리 골짜기를 바꾸어도 옮겨가지는 않는 법.
只堪醉詠梅花下,	그저 매화 아래에서 취해 읊는 일 할 수 있거늘,
其奈杖頭無酒錢.	어찌 하겠는가! 지팡이 끝에 술 사마실 돈이 없으니.

추운 겨울에 이사하는 괴로움을 읊었다. 책은 찢어진데다가 눈에 젖었고, 솥은 발이 잘렸으니 밥을 지을 수 없을까봐 걱정이다. 아무

348) "술을 마시는 행위는 (…) '암담한 현실과 개인적 번민으로부터 벗어나는 수단'으로 읽을 수 있는 만큼 술을 마신다는 것은 세상을 구할 재능과 포부를 지니고 있으면서도 그 뜻을 펴지 못한 사람이 가슴 속에 쌓인 울분을 털어낸다는 상징적인 뜻을 갖고 있다." 송용준, <도연명 시에 나타난 '술'의 의미>, 326쪽.

349) <그림을 곡식으로 바꾸지 못하다〔畵易粟不得〕> 제21~22구.

350) ≪徐渭集≫, 291~292쪽.

도 드나들지 않던 쓸쓸한 현관에도 냉기는 누그러지고 꾀꼬리는 골짜기만 바꿀 뿐 멀리 이동하지 않지만, 자신은 오히려 이 집을 떠나 이사하고 있다. 잦은 이사와 생계의 어려움으로 인한 번민은 매화 아래에서 취해 읊조린다면 잠시 동안이라도 잊을 수 있을 텐데 그마저도 돈이 없어서 할 수 없다. 이처럼 서위에게도 술은 시름을 달래는 수단이었다.

서위 시에서 술은 번민을 해소하는 역할 외에도 환락을 극대화하는 역할을 한다. 다시 말해 술은 걱정을 없애주고 즐거움을 더해주므로 마시기 전의 감정 상태를 한층 더 좋은 방향으로 끌어올리는 기제였다. 서위에게 있어 술을 마시는 행위는 그밖에는 다른 즐거움이 없었다고 할 정도로 삶에 큰 활력을 불어넣어 주었다. 다음은 서위가 40대에 북경에 가서 저자의 사람들과 호탕하게 술을 마신 일을 만년에 회상하여 쓴 구절이다. <취하여 장자선에게 주다〔醉中贈張子先〕>351) 시의 제1~8구이다.

月光浸斷街心柳,	달빛이 길 가운데의 버드나무에 온통 스미고
是夜沿門亂呼酒.	이 밤에 문가에서 멋대로 술을 불러댔소.
猖狂能使阮籍驚,	미친 것은 능히 완적을 놀라게 할 만하며
飮興肯落劉伶後?	마시는 흥취는 어찌 유영 다음이겠소?
此時一歌酒一傾,	이때에 노래하며 술도 한잔 기울이니
燕都屠者圍荊卿.	연경의 백정들이 형경을 둘러쌌지요.
市人隨之俱拍手,	저자의 사람들은 그를 따라 모두 박수를 쳤고
天亦爲之醉不醒.	하늘 역시 그를 위해 취하여 깨지 않았지요.
(…)	

이 시에는 죽림칠현으로서 속세를 떠나 자유롭게 술을 마셨던 완적(阮籍)과 유영(劉伶), 신분 고하를 막론하고 저자 사람들과 어울려

351) ≪徐渭集≫, 123쪽.

호탕하게 술을 즐긴 형가(荊軻)가 등장한다. 이들과 비견되는 시인의 음주는 온 세상과 함께 호탕하고 자유롭게 즐기는 것이다. 아래 시에서도 마찬가지이다. <왕생이 연경에서 객사하여 나장을 치렀다는 이야기를 갑자기 듣고〔驟聞王生客死於燕裸葬〕>[352] 시의 제5~8구이다.

(…)
憶昔與君醉酒時, 기억하건대 지난날 그대와 함께 술에 취할 때
君令我歌君打鼓, 나에게는 노래를 시키고 그대는 북을 두드렸지.
每君一劇生歡娛, 항상 그대와의 한바탕 놀음에 즐거움이 생겨났으니
不用千金買歌舞. 천금으로 가무를 살 필요가 없었지.
(…)

친구와 함께 소리 지르고 노래하면서 몸이 흐트러지도록 술을 마시던 일은 서위에게 좋은 추억이었다. 그래서 죽은 친구를 애도하면서 유일하게 떠올린 그와의 추억은 술을 마신 일이었다. 이렇듯 환락을 더해주는 술은 교유하는 데 있어 꼭 필요한 것이었으나, 출옥 이후 서위는 "만나도 술을 살 수 있는 돈이 없어서, 흰 구름을 희롱하는 대나무 가지를 그려주는〔相逢無錢可買醉, 贈與竹枝撩白雲〕"[353] 등 술이 가져다주는 즐거움을 다른 무언가로 대체해야 했다.

서위가 술에 긍정적 의미를 부여한 점으로 미루어 볼 때 술을 마실 수 없는 것은 돈이 없어서 할 수 없는 일 중에 가장 괴로운 일이었으리라고 생각된다. 이 시기 "술을 사는 데 돈이 없고, 외상을 하려 해도 할 수 없는데, 하물며 버들가지를 들고 방어잡이 뗏목을 물음에랴〔沽酒無錢賒莫賒, 況堪提柳問鯿槎〕."[354]라고 한 것은 즐거움을 느끼는 데 있어 최소 요건인 술이 없는데 다른 일을 해서 무엇 하겠

352) ≪徐渭集≫, 120쪽.
353) <대나무를 그려 누군가에게 주다〔寫竹與某〕> 제3~4구, ≪徐渭集≫, 389쪽.
354) <육선배의 부친께서 전에 나를 선생으로 잘못 아셨다(…)〔陸先輩乃翁曩謬我以函丈(…)〕> 제1~2구, ≪徐渭集≫, 793쪽.

냐는 뜻이다. 그리고 서위는 "내일이 중양절인데, 술 사마실 돈이 없으니〔明日重陽, 無錢可沽〕"355) 축제와도 같은 명절을 충분히 즐길 수 없었다. 금전의 결핍이 초래한 술의 결핍 역시 자아와 세계의 소통 불가, 그리고 그로 인한 자아의 절망으로 귀결된다. 시인은 명절을 즐기고, 사람과 교류하고, 자연의 아름다움을 만끽하기를 바라지만, 그것을 온전히 실현해 주는 술을 살 수가 없다. 따라서 돈의 부족은 자신과 세계 사이의 거리를 더욱 멀어지게 한다. 다음 시는 만력 18년(1590), 70세 때 소홍에 들른 심명신(沈明臣, 1518~1596)에게 쓴 것이다.356)

<答嘉則二首次韻(二)>357)

가칙의 두 수에 차운하여 답하다(제2수)

桃花大水濱,	복사꽃은 큰 물가에 있고
茅屋老畸人.	띠로 엮은 집에는 나이든 기인이 있네.
況直花三月,	게다가 꽃피는 춘3월을 맞이하였으니
眞堪酒百巡.	진실로 술을 백 번 돌릴 만하구나.
何錢將挂杖,	무슨 돈을 가져다 지팡이에 걸겠는가.
瞥眼忍辜春.	눈 깜짝할 사이에 봄을 저버렸네.
早識佺期過,	심전기가 들를 줄 일찍 알았더라면
攀囊借貼津.	주머니를 가지고서 보조금을 빌렸을 텐데.

"나이 든 기인〔老畸人〕"은 시인 자신을 가리킨다. '기(畸)'자는 '기이하다'라는 뜻의 '기(奇)'자와 통용되므로 기인(畸人)은 기인(奇人)에 다름 아니다. 그러나 서위가 굳이 '기(畸)'자를 쓴 것은 앞서 언급했듯

355) <내가 그린 열두 종류의 꽃이 대부분 풍격과 기세가 있었는데, 그 중에 석류꽃이 있어 그 두루마리 앞쪽에 '석초초가 동석한 이를 꾸짖다'라고 썼다〔予作花十二種多風勢, 中有榴花, 題其卷首曰石醋醋罵座〕>, ≪徐渭集≫, 150쪽.

356) 徐朔方, 앞의 책, 189쪽 참조.

357) ≪徐渭集≫, 292~293쪽 ; ≪徐渭集≫, 724쪽.

'돼기밭'이라는 이 글자의 본래 의미를 의식한 데서 기인한 것이다. 따라서 이 시에서 큰 물가에 있는 복사꽃(제1구)과 띠풀로 엮은 집에 있는 자기 자신(제2구)은 대비를 이룬다. 봄이라서 꽃이 활짝 피었으니 술을 아무리 마셔도 모자란 때이다. 하지만 '기인'에게 이것은 모두 '저쪽'의 일이다. 지팡이에 걸 돈이 없다는 것은 술을 살 돈이 없다는 뜻이다. 그렇다보니 봄도 놓쳐버리고 말았다. 이 기인에게는 끝내 봄 경치를 감상하며 술 마시는 즐거움을 누릴 기회가 없는 것이다.

위 시의 미련에서와 같이, 이 시기 서위는 술의 결핍을 크게 인식하게 됨에 따라 금전적 도움을 받는 데에도 거리낌이 없어졌다. 출옥 직후 선화에서 "국화주로 천일 동안 취하니, 버드나무 배는 많은 재물을 허비했지〔菊醑醺千日, 楊舟誤百朋〕."[358]라고 한 것을 보면, 당시에도 다른 사람에게 물질적 도움을 받았다는 것을 알 수 있다. 더 나이가 들어서는 장군들뿐만 아니라 여러 지인들의 원조를 받아 겨우 생계를 꾸렸다. 술을 마시고 싶은 욕구는 이와 같은 타인의 도움에 의지해야만 간헐적으로나마 충족될 수 있었다.[359]

다른 누군가의 도움으로는 일시적으로 술에 취하거나 배고픔을 가시게 할 수밖에 없었다. 그만큼의 돈은 잠깐 동안의 만족을 얻는 데 쓸 수 있을 뿐이었지 가계를 원활하게 꾸려나갈 수 있을 만큼 많은 돈은 아니었기 때문이다. 만년에 지독한 가난에 시달렸던 서위는 돈이 없어 집안을 제대로 돌보지 못하였다. 59세 때 집안의

---

358) 이 구절은 자신의 술값을 대주느라 상대방이 재물을 허비했다는 뜻이다. <허구북의 초청시에 차운하다〔次許口北招集之作〕> 함련, ≪徐渭集≫, 737쪽.

359) "5천 개 파랑강충이〔돈의 대칭(代稱)〕를 호부로 봉해주시니, 오자마자 술 담그는 이를 불러 친구했습니다. 취한 뒤에 서신에 답하려는데 아무것도 없어서 울타리의 죽순을 모두 잘라 요동으로 부칩니다〔五千蚨母虎符封, 到卽呼交麯米翁. 醉後答書無一物, 盡兇籬筍奇遼東〕." <요동에서 이장공이 단오에 술값으로 은 다섯 량을 보내주어 죽순을 그려 답하면서 위쪽에 이 시를 쓰다〔遼東李長公午日寄到酒銀五兩, 寫竹筍答之, 書此於上〕>, ≪徐渭集≫, 390쪽.

묘를 옮기면서 쓴 아래 시에는 이 점이 드러나 있다.

<治家五首(一)>[360] **무덤을 다스리다 5수(제1수)**

買地苦無資,	땅 사는 데 밑천이 전혀 없고
葬地苦無術.	장사지내는 데 전혀 방책이 없네.
伏地苦無享,	땅에 엎드리지만 바칠 것이 없고
改地苦無溺.	땅을 바꾸자니 마음에 드는 곳 없네.
世治景純詮,	세상에서는 곽박(郭璞)의 법칙대로 다스리니
人十我僅一.	남들은 열 번을 해도 나는 겨우 한 번 할 뿐이지.
校量惑吉凶,	따져보다가 길흉에 미혹되니
我一人則十.	나는 한 번을 해도 남들은 열 번을 하지.
卽一亦不營,	한 번에 대해서도 경영하지 못하여
乃始奴太乙.	비로소 태을신을 부려먹는구나.
嗟彼漆園人,	아아, 저 칠원의 사람은
橫天縱溟翼.	하늘을 가로질러 큰 날개를 마음껏 펄럭였지.

제1~4구는 "땅[地]"에 대해 "없는[無]" 것을 말하였다. 선친의 묘를 옮기고 잘 돌보는 데 있어 밑천도 없고, 술책도 없고, 제물도 없고, 마음에 드는 곳도 없는 이유는 모두 금전의 부족함 하나로 수렴된다. 시인이 보기에 세상 사람들은 묘를 돌볼 때 곽박이 말한 이치를 따르고 무엇이 길하다, 무엇이 흉하다는 말에 현혹되어 수도 없이 옮기는 등 무진 애를 쓴다. 하지만 '나'는 없는 것이 많아서 남들이 열 번 할 때 겨우 한 번 하고 있다. 그런데 이 한 차례에 대해서도 제대로 하지 못하여 우주 만물의 도(道)를 수고롭게 하고 있다. 하늘 높이 훨훨 나는 큰 붕새[鵬]처럼 세상의 자잘한 일들을 초월했던 장자(莊子)가 부러울 따름이다.

위의 시에서도 금전의 부족은 '나'와 세상을 단절시키는 원인이

---

360) ≪徐渭集≫, 95쪽.

다. 시인은 마지막에 장자를 끌어와 세상의 일 따위에 관심을 두지 않기를 지향하는 듯하다. 그러나 장자를 제기하는 것 역시 자신이 할 수 없는 데서 온 것이다. 다시 말해 서위가 초탈함을 이야기하는 것은 현실적으로 세상일을 잘 돌볼 수 없어서이지, 애초에 그러려는 생각이 있었던 것이 아니다.

이 시에서 시인이 끊임없이 자신에게 없는 것을 이야기하고, 자신의 처지를 남들과 비교하고 있다는 것이 이를 방증한다. 서위 시 속의 '나'는 이렇게 자신을 무능력하게 만드는 현실을 극복하지 못하고 세계와의 대립에서 패배를 맞이하였다.

(4) 소유물의 손상과 분실

만년의 서위는 가지고 있던 물건을 팔아 돈을 마련해야 할 정도로 극심한 생활고에 시달렸다.361) 그런데 금전이 없어서 하지 못하는 일이 많은 것도 큰 난점이지만 이미 가지고 있는 것이 망가지고 없어지는 것 또한 괴로운 일이었다. 게다가 손상되거나 분실되는 소유물이 대부분 생필품들이어서 생활에 직접적인 영향을 미쳤다. 서위가 만년에 쓴 시에서는 없어서는 안 될 것들을 결핍한 자아의 상태가 계속해서 강조된다.

시에서 소유한 물건들의 초라한 모습을 묘사하는 것은 자기 처지의 어려움을 드러내는 것이다. 그런데 서위 시에 보이는 소유물의 손상과 분실은 단순히 처지의 어려움을 나타내는 데서 한걸음 더 나아가서 자기 존재에 가해지는 위협을 암시한다. 예컨대 노구솥을 지탱하는 발이 부러지는 것은362) 식생활과 연결되므로 자신의 생존

361) <담비옷을 팔다〔賣貂〕>, <경쇠를 팔다〔賣磬〕>, <그림을 팔다〔賣畵〕>, <책을 팔다〔賣書〕>(≪徐渭集≫, 284~285쪽) 등의 시에 이 점이 나타나 있다.

362) "찢어진 책 한 묶음 눈에 젖어 괴롭고, 두 솥은 발이 잘렸으니 연기가 끊어질까 걱정이네〔破書一束苦濕雪, 折足雙鐺愁斷煙〕." <눈 속에서 이사하다〔雪中移居〕> 2수 중 제1수, ≪徐渭集≫, 291쪽.

을 유지하는 문제에 직결된다. 또 연일 비가 내려 보관해 둔 옷에 곰팡이가 슬고, 책장을 넘기지 못할 정도로 책이 흠뻑 젖는 것은[363] 각기 시인의 육체와 정신에 가해진 위협을 의미한다. 왜냐하면 옷은 육체에 직접 닿는 물건이고, 책은 자기 지식의 출처이기 때문이다. 시인이 의도했는지 여부와 상관없이 옷과 책은 육체와 정신에 결부되는 가장 가까운 소유물로서 이와 같은 상징성을 지니고 있다.

소유물의 손상이나 분실이 서위 자신에게 직접적으로 어떤 영향을 끼치는지 살펴보자. 제2장 제2절 끝부분에서 살펴보았듯, <28일에 눈이 내리다〔廿八日雪〕> 시의 제1~4구에서 그는 이불을 잃어버려 밤새 추위에 떨었다고 말한다.

生平見雪顚不歇, 평소에 눈을 보매 큰 즐거움 그치지 않았는데
今來見雪愁欲絶, 지금 눈을 보니 근심이 매우 심하네.
昨朝被失一池綿, 어제 아침 테두리 장식 있는 이불을 잃어서
連夜足拳三尺鐵. 밤새도록 발가락 오므리고 세 자 철 같았네.
(…)

그동안 즐거움으로 인한 흥분된 감정을 가져다주던 눈이 오늘따라 걱정을 끼치는 것은 이불이 없기 때문이다. 이불이 없어서 밤새도록 발가락을 오므리며 추위에 떨었다. 그러니 이불이 없는 상태에서는 눈이 반가울 리 없다. 이불을 분실함에 따라 시인이 눈이라는 위험에 노출되었음을 볼 수 있다.

중요한 점은 시인 자신에게는 이런 위기 상황을 견딜만한 능력이 없다는 것이다. 눈과 추위 등에 의해 속수무책으로 추위에 떨고, 옷과 책이 다 망가지듯이 시인은 외부의 공격을 당하기만 한다. 다음 구절에는 어렵게 구해 진설해놓은 제사상이 동물과 곤충의 공격을

363) "상자 속의 옷에는 곰팡이가 피고, 문드러진 책은 들추어도 움직이지 않는다〔菌耳花篋衣, 爛書揭不動〕." <집을 보수하다〔補屋〕>, ≪徐渭集≫, 84쪽.

받는 장면이 그려져 있다.[364]

(…)
鵝魴設未已, 거위와 방어 아직 다 진설하지 못했는데
老雅掠豭肉. 까마귀가 수퇘지 고기를 빼앗아가고
候果墓旁兒, 과일을 지켜보던 무덤 옆의 아이는
指告蟻上燭. 가리키며 개미가 초 위로 올라왔다고 알린다.
草設無威儀, 거칠게 진설하니 장중한 예의도 없고
人怠物不肅. 사람이 게을러 물건도 엄숙하지 않다.
(…)

다른 음식을 진설하는 동안 까마귀가 돼지고기를 약탈하고, 못 보는 사이에 개미가 초 위에 올라가 있다. 시인은 까마귀에게 빼앗기고 개미에게 침입 당하는 상황을 타개하지 못한다. 오히려 이런 상황을 자신이 게을러 예의를 결여하고 엄숙하지 못한, 거친 제사상이라고 치부해버린다.

이렇게 시인은 그저 외부로부터 피해를 입고서 나약해진 자기 자신을 발견한다. 하지만 그에게는 자신을 위기에 빠뜨리는 요소를 제거할 능력이 없다. 그뿐만 아니라 어려운 상황에서 달관하거나 초탈할 줄 아는 견고한 정신조차 가지고 있지 못한 것처럼 보이기도 한다. 아래 시에서 이 점을 관찰할 수 있다. 서위는 누군가 외투를 빌려가고는 아무 소식 없이 되돌려주지 않은 일을 계기로 다음 시를 썼다. 외투 없이 겨울을 보내는 것은 방어막 없이 자기 자신을 혹독한 날씨라는 위험에 노출시키는 것이다. 이 사건을 대하는 시인의 태도에 주목해보자.

364) <오씨를 번거롭게 하여 묘당을 만들다〔煩吳伯子治墓堂〕> 제11~16구, 《徐渭集》, 104쪽.

<狐裘>365) 여우 가죽옷

裘被賒, 雪夜苦寒, 取信國文公集讀之, 賦此.

가죽옷을 빌려주어 눈 내리는 밤에 너무 추웠다. 신국 문공집을 가져다 읽고 이 시를 쓰다.

狐裘賒去止三金,	여우 가죽옷을 단지 3금에 빌려가고는
大海投魚兩歲沈.	큰 바다 던져진 물고기처럼 2년을 숨어버렸다.
鷹馬趁風嫌未急,	매와 말은 바람 좇으며 급하지 않음을 싫어하고
簷堦負日苦長陰.	처마와 섬돌은 태양을 등져 항상 그늘짐을 괴로워한다.
歌聞未必如金石,	<정기가(正氣歌)> 들어도 마음이 금석 같지는 않고
肘見眞應捉領襟.	팔꿈치 드러나니 진실로 옷깃을 잡아 당겨야 한다.
猶喜雪宵看信國,	그래도 기쁜 것은 눈 오는 밤에 신국공의 글을 보고
髮衝冠頂汗淋淋.	모자 꼭대기를 머리카락이 찌르도록 화가 나 땀이 흥건한 것이다.

누군가 여우 가죽옷을 싼값에 빌려가 놓고서 2년 동안 감감 무소식이다. 매와 말이 바람을 좇을 정도로 빠른 것은 빌려간 사람이 어서 돌려줄 것을 바라는 자신의 급한 마음과 같다. 가죽옷이 없으니 해를 등져 그늘이 드리워지면 서늘하여 괴롭다. 자신의 마음은 아직은 신국공(信國公) 문천상(文天祥, 1236~1282)처럼 어떤 일에도 미동조차 하지 않을 정도로 견고하지 못하다.366) 그래서 팔꿈치가 드러나 찬바람이 닿는 것을 견디지 못해 옷깃을 잡는다. 문천상의 글을 읽으니 그가 원나라에 당했을 수모에 화가 치밀어 땀에 흥건하게 젖었다. 추위를 견디지 못하고 있던 찰나에 몸이 후끈해져서 기쁜 것이다.

따라서 위 시의 미련을 통해 시인은 자기 나름대로 추위를 견디

365) ≪徐渭集≫, 255쪽.

366) 문천상은 감옥에서 "금석의 성질은 다할 때가 되면 더욱 딱딱해지니, 성질은 변할 수 있는 것이다〔金石之性, 要終愈硬, 性可改邪〕."라고 했다. 文天祥 撰, ≪文山集≫ 卷21.

는 방법을 찾아, 가죽옷을 돌려받지 못한 사건에 대해 초연한 마음을 가지려고 노력하는 모습을 보여주는 듯하다. 바꾸어 말해서 함련에서 보여준 나약한 마음을 미련에서 다른 방법으로 상쇄하는 것처럼 보인다. 그러나 시인이 이 시에서 문천상을 등장시킨 이유가 단순히 땀을 빼려는 데 있었을까? 분명 다른 의도가 있었을 것이다.

문천상은 송・원 교체기에 송에 대한 절조를 지키고, 원에 저항했던 인물로 원의 회유에도 굽히지 않고 감옥에서 죽음을 맞이하였다. 그래서 그의 글에는 이에 대한 개탄과 분노가 담겨 있다. 서위가 구체적으로 어떤 글을 읽었는지 알 수는 없지만 아마도 문천상의 문집을 읽으면서, 이민족에게 나라를 빼앗기는 수모를 당한 문천상에게 크게 감정을 이입하였을 것이다.

교묘하게도 두 사람은 모두 '잃어버린 것'이 있다. 단지 문천상은 조국이고, 서위는 가죽옷이어서 그것들이 지니는 의미가 한쪽은 매우 거대하고, 다른 한쪽은 너무 미미하다는 차이가 있을 뿐이다. 가죽옷을 돌려받지 못한 것은 지극히 개인적인 일이어서 이것을 나라를 빼앗긴 상황과 비교하는 것은 터무니없다고 여겨진다. 중국고전시가 중점을 둔 재도(載道)의 전통에서는 이런 사건을 시로 읊는 것 자체가 용인될 수 없는 일이다.

그럼에도 불구하고 서위가 이 점을 염두에 두었으리라고 생각하는 것은, 이 시기 서위의 시에는 이처럼 지극히 개인적인 일이 전면에 드러나 있기 때문이다. 서위는 사회의 일, 나라의 일 같은 세상일에는 더 이상 주목하지 않고, 자기 자신 즉 개체적 자아에 집중하게 되었다. 그렇기에 가죽옷을 돌려받지 못한 것, 그리고 그럼으로써 인간관계에서 자신이 모욕을 받는 것은 문천상의 나라를 잃은 설움만큼이나 분노할 만한 일이었으리라고 생각한다. 아래 시에서는 소유물의 손상으로 인해 겪게 된 일을 서술하였다. 망가진 물건을 고치기 위해 수리공을 만나는 과정에서 시인이 무엇을 느꼈는지 자세히 읽어보자. 특히 수리공과의 관계에서 느낀 모욕에 대처하는 태도에 주목할 필요가 있다. 먼저 이 시의 제목은 아래와 같다.

<修拄杖首, 修髮網, 膠漏磁壺及哥窯甌, 某亦病隻耳聾, 次前韻>[367)]

지팡이 끄트머리를 수리하고, 머리카락 담는 망사도 수리하고, 사기 주전자와 가요 사발의 새는 곳을 아교로 때웠으며, 나 또한 병이 나서 한쪽 귀가 먹었다. 전에 쓴 운자를 빌리다

제목에 보이는 대로 지팡이, 망사, 주전자, 사발같이 일상생활에서 흔히 쓰는 물건이 망가져 수리를 하였다. 주목할 점은 이것들이 손상됨과 동시에, 자기 자신도 귀가 먹었다는 것이다. 하찮은 물건의 망가짐과 자기 자신의 온전치 못함이 함께 제시되었는데, 이 점이 바로 이 시를 이해하는 데 필요한 열쇠이다. 이제 시 본문을 읽어보자.

1	猾器幸自殘,	교활한 마음은 다행히도 절로 없어졌지만
2	黠繇巧規避,	영리한 방법으로 교묘하게 대책 마련하여 피하니
3	辟諸鞅掌人,	비유하자면 힘들게 애쓰는 사람이
4	彼逸此獨肄.	저것은 피하고 이것은 유독 힘쓰는 것이다.
5	一竹楚啼赬,	붉은색 대나무 하나는 초 땅에서 울던 것이고
6	雙磁越窯翠,	비취빛 사기그릇 두 개는 월 땅 가마에서 구웠지.
7	物非人易求,	물건이 보잘것없으니 남들은 쉽게 구하나
8	道遠我難致.	길이 멀어 나는 이르기가 어렵다.
9	無丞有重聽,	벼슬도 없이 귀만 어두워졌는데,
10	髮覆彌黨聵,	머리카락이 덮고 있으니 더욱 귀머거리 같다.
11	約髮無紀綱,	머리를 묶는 데 망사가 없으니
12	晨帳缺宋義.	새벽 휘장에서 송의가 빠진 듯.

367) ≪徐渭集≫, 105쪽.

제1~4구는 생활용품의 손상과 수리를 언급하기 위한 서설이다. 제5~8구는 대나무 지팡이와 사기그릇은 모두 하찮은 물건이라 남들은 쉽게 구할 수 있으나 '나'에게는 그것들을 구할 수 있는 곳이 멀어서 새로 구할 수가 없다는 뜻이다. 귀가 먹었어도 벼슬을 했던 허현(許縣)의 승(丞)과는 달리[368] 벼슬도 없이 귀가 먹었고, 그런데다 머리카락까지 귀를 수북이 덮고 있어 더욱더 들리지 않는다. 머리를 묶을 망사가 없으니 계책을 세우는 데 능한 송의(宋義)가 항우(項羽)에게 죽임을 당해 없어진 것과 같다.[369]

13 握粟付驄工, 곡식을 한 움큼 쥐어 그릇공에게 주니
14 寧減朝食饋, 어찌 아침 식사를 줄이지 않겠는가.
15 詎意彼驄者, 어찌 생각이나 했겠는가, 저 그릇공이
16 無往不辭醉. 어딜 가든 취하길 사양하지 않는다는 것을.
17 犏纓高箱塵, 껑거리끈은 높은 수레에서 먼지 쌓이고
18 馬尾枯橐閟, 말 꼬리에는 마른 전대 멈춰 있는데
19 踉蹡攢八針, 여덟 개의 바늘로 찌르는 것처럼 비틀거리며
20 邀呼輸四字. '사'자를 보내오라고 부른다.
21 浪言伏卵淸, 품은 알을 없애라고 크게 말하니
22 竟滌下流遂, 끝내 물 흐르는 밭도랑에서 씻어낸다.
23 櫛束起鬔鬆, 헝클어진 머리를 빗어서 묶으니
24 嘲呼免魑祟. 귀신이라고 놀려 부르는 것은 면했다.
25 竹返磁亦歸, 대나무가 돌아오고 사기그릇 또한 돌아왔는데
26 黲補色終悴, 때우고 기워 색이 끝내 추레해졌다.

이 단락에서는 그릇공과 시인 자신 사이에 벌어진 일을 서술하였다. 그릇공을 가리키는 "종공(驄工)"은 직역하면 '말갈기 장인'으로, 그릇을 수리하는 데 말갈기로 만든 도구를 주로 사용한다고 하여

368) ≪한서(漢書)·순리전(循吏傳)·황패(黃霸)≫에 보인다.
369) ≪사기(史記)·항우본기(項羽本紀)≫에 보인다.

종(駿)자가 붙었다.370)

시인은 없는 형편에 수리를 맡기다 보니 아침식사를 줄여가며 그에게 곡식을 주어야 했다. 그런데 "저 말갈기 같은 놈〔彼騣者〕"이 얼큰하게 술에 취해 운행하지 않은 지 오래된 수레를 타겠다고 네 마리 말〔駟〕을 내어오라는 얼토당토않은 요구를 한다. 그리고 자신더러 "품은 알〔伏卵〕" 즉 머릿속의 이와 서캐를 없애라고 소리를 지르는 통에 머리를 씻었다. 헝클어진 채 귀를 수북이 덮었던 머리카락을 빗어 묶으니, 사람들이 자신을 조롱할 때 적어도 귀신이라고 부르는 것은 면하게 되었다. 대나무와 사기그릇도 수리를 마치고 돌아왔으나 그것들은 끝내 초라한 모습을 하고 있다.

27 注瓦智靡昏,	질그릇에 물을 대면 지혜가 혼미하지 않으나
28 捧玉神若惴.	옥을 받들 때는 정신이 두려운 듯한 법.
29 甀破視何益,	시루가 깨진 것은 보아도 무슨 보탬이 되겠는가?
30 囊空臥安寐.	주머니가 비었으니 누워도 어찌 잠들겠는가?
31 辱卽寵爲下,	모욕이나 총애는 하찮은 것이고
32 辟乃色最次.	색을 피하는 것이 바로 다음이라고 했다.
33 屠門盛豕交,	푸줏간에는 돼지의 사귐이 성하니
34 寧爲愛而食.	어찌 그들을 사랑하면서 먹이겠는가?

마지막 단락에서는 이 사건에 대해 느낀 점을 말하였다. 인간은 본래 질그릇 같은 하찮은 물건에 대해서는 마음이 흔들리지 않지만, 옥같이 귀한 물건을 맞닥뜨리면 정신이 혼미해지는 법이다. 그런데 자신은 그런 하찮은 물건을 수리하는 데에도 돈이 없어 잠도 못자고 전전긍긍하고 있다. 마지막 네 구절에 대해 시인은 스스로 "노자는 총애와 모욕에 놀라는 듯하는 것은 하찮은 것이라고 말했다. 공자는 그 다음은 색을 피한다고 했으니 색은 예모의 쇠함이다. 그 아

370) 【騣工】, ≪漢語大詞典≫2.0版.

래는 배고픔을 구제받는 것이니 돼지의 사귐에 가깝게 되어서이다〔老子云, 寵辱若驚爲下, 孔云, 其次辟色, 色卽禮貌之衰也, 其下則飢餓受周, 近豕交矣〕."라고 설명했다.

다시 말해 자신은 모욕을 당하든 총애를 받든 둘 다 별 것 아닌 하찮은 것으로 여기고, 예의 없는 사람과 대면하게 되면 피해버리면 그만이라고 생각한다. 걸식하는 자신의 처지는 사람들과 돼지로 사귀는 관계를 맺고 있으니 어차피 서로 좋아하면서 먹여줄 수는 없다. 시인은 자신의 물건이 보잘것없는 것과 마찬가지로, 자기 자신도 산발(散髮)에 귀도 먹고 가진 돈도 없어 남에게 모욕을 당한 데 대해 무덤덤한 태도로 스스로 합리화하고자 하였다. 결국 시에서 지팡이, 사기그릇 등의 소유물은 자기 자신을 대변하는 것들이다. 즉 다른 사람들이 수리가 필요한 자신의 물건을 하찮게 보듯, 귀가 먹고 행색이 추레한 자기 자신도 하찮게 여긴다는 것이다.

이처럼 소유물은 '나' 자신과 불가분의 관계를 맺는다. 소유물이 손상을 입거나 없어지면 그 물건을 사용해야 하는 자신에게 직접적으로 부정적인 영향이 미치고, 소유물의 손상이나 분실로 인해 치욕을 느끼게 되기 때문이다.

(5) 몸의 불구(不具)

서위 시에서 주체의 결핍성은 마치 병균이 영역을 넓혀가는 것처럼 생필품에 그치지 않고 점점 확대되어, 결국 신체로 침투하는 데 이른다. 자신이 사용하는 모든 물건이 손상되듯, 자신의 몸도 손상되어 이제 인간으로서 할 수 있는 가장 기본적인 행위도 할 수 없게 되는 것이다.

여러 시인들의 시에서 나이가 들면서 점점 쇠퇴하는 몸에 주의를 기울이는 모습을 볼 수 있지만, 서위 시의 경우 몸의 온전치 않음이 지속적으로 나타나고 상당히 강도가 세다는 점에서 주목된다. 눈과 귀가 온전하지 않아 잘 보이지 않고 들리지 않는 것은 예사이고, 사고로 몸을 다쳐서 기괴한 모습으로 출현하기도 한다. 70세(1590) 때 팔이 부러진 자신의 모습을 날개가 부러진 학에 비유하여 지은 연작시는, 불구가 된 몸을 형상한 단적인 예이다. 먼저 이 연작시의 제목을 살펴보자.

> ＜聞有賦壞翅鶴者, 予嘗傷事廢餐, 羸眩致跌, 右臂骨脫突肩臼, 昨冬涉夏, 復病脚軟, 必杖而後行, 兹也感仙癯之易賊, 羡令威而不皆, 横榻哀吟, 輒得五首＞[371)]
>
> **날개를 다친 학을 읊은 사람이 있다고 들었다. 나는 일찍이 속상한 일로 음식을 먹지 않아, 여위고 어지럽더니 결국 넘어져 오른쪽 팔이 탈골되어 어깨뼈가 불룩 튀어나왔다. 지난겨울부터 여름이 되기까지는 다시 연각병이 생겨 지팡이가 있어야만 다니게 되었다. 이에 수척한 신선이 해침을 당하기 쉬워 정령위를 부러워하면서도 함께하지 못하는 데 느낀 바가 있어 걸상을 가로놓고 슬프게 읊조려 갑자기 다섯 수를 얻었다**

이 제목에는 작시의 동기가 제시되어 있다. 그것은 바로 날개를 다친 학을 누군가 읊었다고 들은 적이 있었는데, 지금 자신이 다치고 병든 모습이 그와 비슷하다고 느꼈다는 것이다. "신선이 수척한 것〔仙癯〕"은 학을 지칭하며, 다시 시인 자신을 가리킨다. 시인은 학이 되어 인간세상을 떠나 하늘 높이 날아갔다는 정령위(丁令威)를 끌어와서 그처럼 온전한 학으로서 하늘 위로 훨훨 날 수 있기를 꿈꾸지만, 그럴 수 없음에 개탄하여 이 시를 지었다고 말하고 있다.

따라서 이 시에 묘사된 날 수 없는 학은 곧 시인 자신의 가면이

---

371) ≪徐渭集≫, 296~297쪽. ≪徐渭集≫, 825~826쪽에 같은 제목 아래 두 수가 더 실려 있고 '갑자기 12수를 얻었다〔輒得十二首〕'라고 하였으니 처음에 지은 편수는 12수일 가능성이 있다.

다. 시인의 입장에서 몸의 온전하지 못함은 금전과 소유물 등 세상과 소통할 수 있는 수단이 결핍된 것보다 더 가깝고 직접적으로 감지된다. 이제 시를 살펴보면서 몸의 온전치 않음이 학에게, 즉 자기 자신에게 어떤 제약을 가져다주는지 관찰해 보자.

(一)	**(제1수)**
澤國秋飆海色鮮,	물의 고을에 가을바람 불고 바다색 뚜렷한데
飛騰無計只頹然,	날아오를 계책 없이 그저 비틀비틀하네.
雙棲入夜遮煙獨,	둘의 보금자리 밤이 되니 홀로 안개를 막고
半影拖花寫雪偏.	반쪽 그림자로 꽃을 끌어당기니
	기울여 눈을 쏟아내는 듯.
衣袒右肩慵梵客,	오른쪽 어깨에 옷이 벗겨지니 게으른 승려 같고
柳生左肘任皇天,	왼쪽 팔꿈치에 혹이 생긴 채 하늘에 의지한다.
可憐獨剩滄溟氣,	홀로 큰 하늘의 기운 남아 있음을 아끼어
乞與昂藏步榻邊.	위풍당당하게 걸상 곁을 거닐도록 해주노라.

바람이 불고 색이 선명한 바다의 상공은 학이 훨훨 날아가야 할 곳이나 이 학은 그곳에 닿지 못하고 기이한 모습으로 비틀비틀한다. 걸상 옆이라도 위풍당당하게 걷게 해주기 위해 이 시를 짓는다.

(二)	**(제2수)**
欲鳴不鳴拍不禁,	울고 싶어도 울지 못하여 박수 치길 금치 못하는데
況復蒼蒼萬里心,	하물며 만리를 날고 싶은 마음 아득함에랴.
舞袖今餘兩垂手,	춤추는 소매는 지금 양쪽으로 드리운 손에 남아 있어
曝衣惟障一邊陰.	옷을 말리니 한 편이 그늘지게 가려졌네.
不辭搖拽將池遶,	흔들거리며 연못을 에도는 것을 사양하지 않으니
似解蹁躚照井深,	빙빙 춤추는 모습 깊이 우물에 비치게 할 줄 아는 듯.
傾國捧心翻所貴,	경국지색 가슴을 받친 것을 외려 귀하게 여겼으니
一庭欹影換淸吟.	뜰에 있는 기울어진 그림자를 맑은 노래와
	바꾸었구나.

울고 싶어도 울지 못하여 참지 못하고 박수를 치는데, 만리 멀리 날고 싶어 하는 마음은 또 어찌 없겠는가. 몸이 한쪽으로 기울어진 채 절뚝거리는 모습이 마치 춤을 추는 것 같아 보인다. 아마도 서시(西施)가 병이 있어 얼굴을 찌푸리고 손을 가슴에 댔던 것마저도 아름답다고 여겼듯, 이 학도 청아하게 읊조리는 것 대신 기울어진 그림자를 택한 것일 터이다.

(三)	**(제3수)**
隻輪將影壓堦苔,	둥근 달이 그림자 이끌고 섬돌의 이끼를 누르는데
盡日婆娑稍一毸,	하루 종일 한들거리며 이따금씩 날개를 친다.
擬接落梅衝復墮,	낙매에 닿으려다가 부딪치고는 다시 떨어지고
相逢創雁嘯成哀.	다친 기러기를 만나 크게 울부짖으며 슬퍼한다.
朱軒衛國羞羣載,	위나라의 붉은 수레에는 부끄럽게도 여럿을 실었고
碧浪焦山暝獨埋,	푸른 물결이 치는 초산에서 어둡게 홀로 묻혔지.
却憶緱山今夜客,	문득 생각하네. 구씨산의 오늘 밤 객은
鳳笙明月跨誰來?	밝은 달 아래 생황 불며 누구를 타고 올지?

이 학은 날개를 다쳐서 날아보려 해도 자꾸 떨어지니, 같은 신세인 다친 기러기를 만나 슬피 우는 일밖에 할 수 없다. 학을 좋은 수레에 태울 정도로 아꼈던 위(衛)나라의 의공(懿公)이 있었고, 초산(焦山)에 학을 묻고 <예학명(瘞鶴銘)>을 새길 정도로 자신이 키우던 학을 아낀 이가 있었다. 그런데 지금 날개가 부러진 이 학은 누구에게도 보살핌을 받지 못하고 있다. 그러다보니 구씨산(緱氏山)으로 내려오는 왕자교(王子喬)를 태운 학에 대해 부러운 마음이 생기는 것이다.

(四)	**(제4수)**
遨遊玄圃本仙材,	현포에서 노니는 것이 본래 신선의 자질이거늘
軒翥人間亦易催,	인간세상에서는 날아오르는 것 또한 쉽게 저지되네.

一臂風雲成苦縛,	한쪽 팔뚝은 풍운이 괴롭게 속박하고
滿身霜雪枉教裁.	몸에 가득한 눈서리는 공연히 마름질 당하네.
紅芝大藥遙難寄,	붉은 지초로 만든 단약은 멀어서 부치기 어렵고
碧海欹巢待不來,	푸른 바다의 기운 둥지는 학을 기다려도 오지 않네.
莫以傍門須奪舍,	삿된 방법으로 집을 빼앗지 말아야 했으니
胎禽隨地浪投胎.	학이 아무데서나 마구 환생한 것인가 보다.

본래 학은 신선과 같은 존재로서 곤륜산(崑崙山) 꼭대기의 현포에서 고고한 자태로 노닐어야 한다. 그런데 이곳 인간세상에서는 유유자적 노닐기는커녕 날아오르는 것과 같은 가장 기본적인 행동도 할 수 없다. 한쪽 팔은 다쳐서 바람과 구름 사이에서 자유자재로 움직일 수 없고, 자꾸 푸드덕거리다 보니 하얀 깃털만 애꿎게 떨어진다. 이 학은 자신의 본래 자리인 신선세계와 멀리 떨어져 있기 때문에 신선세계에서 단약을 보내주려고 해도 전할 방법이 없고, 제 보금자리는 주인을 기다리지만 오지 않아 덩그러니 비어 있다. 아마도 바르지 못한 방법으로 집을 빼앗아서 제 자리가 아닌 데서 환생한 것이리라.

(五)	**(제5수)**
舊日蘇耽避彈歸,	예전에 소탐은 탄알을 피해서 돌아갔는데
稜稜一臂墮何依,	수척하게 튀어나온 한쪽 팔 무너졌으니 무엇에 의지하랴?
春風借翼騰難遠,	봄바람이 날개를 도와 뛰어올라도 멀리 가지 못하니
夜月梳翎影半非.	달밤에 깃을 가다듬는데 그림자가 반이 없네.
島嶼羣嬉紛羽雪,	섬에서는 여럿이서 함께 놀며 하얀 깃털이 분분한데
亭臺多觸信危機,	정자와 누대에 많이 부딪히니 참으로 위기이다.
雙脛莫更論長短,	두 정강이의 길고 짧음은 다시는 논하지 않고
愁見江鳧上下飛.	근심스레 위아래로 나는 강의 물오리 바라본다.

득도(得道)하여 신선이 된 소탐(蘇耽)과 달리, 이 학은 팔을 다쳐서 인간세상을 떠날 수 없다. 학이 무리지어 있는 섬에서는 즐겁게 노느라 눈같이 하얀 깃털이 어지러이 떨어져 눈부시겠지만, 이 학은 날아가려고 시도하다가 인간세상의 정자와 누대에 부딪쳐 그 모습이 초췌하다. 물오리는 학과 달리 다리가 짧아 부족하다고 여겼었지만,[372] 지금 날지 못하는 신세로 강가의 물오리를 바라보니 오히려 자신과 달리 위아래로 잘 나는 것이 부러워 더욱 근심스러워진다.

이 연작시에서 학의 지향점, 즉 학의 가면을 쓴 '나'의 지향점은 지금 자신이 발 디디고 서 있는 인간세상이 아니라, 먼 하늘로 날아가야 도달할 수 있는 신선들의 세상이다. 그러나 그는 날개가 부러지고 다리를 다쳤다는 신체적 결핍으로 인해 그 지향점에 다다를 수 없다. 바꾸어 말하면 신체적 결핍이 자신에게 제약을 가해 자신을 소통 불가능한 상태로 만든 것이다. 신선으로서 가야 할 곳에 가지 못하는데 지금 처한 인간세상에서마저 풍운의 속박을 당하고, 정자와 누대에 부딪치는 등 위험에 처해 있으니 어느 쪽에도 편안하게 깃들 수 없다.

서위의 후기 시에서 시인 자신의 방향으로 침투해 들어온 총체적 결핍은 세계와의 팽팽한 대립에서 자아를 완전히 패배자로 만들었다. 서위의 자아는 결핍을 극복하지 못하고 세계와 영원히 소통할 수 없는 존재로 형상화된다. 이렇게 자신을 끊임없이 결핍된 존재로 인식하는 부정의 힘에 의해, 그동안 전통적으로 고결한 존재로 칭송받아온 학, 매화, 대나무 등 역시 부정성을 지니게 되었다.

---

372) ≪장자(莊子)·변무(駢拇)≫에 보인다.

『 제4절 소결

이 장에서는 서위가 인식의 대상으로서 자기 자신을 시에 어떻게 드러냈는지 살펴보았다. 앞 장에서 세계가 형상화되는 방식을 살펴보면서 명확하게 시기를 구분할 수 없었던 것과 달리, 이 장에서는 자아에 대한 서술을 세 시기로 구분하여 고찰하였다. 분할에서 거부로 이어지는, 세계에 대한 서술의 변화는 뚜렷한 경계 없이 점층적으로 이루어졌다면, 자아에 대한 서술은 서위의 개인적 처지가 변화함에 따라 달라졌다.

이 글에서는 호종헌의 막부가 해산되어 서위가 고향으로 돌아가기 이전이자 정신병 발생 이전인 42세까지를 첫 번째 시기로 보았다. 그리고 43세부터 52세까지를 발광시기와 입옥시기로 규정하여 두 번째 시기로 삼았다. 발광시기는 구체적으로 호종헌의 체포로 인한 정신적 충격으로 환각에 시달리고 자해하는 등 정신병에 걸려 계실을 살해하는 극단에 이르는 시기를 가리키며, 입옥시기는 살인죄로 체포되어 감옥에 갇혀 있던 시기를 일렀다. 마지막으로 서위가 가석방되어 감옥 밖으로 나온 53세부터 73세로 생을 마감할 때까지를 세 번째 시기로 정하였다.

첫 번째 시기에서는 먼저 편년할 수 있는 서위 시 중에서 창작시기가 가장 이른 20대 시절의 시를 통해 서위 시에 자아의 모습이 드러나는 과정을 살폈다. 20대의 서위는 주로 외부세계에 대해 묘사함으로써 시를 구성하는 한편, 조금씩 자기 자신에 관해서도 언급하기 시작하였다. 서위가 시에서 본격적으로 자기 자신에 관해 말하기 시작한 것은 30대에 들어서부터였다.

30대의 시에서 서위는 높은 자존의식을 표출하였다. 그는 스스로 특별한 재능을 가졌다고 여겼다. 비록 그 재능은 간혹 견식이 높은 몇몇 사람이 인정해줄 뿐 많은 사람들이 아껴주는 것은 아니지만 여전히 가치 있고 훌륭하다고 생각하였다. 세상에서 자신의 생각을 받아들이지 않는 일이 잦아지자 서위는 그 이유를 세상의 그릇됨에서 찾았다. 곧 자신의 재능이 부족하거나 주장이 잘못되어서 세상에서 쓰이지 못하는 것이 아니라, 거꾸로 당시 세상의 고관들이 자신의 재능을 알아볼 능력이 없어서 자신을 쓰지 않는 것이라고 말하였다.

이처럼 20~30대의 서위는 높은 자존의식을 갖게 되었으나 그에 걸맞은 사회적 인정이 수반되지 않았다. 그러자 서위는 부조리한 현실에서 벗어나 초월적인 세계를 경험하고자 하였다. 이때 초월적인 세계란 요괴, 정령 같은 귀물(鬼物)들의 세계로, 앞서 살펴본 초현실적 세계, 즉 인간들의 세계와 대비되는 신들의 고차원적 세계와 완전히 일치하는 것은 아니었다. 신들의 세계가 펼쳐지는 경우 시인의 자아가 등장하여 직접 그 세계를 경험하지 않고 관조하는 입장에서 있었다. 즉 그 세계에서는 시인 자신의 모습이 등장하여 그들과 마주하는 장면은 포착되지 않았다.

반면, 요괴와 정령이 나타나는 이 세계에서는 시인이 그들과 직접 대면하는 일이 벌어졌다. 특히 복건 지역을 유람하면서 쓴 시에서 서위는 세계에 대한 적극적인 참여 의지를 보였다. 그는 정령과 마주했고, 신선을 접하고 싶어 했다. 또한 신선이 되었다고 알려진 성인의 유해를 통해 신비한 세계를 경험하고자 하였다. 이렇게 자발적이고 적극적인 모습은 이전의 시에서는 찾아보기 어려웠다. 따라서 이 시기 초월적 존재와의 만남은 자존의식이 형성된 이후, 현실에서 이렇다 할 만한 성공을 거두지 못한 상황에서 이루어졌다는 점을 상기해 볼 때 현실 도피의 성격을 지니고 있었다.

하지만 초월적 존재와의 만남을 통해 현실에서 도피하고자 했던 생각도 오래 지속되지 못하였다. 서위는 자신을 인정해주지 않는 세상과 완전히 결별하지 못하였을 뿐만 아니라, 대안으로서 새로운 세계에 참여하려 했던 그의 의지는 공포감을 유발하는 기이한 대자연의 모습에 의해 끝내 꺾이게 되었다. 현실 세계에서 받아들여지지 못하여 그곳을 벗어났으나, 벗어나서 찾은 새로운 세계와도 결국 융합하지 못한 것이다.

유람을 마치고 고향으로 돌아와 지내면서 쓴 시에서도 서위는 줄곧 자신이 세상으로부터 소외되었다고 느꼈다. 게다가 호종헌의 막료가 되어 대필을 직업으로 삼으면서 처우가 개선되었음에도 여전히 자신이 고립되었다고 여겼다. 그는 스스로를 세상에서 크게 쓰일 만한 걸출한 인물로 간주했기 때문에, 경제적으로 여건이 나아지는 것으로는 만족하지 않았다.

이와 같이 30대 후반부터 40대 초반까지의 시에서 자아는 자존의식을 유지하면서 어느 곳에도 귀속되지 못하고 겉도는 모습을 보여주었다. 자아가 소외를 겪는 일련의 과정, 즉 현실에서 능력을 인정받지 못하고 도피처에서도 위안을 얻지 못하였으며, 다시 현실로 돌아와서도 지향하는 세계로부터 멀리 떨어져 있게 된 것은 서위의 자아 서술에 작용하는 이탈의 힘이 막 드러나기 시작하는 단계였다.

두 번째 시기에 접어들어서는 먼저 방황하는 모습이 포착되었다. 말이 일으키는 먼지를 뒤집어쓰며 정처 없이 돌아다니고, 따뜻하게 몸을 누일 곳을 찾지 못하는 모습은 당시 이춘방의 부름으로 북경과 소흥을 왔다 갔다 한 서위의 실제 상황과 맞물려 어느 곳에도 속하지 못하는 상태를 나타내었다. 이 시기 서위의 방황은 몸이 이곳과 저곳을 왔다 갔다 하는 것으로 시작되어 정신적으로 극심한 불안감을 느끼는 것으로 나아갔다.

당시의 불안한 심리상태는 눈, 바람과 같은 외부의 공격으로 인해 고통 받는 대나무에 반영되어 있었다. 여러 편의 칠언절구에 등장한 대나무는 자아의 투영체로, 외부의 공격에 의해 잎이 떨어지고 줄기가 부러지는 등 불안정한 상황에 처해 있었다. 대나무의 이러한 모습은 누군가에게 해침을 당하거나 스스로 위험에 처할지도 모른다는 불안의식에서 비롯된 것이었다.

극도의 불안감에 정신병 증세가 더해져 서위는 수차례 자살을 시도했을 뿐만 아니라, 착란 상태에서 계실 장씨를 살해하게 되었다. 당시에 쓴 시를 비롯하여 자살 시도와 장씨 살해에 관한 기억을 떠올린 시에서, 심리적 긴장이 고조되어 있다는 점을 확인할 수 있었다.

장씨를 살해한 일로 수감되었을 때의 시에는 자아에 대한 억압이 구체적으로 드러났다. 앞서 살펴본, 시 속에서 자아의 투영체인 대나무에 가해지는 공격과 속박이 불안감에 의해 상상된 것이었다면, 입옥 이후에 나타나는 자아에 대한 공격과 속박은 직접적인 경험을 바탕으로 한 것이었다. 물 밖으로 나온 붕어, 갇혀 있는 용, 깃털이 빠진 새 등으로 비유된 당시의 자아는 높은 담, 억새 같은 가시나무 등에 의해 갇혀 있었다.

그뿐만 아니라 감옥의 기와에 쌓인 눈이 자신을 억누르는 것처럼 느꼈고, 지붕의 틈으로 들어와 감옥 안에 쌓인 눈은 스스로 움직일 수 없게 하였다. 감옥이라는 공간이 주는 억압감은 바깥세상을 더욱 강하게 지향하도록 만들었을 뿐만 아니라, 자존의식이 퇴색되는 데에도 영향을 끼쳤다. 서위는 감옥에 있으면서도 저술하기를 게을리하지 않으며 절망에 빠지지 않기 위해 노력했지만, 자존의식은 점차 퇴색해갔다. 감옥에서 고기를 빼앗긴 사건을 계기로 자신의 비참한 처지를 떠올린 시를 통해, 당시 서위가 자존감을 얼마나 상실하였는지 짐작할 수 있었다.

발광·입옥시기의 서위는 자기 자신을 어느 곳에서도 편안하게 있지 못하고 항상 위기에 처해 있는 존재로 묘사하였다. 이처럼 그는 세계의 여러 제약에 맞서서 갈등을 겪고 있었다. 그는 세계를 체험하면서 세계 속의 존재로 자연스럽게 융합되는 긍정적인 방향으로 나아간 것이 아니라, 무엇인가와 맞서고, 고통 받고, 시련에 부딪치는 부정적인 방향으로 나아갔다. 그리고 그 과정에서 자신의 나약함을 절감하게 되었다.

세 번째 시기는 서위의 출옥과 함께 시작되었다. 출옥한 직후, 서위는 자유를 실감하고 재능을 펼치겠다는 포부를 드러내었다. 술을 마음껏 마시고 탁 트인 경치를 대하는 모습에서 이전에 보였던 불안감과 구속감은 더 이상 찾아보기 어려웠다. 하지만 석방되면서 느낀 해방감과 앞으로 전개될 삶에 대한 기대는 오래지 않아 사라졌다.

서위는 이내 자신에게는 희망찬 미래가 오지 않을 것임을 직감하였다. 구속에서 해방되었으나 사회적 성공과는 여전히, 혹은 오히려 더욱 멀어졌다는 점에서 이때 서위가 얻은 자유는 공허한 것이었다. 서위는 자신이 재기할 수 없다는 사실을 깨닫고는, 다시 자신을 새에 비유하여 자신을 속박했던 그물이 찢어졌으나 탄환을 맞을 위험에 처하여 훨훨 날아갈 수 없다고 말하였다. 또, 자신을 도와줄 사람이 없어 재능을 묵혀둘 수밖에 없다고 탄식하였다.

당시 어떤 막부에서 서위를 초청하여 변경지역으로 가게 되었으나 그는 이것을 자신의 뛰어난 재능을 발휘할 만한 일로 여기지 않았다. 이때 서위는 객지 생활을 괴롭게 생각했고, 연회에 초대되었을 때에도 자신 같은 야인에게는 어울리지 않는다며 참석하길 거절했다. 이로부터 서위는 점차 세상일에 무관심해졌다. 세계의 부조리함에도 더 이상 격분하는 모습을 보이지 않고, 어떤 일에도 소극적인 태도를 취하고 있었다.

이전 시기의 소외가 수동적인 것이었다면 이 시기의 절연은 능동적인 것이었다. 이때 서위 시에서 자아는 항상 문을 닫고 아무와도 교류하지 않는 모습으로 나타났다. 그의 이와 같은 의도적 절연은 외부세계와의 갈등을 극복하고자 하는 의지에서 나온 것이라기보다는, 모든 것을 포기하고자 하는 태도에서 비롯된 것이었다.

자아가 두문불출하기 시작하면서 서위 시에 나타난 변화는 시인 주변의 세계가 어떠한지보다는 자기 자신이 어떠한지가 더 자주 언급된다는 것이다. 대략 60~70대에 쓴 시에서 서위가 자기 자신이 무엇을 할 수 없는가, 자기 자신에게 무엇이 부족한가를 끊임없이 언급하고 있다는 점을 관찰할 수 있었다. 이 시기에 자신의 무능력함을 자주 제기한 것은 자존의식이 극도로 상실되었음을 보여주는 표지였다.

젊은 시절 세상으로부터 소외된 것은 강한 자존의식에서 비롯된 것이었고, 그 이후 절연한 상태에서도 퇴색된 측면이 없지 않으나 여전히 어느 정도의 자존의식을 유지하고 있었다. 하지만 60세에 가까워지면서 서위의 시에는 자존의식을 지닌 자아는 거의 발견되지 않는다. 그리고 자존의식으로 인해 일부러 하지 않는 것이 아니라, 무언가를 아무리 하고자 해도 할 수 없는 자아만이 남게 되었다.

보지 못하고 듣지 못하는 등 어떤 행위를 할 수 없는 것이 나타나는 한편, 먹지 못하는 것처럼 삶에 직결된 문제가 자주 발생하였다. 먹지 않는 것은 처음에는 양생술을 연마하기 위한 의도적인 행동인 듯했으나, 정신병을 얻으면서는 식욕이 없는 상태로 바뀌었다. 그리고 출옥 이후에는 빈곤하여 먹고 싶어도 먹지 못하게 되었다. 시에 나타난 '나'에게 좋은 음식은 전혀 주어지지 않았으며, 흔한 음식조차도 주어지기 어려울 때가 많았다. 그가 지독한 배고픔에 시달린 것은 경제적인 어려움으로 인한 것이었다.

만년의 서위는 배고픔을 자주 언급할 뿐만 아니라 금전의 부족함을 항상 제기하였는데, 금전이 부족하다는 말에는 항상 술을 사먹을 수 없다는 말이 따랐다. 서위에게 술은 생명을 유지하는 데 필요한 음식만큼이나 중요한 것이었다. 서위에게 있어서 술은 즐거움을 느끼기 위한 필수적 요소였기에, 술을 마실 수 없는 것은 모든 즐거운 일에서 차단되어 있다는 것을 의미했다. 금전이 없는 것은 그 외에도 조상의 무덤을 잘 돌보지 못하는 것과 연결되는 등 인간으로서 도리를 다하지 못하는 것을 의미하기도 했다.

당시 서위는 사는 데 필요한 것이 없어서 괴롭기도 했지만, 가지고 있는 물건이 파손되고 분실되어 비참하기도 했다. 이불을 잃어버리거나, 가죽옷을 누군가 빌려가고는 되돌려주지 않아 추위에 떨었고, 없는 살림에 겨우 차려 놓은 제사 음식에는 새와 곤충이 침입하였다. 지팡이와 머리 망사처럼 자신이 항상 몸에 지니고 다니는 물건이 망가지고, 주전자와 사발같이 식생활에 필수적인 물건이 손상된 것은 시의 소재가 되었다.

이 시에서 서위는 귀 먹은 자신의 모습을 묘사하여, 몸에 지니는 물건이 망가짐과 함께 자신의 몸도 온전치 않음을 언급하였다. 서위는 그 물건들을 수리해달라고 남에게 부탁하면서 모욕을 당한 일을 계기로, 물건이 하찮아 사람도 하찮게 보인다는 점을 깨달았다. 이렇게 서위는 자신이 항상 접촉하는 물건이 손상되는 것을 인식함과 동시에, 자신의 몸도 점점 망가져가고 있다는 것을 인식하게 되었다.

눈이 잘 보이지 않고, 귀가 먹는 등 노인이 되면서 자연스럽게 신체의 기능이 쇠하였을 뿐만 아니라, 의도치 않은 사고로 다치게 되었다. 70대에 들어서면서 날개를 다친 학에 관해 쓴 연작시는, 팔 한쪽이 탈골된 자기 자신의 모습을 학에 이입하여 신세를 한탄한 작품이었다. 이처럼 본 장의 후반부에서는 하고자 하는 일을 할 수 없는 상황으로부터 시작된 결핍의 여정이, 물질적인 것에서 신체적인 것으로 이어졌다는 점을 확인했다.

본 장을 통해 서위의 자아는 소외, 방황, 억압, 단절의 과정, 다시 말해 세계로부터 떨어져 나오는 기나긴 이탈의 과정을 거친 뒤, 무언가가 부족할 뿐만 아니라 가진 것이 끊임없이 파괴되고 소모되는, 즉 스스로를 갉아먹는 상태에 이르렀음을 확인하였다. 이렇게 점차 이탈되어가고 결핍에 시달리는 자아의 상태를 다각도로 관찰함으로써 서위의 부정적 인식이 세계에 대한 것에서 자아에 대한 것으로 옮겨왔음을 알 수 있었다. 세계와의 갈등을 끝내 극복하지 못한 채 나약하고 비참하게 전락한 모습이 시에 드러나면서, 서위 시의 부정적 성격은 더욱 짙어지게 되었다.

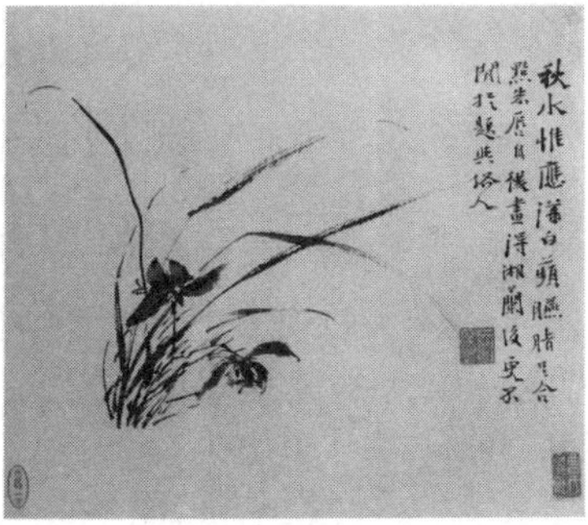

제 4 장

—

희곡과 회화에 대한 적용

제2장과 제3장에서는 시를 대상으로 삼아 서위가 세계와 자아를 어떻게 형상화하였는지 살펴보았다. 세계에 대해서는 이분법적 분할, 현실에 대한 부정의식, 부정적 측면의 부각 등을 관찰했고, 자아에 대해서는 소외와 방황, 억압과 단절, 물질적·신체적 결핍을 겪는 모습을 포착하였다. 서위 시의 부정성은 세계와 자아에 대한 이와 같은 서술 방식에 의해 형성되었다. 시에 나타난 이상의 여러 특징에는 서위의 평소 인식하고 표현하는 경향 및 지각하고 사유하는 습관이 반영되어 있으므로 이를 다른 예술작품을 이해하는 발판으로 삼을 수 있다.

본 장에서는 서위의 희곡과 회화를, 앞서 시로부터 도출한 분할과 거부, 이탈과 결핍의 원리에 따라 분석한다. 먼저 희곡작품 ≪사성원≫에서는 작가가 자신의 모습을 주인공에 투영하였음을 입증하고 이분법적으로 분할된 시·공간적 배경이 어떤 의미를 가지는지 살펴본다. 또한 주인공의 성격 및 시·공간의 분할과 관련하여 극의 결말을 어떻게 재해석해야 하는지 논의할 것이다.

다음으로는 서위 시에 나타난 부정성이 그의 회화작품에서는 어떻게 발현되었는지 관찰한다. 회화에 대한 창작 태도와 작품에 보이는 필법과 형상은 기존 회화에 대한 반기(反旗)로서 나타났다는 점에서 거부와 이탈의 힘에 의거하고 있다는 점을 밝힐 것이다. 그리고 자제시(自題詩)를 통해 서위가 그림에 부여한 의미를 고찰함으로써 시에 나타난 부정의식이 어떻게 그림으로 확장되는지 본다.

제1절 희곡 : 부정성의 역설적 폭로

1. ≪사성원(四聲猿)≫의 일체성과 구조

서위는 ≪사성원≫에 대해 구체적인 기록을 남기지 않았다. 그가 이 극본을 언제 썼는지, 어떤 계기로 쓰게 되었는지 직접 언급하지 않아 지금까지도 창작 시기와 동기에 관해 제설이 분분하게 되었다. 서위 주변에 있던 문인들이 서위 사망 직후에 ≪사성원≫에 대해 진술하기도 했지만 역시 명확한 연도가 기록되어 있지 않기에 근거로 삼는 데 어려움이 있다.[373] 그런데도 이를 바탕으로 하여 창작 시기와 동기를 규정하다보니 정설 없이 여러 가지 추측만 남게 된 것이다.[374] 게다가 정신병으로 계실을 죽인 일 등 서위의 부정(不正)

---

373) 왕기덕(王驥德, ?~1623)은 "선생의 거처가 나의 집과 겨우 담장 하나를 사이에 두고 있어서 (≪사성원≫을) 창작할 때 극본 하나를 완성할 때마다 서재로 불러 낭랑하게 부르시고 득의양양하셨다. 내가 뛰어난 부분을 가리켜 말씀드리면 큰 술잔을 들어 들이키시고는 지음이라 칭찬하셨다〔先生居, 與余僅隔一垣, 作時每了一劇, 輒呼過齋頭, 朗歌一過, 津津意得. 余拈所警絶以復, 則擧大白以釂, 賞爲知音〕."라며 서위와 교유한 일을 밝히고, "그중에 ≪월명도류취≫(≪옥선사≫)는 선생의 젊은 시절 작품에 귀속되며, 목란(≪자목란≫)과 예형(≪광고사≫)은 새로 지은 것이고, ≪여장원≫은 나에게 이야기 하나를 찾아보라고 명하여 4성의 숫자를 채우신 것이다〔中月明度柳翠一劇, 係先生早年之筆, 木蘭禰衡, 得之新創, 而女狀元則命余更覓一事, 以足四聲之數〕."(王驥德 撰, ≪曲律≫ 卷4)라고 하였다. 이 진술은 각 작품의 창작 순서를 제공하였지만, 정확한 창작 시기를 알려준 것은 아니다. 후대의 평자들은 이 글을 근거로 창작 시기를 추정하였다.

374) 창작 시기에 관한 설은 크게 호종헌의 막부로 들어가기 전에 썼다는 설과 출옥 이후에 썼다는 설로 분류할 수 있다. 생각건대 후자가 비교적 유력하나 여전히 어느 쪽으로 단정하기는 쉽지 않다. 창작 시기에 관한 여러 설에 관해서는 張新

한 행적과 관련하여 허구에 가까운 억측이 나오기도 했다.375) 창작 연도를 확정할 수 있다면 창작 동기를 추측하는 데에 도움이 되겠지만, 현재로서는 근거가 부족하여 어느 쪽이 옳다고 단정할 수 없는 실정이다.

이 글에서는 그간의 평자들이 창작 연도와 창작 동기 등 작품 외적 사항에 초점을 맞추었던 것과 달리, 작품 ≪사성원≫ 자체에 중점을 두고자 한다. 왜냐하면 작품의 제목, 내용, 구조 등을 면밀히 살펴보고 분명한 사실을 검토함으로써 작가 서위의 입장에서 이 작품을 통해 말하고자 했던 바를 짚어보는 일이 ≪사성원≫ 연구, 더 나아가서는 ≪사성원≫을 통해 서위의 예술세계를 파악하는 데 있어 가장 중요하다고 생각하기 때문이다.

분명한 점은 실제 창작 순서와는 다를지 몰라도 서위 스스로는 ≪광고사≫, ≪옥선사≫, ≪자목란≫, ≪여장원≫의 순서로 네 편의 극을 엮었다는 점, 그리고 이 네 편을 '사성원'이라 총칭하였다는 점이다. 따라서 '사성원'이라는 대제목과 그 아래에 있는 각 극본의 제목(소제목)을 분석함으로써 네 편 극의 일체성을 주장하고 ≪사성원≫ 전체의 구조를 파악할 것이다.

(1) 대제목 '사성원'의 함의

네 극본의 총명 '사성원(四聲猿)'은 '네 번[四]'과 '소리[聲]'와 '원숭이[猿]'로 구성되어 있다. 소리를 내는 것이 원숭이임은 자못 분명해 보인다. 그리고 이는 네 마리의 원숭이가 각기 다른 소리를 내는 것

建, 앞의 책, 171~176쪽 참조.

375) ≪옥선사≫를 계실 장씨를 살해한 일과 연관시킨 설이다. 호종헌의 막부에 있을 때 승려를 희롱한 일로 원한을 사서, 나중에 계실 장씨와 승려가 합방하는 환영을 보아 장씨를 살해했고, 나중에 그것이 환영이었고 장씨에게 아무 잘못이 없음을 깨닫고는 잘못을 뉘우치고 이 극을 썼다는 것이다. 黃向堅 撰, ≪曲海總目提要≫ 卷5, 231~232쪽(≪明清筆記史料(清)≫ 卷177, 275~276쪽).

이 아니라 한 마리의 원숭이가 네 번 소리를 내는 것을 뜻한다. '원숭이가 네 번 울음소리를 낸다'는 말의 의미에 대해서는 다음의 견해를 참조할 만하다.

> ≪사성원≫에 대한 품평을 마치고서 붓을 책상에 내려놓았는데 멍하니 있던 차에 마치 두보의 '원숭이 울음소리 세 번 들으면 실로 눈물 흐른다' 구절을 낭랑하게 읊는 것 같았다. 놀라서 펄쩍 뛰며 크게 소리쳤다. 기이하도다! 이것은 내가 미처 품평하지 못한 것이구나. 그것은 서위의 마음일 것이다! 그렇지만 원숭이 울음소리를 듣고 눈물을 흘린다는 것은 두보만이 말한 것이 아니다. ≪의도산수기≫에서는 "파 땅 동쪽 삼협에 원숭이 울음소리 슬프니, 원숭이가 세 번 울면 눈물이 옷을 적신다"라고 하였고, ≪형주기≫에서 어부는 "파 땅 동쪽 삼협 중 무협이 긴데, 원숭이 세 번 우니 눈물이 옷을 적시네"라고 노래했다. 그러하니 원숭이의 애통한 울음소리는 세 번이면 눈물 흘리기에 족한데, 더하여 네 번이면 어떠하겠는가! 서위가 기탁한 뜻을 알 만하다〔評四聲猿竟, 投筆隱几, 惝恍間有若朗吟杜陵聽猿實下三聲淚句者, 驚躍狂叫曰, 異哉! 此余所未及評者也, 其殆天池生之靈歟? 然聽猿淚下, 非獨杜陵云然, 宜都山水記有云, 巴東三峽猿聲悲, 猿鳴三聲淚沾衣. 荊州記漁者歌曰, 巴東三峽巫峽長, 猿鳴三聲淚霑裳. 則猿嘯之哀, 卽三聲已足墮淚, 而況益以四聲耶! 其託意可知已〕.376)

이 해석은 후대에 다음과 같이 정리되었다.

> ≪사성원≫은 역도원(酈道元)의 ≪수경주(水經注)·무협(巫峽)≫에 인용된 민가, '파 땅 동쪽의 삼협 중 무협이 긴데, 원숭이 세 번 우니 눈물이 옷을 적시네'에서 이름을 얻은 것이다. '사성'이라 이름 붙였으니 그 뜻이 '삼성'과 비교하여 더욱 비참하다.377)

이처럼 서위가 "원숭이가 세 번 울다〔猿鳴三聲〕"라는 구절을 변형

376) 澂道人, <四聲猿原跋>, ≪徐渭集≫, 1358쪽.

377) "≪四聲猿≫得名于酈道元≪水經注·巫峽≫所引民歌, 巴東三峽巫峽長, 猿鳴三聲淚沾裳. 取名四聲, 意爲比三聲更悲慘." 徐朔方·孫秋克 著, ≪明代文學史≫, 289쪽.

하여 '네 번'이라고 했다는 주장은 타당하며, 그것이 결과적으로 '세 번'인 것보다 더 슬프다고 느껴진다는 견해도 납득할 만하다. 그런데 한 번을 추가한 의도가 단순히 '세 번'일 때보다 비참함을 더하려는 데 있다고 말하는 것은 충분하지 않다고 생각한다.

서위가 '사성'이라고 한 것은 우선 '사성원'이라는 표제 아래 네 편의 작품이 있기 때문이다. 네 편이기 때문에 네 번의 울음소리라고 한 것이다. 서위가 단지 한 편을 추가해서 '사성'을 만들고자 한 것은 아닐 것이다. 다시 말해 희곡작품을 통해 자신이 하고 싶은 말을 온전히 하기 위해서 네 편이 필요했을 것이다. 극본의 짜임새, 의미의 전달력을 높이기 위해 ≪사성원≫을 네 편으로 구성하는 것이 효과적이라고 생각했을 것이다. 이렇게 보아야만 이 표제는 그 아래 구성된 작품과 더욱 긴밀한 연관성을 갖게 된다. 이 점은 잠시 뒤에 소제목을 고찰하면서 분명히 하도록 하자.

극본 한 편을 원숭이가 한 번 우는 것으로 간주한다면, 가장 설득력 있는 해석은 각 편의 주인공이 원숭이의 분신 같은 존재라는 것이다. 위에 인용한 민가에서뿐만 아니라 전통적으로 원숭이는 슬프게 울어서, 듣는 이로 하여금 처량함을 느끼게 하는 동물로 인식되어 왔다.[378] 그러므로 표제만 본다면 원숭이가 슬피 울 듯 각 극본에 주인공의 애환이 담겨 있을 것이라고 추측할 수 있다. 또한 각기 다른 네 편의 주인공이 원숭이 한 마리에게로 귀결되어 있으므로, 그들 사이에 공통점이 있을 것이라고 짐작할 수 있다.

서위의 <예 모씨가 따로 절구 세 편을 보내오다〔倪某別有三絶見遺〕>[379]라는 제목의 시는 이 글의 이와 같은 입장에 힘을 실어 준

378) "환공이 촉 땅에 들어가서 삼협에 이르렀는데 부대에 원숭이 새끼를 잡은 자가 있었다. 그 어미가 연안을 따라 슬피 울부짖으며 백 여 리를 가는데도 떠나지 않았다. 끝내 배에 뛰어오르더니 곧 죽었는데 그 배를 갈라 보니 장이 모두 마디마디 끊어져 있었다〔桓公入蜀, 至三峽中, 部伍中有得猿子者, 其母緣岸哀號, 行百餘里不去, 遂跳上船, 至便卽絶, 破視其腹中, 腸皆寸寸斷〕." 劉義慶 撰, ≪世說新語·黜免≫ 卷下之下.

다. 이 시는 예(倪) 모씨가 ≪사성원≫의 일부분과 제목에 대해 비꼰 시를 서위에게 보내어, 서위가 그것에 차운하여 답한 것이다. 이는 현전하는 서위의 글에서 ≪사성원≫에 관해 언급한 것으로 거의 유일한 작품으로 추정된다. 모두 세 수인데 그 중 제3수가 제목의 '원숭이'와 관련이 있다. 먼저 제3수에 해당하는 자주를 살펴보자.

한 수는 네 개의 극을 '사성원'이라고 이름붙인 것을 가지고 멋대로 떠들고 지껄였다고 하였다〔一因四劇名四聲猿, 謂爲妄喧妄叫〕.

예 모씨에 대해서는 알려진 바가 없어 그가 보낸 시의 구체적인 내용도 알 수 없다. 다만 서위의 이 자주를 통해 예 모씨가 '사성원'이라고 제목을 붙인 것을 빙자하여 그 극본이 아무렇게나 떠들어댄 것이라고 불만을 표시했음을 알 수 있다. 원숭이가 시끄럽게 떠드는 것과 같이 제 멋대로 썼다는 것이다. 아래는 이에 대한 서위의 답이다.

<倪某別有三絶見遺(三)>

예 모씨가 따로 절구 세 편을 보내오다(제3수)

桃李成蹊不待言,	도리 아래 길 생기는 데에는 말이 필요 없는데
鳥言人昧枉啾喧.	새의 말소리는 사람이 알지 못하는데도 괜히 시끄럽게 떠들지.
要知猿叫腸堪斷,	애간장이 끊어지도록 원숭이 우는 것을 이해하려면
除是儂身自做猿.	제 몸으로 원숭이가 되어 보는 수밖에.

이 시에서 서위는 자신을 낮추는 듯하면서도 상대방을 은근히 조롱하고 있다. 제1~2구에서는 말의 전혀 없음과, 많아서 시끄러움을 대비하였다. 복숭아나무와 자두나무는 아무 말도 하지 않지만 저절로 그 아래 길이 생긴다. 열매가 달아서 사람들이 모여드는 것이다.

379) ≪徐渭集≫, 854쪽.

그런데 새는 어떤가? 사람은 새가 아무리 지저귀어도 무슨 말을 하는지 이해할 수 없다. 사람이 알아듣지 못하므로 새는 '부질없이' 떠드는 것이다. 사람은 말이 없는 도리(桃李)에게 다가가지만, 오히려 힘껏 떠드는 새와는 거리가 멀다는 뜻이다. 세상의 이치가 이러하듯 원숭이가 되어보지 않고는 원숭이가 어째서 그토록 슬피 우는지 알 수 없는 법이다. 서위는 이 시를 통해 "제멋대로 떠들었다〔妄喧妄叫〕"는 예씨의 말을 인정하는 듯하면서도, 어째서 자신의 작품이 원숭이의 슬픈 울음소리에 비견되는지 그가 이해하지 못하고 있다고 은근히 비꼬고 있다.

이 시에 비추어보면 ≪사성원≫은 원숭이가 슬피 우는 소리임에 분명하다. 다시 말해 서위는 스스로 이 극본에 깊은 한을 담았다고 여겼다. 그리고 원숭이가 되어보지 않고는 그 마음을 알 수 없다고 한 데서 그 체험이 자신의 것임을 짐작할 수 있다. 애간장이 끊어질 정도로 가슴 아팠던 경험이 있었기에 이 작품을 쓸 수 있었다는 것이다. 이와 관련하여 아래와 같은 기존의 해석이 있어 참조할 만하다. 청대(淸代)의 고공섭(顧公燮)은 이렇게 말했다.

> (서위의 ≪사성원≫은—인용자) 아마도 원숭이가 새끼를 잃고서 네 번 소리 내어 울고 애간장이 끊어지는데 서위가 이에 느꺼워 격발한 것이니, 모두 당시에 뜻을 이루지 못해서 지은 것이다〔蓋猿喪子, 啼四聲而腸斷, 文長有感而發焉, 皆不得意於時之所爲也〕.[380]

득의(得意)하지 못한 서위가 원숭이 울음소리에 슬픈 감정이 촉발되어 이 극본을 썼다는 것이다. 이러한 관점을 계승하여 20세기 후반에 장신건(張新建)은 다음과 같은 견해를 밝혔다.

---

380) (淸) 顧公燮, ≪消夏閑記≫, 徐渭 著, 周中明 校注, 앞의 책, 219쪽에서 재인용.

≪사성원≫은 서로 다른 시기에 나누어 씌어졌고 인물형상도 서로 유사하지 않지만, 함께 ≪사성원≫이라고 이름 붙인 데서 작자에게 일관된 예술적 구상이 있었음을 알 수 있다. (…) 실제로 ≪사성원≫은 하나의 예술적 총체이며, 작자가 마음속 울분을 써내려는 감정의 흐름에 따라 창작한 네 편의 세트(set) 극이다. ≪사성원≫의 주인공은 바로 작자이고, ≪사성원≫ 안의 인물형상은 작자의 마음속 울분을 써내는 정신의 구체적 형상이며 예술 전형에 주조해 넣은 자아이다.381)

장신건은 이 글에서 서위가 네 편의 잡극을 하나의 제목 아래 귀속시킨 점에 주목하여 일관된 구상으로 네 편이 창작되었음을 주장하였다. 아울러 작자인 서위가 ≪사성원≫을 통해 울분을 표출하였다는 이전의 견해에서 진일보하여 이 작품의 주인공 즉 주요 인물형상에 작자 자신을 이입하였다고 여겼다.

본서 역시 이와 같은 기존의 견해를 수용하여 표제의 원숭이가 서위 자신을 가리킨다고 보고 더 나아가서는 각 편의 주인공에 서위 자신을 투영했다는 입장을 취할 것이다. 그런데 작자가 각 극본의 주인공에 자기 자신을 투영했다는 점만으로 ≪사성원≫에 대한 작자의 일관된 구상을 설득력 있게 설명할 수 있는가. 그것이 전부가 될 수는 없다.

(2) 소제목에 나타난 ≪사성원≫의 구조

앞에서 언급한 대로 대제목을 둔 것은 작자 서위에게 “일관된 예술적 구상[統一的藝術構思]”이 있었다는 것을 의미한다. 하지만 그동안 여러 평자들은 이 점을 간과하고 네 편의 연관성을 염두에 두지 않았다. ≪자목란≫과 ≪여장원≫에 대해서는 “북쪽의 목란과 남쪽의

381) “≪四聲猿≫分作于不同時期, 人物形象互不雷同, 而同名之≪四聲猿≫, 可見作者有統一的藝術構思, (…) 實際上≪四聲猿≫是一個藝術整體, 是作者按照抒懷寫憤的感情流動而創作的四體組劇. ≪四聲猿≫的主人公就是作者, ≪四聲猿≫中的人物形象是作者抒懷寫憤精神的具象, 是熔鑄于藝術典型的自我.” 張新建, 앞의 책, 178쪽.

황숭하는 특히 기이한 것 중의 기이한 것이다〔木蘭之北, 與黃崇嘏之南, 尤奇中之奇〕."[382]라고 하는 등 두 작품의 대우(對偶) 관계를 지적하기도 하였으나[383] 그밖에는 상관성보다는 개별성에 더욱 주목하였다. 특히 ≪옥선사≫에 대해서는 왕기덕(王驥德)이 이 작품을 서위의 "조년지필(早年之筆)"[384]이라고 따로 떼어 규정한 것을 근거로 삼아, 혹자는 서위가 이 작품을 창작할 때에 표제를 미리 생각해 두지 않았을 것이므로, 작품의 내용을 '사성원'이라는 표제와 연관 지어 생각할 필요가 없다고 여기기도 하였다.[385]

한편 ≪사성원≫의 일체성을 주장하는 입장에서는 대제목의 의미에만 초점을 맞추는 경향이 있었다.[386] 서위가 네 편의 작품을 창작 시기와 상관없이 '사성원'이라는 표제 아래로 귀속시킨 점에 유의한 것이다. 바로 앞의 소절에서 밝혔듯 본서는 이와 같은 기존의 입장을 취한다. 다만 이를 뒷받침하는 근거가 대제목을 설정한 것 자체에만 국한되어 있는 것은 아니라고 본다. 작자의 일관된 구상, 즉 ≪사성원≫의 일체성은 오히려 각 편의 제목에서 더욱 분명히 드러난다. 각 편의 제목은 ≪사성원≫ 전체의 구조를 파악하는 데 있어 필수적인 단서이다. 먼저 각각의 의미를 살펴본 뒤에 그것들을 하나로 합쳐서 분석할 것이다.

'광고사어양삼농(狂鼓史漁陽三弄)'에서 '광고사'는 '미친 고수(鼓手)'라는 뜻으로 고사(鼓史)로서 조조(曹操) 앞에서 제멋대로 행동한 주

---

382) 王驥德 撰, 앞의 책 卷4.

383) ≪자목란≫과 ≪여장원≫은 여분남장(女扮男裝)극으로서 여러 연구에서 그 공통성을 지적해왔다. 특히 Sufen Sophia Lai, "From Cross-Dressing Daughter to Lady Knight-Errant: The Origin and Evolution of Chinese Women Warriors," Sherry J. Mou edit., *Presence and Presentation: Women in the Chinese Literati Tradition*, 87~88쪽 참조.

384) 王驥德 撰, 앞의 책 卷4.

385) 周群 · 謝建華 著, ≪徐渭評傳≫, 281~282쪽.

386) 張新建, 앞의 책, 178쪽 ; 金寧芬, <徐渭≪四聲猿≫人物思想辨>, 63쪽.

인공 예형(禰衡)을 가리킨다. '어양삼농'은 고곡(鼓曲)의 명칭인데, '어양'은 지명이고 '삼농'은 세 번 연주한다는 뜻이다.

'옥선사취향일몽(玉禪師翠鄕一夢)'에서 '선사'는 화상(和尙)에 대한 존칭으로 '옥선사'는 주인공 옥통(玉通)을 이른다. '취향일몽'은 '푸른 고을에서 한번 꿈을 꾸다'라고 직역할 수 있다. 여기에서 '취'자는 옥통이 환생한 류취(柳翠)의 '취'이다. '류취'는 푸른 버드나무를 뜻하므로 '취향'에서 '푸른' 것은 버드나무일 것이다. 꿈을 꾼다고 한 것은 옥통이 류취로 환생한 것을 가리킨다.

'자목란체부종군(雌木蘭替父從軍)'은 '여성 목란이 아버지를 대신하여 종군하다'로 번역할 수 있다. '목란'은 주인공의 이름으로 앞에 여성을 가리키는 '자(雌)'자가 붙어 있다.

'여장원사황득봉(女狀元辭凰得鳳)'은 '여성 장원이 황새를 버리고 봉새를 얻다'라는 뜻이다. '여장원'은 주인공 춘도(春桃)를 가리킨다. '사황득봉(辭凰得鳳)'은 암컷인 황새를 마다하고 수컷인 봉새를 얻었다는 뜻으로, 춘도가 여성임을 숨기고 남장을 하여 과거에 급제한 일을 가리킨다.

'누가 어떤 일을 하다'라는 식으로 주인공과 주요 사건을 기재하는 것은 명청(明淸)시기 소설·희곡 제목의 일반적인 구성방식 중 하나이다. ≪사성원≫의 형식인 '잡극'의 제목에 국한시켜 보더라도 이 점은 달라지지 않는다.[387] 따라서 ≪사성원≫의 소제목 각각이 특이성을 지닌다고 볼 수는 없다. 그런데 네 개의 소제목을 한데 모아 놓고 보면 사정은 달라진다.

387) 예컨대 명초(明初)의 잡극작가 주유돈(朱有燉, 1379~1439)의 작품은 30종이 전해지는데, 제목이 거의 예외 없이 이와 같은 구조로 이루어져 있다. 주유돈의 작품을 비롯하여 명대 잡극의 제목은 戚世雋 著, ≪明代雜劇硏究≫, 23~44쪽에서 일람할 수 있다.

四聲猿	**원숭이의 네 번 울음소리**
狂鼓史漁陽三弄	미친 고사가 <어양삼농>을 연주하다
玉禪師翠鄕一夢	옥선사가 푸른 고을에서 한 번 꿈을 꾸다
雌木蘭替父從軍	여성 목란이 아버지를 대신하여 종군하다
女狀元辭凰得鳳	여성 장원이 황새를 버리고 봉새를 얻다

각 소제목은 일곱 글자로 동일하고 앞의 세 글자는 주인공을, 뒤의 네 글자는 주요 내용을 지시한다. 앞 세 글자의 구조는 모두 같지만 뒤의 네 글자의 구조는 두 종류로 나뉜다. 제1행과 제2행의 구조가 같고, 제3행과 제4행의 구조가 같다. 제1행의 '어양삼농'은 본래 곡명이지만 '장소를 나타내는 명사〔어양〕 – 숫자〔삼〕 – 행위〔농〕'로 구성되어 있다는 점에서 제2행의 '취향일몽'과 동일하다. 반면 제3~4행은 '술어 – 목적어 – 술어 – 목적어'로 이루어져 있다. 다시 말해 제1~2행이 하나의 대장(對仗)을, 제3~4행이 또 하나의 대장을 이루는 것이다.

네 행은 두 행씩 대장을 이룰 뿐만 아니라 압운(押韻)되어 있다는 점에서 시의 형식을 취하고 있다. 제1・2・4행의 마지막 글자인 농(弄), 몽(夢), 봉(鳳)은 모두 거성(去聲) 송운(送韻)[388]에 속한다. 게다가 제3행 마지막에 평성자인 군(軍)을 놓아 압운 규칙을 완벽히 지키고 있다. 칠언시의 경우 제1구에 압운하는 경향이 있으므로, 위의 네 행은 측성 운자를 쓴 칠언시의 구조를 지니고 있다고 볼 수 있다.

소제목을 순서대로 배열하였을 때 나타나는 대장과 압운은 우연의 산물이라고 보기 어렵다. 해석건대 압운은 극 전체의 통일성을, 대장은 두 극 사이의 연관성을 나타낸다. 다시 말해 ≪사성원≫은 전체적으로 통일성을 견지하면서도 다시 ≪광고사≫와 ≪옥선사≫, ≪자목란≫과 ≪여장원≫ 사이에 간극을 유지하고 있다는 것이다.

---

388) 참고로 이 운목에 속하는 글자는 20자로, 다른 운목에 비해 상대적으로 적은 편이다. 따라서 우연의 일치라고 보기는 더욱 어렵다.

이렇게 네 개의 소제목이 시의 형식을 취하고 있다는 점이 ≪사성원≫에 대한 서위의 일관된 구상을 방증한다.

그렇다면 그 일관된 구상은 구체적으로 어떤 것인가. 또 그 안에서 두 편씩 짝을 이룬다는 작자의 암시를 어떻게 설명할 것인가. 이 글은 이에 대한 답이 주인공의 특성과 작품 내 세계의 구조에 있다고 본다. 그리고 그것들은 제2장과 제3장에서 서위 시를 통해 보았던 세계와 자아에 대한 서위의 인식과 깊은 관련을 맺는다.

시에 나타난 서위의 긍정 대 부정의 이분법적 세계관, 자아의 단절과 결핍 등 세계와 자아의 묘사 과정에서 형성된 부정성이 희곡 작품에서는 어떻게 표현되고 있는지 살펴봄으로써 작가의 인식과 작품 사이의 일치성을 발견할 것이다. 이렇게 ≪사성원≫의 창작원리를 밝히는 과정에서 서위가 이 작품을 '원숭이의 슬픈 울음소리'로 간주한 이유를 좀더 타당하게 설명할 수 있을 것이다.

2. 주인공에 대한 자아 투영

(1) 고오(高傲)한 인물

≪광고사≫의 주인공 예형(禰衡)과 ≪옥선사≫의 주인공 옥통(玉通)은 둘 다 권력자에게 아부하지 않고 제멋대로 행동하는 인물이라는 점에서 작자 서위와 비슷하다. 제2장에서 밝혔듯, 서위는 세계를 가진 자와 그렇지 못한 자로 나누어 가진 자의 횡포를 드러냈다. 그리고 제3장에서 살펴본 바와 같이 서위는 스스로 걸출한 인물이라는 높은 자존의식을 가지고 있었으나, 재능을 펼치지 못해 세상으로부터 점점 더 큰 단절을 느꼈다.

이 글은 서위의 이와 같은 권귀(權貴)에 대한 부정적 인식과 높은 자존의식이 결합되어 예형과 옥통을 탄생시켰다고 본다. 권귀 앞에서 오만하게 행동하고 그들을 무시하는 예형과 옥통의 극본 속 모습은, 서위가 스스로 인식한 자신의 마음가짐과 행동을 투영하여 나타난 흔적이다. 게다가 극에서는 권귀를 응징하고 있으므로, 현실에서 불가능한 일을 극을 통해 실현하려는 의도도 있었을 것이라고 생각한다.

≪광고사≫가 심련(沈鍊, 1507~1557)의 죽음을 계기로 창작되었고, 주인공 예형이 심련뿐만 아니라 서위 자신의 모습이 투영된 인물이라는 점은 기존의 연구를 통해 알려진 바 있다.[389] 심련과 예형 사이의 연관성은 서위가 시문(詩文)에서 심련을 예형에 자주 비유했다는 사실로 입증된다.[390] 서위는 다른 한편으로 스스로를 예형에 비유하기도 했고[391] 심련의 죽음에 대한 감개를 자신의 처지와 연관시키기도 했다. 일례로 가정 37년(1558), 38세 때 쓴 <전덕부께 답하여 드리는 금의편〔錦衣篇答贈錢君德夫〕>[392] 시의 제15구 이하를 든다.

(…)

小技元羞執戟人,	작은 기예는 창을 잡은 사람에게 가장 부끄럽고
雄心自按調鷹手.	웅대한 마음은 스스로 매를 조련하는 손에 맡겨두었지요.
古來學道知者希,	예로부터 도를 익혀도 알아주는 사람이 적었으니

389) 張新建, 앞의 책, 181쪽 ; 권응상(2002), 앞의 논문, 155~159쪽 ; 張進德, 앞의 논문, 131쪽 등이 대표적이다. 세부적인 논지에는 차이가 있지만 예형－심련－서위의 연관성에는 모두 동의하고 있다.

390) 심련을 애도한 시, <네 사람을 슬퍼하는 시〔哀四子詩〕> 제3수(≪徐渭集≫, 67쪽)에서 "궁궐에 엎드려 거듭 글을 올리며, 옷을 벗고 세 번 북을 울렸지〔伏闕兩上書, 裸裳三弄鼓〕."라고 하였다. 이 두 구절은 대우(對偶)를 이루고 있는데 "세 번 북을 울렸다〔三弄鼓〕"는 것은 고곡(鼓曲)인 <어양삼농(漁陽三弄)>에 맞추어 북을 쳤다는 뜻이다. 심련이 상서하여 엄숭 부자의 죄를 논한 것을 예형이 조조 앞에서 발가벗고 북을 친 일에 비유한 것이다. 張新建, 앞의 책, 178~179쪽에는 이 밖에 몇 수의 시가 더 인용되어 있다.

391) "나는 예형이라 읊고 나서 눈물 흘리네〔我則禰衡, 賦罷隕涕〕." <十白賦—鸚鵡>, ≪徐渭集≫, 48쪽.

392) ≪徐渭集≫, 126~127쪽.

今也誰論是與非,	오늘날엔 누가 옳고 그름을 논하겠습니까?
嘯歌本是舒孤抱,	큰 소리로 노래하는 것은 본래 혼자만의 뜻을 펼치는 것이나
文字翻爲觸禍機.	문자는 도리어 화기를 촉발시키는 법.
君不見, 沈錦衣!	그대는 보지 못했습니까, 심금의를!

이 부분은 자기 자신에 관한 언술이다. 자신이 가지고 있는 기예는 큰 창을 부리는 사람에게 부끄러울 정도로 작은 것이고, 품고 있던 웅대한 마음조차도 스스로는 펼 수 없다. 이는 세상이 옳고 그름을 따져 정의를 구현하지 않는다는 데서 기인한다. 혼자서 큰 소리로 노래할 수는 있어도, 글을 써서 옳고 그름을 이야기하면 그로 인해 재앙을 맞이하는 법이다. 서위는 그 예로 금의위(錦衣衛)였던 심련을 들고 있다.

이에 근거하여 서위가 ≪광고사≫의 예형에게도 심련뿐만 아니라 자신을 투영했을 가능성을 제기해 볼 수 있다. 이 점에 대해서는 다음의 해석을 참조할 만하다.

> ≪광고사≫는 기본적으로 심련의 사건에 촉발된 것이다. (…) ≪광고사≫의 예형은 호방하고 거리낌이 없어서 감히 투쟁하였던 저명한 문인이다. 서위는 예형으로 자기 자신을 비유하여, 재능을 품었으나 때를 만나지 못하고, 나라에 보답할 길이 없으며, 누차 박해를 받은 데 대한 가슴 가득한 분노를 예형의 형상을 빌려 표출했다.[393]

서위가 예형에 관한 전기(傳記)[394]를 바탕으로 예형의 이야기를 극화(劇化)한 계기는 심련의 죽음이었다고 볼 수 있다. 하지만 서위의

---

393) "≪漁陽三弄≫主要是受了沈鍊事件的觸發. (…) ≪漁陽三弄≫中的禰衡是豪放無羈, 敢于抗爭的著名文人. 徐渭以禰衡自比, 借禰衡形象抒發懷才不遇, 報國無路, 屢遭迫害的一腔憤怒." 張新建, 앞의 책, 181쪽.

394) 주로 ≪후한서(後漢書)≫의 <예형전(禰衡傳)>을 참조한 것으로 판단된다.

≪광고사≫에서 예형의 백(白)과 창(唱)을 살펴보면 심련보다는 자기 자신을 이입했다고 여겨지는 부분이 오히려 더 많다. ≪광고사≫는 저승을 배경으로 삼아 판관이 조조의 죄를 심판하면서, 예형과 조조로 하여금 이승에서의 일을 재현하게 하는 것을 주요 내용으로 삼는데, 실제로 예형이 조조에게 욕을 하는 장면이나 자기 자신의 신세를 한탄하는 장면 등에서 서위의 성격 및 행적과의 유사성을 찾을 수 있다. 다음은 옷을 갈아입고 예를 갖추라는 조조의 명령에 도리어 예형이 아예 벌거벗고 조조를 놀리는 장면이다.

> (조조가 꾸짖는다) 촌놈아! 너는 북재비로 본분에 맞는 옷차림이 있는데 어째서 입지 않느냐? 어서 바꿔 입어라! (교관이 꾸짖는다) 어서 갈아입지 못하느냐! (예형은 입고 있던 옷을 벗고 나체로 조조를 향해 선다) (교관이 꾸짖는다) 짐승 같은 놈, 승상께서 앞에 계신데도 나체로 벌거벗고 있다니! 나귀 좆은 동쪽으로 향하고 말 좆은 서쪽으로 향한다고 하지 않더냐! (예형) 너네 저 후레 승상 좆은 남쪽으로 향하고 내 좆은 북쪽으로 향했다! (교관이 꾸짖는다) 아직도 옷을 안 갈아입고 입을 놀리느냐! (예형은 비단 두건, 수놓은 의복, 넓은 끈으로 바꾸어 입는 동작을 한다)
> (曹喝云) 野生, 你爲鼓史, 自有本等服色, 怎麽不穿? 快換! (校喝云) 還不快換! (禰脫舊衣裸體向曹立) (校喝云) 禽獸, 丞相跟前, 可是你裸體赤身的所在! 却不道驢膫子朝東, 馬膫子朝西. (禰) 你那頹丞相膫子朝南, 我的膫子朝北. (校喝云) 還不換上衣服, 買甚麽嘴! (禰換錦巾繡服扁條介)395)

조조 수하의 교관이 나귀와 말의 성기를 언급한 것은, 나귀가 자기보다 몸집이 큰 말 앞에서는 몸을 돌려 피하듯 예형더러 조조를 향해 나체를 드러내지 말라는 뜻이다. 그런데 예형은 이 말을 바꾸어 자신은 조조의 지위에 아랑곳하지 않고 나체를 드러내 보이겠다는 뜻을 밝힌다. 이러한 극중 예형의 행동은 서위가 <자위묘지명(自爲墓誌銘)>에서 자기 자신을 묘사한 구절을 떠올리게 한다.

---

395) ≪狂鼓史漁陽三弄≫, ≪徐渭集≫, 1178쪽.

산음의 서위는 (…) 빈천하고 게으르며 또 강직하였다. 그래서 귀인들과 사귀기를 꺼려 오만한 듯했고, 여러 사람과 있을 때 부끄러워하지도 않고 웃통을 벗고 희롱하는 듯하여 사람들이 다들 병폐로 여겼다〔山陰徐渭者, (…) 賤而懶且直, 故憚貴交似傲, 與衆處不浼袒裼似玩, 人多病之〕.[396]

부와 권력을 가진 자를 대하는 서위의 태도는 이처럼 매우 오만하여 그들을 희롱하는 듯한 행동도 서슴지 않을 정도였다. 발가벗고 권력자를 우롱한 것은 본래 역사서에 기록되어 있는 예형의 행동이지만[397] 서위 스스로 진술한 그 자신의 모습과도 합치되는 것이다. 그러므로 ≪광고사≫를 쓴 것은 심련의 억울함을 해소해주기 위한 것이면서도 심련뿐만 아니라, 서위 자신과 같이 호방한 기개와 강직한 성품을 갖추어 권력자에게 아부하지 못한다는 이유로 세상으로부터 소외된 인재를, 사후세계라는 초현실적인 공간에서나마 등용될 수 있게 해주기 위한 것이라 생각한다.

서위가 ≪광고사≫의 주인공 예형에 자기 자신을 투영했다는 점에 대해서는 역대로 이견이 적었다. 그러나 ≪옥선사≫의 옥통 역시 그러한지에 대해서는 정설(定說)이라고 할 만한 견해가 부재한 상황이다. 지나치게 근거가 부족한 설, 예컨대 이 작품을 서위가 계실 장씨를 죽이게 된 일과 연관 짓는 설과 같은 것은 차치하더라도, 옥통을 통해 종교인의 가식적인 면모를 힐난하려는 목적이 있었다는 해석,[398] 성적 본능을 긍정하고 불교의 금욕주의를 조롱하기 위해 쓰여졌다는 해석[399] 등이 있어 옥통과 작자 서위의 관련성을 무색

396) <自爲墓誌銘>, ≪徐渭集≫, 638쪽.

397) "예형이 조조 앞으로 나아가서 멈추자 관리가 꾸짖으며 '북수는 어찌 복장을 바꾸지 않고 경솔하게 나아가는가!'라고 하니 예형이 '알겠소'라고 하고서 먼저 속옷을 푼 다음에 남은 옷을 풀어헤치고 알몸으로 섰다〔衡進至操前而止, 吏訶之曰, 鼓史何不改裝, 而輕敢進乎? 衡曰, 諾. 於是先解衵衣, 次釋餘服, 裸身而立〕." 范曄 撰, ≪後漢書·禰衡傳≫ 卷110下.

398) 권응상(2000), ≪서위 희곡 연구≫, 72~73쪽.

399) 梁志斌, <從≪四聲猿≫中的人物形象看徐渭的思想>, 37쪽.

하게 한다.

그러나 실제로 ≪옥선사≫는 주인공의 성격과 행동, 극 전체 내용상의 구조 측면에서 볼 때 다른 작품들과 긴밀한 연관성이 있다고 판단되며, 더 나아가서는 세계와 자아를 표현하는 작자 서위의 습관과 유사한 점이 적지 않다고 여겨진다. 따라서 이 소절에서 먼저 옥통과 작자 서위의 연관성을 살펴보고 이어지는 절에서 극본의 구조와 결말에 관해 논의할 것이다. ≪옥선사≫에서 옥통이 홍련에 의해 파계하고 자살한 뒤 기녀로 환생한 일은, 옥통이 새로 부임한 현령 류선교(柳宣教)를 알현하지 않은 데서 시작되었다. 아래는 제1척(齣)에서 옥통이 등장하여 읊는 긴 대사의 후반부이다.

> (생이 옥통으로 분장하여 등장한다) (…) 내 잠시 이곳의 이야기를 깜박했네요. 이 고을에 새로 부임한 사또 나리는 류선교라 하는데, 듣자하니 젊은 나이에 재주가 많아 능력 있어 보입니다. 그러나 아마 금모래인들 씻지 않으면 진흙 찌꺼기가 좀 끼어있게 마련일 듯싶네요. 옛날에는 우리 유・불・도 삼교에 속한 이들도 다 호적대로 나가서 새 사또를 맞이했는데, 노승은 20년 동안 두문불출하여 무리들을 따라 알현하러도 안 가고, 부름에 응하여 낙점을 받으러도 안 갔지요. 이렇게 한가롭고 자유롭게 지내니, 참선하여 마음 편안히 하기에 딱 좋습니다. 게으름뱅이 상좌는 어딨느냐? (축이 상좌로 분장하여 알현한다) (옥통선사) 게으름뱅이 상좌야! 너는 이 불당 앞에 향을 사르고, 가서 대문을 잘 잠그거라. 나는 참선을 좀 해야겠으니.400)
>
> (生扮玉通上云) (…) 俺且把這家話頭丟過. 且說那本府新到一個府尹大人, 姓柳名宣教, 聞得他年少多才, 象似個擔當的氣魄. 但恐金沙未汰, 不免夾帶些泥滓. 舊時俺三教中都按籍相迎, 老僧却二十年閉門不出, 因此也不去隨衆庭參, 也不去應名受點. 似這等淸閑自在, 正好俺打坐安心. 懶道人何在? (丑扮道人上, 見介) (生) 懶道人, 你來這佛堂前燒了一炷香, 却去把門兒頂上, 待我打一箇坐.401)

400) 오수경 외, ≪중국 고전극 읽기의 즐거움≫, 82쪽 인용.

401) ≪玉禪師翠鄕一夢≫ 第1齣, ≪徐渭集≫, 1187쪽.

"삼교(三教)"에 속한 이들 모두 류선교를 영접하였으나 옥통 자신은 오랫동안 세상과 접촉하지 않았기에 그를 영접하러 가지 않았다. 이 노승은 고을에 어떤 큰 일이 있어도 상관하지 않고 "문을 닫고〔閉門〕" 있는 것을 외려 편안하게 여긴다고 말하고 있다. 시중을 드는 나도인(懶道人)에게 "문을 잘 잠그라고〔把門兒頂上〕" 하였으니 앞으로도 외부와 접촉할 생각이 없음을 드러낸 것과 다르지 않다.

≪광고사≫의 예형과 같이 권력자 앞에서 옷을 벗고 마구 욕을 할 정도로 적극적인 것은 아니지만 권력자에게 아부하지 않고 자기 뜻대로 행동한다는 점은 매우 비슷하다. 권력자에 대한 불만을 드러내는 방식으로서 예형은 직접 얼굴을 맞대고 욕을 하는 반면, 옥통은 문을 닫아 버리고 상대하지 않는다. 바꾸어 말하면 표출하는 방식이 다를 뿐, 권력자와 부조리한 세상에 대해 부정적으로 대처한다는 점은 같다고 볼 수 있다.

두문불출하는, 즉 세상에 관심을 두지 않는 옥통의 모습은 예형의 경우와 마찬가지로 서위가 시에서 자기 자신에 관해 언급한 부분을 떠올리게 한다. 바로 "근래에 게으르고 병들어 날마다 문을 걸어놓으니, 세상일이 털과 같다면 까까머리와 동등하다〔近來懶病日關門, 世事如毛等一髡〕."402)라는 구절을 통해 세상일을 잘 알지 못한다고 한 것이나, "여러 해 동안 세상일은 들을 필요 없었으니, 귓밥을 파고 지금은 잘 들려도 귀머거리인 것만 못하네〔年來世事不須聽, 取垢今聽不若聾〕."403)라고 하여 세상일은 모르고 지내는 편이 더 낫다고 한 것 등이다. 이렇게 세상을 등지게 된 것은 "세상일을 돌이켜 생각하니 머리칼이 곤두선 채로, 나로 하여금 술 마시지 않아도 추위 타지 않게 하네〔回思世事髮指冠, 令我不酒亦不寒〕."404)라고 한 것처럼 그가 보기에 세

402) <모란을 그려 회시를 보러 가는 조카 무를 전송하다〔作牡丹送從子武會試〕> 제1~2구, ≪徐渭集≫, 850~851쪽.
403) <그림에 쓰다〔題畵〕> 제8~9구, ≪徐渭集≫, 144쪽.
404) <28일에 눈이 내리다〔廿八日雪〕> 제25~26구, ≪徐渭集≫, 144쪽.

상에 부조리가 난무하기 때문이었다.

부조리한 세상과 접하고 싶지 않다는 심리, 그리고 세상과의 인연을 끊어도 홀로 당당할 수 있다는 자존의식은 서위가 '문을 닫은' 원인이었다. ≪옥선사≫의 옥통 역시 세상에 거리낄 것 없는 당당함을 지니고 있다. 그런데 아무리 홀로 견고한 마음을 지니고 있어도 권력을 가진 자가 해치려고 마음을 먹으면, 속수무책으로 당할 수밖에 없는 것이 서위나 옥통과 같은 포의(布衣)의 운명이다. 극중의 옥통은 류선교의 사주를 받은 기생 홍련(紅蓮)의 꼬임에 넘어가 파계하는 데 이른다.

【신수령】 내 죽림봉에서 스무 해를 지냈으되, 욕하의 제방은 한 줄기도 새지 않았지. 비록 속세에 살지만 죽은 듯이 지냈었지. 그렇게도 견고했건만, 그렇게도 견고했건만, 작은 개미가 구멍을 내어 황하의 둑이 새게 되었네.405)

【新水令】 我在竹林峰坐了二十年, 慾河堤不通一線. 雖然是活在世, 似死了不曾然. 這等樣牢堅, 這等樣牢堅, 被一個小螻蟻穿漏了黃河塹.406)

20년 동안 탐욕을 막는 제방을 견고하게 쌓아서 스스로에게 세속적인 이익이나 성적인 욕망을 조금도 허락하지 않았었다. 그런데 배가 아프다는 여인을 도와주려 한 것이 화근이 되어 어찌할 도리 없이 파계하고 말았다. 그리고 옥통은 내생에서 류선교 집안을 망가뜨릴 것을 다짐하고 스스로 죽음을 택한다. 옥통에게 파계의 치욕을 안겨 자살에 이르게 한 까닭은 말(末)의 대사에 분명하게 드러난다.

(심부름꾼) 무슨 까닭이 있냐고! 너희 사부님은 거만함이 하늘을 찔러 우리 류씨 나리를 알현하지 않은 거야. 그래서 홍련이라는 기녀를 보내 이리저리 한 거다. 너네 사부님은 맨주먹으로 불을 끄려고 손을 댄 것이지. 그러한 까

405) 오수경 외, 앞의 책, 86쪽 인용.

406) ≪玉禪師翠鄉一夢≫ 第1齣, ≪徐渭集≫, 1188쪽.

닭이니라.[407)]
(末) 有舍緣故, 你們的師父忒氣傲心高, 不去參見俺柳爺, 故此使紅蓮那娼根來如此如此. 你們師父精拳頭救火— — 著了手, 是那的緣故.[408)]

“오만한 태도와 고고한 마음〔氣傲心高〕”은 높은 자존의식을 가리킨다. 이것이 바로 극중에서 옥통이 파계하게 된 원인이었던 것이다.

극본에서 예형과 옥통은 이처럼 둘 다 권귀에 아랑곳하지 않는 고오(高傲)한 자질을 가지고 있다. 이러한 자질은 모욕을 당하고 화를 입어 결국 죽음을 초래한다는 점에서 부정성을 지닌다. 그들이 현실적 세계에서 세상으로부터 소외되고 좌절을 겪는 것은 그 자질로 인한 것이다. 바꾸어 말해서 고오한 성격은 세계로부터 주인공을 단절시키는 원인이 된다. 예형과 옥통이 각각 이승과 현생에서 세계와 대립하여 부정적 결과를 맞이하는 것은, 서위 시에서 자아가 고립되고 억압받아 외부세계와의 대결에서 패배를 겪는 일련의 과정을 떠올리게 한다. 따라서 예형과 옥통은 그들이 고오한 성격을 가졌다는 점에서 작자 서위 자신과 닮아 있을 뿐만 아니라, 이승과 현생에서 좌절한다는 점에서 작자의 분신이라고 볼 수 있다.

(2) 출중한 여성

≪자목란≫과 ≪여장원≫에 대한 해석 역시 ≪옥선사≫에 대한 그것 못지않게 여러 입장이 있어 왔다. 주인공 목란과 춘도가 극중에서 각기 무(武)와 문(文)에 대한 재능을 펼치는 인물로 묘사되어 병술에 능하고 글재주가 뛰어났던 서위를 연상시킴에도 불구하고, 두 주인공이 작자의 자아 투영의 산물이라는 해석은 주도적 지위를 갖지 못했다. 그 까닭은 그들이 여성이라는 점이었다.

---

407) 오수경 외, 앞의 책, 94~95쪽 인용.
408) ≪玉禪師翠鄕一夢≫ 第1齣, ≪徐渭集≫, 1191~1192쪽.

명대(明代)에 이르러 문인들이 잡극과 전기를 막론하고 희곡을 울분 표출의 수단으로 삼아 작자의 개인적 삶을 투영했다는 점은 자못 분명하다.[409] 그러나 성별을 바꾸는 경우는 거의 볼 수 없다. 남성 문인들이 전대(前代)에 실존했던 문인이나 고사 속의 문인을 내세우는 등 남성 주인공에 자신을 투영하는 경우는 있어도, 여성을 통해 자신의 처지를 묘사하는 경우는 찾기 어렵다.[410] 이와 같은 상황에서 여성 주인공을 통해 자신의 욕망을 실현하는 것, 여성 주인공의 처지를 자신의 처지와 동일시한다는 것은 혁신적인 일이 아닐 수 없다. 이런 이유로 평자들은 작자 서위가 이 두 주인공에 기탁한 실존인물이 있을 것이라고 추측하면서도[411] 그것을 작자인 서위 자신이라고 여기는 경우는 적었다.[412]

서위 작품의 예외성을 설파해야 한다는 위험에도 불구하고 본서는 작자가 여성 주인공 목란·춘도를 자기 자신과 동일시했을 가능성이 있다고 본다. ≪자목란≫과 ≪여장원≫을 통해 여성의 다재다능함을 긍정했다는 데서 한 걸음 더 나아가, 목란과 춘도 역시 "제 몸으로 원숭이가 되어 보지〔儂身自做猿〕" 않고는 이해할 수 없는 한(恨)을 품은 원숭이, 즉 작자의 분신으로 보아야 한다는 것이다.

이처럼 "≪여장원≫과 ≪자목란≫은 작자의 재능과 포부가 실현되는 이상"[413]이라는 견해를 따르기 위해서는 다음에 유의해야 한

---

409) 이창숙(2001), <明淸 文人의 戱曲 認識>, 6~7쪽 참조.

410) 예를 들어 서위보다 앞서 태어난 왕구사(王九思, 1468~1551)가 ≪두보유춘(杜甫遊春)≫이라는 작품에서 자기 자신을 두보에 투영하였다. 이현정, <明 中期 文人 戱曲 硏究—王九思·康海·李開先을 중심으로>, 40~43쪽 참조.

411) ≪자목란≫은 서해(徐海)의 첩인 왕취교(王翠翹)를, ≪여장원≫은 서위의 계실 장씨를 애도하기 위해 썼다는 설(顧公燮, ≪消夏閑記≫, 徐渭 著, 周中明 校注, 앞의 책, 220쪽 참조)이 있다.

412) 혹은 특별히 이입한 실존인물 없이 봉건사회의 한계에 대한 폭로라고 보았다. 남성으로 변장하여 사회적 성공을 거둔 주인공이 다시 여성으로 돌아가 결혼이라는 봉건사회의 한계를 벗어나지 못했다는 것이다. 권응상(2000), 앞의 책, 43쪽.

413) "≪女狀元≫≪雌木蘭≫是作者才能抱負得以實現的理想." 張新建, 앞의 책, 183쪽.

다. 첫째는 서위가 여성을 남성과 비등하다고 여길 정도로 진보적인 여성관을 가지고 있었는지 확인해야 한다는 점이고, 둘째는 극중의 목란·춘도와 작자 서위 사이의 일치성을 밝혀야 한다는 점이다.

여성 주인공에 대한 작자의 동일시를 제기하는 것은, 한편으로 작자 서위의 의도가 남성 주인공을 여성으로 대체함으로써, 당시 능력 없이 사회를 장악하고 있는 권력자들을 비난하는 데 있다는 입장을414) 무너뜨리는 것이다. 이는 서위 글에 나타나는 여성에 대한 칭송으로 방증할 수 있다. 바꾸어 말하면 능력 있는 여성에 대한 서위의 언술을 극본의 여성 영웅들과 자신을 동일시했다는 견해를 지지할 근거로 삼겠다는 것이다.

서위의 문집에 <백모전(白母傳)>415)이라는 제목의 글이 있어 주목된다. 이 글은 '백부인[白母]'이라는 한 여성에 관한 전기(傳記)이다. 그는 서위의 고향인 산음(山陰, 지금의 소흥紹興) 출신으로 재략과 지혜로 명성이 높았던 인물이다. 먼저 서위가 그의 주요 행적을 서술한, 이 글의 앞부분을 살펴보자.

> 백부인은 산음 어떤 마을에 사는 갈씨의 딸이다. 16세 때 백근 공에게 시집갔다. 공은 평소 몸이 약하여 부인이 그의 몸을 잘 돌보아서 책을 읽혀 배운 바를 이루게 하였다. 공이 성화 연간에 진사가 되어 분의의 지현이 되니 부인이 그와 함께 갔다. 이듬해에 공의 병이 심해졌을 때 창고에 축적해둔 은이 수천 량이 있었는데, 인접지역에 굶주려서 난을 일으킨 자들이 백여 명의 사람들을 모아 위협하여 그 은을 가져가려고 했다. 현에는 성곽이 없어서 도적들이 순식간에 거의 문에 다다르니 여러 관리들과 그 처자식은 이미 관청을 버리고 제 집으로 숨었다. 부인은 혼자서 집안사람들에게 두 문

414) "서위는 자신이 뛰어난 재주를 가졌음에도 급제하지 못하여 이 극(≪여장원≫—인용자)을 지어서 세상에서 과거 시험에 높은 점수를 받은 자들이 모두 부녀자들 같으므로 존중할 것이 못됨을 기롱하였다[渭自以長才不第, 故爲此劇, 以譏世之掇巍科者, 皆如婦人女子之流, 不足爲重也]." 黃向堅 撰, ≪曲海總目提要≫ 卷5, 237쪽(≪明淸筆記史料(淸)≫ 卷177, 281쪽).

415) ≪徐渭集≫, 626쪽.

을 힘껏 막으라고 명령한 뒤 비로소 공을 별실로 옮기고는 창고의 은을 연못에 묻고, 공의 옷을 입고서 당상에 올라 적을 기다렸다. 적이 이르자 온화한 말로 그들을 위로하면서 개인적으로 보관해두었던 비녀·귀고리·의복 등 여러 물건을 모두 꺼내어 적에게 주었다. 적은 고마워하며 떠났는데 몰래 그것에 표시를 해둔 것을 알지 못했다. 이 때문에 그 후 머지않아 잡을 수 있었다〔白母者, 山陰某里葛氏女也. 年十六, 歸白公瑾. 公素弱, 母爲善調節, 使讀書成所學. 成化中, 以進士爲分宜知縣, 母與俱往. 其明年, 公病逾時, 而庫所貯折銀尙數千兩, 鄰境有因饑而作亂者, 聚徒百餘人, 將劫取之. 縣固無城郭, 寇倉卒將及門, 諸簿丞與其妻孥既棄署走匿他所, 母獨分命家人力拒其兩門, 乃始遷公別室, 埋其銀汚池中, 着公之服, 升堂以俟賊. 賊至, 則陽爲好語相勞苦, 盆盡出其所私藏釵珥衣服諸物以與賊. 賊謝而去, 而不知陰已表識其間, 用是後稍捕得之〕.

백부인은 병약한 남편을 돌보고, 진사에 급제하여 관리가 될 수 있도록 도왔다. 이러한 행동으로 미루어 볼 때 그가 당시 여성이 갖추어야 할, 부인으로서의 덕(德)을 충분히 갖추었음을 알 수 있다. 그런데 더욱 눈여겨 볼 점은 도적이 침입했을 때 부인이 발휘한 지략과 기개이다. 이 사건을 통해 그가 처(妻)로서의 덕뿐만 아니라 정치적 능력을 지녔다는 점이 부각된다. "남편의 옷을 입고〔着公之服〕" 도적을 상대한 것은 남편의 직책인 지현(知縣)으로서 문관(文官)의 역할을 한 것에 다름 아니다.

서위는 이밖에도 같은 글에서 "공의 정치에서 은혜로운 것은, 대체로 항상 부인의 생각에서 나왔다〔公之政治有恩惠, 又大略時出母之意〕."라며 부인의 정치적 능력을 강조하였다. 이 글의 후반부에 있는 논(論)에서 작자 서위는 먼 옛날의 인물인 손익(孫翊, 184~ 204)의 처까지 끌어와서 그들의 남성적 재능을 칭송하였다.

논한다. 고금에 정절을 지킨 부녀자가 많았으나 재능과 지혜를 겸비한 것은 손익의 처 서씨뿐이었다. 우회하여 계획을 세우고 때를 틈타 신속히 실행하니, 병가에서 말하는 활을 당기고 쇠뇌를 쏘는 방법이 아니겠는가! (…) 가령 백부인과 손익의 처가 여인이 아니어서 오늘날 수만의 무리를 거느리고 민·월의 동이 도적들을 쫓는 일을 맡겼다면 그의 소위 민첩하고도 범상치 않은 면모가 또 어떻게 발휘되었을지 모를 일이다〔論曰: 古今稱節婦貞女者多矣, 兼才與智而有之, 唯孫翊妻徐氏耳, 紆緩圖之而乘時以亟發, 殆兵家所謂礦弩發機者與? (…) 假令母與翊之妻不爲婦人, 在今日得提數萬之衆, 以與閩越東夷之寇相從事, 其所謂敏給而奇者, 又不知何如也〕.

"여성이 아니었다면〔不爲婦人〕"이라는 가정은 그들이 남성이었다면, 또는 여성에게 사회 진출을 금지하는 제약이 없었다면 그들의 능력이 사회에서 더욱 이롭게 쓰일 수 있었을 것이라는 아쉬움을 수반한다. 이를 통해 서위가 뛰어난 재능을 가진 여성들을 칭송해 마지않았으며, 그들이 재능을 널리 펴지 못하는 것을 개탄했음을 알 수 있다.

이러한 관점에서 서위가 ≪자목란≫과 ≪여장원≫을 통해 여성 주인공의 남성적 성공을 보여준 것은, 백부인처럼 여느 남성 못지않게 재능이 뛰어난 여성을 칭송하기 위함이다. 서위는 또한 그들이 대장부처럼 큰일을 해낼 수 있음에도 불구하고 남성이 아니라는 이유로 사회에 진출조차 하지 못하는 현실의 상황이 탐탁지 않았을 것이다. 그리고 능력이 있음에도 사회에 진출하지 못하는 그들의 처지 때문에 자기 자신을 그들과 동일시했을 것이라 생각한다.

그 여성 주인공이 용모가 아름답고 품행이 단정하며 어느 정도의 문학적·예술적 소양을 가지고 있는, 다시 말해 보편적으로 이상적이라고 여겨지는 여성성이 강한 여성으로 묘사되지 않는다는 점. 오히려 아름다움이나 정숙함 같은 여성성에 대한 강조 없이 남성과 동등한 혹은 더욱 뛰어난 능력을 지니고 있다는 점. ≪자목란≫과 ≪여장원≫의 이와 같은 특성은 명대 문인 희곡사에서 서위를 혁신적인 작가로 자리매김하게 한 요인 중 하나였다.[416] 두 여성 주인공이 지닌 파격적인 성격은 명대에 나타나는 양성성(兩性性, androgyny)으로 설명할 수 있으며, 이 양성성을 통해 여성에 대한 자기 투영이 서위에게는 크게 거리낄 만한 일이 아니었음을 짐작할 수 있다.417) 아래의 견해가 이 글의 주장을 대신할 만하다.

> 서위의 글에 나타나는 성별 전환에 대한 집착은 명말 문화에서 성에 대한 유동성을 잘 보여주며, 더 나아가서는 서위가 억눌려 있던 그의 남성으로서의 포부를 대리만족시켜 줄 수 있는 문학적 수단을 제공해준 그 여성 영웅들을 의식적 혹은 무의식적으로 동일시하고 있음을 나타낸다.418)

실제로 극중의 목란과 춘도는 사회에서 크게 쓰일 만한 뛰어난 재능을 가졌다는 점에서 작자 서위를 연상시킨다. 목란과 춘도의 백(白)을 살펴보자.

> (단이 목란으로 분장하여 등장한다) (…) 제가 생각해 보니 우리 아버지도 늙으셨고 아래로 또 사람이 있는 것도 아니에요. 더군다나 저는 어릴 때 줄곧

---

416) 희곡에서 여성 주인공을 아름다운 여인〔beauty, 佳人〕이 아니라 재능이 뛰어난 여인〔talented woman, 才女〕으로 묘사하는 데 있어서는 서위와 그의 작품이 선구적 역할을 했다고 논의되고 있다. Wilt L. Idema, "Female Talent and Female Virtue: Xu Wei's *Nü Zhuangyuan* and Meng Chengshun's *Zhenwei ji*," 華瑋・王瑷玲 主編, ≪明清戲曲國際研討會論文集≫, 552쪽. ≪자목란≫과 ≪여장원≫이 나온 이후로 여성 희곡작가들이 여성 주인공의 남장을 소재로 한 희곡작품을 통해 자기 자신을 형상화하였다고 알려져 있다. 華瑋 著, <'擬男'的藝術傳統: 明清婦女戲曲中之自我呈現與性別反思>, ≪明清婦女之戲曲創作與批評≫, 97~102쪽 참고.

417) 실제로 서위를 비롯한 당시 몇몇 남성 문인들의 글에서 "여성에 자기 자신을 비교하는〔self-comparison to women〕" 경향이 나타난다는 견해가 있어 주목된다. Zuyan Zhou, *Androgyny in Late Ming and Early Qing Literature*, 34쪽 참고 및 인용.

418) "The obsession with gender transmutation revealed in Xu Wei's writings may mirror the gender fluidity in late Ming culture; more likely, it registers his conscious or subconscious identification with the female heroes, who provide a literary vehicle to vicariously gratify his stifled masculine ambitions." 위의 책, 35쪽.

체력이 좀 있었고 똑똑하기도 해서, 우리 아버지를 따라 책도 읽고 무예도 좀 익혔답니다. 이것이 바로 오늘날 아버지를 대신해야 하는 이유이지요.
(旦扮木蘭女上) (…) 俺想起來, 俺爺又老了, 以下又再沒一人, 況且俺小時節一了有些小氣力, 又有些小聰明, 就隨着俺的爺也讀過書, 學過些武藝. 這就是俺今日該替爺的報頭了.[419]

(단이 등장한다) (…) 서·화·금·기에 뛰어난데다가 난새 자수도 놓을 줄 알아요. 구슬을 다 팔았어도 집을 메울 곳 여전히 있으니, 삯바느질하여 쌀을 주면 겨우 밥을 먹습니다. 그러나 이런 일들을 찬찬히 생각해보면 먼 미래를 도모하는 것이 아니라 늘 눈앞의 일을 처리하는 것이니 강한 약을 쓰는 것에 지나지 않지요. 아! 이 춘도가 빈말을 하는 것이 아니라 만약 기꺼이 남장을 하고 심기일전하면 장원급제는 손에 침 뱉듯 쉬울 거라 보장합니다. 그리하면 식록이 수도 없이 많을 것이니, 가난하여 배고픔을 달가워하는 것보다 훨씬 낫겠네요.
(旦上) (…) 旣工書畫琴棋, 兼治描鸞刺繡. 賣珠雖盡, 補屋尙餘, 計線償工, 授粲粗給. 但細思此事, 終非遠圖, 總救目下, 不過劫劑. 咳! 倒也不是我春桃賣嘴, 春桃若肯改粧一戰, 管倩取唾手魁名, 那時節食祿千鍾, 不强似甘心窮餓.[420]

두 여성이 가진 뛰어난 재능은 춘도의 말처럼 "개장(改粧)"하여 남자로 보임과 동시에 세상에서 쓰이게 된다. 목란은 전쟁터에 나가 용맹함을 떨치며 외적을 평정하는 무공(武功)을 세우고, 춘도는 장원급제한 뒤 현명한 관리가 되어 백성들의 억울함을 풀어준다.

남장한 목란과 춘도의 남성적 활약은 서위가 평소에 자기 자신에게 바라던 것이었다. "검술을 배웠으나 공적은 없고 글도 이루지 못하니, 사람의 수명으로는 황하가 맑아지길 기다리기 어렵다(學劍無功書不成, 難將人壽俟河淸)."[421]라고 한 데서 검(劍)과 서(書)를 함께 이야기하고 있으며, 두 가지 재능을 모두 세상에서 발휘하지 못하고 있음

419) ≪雌木蘭替父從軍≫ 第1齣, ≪徐渭集≫, 1198쪽.
420) ≪女狀元辭凰得鳳≫ 第1齣, ≪徐渭集≫, 1207쪽.
421) <빈중에게 부치다(寄彬仲)> 수련, ≪徐渭集≫, 232쪽.

을 안타까워 한 것을 볼 수 있다. 서위의 경우 '문'과 '무' 중에서 무게 중심은 '문'에 있었다. 그렇기에 ≪자목란≫에서 목란이 적군의 수장을 사로잡는 공을 세우는 장면의 비중이 크지 않은 데 비해, ≪여장원≫에서는 총 다섯 척 중 두 척(제3~4척)을 할애하여 춘도의 재능을 다각도로 묘사했을 것이다.

앞서 예형과 옥통이 해침을 당하기 쉬운 성격을 가졌다는 점에서 부정성을 지녔음을 언급했다. 마찬가지로 목란과 춘도도 여성이라는 점에서, 다시 말해 남성이 아니기 때문에 재능을 펼 수 없다는 점에서 결핍성을 지니고 있다고 볼 수 있다. ≪사성원≫의 주인공들이 본래적으로 지니고 있는 부정성은 극본에서 세계가 전환됨에 따라 자취를 감추게 된다. 즉 결핍성을 지닌 본연의 모습으로는 실현할 수 없는 일이 제2의 세계에서는 실현되는 것이다.

3. 부정적 현실과 긍정적 비현실의 세계 분할

제2장에서 세계를 둘로 나누는 서위의 습관이 긍정 대 부정의 이분법으로 이행하는 과정을 고찰한 바 있다. 시의 영역에서 나타나는 세계의 이분법적 분할은 극본 속 시·공간으로 옮겨진다. 시를 통해 살펴본 바와 마찬가지로 ≪사성원≫의 네 편 극본 속의 시·공간적 세계는 각기 둘로 나뉘어 있다. 하나는 주인공의 입장에서 모종의 어려움으로 좌절을 맛보는 부정적 세계이고, 다른 하나는 주인공의 이상이 실현되는 긍정적 세계이다. 전자는 실제 세계와 가깝다는 점에서 현실적인 세계로, 후자는 실제 세계에서 일어날 수 없는 일이 발생하고, 이루어질 수 없는 일이 실현된다는 점에서 비현실적 세계로 볼 수 있다.

≪사성원≫ 각 편에 나타나는 이분법적 세계 분할에 대해 지적한 기존 연구가 있어 이 글의 논지에 힘을 실어준다. 왕휘(王翬)는 ≪광고사≫·≪자목란≫·≪여장원≫에 "극중극〔戲中戲〕"의 구조가 나타남을 지적하였고,[422] 임국청(林國淸)도 ≪옥선사≫를 제외한 나머지 세 편에 환장(換裝)－탈장(脫裝)의 구조가 나타난다고 보았다.[423] 각기 표현은 달리했지만 ≪광고사≫에서 저승에서 이승의 사건을 재현한 점, ≪자목란≫과 ≪여장원≫에서 여성이 남성의 복장을 하고 남성의 삶을 살다가 여성으로 회귀하는 점을 가리킨다는 측면에서 두 논문의 주장은 동일하다. 본서에서 논의하고자 하는 부정적 현실과 긍정적 비현실의 세계 분할 역시 이와 같은 기존 연구의 논지를 어느 정도 수용한 것이다.

그러나 이 글은 앞서 소제목의 구조를 들어 설명한 것처럼 ≪광고사≫와 ≪옥선사≫, ≪자목란≫과 ≪여장원≫을 서로 짝을 이루는 극본으로 보고, 앞의 두 극본과 뒤의 두 극본이 서로 다르게 구성되어 있으며, 내포한 의미에도 차이가 있다고 주장하고 있으므로 기존 연구와는 차이가 있다. 이 소절에서는 우선 각 극본의 세계가 어떻게 양분되는지 확인하고, 다음 소절을 통해 그 분할이 어떤 의미를 지니는지 고찰할 것이다. 각 극본에 나타나는 세계의 분할을 차례로 살펴보자.

≪광고사≫는 조조가 이승에서 횡포한 죄를 저승에서 심판받는다는 가정 하에 극이 시작된다. 재판이 이루어지는 저승에서 예형은 상천(上天)하여 상제(上帝) 초빙에 응하기 전에 잠시 머무는 입장이며, 조조는 이승에서 저지른 죄의 값을 치러야 하는 처지이다. 저승의 판관은 상장백의 도입부에서 조조의 악행을 헤아려 처단하겠다는 뜻을 밝힌다.

---

422) 王翬, 앞의 논문, 16쪽.
423) 林國淸, 앞의 논문, 87쪽.

(외가 판관으로 분장하여 귀신을 이끌고 등장한다) 여기에서는 계산이 너무도 정확하지. 선과 악은 끝끝내 억지를 부려도, 마치 적은 빚을 아무리 숨겨도 오래 숨기지 못하는 것처럼 여태껏 갚지 않은 적이 없는 빚이오.
(外扮判官引鬼上) 喒這裏算子忒明白, 善惡到頭來撒不得賴, 就如那少債的會躱也躱不得幾多時, 却從來沒有不還的債.424)

빚을 졌으면 아무리 적은 액수라도 갚아야 하듯, 이승에서 잘못을 저질렀으면 죽어서라도 죗값을 치러야 한다는 뜻이다. 그리하여 재판을 맡은 저승의 판관은 예형과 조조 사이에 벌어진 이승에서의 사건, 즉 예형이 조조의 권력에 아랑곳하지 않고 북을 두드리며 그를 욕한 "기이한 광경[奇觀]"425)을 재현하게 하여, 선악을 제대로 분별하고 천고(千古)의 화제로 삼고자 한다. 아래는 판관이 이승의 사건을 연출하도록 명하는 장면이다.

(판관) (…) 조조야! 지금 오늘 예전대로 승상으로 분장하여 예선생과 함께 예전에 북을 치며 좌중을 욕하던 그 사건을 연출해라. 네가 그렇게 소심하고 두려운 듯 가장하고 흉악한 모습을 숨긴다면, 내 수하에서 곤장 백대를 치고 처음부터 다시 하게 할 것이다. (조조와 수하인들이 분장하는 동작을 한다) (…) (판관이 왼쪽, 조조가 오른쪽에서 술을 마시며 앉고, 예형은 일반옷을 입고 앞으로 나아가 북을 잡는다)
(判) (…) 曹操, 今日要你仍舊扮做丞相, 與禰先生演述舊日打鼓罵座那一樁事. 你若是喬做那等小心畏懼, 藏過了那狠惡的模樣, 手下就與他一百鐵鞭, 再從頭做起. (曹衆扮介) (…) (判左曹右擧酒坐, 禰以常衣進前將鼓)426)

이 대사와 동작을 기점으로 극은 이승을 끌어들인다. 판관에 의해

424) ≪狂鼓史漁陽三弄≫, ≪徐渭集≫, 1177쪽.
425) 판관은 상장백에서 예형이 조조 앞에서 북을 두드리며 발가벗고 욕한 일을 두고 "이것이 어찌 천지를 희롱하고 큰 괴뢰희를 일으킨 한바탕 기이한 광경이 아니겠는가[此乃豈不是踢弄乾坤, 提大傀儡的一場奇觀]."(위의 극본, ≪徐渭集≫, 1177쪽)라고 하였다.
426) 위의 극본, ≪徐渭集≫, 1178쪽.

“예선생(禰先生)”이라고 불리던 예형은 이승을 재현하게 되면서, 조조와 그 수하의 교관에 의해 “촌놈〔野生〕” “짐승〔禽獸〕” “미친놈〔狂生〕” 등으로 불리며 천대받게 된다. 예형은 이들의 천대에 아랑곳하지 않고 북을 치며 조조의 잘못을 조목조목 대면서 창(唱)을 한다. 예형의 창으로 판관은 조조의 횡포를 자세히 알게 되고 “(판관) 여봐라, 어서 조조 등을 수감해라! (귀) 나리께 아뢥니다, 옥제께서 사람을 보내 예선생을 초청하십니다〔(判) 手下, 快把曹操等收監! (鬼) 稟上老爹, 玉帝差人召禰先生〕.”라는 대사와 함께 극은 다시 완전히 저승으로 되돌아간다.

이렇게 현세에서의 억울함이 저승에서 풀어지는, ≪광고사≫의 현실적 세계와 비현실적 세계의 구조는 ≪옥선사≫에서도 발견할 수 있다. 한 척으로 이루어져 있는 ≪광고사≫에서 이승의 사건이 한 척 안에서 액자식으로 재현되었다면, 전체가 두 척인 ≪옥선사≫는 제1척과 제2척이 각기 옥통의 현생과 내생을 배경으로 하여 전환이 더욱 눈에 띈다. 시・공간의 이분법적 구조를 내용뿐만 아니라 형식상으로도 분명하게 드러낸 것이다.

옥통은 현생에서 홍련에 의해 파계한 뒤에 죽고, 내생에서 류취로 태어난다. 다음은 옥통이 현생에서 죽기 전에 읊는 대사이다.

> (옥통선사) 이 업보는 원래 단 한 번 알현하지 않은 데서 시작된 것인데, 애석히도 나의 20년 고된 노력을 망쳐버렸어. 이러할진대, 어찌 그를 용서할 수 있으랴? 내 지금 곤두박질 재주를 부리지 않을 수 없겠네. 류선교 처의 뱃속에 들어가 그의 딸이 되고, 장성해서는 악한 창녀가 되어 집안을 그르치리라. 이는 눈 깜짝할 사이의 세월일 뿐이라, 수행이라는 큰일에 쓰지 않으련다.427)
>
> (生) 元來這場業障, 從這一不參見起, 可惜壞了我二十年苦功. 這呵怎麽放得他過. 俺如今不免番一個筋斗, 投入在柳宣教渾家胞內, 做他箇女兒, 長成來爲娼爲歹, 敗壞他門風. 這也只是苫眼的光景, 不費了修爲大事.428)

427) 오수경 외, 앞의 책, 92쪽 인용 및 글자 수정.
428) ≪玉禪師翠鄉一夢≫ 第1齣, ≪徐渭集≫, 1190~1191쪽.

옥통은 류선교에게 자신의 파계에 상응하는 복수를 하기 위해 다시 태어나겠다고 말하고 있다. 이 대사의 내용대로 제2척에서는 옥통이 환생한 류취가 류선교 집안의 딸로서 기생이 되어 나타난다. 비록 환생의 목적이 복수라는 옳지 못한 일이었고 수행자가 기생이 된다는 것이 수치스러운 일이지만, 내생에서 옥통은 월명화상(月明和尙)에 의해 깨우침을 얻어 다시 올바른 수행의 길을 가게 된다. 옥통의 입장에서 보면 홍련의 덫에 걸려들어 억울한 일을 당한 현생과 달리, 류취로 태어난 내생에서는 복수에 성공함과 동시에 제도(濟度)된다는 점에서 내생은 현생과 반대로 긍정성을 지니고 있다.429)

≪자목란≫과 ≪여장원≫의 주인공 목란과 춘도는 여성으로서의 본연의 삶에서 바람직하지 못한 상황에 직면해 있다. 목란은 아버지도 나이가 들어 출전할 수 없는 데다 "여동생 목난과 남동생 교아가 있지만 모두 아직 다 크지 않았다〔雖有一箇妹子木難和小兄弟咬兒, 可都不曾成人長大〕"는 개인적 처지와, "흑산의 도적 우두머리 표자피가 10만 군을 끌고 반란을 일으켜 칭왕했다〔黑山賊首豹子皮, 領着十來萬人馬, 造反稱王〕"430)는 시대적 상황을 맞닥뜨렸다. 춘도는 "구슬을 다 팔았어도 집을 메울 곳 여전히 있으니, 삯바느질하여 쌀을 주면 겨우 밥을 먹는〔賣珠雖盡, 補屋尙餘, 計線償工, 授粲粗給〕" 등 가난으로 인해 열악한 상황에 놓여 있다.

이와 같은 상황은 그들이 남장한 뒤에 머지않아 타개된다. 목란은 "옷을 바꾸어 입고 군용 모자를 쓰고서〔換衣戴一軍氈帽〕"431) 아버지 '화호(花弧)'를 대신하여 그가 됨으로써 출전하는 일에 대해 "목을

429) 기존 연구에서는 ≪옥선사≫와 ≪광고사≫의 구조적 유사성을 제기하지 않고 ≪옥선사≫는 극중에서 옥통이 류취로 환생함으로써 성별이 바뀌는 점을 들어 이 극이 ≪자목란≫과 ≪여장원≫으로 진입하는 경로라고 해석했다. ≪자목란≫과 ≪여장원≫에서 여성의 재능을 칭송하기 위한 도입부로서 남성이 여성으로 환생하도록 장치했다는 것이다. 王璀, 앞의 논문, 17~18쪽.

430) 모두 ≪雌木蘭替父從軍≫ 第1齣, ≪徐渭集≫, 1198쪽.

431) 모두 위의 극본 第1齣, ≪徐渭集≫, 1199쪽.

맬 지경으로 마음 졸이던(極得要上弔)"432) 아버지의 고민을 해결해주고, 표자피를 포박하여 나라의 걱정을 덜어준 데다가 그 공으로 상서랑의 벼슬도 받았다. 춘도의 경우에도 남성으로 변신함과 동시에 상황이 나아지는 것은 마찬가지이다.

(춘도) 시끄럽게 하지 말고 빨리 가서 아버지 입으시던 옷이나 가지고 나와요. 내가 단장을 고칠 때 유모도 관리처럼 꾸미세요. 이제 유모는 황과라고 부르고, 저는 황숭하라는 이름을 갖도록 하지요.
(旦) 不要胡說了, 快去收拾老爺舊衣服出來, 我改粧, 你也收拾打扮個大官兒起來, 就叫你做黃科. 我自取名做黃崇嘏.433)

부친이 입던 옷을 입고 '춘도' 대신 '황숭하(黃崇嘏)'라는 이름을 사용한다. 그런 뒤에 남장한 춘도, 즉 황숭하에게는 제2척에서 과거에 급제하고, 제3척과 제4척에 걸쳐 훌륭한 관리로서 맹활약하는 등 순탄한 삶이 펼쳐진다. 제4척의 말미에서 그동안 황숭하의 능력을 높이 샀던 주승상(周丞相)이 그를 사위로 삼고 싶어 하자, 그는 어쩔 수 없이 자신이 여자임을 밝히게 된다. 아래의 대사에서 춘도는 두목(杜牧)의 <적벽(赤壁)> 시를 이용하여 주승상의 딸에게 자신이 여자였다고 고백하며 미안함을 전한다.

(춘도) 저 숭하는 줄곧 숨겨왔으니 '철이 아직 삭지 않은 부러진 창이 모래에 감춰져 있던' 꼴이고, 스승께서는 '가져다 갈고 닦아서 옛 왕조를 알아보셔야' 합니다. 저는요, 하늘이 본래 저에게 남자가 되는 것을 허락지 않으셨으니 이것은 바로 '동풍이 주랑 편을 들어주지 않은' 것입니다. 아가씨, 미안합니다. 잠시 '봄 깊을 때 동작대에 갇힌 이교'였으니.
(旦) 我崇嘏一向的遮掩呵, 似折戟沉沙鐵半銷. 老師呵, 你可該自將磨洗認前朝. 我呵, 天元不曾許我做男子, 這就是東風不與周郎便. 小姐, 辜負了你, 且銅雀春深鎖二喬.434)

---

432) 위의 극본 第1齣, ≪徐渭集≫, 1200쪽.
433) ≪女狀元辭凰得鳳≫ 第1齣, ≪徐渭集≫, 1208쪽.

황숭하가 다시 춘도로 돌아가듯, ≪자목란≫의 화호도 상서랑의 벼슬을 받고 휴식을 명받아 잠시 고향에 들렀을 때 목란으로 돌아가게 된다.

≪자목란≫과 ≪여장원≫은 주인공의 견지에서 여성으로서의 본연의 삶과 남성으로 가장한 삶으로 양분된다. 주인공의 입장에서 여성이라는 성별을 유지하면서 난관에 봉착한다는 점에서 전자를 부정적 현실로, 여성 본연의 모습으로는 불가능했던 남성 사회에서의 성공을 실현한다는 점에서 후자를 긍정적 비현실로 규정할 수 있다.

이렇게 보면 ≪사성원≫의 각 극본은 이분법적 분할이라는 측면에서 통일된 구조를 취하고 있다. 다만 ≪사성원≫이 ≪옥선사≫, ≪자목란≫·≪광고사≫, ≪여장원≫의 순서로 창작되었다는 왕기덕의 진술이 정확하다면,435) 제1척과 제2척으로 현생과 내생을 정확히 구분한 ≪옥선사≫에 비해 나머지 세 작품은 형식적으로 양분하지 않고 상대적으로 자연스럽게 극을 구성했다는 점에서, 작품을 구성하는 기술이 진보했다는 증거로 간주할 수 있다. 전환을 알리는 표지를 두지 않고 자연스럽게 상황이 바뀌도록 장치함으로써 도식적인 구성을 피한 것으로 생각된다.

더욱 중요한 점은 ≪광고사≫와 ≪옥선사≫의 소제목, ≪자목란≫과 ≪여장원≫의 소제목이 각각 대장을 이룬 데서 짐작할 수 있듯이, 앞의 두 극본과 뒤의 두 극본에 나타나는 이분법적 구조의 양상이 완전히 동일하지 않다는 것이다. 각 극본은 부정적 현실과 긍정적 비현실의 세계 분할이라는 점에서 비슷한 구조를 취하고 있지만 그 순서는 상반되어 있다. ≪광고사≫와 ≪옥선사≫는 이승/현생에서 저승/내생으로 전환되는 구조로, 긍정적인 비현실적 세계에서 이상적인 결말을 맞이한다. 반면 ≪자목란≫과 ≪여장원≫은 현실 –

---

434) 위의 극본 第4齣, ≪徐渭集≫, 1224쪽.

435) 王驥德 撰, 앞의 책 卷4.

비현실 – 현실의 구조로, 주인공이 이상적인 비현실 세계로부터 다시 현실 세계로 돌아온다. 이처럼 상반되도록 구성한 것은 우연의 소산이라고 보기 어렵다. 이어지는 소절에서 각 극본의 결말이 내포하고 있는 역설을 밝히면서, 이와 같은 구조의 차이를 통해 작자가 의도한 바가 무엇인지 살펴보기로 한다.

4. 단원(團圓)의 역설

'단원(團圓)'은 중국 고전극이 표방하는 행복한 결말이다. 명청시기 중국 희곡의 결말은 주인공 남녀가 맺어지고, 주인공과 세계의 갈등이 풀어지며, 인과응보나 권선징악이 실현되는 등 긍정적이고 정당한 것이어야 했다. 20세기에 들어 서양의 비극(悲劇) 개념이 도입되면서 고전극에 대한 비판이 일어나기 전까지, 중국에는 단원을 맞이하는 희극(喜劇)만이 존재했다고 해도 과언이 아니다.436) 이처럼 단원은 당시 희곡이 반드시 지향해야 하는 필수적 요소였다.

따라서 ≪사성원≫의 단원 역시 필연적인 것이다. 서위는 극의 결말이 단원이어야 함을 인지하고 있었을 것이다. 혹은 단원이 아닌 다른 결말에 대해서 애초에 생각하지 못했을지도 모른다. 그래서 예형은 천상에서 관직을 수여받고, 옥통은 제도되어 불교의 본거지로 나아가며, 목란과 춘도는 결혼함으로써 단원을 맞이한다. 그렇다면 과연 무엇이 서위가 말한 "원숭이가 애간장 끊어지도록 우는〔猿叫腸堪斷〕" 소리인가?

436) "단원은 중국 고전극의 전형적인 결말이다. 헤어진 사람은 다시 만나고, 온갖 고난 끝에 결국은 행복을 맞이한다. (…) 중국의 고전극에서는 서양 비극의 핵심 요소인 주인공의 철저한 파멸은 절대로 없다고 할 수 있다." 이창숙(2006), <중국적 '비극'·'희극' 개념 설정의 문화 논리>, 207쪽 인용.

본서는 연작극 ≪사성원≫ 전체를 통해 전달하고자 했던 서위의 뜻은 단원의 표면에 있지 않고 그 이면에 있다고 본다. 비록 네 편의 주인공 모두 표면상으로 행복한 결말을 맞이하지만, 그것은 주인공이 해결할 수 없는 문제점을 담지하고 있다. 이런 의미에서 네 극본의 단원은 역설적이다.

(1) 초현실적 세계에서의 이상 실현

≪광고사≫와 ≪옥선사≫에서 주인공은 부정적 현실을 넘어서 다른 차원의 세계로 옮겨간다. 다른 차원 즉 제2의 세계로서 ≪광고사≫의 배경인 저승과 ≪옥선사≫ 제2척의 내생은, 비현실적 시·공간 즉 실제 현실에서는 쉽게 일어날 수 없는 일이 일어나는 세계를 '넘어서' 현실 저 밖에 있는, 실제로는 체험조차 할 수 없는 상상의 소산인 초현실적 세계이다. 주인공은 그곳에서 세계와 완전히 화합하며 긍정적인 결말을 맞이한다. 이 두 편의 극에서 주인공이 도달하는 결말은 시의 서정적 자아가 아무리 갈망해도 도달할 수 없었던 것이다.

먼저 ≪광고사≫의 예형은 저승에서 천제(天帝)의 부름을 받는다. 이승의 격고매조(擊鼓罵曹) 사건을 재현하고 난 뒤에 "어린 생이 시동으로 분장하고 단이 시녀로 분장하여 서신을 받들고 등장한다[小生扮童旦扮女捧書節上]."

(아이가 부른다) 【사해아】 문장은 자고로 진귀한 것이니 천제의 궁전을 움직여 옥황이 친히 마중하시네요. 나는 물오리와 내려온 학이 붉은 노을을 밟듯 선생께서 신선 되어 멀리 오르시길 청하시네요. 예전부터 교룡 머리 받들던 황금각을 수리하고, 새로 절인 기린과 양을 백옥 꼬챙이에 준비하며 좋은 술을 따라 천상의 음악 세 번 연주하고 나면, 교서랑은 옥경의 향로 책상을 받들고, 직녀는 은하수의 신선 뗏목에 기대어 있겠지요.

(童唱) 【耍孩兒】 文章自古眞無價，動天廷玉皇親迓．飛鳧降鶴踏紅霞，請先生卽便登遐．修葺了舊銜螭首黃金閣，准辦着新鮓麟羔白玉叉，倒瓊漿三奏鈞天

罷. 校書郎侍玉京香案, 支機女倚銀漢仙槎.437)

이처럼 극본에서 예형은 천제에게 글재주를 인정받아 부름을 받는다. “나는 물오리〔飛鳧〕”와 “내려온 학〔降鶴〕”은 신선을 가리킨다. 마치 신선이 하늘로 올라가듯 천상의 궁전으로 올라가면, 화려한 건물에 좋은 음식과 술을 먹고 마시도록 연회 자리가 펼쳐져 있을 것이다. 예형의 입장에서 천제의 초청을 받는 것은 이승에서 재능을 다 펼치지 못하고 죽은 억울함을 푸는 것이다. 다음은 시동과 같이 온 여인의 창이다.

(여인이 부른다) 【삼살】[예선생, 당신은] 성대한 이름 알리지도 않으셨고, 앵무새 읊은 노래에 점 하나 더하지 않으셨는데도, 찬란한 문채 우리 하늘 궁전 아래로 통했지요. 상서로운 동물은 좋은 징조여도, 민첩하고 아름다운 글은 외려 화근이지요. [예선생, 누가 당신처럼 전에 흉했다 후에 길해지겠어요.] 이렇게 좋은 꽃 모양을 누가 박을 수 있겠어요. 달콤한 대추를 맛보려고 신 감람을 먼저 드셨군요.

(女唱) 【三煞】〔禰先生, 你〕挾鴻名懶去投, 賦鸚哥點不加, 文光直透俺三台下, 奇禽瑞獸雖嘉兆, 倚馬雕龍却禍芽. 〔禰先生, 誰似你這般前凶後吉,〕 這好花樣誰能搨? 〔待〕棗兒甛口, 〔已〕橄欖酸牙.

<앵무부(鸚鵡賦)> 같은 가작(佳作)을 써낸 예형의 훌륭한 글재주는 이승에서는 화근이었지만, 저승에서는 오히려 천제의 환심을 샀다. 그러므로 이승에서 고통을 겪은 것은 사후 세계의 행복을 더욱 달콤하게 느끼기 위해서이다.

예형이 천제에게 받은 인정과 칭송은 작자인 서위에게는 낯선 것이었다. 서위의 인생에서 그의 능력을 인정해준 것은 호종헌을 비롯한 몇몇 장수들에 불과했다. 그들이 생활이 아주 불가능하지 않을 정도로 물질적 지원을 해주었지만 저토록 호화스러운 대접을

437) ≪徐渭集≫, 1184쪽.

받을 수 있었던 것은 아니다. 그래서 그의 시에는 늘 "활은 숨겨둔 채 밤마다 당길 날을 생각하고, 검은 꺼내어 때때로 발굴했던 날을 떠올린다〔弓藏夜夜思彎日, 劍出時時憶掘年〕."438)와 같이 능력을 발휘하지 못하는 데서 오는 괴로움이 나타나 있었다.

게다가 시에서 현실은 "세상에서는 울고 싶어도 울 수가 없으니, 의장대 말만 몇 줄로 옥계단 앞에 서 있는〔世上好鳴鳴不得, 幾行仗馬玉堦前〕"439) 곳으로, 부정적 측면을 지니고 있었다. 그러나 희곡의 영역에서는 다른 세계로 옮겨감과 동시에 뜻을 마음껏 펴지 못하는 상황은 자취를 감춘다. 시에서는 서정적 자아가 닿을 수 없는 이상적인 곳으로 여길 수밖에 없었던 초현실적 세계가, 희곡의 주인공에게는 오히려 주무대가 되고 화합의 시·공간이 되면서, "울 수 없었던〔鳴不得〕" 현실 세계의 부정적 측면은 더 이상 존재하지 않게 된다.

≪옥선사≫의 주인공인 옥통의 결말도 예형의 그것처럼 긍정성을 지닌 것처럼 보인다. ≪옥선사≫에는 주인공을 궁지로 몰아넣었던 현생의 반대편에 주인공의 뜻이 이루어지고, 그를 올바른 길로 나아가게 하는 내생이 자리해 있는 것이다. 내생에서 류취로 환생한 옥통은 월명을 통해 자신이 복수를 위해 기생으로 태어났다는 사실을 깨닫고, 월명과 함께 불교의 성지에 도달한다. 아래는 월명과 류취(옥통)가 주고받는 창으로 이 극본의 마지막 부분이다.

> 【수강남】(…) (이하 월명이 메기고 류취가 받는 식으로 한 구절씩 번갈아 노래한다) (…) 일체의 온갖 부산한 일들은 모두 허망함으로 점철된 것이라. 촌철살인 칼끝처럼 예리하고, 말똥구리가 담장 넘듯 우둔했었지. 배가 아프다는 가짜 과부는 해당화요, 원한 갚으려는 노인네는 재두루미 같았지. 나뭇가지로 연못 채우는 까치의 장난에, 느시 새가 뽕나무에 모여 앉듯 화를 당했네. 벙어리로 가장하는 묘책을 다 써서, 비로소 끓인 물로 눈을 녹여내듯

438) <14일에 장자진 태사의 집에서 술 마시고 이별할 때 남기다〔十四日飮張子藎太史宅, 留別〕> 함련, ≪徐渭集≫, 805쪽.

439) <모기 소리〔蚊聲〕> 미련, ≪徐渭集≫, 294쪽.

깨우쳤지. 두 형제가 한 쌍의 기러기처럼 날아가니, 늙은 달마가 곡식 갖고 강을 건너듯 하네. 발꿈치로 누런 갈대잎 밟고서, 순식간에 서쪽 고향에 다다랐네. 전처럼 아라한과 안왕을 수행하여, 여의주 깃발 바라보며 중생을 고해에서 구해내리. 도둑놈 심보 내팽개치고, 부처님의 빛으로 내장까지 씻어 내리라. (합창한다) 아! 마침내 두손 모아 합장하며 조사 어른께 말씀 올리네.[440]

【收江南】(…) (此下外起旦接, 一人一句. 外) (…) 這一切萬椿百忙, 都只替無常稍裝. 捷機鋒刀槍鬭鋩, 鈍根苗蜣螂跳墻. 肚疼的假孀海棠, 報怨的几霜鴟鴿. 填幾座鵲潰寶扛, 幾乎做鴇桑乃堂. 費盡了啞佯妙方, 纔成就滾湯雪煬. 兩弟兄一雙雁行, 老達摩裹糧渡江. 脚根踹蘆蔣葉黃, 霎時到西方故鄉. 依舊嚼果筐雁王, 遙望見寶幢法航. 撇下了一囊賊臟, 交還他放光洗腸. (合唱) 呀! 纔好合着掌回話祖師方丈.

이 노래를 통해 월명과 옥통은 그동안 옥통에게 일어났던 일을 비유적으로 요약하고, 두 사람의 행보를 이야기한다. "두 형제〔兩弟兄〕"는 월명과 옥통을 가리킨다. "달마(達摩)"는 남조(南朝) 때 중국으로 와서 북위(北魏)의 숭산(嵩山) 소림사(少林寺)에 머물렀던, 중국 선종(禪宗)의 창시자이다. 그는 소림사로 갈 때 곡식을 가지고서 갈대잎을 밟으며 강을 건넜다고 전한다.[441]

달마가 그랬던 것처럼 월명과 옥통도 강을 건너 "서쪽 고향〔西方故鄉〕"에 도달했다. '서쪽'이라고 한 것은 소림사가 이 극본의 배경인 임안(臨安, 지금의 항주杭州)으로부터 서쪽 방향에 있어서이며, '고향'이라고 한 것은 그곳이 선종의 발원지이기 때문이다.[442] 옥통이 이곳에 도달하여 불도(佛道)를 닦고 중생을 구제하는 데 매진하기로 다짐

440) 오수경 외, 앞의 책, 110쪽 인용.

441) 이 노래와 관련된 달마의 행적에 대해서는 徐渭 著, 周中明 校注, 앞의 책, 27쪽과 42쪽을 참조.

442) 주중명(周中明)은 "'서방고향'은 본래 불교의 발원지인 인도를 가리키나 여기에서는 달마가 앉은 채로 입멸한 것을 비유한다〔西方故鄉, 本指佛教的發源地印度, 這裏是喻達磨坐化而死〕."(위의 책, 42쪽)라고 풀이했다.

하는 것은 그동안 겪어온 세상과의 갈등이 사라지는 것을 의미한다. 이처럼 옥통 역시 내생이라는 제2의 세계에서 단원을 맞이하였다.

하지만 예형과 옥통이 과연 이승과 현생에서 겪었던 세계와의 갈등을 해소한 것인가. 그렇지 않다. 그들의 행복한 결말은 초현실적 세계에서만 가능한 것이라는 점에서 역설적이다. 그 결말은 거꾸로 현실 세계에서는 절대로 맞이할 수 없다는 의미를 여전히 담지하고 있다. 주인공은 자신과 대립해 있던 현실 세계로부터 다른 차원의 세계로 옮겨간 것이지 현실 세계의 문제들을 해결한 것이 아니다. 그의 이동은 오히려 현실 세계의 문제들을 그대로 남겨두는 것이다.

조조 같은 권력자가 전횡하고, 예형 같은 고오한 인물은 죽임을 당하는 이승의 부조리함, 고결한 수행자가 권력자에게 아부할 줄 모른다는 이유로 파계에 이르는 부당함은 여전히 같은 자리에 도사리고 있다. 이런 점에서 초현실적 세계에서 이상이 실현되는 것은 그곳의 반대편 즉 현실 세계에서는 그럴 수 없다는 역설을 내포하고 있는 것이며, 도리어 현실 세계에서의 '불능'을 강조하는 것이다. 결국 시의 영역에서 자아가 현실 세계와의 갈등을 해소하지 못했던 것처럼 희곡의 영역에서도 주인공은 제2의 세계가 아닌 이승과 현생의 문제들을 끝내 제거하지 못하게 되는 것이다.

(2) 여성의 남성적 성공과 여성으로의 회귀

≪광고사≫와 ≪옥선사≫에서 주인공이 초현실적 세계로 이동함으로써 즉 세계가 전환됨으로써 원하는 바를 이루었다면, ≪자목란≫과 ≪여장원≫에서는 주인공이 본연의 모습을 부정함으로써 불가능한 일을 실현한다.443) ≪자목란≫의 목란과 ≪여장원≫의 춘

443) 본서의 관점에서 보면 "극중에서 네 명의 주인공은 현실의 자아를 부정하는 방식을 통해 (…) 불가능을 실현한다〔劇中四位主人公却通過對現實自我否定的方式實現了(…)不可能〕."(何平, <≪四聲猿≫的雙層結構及其解讀>, 92쪽)라는 기존의 견해는 춘도와 목란에게는 유효하지만 예형과 옥통에게는 해당하지 않게 된다. 예

도는 남성만이 진출할 수 있는 사회에서 본연의 성별을 숨기고 성공을 거둔다. 목란은 화호로서 적장(賊將) 표자피를 포획한 공을 세우고, 춘도는 황숭하로서 장원급제하여 훌륭하게 직분을 다한다. 그런데 주인공이 남성사회에서 상승세를 이어가고 있던 와중에 다소 급작스럽게 여성임을 공표하게 된다. 그리고 여성 본연의 모습으로 돌아옴과 동시에 그들은 '결혼'이라는 단원을 맞이한다.

목란의 경우 극의 원전인 악부시 <목란사(木蘭辭)>에서와 마찬가지로 고향으로 돌아와 가족들과 재회하면서 여성 본연의 모습으로 돌아간다. 하지만 ≪자목란≫에 묘사되어 있는, 고향으로 돌아가기 전에 조정에서 직위를 수여받는 과정은 <목란사>와는 사뭇 다르다. 먼저 아래는 목란이 상서랑의 직위를 받는 장면이다.

> (경내에 도착하여 종과 북을 울리며 조정에 앉는 동작을 하고 장수가 아뢴다) 정동원수 신 신평이 삼가 아뢥니다. 지난날 성은을 입어 흑산의 도적을 토벌하라는 명을 받아 지금은 모두 소탕되었습니다. 적의 우두머리 표자피는 확실히 군인 화호가 진영으로 가서 친히 생포하였으니 처리해 주소서. 그 외에 공이 있는 인원은 각기 책서를 갖추었으니 공의 차등을 분별하시어 모두 헤아려 주시길 바라옵니다. (축이 내시로 분장하여 성지를 받들고 등장하여 말한다) 성지를 받잡건대, 경은 적을 소탕한 공이 크니 특별히 상산후에 봉하여 세습한다는 문서를 주노라. 화호에게는 상서랑 직위를 내리노라. 오랫동안 노고가 많았으니 역마를 타고 고향으로 돌아가서 3개월 동안 쉬고 거듭 부름을 받으라.
> (到京內鳴鍾鼓作坐朝介, 帥奏云) 征東元帥臣辛平謹奏, 昨蒙聖恩, 命臣征討黑山巨寇, 今悉已蕩平. 賊首豹子皮的係軍人花弧臨陣親擒, 見解聽決. 其餘有功人員, 各具冊書, 分別功次, 均望上裁. (丑扮內使捧旨上云) 奉聖旨, 卿勦賊功多特封常山侯, 給券世襲. 花弧可〔授〕尙書郞. 念其勞役多年, 令馳驛還鄕, 休息三月, 仍聽取用.[444]

형이 저승에서 천제에게 직위를 부여받고, 옥통이 내생에서 불교의 성지에 도달하는 단원은 현실의 자아를 부정함으로써 얻은 것이라기보다는 초현실적 세계로 이동함으로써 얻게 된 것이다.

이처럼 목란은 상서랑의 직위를 받는다. 성지의 내용에 따르면 목란은 표자피를 사로잡은 공을 크게 인정받아 상서랑에 임명하고, 고향에서 잠시 휴식을 취한 뒤에 직분을 다할 것을 명받았다. 이에 "목란은 관모와 허리띠를 바꾸는 동작을 하고[木換冠帶介]" "장수와 목란이 성은에 감사하는 동작을 한[帥木謝恩介]" 뒤에 "조서를 받는다[受詔書]." 이와 같은 목란의 동작은 상서랑의 직위를 수용하는 것이다. 그런 뒤에 목란은 자신의 상관인 신평에게도 감사를 표하고 상서랑의 직위를 유지한 채 고향으로 돌아간다.

이는 <목란사>의 목란이 상서랑 직위를 포기하고 고향으로 돌아가기만을 바랐던 것과는 다른 점이다.445) ≪자목란≫의 목란은 스스로 직위를 버리지 않고 오히려 그 직위에 해당하는 옷차림으로 고향의 가족과 재회한다. 그래서 "이 관직이 무슨 관직이냐[你這官是什麽官]?"는 모친의 물음에 "상서랑입니다[是尙書郎]."라고 당당하게 답한다.

그러나 가족을 만나자 이내 두 부모의 맏딸이자 형제자매의 큰누이인 본연의 역할로 되돌아간다. 분과 연지를 발라 여성의 모습을 되찾고, 동료들이 그가 여성이었음을 알게 됨과 동시에 그는 더 이상 부친 화호의 행세를 하지 않는다. 그리고 원전에는 없는 혼사가 치러지며 극은 막을 내린다. 다음은 왕랑(王郎)과의 혼사가 결정되는 장면이다.

(시녀가 알린다) 왕서방님께서 축하하러 오셨네요. (어머니) 이 사람은 내가 전에 너에게 편지를 부칠 때 말했던 사위란다. 안 그래도 오라고 해서 너와 혼인시킬 생각이었는데 마침 잘 왔구나. (생이 모자를 쓰고 허리띠를 하고

---

444) ≪徐渭集≫, 1203쪽. 주중명 교주에 의거하여 '수(授)'자를 삽입하였다. 徐渭 著, 周中明 校注, 앞의 책, 54쪽.

445) <목란사>에는 "천자께서 바라는 바를 물으시니, '목란은 상서랑 직이 필요 없습니다. 원하는 것은 천리마를 달려서 저를 고향으로 돌려보내 주시는 것입니다'[可汗問所欲, 木蘭不用尙書郎, 願馳千里足, 送兒還故鄕]."라고 되어 있다.

왕랑으로 분장하여 등장한 뒤 만나는 동작을 한다) (어머니) 왕서방, 서둘지 마시게. 내가 날짜를 고르던 참이었네만, 두 사람이 생동이 주조된 것처럼 이미 장성했으니 오늘 아예 혼사를 치르게나. 어서 절하시게! (목란이 부끄러워하며 등지고 서는 동작을 한다) (어머니) 딸아! 12년 동안 관리였던 네가 뭐가 무서워서 부끄러워하느냐? (목란이 몸을 돌려 절을 하는 동작을 한다)

(鬟報云) 王姑夫來作賀. (娘) 這箇就是前日寄你書兒上說的這箇女婿, 正要請他來與你成親. 來得恰好. (生冠帶扮王郎上相見介) (娘) 王姑夫且慢拜, 我纔子看了日子了, 你兩口兒似生銅鑄賴象也鐵大了, 今日就成了親罷. 快拜快拜! (木作羞背立介) (娘) 女兒, 十二年的長官, 還害什麽羞哩? (木回身拜介)

목란의 모친은 왕랑이 찾아와서 목란과 대면하게 된 김에 혼사를 치르자고 한다. 모친의 뜻에 따라 그들은 절을 올리고 부부가 된다. 목란이 남성으로 살았던 12년의 세월은 "그가 몸을 돌려 절을 하는〔回身拜〕" 순간 영원히 과거의 일이 된다. 목란이 부끄러워하는 모습, 한마디 말없이 순순히 혼사를 받아들이는 모습은 그가 완전히 여성으로 회귀하였음을 알리는 표지이다. 이 혼사를 통해 3개월 동안 고향에서 휴식한 뒤에 상서랑의 직무를 수행하는 일은 물거품이 되었다.

여성임을 폭로한 뒤 결혼이라는 결말을 맞이하는 것은 ≪여장원≫의 춘도도 마찬가지이다. 앞서 살펴보았듯 춘도는 주승상이 자신을 사위로 삼으려고 하여 어쩔 수 없이 성별을 밝힌다. 그런데 춘도가 여성임을 알게 된 직후에 주승상은 아래와 같은 결정을 내린다. 제4척의 마지막 부분이다.

(주승상이 크게 놀라며 말한다) 아아! 그가 여자였다니. 천하에 이런 기이한 일이 있구나! 이 혼사는 호양공주의 일처럼 이루어지지 못하게 되었구나. 어쩔 수 없지. 우리 봉우가 과거시험을 보았으니 내일은 합격자 명단이 붙으리라. 만일 봉우가 분에 넘치게도 급제하게 되면 그에게 며느리가 되라고 해야겠다. 숭하도 물리지는 못하겠지.

(外大驚云) 呀! 元來他是個女身. 天下有這等奇事! 這一樁姻緣, 就是湖陽公主一般，事不諧矣．也罷，我鳳羽孩兒見應試科，明日該掛榜了．若是鳳羽得僥倖呵，我就强他做箇媳婦，管取他推不得．

주승상은, 춘도를 딸에게는 장가들게 하지 못하게 되었으니 아들에게 시집가도록 해야겠다고 말하고 있다. 제5척이 시작되면서 주승상의 아들 봉우의 장원급제 소식이 알려지고, 춘도는 봉우의 급제를 축하하러 주승상의 집으로 찾아간다. 며느리가 되어 달라는 주승상의 말에 춘도는, 그동안 승상을 속인 일도 부끄러운데 평생 승상을 모시며 얼마나 부끄럽겠느냐고 사양하는 듯하다가 이내 승낙한다. 다음은 춘도가 승낙하자마자 주승상이 옷을 바꿔 입히고 혼례를 치르려는 장면이다.

(춘도가 부끄러운 모습을 하며 또 무릎을 꿇고 말한다) 더 이상 드릴 말씀이 없군요. 소생 스승님의 존명을 삼가 따르겠습니다. (주승상) 그러면 자네와 우리 딸은 시누이올케가 되는 것이네. (계집종을 부르는 동작을 한다) 오엽아야, 어서 아가씨를 불러 새 예복과 머리 장식을 가져와서 올케에게 허리띠를 꽂고 단장을 바꾸어 주도록 해라. 큰오빠가 돌아오는 대로 혼사를 치르면 되겠구나. (춘도가 또 무릎을 꿇고 말한다) 스승님께서 너무 서두르시는 것이 아닌지요. 따로 날을 골라서 치르시지요. (주승상) 오늘이 방이 걸린 날인데 더할 나위가 있겠는가? 오늘 이 혼사를 결정해버리세. 자네가 돌아가서 또 후회하지 않도록.

(旦作羞態，又跪云) 説不得了，門生謹領老師的尊命了．(外) 這般説，你與我那女兒是姑嫂了耶．(叫丫頭介) 梧葉兒，快叫小姐取過新禮服冠髻來，與嫂嫂插帶改妝．待大爺回來，就好成親．(旦又跪云) 老師忒倉猝了些，另擇一箇日子罷．(外) 今日掛榜日子，再要怎麽？趁今日定了這樁事，省得你回去又番悔．

목란의 모친이 급하게 혼사를 치르도록 한 것과 마찬가지로 주승상도 그날로 혼사를 치르려 한다. 춘도는 너무 급하지 않느냐며 따로 날을 잡자고 말을 꺼내긴 하나 결국 주승상의 뜻을 따른다. 주승상의 뜻에 따라 춘도는 봉우가 장원급제했다는 방이 붙은 바로 그

날 결혼하게 된다.

≪자목란≫과 ≪여장원≫의 단원은 이처럼 주인공 목란과 춘도의 '결혼'이라는 점에서 주목된다. 앞서 언급했듯 중국 고전극에서 여성 주인공 '단'이 주인공으로 내세워진 경우에는, 여성의 재능이 강조되기보다는 훌륭한 배우자로서의 자질이 중요하게 여겨졌다. 이때 극의 주제는 남녀 사이의 사랑인 경우가 많았다. 중국 고전극은 단원을 표방했기 때문에 주인공 남녀의 사랑은 예외 없이 결실을 맺는다.

그러나 ≪자목란≫과 ≪여장원≫은 남녀 간의 사랑을 다룬 극이 아니다. 양 극본에서 남성 배우자의 역할을 맡은 '정'은 모두 끝부분에 잠시 등장하여 '단'의 결혼 상대가 될 뿐이지, 다른 어떤 사건에도 관여하지 않는다. 극의 전개상 그의 등장과 결혼은 매우 갑작스럽다. 그래서 두 극본의 결말로서 결혼은 단원임에도 불구하고 석연치 않은 느낌을 준다.

이 두 편의 극에는 분명 남성 못지않게 훌륭한 능력을 가진 여성에 대한 칭송의 뜻이 담겨 있다. 그런데 작가 서위는 그들의 사회적 성공을 다각도로 묘사한 뒤에 여성 주인공으로서의 전형적인 결말인 결혼으로 끝을 맺고 있다. 이것은 어떤 의미를 지니는가.

일반적으로 여성 주인공이 훌륭한 결혼 상대를 만나 결혼을 하게 되는 것은 남성의 사회적 성공에 비길 만한 성공으로 여겨진다. 하지만 <백모전>을 통해 서위가 여성의 재능이 쓰이지 못하는 현실을 탄식했다는 점을 상기해 볼 때 서위의 입장에서 여성 주인공의 결혼은 표면적인 단원, 즉 이면에 역설을 감추고 있는 단원에 불과하다.

또한 ≪자목란≫과 ≪여장원≫ 역시 '사성원' 다시 말해 원숭이의 애통한 울음소리의 일환으로 읽어야 한다는 점을 되새겨보면, 목란과 춘도의 결혼은 남성적인 사회적 성공과 비견되는 성공으로 읽을 수 없다. 남장을 통해 본래 가지고 있던 남성적 재능을 마음껏 펼치고 다시 본연의 모습으로 돌아가서, 여성들 모두가 꿈꾸는 좋은 배우자를 만나 양쪽에서 모두 소원을 성취하였다고 본다면, 이 두 극본은 애간장 끊어지는 울음소리가 될 수 없다.

어떤 견지(見地)에서는 여성 주인공의 결혼이 서위의 한계로 지적되고 있다.446) 혁신적인 여성 주인공의 형상을 창조했지만 더욱 혁신적인 방향으로 나아가지 못하고 여전히 결혼이라는 봉건사회의 굴레에 갇히게 만들었다는 것이다. 당시 여성에게 있어 결혼이 봉건사회의 제도에 갇히는 것임은 분명하다. 그러나 작자 서위도 여기에 매몰되어 있어 다른 파격적인 선택을 하지 못했던 것일까. 본서는 서위가 극중에서 출중한 여성들을 결혼하도록 만든 데에는 특별한 의도가 있었다고 본다.

목란과 춘도가 극중에서 결혼을 통해 완전히 여성으로 회귀할 수밖에 없었던 이유는 여성임을 모두가 알게 되었다는 사실에 있다. 여성임이 공표된 이상 관직을 유지할 수는 없다. 바꾸어 말하면 그들이 남성사회에 진출할 수 있었던 것은 본연의 모습을 가리고 남성으로 위장했기 때문이었다.

<백모전>에서 백부인이 남편의 옷을 입었던 것처럼, 여성이 사회에서 재능을 펼치려면 본연의 성별을 숨겨야 했던 것이다. 목란과 춘도가 각기 전쟁터에서 공을 세우고 관리로서 선정(善政)을 베풀 수 있었던 것도 그들이 남장을 했던 덕택이었다.

여성의 '남장'은 세계와 대립하는 주체의 변화를 상징한다. 바로 주인공이 본연의 모습을 가리고 다른 누군가로 바뀌는 것이다. 그래

446) "서위는 목란을 통하여 당시 소외당하던 여자의 능력과 지위를 고양시키는 획기적인 인물형상을 창조했지만, 사회적 인습의 굴레를 완전히 내팽개치지는 못했던 것이다. 이것은 봉건사회의 이단자로서 기이한 일생을 보냈던 서위이지만 역시 봉건사회의 굴레 속에 침몰된 서위의 한계라고도 할 수 있을 것이다." 권응상(2000), 앞의 책, 54쪽.

야만 세계와 갈등을 빚지 않고 자신의 재능을 마음껏 펼칠 수 있다. 예형과 옥통의 경우, 현실 너머의 세계로 옮겨가야만 즉 세계가 바뀌어야만 갈등이 해결되고 자신의 뜻을 온전히 실현할 수 있었다면, 목란과 춘도는 자신이 다른 모습을 해야만 재능을 사회에서 쓸 수 있다는 점에서 전자와는 다른 방향성을 지니고 있는 것이다.

모습을 바꾸어야만 사회에 진출할 수 있다는 것은, 반대로 그가 모습을 바꾸지 않고는 그렇게 할 수 없다는 것이다. 극중에서 결혼은 당시 사회에서 요구하는 여성 본연의 역할에 갇히게 되는 것, 자신의 모습을 더 이상 바꿀 수 없는 처지가 되어 다시는 남성사회로 진출할 수 없는 것을 뜻한다.[447] 이런 의미에서 ≪자목란≫과 ≪여장원≫의 행복한 결말 역시 부정성을 지니고 있다.

두 여성 주인공이 여성임을 숨기는 것은 자기 본연의 모습, 자신의 개성을 숨기는 것이자 결핍성을 감추는 것이다. 작가 서위는 바로 이 점에 자기 자신을 대입해 본 것이 아닌가 한다. 서위의 시에 나타난 것처럼 그는 항상 세계와 대립한 상태에서 자신의 불능(不能)을 인식하고 있었다. 뛰어난 재능을 가졌지만 그것을 쓸 수 없어서 끝내 세계와 화합하지 못하고, 고립되어 있는 자신의 모습을 출중한 여성과 동일시하고, 그들이 남성으로 모습을 바꾸어야 하듯이 자기 자신도 자기 본연의 모습으로는 불능의 상태를 벗어날 수 없다는 것을 깨달았을 것이다.

결국 서위는 ≪광고사≫와 ≪옥선사≫를 통해서는 세계의 변화를,

447) 두 극본의 단원이 부정성을 지닌다는 주장은 환장(換裝)에서 탈장(脫裝)으로 구조가 바뀜에 따라 희(喜)・비(悲)가 교차하여 "옷을 벗는 순간부터 슬픈 소리가 시작된다[悲聲起自脫裝時]."라고 규정한 기존 연구의 주장을 계승한 측면이 있다. 목란과 춘도가 남장을 벗고 여성으로 돌아옴으로써 사회 진출의 가능성은 사라져버렸기에 슬픔이 시작된다고 본 것이다. 林國淸, 앞의 논문, 88쪽 참조 및 인용. 그러나 본서는 '결혼'이라는 단원이 의미하는 바를 추가하여 행복한 결말이 지니는 부정성을 제기했다는 점에서 기존 연구의 견해와는 차이가 있다고 볼 수 있다.

≪자목란≫과 ≪여장원≫을 통해서는 주체의 변화를 보여줌으로써 어느 한 쪽이 바뀌지 않으면 현실은 달라지지 않을 거라는 뜻을 전달하고 있다. 대제목의 '원숭이 울음소리'는 바로 이 지점에서 애간장이 끊어지는 슬픈 울음소리가 된다. 그 슬픔은 다른 차원의 세계에서, 혹은 자기 자신을 가식(假飾)한 상태에서 해소될 수 있다. 그러나 다른 차원의 세계로 가거나 자기 자신을 영원히 가식하는 것은 삶에서는 실현될 수 없기에 더욱 슬픈 울음이 되는 것이다.

제2절 회화 : 부정성의 시각적 발현

1. 창작 태도의 부정성

앞서 시를 통해 세계와 자아를 부정적으로 인식하는 경향을 살펴보고, 그 과정에서 도출된 부정성의 하위 개념들을 적용하여 희곡작품 ≪사성원≫을 재해석하였다. 시는 서위가 글을 터득하면서부터 자연스럽게 창작하게 된 것으로, 10대 시절부터 죽을 때까지 삶에서 그때그때 보고 듣고 느낀 것을 쓴 것이었다. 시를 짓는 것은 당시 문인의 일상적인 행위였기 때문에 그것에 특별한 동기가 있었다고 하기는 어렵다. 서위 시에는 동시대 다른 시인의 시와는 다른, 혁신적인 측면이 분명히 있지만 그것은 결과적으로 나타난 것이지, 그가 시에 입문하면서부터 다르게 쓸 목적을 분명하게 가지고 있었던 것은 아니었다.

서위가 당시 시단(詩壇)의 주류였던 전후칠자(前後七子)의 창작 경향에 반대하는 입장에 있었던 것은 분명하지만, 그가 시를 지은 것 자체에 그들에 대한 반대를 표명하려는 목적이 있었던 것이라고 보기는 어렵다. 오히려 일상적으로 시를 지으면서 서서히 자신의 개성을 찾아간 것이라고 보는 편이 옳다. 희곡작품 ≪사성원≫은 평소 중국희곡의 역사, 이론, 작품에 가졌던 관심을 직접 작품을 창작하는 방향으로 확장시킨 것이다. ≪사성원≫ 역시 서위 시와 마찬가지로 독창적인 면이 있지만, 그것이 기존의 희곡 창작 경향에 반대하는 입장에서 쓰인 것이 아니었다.

하지만 회화 창작의 경우 기존 작품에 대한 부정적 입장에서 출발했다는 점, 다시 말해 기존 경향에 반(反)하도록 자신의 작품을 창작하여 독창성을 획득했다는 점에 유의해야 한다. 서위의 회화작품에서는 기존의 창작 경향을 전복(顚覆)하려는 의도가 다른 예술작품에서보다 훨씬 직접적으로 드러난다. 따라서 서위 회화에 반영된 부정성을 논의하는 것은 그의 창작 태도로부터 시작해야 한다. 서위의 회화 창작이 기존의 창작 경향에 반대하는 입장에서 행해진 것이라는 점을 입증하기 위해서는, 서위의 창작 태도를 동시대 다른 화가의 창작 태도와 비교해 볼 필요가 있다.448)

(1) 기존 문인화의 엄숙성 제거

서위의 회화작품을 이해하는 데 있어 가장 유념할 것은 그가 기존 문인화(文人畵)의 엄숙성을 제거하려는 태도로 창작에 임했다는 점이다. 이 주장은 두 가지 점검해야 할 사항을 내포한다. 하나는 서위 이전 혹은 동시대의 문인화가 '엄숙성'을 지니고 있다는 것이고, 다른 하나는 서위의 창작 태도가 그것을 '제거'하려는 데 있다는 것이다.

문인화의 엄숙성은 엘리트주의에서 비롯된 것이다. 북송(北宋)대에 소식(蘇軾, 1037~1101)과 그 주변 인물들에 의해 개념화되기 시작한 "사인의 그림[士人畵]"449) 즉 문인화는 원대(元代)에 그 전통을 계승·발전시키려는 노력을 거쳐 명대 후기 동기창(董其昌, 1555~1636)에 의해 계통적으로 정리되었다.450) 그것은 발생 단계에서부터 보편적

448) 이 절의 내용은 졸고(2015), <서위(徐渭) 회화 창작에 있어서 '유희'의 의미>, 208~233쪽에 보다 상세히 기술되어 있다. 특히 문인화의 엄숙성이 구축되는 과정은 위의 논문, 210~219쪽 참조.

449) 소식(蘇軾)의 글에 처음 보인다. 수잔 부시 지음, 김기주 옮김, ≪중국의 문인화≫, 57쪽.

450) 문인화의 정의와 개략적 발전과정에 관해서는 위의 책, 15~19쪽 참조.

취향에 반대되는 개념으로 입지를 구축하여[451] 문인으로서 갖추어야 할 지적·예술적 소양과 그에 상응하는 훌륭한 인품을 전제하고 있었다. 학식과 시(詩)·서(書)에 대한 조예를 갖춘 작가의 특성에 발맞추어 작품 역시 소위 '사기(士氣)'[452]를 지닐 것이 요구되었다. 이처럼 문인화는 특정 계층의 전유물로서 특정한 분위기를 띤 것이었다.

따라서 문인이 회화 창작에 임하는 태도 또한 그것을 전업으로 삼는 화공(畵工)과는 달라야 했다. 직업화가와 달라야 한다는 차별의식에서 제기된 것이 신사(神似), 사의(寫意), 묵희(墨戱)와 같은 개념이다. '신사'와 '사의'는 거칠게 말하면 형사(形似)·사형(寫形)과 대척점에 있는 개념으로, 대상의 겉모습의 유사함을 추구하는 것이 아니라 대상에 깃든 정신적인 것을 담아야 한다는 것을 골자로 한다.[453] '묵희'는 먹으로 하는 놀이라는 뜻으로서 문인들이 세속적 이익을 얻고자 하는 목적 없이 여기(餘技)로 그림을 그리는 것을 말한다.[454] 이것들은 별개의 개념이라기보다는 다음과 같이 밀접한 관계를 맺는다.

> 산수, 먹으로 그린 대나무·매화·난초, 마른 나무와 기이한 바위, 먹으로 그린 꽃과 새 등 필묵으로 유희한 것을 본다면 고고한 인물·뛰어난 선비가 흥을 기탁하여 뜻을 그린 것은 형태의 비슷함을 가지고는 구할 수 없다. 먼

---

451) 문인화는 기본적으로 화원화(畵院畵)에 반대되는 개념이다. "(북송대에—인용자) 사인 취향이 보편 취향으로 승화된 그 순간이 바로 사인이 그들만의 독특한 취향을 새롭게 했어야 할 때였다는 사실을 알 수 있다. 문인들의 글씨와 그림은 이를 배경으로 태어났다." 장파 지음, 백승도 옮김, 앞의 책, 581쪽 인용.

452) 사인기(士人氣), 사부기(士夫氣), 서권기(書卷氣)라고도 한다.

453) '신사'의 개념에 대해서는 갈로 지음, 강관식 옮김, ≪중국회화이론사≫, 212~221쪽 참조. '사의'의 함의에 대해서는 수잔 부시 지음, 김기주 옮김, 앞의 책, 126~128쪽 참조. 특히 원대 탕후(湯垕)가 '사의'를 '형사'의 반대 개념으로 파악하여 송대 문인화를 논평하는 데 활용하였다. 위의 책, 211~212쪽 참조.

454) '묵희'라는 용어의 유래와 용례는 동기창 지음, 변영섭 외 옮김, ≪동기창(董其昌)의 화론—화안(畵眼)≫, 37~38쪽 ; 수잔 부시 지음, 김기주 옮김, 앞의 책, 128~131쪽 참조.

저 천진함을 관찰하고 그 다음에 필의를 관찰하며 상대적으로 필묵의 흔적을 잊어야 정취를 깨닫게 된다[若看山水, 墨竹梅蘭, 枯木奇石, 墨花墨禽等, 遊戲翰墨, 高人勝士寄興寫意者, 愼不可以形似求之, 先觀天眞, 次觀筆意, 相對忘筆墨之迹, 方爲得趣].455)

이 글은 기본적으로는 그림을 감상하는 방법에 대해 말하고 있으나 이를 통해 먹으로 그린 그림이 어떠해야 하는지 유추할 수 있다. 바로 인품이 훌륭하고 재주가 뛰어난 문인이 필묵으로 유희하여 흥취를 표현해내야 한다는 것이다. 물질적인 사실보다 정신적인 의미를, 목적의식보다 유희적 태도를 중시하는 경향이 이 글에 나타나 있다. 이러한 논의에는 문인이 화공보다 높은 차원에 있다는 우월의식이 반영되어 있다.456)

그래서 '유희(遊戲)'라는 말이 지니고 있는 유쾌하고 장난스러운 느낌에도 불구하고, 문인화는 발전과정에서 역설적이게도 엄숙성을 띠게 되었다. 원대의 문인들은 자신이 그리는 그림에 대해 끊임없이 고상함을 부여하였다. 그 방법으로서 이전 시대 문인의 글과 그림이 동원되었다. 그들은 문인화의 개념이 형성된 북송시기뿐만 아니라 당대(唐代)까지 시야를 넓혀, 존숭할 만한 선배를 찾아서 자신의 계통적 지위를 확보하고자 했다. 그들은 이른바 '고인(古人)'의 인품과 학식, 그리고 회화 창작에 임하는 태도의 특별함을 강조함으로써 우월의식을 유지하였다.

명대에는 심주(沈周, 1427~1509)·문징명(文徵明, 1470~1559) 등이 이러한 경향을 이어갔다. 문징명이 [관산적설도(關山積雪圖)]457) 말미에 쓴 아래의 글이 이를 증명해준다.

---

455) (元) 湯垕 撰, ≪畵鑒≫.

456) 이 점은 "도인에게는 쉽지만 화공에게는 어려운 것[道人之所易而畵工之所難]" (黃庭堅, <東坡居士墨戲賦>, ≪山谷集≫ 卷1)이라는 말에서 단적으로 드러난다.

457) (明) 文徵明 繪, ≪文徵明書畫集≫, 62~67쪽.

옛날의 고인과 일사들은 이따금 붓을 놀려 산수를 그림으로써 스스로 즐거워하기를 좋아했다. 그러나 대부분 설경을 그린 것들은 이것을 빌려 고고하고 세속을 초월한 뜻을 기탁하고자 한 것이었다. 예를 들어 왕유(王維)의 [설계도], 이성의 [만산비설], 이당의 [설산누각], 염차평의 [한암적설], 곽충서의 [설제강행], 조맹부(趙孟頫)의 [원안와설], 황공망(黃公望)의 [구봉설제], 왕몽(王蒙)의 [검각도]는 모두 예로부터 지금까지 저명하여 인구에 회자되는 작품이다. 나는 운이 좋게도 모두 보았는데, 따라 그리려고 할 때마다 겸연쩍어 붓을 댈 수가 없었다. 얼마 전인 무자년(1528) 겨울에 왕총(王寵, 1494~1533)과 함께 사찰에 우거하면서, 눈이 몇 자가 쌓이도록 날려 수많은 봉우리가 푸른빛을 잃고 수많은 나무가 쓰러지는 광경을 만났다. 왕총이 종이를 꺼내어 그림을 그려 달라고 하니 흥이 날 때 붓을 적셔 관산에 눈이 쌓인 것을 연습 삼아 그렸다. 한동안 본업에 충실할 수 없어 나중에 가지고 돌아와서, 그리다가 그만두다가 하다가 다섯 번 추위와 더위가 바뀌고서야 완성하였다. 다만 붓놀림이 졸렬하여 고인의 만의 하나도 따라갈 수 없었다. 그러나 정을 기탁하는 고결한 뜻은 응당 부족하지 않으니 세월로써 귀결됨을 알겠다. 가정 11년 임진년(1532) 겨울 10월 16일 형산 문징명이 기록하다〔古之高人逸士, 往往喜弄筆作山水以自娛, 然多寫雪景者, 蓋欲假此以寄其孤高拔俗之意耳, 若王摩詰之雪谿圖, 李成之萬山飛雪, 李唐之雪山樓閣, 閻次平之寒巖積雪, 郭忠恕之雪霽江行, 趙松雪之袁安臥雪, 黃大癡之九峰雪霽, 王叔明之劍閣圖皆著名今昔, 膾炙人口, 余皆幸及見之, 每欲效倣自歉不能下筆. 曩於戊子冬同履吉寓於楞伽僧舍, 值雪飛幾尺, 千峰失翠, 萬木僵仆, 履吉出佳紙索圖, 乘興濡毫演作關山積雪, 一時不能就緒, 嗣後攜歸, 或作或輟, 五易寒暑而成, 但用筆拙劣, 不能追蹤古人之萬一, 然寄情明潔之意, 當不自減也, 因識歲月以歸之. 嘉靖十一年壬辰冬十月既望衡山文徵明記〕.[458]

문징명은 이 발문(跋文)을 통해 설경(雪景)을 담은 자신의 작품에 계통적 지위를 부여하고 있다. 이 글에서 직접 나열한 고인의 작품들을 그가 실제로 보았다는 점, 그것들을 본받고자 했다는 점은 "자오(自娛)"하기 위해 그림을 그리고, "고고하고 탈속한 뜻〔孤高拔俗之意〕"을 이어가고자 한 것과 다르지 않다. 이를 실천하기 위해 그가 5

458) 위의 책에서 탈초. 원문의 평점은 인용자.

년 동안 이 그림에 쏟은 노력은 그의 진지한 태도를 실감하게 한다.

실제로 문징명의 창작 활동은 "우아한 빚[elegant debts]"이라고 명명될 정도로 누군가를 위해 혹은 피치 못할 상황에 의해 행해진 것이었다.459) 다시 말해 그의 작품은 그가 위의 발문에서 밝힌 것과 같은 문인화의 원초적 개념, 바로 목적 없는 순수한 예술이라는 정의에는 더 이상 부합하지 않았다. 그럼에도 당시의 문인화가들은 여전히 문인화의 이상을 좇고 있었다. 실제로 그림을 거래하든 그림에 사용된 기법이 직업화가의 것에 가깝든460) 상관없이, 문인의 그림은 탈속한 문인만이 가질 수 있는 고상한 뜻을 담고 있어야 했다.

문징명이 위 글에서 "효방(效倣)"이라고 말한 것, 즉 방작(倣作)은 그림에 고상한 뜻을 담는 데 있어 긴요한 수단이 되었다. 문징명뿐만 아니라 그의 스승 심주, 그리고 그밖에 명대 중기 문인화가들은 모범으로 삼을 만한 전대의 화가들을 자신의 작품 속으로 끌어들였다. 화법을 수련할 때 임(臨)·모(摹)·방(倣)의 중요성은 이미 오래전에 제기된 것이지만 이 시기의 적극적인 방작은 단순한 학습 차원을 넘어선 것으로 보인다. 그들의 방작은 전범이 되는 문인화가들의 성취도 높은 기법과 고상한 정신적 추구에 대한 존숭을 아울러 나타내는 것이었다. '방'자는 있는 그대로 모사하는 것이 아니라 재해석의 의미를 지니고 있다. 따라서 문인화가들은 방작을 통해 독창성을 어느 정도 유지하면서도 자신이 전범으로 삼은 바를 효과적으로 드러낼 수 있었다.

좀더 후대에 태어난 동기창은 문인화의 우월함을 강조하기 위해 극단적인 방법을 선택했다. 중국 회화를 남종(南宗)과 북종(北宗)으로

---

459) Craig Clunas, *Elegant Debts: The Social Art of Wen Zhengming, 1470-1559*, 제목 인용 및 8~9쪽 참조.

460) "소주에서는 문인 전통과 화원 전통이 서로 섞여 있었던 것처럼 보인다. 그 결과 문인화는 문인화의 준엄함을 다소 상실했고, 직업적인 예술은 문인방식을 몸에 익혔다." 수잔 부시 지음, 김기주 옮김, 앞의 책, 255쪽.

양분하여 문인 전통과 화원 전통을 엄격히 구분한 것이다. 그의 방작은 자신이 수립한 계보에 입각하여 이루어졌다. 그는 주로 오대(五代)의 동원(董源, 943~962)·거연(巨然, ?~?), 송대의 미불(米芾, 1051~1107)·미우인(米友仁, 1074~1153), 그리고 원사대가(元四大家)[461]를 방작의 대상으로 삼았는데 이들은 모두 그가 왕유(王維, 699~759)를 필두로 작성한 남종 즉 문인화 계보의 주요 인물이다.[462]

이와 같은 노력은 자신의 그림에 계통적 지위를 부여하고자 한 것과 다르지 않다. 그들은 문인의 회화 창작은 전통적인 화법과 화론의 기반 위에서 행해질 수 있다고 생각했다. 누구의 화법을 배우는가, 누구의 정신적 지향을 본받는가 하는 것은 자신의 우월한 정체성을 확보하는 데 있어 매우 중요했다. 이렇게 이상적인 문인화의 윤곽이 정해지면서 그들이 창작에 임하는 태도는 점점 더 진지해졌다.

서위는 심주·문징명보다 뒤에, 동기창보다 앞에 태어난 인물이다. 그러나 서위의 작품은 여러 측면에서 당시 강남(江南)지역 문인들의 주류적 경향에서 벗어나 있다. 서위의 회화작품은 오히려 주류 문인화의 경향을 뒤틀고 반대하는 방식으로 창작되었다. 생각건대 서위는 우월의식의 소산인 문인화의 엄숙성을 제거하려는 의도를 가지고 있었다. 이에 따라 서위에 이르러 그림의 공간은 더 이상 이상적인 문인의 고상한 뜻을 담는 곳이 아니라, 그것을 전복시키고 조롱하는 곳으로 바뀌게 되었다.[463]

---

461) 황공망(黃公望, 1269~1354), 왕몽(王蒙, 1308~1385), 예찬(倪瓚, 1301~1374), 오진(吳鎭, 1280~1354)을 이른다.

462) 동기창은 그림을 논하면서 당대(唐代) 왕유로부터 당대(當代)인 명대의 심주·문징명에 이르는 문인화의 계통을 정리하였다. 그 글의 상세한 내용은 동기창 지음, 변영섭 외 옮김, 앞의 책, 76쪽 참조.

463) 서위 이전 혹은 동시대 화가들 중에서 서위의 이러한 창작 태도와 비슷한 태도를 견지한 인물을 찾는다면 오히려 오파(吳派)가 아니라 절파(浙派)에서 찾는 편이 옳다. "거칠고 이단적인 화가들[wild and heterodox painters]"이라 칭해지는 절파 화가들은 거의 대부분 직업화가로, "그들은 문인적인 우아함보다 거칢과 괴이함을, 모호함보다 분명함을, 평담(平淡)함보다 극(劇)적인 것을, 절제함보다다는

우선 당대(當代)의 다른 문인화가들과 달리 제관으로서 모사하거나〔臨·摹〕 재해석했다고〔倣〕 쓴 것이 매우 적다는 점이, 그림에서 엄숙성을 제거하고자 한 그의 노력을 방증한다. 서위는 제관(題款)에 있어 주로 직접 시를 쓰고, 자호(自號)와 인장으로 마무리하는 방식을 취했다. 창작 연도를 표기한 작품도 매우 적고, 누구를 위해 그린 것인지, 어떤 상황에서 그린 것인지에 대해서도 거의 쓰지 않았다. 서위는 대부분 그때그때 자신의 흥취대로 그림에 시를 썼고, 자신의 정체성이 반영되어 수작(秀作)이라고 여겨지는 시가 있으면 제재가 동일한 그림에 다시 쓰고는 했다. 제관에 고인(古人)을 언급하는 경우는 매우 드물었으며, 심지어 제시(題詩)에서 고인을 끌어와 고상한 뜻을 내비치는 경우도 거의 없었다.

남아 있는 서위의 작품 중에서 스스로 모작 혹은 방작임을 밝힌 작품으로는 북경고궁박물원(北京故宮博物院) 소장 [화훼도(花卉圖)][464]와 [산수인물도(山水人物圖)][465]가 거의 전부라고 보아도 무방하다고 판단

대담함을 좋아했다. 그리고 (···) 그들은 삶에서도, 예술에 있어서도 유가적인 이상에 반대하여 기질과 성격에 있어서 의도적으로 기이하고 거친 것을 선호했다〔They favored wildness and strangeness over scholarly elegance, obviousness over subtlety, drama or melodrama over "the even and the pale," boldness over restraint, and (···) they preferred willful eccentricity and wildness in character and personality over the Confucian ideal, in life as in art〕." Richard Barhart, "The 'Wild and Heterodox' School of Ming Painting," Susan Bush · Christian Murck eds., *Theories of the Arts in China*, 381쪽. 그러나 절파의 화가들이 자신들의 이러한 태도에 대해 직접 표명한 것은 아닐 뿐더러, 비슷한 태도를 견지했다고 해서 서위가 회화창작에 있어서 완전히 절파의 양식을 따른 것은 아니다. 문인화의 주류적 경향에 반대한다는 점에서는 절파와 맥을 같이하지만 서위는 기본적으로 전문적인 직업화가가 아닌 문인으로서 그 부정적인 태도를 좀더 적극적으로 드러내고 있다는 점에서 절파 화가들과 차이가 있다(명대 화단에서 발생한, 절파에 대한 오파의 공격에 절파 화가들이 직접 대응하지 못했다는 점에 대해서는 백윤수, <절파의 변명>, 30~31쪽 참조). 본서에서 서위를 절파 화가들과 직접적으로 연관시키지 않는 이유도 여기에 있다.

464) (明) 徐渭 繪, ≪徐渭書畫集≫(上卷), 200~213쪽.

465) 위의 책(下卷), 228~243쪽.

된다. 이들 화첩은 각기 일곱 폭, 여덟 폭의 그림으로 구성되어 있다.[466] 후대에 서로 다른 제목 아래 묶이게 되었지만 이 두 화첩은 같은 시기에 제작된 것으로 추정된다. 동일한 재질과 크기의 냉금지(冷金紙)가 사용되었다는 점,[467] "천지산인(天池山人)," "서위지인(徐渭之印)"이라고 쓰여 있는 두 가지 인장이 각 폭에 번갈아 사용되었다는 점, 제관의 필치가 유사하다는 점이 그 근거다. 그 중에 네 폭의 작품에 전대 화가의 이름이 등장한다. 각 폭에는 아래와 같이 쓰여 있다.

> [화훼도(1)] :
> 문동(文同)의 '구원고방' 중 하나를 모사하다[摹文與可九畹孤芳之一].
> [화훼도(3)] :
> 이 또한 예찬(倪瓚)의 필치를 모사한 것이다[是亦摹倪迂筆也].
> [화훼도(4)] :
> 교연의 '녹비홍수' 필치를 방작한 것이다[倣皎然綠肥紅瘦筆意].
> [산수인물도(5)] :
> 조공린의 '어주파적도'를 얻어 계승하다[得趙公麟漁舟破荻圖述].[468]

첫 번째 그림은 "구원고방(九畹孤芳)" 즉 난초를, 두 번째 그림은 닥풀을, 그 다음은 "녹비홍수[綠肥紅瘦]" 즉 큰 이파리와 작은 꽃을, 마지막은 "억새[荻]"가 자란 물에서 어부가 배를 탄 채 낚싯대를 들어 올리는 장면을 그린 것이다. 이 제관으로 말미암아 위의 작품을 제작할 때 각기 표본이 되는 작품이 있었음을 알 수 있다.

그런데 이 화첩은 서위의 초기 작품이라는 점에 유의해야 한다. 이 화첩 중 모란을 그린 그림[화훼도(2)]에 "49년 동안 빈천한 몸[四十九年貧賤身]"으로 시작하는 칠언절구가 쓰여 있어, 서위가 49세 때

---

466) 위의 책 상·하권에 의거한 수치이다.

467) 각 폭은 모두 세로 46.3cm, 가로 62.4cm의 냉금지로 되어 있다. 금박의 형태도 유사하여 같은 종이로 여겨진다.

468) 파(破)자와 적(荻)자 사이에 노(蘆)자가 있으나 옆에 삭제 표시가 있으므로 빼고 읽어야 한다.

감옥에 있으면서 쓴 것으로 추정된다.[469] 73세로 생을 마감한 서위는 출옥 이후에 보다 왕성하게 회화작품을 창작했으며 기교의 성숙도도 높았다. 모란 그림만 보아도 [화훼도(2)]는 다른 작품에 비해서 성취도가 떨어진다. 서위는 몇몇 작품에서[470] 모란의 꽃잎을 표현하기 위해 먹물에 아교를 섞어 쓰는 방법으로 수준 높은 표현력을 보여주는데, 이 작품은 그에 현저히 미치지 못한다. 따라서 이 작품은, 서위가 자신의 독창적인 모란 표현법, 즉 아교의 성질을 이용하여 중첩된 꽃잎의 모양을 빠르면서도 세밀하게 표현하는 방법을 고안하기 이전의 것이라 생각된다.

이에 비추어 볼 때 서위의 방작은 습작기에 잠시 이루어졌다. 다른 작품에서 서위는 오히려 아래와 같이 시를 쓰고 있다. **(그림 1)**

<題畵梅二首(二)>[471] **매화 그림에 제하다 2수(제2수)**

從來不見梅花譜,	여태껏 매화보를 보지 않았는데도
信手拈來自有神.	손 가는 대로 그려내니 절로 생기가 있네.
不信試看千萬樹,	믿지 못하겠으면 수많은 나무들을 살펴보게,
東風吹着便成春.	동풍이 불어와 봄을 이루어 버렸다오.

“종래불견(從來不見)”은 전혀 본 적이 없다는 뜻의 강도 높은 부정이다. 서위는 이 시를 통해 화보(畵譜)에 근거한 바 없이 스스로 훌륭한 그림을 그렸음을 천명하고 있다.[472] 물론 화보를 보고 그리는 것은 명작에 대한 방작과는 다른 차원에 있다. 하지만 서위의 이 말

469) 서위는 다른 모란 그림에 “사십구년(四十九年)”을 “오십팔년(五十八年)”으로 바꾸어 쓰기도 하여 당시 나이에 맞추어 바꾸어 쓴 점이 분명하다고 판단된다.

470) 徐渭 繪, [四時花卉圖], 앞의 책(上卷), 168~169쪽 ; [雜花圖], 위의 책, 88~89쪽.

471) [三淸圖], 위의 책, 43쪽(그림 1) ; [墨花九段] 국부 5, 위의 책, 256~257쪽 ; [花鳥圖] 국부 2, 위의 책, 370~371쪽 ; 《徐渭集》, 387쪽.

472) 이 시를 비롯하여 서위가 자신의 작품에 대해 만족감을 표출한 자제시(自題詩)에 대해서는 졸고(2010), 앞의 논문, 51~59쪽 참조.

(그림 1) 徐渭, [三淸圖], 立軸, 紙本墨筆, 142.4cm×79.4cm,
南京博物院 소장.

은 자신이 화보뿐만 아니라 당시 많은 사람들이 모범으로 삼았던 전통적인 화법에 의지하지 않는다는 점을 이야기하고 있는 것으로 여겨진다. 방작이 비록 재해석이더라도 그 역시 전통의 기치를 드는 일임은 분명하다. 그러므로 계보와 상관없이 손 가는 대로 매화를 그렸다는 서위의 말은, 바로 어떤 것에도 근거하지 않고 오로지 자신의 방식대로 그리겠다는 뜻을 담고 있다.

이는 심주·문징명·동기창 등 당시의 저명한 문인화가들이 수많은 방작을 남긴 것과는 다른 점이다. 옛 작품을 학습하고 그것을 벗어나지 않는 범위 안에서 새로운 것을 추구했던 그들과 달리, 서위는 적극적으로 그 범위를 벗어나려 했다. 서위는 엄숙성을 지닌 기존 회화에 반기를 들고 차별화된 방향을 모색하였다. 그가 엄숙성 해체의 일환으로 내세운 것은 다름 아닌 '유희'라는 말이다.

(2) '유희'를 통한 자율성 획득

앞서 언급했듯 유희는 문인이 전업화가와 다르다는 관념 아래 등장한 문인화의 원초적 개념이다. 하지만 원·명대를 거쳐 묵희(墨戲), 농묵(弄墨) 등 먹을 가지고 유희한다는 뜻을 가진 말은 이미 널리 쓰이고 있었다. 이런 표현은 서화(書畵) 창작을 가리키는 상투어가 되어 대부분의 경우에는 큰 의미를 부여하지 않아도 된다.[473] 그러나 서위의 그림에 자주 보이는 희(戲), 학(謔), 희학(戲謔), 유희(遊戲) 등의 글자에 대해서는 재고의 여지가 있다고 본다. 서위의 '유희'는 도리어 당시 주류 문인화를 겨냥하고 있다고 여겨진다. 주류 문인화가들이 계보를 통해 정체성을 확립하고 정당성을 확보한 데 반해

---

473) 예를 들어 심주가 "나는 노안이라 명확하게 볼 수 없어서 붓을 놀릴 때마다 짧은 두루마리여야 작업이 쉬이 이루어지고 마음이 번거롭지 않다〔余老眼視不能了了, 每戲筆, 須短卷, 功易爲而心不煩也〕."〔(明) 沈周 繪, [湖山佳勝圖], ≪沈周書畫集≫(下卷), 370~371쪽 탈초〕에서 "희필(戲筆)"에는 그림을 그린다는 뜻 외에 다른 뜻이 없다.

서위는 '유희'라는 말로써 '내 마음대로 그리겠다'는 뜻을 천명한 것이다. 다시 말해 서위의 '유희'는 선대(先代)의 특정 작품을 기반으로 삼지 않고 자기 자신의 홍취대로 그렸다는 점을 강조하고 있다.

실제로 현전하는 서위의 작품에 "서위희사(徐渭戲寫),"474) "천지산인서위희말(天池山人徐渭戲抹),"475) "청등수로묵학(青藤漱老墨謔),"(그림 2)476) "수한묵학(漱漢墨謔),"477) "아비산초위보희작(鵝鼻山樵渭寶戲作)"(그림 3)478) 등의 제관(題款)이 보인다. 그뿐만 아니라 그가 그림 옆에 쓴 시에서도 유희의 뜻을 가진 표현을 자주 볼 수 있다. 예를 들어 서위는 [화과도(花果圖)]479)의 모란 그림에 아래와 같이 썼다.

墨中遊戲老婆禪,	먹 가운데 유희하는 것이 노파선 같아
長被參人打一拳.	항상 참선하는 사람에게 한 대 얻어맞는다.
沵下胭脂不解染,	연지를 여과해 내리고도 물들일 줄 모르니
眞無學畫牡丹緣.	진정 모란 그리는 법 배울 인연이 없는가보다.

이 칠언절구는 붉은 안료를 쓰지 않고 묵모란(墨牡丹)을 그린 것에 대해 해명한 시이다.480) 먹 가운데서 유희하고 있으니 노파의 참선처럼 그 태도가 진지하지 못하다. 그래서 제대로 참선하는 사람에게 꾸지람을 듣는 것이다. 제대로 모란 그리는 법을 배울 인연이 없어, 여과해 내린 연지를 칠하지 못하고 먹으로만 그렸다. 재능이 있음에도 그것을 활용하지 못하니 제대로 성공할 인연은 없다는 뜻으로 읽힌다.

474) 徐渭 繪, [佛手圖], 앞의 책(下卷), 219쪽 탈초.
475) [雜花圖], 위의 책(上卷), 88~89쪽 탈초.
476) [蕉石圖], 위의 책, 155쪽 탈초.(그림 2)
477) [擬鳶圖], 위의 책(下卷), 332~333쪽 탈초.
478) [芭蕉梅花圖], 위의 책(上卷), 83쪽 탈초.(그림 3)
479) 위의 책, 18~19쪽.
480) 졸고(2010), 앞의 논문, 44~45쪽 참고.

(그림 2) 徐渭, [蕉石圖], 立軸, 紙本墨筆, 166cm×91cm,
스웨덴 스톡홀름 동아시아 미술관(East Asian Museum in Stockholm, Sweden) 소장.

(그림 3) 徐渭, [芭蕉梅花圖], 立軸, 紙本墨筆, 160cm×35.5cm, 遼寧省博物館 소장.

위의 시에서 서위는 자신의 "묵중유희(墨中遊戱)"가 정도(正道)는 아니라고 말하고 있다. 그렇다면 그가 제기한 '유희'는 자기 작품에 대한 겸사 혹은 폄하인가. 그렇지는 않다. 서위는 한 화첩481)에 "청등도인희묵(青藤道人戱墨)"이라고 썼는데 그 오른쪽에 있는 다음 시에서 자신이 의도적으로 이와 같은 태도를 취하는 것이라고 전하고 있다.482)

世間無事無三昧,	세상에 일이 없어 삼매경에 이를 것도 없으니
老來戱謔塗花卉,	나이가 들어 장난삼아 화훼를 그린다.
藤長刺闊臂幾枯,	지팡이 길고 묵형 표시 넓고 팔도 거의 말라
三合茅柴不成醉.	세 가지가 합쳐져 묽고 거친 술로는 취하지 않는다.
葫蘆依様不勝揩,	조롱박을 모양 그대로는 이루 다 그릴 수 없어도
能如造化絶安排,	마치 조물주가 마음껏 안배하듯이 할 수 있지.
不求形似求生韻,	형사를 구하지 않고 생동하는 운치를 구하니
根撥皆吾五指栽.	나무의 뿌리는 모두 내 다섯 손가락으로 심은 것.
胡爲乎,	어찌 하겠는가!
區區枝剪而葉裁.	사소하게 가지를 치고 잎을 자르는 것을.
君莫猜,	그대 의심 마시게,
墨色淋漓兩潑開.	먹 빛깔이 흠뻑 젖어 양쪽으로 번질지라도.

이 시를 통해 서위는 술을 실컷 마셔 취한 채로 자신이 조물주인 양 화폭을 지배하고 있다는 뜻을 내비치고 있다. 사실 "형사를 추구하지 않는다(不求形似)"는 것은 문인화의 오랜 신조이다.483) 이는 문

481) 徐渭 繪, [花卉人物圖(1)], 앞의 책(下卷), 341쪽.

482) 문집에는 <사씨 조카에게 여러 가지 꽃을 그려 주는데 제목을 '술 마신 늙은이가 먹을 가지고 놀다'라고 하였다(畵百花卷與史甥, 題曰漱老謔墨)>(≪徐渭集≫, 154쪽)라는 제목 아래 수록되어 있다. 졸고(2010), 앞의 논문, 29~30쪽에서 해설한 바 있다.

483) "저의 이른바 그림이라는 것은 일필로 대충 그려 형사를 구하지 않고 그런대로 스스로 즐기는 것에 지나지 않습니다(僕之所謂畵者, 不過逸筆草草, 不求形似, 聊

인화의 필수요건이라고 해도 과언이 아니므로 위와 같은 서위의 선언은 특별하지 않다. 그러나 “내 다섯 손가락으로 심은 것〔吾五指栽〕,” 다시 말해 자신의 손에서 직접 나온 것임은 아무리 강조해도 지나치지 않다. 서위는 자신의 “묵중유희”가 화폭이 먹물로 흠뻑 젖으면서 기세 좋게 화훼가 펼쳐지는 것임을 표명하면서, 이것이 당시 다른 화가들의 세밀한 그림과는 다른 독창적인 것임을 아울러 밝히고 있다.

결국 유희는, 서위가 계보에 의해 형성된 문인화의 엄숙성에 반대하고 자신의 독창성을 강조하기 위해 내세운 것이다. 이런 의미에서 적어도 서위에게 있어서는 ‘희작’이 ‘방작’의 대척점에 있다고 볼 수 있다. 회화 창작에 임하는 그의 유희적 태도는 이와 같이 ‘반대’하는 입장에서 제기되었다는 점에서 부정성을 띤다.

위의 시 제4구에서 운운한 바와 같이 유희적 태도를 취하면서 필연적으로 수반되는 것이 ‘술’이다.[484] “아직 우레가 치지 않은 초봄에 울타리를 뚫고 나온 죽순을 취한 채로 대폭에 마음대로 그리다〔初春未雷而筍有穿籬者醉中狂掃大幅〕”[485]라고 한 데서 드러나듯, 술은 “대폭에 마음대로 그릴〔狂掃大幅〕” 수 있게 하는 원동력이었다. 술을 마심으로써 서위는 그의 유희를 온전히 실현할 수 있었던 것이다.

다시 말해 그가 전통적 원칙에 얽매이지 않겠다는 취지로 내세운 유희의 입장은 종이 위에서 마음대로 붓을 움직이는 것을 통해 구현될 수 있었는데 이 행위를 한층 더 과감하게 만들어 주는 것이 술이었다. 따라서 “대취하여 윤곽선만 그린 대나무와 두 송이 모란을 그리다〔大醉作勾竹兩牡丹〕,”[486] “만력 임진년 가을에 청등도인이 만

以自娛耳〕.” (元) 倪瓚 撰, <答張藻仲書>, ≪淸閟閣遺稿≫ 卷13.

484) 서위의 회화작품이 술에 취한 상태에서 창작되었다는 점은 졸고(2010), 앞의 논문, 27~28쪽에서 언급하였다.

485) ≪徐渭集≫, 393쪽.

486) 徐渭 繪, [水墨花卉圖], 앞의 책(上卷), 60쪽 탈초 ; ≪徐渭集≫, 405쪽.

옥산방에서 취하여 그리다(萬曆壬辰秋青藤道人醉塗於萬玉山房)"[487] 등의 제관은 "묵중유희"와 같은 맥락에 놓일 수 있다.

술에 취한 상태의 묵중유희는 먼저 기법의 문제와 직결된다. 서위는 치밀하게 구도를 잡고 세밀하게 점을 찍고 가는 선을 연결하기보다는, 먹을 마음껏 뿌리고 굵은 선을 그어 순식간에 그림을 완성하였다. 그에게는 앞서 한 작품을 5년에 걸쳐 완성했다고 말한 문징명처럼, 몇날 며칠을 두고 그리는 그림은 있을 수 없었다. 준법(皴法)과 같이 공력이 들어가는 기존의 화법은 염두에 두지도 않았다. 그 대신 먹을 번지게 하는 발묵(潑墨), 면을 만들어내는 측필(側筆) 등 그림을 빠르게 완성할 수 있는 기법을 사용하였다. [파초매화도(芭蕉梅花圖)][488]에 제(題)한 아래의 시에서 그의 창작 과정의 일면을 볼 수 있다.

偶然蕉葉影窓紗,	파초 잎이 우연히 창에 바른 비단에 비쳐
便想王維把雪加.	문득 왕유가 생각나 눈을 움큼 쥐어 더했네.
斗酒醉餘渾潑墨,	한 말 술에 취하여 온통 먹 번지게 해놓고
毫尖不覺點梅花.	알지 못하는 사이 붓 끝으로 매화를 그렸네.

우연히 파초를 보고는 눈 속의 파초를 그린 왕유가 떠올라 자신도 눈 맞은 파초를 그렸다. 술기운에 먹을 온통 번지도록 칠한 뒤에 점점이 매화를 그렸다. 취기로 인한 과감한 정신 상태를 이용하여 순식간에 붓을 놀려 화면을 채우고 약간의 섬세함을 가미하여 마무리한 것이다.

아울러 이 시에서 주목해야 할 것은 "우연히(偶然)," "문득 생각나다(便想)," "알지 못하는 사이(不覺)" 등의 우연성을 내재한 표현이다. 제재 선택, 작화 순서, 구도 등의 우연성과 즉흥성은 서위의 유희적

487) 徐渭 繪, [花鳥圖], 앞의 책(下卷), 366~367쪽 탈초.
488) 위의 책(上卷), 83쪽.

태도를 더욱 분명하게 드러내준다. 서위에게 회화 창작은 문인의 우월의식을 드러내기 위한 것이 아니라 개인적 유희에 불과하기 때문에, 기존 문인화의 전통에서 정해진 법칙은[489] 무시해도 상관없었다. 그저 '우연히' 이것을 저것과 같이 그리고, '알지 못하는 사이에' 먹을 칠하고 점을 찍는 것이 서위의 작화 방식이었다.

유희의 태도는 기법상의 문제뿐만 아니라 관념상의 문제도 수반한다. 위의 그림에 나타난 눈과 파초는 자연 상태에서는 함께 존재할 수 없다. 그렇지만 서위는 그것들을 처음 함께 있게 한 왕유를 끌어와 한 폭에 그려 넣고 매화를 추가하였다. 왕유에게 기댈 수 있으니 이치를 벗어난 정도가 심하지는 않다. 하지만 서위의 경우에 왕유를 끌어오는 것은 기존의 문인화가들처럼 문인의 정체성을 강조하기 위한 것이 아니라, 이치에 맞지 않는 것들을 화면에 담기 위한 것으로 여겨진다. 자연의 이치에 맞지 않는 그림을 그려 놓고, 왕유도 그랬지 않느냐며 핑계를 댄 것이다.

결국 서위의 유희는 자신이 그리고 싶은 방식으로 그리는 것이자, 자신이 담고 싶은 생각을 담는 것이다. 극단적인 경우에는 온갖 화훼를 한꺼번에 그려 놓고 다음과 같이 시를 썼다. 이 시는 수권(手卷) [사시화훼도(四時花卉圖)][490]와 입축(立軸) [사시화훼도(四時花卉圖)]

489) 기존 문인화의 법칙이란 무엇이 어떠해야 한다는 논의에 의한 것이다. 예를 들어 다음 글은 버들을 그리는 방법을 제시함과 동시에 반드시 자연의 이치를 따라야 함을 설파하고 있다. "송나라 사람은 늘어진 버들을 많이 그렸고, 또 잎을 점으로 처리한 버들도 있다. 버들은 그리기 어렵지 않지만, 가지 끝을 나누어서 기세를 얻어야만 한다. 버들을 점으로 그리는 오묘함은 나무 끝이 둥글게 펼쳐지는 곳에 달려 있다. 다만 녹색 물감으로 물들게 한다. 또 쏠리고 흩어지게 그려서 바람을 맞아 흔들리는 느낌이 있어야 하며, 그 가지 끝이 절반은 밝고 절반은 어두워야 한다. 또 봄 2월의 버들은 가지를 드리우지 않아야 한다. 가을 9월의 버들은 시들어 잎이 떨어져야 한다. 결코 혼동해서는 안 된다. 채색하는 것 역시 이러한 뜻을 알아야 한다〔宋人多寫垂柳, 又有點葉柳, 柳不難畵, 只要分枝頭得勢耳. 點柳之妙, 在樹頭圓鋪處, 只以綠汁漬出, 又要森蕭, 有迎風搖颺之思, 其枝頭半明半暗. 又春二月柳未垂條, 秋九月柳已衰颯, 俱不可混, 設色亦須體此意也〕." 동기창 지음, 변영섭 외 옮김, 앞의 책, 116쪽 번역 및 원문 인용.

(그림 4)491)에 쓰여 있다.

老夫遊戱墨淋漓,	먹물 흥건하게 늙은이가 유희하니
花草都將雜四時.	화초를 모두 가져와서 사계절을 섞어 놓았네.
莫怪畵圖差兩筆,	그림에 붓질이 좀 잘못되었다고 이상타 하지 말라,
近來天道彀差池.	요즘에는 하늘의 이치도 착오로 가득하니.

사계절의 화초를 섞어 놓을 수 있는 것은 유희의 태도를 취하기 때문이다. 즉 장난삼아 사계절을 섞어 놓은 것이다. 사계절이 뒤섞여 있듯 요즘은 "천도(天道)"도 잘못되었으니492) 자신의 그림에 대해 가타부타 말하지 말라고 하였다. 하늘의 이치는 본래 불변하는 진리인데 근래에는 이것마저 어그러져 있으니 자신이 그림에다 좀 장난을 친 것은 크게 문제가 되지 않는다는 뜻이다. 실제로 입축의 [사시화훼도]는 서위가 평소에 각 화훼를 그리는 방식과 비교해보지 않고는 무엇을 그린 것인지 쉽게 알 수 없을 정도로 화훼가 심하게 뒤섞여〔雜〕 있음을 볼 수 있다.

중요한 점은 서위가 "착오〔差池〕"를 전면에 내세우고 있다는 점이다. 서위는 이 시에서 자신의 유희는 세계의 부조리를 표명하기 위한 것임을 밝히고 있는 것이다. 다른 시에서는 "근래에는 하늘의 이치도 불공정하니, 붓 끝에 착오가 있음을 이상타 하지 마라〔近來天道也私曲, 莫怪筆底有差池〕"493)라고 하기도 했다. 이는 세계의 부조리를 나타냄과 더불어 자신의 그림이 형체를 알아볼 수 없을 정도로 어지

---

490) 徐渭 繪, 앞의 책(上卷), 186쪽. 모란, 포도, 파초, 원추리, 소나무, 대나무, 매화를 순서대로 그렸다.

491) 위의 책(下卷), 349쪽. 파초, 매화, 모란, 대나무, 난초, 닥풀, 수선 등을 한 화면에 그렸다.

492) 이 시를 비롯하여 사계절의 화훼를 섞어놓은 서위의 잡화(雜畵)를 두고 "혼란스러운 세계질서를 나타낸다〔present a chaotic world order〕"는 견해가 있다. Shou-chih Isaac Yen, 앞의 논문, 37~38쪽 참조 및 인용.

493) <雪裏荷花>, ≪徐渭集≫, 1316쪽.

(그림 4) 徐渭, [四時花卉圖], 立軸, 紙本墨筆, 144.7cm×80.8cm,
北京故宮博物院 소장.

러이 그려진 것에 대해서는 관람자가 상관할 바 아니라고 말하는 것이다. 다음 제화시가 이 점을 부연해준다.[494]

忙笑乾坤幻泡漚,	물거품처럼 변하는 세상 비웃느라 바쁘다가
閒塗花石弄春秋.	한가로이 꽃과 돌을 그려 봄과 가을을 희롱하네.
花面年年三月老,	꽃의 얼굴은 해마다 삼월이면 늙는데
石頭往往百金收.	돌덩이는 이따금 백금에 거두어지지.
只開天趣無和有,	그저 없음과 있음의 자연 정취를 열어 놓았으니
誰問人看似與不.	남들이 보기에 비슷한지 아닌지 누가 물으랴!

서위가 보기에 세상은 변화가 지나치게 심하여 비웃을 일이 가득하다. 재미삼아 꽃과 돌을 그려 보지만 꽃과 돌 역시 여전히 부정성을 지니고 있다. 꽃은 해마다 봄이 지나가면서 시들어 없어지고, 돌덩이에는 비싼 값이 매겨져 거두어지니 모두 무상(無常)하다. 자신의 그림은 단지 있다가도 없고, 없다가도 있는 자연 그대로의 분위기를 펼쳐놓은 것이므로, 누가 실제 사물과 비슷하지 않다고 하여도 개의치 않겠다고 하였다. 이는 누가 뭐라고 하든 '나'는 하고 싶은 대로 하겠다는 선언이다.

서위는 다음과 같이 타인의 품평을 거절하기도 하였다.[495]

喚他是竹不應承,	대나무라고 부르면 받아들이지 않을 테고
若喚爲蘆我不應.	갈대라고 부른다면 내가 응하지 않겠네.
俗眼相逢莫評品,	속된 눈으로 맞닥뜨려 품평하지 말고
去問梅花吳道人.	매화도인 오진(吳鎭)에게 가서 물어보시게.

제1~2구는 자신의 그림을 두고 대나무를 그린 것이라고 스스로

494) <墨花卷跋>, ≪徐渭集≫, 1307쪽.
495) <倣梅花道人竹畵>, ≪徐渭集≫, 850쪽.

말한다면 다른 사람들이 인정하지 않을 것이고, 그들이 이것을 갈대라고 부른다면 자신이 용납할 수 없다는 뜻이다. 제3~4구는 자신의 그림을 평가하려 하는 타인을 향한 말이다. 저들은 자신의 그림을 제대로 평가할 만한 자질이 없다며 대나무를 잘 그렸던 원대 화가 오진 정도는 되어야 자신의 그림에 대해 알 수 있을 것이라고 하였다.

서위의 '유희'는 이처럼 세상을 부조리한 곳으로 여기는 부정적 시선을 수반하고 있다. 서위가 보기에는 세상의 이치도 어그러져 있을 뿐만 아니라, 그곳에 사는 사람들도 무엇이 옳고 그른지 제대로 알지 못한다. 그러므로 자신은 세상이 어떻든지 간에 상관하지 않고 자신이 하고 싶은 대로 할 뿐이다. 이는 다음과 같은 태도에 정반대되는 것이다.

老子心無事,	늙은이가 마음에 일이 없어
隨芳學化工.	꽃을 따라 자연의 조화를 배우네.
滿園紅與白,	정원 가득한 붉은빛과 흰빛이
多在墨痕中.	먹의 흔적 가운데 많네.

弘治乙卯春雨浹旬, 遇客甚稀, 檢篋中得此紙, 漫作墨花數種, 以見閒居多暇, 不敢自逸也.
홍치 을묘년(1495) 봄비가 열흘 동안 내려 객을 만나는 일이 매우 드물었다. 상자 안을 살피다가 이 종이를 얻어 멋대로 먹빛 꽃 몇 종류를 그려서 한가로이 거하고 틈이 많아도 감히 스스로 한가하려 하지는 않았음을 보였다.

이것은 심주가 자신의 그림인 상해박물관 소장 [화과도(花果圖)][496]에 쓴 발문(跋文)이다. 먼저 그의 시에서 그가 자연의 이치를 불변의 것으로 여기고 그것을 따르고자 하였음을 볼 수 있다. 또한 자연의 이치를 따르는 그림을 그림으로써 한가한 가운데서도 완전히 아무

496) 沈周 繪, 앞의 책(上卷), 74~75쪽.

하는 일 없이 시간만 보내지 않고, 자기 나름대로 정신을 온건히 하는 일을 하였음을 천명하였다. 이는 부정성을 지닌 서위의 유희적 태도와는 전혀 다른 것이다.

이와 같은 창작 태도에 발맞추어 서위의 그림에서는 그려진 사물의 형상과 그것에 부여된 의미 역시 부정성을 띠게 된다. 과감한 용필과 구도로 인해 왜곡된 형상은 화면에 쓰인 제화시를 통해 관념적 부정성을 획득한다. 서위는 그림에 시를 써서 세계의 부정적인 면모를 드러냈으며, 이에 그치지 않고 자신의 결핍된 모습을 폭로하였다.

2. 필법과 형상의 부정성

(1) 대충 그리는 것의 의미

서위의 회화작품은 제재상 크게 두 갈래로 나뉜다. 하나는 화훼를 그린 것이고, 다른 하나는 인물을 그린 것이다. 화훼는 주로 매화, 대나무, 난초, 국화, 모란, 파초, 수선, 닥풀, 원추리, 연(蓮), 포도, 석류 등을 그렸고, 간혹 게[蟹], 잉어, 새 등의 동물이 섞여 있는 것을 볼 수 있다. 인물을 그린 그림은 물, 나무 등이 함께 그려져 있다.

먼저 화훼를 제재로 삼은 서위의 그림은 주로 진순(陳淳, 1484~1544)의 영향을 받았다. 그리고 진순과 서위의 수묵화훼(水墨花卉)는 가까이는 당대의 심주,497) 멀게는 송말원초(宋末元初)의 선사(禪師) 온일관(溫日觀, ?~1291)과 목계(牧谿, ?~1281)에게서 그 연원을 찾을 수 있다.498) 서위는 이들 회화작품의 제재와 양식을 계승하였다.

---

497) 진순은 소주(蘇州) 출신으로서 오파의 화가들과 관계가 깊었다. 진순의 부친 진약(陳鑰, 1464~1516)이 문징명과 우의가 돈독하여 진순이 문징명을 직접 사사할 수 있었고, 진순의 조부 진경(陳璚, 1440~1506)이 심주와 교유하여 심주의 작품을 보고 배울 수 있었다. 徐泳霞, <陳淳花鳥畵師承初探>, 14~16쪽 참조.

그러나 이들의 수묵화훼도와 서위 작품의 공통점은 오직 제재와 양식에 국한된다. 다시 말해 서위의 작품은 그들의 그것과 구별되는 특색을 지니고 있다. 바로 서위의 작품에서는 그들의 작품에서 보이는 바와 같은 세밀한 묘사가 나타나지 않는다는 점이다.

인물과 산수를 그린 그림 역시 동일한 이유로 동시대 다른 화가들의 그것과는 차이가 크다. 서위는 문인 전통의 산수화, 즉 다양한 준법을 사용하여 큰 산을 그리고, 그 아래로 물이 흐르며, 그 옆으로 나무가 자라 있고, 인물이나 건물은 아주 작게 그리는 양식의 그림을 거의 그리지 않았다. 이목구비를 정교하게 그리고, 수염과 머리카락도 세밀하게 표현하는 인물 그림 역시 서위의 작품에서는 찾을 수 없다. 그는 절대로 정교하게 대상의 모습을 하나하나 표현하지 않고, 자신만의 독특한 방법을 사용하여 산수를 표현하고 인물을 그렸다.

서위가 정교함에 반대되는 개념으로 내세운 것은 바로 '초초(草草)'함이다. 심주의 그림을 평가한 서위의 글을 보자. 아래 글은 서위가 자신이 직접 본 심주의 작품 중에서 상대적으로 간략하게 그려진 것을 긍정적으로 평가한 것이다. 서위 자신의 그림에 대해 말한 것이 아니지만, 이 글에 비추어 서위가 직접 그림을 그릴 때에도 아래에서 설파한 점을 중시했을 것이라 추측할 수 있다.

세상에 전하는 심주의 그림은 대부분 사의하였는데 대충 그린 것이 더욱 아름다우니 이 두루마리 같은 것이 그 중 하나이다. 그러나 내가 젊었을 때 오 땅에서 객거할 때 그가 그린 도연명이 완을 타는 객을 대하고 있는 그림을 보았다. 두 사람 체구의 높이가 두 자 남짓은 되어 보였고, 구름과 안개 속에서 번잡한 몇 그루 고목은 높이가 두 배였다. 세밀하게 묘사하고 수려하고 윤택한 것이 조맹부·두근(杜菫)의 것을 쏙 빼닮았었다. 최근에는 또

498) 古原宏伸·Nelson I. Wu, <徐渭の花卉と董其昌の山水>, ≪文人畵粹編: 中國篇≫ 卷5, 120쪽 참조.

고소팔경 두루마리를 보았는데 정치함이 극소한 곳에까지 이르러 사람이 콩알만큼 작았다. 이토록 공교하기만 하니, 이처럼 대충 그린 것이 이 때문에 더욱 오묘한 것이다〔世傳沈徵君畵多寫意, 而草草者倍佳, 如此卷者乃其一也. 然予少客吳中, 見其所爲淵明對客彈阮. 兩人軀高可二尺許, 數古木亂雲靄中, 其高再倍之, 作細描秀潤, 絶類趙文敏杜懼男. 比又見姑蘇八景卷, 精致入絲毫, 而人眇小止一豆. 惟工如此, 此草者之所以益妙也〕.499)

"초초(草草)"는 대충 그린다는 뜻이다. 게다가 이 말은 급하고 바쁘다는 뜻을 지니고 있어 대충 그린다는 의미를 더욱 강조해준다. '대충'이라는 번역어는 제대로 하지 않고 안일한 태도를 취한다는 어감을 주는데, 바로 이 점이 서위 회화를 움직이는 근본적인 요소이다. 서위는 '초초'한 그림을 최상의 것으로 상정하면서 그 반례(反例)로 "세밀하게 묘사한〔細描〕" 그림과 "정치함이 극소한 곳에까지 이른〔精致入絲毫〕" 그림을 들었다.

대충 그리는 것은 이처럼 대상의 모습을 아주 작은 것까지 자세히 그리지 않는 것이다. 작가가 대상에서 가장 부각되는 특징을 파악하여 화면으로 옮겨 오는 것이다. 작가는 무엇을 그린 줄 알 수 있을 만큼만 표현하면 된다. 다만 이때 중요한 것은 그림에 생동감이 있어야 한다는 것이다. 대충 그리면서 생동감을 표현하는 것, 이것은 문인화의 핵심 개념인 '사의(寫意)'의 가장 기본적인 뜻이다. 위의 글에도 보이는 '사의'는 본래 모든 문인화가들이 추구하는 바이지만, 서위가 그것을 구현한 방식은 여느 문인화가들과는 달랐다. 아래는 서위가 소주의 화가 사시신(謝時臣, 1487~1567)의 그림에 대해 평한 글이다.

오 땅의 그림은 대부분 먹을 아끼는데 사옹은 먹을 좀 많이 사용하여 그 고을에서는 의아하게 여겼으니, 구경하는 가운데 난쟁이가 부화뇌동하듯이 열

499) <심주의 그림에 쓰다〔書沈徵君周畵〕>, ≪徐渭集≫, 573~574쪽.

에 여덟아홉이 그림에 병폐이고 아니고는 먹을 많이 쓰느냐 적게 쓰느냐에 달려 있지 않고, 생동한지 생동하지 않는지에 달려 있는 것을 알지 못한 것이다. 조비연(趙飛燕)과 양귀비(楊貴妃)는 한쪽은 가냘프고, 한쪽은 풍만하여 양극단을 이루니 두 군주로 하여금 자리를 바꾸게 하면 절대로 혼동하지 않을 것이나, 감정에 뛰어난 사람에게 그들을 엿보게 하면 모두 경국지색으로 손색이 없을 것이다. 고인이 서를 논하는 것이 이와 같은데 그림은 어떻겠는가! 사옹은 일찍이 월 땅에 이르렀다가 가장 나중에는 항주에 이르렀는데, 나에게 준 그림 네댓 장이었고 모두 매우 상쾌하나 떠나가 버려 붓을 멈추게 되었다. 오늘 다시 이것을 보니 개탄함이 없을 수 있겠는가〔吳中畵多惜墨, 謝老用墨頗侈, 其鄕訝之, 觀場而矮者相附和, 十幾八九, 不知畵病不病, 不在墨重與輕, 在生動與不生動耳. 飛燕玉環纖穠縣絶, 使兩主易地, 絶不相入, 令妙於鑒者從旁睨之, 皆不妨於傾國. 古人論書已如此矣, 矧畵乎? 謝老嘗至越, 最後至杭, 遺予素可四五, 並爽甚, 一去而絶筆矣, 今復見此, 能無慨然〕![500]

서위는 이 글을 통해 그림을 그릴 때, 혹은 평가할 때 중요한 점은 그림이 생동하는지 여부이지, 먹의 많고 적음이 아니라고 말한다. 이 글은 먹을 적게 사용하는 것이 잘못된 방법임을 주장하는 것이 아니라, 먹의 경중과 상관없이 생동함에 대한 중요성을 설파하는 것이다. 그런데 서위의 그림을 보면 그가 오히려 먹을 '많이' 사용함으로써 '초초'함을 구현하고, 아울러 생동감을 표현하려 했다고 생각된다. 적게 사용하는 것보다는 많이 사용하는 것이 생동감을 부여하는 데 더욱 효과적이라고 여겼다는 것이다. 이 점은 서위의 제화시에서 자주 볼 수 있는 "먹으로 흠뻑 젖다〔墨淋漓〕"라는 표현으로 입증할 수 있다. 먹을 많이 사용하면서 대충 그리는 경향은 인물과 산수를 함께 그린 그림에서 두드러진다. 북경고궁박물원(北京故宮博物院) 소장 [발묵십이단(潑墨十二段)][501]은 열두 가지 주제로 이루어져 있는데, 이 중 여섯 폭의 작품에 인물이 그려져 있다. **(그림 5·6)**

---

500) <갈공단을 위해 사시신 옹의 '연명권'에 쓰다〔書謝叟時臣淵明卷爲葛公旦〕>, ≪徐渭集≫, 574쪽.

501) 徐渭 繪, 앞의 책, 308~311쪽.

서위는 이목구비 각각을 정성들여 그리지 않는다. 점 두 개를 찍어 눈을 표현하고, 서너 개 선으로 수염을 그리면 얼굴이 완성된다. 옷자락도 어떤 자세를 취하는지 알 수 있을 정도로만 몇 개 선으로 대강 그렸다. 이렇게 백묘(白描)로 대략적인 형태만 표현하는 것이 서위 인물 그림의 특징이다.

그런데 이 중 네 번째 그림과 여덟 번째 그림에서는 선만으로 이루어진 인물 형상과 달리, 묽은 먹을 흥건하게 칠하여 배경으로 삼은 것을 볼 수 있다. 이것은 구체적인 형상을 염두에 두지 않고 전체적인 느낌만을 표현한 것이다. 부분별로 먹에 물을 적게 섞은 것과 많이 섞은 것 간에 농담 차이가 있을 뿐 나무, 땅, 바위 간의 경계가 모호하게 처리되었다. 서위는 인물을 먼저 그리고서 거의 단숨에 배경을 칠한 뒤, 나무의 줄기·가지를 그려넣음으로써 그림을 완성하였다. 서위 그림의 이러한 특성은 아래의 글에 반영되어 있다.

> 기이한 봉우리와 절벽, 큰 물과 폭포, 괴석과 푸른 소나무, 은자와 신선들은 대체로 먹물을 흠뻑 칠하고 산속에 피어오르는 안개가 종이 가득하여 넓은 것이 하늘이 없는 듯하고, 빽빽한 것이 땅이 없는 듯한 것을 최고로 여긴다〔奇峰絶壁, 大水懸流, 怪石蒼松, 幽人羽客, 大抵以墨汁淋漓, 煙嵐滿紙, 曠如無天, 密如無地爲上〕.[502]

이와 같은 방식은 당시로서는 매우 희귀한 것이었다. 심주의 그림에 눈·코·입이 없는 인물이 등장하지만, 대부분 풍경과 비교하여 아주 작게 보이는 인물을 그리다보니 인물의 크기가 작아져 어쩔 수 없이 간략하게 그린 것이다.[503] 서위의 그림처럼 인물을 중심에

502) <두 화가에게 주다〔與兩畵史〕>, ≪徐渭集≫, 487쪽.

503) 수권의 경우 수도박물관(首都博物館) 소장 [수묵산수도(水墨山水圖)]〔沈周 繪, 앞의 책(上卷), 186~187쪽〕에서, 횡축의 경우 무석시박물관(無錫市博物館) 소장 [호구연별도(虎丘戀別圖)](위의 책, 73쪽) 등에서 이목구비 없이 사람을 간략하게 그린 것을 볼 수 있다. 큰 풍경과 비례를 맞추느라 이렇게 그린 것이다.

(그림 5) 徐渭, [潑墨十二段(9)], 手卷, 紙本墨筆, 26.9cm×38.3cm,
北京故宮博物院 소장.

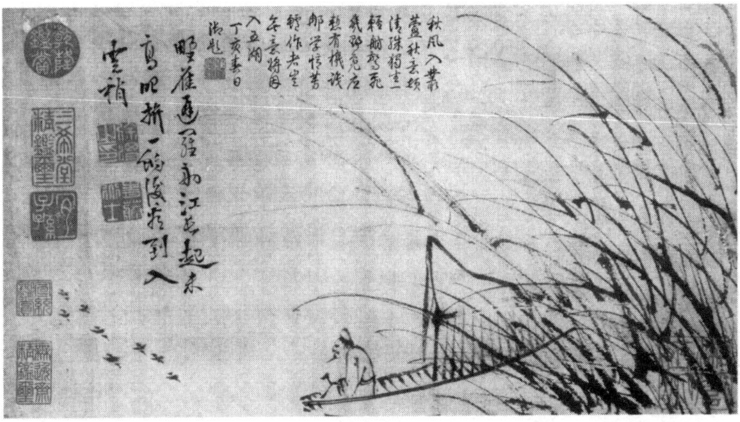

(그림 6) 徐渭, [潑墨十二段(12)], 상동.

비교적 크게 등장시킬 때에는 심주도 이목구비를 자세하게 그렸다. [지학도(芝鶴圖)][504]에서는 인물이 비스듬히 누워서 학을 구경하고 있는데, 귓바퀴가 보일 정도로 얼굴을 자세하게 그린 것을 볼 수 있다. 게다가 [동음락지도(桐陰樂志圖)][505]에 보이는 것과 같이 인물과 그를 태운 배를 상세하게 그리는 것은 서위의 그림에서는 있을 수 없는 일이다. 심주가 각각의 그림에서 나무, 바위 등을 상세하게 그렸다면, 서위는 이런 것들을 한꺼번에 칠하여 뭉뚱그려 놓았다.

'초초'함은 서위 화훼 그림의 특징이기도 하다. 그의 화훼 그림은 다시 종이의 형태에 따라 입축, 수권, 화첩으로 나뉜다. 이 중 특히 수권 화훼도는 앞에서 언급했듯이 진순의 작품, 더 나아가서는 심주의 작품과 양식적으로 유사한 면이 있다. 그 양식이란 화면의 시작인 맨 오른쪽부터 왼쪽 끝에 이르기까지 차례로 화훼를 그리면서 전체적으로 구불구불하게 이어지는 것처럼 보이도록 배치하고 제관으로 마무리하는 것이다.

이 밖에 서위의 [수묵화훼도(水墨花卉圖)][506], [묵화십이단(墨花十二段)][507], [묵화구단(墨花九段)][508] 등과 같이 각각의 화훼에 시를 쓰고 도장을 찍은 작품의 경우에는 진순의 [화훼권(花卉卷)][509]과 [절지화훼도권(折枝花卉圖卷)][510] 같은 전례가 있다.

그러나 어떤 작품도 서위의 것만큼 빠르고 간략하게 그려지지 않았다. 예를 들어 진순의 상해박물관(上海博物館) 소장 [화과도권(花果圖卷)][511]에 그려져 있는 난초, 국화, 연, 포도, 닥풀, 수선 등은 서위도

504) 위의 책(下卷), 392쪽.
505) 위의 책, 354쪽.
506) 徐渭 繪, 앞의 책(上卷), 58~59쪽.
507) 위의 책, 122~123쪽.
508) 위의 책, 246~247쪽.
509) (明) 陳淳 繪, ≪陳淳精品畫集≫, (圖)135.
510) 위의 책, (圖)79.
511) 위의 책, (圖)57.

자주 그린 것들인데, 그 중 포도를 서위의 작품과 비교해 볼 만하다. 포도를 그릴 때 진순은 포도넝쿨의 줄기와 잎, 그리고 포도알을 농담(濃淡)의 차이를 두어 칠한 뒤에 그것이 완전히 마르기를 기다렸다가 잎맥을 표현하고 포도알 사이의 줄기, 넝쿨의 꼬불꼬불한 부분 등을 그려 넣어 마무리하였다.

이와 달리 서위는 먹이 마르기를 기다리지 않고 오히려 번지는 효과를 이용한다. 수권 중에는 [잡화도(雜花圖)]〔중국국가박물관(中國國家博物館) 소장〕[512], [묵화십이단][513], [묵화구단][514] 등의 작품에 묵포도(墨葡萄)가 있으나, 두 작품 모두에서 세밀하게 하나하나 표현하려는 작가의 노력을 엿보기 어렵다. 진순이 줄기를 그릴 때 여러 선을 연결하느라 붓을 떼고 또 떼었던 반면, [잡화도]에서 서위가 줄기에 할애한 공력은 굵기가 조금씩 다른 서너 개의 선을 그린 것에 불과하다. 포도잎은 잎맥을 그리지 않고 측필로 몇 개의 면을 만들어 준 데 그쳤다.

진순의 포도는 서위의 그것보다 포도송이의 수가 많은, 다시 말해 더 큰 넝쿨을 그렸다는 차이는 있다. 그러나 포도송이의 수가 많아진다고 해서 서위가 더 세밀한 표현법을 사용하는 것은 아니다. 가로 38cm, 세로 118cm의 입축 [묵포도도(墨葡萄圖)]**(그림 7)**[515]를 그릴 때에도 서위는 오랜 시간을 들이지 않았다. 측필로 잎을 나타내기 위한 면을 칠할 때 한두 번쯤 물과 먹을 번갈아 붓에 묻힌 것을 제외하면, 붓은 거의 화면 밖으로 벗어나지 않았다. 잎을 한꺼번에 그리고, 포도알을 표현하기 위한 점을 찍은 뒤에 선으로 이것들을 이어주면 그림은 완성된다. 먹이 마르길 기다린다거나 낱낱의 포도알들을 이어주는 공력은 쏟지 않는다. 이렇게 과정이 간단한 만큼

---

512) 徐渭 繪, 앞의 책(上卷), 4~5쪽.

513) 위의 책, 130~131쪽.

514) 위의 책, 258~259쪽.

515) 위의 책, 55쪽.

(그림 7) 徐渭, [墨葡萄圖], 立軸,
紙本墨筆, 118.3cm×38cm,
上海博物館 소장.

작품을 완성하는 데 걸리는 시간은 단축된다. 서위가 이들 그림에 들이는 시간은 진순의 작품과 같은 그림을 그리기에는 너무 짧다.

빠른 붓질로 간략하게 그리는 서위의 표현법이 부각되는 것은 포도 그림에서뿐만이 아니다. 진순의 그림을 살펴보면 바위를 그리기 위해 여러 번 점을 찍고 중간중간 비백(飛白)의 기법을 사용하여 바위 표면의 질감을 표현한 것을 알 수 있다. 진순이 정교한 준법을 쓴 것은 아니지만, 점을 찍는 것도 어느 정도는 시간이 소모되는 일이다. 이와 달리 서위는 물을 많이 묻혀 단번에 칠해버리는 방식으로 바위를 그렸다. 나뭇가지・대나무와 함께 바위를 그린 [수묵화훼도]의 일부분[516]을 보면 바위 위쪽에 굵은 점을 찍고, 그 아래로 갈필을 쓰다가 이내 흥건히 먹을 칠하였다.

진순과 서위 모두 입축에 바위를 그린 그림이 많아 이를 통해서도 극명한 차이를 볼 수 있다. 서위의 [초석도(蕉石圖)]**(그림 2)**, 상해박물관 소장 [죽석도(竹石圖)]**(그림 8)**[517], 광동성박물관(廣東省博物館) 소장 [죽석도(竹石圖)][518] 등에 보이는 바위는 진순의 [죽석국화도(竹石菊花圖)][519], [의석수선도(倚石水仙圖)][520]에 보이는 바위와는 대조를 이룬다. 서위의 바위는 먹을 번지게 하여 한번에 칠한 것이고, 진순의 바위는 윤곽을 그리고 갈필로 여러 번 문지른 뒤 다시 점을 찍어 마무리한 것으로서 그 필법과 속도에 있어서 큰 차이가 있다.

결국 서위가 추구한 '초초'함은 대상의 주요 특징만 파악하여 빠른 속도로 단번에 그리는 것이다. 발묵과 측필의 기법을 자주 사용하는 것도 간략하게, 그리고 작품을 완성하는 시간을 단축하기 위함이다. 이러한 표현 방식은 작가의 과감하고 급한 성격과 연관이 깊

516) 徐渭 繪, 앞의 책(上卷), 64~65쪽.
517) 위의 책, 157쪽.
518) 위의 책, 75쪽.
519) 陳淳 繪, 앞의 책, (圖)88.
520) 위의 책, (圖)89.

다. 그리고 서위의 이러한 성격은 술에 의해 한층 더 고조될 수 있었다.

(2) 형상의 해체

서위의 회화작품에 대해 평가할 때 가장 자주 제기되는 것은 작가의 기질이다. 서위 회화에 관한 연구에서 자유분방한 성격, 격분하는 감정 등 서위의 기질은 항상 중요하게 다루어져 왔다.[521] 서위의 작품은 분명 작가 자신의 극단적인 감정이 표현되어 있다는 점에서 앞선 작가들의 작품과 차이가 있다.[522]

앞서 논의한 회화 창작 방식, 바로 빠른 붓놀림으로 대상의 주요 특징만을 간략히 표현하여 짧은 시간 안에 그림을 완성하는 작화 경향은 이와 같은 그의 타고난 성격 덕분에 효과적으로 구현될 수 있었다. 만일 그가 신중하고 꼼꼼한 성격의 소유자였다면 그와 같은 방식의 그림은 그리지 못하였을 것이다. 어디에도 얽매이지 않고 스스로 생각하고 느낀 바를 거리낌 없이 표출하는 성격이 그림을 그

---

521) 어떤 견지에서는 다음과 같이 서위의 기질 이외에 다른 것은 염두에 두지 않기도 한다. “서위의 회화 방면의 창신에서 가장 중요한 것은 결코 제재와 기법에 있는 것이 아니라, 정신의 기질적인 것에 속한다〔徐渭在繪畵方面的創新, 最重要的幷不在題材和技法上, 而是屬于精神氣質方面的〕”(駱玉明・賀聖遂, ≪徐文長評傳≫, 220쪽). 그러나 이 말이 온전히 옳은 것은 아니다. 서위 회화의 기법상의 새로움에 대해서는 앞 절에서 논의한 바와 같이 독창적인 측면이 보일 뿐만 아니라, 제재에 있어서도 그것을 섞어놓는 방식에 있어서는 색다른 점이 보이기 때문이다.

522) “그(서위)의 화훼잡화는 원의 온일관・목계, 명의 진순 등의 전통상에 있지만 그들의 어떤 작품도 서위만큼 구체적인 정감이 풍부한 것은 아니다. 작품에 나타나 있는 인간성의 박력이라는 점에서 서위보다 뛰어난 것은 없기 때문이다. 서위의 새로운 점은 여기에 있다고 할 것이다〔彼の花卉雜畵は元の溫日觀, 牧谿, 明の陳淳らの傳統の上にあるが, 彼らのどの作品も徐渭ほどの具體的な情感に富むものはない. 作品に表われている人間性の迫力という点で, 徐渭に勝るものはないのである. 徐渭の新しさはここにあるといえるだろう〕.” 古原宏伸・Nelson I. Wu, 앞의 글, 120쪽.

리는 데에도 영향을 미쳤다.

"늙은이는 여태껏 봄을 만나지 못해, 꼭 득실 때문이 아닌데도 마구 화를 낸다〔老子從來不遇春, 未因得失苦生嗔〕."523)라고 한 것은 그림을 그릴 때의 감정 상태를 짐작케 한다. 게다가 그림을 그릴 때 습관적으로 마셨던 술은 얽매이지 않는 성격을 더욱 과감하게 만들고, 울분에 찬 감정을 고양시키는 기폭제 역할을 하였다.

서위는 술의 힘을 이용하여 더욱 혁신적인 그림을 그릴 수 있었다. 취한 상태에서는 아무리 큰 종이라 할지라도 그림을 망칠지도 모른다는 두려움 없이 붓을 댈 수 있었다. 동시대의 다른 화가들은 일반적으로 작은 점, 가는 선에서부터 시작하여 담묵(淡墨)으로 밑그림을 그려 구도를 잡고 조금씩 화면을 메워가는 방식으로 그림을 그렸다. 이와 달리 서위는 오히려 일단 진한 먹으로 굵은 선을 그어 놓거나 큰 점을 푹 찍어놓는 것으로 그림을 그리기 시작하는 경우가 많았다. 그런 뒤에 대상의 형상을 만들어 나가면서 타고난 감각으로 그림의 균형을 맞추어 나갔다. 그는 미리 구상하지 않고 즉흥적으로 화면을 채운 것이다. 이러한 작화 방식은 어느 정도는 술의 힘에 의지했기에 가능한 것이었다.

아래의 시를 통해 그의 작화 방식을 추정할 수 있다.524)

陳家豆酒名天下,	진씨 집안의 콩술은 천하에 이름이 알려졌고,
朱家之酒亦其亞.	주씨 집안의 술은 또 그에 버금간다네.
史生親挈八升來,	사씨 조카 친히 그 술 8승을 들고 와서
如椽大卷令吾畵.	서까래 같은 큰 두루마리에 나더러 그림을 그리라네.
小白連浮三十杯,	작은 잔으로 연거푸 들이마시길 30잔을 하니
指尖浩氣響春雷.	손가락 끝의 넓고 큰 기운은 봄 우렛소리를 낸다.

523) 徐渭 繪, [花果圖], 앞의 책(上卷), 30쪽 ; <芙蓉>, ≪徐渭集≫, 1300쪽.

524) 徐渭 繪, [墨花九段], 앞의 책(下卷), 266~267쪽 ; <또 화훼를 그려 사씨 조카의 요구에 응하다〔又圖卉應史甥之索〕>, ≪徐渭集≫, 154쪽. 문집에는 제3구의 '생(生)'이 '생(甥)'으로, 제6구의 '춘(春)'이 '성(成)'으로 되어 있다.

驚花蟄草開愁晩,	놀란 꽃과 숨은 풀은 피는 것이 늦을까봐 걱정하니
何用三郎羯鼓催?	삼랑이 갈고로 재촉할 필요 뭐 있으랴?
羯鼓催, 筆兎瘦,	갈고로 재촉하니 붓은 말랐는데
蟹螯百雙, 羊肉一肘,	방게 집게다리 백 쌍, 양고기 다리 하나
陳家之酒更二斗.	진씨 집안의 술이 또 두 말.
吟伊吾, 迸厥口,	이오이오 읊는 소리 그 입에서 뿜어져 나오니
爲儂更作獅子吼.	너를 위해 다시 사자 으르렁대는 소리를 낸다.

조카가 술을 잔뜩 들고 와서 그림을 그려 달라고 청했다는 데서, 서위가 술이 있어야만 그림을 그렸을 것이라는 사실을 유추할 수 있다. 술을 연거푸 들이마셔야 손끝에 힘이 생겨 붓질하기 좋은 상태가 된다. 붓을 움직이는 것이 마치 우렛소리가 울리는 것처럼 힘이 넘치니, 화폭에서 온갖 화훼가 저절로 다투어 피어나 당(唐) 현종(玄宗)의 갈고 연주는 들려줄 필요가 없다. 순식간에 화훼를 그려내고서 "다시 사자 으르렁대는 소리를 낸다〔更作獅子吼〕."는 것은 두루마리 끝에 쓴 이 시를 두고 하는 말이다.

술에 잔뜩 취한 채로 그림을 그리는 덕분에 서위의 그림은 대충 그리는 데서 오는 간략함에 그치지 않고 새로운 방향으로 나아가게 된다. 그것은 바로 추상화(抽象化)의 길이다. 사실 중국 문인화는 '형태를 그리는〔寫形〕' 것에 반대하여 '뜻을 그린다〔寫意〕'는 관념 아래 발전된 것이어서 발생 단계에서부터 어느 정도 추상성을 지닐 것이 요구되었다. 그렇지만 그것은 시간이 지날수록 형식적인 이념이 되어 갔다. 다시 말해 주관적 체험을 담보로 하는 '사의'는 문인화의 양식화(樣式化)에 따라 실제 창작과는 다소 동떨어지게 되었다는 것이다. 서위 당대(當代)의 문인화가들 사이에서는 이미 이것은 이렇게 그려야 하고, 저것은 저렇게 그려야 한다는 식의 이론이 팽배해 있었다.

하지만 서위는 '사의'라는 전통적 개념을 여전히 중시하면서도 화법에 있어서는 기존 화법의 정반대 방향을 선택했다. 서위에게 '사의'는 격앙되어 있는 자신의 감정에 집중하는 개념이었기에 사실적 형상이나 전통적 양식에 개의치 않을 수 있었다.[525] 이에 따라 서위가 중시한, 그림의 '초초'함은 자신만의 독특한 방식으로 형상의 '해체'를 획득하게 되었다.

상해박물관 소장 [죽석도](**그림 8**)는 그림만 언뜻 보아서는 풀과 바위를 그린 것 같다. 그런데 자세히 보면 아래로 축축 처진 잎의 모양이 서위가 대나무 잎을 그리는 방식으로 그려졌음을 알 수 있다. 이 그림 속의 대나무는 대나무의 맑고 강건한 전통적 이미지와는 대조적으로, 어지러이 흐트러져 있는 듯해 보인다. 이와 같이 줄기와 잎이 종횡으로 뻗어있는 대나무의 모습은 마치 움직이는 것 같다. [죽석도]의 제시에서 서위는 그림 속 대나무가 바람에 흔들리고 있다고 하였다.

小抹隨人索不工,	사람 따라 가볍게 칠하니 공교하지 않게 되어
長竿一柄擺花風.	긴 장대 한 자루가 꽃바람에 흔들리네.
墨王何處遊春去,	묵왕은 어디로 봄놀이하러 가는지,
翠蓋深簷障蜜蜂.	비취빛 덮개의 깊은 처마에 꿀벌이 가로막혔네.

공교하지 않은 그림이어서 바람에 흔들리는 것처럼 보일 수 있는 것이다. "긴 장대(長竿)"는 대나무의 중심 줄기를 이른다. 제3~4구를 통해 이 그림에 한 가지 사물이 더 있다는 것을 알 수 있다. 바로 모란이다. "묵왕(墨王)"은 먹으로 그린 꽃 중의 왕으로, 모란을 가리

525) "이렇게 필묵으로써 직접 감정을 표현하는 일은, 화가가 그리고자 하는 대상의 형체를 그려야 한다는 의무감에서 완전히 벗어날 때만이 가능하다. 한마디로 유희적 태도가 없이는 이 같은 자유를 얻을 수 없다. 서위는 '일필로 대략 그려라. 형사를 추구하지 말고 가슴속의 일기를 있는 그대로 표현하라'고 한 예찬의 주장을 진정으로 실천한 화가였다." 양신 · 리처드 반하트 · 섭숭정 · 제임스 캐힐 · 낭소군 · 무홍 지음, 정형민 옮김, ≪중국 회화사 삼천년≫, 232쪽.

(그림 8) 徐渭, [竹石圖], 立軸, 紙本墨筆,
138.7cm×37.1cm, 上海博物館 소장.

킨다. 자세히 보면 거의 화면의 정가운데인 바위 위에 모란의 꽃송이가 있다. 그리고 그 주변으로 대나무 잎과는 다르게 생긴 모란 잎이 보인다. 흔히 왕의 수레덮개를 뜻하는 "취개(翠蓋)"는 이 시에서는 대나무를 가리킨다. 대나무 사이에 모란이 있으니 마치 왕이 비취빛 덮개가 있는 수레를 타고 있는 것 같다는 뜻이다. 모란도 형태가 분명하지 않아 대나무와 함께 흔들리고 있는 것처럼 보인다. 이와 같은 모습은 아래에 나타난 서위의 글 속의 난초와 비견된다.

> 옛날 사람들은 대부분 갠 날의 난초를 그렸다. 그러나 바람 속의 꽃과 빗속의 잎이 더욱 생동함을 드러낸다. 백옥선은 '화가들은 여태껏 바람을 그리지 않았는데 나는 어려운 곳에서 하늘의 공교함을 빼앗으리라' 라고 말했으니 그 삼매를 얻었음을 알 수 있다. 이것은 바람인지 비인지 모르지만 호탕하고 솔직하게 필치를 추구하였으니 아마도 근접하였을 것이다. 천지산인이 쓰다〔昔人多畵晴蘭, 然風花雨葉, 益見生動. 白玉蟬云, 畵史從來不畵風, 我於難處奪天工. 可得其三昧矣. 此則不知爲風爲雨, 粗莽求筆, 或者庶幾. 天池山人識〕.526)

바람과 비에 의해 움직이는 난초가, 날이 맑아 움직이지 않는 난초보다 더 생동해 보인다고 말하였다. 서위는 이처럼 맑은 날 가만히 있는 화초보다 눈・비・바람의 영향을 받아 움직이는 화초를 선호했다. 광동성박물관 소장 [죽석도]에는 "두 장대 가지 위에는 잎이 별로 없는데, 어째서 풍파가 하늘에 가득한지(兩竿梢上無多葉, 何自風波滿太空)."라고 쓰기도 했다.

실제로 두 폭의 [죽석도]의 대나무는 형상이 정교하지 않아 마치 움직이는 것처럼 보인다. 이와 같이 서위의 그림에서 사물이 생동하는 것처럼 느껴지는 것은 형상이 해체되어 있기 때문이다. 바꾸어 말해서 화면 안의 선과 면이, 다른 선과 면을 방해하지 않아 무엇을

---

526) <雨中蘭>, ≪徐渭集≫, 1310~1311쪽.

그렸는지 명확하게 알 수 있을 정도로 형상이 정교하면 움직이는 것 같은 느낌은 반감된다.

남경박물원(南京博物院) 소장 [잡화도](**그림 9**)[527]에서 형상이 해체되는 단적인 경우를 볼 수 있다. 이 수권은 가로 길이가 1053.5cm인 대작(大作)으로, 정(靜)과 동(動)의 변주로 이루어져 있다. 물을 많이 사용하여 먹물이 튀고 번지는 것을 허용하면서도 곳곳에 갈필을 활용하여 변화를 주었다. 진한 곳은 아주 진하도록, 옅은 곳은 아주 옅도록 먹을 써서 그림에 생동감을 불어 넣었다. 붓이 움직이는 속도가 빠르다고 느껴지는 동적인 부분은, 무엇을 그렸는지 쉽게 알기 어려울 정도로 형상이 해체되어 있다.

서위가 모란과 석류 다음에 배치한 것은 연잎과 연꽃이다. 활짝 핀 연잎과 아직 다 피지 않아 오므라져 있는 잎, 그리고 백묘로 그린 연꽃을 볼 수 있다. 이것은 대체로 [발묵십이단] 중 다섯 번째 그림(**그림 10**)[528]과 같은 형상을 즉흥적으로 해체한 것이다. [발묵십이단]에서 연 줄기에 점을 찍어 가시를 표현한 것과 비슷하게, [잡화도]에서도 두 가닥 줄기에 점을 찍은 것을 볼 수 있다. [잡화도]의 꽃은 꽃잎 하나하나가 완결된 형태를 이루고 있지 않아서, 거의 무엇인지 알아볼 수 없을 정도로 추상화되어 있다.

만약 작가가 그림의 대상이 무엇인지 분명히 보여주려는 의도를 가지고 있었다면 이렇게 그리지는 않았을 것이다. 이와 같은 표현은 도리어 작가가 감각적으로 그림의 흐름상 적절하다고 여겨지는 형상을 가진 화훼를 즉흥적으로 고른 데서 나왔다. [잡화도]의 연이 이 자리에 그려진 것은 앞서 모란과 석류에 사용한 상대적으로 섬약해 보이는 선묘와 대비됨으로써, 구도상의 변화를 구현하기 위해서이다. 서위의 그림에서 형상은 해체될수록 동적인 느낌을 준다.

527) 徐渭 繪, 앞의 책(上卷), 88~89쪽.

528) 위의 책, 316~317쪽.

상대적으로 섬약해 보이는 선묘와 대비됨으로써, 구도상의 변화를 구현하기 위해서이다. 서위의 그림에서 형상은 해체될수록 동적인 느낌을 준다.

[잡화도]에서 동적인 변화의 역할을 맡은 것은 비단 연뿐이 아니다. 연보다 훨씬 큰 규모로 전환의 정점에 서 있는 것은 포도이다. 포도 그림은 가로로 한 번에 갈필의 굵은 선을 긋고 구불구불 어지러이 그은 가는 선을 그었을 뿐만 아니라, 이파리의 본래의 모양을 잊은 채 붓을 최대한 눌러 아무렇게나 먹을 칠한 덕분에 작품 전체에 변화를 부여할 수 있게 되었다. 서위는 형상을 해체하는 방법을 사용하여 그림에 활력을 불어 넣었다.

이처럼 서위 그림의 해체된 형상은 타고난 성격이 자유분방한데다가 술에 취해 감정이 고양된 작가의 상태로 인해 나타난 것으로, 결과적으로 그림 전체에 생동감을 부여하였다. 또한 유희적 태도로 창작에 임했던 덕분에, 다시 말해 전혀 엄숙하지 않은 태도로 그림을 그렸던 덕분에 이렇게 새로운 그림이 나올 수 있었다.

서위가 기존의 화법에 개의치 않고 형상을 해체한 것은 앞서 살펴본 그의 시·희곡에서와 마찬가지로, 세계와 자아에 대한 부정적인 인식을 시각적으로 표출한 것이라고 볼 수 있다. 세상이 잘못된 것에 대한 불만, 자신이 이룬 것이 없는 데 대한 울분 등 부정적인 감정은 종횡으로 빠르게 붓을 휘둘러 만든 선, 먹을 흠뻑 적셔 이루어진 면 등 형상적으로 반영되어 있다. 또한 서위는 온전한 화초가 아니라 비바람에 시달려 잎이 떨어지고, 줄기가 꺾인 화초를 그림으로써 관념적으로도 부정성을 드러내었다.

(그림 9) 徐渭, [雜花圖], 手卷, 紙本墨筆, 30cm×1053.5cm, 南京博物院 소장.

(그림 10) 徐渭, [潑墨十二段(5)], 手卷, 紙本墨筆, 26.9cm×38.3cm,
北京故宮博物院 소장.

3. 함의의 부정성

(1) 냉소와 조롱

서위의 작품 중에는 하나의 제재를 그리고, 그 제재에 해당하는 시를 쓴 형태의 작품이 많다. 수권인 경우 중국국가박물관 소장 [잡화도][529], 상해박물관 소장 [화과도][530] 등에서처럼 모란 옆에는 모란을 읊은 시를, 대나무 옆에는 대나무를 읊은 시를 쓰는 식으로 그림을 연결해나갔다. 입축에 그림을 그릴 때에도 거의 대부분 그림의 제재와 관련 있는 시를 썼다. 이처럼 그가 화면에 쓴 시는 제재를 형상 차원에서 언어 차원으로 끌어올려 그림에 관념을 부여하는 역할을 한다.

제관으로 시를 쓰는 것은 문인화의 보편적인 양식이다. 화면에 시를 쓰면 그림에 깊은 의미를 깃들일 수 있을 뿐만 아니라 시서화일률(詩書畵一律)의 이념에 가까워질 수 있게 된다.[531] 서위가 그림에 시를 쓴 까닭도 이와 다르지 않다. 서위는 서법(書法)에 특히 일가견이 있었기 때문에, 그림의 필치에 맞추어 다양한 서체로 그림 주위에 시를 썼다. 서위 역시 시를 통해 자신의 그림에 대한 생각, 그림을 그릴 때의 흥취, 제재에 대한 감상 등 형상으로는 드러내기 어려운 것들을 표현할 수 있었다.

그러나 서위가 그림에 쓴 시는 이전 시대부터 동시대에 이르는 문인화가들의 그것과는 큰 차이가 있다. 앞서 살펴본 바와 같이 “꽃을 따라 자연의 조화를 배우는〔隨芳學化工〕” 태도로 화훼를 그렸던 심주와는 반대로, 서위는 “착오로 가득한 하늘의 이치〔天道觳差池〕”를 운운하며 부정적 태도를 취했다. 문인화의 주류적 경향과 서위 사이

529) 위의 책, 4~5쪽.

530) 위의 책, 18~19쪽.

531) 제관의 변천과정과 기능에 대해서는 졸고(2010), 앞의 논문, 14~15쪽 참조.

의 이와 같은 태도의 차이는 각각의 제재에 부여한 의미 사이의 간극을 초래했다. 주류적 경향이 자연과 합일되는 경지에 이르려는 목적으로 자연물에 대한 찬미와 더불어 문인의 고상한 뜻을 드러내는 것이었다면, 서위는 오히려 자연물을 빙자하여 세계의 부정적 측면을 드러내고, 그것을 비웃고 조롱하였다. 주류적 경향과 같은 제재를 사용하면서 정반대의 의미를 부여했기에 냉소와 조롱의 강도는 더욱 강해졌다.

부조리한 세상에 대해 반감을 표명한 예로 [화조도(花鳥圖)][532] 중 포도 그림에 쓴 시를 들 수 있다.

<葡萄(四)>[533]	**포도(제4수)**
璞中美玉石般看,	옥돌에 든 좋은 옥은 돌과 같이 보고
畵裏明珠煞欲穿.	그림 속의 영롱한 구슬은 죽도록 꿰려고 한다.
世事模糊多少在,	세상일 모호할 때가 어지간히 있는데
付之一笑向青天.	푸른 하늘을 향해 한번 웃어나 주련다.

"박(璞)"은 아직 다듬지 않은 옥돌, 즉 "좋은 옥〔美玉〕"을 품고 있는 돌이다. 그것이 보물을 감추고 있는 좋은 것임에도, 사람들은 그 귀중함을 알아보지 못하고 돌로 치부한다. 하지만 진짜 보물이 아닌 그림 속의 구슬은 꿰어서 가지려고 애쓴다. 세상에서는 진짜를 알아보지 못하고 가짜만 좇아 무엇이 좋고 나쁜지, 옳고 그른지 알 수 없는 일이 비일비재하다. 시인은 이에 대해 별것 아니라는 듯이 한번 피식 웃고는 무시해버리겠다고 말한다.

시인이 한번 비웃고 상대하지 않는 대상은 다름 아닌 "푸른 하늘〔青天〕"이다. 푸른 하늘은 일반적으로 맑고 깨끗하여 긍정적인 느낌을 주는 시어이다. 하지만 서위의 시에서 그것은 겉으로는 아무렇지

532) 徐渭 繪, 앞의 책(下卷), 366~367쪽.
533) ≪徐渭集≫, 401쪽.

않아 보이지만, 실제로는 부조리를 품고 있는 "모호(模糊)"한 것으로 바뀌었다. 서위는 [발묵십이단] 아홉 번째 그림(**그림 5**)에 인물을 그려놓고 다음과 같이 쓰기도 했다.

<書坦腹臥松者畵>534)

배를 드러내놓고 소나무에 누워 있는 사람을 그린 것에 쓰다

眠松坦腹腹便便,	소나무에 가로누워 드러낸 배 불룩하니
個是高人松畔眠.	이것은 고인이 소나무 가에 누운 것.
子美詩中何句似?	두보(杜甫)의 시 중에서 어느 구가 비슷한가?
擧觴白眼望靑天.	술잔을 들고 푸른 하늘을 백안시한다는 것이지.

이 시는 그림의 내용을 설명하고 있다. 그림 속의 인물은 웃옷을 여미지 않고 불룩한 배를 드러내놓고 있는데, 시인은 이를 두고 고인이 소나무 옆에 누워 있는 것이라고 하였다. 그림에서 고인의 눈은 두 개의 점을 찍어 나타냈을 뿐이지만, 시선은 위쪽을 향해 있는 것처럼 보인다. 시인은 이와 같은 고인의 모습이 두보의 시 한 구절과 닮았다고 여겼다. 그것은 바로 제4구이다. 제4구는 기실 두보가 <음중팔선가(飮中八仙歌)>에서 최종지(崔宗之)를 묘사한 구절을 그대로 옮겨 온 것이다. 청안(靑眼)이 아니라 "백안(白眼)"으로 하늘을 바라보는 것은 하늘을 업신여기기 때문이다. 이 구절로 인해 그림 속 고인은 편안하게 누워서 한가로운 때를 보내고 있는 것이 아니라, 술에 취한 채 푸른 하늘을 흘겨보고 있는 것이 된다. 서위는 두보의 시구를 인용함으로써 그림 속 인물에 세상을 무시하는 태도를 부여하였다. 이러한 태도는 시인 자신의 태도와도 일치한다.

서위의 이 그림과 같이 남성이 누워서 자연 경관을 감상하는 것은 문인화의 전통적인 제재이다. 이는 속세와 거리를 둔 채 자연을

534) ≪徐渭集≫, 383쪽.

벗 삼아 한가로운 삶을 영위하는 은자(隱者)의 행위였다. 예를 들어 왕시민(王時敏, 1592~1680)의 북경고궁박물원 소장 [두보시의도(杜甫詩意圖)(1)]에서는 한 인물이 여러 그루의 소나무가 서 있는 앞쪽 물가에 앉아서 절벽과 구름이 어우러진 반대편의 경치를 바라보고 있다. 왼쪽에 "절벽에 구름 지나가며 수놓인 비단을 펼치고, 성긴 소나무가 물 건너편에서 생황을 연주한다[石壁過雲開錦繡, 疎松隔水奏笙簧]."535) 라고 쓰여 있으니 그림 속 인물이 한가롭게 경치를 감상하는 것을 그렸음이 분명하다.

왕시민의 이 그림은 인물이 편안한 자세로 기대어 있다는 점, 주변에 소나무가 있다는 점, 두보의 시구를 빌려왔다는 점 등 앞서 살펴본 서위의 작품과 유사한 점이 많다. 하지만 왕시민이 그림에 부여한 의미는 서위의 그것과는 전혀 다르다. 이와 같은 차이는 서위가 문인화의 전형적인 제재에 새로운 의미를 부여한 데서 비롯되었다. 서위는 한적하게 경치를 감상하는 인물 대신 세상을 백안시하는 인물을 선택한 것이다. 다른 시인이 시를 빌려온 것이 아니라, 문인으로서 자신의 그림에 직접 지은 시를 쓴 경우에도 서위처럼 냉소의 뜻을 드러낸 작품은 찾기 어렵다.

심주의 [와유도(臥遊圖)(1)]536)는 인물이 책을 들고 앉아 있는 모습을 그린 작품으로, 아래의 시가 쓰여 있다.

高木西風落葉時,	높은 나무에 서풍 불어 낙엽 질 때에
一襟蕭爽坐遲遲.	가슴이 상쾌하여 오래도록 앉아 있네.
閒披秋水未終卷,	한 권 다 읽기 전에 가을 물을 훑어보니
心與天遊誰得知.	마음이 하늘과 노니는 것을 누가 알리오.

535) 두보의 <7월 1일 종명부의 수루에 대해 쓰다[七月一日題終明府水樓]> 제1수의 경련을 차용한 것이다. ≪두시상주(杜詩詳註)≫ 권19에는 출구의 석(石)자가 절(絶)자로, 대구의 격(隔)자가 협(夾)자로 되어 있다.

536) 沈周 繪, 앞의 책(上卷), 155쪽.

이 시를 통해 심주가 그림 속 인물에 한적한 정취를 부여했음을 알 수 있다. 이 인물은 선선한 가을바람에 가슴이 상쾌해져 오랫동안 앉아 있게 되었다. 경치에 매료되어 책을 읽다 말고 자연과 한마음이 되는 경지에 이르렀다. “마음이 하늘과 노닌다[心與天遊]”라고 하였으니 하늘을 적대시하는 서위의 “고인(高人)”과는 상반되는 태도를 취하고 있다. 서위의 그림 속 인물이 배를 드러내고 누워서 오만하게 하늘을 흘겨보았던 것과 달리, 이 그림 속의 인물은 하늘과의 합일을 추구하고 있다.

산수와 인물을 그린 작품에서 은자의 낚시는 빼놓을 수 없는 주제이다. 심주의 [추강수조도(秋江垂釣圖)][537]와 [편주사시도(扁舟思詩圖)][538]에는 각각 다음의 시가 적혀 있다.

釣竿青竹長,	낚싯대 푸른 대나무는 길고
江淺幽思深.	강은 얕은데 그윽한 생각은 깊네.
莫話朝與市,	조정과 저자를 말하지 마시게,
不能諧素心.	순수한 마음과는 어울릴 수 없으니.

秋水碧於玉,	가을 물은 옥보다 푸르고
遠山翠欲浮.	먼 산은 푸른빛으로 떠 있는 듯.
高人謝城郭,	고고한 사람이 성곽을 떠나니
詩思落扁舟.	시 생각이 일엽편주에 떨어지네.

그림 속 인물이 낚싯대를 드리우고 있는 것은 물고기를 잡기 위해서가 아니다. 문인화에서 낚시하거나 배를 탄 인물은 강태공(姜太公)이나 엄광(嚴光)과 같이, 속세에 뜻을 두지 않고 은거하면서 한적하게 지내는 고고한 인물을 나타낸다.

537) 위의 책, 282쪽.
538) 위의 책, 391쪽.

그런데 서위의 [발묵십이단] 열두 번째 그림(**그림 6**)에서 배를 탄 인물의 얼굴은 평안해 보이지 않는다. 그 이유는 옆에 쓴 시에 나타나 있다.

<江船一老看雁群初起>[539)]

강에 뜬 배의 한 노인네가 기러기 떼 막 날아가는 것을 보다

野雁避羅舠,	들기러기가 그물 친 작은 배를 피하는데
江長起未高.	강이 길어 높이 날아오르지 못했다.
眼拚一餉後,	잠시 한눈을 팔고 난 뒤에
看到入雲稍.	점점 구름 속으로 들어가는 것을 본다.

시의 내용에 따르면 이 그림 속의 인물은 기러기를 잡기 위해 갈대밭이 있는 물 위에서 배를 타고서 그물을 쳐 놓았다. 기러기 떼가 배를 피해도 멀리 날아가지 못하였는데, 잠시 한눈을 판 사이에 한참 멀리 가 버렸다. 화면 왼쪽 아래의 기러기 떼를 작게 그린 것은 이미 멀리 날아간 것을 표현하기 위해서이다. 이를 놓친 아쉬움을 표현하기 위해 인물의 입꼬리가 내려가도록 그렸다.

이처럼 이 그림 속 인물은 아무 목적 없이 한가롭게 자연 경관을 감상하는 것이 아니라, 기러기를 잡지 못해 허탈한 심정으로 기러기 떼를 바라보고 있다. 그림만 보면 다른 문인의 그림에서처럼 은자를 그린 것이라고 생각하기 십상이지만, 실제로 작가가 시를 통해 그림에 부여한 의미는 은자와는 거리가 멀다는 것을 알 수 있다.

이렇게 기존 문인화와 같은 제재를 취하면서 전혀 다른 뜻을 부여하는 것은 그것이 추구하는 고상함을 조롱하는 것과 다르지 않다. 서위는 자신의 세계관을 드러내기 위해 새로운 제재를 찾지 않고 오히려 기존의 것을 그대로 취하였다. 그리고 기존의 제재에 그것의 고상함을 실추시키는 의미를 새롭게 부여하였다. 그러다보니 그림의

539) ≪徐渭集≫, 330쪽.

대상을 직접적으로 비웃고 조롱하지 않더라도, 은근히 비꼬고 놀리고 있다는 인상을 지우기 어렵다. 직접적이든 간접적이든 문인화의 제재가 본래 지니고 있던 권위는 서위에 의해 상실된다. 예를 들어 그는 매화가 가지를 거꾸로 늘어뜨린 것에 대해 다음과 같이 말하였다.

<王元章倒枝梅畵>[540]

왕면(王冕)의 거꾸로 가지를 늘어뜨린 매화 그림

皓態孤芳壓俗姿,	깨끗한 자태 홀로 빼어난 향기 속된 모습들을 압도하니
不堪復寫拂雲枝.	구름을 스치는 가지를 다시 그려내지 못하겠다.
從來萬事嫌高格,	지금껏 온갖 일들에 있어 높은 격조를 싫어하였으니
莫怪梅花着地垂.	매화가 땅에 닿도록 늘어졌다고 이상타 하지 말라.

다른 화초를 압도하는 "깨끗한 자태〔皓態〕"와 "홀로 빼어난 향기〔孤芳〕"는 그동안 문인들이 칭송해 마지않던 매화의 속성이다. 그런데 서위는 그것이 하늘을 향해 높이 가지를 뻗게 할 수 없다고 말한다. 그 이유는 자신이 매화의 자태와 향기 같은 "높은 격조〔高格〕"를 싫어해 왔다는 데 있다. 따라서 그림 속의 매화가 거꾸로 땅을 향해 가지를 드리운 것은 높은 격조를 무너뜨리기 위해서이다. 매화가 높은 위치에서 고고함을 유지하는 모습을 보기 싫어서 적어도 거꾸로 드리우도록 해야 속이 시원하다는 것이다. 매화에 대한 곱지 않은 시선은 매화의 권위를 떨어뜨리는 결과를 낳았다.[541]

서위의 부정적 시선, 즉 직접 맞닥뜨리는 세계에 대해서나, 자기

540) ≪徐渭集≫, 386쪽.

541) 서위 시에 나타나는 전통적 제재의 권위 실추에 대해서는 졸고(2010), 앞의 논문, 88~99쪽 ; 그 중 매화와 대나무의 상징적 의미 변화와 관련해서는 졸고(2015), <쓰러진 군자(君子)—서위(徐渭) 그림과 시에 나타난 매화와 대나무>, 125~153쪽 참조.

자신에 대해서나, 부정적 측면을 부각시키는 성향은 이와 같이 그림에 의미를 부여할 때에도 사라지지 않았다. 오히려 기존의 제재가 지니고 있던 상징이 제거되고 부정적인 의미가 주어짐으로써 조롱의 효과는 극대화되었다. 예컨대 장원급제를 상징하는 게[蟹]는 서위의 그림에서 도둑으로 전락했다.542) 게를 그린 [발묵십이단] 열한 번째 그림에는 아래의 시가 씌어 있다.

<題畵蟹二首(一)>543) **게 그림에 쓰다 2수(제1수)**

誰將畵蟹托題詩,	누가 게 그림에 시를 써 붙이는가!
正是秋深稻熟時.	마침 가을 깊어 벼가 익을 때로구나.
飽却黃雲歸穴去,	누런 벼를 배불리 먹어치우고 굴로 돌아가니,
付君甲冑欲何爲?	그대에게 붙어 있는 갑옷은 어디에 쓰려는가!

이 시에 따르면 그림 속의 게는 벼를 먹고 있다. 게는 본래 딱딱한 등껍질 때문에 갑(甲)자와 의미가 통하여 장원급제를 뜻한다. 그러나 서위의 이 그림에서 그 '갑'은 무용지물이 되었다. 이 게는 전장에 나가서 병사를 진두지휘할 법한 차림을 하고서 외려 파렴치하게 벼를 먹고 도망간다.544) 벼는 백성들의 일용할 양식이라는 점, 게는 장원급제자이든 무장(武將)이든 그들이 잘 살도록 도와주어야 할 처지에 있는 인물을 상징한다는 점에서 이 그림 속의 게는 비웃음의 대상이 되고 있다. 서위가 그림 속 게에 욕심 많은 도둑의 이미지를 부여했다는 점은 아래 시에서 더욱 분명하게 드러난다.

---

542) 게는 주로 갈대와 함께 그려지는데 '장원급제'라는 상징적 의미를 가지고 있다. 이에 대해서는 졸고(2011), <장원급제, 벼 도둑 혹은 술안주—서위(徐渭)의 게 그림>, 184~186쪽 참조.

543) ≪徐渭集≫, 408~409쪽.

544) 이 시에 대한 보다 자세한 분석은 졸고(2011), 앞의 글, 194~195쪽.

<題畵蟹一首>[545] **게 그림에 쓰다 1수**

稻熟江村蟹正肥, 강촌에 벼 익어 게가 마침 살찌니
雙螯如戟挺青泥. 창 같은 두 집게발 푸른 진흙에서 내미네.
若教紙上翻身看, 종이 위에서 몸을 뒤집게 해보면
應見團團董卓臍. 볼록볼록한 동탁의 배가 나오겠지.

벼가 익을 때 게가 마침 살이 찐 것은 게가 벼를 먹었기 때문이다. 두 집게발을 내밀어 벼를 실컷 먹었으니 그 몸을 뒤집어 보면 배가 불룩하게 나와 있는 것을 볼 수 있을 것이다. 이 시에 동탁이 등장한 것은 우선 게의 불룩한 배를 지시하기 위해서이다. 그리고 더 나아가서는 벼를 배불리 먹은 게에게 동탁이 가지고 있는 간악무도한 통치자의 이미지를 덧씌우기 위해서이기도 하다. 서위는 이와 같은 일련의 게 그림과 제화시를 통해 장원급제를 축원하는 것이 아니라 자신의 잇속만 채우는 이들을 비웃었다.

(2) 결핍의 이입

서위는 그림의 대상을 뒤틀고 전락시킴으로써 부조리한 세계를 마음껏 비웃고 조롱하는 한편, 세계와 융화하지 못하고 결핍에 시달리는 자기 자신의 모습을 대상에 이입하였다. 바꾸어 말하면 그림의 함의가 부정성을 지니는 원인은 세계를 비꼬아 보는 시선에서뿐만 아니라, 자기 자신의 부족함을 문제 삼는 습관에서 찾을 수 있다. 제3장에서 인용한 바 있는 "붓 끝의 영롱한 구슬은 팔 곳이 없어, 아무렇게나 넝쿨에 던져두었다[筆底明珠無處賣, 閒抛閒擲野藤中]"라는 시구는, 북경고궁박물원 소장 [포도도(葡萄圖)](그림 11)[546]에 쓰인 것으로 자기 자신을 그림의 대상에 이입한 대표적인 예이다.[547]

545) ≪徐渭集≫, 853쪽.
546) 徐渭 繪, 앞의 책(上卷), 49쪽.
547) 시에 나타난 포도의 형상과 그림에 나타난 그것의 연관성에 관해서는 졸고

(그림 11) 徐渭, [葡萄圖], 立軸, 紙本墨筆,
166.3cm×64.5cm, 北京故宮博物院 소장.

채색하지 않고 먹으로만 그린 모란에도 자아의 결핍이 반영되어 있다. 서위는 자신이 모란을 그릴 때 채색하지 않는 이유를 자신의 처지에서 찾고 있다. [화조도(花鳥圖)(1)][548]에는 이렇게 쓰여 있다.

五十八年貧賤身,	58년 인생 동안 빈천한 몸으로
何曾妄念洛陽春.	어찌 망령되이 낙양의 봄을 마음속에 품었겠는가.
不然豈少胭脂在,	그렇지 않다면 어찌 연지를 적게 써서
富貴花將墨寫神.	부귀화를 먹으로 그려냈겠는가!

"부귀화(富貴花)"라고 불리는 모란은 화려한 자태를 자랑하는 존재로서 "낙양의 봄〔洛陽春〕"을 점유하고 있다. 그러나 시인 자신은 "빈천(貧賤)"한 입장이므로 화려한 모란과는 거리가 멀다. 따라서 모란을 그릴 때 연지를 많이 칠하여 화려함을 드러내는 것은 자신과는 어울리지 않는다. 서위는 이에 대해 아래의 글에서 더욱 분명히 밝히고 있다.

> 모란은 부귀화이며 주로 빛깔로 시선을 끈다. 그래서 옛날 사람들은 대부분 테두리를 그리고 채색하거나, 윤곽을 바림하는 방법으로 그 특징을 드러냈다. 지금 발묵하여 그리니 비록 생기는 있으나 끝내 모란의 진면목은 아니다. 아마도 내가 본래 빈곤한 사람이어서 천성이 매화·대나무와 어울리니, 화려하고 부귀한 것과는 너무나도 동떨어져 있고 당연히 비슷하지 않은 것일 것이다〔牡丹爲富貴花, 主光彩奪目, 故昔人多以鉤染烘托見長. 今以潑墨爲之, 雖有生意, 終不是此花眞面目. 蓋余本窶人, 性與梅竹宜, 至榮華富麗, 風若馬牛, 宜弗相似也〕.[549]

모란을 그릴 때는 일반적으로 그 꽃잎의 화려한 면모를 드러내기

(2010), 앞의 논문, 62~64쪽 참조.

548) 徐渭 繪, 앞의 책(下卷), 368~369쪽.

549) <墨牡丹>, ≪徐渭集≫, 1310쪽.

위해 구륵선염법(勾勒渲染法)이나 홍탁법(烘托法)을 사용한다. 자신이 모란을 그릴 때 사용한 발묵법은 겹겹의 꽃잎이 이루는 화려한 모습을 세밀하게 표현하는 데에는 한계가 있어 모란의 진면목을 나타내기에는 적합하지 않다. 그런데 서위는 자신이 발묵법을 사용하는 데에는 자기 나름의 이유가 있다고 말한다. 바로 자신은 곤궁하고 비루한 사람이어서 모란의 화려함은 어울리지 않는다는 것이다. 이 말을 통해 화려함이 덜한 서위의 모란은 그 자신의 결핍에서 기인한 것임을 알 수 있다.

모란을 발묵하여 그리는 것은 서위만의 특별한 화법이었을 가능성이 높지만 서위 이전에 묵모란(墨牡丹) 자체가 없었던 것은 아니다. 심주와 진순의 작품에도 묵모란이 보인다. 그렇지만 그들의 묵모란은 그저 먹을 사용해서 그린 모란일 뿐이다. 바꾸어 말하면 그것의 화려함을 반감시키기 위해 먹을 사용한 것이 아니다. 심주는 홍치(弘治) 7년(1494)에 그린 [모란도(牡丹圖)][550]에 다음과 같은 시를 썼다.

我昨南遊花半蕊,	내가 전에 남쪽을 유람할 때 꽃이 반쯤 피어
春淺風寒微露腮.	봄이 얕아 바람 차가워 뺨에 이슬이 살짝 맺혔네.
歸來重看已如許,	돌아와서 다시 보니 벌써 이렇게 많아져
寶盤紅玉生樓臺.	보배로운 쟁반에 붉은 옥이 누대를 이루었네.
花能待我渾未落,	꽃이 나를 기다려 하나도 떨어지지 않았으니
我欲賞花花滿開.	내가 꽃을 감상하려 할 때 꽃이 만개했구나.
夕陽在樹容稍斂,	석양이 나무에 어리니 얼굴을 조금 오므리고
更愛動顯風微來.	바람이 살랑 불 때 홍조가 움직이니 더욱 사랑스럽네.
燒燈照影對把酒,	등불 붙여 모습을 비추며 술을 들고 마주하니
露香脉脉浮深杯.	새어나온 향이 은근하게 깊은 잔에 떠 있네.

모란을 실제로 본 경험을 바탕으로 모란의 아름다움을 노래하였

550) 沈周 繪, 앞의 책(上卷), 72쪽.

다. 시인은 마치 여인을 대하듯 모란의 용모를 칭송하고 그와의 만남을 즐겁게 여기고 있다. "붉은 옥[紅玉]," "홍조[纈]" 등 붉은색으로 모란을 묘사하고 있으니 시로써 그림의 색깔을 보완한 것이다. 먹으로 모란을 그렸지만 시에서는 붉은색의 모란을 이야기하고 있으므로 모란을 까맣게 그린 것에 특별한 의미를 부여한 것이 아님을 알 수 있다. 심주는 매·난·국·죽을 그리듯, 먹을 재료로 붉은 모란을 그린 것이지 까만 모란을 그린 것이 아니다.

그러나 서위는 모란이 먹빛인 것 자체를 문제 삼고 있다. 다음은 [잡화도]의 모란 그림551)에 쓴 시이다.

姚黃魏紫懶迎眸,	요씨네 노란 모란, 위씨네 붉은 모란 보기 싫증나서
只貌劉家水牯牛.	그저 유씨네 물소를 그려 놓았네.
大葉大花惟墨瀋,	큰 잎과 큰 꽃을 먹으로만 물들이니
莫教人擬綺爲樓.	화려하게 누대 이루는 것을 본뜨지 않게 하네.

"요황(姚黃)"과 "위자(魏紫)"는 특히 귀한 모란의 품종이다. "유씨[劉家]"는 유표(劉表)를 가리킨다. 유표의 소는 크기만 하고 쓸 데 없는 것으로 유명한데, 서위는 모란의 '모(牡)'자가 우(牛)변인 것에 착안하여 유표의 소를 끌어왔다. 자신이 그려놓은 모란은 크기만 하고 화려하지 않으니 유표의 큰 소에 비견될 수 있는 것이다. 서위는 이 시를 통해 노란색·붉은색의 화려한 모란을 보는 데 물려서 묵모란을 그렸다고 분명히 밝히고 있다. 심주의 그림에서와 달리 묵모란의 까만 색깔에 특별한 의미를 부여하고 있음을 볼 수 있다.

자신이 가난하기 때문에 부귀를 상징하는 모란을 화려하게 그리지 않았다면, 앞서 천성이 잘 어울린다고 했던 매화와 대나무는 어떤 모습인가. 매화와 대나무 역시 온전하지 않다. 서위는 이것들에 자기 자신의 처지를 이입하였다. 제3장에서 살펴보았듯이 서위 시에

551) 徐渭 繪, 앞의 책(上卷), 6~7쪽.

묘사된 대나무의 모습은 바람에 꺾이고 눈에 눌리는 등 매우 처참하다. <설죽(雪竹)> 제3수를 다시 인용한다.

畵成雪竹太蕭騷,	그려낸 눈 속 대나무 너무도 드문드문 처량하니
掩節埋淸折好梢.	마디와 맑은 잎 가려지고 덮이며 가지 끝은 꺾여서라네.
獨有一般差似我,	나와 좀 비슷한 점이 오직 한 가지 있다면
積高千丈恨難消.	천 장 높이로 쌓인 한을 없애기 어렵다는 점이네.

제1구에서 "그려서 이루었다〔畵成〕"라고 한 것처럼, 설죽과 풍죽(風竹)을 읊은 일련의 작품들은 그림에 쓰인 것일 가능성이 높다. 이와 같이 눈에 덮인 대나무를 읊은 시는 아마도 [사시화훼도(四時花卉圖)] 중의 대나무 그림[552]과 같은 작품에 쓰일 수 있었을 것이다. 서위는 대나무 그림에 자기 자신이 투영되어 형성된 나약한 이미지를 부여함으로써 대나무의 전통적인 상징을 무너뜨렸다. 서위의 그림에서 대나무는 더 이상 꿋꿋하게 추위를 이겨내고 고아(高雅)함을 간직할 수 있는 존재가 아니었다.

매화의 처지도 대나무와 비슷하다. 고결한 매화를 칭송하기 위해 그림을 그리고, 그 이미지에 걸맞은 시를 썼던 기존 문인화의 입장에서 매화가 물 위로 가지를 드리운 모습을 그린 [발묵십이단] 첫 번째 그림[553]을 보면, 송대(宋代) 임포(林逋, 967~1028)의 "맑은 개울물 위로 희미한 그림자 드리운다〔疏影橫斜水淸淺〕."[554]라는 시구를 떠올리기 십상이다. 그런데 서위는 도리어 이렇게 썼다.[555]

---

552) 위의 책, 182~183쪽.

553) 위의 책(下卷), 308~309쪽.

554) 류종목·송용준 역해, ≪宋詩選≫, 30쪽.

555) <물에 빠진 매화〔浸水梅花〕>, ≪徐渭集≫, 837쪽. 문집에는 제3구의 압(壓)자가 언(偃)자로 되어 있다.

梅花浸水處,　　매화가 물에 잠긴 곳에는
無影但涵痕.　　그림자 없이 단지 빠진 흔적만 있네.
雖能避雪壓,　　눈의 압박을 피할 수는 있어도,
恐未免魚呑.　　물고기가 집어 삼킬까봐 걱정이구나.

매화는 서위에 의해서 눈을 견디는 당당한 존재가 아니라 눈의 압박을 피하는 존재로, 물고기에게 위협받는 존재로 변모하였다. 같은 시를 쓴 [수묵화훼도] 중 매화 그림(**그림 12**)[556]에서는 매화 가지를 아예 물속에 빠뜨려서 시의 뜻을 더욱 분명히 형상화하였음을 볼 수 있다.[557]

서위는 이처럼 자신이 그린 대나무와 매화에 의미를 부여하는 데 있어 문인 전통의 고아한 이미지를 계승할 수 없었다. 왜냐하면 그것들에 자기 자신의 모습을 이입하였기 때문이다. 대나무와 매화를 자신과 비슷한 존재로 여기다보니, 그들에게서 자기 자신과 같은 나약하고 결핍된 모습, 세계와 소통하지 못하고 단절되어 있는 모습을 발견하게 되었다. 서위가 자아의 결핍을 이입함으로써 그동안 칭송받아왔던 긍정적 이미지를 상실한 제재는 매화와 대나무에 국한되지 않는다. [묵화구단]의 국화 그림[558]에 쓰인 다음 시에서 사군자(四君子) 중 하나인 국화 역시 바람의 피해를 입는 것을 볼 수 있다.

西風昨夜太顚狂,　　가을바람 어젯밤에 미친 듯이 불더니
吹損東籬淺淡粧.　　동쪽 울타리의 옅게 화장한 것에 불어 손상시켰다.
那得似余溪楮上,　　어떡하면 나처럼 섬계(剡溪)의 종이 위에서
一生偏耐九秋霜.　　일생토록 9월의 가을 서리를 견뎌내게 할까.

---

556) 徐渭 繪, 앞의 책(上卷), 69쪽.
557) 이 시가 쓰인 두 회화작품을 비교한 것은 졸고(2010-여름), <서위(徐渭)의 시화(詩畵)에 나타난 매화의 모습과 그 의미>, 136~138쪽.
558) 徐渭 繪, 앞의 책(下卷), 252~253쪽.

(그림 12) 徐渭, [水墨花卉圖], 手卷, 紙本墨筆, 32.5cm×624cm, 雲南省博物館 소장. 국부 8(梅花).

"동쪽 울타리에서 옅게 화장한[東籬淺淡粧]" 것은 바로 국화이다. 서위는 바람이 거세게 불어 국화가 손상되는 것을 안타깝게 여겼다. 그래서 국화를 종이 위에 그려 가을에 서리를 맞지 않게 하고 싶다고 말하였다. 자신이 그림을 그려서 근근이 생계를 유지하고 서리와 같은 위기 상황을 모면하듯이, 국화도 종이 위에서는 서리를 맞지 않을 것이다.

서위의 그림에서 전통적 제재의 권위 상실은, 결핍에 시달리는 자신의 처지를 그림 속 화초에 이입하는 방식으로 나타날 뿐만 아니라 그것을 물질적 가치로 전환시킴으로써 드러나기도 한다. 물질적 부족함을 강조하는 만년의 습관은 그림의 영역에서도 가감 없이 발휘된다. 주목할 점은 서위가 그림의 영역에서 물질적 부족을 읊기 위해 취한 소재가 그동안 물질적 가치와는 전혀 거리가 먼 존재로 인식되어 온 문인 전통의 제재라는 점이다.559) 예컨대 [잡화도] 중 국화 그림560)에는 이렇게 쓰여 있다.

扶笻九日龍山顚,	지팡이 짚고 중양절에 용산 꼭대기에 올랐다가
便倦歸來一解眠.	이내 피곤하여 돌아와서 한바탕 잠을 잤네.
問酒偶然囊底澀,	술 있냐고 묻고는 뜻밖에 주머니 속이 원활하지 않아
試將斑管取金錢.	붓을 가지고 금전을 취해 본다.

시인은 중양절(重陽節)에 등고(登高)했다가 피곤해져서 돌아와 잠을 잤다. 술을 사려고 주머니를 뒤져보았지만 돈이 없어서 돈을 받기 위해 그림을 그린다. "금전(金錢)"은 국화의 일종인 금전화(金錢花)를 가리키는 동시에 돈을 가리킨다. "금전"의 이중적 의미를 이용하여, 붓을 놀려서 국화를 그리면 그것이 곧 돈이 된다는 뜻을 나타냈다.

---

559) 매화와 난초 그림에 나타나는 물질적 가치로의 전환에 대해서는 졸고(2010), 앞의 논문, 89~94쪽.

560) 徐渭 繪, 앞의 책(上卷), 14~15쪽.

그림 옆에 쓴 시를 통해 자신의 결핍된 처지를 드러내는 행위는 세계에 대한 냉소와 조롱의 효과와, 마찬가지로 문인화의 전통적인 제재가 지닌 의미를 상쇄하는 작용을 하였다. 서위가 그린 기존 문인화의 제재는 바로 옆에 제시된 시에 의해 문인적 우월성을 상실하게 되었다. 서위는 지금까지 논의했듯이 우월의식의 소산인 문인화를 다양한 방식으로 변형시켰다. 그가 새로운 제재를 고안하지 않고 기존의 제재를 그대로 취하면서 형상과 함의를 변형시킨 데에는, 그것의 우아함을 제거하려는 의도가 숨어 있었다.

『 제3절 소결

본 장에서는 앞서 서위 시에서 도출한 부정성이 희곡과 회화에 어떻게 반영되어 있는지 살펴보았다. 서위 시에 나타난, 세계가 분할되고 거부되며, 자아가 이탈되고 결핍되는 경향을 서위 희곡과 회화에 적용해 봄으로써 희곡에 대한 기존 연구의 분분한 해석을 정제하는 한편, 회화에 대한 일률적 결론에서 벗어나고자 했다.

희곡작품 ≪사성원≫에 대해서는 부정성이 역설적으로 폭로되고 있음을 밝혔다. 서위가 ≪사성원≫을 창작한 의도를 규명하는 데 있어 분할과 거부 및 이탈과 결핍의 원리는 유용하였다. 먼저 서위가 네 편의 극본에 직접 부여한 대제목 '사성원'의 의미를 파악하여, ≪사성원≫에 부정성이 반영되어 있다는 주장을 입증할 열쇠로 삼았다.

'사성원'이 '네 번의 애간장 끊어지는 울음소리를 내는 원숭이'로 해석된다는 점을 통해 각 극본에 주인공의 애환이 담겨 있다는 점과, 각 극본의 주인공이 한 마리의 원숭이로 귀결된다는 점을 알 수 있었다. '사성원'이라는 제목을 아무렇게나 붙였다는 누군가의 지적에 대해, 서위가 원숭이가 되어보지 않고는 어째서 슬피 우는지 이해할 수 없다고 답한 데서, 그가 네 명의 주인공에 자기 자신을 투영하였음을 짐작할 수 있었다.

대제목과 더불어 각 극본의 제목인 소제목을 분석함으로써 네 편 극본의 일체성을 주장하였다. 그동안 연구자들은 서위가 ≪광고사≫, ≪옥선사≫, ≪자목란≫, ≪여장원≫ 네 편의 극본을 '사성원'이라는 제목 아래 두었음에 주목하고 이 극본들에 대해 일관된 구상이 있었으리라 추측하였다. 하지만 이 점은 구체적으로 입증되지는 않았었다.

≪자목란≫과 ≪여장원≫이 모두 남장 여성을 주인공으로 삼았다는 점, ≪광고사≫·≪자목란≫·≪여장원≫이 극중극〔戱中戱〕의 구조를 취했다는 점을 통해 몇몇 극본의 일치성이 밝혀졌으나, 네 편의 극 전체를 일관되게 설명하는 데 이르지는 못했다. 그리하여 네 편의 극본을 '사성원'이라 총칭한 서위의 의도는 여전히 오리무중 상태였다. 이 글에서는 기존 연구의 이러한 취약점을 소제목 고찰을 통해 보완하였다.

네 편 극본의 각 제목을 순서대로 나열해본 결과, 그것들이 한 편의 시를 이룬다는 점을 알 수 있었다. 각각 일곱 자로 되어 있는 네 편 극본의 제목은 같은 운부에 속하는 글자로 압운한 양상을 띠는 데다가 대장의 형식을 갖추고 있었다. 이로써 ≪사성원≫의 극본들이 각기 원숭이의 울음소리 한 번에 해당한다는 점, 대장의 양상에 따라 앞의 두 극본과 뒤의 두 극본이 긴밀한 연관성을 지닌다는 점을 파악할 수 있었다.

대제목과 소제목에 관한 논의를 통해 서위가 네 편의 극본을 의도적으로 한데 엮었다는 점을 확증할 수 있었으며, 더 나아가서 ≪광고사≫와 ≪옥선사≫, ≪자목란≫과 ≪여장원≫ 두 편씩 한 조(組)를 이루고, 다시 네 편 전체가 상호 연관을 맺도록 창작되었다고 주장하였다.

이 글에서는 네 번 소리를 내는 원숭이 한 마리가 바로 서위 자신임을, 즉 작자 서위가 각 극본의 주인공에 자아를 투영하였음을 입증하기 위해 서위와 네 명의 주인공들 사이의 연관성을 찾았다. ≪광고사≫의 예형과 ≪옥선사≫의 옥통은 부조리한 세상과 타협하지 않는 고오한 성격을 가졌다는 점에서 시에 형상화된 서위 자신과 비슷하였다. 예형은 권력자 조조 앞에서 뜻을 굽히지 않고 하고 싶은 말을 마음껏 하였고, 옥통은 자신이 속한 고을에 부임한 관리에게 머리를 조아리지 않았다. 게다가 이러한 성격으로 인해 예형은 죽임을 당하고, 옥통은 파계를 당하는 해를 입었다. 권력자에게 아부하지 않아 해침을 당한 예형과 옥통의 모습은 시에 나타난 서위의 모습을 떠올리게 했다.

서위는 권력을 가진 자들을 향해 비예(睥睨)의 시선을 보내는 한편, 강한 자존의식으로 인해 세상으로부터 소외되었다. 또한 눈의 위력에 억압받는 대나무처럼 외부세계의 침입에 불안해하는 모습을 하고 있었다. 이와 같은 서위 자신의 모습이 예형과 옥통에 투영되어 있었다.

≪자목란≫의 목란과 ≪여장원≫의 춘도는 뛰어난 능력을 가졌음에도 사회에 진출하지 못한다는 점에서 서위와 닮아 있었다. 목란과 춘도는 서위의 재능 중에서 각기 무(武)의 측면과 문(文)의 측면이 부각된 인물이었다. 서위의 글을 통해 그가 남성을 능가하는 재능을 가진 여성들이 그 재능을 사회에 이롭게 쓰지 못하는 것을 안타까워하였다는 사실을 알 수 있었으며, 그 여성들을 칭송해 마지않았다는 점을 극중의 출중한 여성에 대한 자기 투영의 근거로 삼았다. 극중에서 목란과 춘도는 남성으로 변장한 뒤에야 자신의 능력을 발휘할 수 있었다.

시를 통해 형상화된 서위 자신은 스스로 매우 뛰어난 인물이라고 자처하였으나, 세상이 인정해주지 않아 줄곧 능력을 발휘하지 못하였다. 신분적 제약을 가진 여성 주인공 목란과 춘도에는 이와 같은 서위 자신의 모습이 이입되어 있었다.

이처럼 서위가 극본의 주인공에 대해 자아를 투영하였음을 밝힌 다음, 네 편 극본 각각에 긍정 대 부정의 이분법적 세계 분할이 나타난다는 점을 규명하였다. 주인공의 입장에서 세계는 부정적인 현실 세계와 긍정적인 비현실 세계로 나뉘었다.

≪광고사≫와 ≪옥선사≫의 경우에는 시·공간이 각각 이승과 저

승, 현생과 내생으로 나뉘었다. 예형은 이승에서는 뛰어난 재능을 인정받지 못하고 권력자에게 해침을 당한 반면, 저승에서는 재능을 인정받아 천제에 의해 발탁되는 데 이르렀다. 또한 이승에서 득세하며 권력을 마음껏 휘두르던 조조는 저승에서 그 죗값을 치르게 되었다.

옥통도 마찬가지로 현생에서는 권귀의 술수에 넘어가 승려로서 불법에 충실한 삶을 살지 못하고 파계하는 비극을 맞이하지만, 내생에서는 복수에 성공할 뿐만 아니라 월명화상에 의해 제도 받아 올바른 수행의 길을 걷게 된다. 따라서 예형과 옥통의 입장에서 이승과 현생을 부정적 현실 세계로, 저승과 내생을 긍정적 비현실 세계로 규정할 수 있었다.

≪자목란≫과 ≪여장원≫에서는 주인공이 여성 본연의 모습을 했을 때의 삶과, 남성으로 변장했을 때의 삶 사이에 간극이 있었다. 주인공의 모습이 변화함에 따라 그 앞에 펼쳐지는 삶도 달라졌던 것이다. 여성 본연의 모습으로는 이룰 수 없는 사회적 성공이 이루어진다는 점에서 남장한 주인공의 삶은 긍정성을 띠는 것으로 볼 수 있었다. ≪광고사≫와 ≪옥선사≫는 비현실 세계에서 결말을 맞이하는 반면, ≪자목란≫과 ≪여장원≫은 여성 본연의 현실적인 삶으로 돌아가 결말을 맞이한다는 점에서 세계의 이분법적 분할 양상은 다른 점이 있었다.

마지막으로 주인공에 대한 자아 투영과 두 가지 양상을 띠는 이분법적 세계 분할이 궁극적으로 무엇을 의미하는지 살펴보기 위해 '단원'이라는 전형적인 행복한 결말의 이면(裏面)을 파헤쳤다. 단원은 중국고전극의 필연적인 결말로, ≪사성원≫의 주인공들도 모두 단원을 맞이하였다. 하지만 ≪사성원≫의 행복한 결말은 중요한 역설을 담지하고 있었다. ≪광고사≫의 예형이 글재주를 인정받아 등용되는 것과, ≪옥선사≫의 옥통이 수행에 정진하여 중생을 구할 수 있게 되는 것은 문인으로서, 그리고 승려로서 가장 이상적인 결말이다.

그런데 주인공의 이와 같은 이상 실현은 이승과 현생, 다시 말해 현실 세계에서가 아니라 모두 현실을 넘어선 저승과 내생, 즉 초현실적 세계에서 이루어진 것이었다. ≪자목란≫과 ≪여장원≫의 두 여성 주인공은 여성임이 밝혀지면서, 남장을 벗고 본연의 모습으로 돌아감과 동시에 결혼이라는 결말을 맞이하였다. 결혼은 중국고전극의 전형적인 단원이지만 서위의 두 극본에서는 그것을 통해 주인공이 완전히 여성으로 회귀한다는 점에서 역설적이었다. 결혼에 의해 두 여성 주인공은 다시는 사회에 진출하여 자신의 능력을 발휘할 수 없게 되기 때문이었다.

결론적으로 서위는 ≪사성원≫을 통해 세계가 바뀌지 않거나 자아가 바뀌지 않으면 자아의 이상은 실현될 수 없다는 것을 이야기하고 있었다. ≪광고사≫와 ≪옥선사≫에 나타나 있듯 죽어서 저승으로 가거나 환생하여 내생으로 가지 않는 이상 주인공은 행복한 삶을 살 수 없으며, ≪자목란≫과 ≪여장원≫에 나타나 있듯 주인공이 자신의 겉모습을 완전히 바꾸지 않으면 재능을 발휘할 수 없다는 것이다.

따라서 ≪광고사≫와 ≪옥선사≫의 단원은 역설적으로 현실 세계의 부정적인 측면을 강조하는 것이었고, ≪자목란≫과 ≪여장원≫의 단원은 거꾸로 결핍성을 지닌 자아의 소외와 단절을 강조하는 것이었다. 중국고전극의 필연적 결말인 단원은 이처럼 서위에 의해 비극적인 성격을 갖게 되었으며, 이렇게 봄으로써 ≪사성원≫의 각 극본은 원숭이의 구슬픈 울음소리가 될 수 있었다.

다음으로 회화작품을 고찰하여 부정성이 시각적으로 발현된 양상을 살펴보았다. 시, 희곡에서와 달리 회화에서는 당대(當代)의 다른 작가들의 창작 경향에 대한 서위의 부정의식이 직접적으로 드러났다. 서위 회화의 개성은 동시대 다른 화가들의 창작 경향에 적극적으로 반대함으로써 획득된 것이었다. 따라서 회화에 반영된 부정성에 대한 논의는 기존 문인화의 이념과 창작 방식에 거부하는 창작 태도를 살펴보는 것으로 시작하였다.

이 글은 우선 서위가 회화 창작에 있어 기존의 문인화가 지니고 있던 엄숙성을 제거하려는 의도를 가지고 있었음을 주장하기 위해, 북송 이래로 발전해 온 문인화의 지향점을 밝히고, 그에 대한 서위의 입장을 언급하였다. 문인화는 그 형성 과정에서부터 엘리트 의식을 전제하고 있었다. 훌륭한 인품과 학식을 지닌 문인이 필묵으로 유희한다는 점을 강조한 데에는 직업화가에 대한 문인의 우월의식이 반영되어 있었다. 명대의 문인화가들은 원대를 거치며 더욱 확고해진 문인화의 이념을 그대로 받아들였다. 그들은 추숭할 만한 선대(先代) 문인화가를 언급하며 자신의 그림에 계통적 지위를 부여하였다.

당시 문인화가들은 방작(倣作)을 통해 자기 그림의 정통성을 드러내고자 하였다. 당대의 저명한 문인화가들이 수많은 방작을 남긴 데 반해, 서위의 현전하는 작품 중에서 방작은 습작 시절의 작품에서만 아주 드물게 보였다. 서위 그림의 제관은 주로 자호와 인장이나 직접 지은 쓴 시로 구성되어 있었으며, 여기에 문인화의 계보상에 있는 선대 화가의 이름은 거의 등장하지 않았다.

서위는 방작을 그리지 않음으로써 기존 문인화가 지니고 있는 엄숙성이 자신의 그림으로 흡수되지 않도록 하였다. 그리고 오히려 유희의 태도를 취하여 기존 문인화와 거리를 두려고 하였다. 유희는 문인들이 문인화의 형성 단계에서부터 표방해 온 창작 태도였지만, 나중에 '묵희' 같은 표현은 그림 그리는 행위를 가리키는 상투적인 말에 지나지 않게 되었다. 서위는 제관에 희(戲), 학(謔) 등의 글자를 자주 써서 선대의 작가를 전범으로 삼지 않고 자신의 흥취대로 그렸다는 뜻을 나타내었다.

회화 창작에 대한 서위의 유희적 태도는 기존의 문인화가들이 계보를 중시한 것과는 다르게 자신이 그리고 싶은 대로 그리기 위한 것이었다. 또한 서위는 '유희'라는 말을 내세워 그림에 자신이 담고 싶은 생각을 담았는데, 그것은 바로 세계의 부조리함이었다. 세계에 부조리가 만연하므로 자신도 마음대로 하겠다는 태도는, 동시대 문인화가들이 그림을 통해 자연의 이치에 순응하는 뜻을 나타내려 했던 것과는 반대되는 것이었음을 알 수 있었다.

서위가 기존 문인화의 창작 경향에 반대하고 자신만의 화법을 구축하기 위해 내세운 것은 '초초'함이었다. 서위는 대상의 요소요소를 놓치지 않고 정교하게 그린 그림보다는, 대충대충 간략하게 그린 그림이 더 좋은 그림이라고 생각했다. 그리고 그림의 생동감에 대해 논하면서 먹을 적게 사용해야 한다는 원칙 같은 것은 중요하지 않다고 말하였다. 먹을 적게 사용하든 많이 사용하든 그림에서 중요한 것은 생동감이 있는지 여부라는 것이다.

실제로 서위는 그림을 그릴 때 대상을 세밀하게 표현하지 않았고, 발묵법을 활용하는 등 먹을 많이 쓰는 화법을 자주 사용했다. 바로 인물은 이목구비를 자세히 그리지 않고 몇 개의 점과 선으로만 표현하고, 배경은 먹을 흥건하게 칠하여 마무리하는 것이었다. 화훼를 그릴 때에도 빠른 붓놀림으로 간략하게 그리는 것을 선호했다. 수권 화훼 그림의 양식은 전대 화가들에게서 빌려온 것이었으나, 빠르고 간략하게 그리는 표현법은 당시로서는 보기 드문 것이었다. 서위의 그림에서 사물의 형태는 갈수록 추상화되었다. 서위는 형상을 해체함으로써 사물이 눈이나 비, 바람에 흔들리는 것처럼 보이게 할 수 있었다.

빠른 속도의 붓질과 정교하게 그리지 않는 표현법은 그가 평소 가지고 있던 격한 감정에 의해 이루어진 것이었다. 서위 그림이 자아내는 거친 느낌에는 긍정적인 감정보다는 부정적인 감정이 반영되어 있었다. 시를 통해 보았듯이, 서위는 세계에 대해 강한 거부감을 가진 한편 소외감과 단절감을 느끼고 있었다. 그의 부정적인 감정은 화면을 종횡무진하며 대담하게 그림을 그리는 데 영향을 미쳤다. 여기에 술기운이 더해져 감정은 증폭되었다. 이와 같은 감정 상태는 결과적으로 그림에 생동감을 부여하여, 서위의 그림은 전대, 동시대 다른 화가들의 그림과 차별화되었다.

서위의 부정적인 태도는 그가 그림에 부여한 의미를 통해 구체적으로 나타났다. 화면에 쓰인 시는 그림의 거친 형상에서 유추할 수 있는 작자의 격한 감정을 설명해주는 역할을 했다. 이렇게 서위는 그림에 시를 써서 형상의 이면에 자신의 생각을 깃들였는데, 그 내용은 시를 분석하면서 살펴본 바와 동일했다. 다만 그것이 그림 위에 쓰임으로써 새롭게 유념해야 할 점은 기존의 문인화가들이 제화시를 통해 그림에 깃들인 생각에 반(反)하는 것이었다는 점이다. 서위는 문인화의 제재를 차용하였으나 그가 그것에 반영한 의미는 본래의 것과는 전혀 달랐다.

예를 들어, 화면 안의 시에 의해 그려진 인물은 자연의 정취를 만끽하며 한가롭게 노니는 것이 아니라 분노에 차 있거나 허탈해하고 있었다. 장원급제를 의미하던 게는 벼 도둑으로 바뀌는 등 전통적인 문인화의 제재는, 서위에 의해 긍정적 의미를 상실하게 되었다. 이처럼 서위는 그림을 통해서도 세상을 마음껏 비웃고 조롱하고 있었다.

사람들이 칭송해 마지않던 문인화의 제재들이 부정적인 의미를 갖게 된 것은 그림에, 세계에 대한 서위의 부정적인 시선이 녹아든 데서 기인한 것이었을 뿐만 아니라, 자기 자신의 소외와 결핍을 이입한 데서 기인한 것이었다. 부귀를 상징하는 모란, 군자라고 칭송받았던 매화·대나무·국화는 서위의 그림에서는 본래의 상징적 의미를 잃게 되었다. 서위는 자신의 가난한 신세, 위기에 처한 상태

등을 그림 속 대상에 이입하여 그것들이 본래 가지고 있던 고아한 격조를 반감시켰다.

이상을 통해 서위의 시에 나타난 세계의 분할과 거부, 자아의 이탈과 결핍이 희곡과 회화에도 적용된다는 점을 밝혔다. 따라서 부정성은 서위 시에 국한되는 성격이 아니라 희곡과 회화를 포괄하는, 다시 말해 서위 예술을 아우르는 특성임을 보았다.

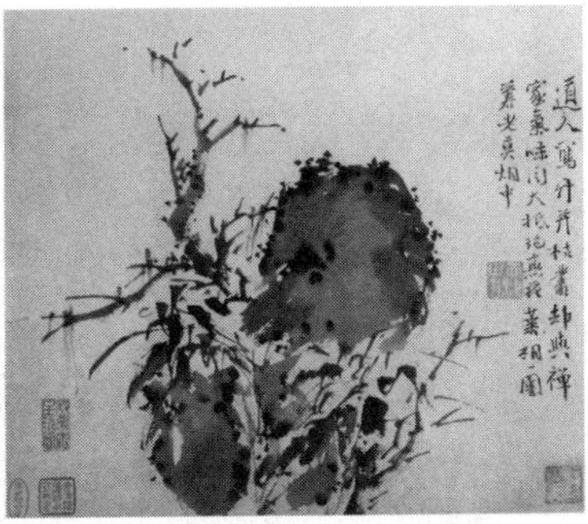

제 5 장

—

결 론

이 연구는 서위의 예술작품을 총체적으로 이해하기 위해 시를 출발점으로 삼았다. 서위는 중국 역사상 보기 드물게 다양한 형식의 예술작품을 남긴 문인으로, 명대 예술의 각 방면에서 중요한 위치를 점하고 있다. 그러나 지금까지 서위의 예술에 관한 연구는 각 형식에 국한하였고, 그의 예술세계 전체를 일관성 있게 파악하는 데에는 이르지 못했다. 게다가 개별 작품에 대한 논의도 구심점을 갖지 못한 채 다양한 추측만 양산되어왔다.

본서는 기존의 엇갈린 해석들을 바로잡고, 서위의 예술작품을 관통하는 원리를 찾는 데 있어, 그동안 미진했던 시 분석이 토대가 될 것이라고 보았다. 왜냐하면 시는 서위가 전 생애에 걸쳐서 그때그때 외부세계 및 내부세계를 탐색하여 반영한 예술 형식이기 때문이었다. 이 글의 서론에서 시, 특히 중국고전시는 시인이 보고 듣고 느낀 것을 진솔하게 표출한 예술 형식이며, 서위 역시 그것을 마음이 가는 대로, 정신이 움직이는 대로 써야 한다고 생각했음을 보았다. 따라서 다른 어떤 예술작품보다 시를 통해 작자의 정신 활동의 경향성을 가장 잘 파악할 수 있다고 여겼다.

서위 시를 분석하는 데 있어 본서는 인식의 대상으로서 세계와 자아를 분석의 주요 대상으로 삼았다. 자아는 작자에 의해 인식된 자기 자신으로, 시에서는 발화자로 나타남과 동시에 묘사의 대상이 되는 것이었다. 세계는 자아를 둘러싼 시·공간으로 자아와 화합하기도 하고 대립하기도 하는, 자아 이외의 모든 것이라고 간주했다. 서위 시에서는 특히 인식의 대상으로서 시인의 자아가 드러나는 양상이 주목되었다. 이 점은 선행 연구에서도 지적된 바 있으나, 자아의 등장과 발전의 전 과정을 면밀히 고찰한 연구는 없었다.

또한 기존 연구는 서위 시에서 세계가 어떻게 묘사되는지에 대해서는 관심을 갖지 않았다. 그와 달리 본서에서는 서위의 예술작품 전체를 이해하는 데 있어서 자아가 어떻게 형상화되는지 고찰하는 것이 중요할 뿐만 아니라, 세계가 어떻게 묘사되고 있는지, 그리고 자아와 세계가 어떤 관계를 맺고 있는지 살펴보는 것이 핵심적이라고 보았다.

제2장에서는 서위 시에서 세계가 묘사되는 방식을 살펴보았다. 먼저 세계가 이분법적으로 분할되는 경향을 관찰하였다. 서위 시에는 초현실적 세계와 현실 세계의 구분, 가진 자와 못 가진 자의 대비, 과거와 현재의 비교, 구속된 공간과 그 바깥의 구분 등 이분법적 분할이 다양한 양상으로 나타났다. 세계를 둘로 나누는 경향은 단순한 대비적 분할에 그치지 않고 긍정과 부정의 이분법으로 고착되었다. 그리고 서위에게 있어 긍정과 부정의 이분법은 긍정적 측면이 아니라 부정적 측면을 강조하기 위한 것이며, 특히 자기 자신이 속해 있는 현실을 부정적으로 바라보는 데서 출발하였음을 밝혔다.

서위는 처음에는 자신이 개입되지 않은 사회의 현실을 일방적으로 옳지 못하다고 역설하다가, 자아의 이상과 포부를 실현하지 못하게 되면서 점차 자아를 둘러싼 현실에 대해서도 부정적으로 인식하게 되었다. 이러한 부정의식은 세계를 거부하는 관점이 굳어지는 데 영향을 미쳤다.

서위의 부정적 세계관이 표출되는 양상은 두 가지로 분류할 수 있었다. 우선 긍정적 측면과 부정적 측면을 대비하는 과정에서 후자가 강조되는 경향을 목도할 수 있었다. 또한 세계를 묘사하면서 아름다움을 지양하고 바람직하지 않은 부분을 드러내거나, 실현할 수 없는, 혹은 존재하지 않는 상황을 지속적으로 제시하여 부정성을 부각시켰음을 확인하였다. 부정어를 사용하여 '불능'과 '부재'를 나타내는 것은 자아의 할 수 없음 및 소유하지 못함과 직결된다는 점을 파악하고, 이로부터 자아에 관해 논의할 필요성을 제기하였다.

제3장에서는 시에서 자아가 등장하고 세계와 대립하며, 결국 세계와의 대결에서 패배하게 되는 일련의 과정을 고찰하였다. 세계에 대한 서술은 시기상으로 명확한 경계 없이 서서히 변화했던 반면, 자아에 대한 서술은 서위의 실제 삶의 변화와 발을 맞추고 있었다. 발광 이전 시기, 발광·입옥 시기, 출옥 이후로 나누어 자아가 어떻게 이탈과 결핍의 경로를 걷는지 살펴보았다.

첫 번째 시기에서는 먼저 자아가 등장하는 과정을 관찰하였다. 서위 시는 처음에는 세계를 묘사하는 것을 위주로 전개되었다. 그러다가 20~30대에 자아에 대한 서위의 인식이 확고해지면서 시에서 '나'가 간헐적으로 모습을 드러내기 시작하였다. 자아의 입장은 세계를 묵묵히 관조하는 것에서 세계로 뛰어들어 직접 경험하는 것으로 전환되었다. 이 시기 서위는 강한 자존의식을 지니고 있어 항상 자신의 생각이 옳다고 믿었으나 세상에서 인정받지 못하고 소외되었다. 이에 따라 고차원의 세계를 경험하고자 초월적 존재와의 만남을 시도하였으나 그마저도 좌절되고 만다. 막부에서의 생활은 경제적으로 여유를 안겨주는 듯했으나 더 큰 세상으로 나아갈 길을 가로막았다는 점에서 걸출한 자아를 고립시키는 굴레였다.

두 번째 시기는 호종헌의 수감으로 막부가 해산된 때로부터, 서위가 계실 장씨를 살해한 죄로 수감되어 있을 때까지로 규정하였다. 이 시기는 서위가 정신병 증세를 보인 시기로 시 속에서 자아는 정처 없이 떠도는 존재로 나타났다. 이와 더불어 심리적 긴장이 고조되어 있는 것을 볼 수 있었다. 서위는 자신이 괴롭힘을 당할 것 같다는 불안감에 시달리고 있었다. 그는 자살을 시도하는 등 삶과 죽음 사이를 오가는 불안한 상태에서 벗어나지 못하다가 결국 살인을 저질러 파국을 맞이하게 되었다.

불안한 심리상태는 몸이 감옥이라는 공간에 구속됨에 따라 수감된 이후에도 지속적으로 나타났다. 서위는 자신을 억압하는 감옥에서 벗어나 자유를 누리길 바랐으나 그 소망을 실현하기는 어려웠다. 이와 같은 상황이 지속되면서 견고했던 자존의식은 점차 빛바래기 시작했다. 시 속에서 자아는 이리 치이고 저리 치이는 위태로운 존재로 변모해갔다.

세 번째 시기는 감옥에서 풀려난 이후부터 73세로 생을 마감할 때까지였다. 석방된 직후 서위는 그토록 원했던 자유를 누리며 재기를 꿈꾸는 등 희망에 차 있었다. 그러나 이내 자신의 삶이 순조롭지 않음을 절감하게 된다. 재기에 대한 꿈은 무산될 수밖에 없었고, 세상은 여전히 자신을 등용해주지 않았다. 그리하여 이 시기의 자아는 이전 시기에서 소외되고 고립되었던 것과 달리, 의도적으로 세상과 거리를 두는 모습을 보였다. 세상과 거리를 두다 보니 홀로 보내는 시간이 많아지면서 서위는 자신의 상태에 집중하게 되었다. 세계가 어떠한지보다는 자신이 어떠한지에 관해 더 큰 관심을 갖게 됨에 따라 자신이 결핍한 것들을 강하게 표명하였다.

자아의 결핍된 모습은 다양한 양상으로 나타났다. 초반에는 불능(不能), 불식(不食), 금전의 부족과 같이 자아의 현재 상태에 가(加)해져야 마땅한 것이 가해지지 않음을 문제 삼았다면, 시간이 흐를수록 현재 상태에서 감(減)해지는 것을 의식하여 소유물의 파손과 분실, 몸의 손상 등에 주목하게 되었다. 시에서 자아는 끊임없이 소외되고 방황하며 억압받고 단절되는 등 계속해서 세계로부터 이탈해 있다가, 그 여정의 끝에서 극심한 결핍에 시달리는 모습을 보여주었다.

제4장에서는 시를 통해 밝힌 세계의 분할과 거부, 자아의 이탈과 결핍이 희곡·회화작품에는 어떻게 나타나는지 살펴보았다. 먼저 서위의 희곡작품 ≪사성원≫의 대제목과 소제목을 고찰하여 주인공에 대한 작자 서위의 자아 투영과 시·공간의 이분법적 분할을 논의하기 위한 발판으로 삼았다.

특히 소제목, 즉 네 편 극본의 제목을 순서대로 나열하면 한 편의 시가 된다는 점에 주목하여 압운과 대장의 양상을 확인하였다. 소제목의 구조를 통해 각 극본이 단순히 창작시기별로 나열된 것이 아니라 두 극본씩 짝을 이루기 위해 의도적으로 배치되었다고 추측할 수 있었다. ≪광고사≫와 ≪옥선사≫가, ≪자목란≫과 ≪여장원≫이 각기 짝을 이룬다는 점을 바탕으로 앞의 두 편과 뒤의 두 편에 나타난 주인공과 세계를 살펴보았다.

극본의 주인공에는 작자 자신이 투영되어 있었다. 네 편 극본의 주인공은 소신을 가지고 세상에 맞서며 의지를 굽히지 않는 성격과, 세상 사람들을 놀라게 할 만한 재능을 지니고 있었고, 이 점은 작자 서위가 스스로 인식한 자신의 성격 및 재능과 일치하였다. 그리고 앞 두 편의 주인공 예형과 옥통은 타인으로 하여금 자신을 해치게 하는 고오한 성격을 지녔다는 점에서, 나머지 두 편의 주인공 목란과 춘도는 사회에 진출할 수 없는 여성이라는 점에서 부정성을 지니고 있었다. 이 점 역시 서위 시에서 보았던 자아의 모습과 맞닿아 있는 것이었다.

예형은 이승에서, 옥통은 현생에서 그 성격으로 인해 세계와의 대립에서 패배하고, 목란과 춘도는 여성이라는 이유로 그 모습을 바꾸지 않고서는 좌절할 수밖에 없었다. 이 점은 작자 서위가 자신의 생각이 옳고 출중한 능력을 가졌다고 여겼으나, 끊임없이 소외와 단절을 겪어 결국에는 자신의 '불능'을 인식하게 되고, 세계와의 갈등과 대립에서 영원히 좌절하는 모습과 일맥상통하였다.

각 극본에서 세계는 현실 세계와 비현실 세계로 나누어졌고 전자는 부정성을, 후자는 긍정성을 띠고 있음을 알 수 있었다. ≪광고사≫와 ≪옥선사≫는 이승/현생, 저승/내생의 구조로 주인공은 각기 저승과 내생, 즉 초월적이고 이상적인 세계에서 행복한 결말을 맞이하였다. ≪자목란≫과 ≪여장원≫은 여성 본연의 삶과 남성으로 가식한 삶으로 나뉘어 있었는데, 앞의 두 편과 달리 주인공은 부정성을 띤 여성 본연의 삶으로 돌아와 결혼이라는 단원을 맞이하였다.

각 극본은 이처럼 표면적으로는 단원, 즉 행복한 결말을 맞이하고 있지만 앞 두 편은 그것이 현실 세계가 아닌 이상 세계에서 이루어진다는 점에서, 뒤 두 편은 결혼으로써 영원히 사회로 진출하지 못하는 여성의 삶을 살게 된다는 점에서 역설을 내포하고 있었다.

그 다음으로 회화작품을 분석하여 부정성이 시각적으로 어떻게 발현되었는지 살펴보았다. 서위의 회화 창작은 거부를 원동력으로 삼고 있었다. 그 거부는 기본적으로 문인의 고상한 취향이 농후한 기존의 문인화에 대한 것이었다. 서위가 예술 전반에 대해서 독창성을 중시하였고, 특히 문학에 있어서 당시의 주류적 경향에 반대했다는 점은 널리 알려진 바 있다. 그런데 회화는 기존의 문인화를 반대하고 조롱할 의도로 창작되었다는 점에서 창작 태도에 있어 다른 예술작품보다 거부의 성격이 강했다.

이와 같은 창작 태도의 부정성은 필법과 형상을 통해 구현되었다. 서위의 필법은 빠른 속도, 간략함, 먹의 번짐을 골자로 하는 공격적 성향의 것이었다. 이와 같은 필법을 사용함으로써 그림 속 사물의 형상은 해체되어 추상화(抽象化)의 길을 걷게 되었다. 서위는 거친 형상으로 자신의 부정적인 감정을 그림에 반영했을 뿐만 아니라 자제시를 통해 자신의 부정적인 시선을 구체적으로 드러내었다. 서위 시 전반에 나타나는 세계와 자아에 대한 관점은 그의 제화시에서도 견지되고 있었다. 서위는 제화시를 통해 세계에 대한 냉소와 조롱의 뜻을 드러내는 한편, 결핍된 자아의 모습을 그림의 대상에 이입하였다. 이에 따라 그림의 형상에도 부정적인 의미가 부여되었다.

이처럼 세계가 분할되고 거부되는 경향 및 자아가 이탈되고 결핍되는 경향은 서위 시를 비롯하여 희곡과 회화에 일관되게 나타나는 특징이다. 세계와 자아가 서술되는 방식을 통해 서위 시에 구축된 부정성 역시 서위의 예술작품에 공히 나타나는 특성이다. 따라서 부정성은 서위 예술의 근본적인 특질이며, 서위의 예술작품을 이해하는 열쇠이다.

한 가지 형식의 예술작품만을 대상으로 삼은 기존 연구에서 겉으로 드러나는 현상을 파악하는 데 그친 것과 달리, 본서는 서위 시 분석을 통해 서위가 인식하고 표현하는 경향을 관찰하여 분할과 거부, 이탈과 결핍이라는 내재적 힘을 발견하였다. 세계와 자아 각각에 대해서, 그리고 그 관계에서 작용하는 분할과 거부, 이탈과 결핍의 힘은 바로 서위의 예술작품이 창작되는 원리이다.

본서의 관심은 서위의 예술작품이 어떤 원리에 따라 창작되었는가에 집중되어 있었다. 이 연구는 서위의 예술세계를 총체적으로 이해하려는 노력의 일환으로 그의 시, 희곡, 회화를 주요 대상으로 삼았다. 하지만 서위의 문집에는 여전히 다양한 형식의 문(文)을 비롯하여 부(賦), 사(詞), 방련(榜聯) 등 수많은 작품이 연구자의 손길을 기다리고 있다. 또한 그의 글씨〔書〕에 관해서도 체계적인 연구가 필요하다.

앞으로도 서위의 예술작품을 다각도로 조명할 수 있도록 총력을 기울일 것이 요구된다. 그리고 이 연구를 바탕으로 서위의 시를 더욱 깊이 탐색해야 할 것이며, 역해하는 작업 또한 이루어져야 할 것이다. 더 나아가서 서위를 기점으로 명말청초에 전개된 예술적 흐름을 연구하는 것도 의미 있는 일이 되리라 생각한다.

참고문헌

1. 원전・주석서・사전류

(1) 원전 및 사전

(明) 徐渭 撰, ≪徐渭集≫, 北京: 中華書局, 2003.

(明) 徐渭 著, 周中明 校注, ≪(古代戲曲叢書)四聲猿・歌代嘯(附)≫, 上海: 上海古籍出版社, 1984.

(明) 袁宏道 著 ; 錢伯城 箋校, ≪袁宏道集箋校≫, 上海: 上海古籍出版社, 2008.

(淸) 乾隆 御製, ≪(文淵閣)四庫全書≫ 電子版, 香港: 迪志文化出版有限公司, 1999.

(漢) 司馬遷 撰, ≪史記≫ ; (南朝 宋) 范曄 撰, ≪後漢書≫

(梁) 蕭統 編, (唐) 李善 註, ≪文選註≫

(唐) 太宗文皇帝 御撰, ≪晉書≫

(唐) 杜甫 撰, (淸) 仇兆鰲 注, ≪杜詩詳注≫

(宋) 文天祥 撰, ≪文山集≫ ; (宋) 范成大 撰, ≪石湖詩集≫

(宋) 孫奕 撰, ≪示兒編≫ ; (宋) 陸游 撰, ≪入蜀記≫

(宋) 曾慥 編, ≪類說≫ ; (宋) 黃庭堅 撰, ≪山谷集≫

(元) 湯垕 撰, ≪畫鑒≫ ; (淸) 谷應泰 編, ≪明史紀事本末≫ 외 다수.

(淸) 董天工 撰, ≪武夷山志≫, 姜亞沙 等 編, ≪中國名山志≫, 北京: 全國圖書館文獻縮微復制中心, 2005.

(淸) 黃向堅 撰, ≪曲海總目提要≫, ≪明淸筆記史料(淸)≫ 卷177, 北京 : 中國書籍, 2000.

劉俊文 總纂, 北京愛如生數字化技術硏究中心 硏製, ≪中國基本古籍庫≫.

(漢) 許愼 撰, ≪說文解字≫ ; (南朝 宋) 劉義慶 撰, ≪世說新語≫

(晋) 郭璞 撰, (清) 茆泮林 輯, ≪玄中記≫
(宋) 于石 撰, ≪紫巖詩選≫
(元) 倪瓚 撰, ≪淸閟閣遺稿≫ ; (元) 夏文彦 撰, ≪圖繪寶鑒≫
(明) 王驥德 撰, ≪曲律≫ ; (明) 袁宏道 撰, ≪袁中郎全集≫
(明) 張居正 撰, ≪張太岳先生文集≫ 외 다수.
浦江清 撰, ≪浦江清文錄≫, 北京: 人民文學出版社, 1989.
漢語大詞典出版社, ≪漢語大詞典≫2.0版, 香港: 商務印書館, 2002.

⑵ 주석서
김학주, ≪詩經≫, 서울: 명문당, 1988.
장자 지음, 김창환 옮김, ≪장자≫(잡편), 서울: 을유문화사, 2012.
류종목・송용준 역해, ≪宋詩選≫, 서울: 서울대학교출판부, 2001.
열어구 지음, 김영식 옮김, ≪열자≫, 서울: 지식을만드는지식, 2010.
오수형 편역, ≪당송팔대가의 산문세계≫, 서울: 서울대학교출판부, 2000.
원굉도 지음, 심경호・박용만・유동환 옮김, ≪역주 원중랑집≫, 서울: 소명출판, 2004.
傅杰 譯註, ≪徐渭詩文選譯≫, 成都: 巴蜀書社, 1994.

2. 화집

(明) 文徵明 繪, ≪文徵明書畫集≫, 北京: 中國民族攝影藝術出版社, 2003.
(明) 徐渭 繪, ≪徐渭精品畫集≫, 天津: 天津人民美術出版社, 2002.
(明) 徐渭 繪, ≪徐渭書畫集≫, 北京: 北京工藝美術出版社, 2005.
(明) 徐渭 繪, ≪徐渭集書畫全集≫(套裝共2冊), 天津: 天津人民美術出版社, 2014.
(明) 沈周 繪, ≪沈周書畫集≫, 北京: 中國民族攝影藝術出版社, 2003.
(明) 陳淳 繪, ≪陳淳精品畫集≫, 天津: 天津人民美術出版社, 2007.

3. 단행본

(1) 연구서

권응상, ≪서위 희곡 연구≫, 서울: 연극과인간, 2000.

_____, ≪徐渭의 삶과 詩文論≫, 대구: 중문, 1999.

김 석, ≪에크리－라캉으로 이끄는 마법의 문자들≫, 파주: 살림, 2007.

김학주, ≪중국문학사≫, 서울: 신아사, 2008.

김 현, ≪전체에 대한 통찰≫, 서울: 나남출판, 1995.

논장 편집부 엮음, ≪미학사전≫, 서울: 논장, 1988.

서경호, ≪중국문학의 발생과 그 변화의 궤적≫, 서울: 문학과지성사, 2003.

심경호, ≪한시의 세계≫, 파주: 문학동네, 2006.

오수경・홍영림・김순희・이지은・이현정・박양화, ≪중국 고전극 읽기의 즐거움≫, 서울: 민속원, 2011.

이기면, ≪원굉도 문학사상≫, 파주: 한국학술정보, 2007.

이지훈, ≪예술과 연금술－바슐라르에 관한 깊고 느린 몽상≫, 파주: 창비, 2004.

장영태, ≪횔덜린－생애와 문학・사상≫, 서울: 문학과지성사, 1987.

邱春林, ≪聖徒與狂俠－凡・高, 徐渭比較硏究≫, 上海: 中西書局, 2010.

駱玉明, 賀聖遂, ≪徐文長評傳≫, 杭州: 浙江古籍出版社, 1987.

駱玉明, ≪縱放悲歌－明江南才士詩≫, 香港: 中華書局, 1990.

裴 斐, ≪詩緣情辨≫, 成都: 四川文藝出版社, 1986.

付 瓊, ≪徐渭散文硏究≫, 上海: 上海古籍出版社, 2007.

徐朔方, ≪晚明曲家年譜≫, 杭州: 浙江古籍出版社, 1993.

徐朔方, 孫秋克, ≪明代文學史≫, 杭州: 浙江大學出版社, 2009.

林榮森, ≪徐渭書法藝術之硏究≫, 臺北: 文史哲出版社, 2004.

張德建, ≪明代山人文學硏究≫, 漢城(서울): 新星出版社, 2003.

張新建, ≪徐渭論稿≫, 北京: 文化藝術出版社, 1990.

錢仲聯 等 撰, ≪元明淸詩鑒賞辭典－遼・金・元・明≫, 上海: 上海辭書出版社, 2005.

趙景深, ≪戲劇筆談≫, 上海: 上海古籍出版社, 1980.

周 群, 謝建華, ≪徐渭評傳≫, 南京: 南京大學出版社, 2006.

戚世雋, ≪明代雜劇硏究≫, 廣州: 廣東高等教育出版社, 2001.

Craig Clunas, *Elegant Debts: The Social Art of Wen Zhengming, 1470-1559*, University of Hawai'i Press, 2004.

James J. Y. Liu, *The Art of Chinese Poetry*, Chicago : University of Chicago Press, 1962.
Kang-i Sun Chang・Stephen Owen, *The Cambridge History of Chinese Literature* VolumeⅡ, Cambridge University Press, 2010.
Shiamin Kwa, *Strange Eventful Histories: Identity, Performance, and Xu Wei's Four Cries of a Gibbon*, Cambridge, Mass.: Harvard University Asia Center, 2012.
Zuyan Zhou, *Androgyny in Late Ming and Early Qing Literature*, Honolulu: University of Hawai'i Press, 2003.
Julia Kristeva, *La révolution du langage poétique: l'avant-garde à la fin du XIXe siècle, Lautréamont et Mallarmé*, Paris: Editions du Seuil, 1974.

(2) 번역서

가스통 바슐라르 지음, 김병욱 옮김, ≪불의 정신분석≫, 서울: 이학사, 2007.
갈로 지음, 강관식 옮김, ≪중국회화이론사≫, 파주: 돌베개, 2010.
가와이 코오조오 지음, 심경호 옮김, ≪중국의 자전문학≫, 서울: 소명출판, 2002.
다카하시 치하야 지음, 김순희 옮김, ≪에도의 여행자들≫, 파주: 효형출판, 2004.
동기창 지음, 변영섭 외 옮김, ≪동기창(董其昌)의 화론-화안(畵眼)≫, 서울: 시공사, 2012.
디이터 람핑 지음, 장영태 옮김, ≪서정시: 이론과 역사-현대 독일시를 중심으로≫, 서울: 문학과지성사, 1994.
미하일 바흐친 지음, 김희숙・박종소 옮김, ≪말의 미학≫, 서울: 길, 2007.
브루스 핑크 지음, 맹정현 옮김, ≪라캉과 정신의학≫, 서울: 민음사, 2004.
사사키 겡이치 지음, 민주식 옮김, ≪미학사전≫, 서울: 동문선, 2002.
수잔 부시 지음, 김기주 옮김, ≪중국의 문인화≫, 서울: 학연문화사, 2008.
수잔 K. 랭거 지음, 박용숙 옮김, ≪예술이란 무엇인가≫, 서울: 문예출판사, 1993.
양신・리처드 반하트・섭숭정・제임스 캐힐・낭소군・무홍 지음, 정형민 옮김, ≪중국 회화사 삼천년≫, 서울: 학고재, 1999.
오다 스스무 지음, 권택술・김장호 감수, 김은주 옮김, ≪동양의 광기를 찾아서≫,

서울: 도서출판 르네상스, 2004.
유약우(劉若愚) 저, 이장우 역, ≪중국시학≫, 서울: 명문당, 1994.
장파 지음, 백승도 옮김, ≪장파교수의 중국미학사-살펴보다 맛보다 깨닫다≫, 파주: 푸른숲, 2012.
줄리아 크리스테바 지음, 김인환 옮김, ≪시적 언어의 혁명≫, 서울: 동문선, 2000.
천핑위안 저, 이종민 역, ≪중국소설의 근대적 전환≫, 부산: 산지니, 2013.
후고 프리드리히 지음, 장희창 옮김, ≪현대시의 구조-보들레르에서 20세기 중반까지≫, 서울: 지식을만드는지식, 2009.

4. 학위논문

구본아, <徐渭(徐青藤)의 繪畵 研究>, 홍익대학교 석사학위논문, 2001.
권응상, <徐渭의 ≪四聲猿≫ 研究>, 서울대학교 석사학위논문, 1988.
______, <徐渭 文學論 研究>, 서울대학교 박사학위논문, 1993.
김란희, <한국 민중시의 언어적 실천 연구-1970・80년대 민중시에 나타난 '부정성'의 의미화 양상을 중심으로>, 서강대학교 박사학위논문, 2011.
박윤우, <1950년대 한국 모더니즘 시 연구-否定性의 형태화 양상을 중심으로>, 서울대학교 박사학위논문, 1998.
백윤수, <석도 예술사상과 양명학적 배경에 관한 연구>, 서울대학교 박사학위논문, 1996.
손미선, <徐渭의 繪畵 研究>, 숙명여자대학교 석사학위논문, 1994.
서용준, <李白詩의 화자에 대한 연구-장편 서정시를 중심으로>, 서울대학교 박사학위논문, 2008.
신은숙, <徐渭 大寫意畵의 陽明心學的 狂態美學 研究>, 성균관대학교 박사학위논문, 2010.
신주리, <16~17세기 江南의 周邊部 文人 研究-陳繼儒와 李漁의 상업적 글쓰기를 중심으로>, 서울대학교 박사학위논문, 2012.
안수진, <모더니즘詩의 否定性 形成 研究-朴寅煥과 金洙暎을 中心으로>, 서울대학교 석사학위논문, 1997.
우재호, <袁宏道詩歌研究>, 서울대학교 박사학위논문, 1995.
이주현, <徐渭 自畵自題詩 研究>, 서울대학교 석사학위논문, 2010.

이현정, <明 中期 文人 戱曲 硏究-王九思·康海·李開先을 중심으로>, 서울대학교 석사학위논문, 2005.
정종미, <徐靑藤과 그 藝術>, 서울대학교 석사학위논문, 1984.
최은성, <기형도 시의 부정성 연구>, 조선대학교 석사학위논문, 2006.
최정우, <바타이유의 '유물론'과 문학적 전복-≪마담 에드와르다≫를 통해 본 부정성과 변증법의 의미>, 서울대학교 석사학위논문, 2009.
최형섭, <중국 소설을 통해 본 '개인'에 대한 인식의 변화-'四大奇書'부터 ≪紅樓夢≫까지의 변화를 중심으로>, 서울대학교 박사학위논문, 2007.
龔吉雯, <徐渭寫意精神與當代意筆花鳥畵發展的得與失>, 雲南大學 碩士學位論文, 2011.
喬永輝, <生命的悲歌, 藝術的絶唱-徐渭, 凡·高創作心態的比較>, 山東師範大學 碩士學位論文, 2006.
邱寶惠, <徐渭文藝理論-氣的觀點>, 臺灣: 東海大學 碩士學位論文, 2002.
仇國梁, <凡高與徐渭-兩位瘋癲藝術家之比較>, 南京師範大學 碩士學位論文, 2005.
歐陽愛武, <試論徐渭繪畵的價値取向>, 湖南師範大學 碩士學位論文, 2012.
馬 嵐, <試論徐渭的大寫意畵風>, 河北師範大學 碩士學位論文, 2008.
方 姝, <徐渭花鳥畵風格成因硏究>, 上海師範大學 碩士學位論文, 2009.
付 瓊, <命運悲歌與人生戀歌-徐渭詩歌的雙重解讀>, 曲阜師範大學 碩士學位論文, 2001.
______, <徐渭散文的特色及其在文學史上的地位>, 復旦大學 博士學位論文, 2004 〔付瓊, ≪徐渭散文硏究≫(上海: 上海古籍出版社, 2007)로 출간〕.
成國良, <"本色"與"我自用我法"的比較-徐渭, 石濤的繪畵創作思想比較>, 聊城大學 碩士學位論文, 2007.
孫 珂, <惟將搏擊應凉風-試論徐渭的詩書畵一體性>, 山東師範大學 碩士學位論文, 2009.
孫鄂南, <徐渭≪狂鼓史漁陽三弄≫雜劇硏究>, 臺灣: 玄奘大學 碩士學位論文, 2012.
辛立松, <論徐渭狂性美學>, 南京師範大學 碩士學位論文, 2011.
呂 琦, <被迫的天才-徐渭繪畵藝術硏究>, 四川美術學院 碩士學位論文, 2004.
吳科玉, <徐渭藝術觀念及創作實踐硏究>, 廈門大學 碩士學位論文, 2007.
吳蕙君, <徐渭花鳥畵藝術自主性硏究>, 臺灣: 國立成功大學 碩士學位論文, 2011.
王東民, <"書畵同體"觀念與徐渭大軸書法的繪畵性表現>, 浙江大學 碩士學位論文,

2012.

王鳳雪, <徐渭的美學思想研究>, 山東師範大學 碩士學位論文, 2011.

劉 潯, <穿行於人生與藝術創造的維度－徐渭繪畫藝術探析>, 廣西師範大學 碩士學位論文, 2007.

劉 燕, <徐渭書法與繪畫風格的相關性>, 中央美術學院 碩士學位論文, 2007.

李利軍, <徐渭詩文研究>, 西北師範大學 碩士學位論文, 2005.

李 莉, <徐渭≪四聲猿≫論>, 北京師範大學 碩士學位論文, 2010.

李子良, <徐渭小品的審美取向和創作姿態>, 東北師範大學 碩士學位論文, 2007.

張小李, <論徐渭的自我觀及對其文學思想的影響>, 首都師範大學 碩士學位論文, 2006.

張 淼, <徐渭詩歌研究>, 復旦大學 博士學位論文, 2008.

張 平, <迮世文章今猶在, 一腔崎憤幾人知－徐渭詩歌論>, 蘇州大學 碩士學位論文, 2004.

張洪橋, <借其異跡, 吐我奇氣－徐渭≪四聲猿≫中的女扮男裝現象透視>, 華中科技大學 碩士學位論文, 2005.

張耀龍, <徐渭的大寫意風格>, 西北師範大學 碩士學位論文, 2012.

齊 薇, <徐渭蒙克之比較>, 青島大學 碩士學位論文, 2012.

조미연, <徐渭的曲論與劇作之硏究>, 南京大學 博士學位論文, 2001.

秦 芹, <筆墨與筆觸－以徐渭與文森特・梵・高的繪畫藝術之比較爲例>, 湖北美術學院 碩士學位論文, 2010.

曾 穎, <≪墨葡萄≫與≪向日葵≫－徐渭與凡・高繪畫藝術比較研究>, 河南大學 碩士學位論文, 2004.

陳虎東, <徐渭及≪四聲猿≫"本色"研究>, 江西財經大學 碩士學位論文, 2009.

蔡 丹, <徐文長詩歌創作研究>, 陝西師範大學 碩士學位論文, 2009.

彭 哲, <徐渭與八大花鳥畫比較與研究>, 南京師範大學 碩士學位論文, 2011.

何 平, <徐渭藝術風格研究>, 東南大學 博士學位論文, 2011.

許若菱, <異境/藝境: 徐渭詩文中的疾病與自我>, 臺灣: 國立暨南國際大學 碩士學位論文, 2011.

胡 璉, <從徐渭的潑墨寫意中體驗藝術創作的情態自由>, 南京師範大學 碩士學位論文, 2010.

黃秀軍, <明代女性意識與女性題材文學－以≪雌木蘭≫, ≪女狀元≫, ≪牡丹亭≫爲中心>, 北京師範大學 碩士學位論文, 2004.

Kathleen M. Ryor, "Bright Pearls Hanging in the Market Place:

Self-Expression and Commodification in the Painting of Xu Wei," Ph. D. Dissertation at New York University, 1998.

Shiamin Kwa, "Songs of Ourselves: Xu Wei(1521-1593)'s *Four Cries of a Gibbon(Sisheng yuan)*," Ph. D. Dissertation at Harvard University, 2008.

Shou-chih Issac Yen, "Xu Wei's *Zahua*: A Study of Genres," Ph. D. Dissertation at Yale University, 2004.

5. 일반논문

권응상, <≪狂鼓史≫의 "有爲"攷>, ≪中國文學≫ 제38집, 2002.

김재철, <헤겔의 부정성 개념에 대한 하이데거의 해석>, ≪하이데거 연구≫ 제14집, 2006.

백윤수, <절파의 변명>, ≪美學≫ 제35집, 2003.8.

송용준, <도연명 시에 나타난 '술'의 의미>, ≪人文論叢≫ 제65집, 2011.

윤지영, <시 연구를 위한 시적 주체(들)의 개념 고찰>, ≪국제어문≫ 제39집, 2007.

이주현, <서위(徐渭)의 시화(詩畵)에 나타난 매화의 모습과 그 의미>, ≪문헌과 해석≫, 파주: 문헌과해석사, 2010년 여름 통권51호.

______, <장원급제, 벼 도둑 혹은 술안주-서위(徐渭)의 게 그림>, ≪문헌과해석≫, 파주: 문헌과해석사, 2011년 여름 통권55호.

______, <서위(徐渭) 시의 눈[雪]과 시세계의 변모>, ≪中國文學≫ 제70집, 2012.2.

______, <쓰러진 군자(君子)—서위(徐渭) 그림과 시에 나타난 매화와 대나무>, ≪中國文學≫ 제82집, 2015.2.

______, <칭송과 동경, 그리고 새 방향의 모색—원굉도(袁宏道)의 서위(徐渭) 시 수용에 관한 고찰>, ≪中國語文硏究會≫ 제68집, 2015.4.

______, <서위(徐渭) 회화 창작에 있어서 '유희'의 의미>, ≪美術史學硏究會≫ 제44집, 2015.6.

______, <명화 위의 무법자, 건륭제(乾隆帝)의 그림 감상법—서위(徐渭) 그림의 어제(御製)를 중심으로>, ≪中國文學≫ 제84집, 2015.8.

이창숙, <明淸 文人의 戱曲 認識>, ≪中語中文學≫ 제29집, 2001.

______, <중국적 '비극'·'희극' 개념 설정의 문화 논리>, ≪中國語文學誌≫ 제21집, 2006.

이치수, <陸游 詞의 對比 修辭法>, ≪中國語文學≫ 제57집, 2011.6.

이현석, <손창섭 소설에서 나타나는 부정성의 의미 변화에 관하여>, ≪한국문학논총≫ 제50집, 2008.12.

임미주, <明清戲曲選集中的≪四聲猿≫辨析-以≪盛明雜劇≫, ≪古今名劇合選≫, ≪暖紅室匯刻傳奇≫爲主>, ≪中國語文學誌≫ 제37집, 2011.

전형준, <김지하와 왕멍을 통한 <광인일기> 다시 읽기>, ≪中國現代文學≫ 제63호, 2012.

정현철, <아도르노의 미학적인 이론에 있어서의 부정성 개념>, ≪헤겔연구≫ 19호, 2006.

조동일, <自我와 世界의 小說的 對決에 관한 試論>, ≪東西文化≫ 제7집, 1974.

조미연, <釋≪四聲猿≫>, ≪中國學論叢≫ 제16집, 2003.

차민기, <한국 근대 옥중시와 공간 인식>, ≪現代文學理論研究≫ Vol.11, 1999.

佳 音, <蘇軾畫作孤本≪瀟湘竹石圖≫的歷史傳奇>, ≪文史參考≫, 2011年 3月.

金寧芬, <徐渭≪四聲猿≫人物思想辨>, ≪徐州師範學院學報(哲學社會科學版)≫, 1991年 第4期.

羅桂珍, <試析≪四聲猿≫之本事流變與再創作>, ≪湛江師範學院學報≫ 第28卷 第5期, 2007年 10月.

羅朝蓉, <應時而生的詩歌世俗化-淺議徐渭詩歌的世俗內容>, ≪江南大學學報≫ 第3卷 第2期, 2005年 4月.

杜桂萍, <論淸代雜劇對徐渭≪四聲猿≫的接受>, ≪文學評論≫, 2007年 第3期.

馬秀明, <徐渭與凡高的比較研究>, ≪襄樊學院學報≫ 第30卷 第9期, 2009年.

孟曉蕾, <董其昌, 徐渭藝術思想共性研究>, ≪美與時代(下)≫, 2011年 11月.

傅合遠, <論徐渭的藝術美學取向>, ≪山東大學學報≫, 2012年 第4期.

徐建融, <徐渭與中國畫史的隆萬之變>, ≪元明清繪畫研究十論≫, 上海: 復旦大學出版社, 2004.

徐振貴, <悔恨"落入圈繢"的斷腸哀鳴-徐渭≪翠鄉夢≫探微>, ≪戲曲研究≫ 第81輯, 2010年 2月.

徐泳霞, <陳淳花鳥畫師承初探>, ≪南京工程學院學報≫ 第4卷 第2期, 2004年 6月.

盛鴻郎, <徐文長先生年譜>, ≪中國詩歌研究≫ 第5輯, 2008.

梁志斌, <從≪四聲猿≫中的人物形象看徐渭的思想>, ≪滁州學院學報≫ 第13卷 第

6期, 2011.12.
伍 魏, 許少玲, <人性的激情與渴望－德拉克洛瓦和徐渭的浪漫主義藝術比較>, 《藝術教育》, 2013年 4月.
王 雲, <徐渭與明代中後期的個性解放思潮>, 《學術界》, 2007年 6月.
汪 沛, <俗與趣－徐渭詩歌的新視域>, 《殷都學刊》, 2007年 3月.
王 鞏, <戲中戲的寓意－徐渭《四聲猿》別解>, 《徐州師範大學學報》 第31卷 第5期, 2005年 9月.
劉 洋, <徐渭繪畫研究50年綜述>, 《藝術理論》, 2009年 10月.
栗 鵬, <徐渭《四聲猿》本事考辨及對後世劇作的影響>, 《雲南藝術學院學報》, 2010年 1月.
李敬仕, <個性人格的凸現－論徐渭繪畫的特色>, 《新美術》, 2000.1.
李文輝, <北京有兩個瓊華島>, 《北京社會科學》, 2007年 第3期.
林國清, <試論悲喜劇傑作－《四聲猿》>, 《福建論壇・人文社會科學版》, 2010年 第12期.
任軍偉, <舍形悅影－徐渭畫學的一個重心>, 《美術研究》, 2011年 1月.
張彦芸, <"本色"論與《四聲猿》－淺談徐渭的戲曲理論與戲曲創作>, 《牡丹江教育學院學報》, 2007年 第6期.
張進德, <徐渭《四聲猿》爲"自吊"之作>, 《河南大學學報》 第50卷 第3期, 2010年 5月.
趙善君, 陳卓, <縱橫超逸, 氣韻非凡－談徐渭繪畫的"意境"與"語境">, 《山花》, 2009年 10月.
陳 剛, <徐渭及其《四聲猿》的地位和影響述論>, 《固原師專學報》 第24卷 第24期, 2003年 3月.
崔 丹, <《女狀元辭凰得鳳》－黃崇嘏才情展示與其悲劇意蘊>, 《青春歲月》, 2013年 3月.
馮保榮, <戴著鐐銬的舞蹈－解讀徐渭>, 《聊城大學學報》, 2006年 第5期.
何 平, <《四聲猿》的雙層結構及其解讀>, 《南京師範大學文學院學報》, 2012年 9月 第3期.
華 瑋, <'擬男'的藝術傳統: 明清婦女戲曲中之自我呈現與性別反思>, 《明清婦女之戲曲創作與批評》, 臺北: 中央研究院中國文哲研究所, 2003[民92].
Kathleen M. Ryor, "Regulating the *Qi* and the *Xin*: Xu Wei(1521-1593) and his Military Patrons," *Archives of Asian Art* v.54, University of Hawaii Press, 2004.

Sufen Sophia Lai, "From Cross-Dressing Daughter to Lady Knight-Errant: The Origin and Evolution of Chinese Women Warriors," Sherry J. Mou edit., *Presence and Presentation: Women in the Chinese Literati Tradition*, New York: St. Martin's Press, 1999.

Richard Barhart, "The 'Wild and Heterodox' School of Ming Painting," Susan Bush・Christian Murck eds., *Theories of the Arts in China*, New Jersey: Princeton Univ. Press, 1983.

Wilt L. Idema, "Female Talent and Female Virtue: Xu Wei's *Nü Zhuangyuan* and Meng Chengshun's *Zhenwei ji*," 華瑋・王瑷玲 主編, ≪明清戲曲國際硏討會論文集≫, 臺北: 中央硏究院中國文哲硏究所籌備處, 1998〔民87〕.

古原宏伸・Nelson I. Wu, <徐渭の花卉と董其昌の山水>, ≪文人畵粹編: 中國篇≫ 卷5, 東京: 中央公論社, 昭和60~61(1985~1986).

서위 시 찾아보기

〔ㄱ〕

嘉靖辛丑之夏(…)(五) 79
嘉靖辛丑之夏(…)(七) 79
嘉靖辛丑之夏, 婦翁潘公即陽江官舍, 將令予合婚, 其鄕劉寺丞公代爲之媒, 先以三絶見遺. 後六年而細子棄帷, 又三年聞劉公亦謝世. 癸丑冬, 徙書室, 檢舊札見之, 不勝悽惋, 因賦七絶(一) 78
感九詩 214
龕山凱歌(四) 132
龕山凱歌(七) 132
江船一老看雁群初起 384
景文至其舅劉所, 過園中二首(二) 221
穀日大雪口號二首(一) 154
九馬圉人圖二圉醉瀕墮 143
几上篇 225
筠石篇 127
錦衣篇答贈錢君德夫 300
今日歌二首(一) 106
今日歌二首(二) 99
寄莫叔明 125
畸譜 162
寄彬仲 109, 209

〔ㄴ〕

來晨憩廣孝寺 168

〔ㄷ〕

答嘉則二首次韻(二) 262
答和公旦二首(一) 90
桃花堤上看美人走馬 165
登秦望山 173

〔ㅁ〕

萬玉山房歌 87
武林館中與徐仁卿同宿, 因贈五首 166
武夷道士示予魏王子鶱蜕首見紫氣 186
蚊聲 114
聞有賦壞翅鶴者, 予嘗傷事廢餐, 羸眩致跌, 右臂骨脫突肩臼, 昨冬涉夏, 復病脚軟, 必杖而後行, 玆也感仙癯之易賊, 羨令威而不皆, 橫榻哀吟, 輒得五首 274

〔ㅂ〕

背樹 220
白母傳 309
白牝蛟二首(一) 103
白鷴 85
白鷴詩 199
泛舟九曲 68
丙辰八月十七日，與肖甫侍師季長沙公，
閱龕山戰地，遂登岡背觀潮 192
補屋 196
賦得片月秋帆送馮叔系北行 236

〔ㅅ〕

寫竹壽郁穎上 250
寫竹贈李長公歌 240
山陰景孟劉侯乘輿過訪，閉門不見，
乃題詩素紈致謝 243
三茅觀觀潮 63
上谷歌九首(二) 135
上谷歌九首(一) 238
上冢 119
西北三首 166
徐州道中寄諸陶兩翰君 204
書坦腹臥松者畵 381
宣府客寺冬十六夕坐月 238
雪 112
雪二首(一) 218
雪二首(二) 219
雪竹 212
雪竹(一) 141
雪竹(二) 211
雪竹(三) 213
雪中移居二首(一) 259
送葛韜仲 231
送內兄潘五北上 173
送劉君二首(一) 205
送人 235
送章蒲圻之官 249
送周山陰公判南康 173
數年來，南雪甚於北，癸未復爾，人戲謂
南北之氣互相換，似賈人帶之往來，理
或然歟？邊塞不易雨，而今每潦，十九
韻 138
修拄杖首，修髮網，膠漏磁壺及哥窯甌，
某亦病隻耳聾，次前韻 270
蠅聲 114
甚雪(一) 66
甚雪(二) 66
十四日飮張子藎太史宅，留別 232
十五夕酌于幕中，不赴雷總公之專邀 241
十五夜抵建寧通都橋玩月 188
十八日再觀潮於党山 193

〔ㅇ〕

夜宿丘園，喬木蔽天，大者幾十抱，
復有修藤數十尋，縣絡溪渚 184
野豕 252
養生書成紀事與夢 223
與林玉兩上人登會稽最高山，山出秦望上，
率可五六里，玉公早有來歸之意，因賦
以止之 93
與姚山人，劉衛僉，沈嘉則，吳道官三茅
觀眺雪 130
燕京歌(四) 246
燕京歌(六) 247

燕京歌(七) 248
燕京五月歌四首(三) 149
連雪後迎春憶舊十二韻 121
燕子磯觀音閣 116
倪某別有三絶見遺 292
刈圃 136
五粒靈丹行送聶君歸滁 258
五十生辰，吳景長攜諸子弟餉予園中 224
往年觀伎走解，意當是北產，故綴四律，首章用北語．今年復來，知是金陵上元人，又攜一少伎，同坐鏈上，分鐙放體空中，名曰童子拜觀音，乃昔年所無者 167
王元章倒枝梅畫 385
雨竹 143
寓香爐峯下，註郭子竟，清明夕二客攜筍茗來，擬登 230
元夕休寧道中遙憶鄕里 198
六昔 123
湇澹灘 190
二馬行 70
理葡萄 150
壬子武進唐先生過會稽，論文舟中，復偕諸公送至柯亭而別，賦此 176
入燕三首(一) 80
入燕三首(二) 82
入燕三首(三) 107
廿八日雪 153

〔ㅈ〕

自爲墓誌銘 105
蔣扶溝公詩 六首 171
張士誠 166
長者山居 222
再至燕，諸陶兩翰君索草書述懷卷端 206
正賓以日本刀見贈，歌以答之 194
除夕通宵飮吳景長宅，時久繫初出 228
題雪壓梅竹圖 210
題畵蟹二首(一) 386
題畵梅二首(二) 344
題畵蟹一首 387
周山陰覲而歸縣 172
卽席贈孫相士 197
池中歌 170
秦望山東南下折，有峰紫鐵色，錯豎似花蕊，士人呼雄鵝突，余贈名花蕊峰 129

〔ㅊ〕

次韻答少顚師 215
天目山三首(一) 60
天目山三首(二) 60
天目山三首(三) 62
騶虞 147
春日過宋諸陵 三首 166
驟聞王生客死於燕裸葬 261
醉中贈張子先 260
治冢五首(一) 264
七十二峰歸來書寺壁 133

〔ㅍ〕

葡萄(四) 380
葡萄(一) 237
漂母非能知人，特一時能施於人耳，觀其對信數語可見，而古今論者胥失之．予過其祠，感而賦此 146

風竹 213
風竹(二) 142

〔ㅎ〕

謔雪 75
蟹六首(六) 256
海上曲五首(三) 73
海上曲五首(四) 178
海上曲五首(五) 74
海上曲五首(一) 102
杏花 257
狐裘 268
狐粉 181
和葛景文 217
畵菊(二) 255
畵易粟不得 110
喜馬君世培至 207

저자 소개

이 주 현

이화여대 중문과를 졸업하고 서울대 중문과 대학원에서 석·박사학위를 받았다.
현재 서울대, 강원대 등에서 강의하고 있다.
주요 논문 <쓰러진 군자(君子)—서위(徐渭) 그림과 시에 나타난 매화와 대나무>, <서위 회화 창작에 있어서 '유희'의 의미>, <칭송과 동경, 그리고 새 방향의 모색— 원굉도(袁宏道)의 서위 시 수용에 관한 고찰>, <공안파(公安派)의 시론 다시 읽기— 마음의 시화(詩化) 과정에 대한 점검>, <삶과 죽음, 그 경계에 대한 통찰—≪들풀[野草]≫에 나타난 루쉰(魯迅) 상상력의 일면> 등.

서위徐渭와 부정의 예술

초판 인쇄 – 2016년 8월 25일
초판 발행 – 2016년 8월 30일

지은이 – 이 주 현
발행인 – 金 東 求
발행처 – 명 문 당(창립 1923년 10월 1일)
서울특별시 종로구 안국동 윤보선길 61
우체국 010579-01-000682
전 화 (02) 733-3039, 734-4798
FAX (02) 734-9209
Homepage www.myungmundang.net
E-mail mmdbook1@hanmail.net
등록 1977.11.19. 제1-148호

■

* 낙장 및 파본은 교환해 드립니다.

* 정가 20,000원
ISBN 979-11-85704-82-1 93820

_ 저자와의 협약에 의해 인지는 생략함